# सचित्र ज्योतिष-शिक्षा

## सप्तम भाग

## संहिता खण्ड

बी० एल० ठाकुर
ज्योतिषाचार्य



मोतीलाल बनारसीदास
दिल्ली वाराणसी पटना बंगलोर मद्रास

प्रथम संस्करण : वाराणसी, १९८१
पुनर्मुद्रण : दिल्ली, १९९३



बंगलो रोड, जवाहरनगर, दिल्ली ११० ००७
१२० रॉयपेट्टा हाई रोड, मैलापुर, मद्रास ६०० ००४
१६ सेन्ट मार्क्स रोड, बंगलौर ५६० ००१
अशोक राजपथ, पटना ८०० ००४
चौक, वाराणसी २२१ ००१

नरेन्द्रप्रकाश जैन, मोतीलाल बनारसीदास, बंगलो रोड, जवाहरनगर, दिल्ली ११० ००७ द्वारा प्रकाशित तथा जैनेन्द्रप्रकाश जैन, श्री जैनेन्द्र प्रेस, ए-४५ नारायणा, फेज-१, नई दिल्ली ११० ०२८ द्वारा मुद्रित

# भूमिका

संहिता का विषय बहुत विस्तीर्ण है। इसमें धार्मिक एवं ज्ञानवर्द्धक कई विदयों का समावेश होता है। परन्तु यहाँ केवल ज्योतिष से सम्बन्धी विषयों का वर्णन होगा। जिसमें देश की सम्पूर्ण स्थिति एवं वर्षा खेती उपज महंगाई आदि के सम्बन्ध से फल का विचार होता है।

ब्रह्मगुप्त, भट्टोत्पल, गर्ग, भास्कराचार्य, आर्यभट्ट, वराह मिहिर आदि प्राचीन आचार्यों ने अपने ग्रन्थों में जिसका वर्णन किया है।

वराह मिहिर आचार्य ने राष्ट्रीय ज्योतिष के सम्बन्ध से विचार कर भारत को कछुए के आकार का बता कर उस समय के देशों या राज्यों के सम्बन्ध से बताया है कि ये देश या शहर किस दिशा में हैं और कौन-कौन नक्षत्र के प्रभाव में हैं। उनमें से अधिकांश देशों का आजकल पता नहीं है।

उस जमाने में कई छोटे-छोटे राज्य थे जो अपने देश का विस्तार करने को दूसरे राज्यों पर आक्रमण कर लड़-भिड़ कर मर गये जिनको दूसरे बड़े राजाओं ने अपने राज्य में मिला लिया और उनके नामों का परिवर्तन होता रहा जिनका अब पता नहीं। कुछ के नाम जो ज्ञात हो सके दे दिये हैं। जब कोई शिलालेख ताम्रपत्र, सिक्का आदि मिलता है तब कहीं किसी के सम्बन्ध से कुछ जानकारी मिलती है। सम्भव है किसी विद्वान ने इन देशों के सम्बन्ध में रिसर्च कर डाक्ट्रेट प्राप्त की हो।

पाश्चात देशों में राष्ट्रीय ज्योतिष का प्रचार बहुत है। देशों के सम्बन्ध का फल जानने के लिये देश या शहर की राशि स्थिर की है देश के नामाक्षर पर से देश या शहर की राशि का इसमें विचार नहीं होता। भिन्न-भिन्न परिस्थितियों के विचार से देश या शहर की राशि स्थिर की जाती है।

क्लाडि अल, टेलमी, झड़कील, कार्डन, स्करियल, ग्रीन आदि पाश्चात्य आचार्यों ने यूरोप के देशों व शहरों की राशि स्थिर की है।

भारत के ज्योतिर्विद के. जीवन राज चिटनीस ने भी इस सम्बन्ध में बहुत कुछ योग दिया है।

भारत की राशि मकर, नागपुर की कन्या, दिल्ली की वृष, बनारस की मीन एव इंग्लैंड की मेष, अमेरिका की मिथुन आदि देशों की राशियाँ आचार्यों ने नियक्त की है जिनके द्वारा देश का फल वर्णन होता है।

संहिता का आधार मुख्य देवता सूर्य हैं और उसका सहायक चन्द्रमा है। देश के सम्बन्ध का फल जानने को सूर्य की महत्व पूर्ण संक्रांति, सूर्य चन्द्र ग्रहण एवं अमावस्या पूर्णिमा आदि की कुंडलियाँ बनाकर उनसे फल का विचार होता है।

राष्ट्रीय ज्योतिष की कुंडली बनाने को पाश्चात्य आधार सायन मत से बनी ऐफेमरी Astronomical Ephemeris (जिसमें ग्रहों के सम्बन्धी सम्पूर्ण जानकारी दैनिक ग्रह स्पष्ट आदि दिये रहते हैं) और भिन्न-भिन्न अक्षांशों पर से बनी भावसारिणी Table of houses पर से कुंडली बनाकर देश का विचार करते हैं।

जातक में केवल एक जन्म कुंडली के आधार से भाव भावेश ग्रह की भिन्न-भिन्न स्थिति दृष्टि आदि की भिन्न-भिन्न परिस्थितियों से भावों के फल का समन्वय कर फल का निर्णय करना पड़ता हैं। परन्तु राष्ट्रीय ज्योतिष में भिन्न-भिन्न प्रकार की कुंडलियों पर से भिन्न-भिन्न प्रकार से फलों का समन्वय कर फलों का निर्णय करना पड़ता है। जिसके निर्णय करने में पहिले कुछ कठिनाई प्रगट होती है परन्तु जिनको जातक के फल निर्णय करने में अनुभव बढ़ गया है उनको राष्ट्रीय ज्योतिष में भी अभ्यास करते-करते फल निर्णय करने का अनुभव प्राप्त करने में कठिनाई नहीं होगी।

संहिता में कई शब्दों का उपयोग हुआ है उन शब्दों का अर्थ आधुनिक स्थिति के सम्बन्ध से विचार करना चाहिये।

मृत्यु—ज्योतिष में मृत्यु शब्द से ८ प्रकार की अवस्था के अर्थ का विचार होता है। १. व्यथा, २. दुःख, ३. भय, ४. लज्जा, ५. रोग, ६. शोक, ७. अपमान, ८. मृत्यु। परिस्थिति वश और ग्रहों की क्रूरता आदि का विचार कर मृत्यु शब्द का अर्थ लगाना चाहिये।

युद्ध—यहाँ कई स्थान में युद्ध फल दिया है। पहिले छोटे-छोटे कई राज्य थे। जो अपने राज्य के विस्तार के लिये युद्ध किया करते थे और भारत में युद्ध होता रहता था। इस कारण यहाँ कई प्रकार के योगों में युद्ध फल बताया है। अब भारत के अन्दर युद्ध नहीं होता।

युद्ध का कारक मंगल है। सप्तम स्थान से युद्ध का विचार होता है। युद्ध के कई योग हैं। जैसे सिंह के शनिपर मंगल की पूर्ण दृष्टि, या सूर्य मंगल की युति का अशुभ दृष्टि योग या सिंह में वर्षेश मंगल हो या शनि मंगल की युति हो या सप्तम में पीड़ित मंगल हो या पौष की पूर्णिमा या अमावस्या को मंगलवार का दिन हो या शुक्र मंगल शनि तीनों तुला में हों या मेष का सूर्य वृष का मंगल हो या सूर्य ग्रहण मेष के पहिले द्रेष्काण में हो इत्यादि युद्ध के अनेक योग हैं। जब एक से अधिक युद्ध के योग हों तभी युद्ध की संभावना होती है। साधारण प्रकार से यहाँ युद्ध का अर्थ शासन के विरोध में दंगा, बगावत, साम्प्रदायिक झगड़े जिससे जान और माल की बहुत हानि होती है और राज्य प्रबन्ध अव्यवस्थित हो जाता है, यही लिया गया है।

राजा—आजकल भारत में राजा लोग समाप्त हो गये हैं। केवल इतिहास में उनका वर्णन मिलेगा। राजा शब्द से राज्य का नियंत्रण करने वाला अधिकारी समझना। जैसे भारत का राष्ट्रपति, प्रधान मंत्री, राज्यपाल, मुख्य मंत्री आदि ग्रह की परिस्थिति के अनुसार उनके अधिकार की श्रेणी का विचार करना।

छत्र भंग—किसी पार्टी की हार।

राज्य पर दूसरे राज्य का अधिकार—राज्य पर चुनाव के द्वारा बहुमत प्राप्त दूसरी पार्टी का अधिकार हो जाना।

यज्ञ—धार्मिक कार्य या जनता की भलाई के कार्य। ब्राह्मण आदि जाति प्रथा के अनुसार यहाँ विचारना ठीक नहीं है। मस्तिष्क से कार्य करने वाले वैज्ञानिक, प्रोफेसर आदि ब्राह्मण हैं। भुजा से रक्षा करने वाले सेना, पुलिस अधिकारी आदि जो रक्षा का काम करते हैं क्षत्रिय हैं। जनता को रसद की पूर्ति करने वाले बनिया, व्यापारी, कृषक आदि वैश्य हैं। मिल कारखाने के मजदूर या सेवा का किसी प्रकार का कार्य जो करने वाले हैं उनको चतुर्थ श्रेणी में गणना करना। उनका परिस्थिति अनुसार विचार होता है।

यहाँ व्यापारियों को माल संग्रह कर बेचने के कई योग बताये हैं जिससे बहुत लाभ होता है। परन्तु आधुनिक समय में अनाज या कोई वस्तु संग्रह करना अपराध है। संग्रहीत माल जप्त हो जाता है।

इस कारण आधुनिक समय व परिस्थिति देश की परिस्थिति एवं देशवासी के विचार से फल का निर्णय करना चाहिये।

इस ग्रन्थ के लिखने में डाक्टर मंजु मित्रा ने अधिक सहयोग दिया है इसके लिये हम बहुत आभारी हैं।

वराह मिहिर आचार्य वर्णित उनमें से कुछ स्थानों की खोज से उन स्थानों का जो कुछ पता लग सका है यहाँ दे दिया गया है।

सिंहसदन
नरसिंहपुर, म० प्र०

बी० एल० ठाकुर
ज्योतिषाचार्य

# विषय-सूची

—०—

ॐ

श्री गणेशाय नमः

गणपति गिरा महेश अरु, मार्तंड भगवान।
विनय करूँ प्रभु कृपा कर, कीजे जग कल्यान ॥ १ ॥
वनस्पति जल अन्न का, जीवन दाता जोय।
नक्षत्र ग्रह आदि का, नियंत्रण जिस का होय ॥ २ ॥
भविष्य बनाना देश का, है जिस के आधार।
जीवनी सब प्राणों का, जो देता हर बार ॥ ३ ॥
ऐसा सूर्य जगतपति, सब प्राणों का प्राण।
नमन करूँ जय दिवाकर, दीजे सब को त्राण ॥ ४ ॥

# अध्याय १

## देश आदि की कुण्डली बनाना

संहिता का विषय बहुत विस्तीर्ण है। जिस प्रकार मनुष्य की जन्म कुंडली बनाकर जीवन का सम्पूर्ण हाल जाना जाता है, उसी प्रकार सूर्य के आधार पर कुंडली बनाकर देश का या किसी शहर का, जनता का, जनता का स्वास्थ्य, देश की साधारण स्थिति, शांति, देश के कारबार की व्यवस्था, देश की सम्पत्तिकी स्थिति, व्यापार, बैंक, राज्य की आमदनी, रेलवे, मोटर आदि द्वारा प्रवास की स्थिति, सरकारी वसूली, तार, पोस्ट आफिस, लेखन ग्रंथ, समाचार पत्र, खेती, फसल, मोसम, खनिज, सरकारी इमारत, सिनेमा, गाना बजाना, संगीत शाला, सर्कस, विद्यालय, अधिकारी के पक्ष में, विरोधी पक्ष, सैन्य संगठन, युद्ध, देश की बीमारी, मजदूर वर्ग, परराष्ट्र व्यापार, लोक सभा, विधान सभा, आत्म हत्या, खून खराबी, न्यायाधीश धर्म, अस्पताल, कैद खाना आदि अनेक बातों का विचार होता है।

इनके अतिरिक्त धूमकेतु, उल्का, भूकम्प, इन्द्र धनुष, परिवेष आदि का एवं ग्रहण, ग्रह युद्ध, अगस्त-उदय अस्त, प्रत्येकग्र हों का प्रभाव प्रत्येक मास का फल, रोहणी और स्वाती का फल, मेघ परीक्षा, वायु परीक्षा, खेत की उपज, अकाल-सुकाल, अन्न या वस्तु की तेजी मन्दी आदि अनेक विषयों का फल जाना जाता है।

पहिले राष्ट्रीय ज्योतिष का फल विचारने की रीति का वर्णन होगा।

जिस प्रकार मनुष्य की जन्म कुंडली बनाकर सम्पूर्ण जीवन का फल जाना जाता है उसी प्रकार देश या शहर आदि की कुण्डली बनाकर उसके १२ भागों का फल जाना जा सकता है।

यह कुण्डली किस आधार पर और किस समय की बनाई जाती है। आगे बताया है।

सूर्य की १२ संक्रांतियां होती हैं। उनमें मेष संक्रांति महत्व की है। वर्ष का आरम्भ मेष संक्रांति से होता है। इसलिये मेष संक्रांति आरम्भ होने के स्थानिक समय की कुण्डली पहिले बना लेनी चाहिये। यह कुण्डली वर्ष भर का फल जानने को उपयोगी होगी।

मेष संक्रांति के समय उदय राशि स्थिर राशि हो तो उसका प्रभाव वर्ष भर रहता है। परन्तु द्विस्वभाव राशि का ६ मास और चर राशि का ३ मास ही प्रभाव रहता है। यह बात स्थूल रूप से कही गई है। इन राशियों के उदय पर से सदा ठीक फल विचार में नहीं आता।

मेष संक्रांति की कुण्डली में बलाबल का अवश्य विचार करना चाहिये जिससे प्रगट हो कि उसका प्रभाव वर्ष भर रहेगा या कम रहेगा।

मकर संक्रांति से सूर्य उत्तरायण होता है। कर्क संक्रांति से दक्षिणायन होता है। इस सम्बन्ध से और गोल के हिसाब से तुला राशि की भी अर्थात् मकर कर्क और तुला राशि की भी त्रिमासिक कुण्डली बना लेनी चाहिये जिनसे तीन-तीन महीनों का फल भी जाना जा सकता है।

मेष संक्रांति का फल वर्ष भर रहता है परन्तु कर्क मकर और तुला संक्रांति का प्रभाव ३ महीने से अधिक नहीं रहता। परन्तु किसी त्रिमासिक कुंडली में कोई बलवान कुंडली हो तो उसका प्रभाव ३ महीने से अधिक भी रह सकता है।

इन ४ संक्रांतियों के अतिरिक्त ८ संक्रांतियां कम महत्व की हैं।

इनके अतिरिक्त रवि चन्द्र संयोग काल अर्थात् प्रत्येक मास की अमावस्या भी महत्व की है। जिस समय सूर्य व चन्द्र का अन्तर शून्य हो उस समय की भी कुण्डली बना लेनी चाहिये। इस प्रकार वर्ष में प्रत्येक मास की अमावस्या की १२ कुण्डलियां भी बना लेनी चाहिये।

पूर्णमासी के चन्द्र की कुण्डली बनाना बहुत महत्व का नहीं है। केवल चन्द्र ग्रहण काल की कुण्डली महत्व की है। चन्द्र ग्रहण जहाँ दिखेगा वहाँ उसका प्रभाव होता है। पूर्णिमा की कुण्डली से चन्द्र ग्रहण की कुंडली अधिक महत्व की है। इस लिए चन्द्र ग्रहण काल की कुण्डली भी बना लेनी चाहिये।

इनके अतिरिक्त सूर्य ग्रहण काल की भी कुंडली बना लेना आवश्यक है। प्रत्येक वर्ष कुछ सूर्य ग्रहण होते हैं। ग्रहण के समय जब सूर्य चन्द्र की ठीक युति हो उस समय की कुण्डली बना लेनी चाहिये। यह सूर्य ग्रहण जिस २ देश में दिखाई देगा वहाँ उसका विशेष परिणाम अवश्य होता है। सूर्य चन्द्र संयोग काल की अपेक्षा सूर्य ग्रहण काल का बहुत महत्व है।

इन कुण्डलियों में ग्रहों की युति, योग, प्रतियोग विचारना चाहिये। यह देखना कि रवि चन्द्र इनकी युति अर्थात् संयोग काल व प्रतियोग ( पूर्णिमा ) इनमें से कौन से समय की कुंडली महत्त्व की है। इसको भी विचारना।

राष्ट्रीय ज्योतिष में मंगल, गुरु, शनि हर्षल और नेपच्यून इन ग्रहों में से जब दो ग्रह युति करते हैं तब वह समय बहुत महत्त्व का है। ग्रहों की युति काल की अपेक्षा प्रतियोग काल कुछ कम महत्त्व का है। ग्रहों की युति योग या प्रतियोग जिस समय हो उस समय की भी कुण्डली बना लेनी चाहिये। ये कुण्डलियाँ बनाने के लिये पंचांग में दिये हुए स्थान से देशान्तर और वेलान्तर संस्कार कर किसी इच्छित विशेष स्थान की कुण्डली बना लेनी चाहिये।

इसमें मुख्य देश या राजधानी के शहर की रेखांश की कुण्डली तैयार करना यदि देश बड़ा हो तो एक से अधिक स्थान की कुण्डली बना लेना आवश्यक होता है। भारत वर्ष में बम्बई, दिल्ली या कलकत्ते की कुण्डली आवश्यकता के अनुसार बनाकर उस लग्न कुण्डली की ग्रह स्थिति और दशम की कुण्डली भी बना लेनी चाहिये। प्रांत का विचार करने को उसकी राजधानी की कुण्डली बना लेनी चाहिये। भाव साधन सारिणी द्वारा कुण्डली बना लेना। उस स्थान के अंश मात्र में कुछ परिवर्तन होगा परन्तु ग्रह स्थिति करीब-करीब वही रहेगी।

### कुण्डली बनाना

संक्रांति ग्रहण काल आदि की कुण्डली पाश्चात्य पद्धति से बना लेना सरल है। इसके लिए लंदन या उज्जैन आदि कहीं की भी एफेमरी अपने पास रखनी चाहिये जिसमें नाक्षत्र काल ( Side real time ) दैनिक सायन ग्रह स्पष्ट और कई ग्रहों के भिन्न-भिन्न योग आदि बहुत सी जानकारी रहती है। उसमें भाव सारिणी ( Table of houses ) भी दी रहती है। ये भाव सारिणी ०° से लेकर ५० अक्षांश तक की प्रत्येक अक्षांश की बनी हुई एक भाव सारिणी की पुस्तक आती है। वह भी अपने पास रखनी चाहिये।

इष्टकाल की कुण्डली बनाने को लग्न चाहिये वह इष्ट अक्षांश की भाव सारिणी से नाक्षत्र काल के द्वारा सरलता से प्राप्त हो जाता है।

### नाक्षत्र काल

बसन्त सम्पात २१ मार्च के मध्याह्न का नाक्षत्र काल० घण्टा० मि० सेकण्ड रहता है। पृथ्वी २४ घण्टे में १ बार घूम लेती है तब सूर्य का १° अंश होता है। यह सूर्य की १ दिन की गति है। ३६५ दिन में २४ घण्टे का फर्क पड़ता है। इस प्रकार सरसरी तौर पर १ दिन ( २४ घण्टा ) में ४ मिनट का फर्क पड़ता है। इस प्रकार मध्यम १ घण्टा में नाक्षत्र काल की गति ९.८६ सेकण्ड या स्थूल रूप से १०

सेकण्ड होती है और १ मिनट में = '१६ या ⅙ सेकण्ड या ६ मिनट में १ सेकण्ड की गति नाक्षत्र काल की होती है।

एफेमरी में प्रत्येक महीने की प्रत्येक तारीख का मध्याह्न का ना. का. दिया रहता है। यह ना. का. किसी भी सन की एफेमरी में देखो तो बहुत सूक्ष्म अन्तर से लगभग एक सा मिलेगा। इसलिये किसी भी वर्ष की पुरानी एफेमरी से ना. का. उपयोग कर सकते हो।

एफेमरी में ना० का० मध्याह्न १२ बजे का दिया रहता है। उसमें घंटा मिनट इष्ट काल का और उसकी गति का इष्ट तारीख के ना० का० में संस्कार करने से इष्ट समय का ना० का० बन जाता है। यदि मध्याह्न के बाद का इष्ट काल हो तो इष्ट तारीख के ना० का० में उसे जोड़ना यदि मध्याह्न के पहिले का इष्ट काल है तो मध्यान्ह अंतर और उसकी गति सहित उस तारीख के ना० का० से घटा देने से इष्ट ना० का० प्राप्त हो जायगा।

यह ध्यान रहे कि मध्याह्न काल १२ बजे दिन का माना जाता है। परन्तु कहीं कुछ भिन्न माना जाता है। जैसे उज्जैन की एफेमरी में मध्याह्न काल घं० १२, मि० २६, सेकण्ड ४० का दिया है। वहाँ वही मध्याह्न समय उपयोग होगा। यदि ना० का० २४ घंटे से अधिक आवे तो २४ घंटा घटाकर शेष ना० का० लेना।

उदाहरण

उज्जैन तारीख १०–११–१९४२ को ९–३० बजे दिन का ना० का० निकालना है।

यह इष्ट मध्याह्न के पहले का है इसलिये मध्याह्न काल में से ९–३० घंटा घटाने से प्रगट होगा कि मध्याह्न को कितना समय और बाकी है अर्थात् मध्याह्न अंतर क्या है और उस अंतर में उस अंतर की गति भी निकालकर जोड़ देने से जो घंटा आदि प्राप्त होगा उसे इष्ट तारीख के ना० का० से घटा देने से इष्ट काल का ना० का० प्राप्त हो जायगा तारीख १०–११–४२ का मध्याह्न काल का एफेमरी से प्राप्त ना० का० = घं० मि० से० है।

१५–१७–१७

| | |
|---|---|
| उज्जैन का मध्याह्न = | घं० मि० से० |
| | १२–२६–४० |
| इष्ट घटाया = | ९–३०– ० |
| मध्याह्न अंत = | २–५६–४० |

| घं० मि० से० | | घंटा मि० से० |
|---|---|---|
| २–५६–४० अंतर | मध्याह्न अंतर | २ ५६ ४० |
| इस मध्याह्न अंतर की गति | गति | ० ० २९ |
| २ घंटा × १० = २० सेकण्ड | | |
| ५६ मि० × $\frac{1}{6}$ = ९ सेकण्ड | गति युक्त अंतर = | २ ५७ ९ |
| गति का योग = २९ सेकण्ड | | |

| | घंटा | मि० | से० |
|---|---|---|---|
| एफेमरी का नाक्षत्र काल १० तारीख का | १५ | १७ | १७ |
| —इसमें से गति युक्त मध्याह्न अंतर घटाया | २ | ५७ | ९ |
| इष्ट नाक्षत्र काल = | १२ | २० | ८ |

भाव सारिणी से इष्ट ना० का० १२–२०–८ का लग्न आदि निकाला

| २२° अक्षांश सारिणी से भाव = | दशम | ११ | १२ | लग्न | २ | ३ |
|---|---|---|---|---|---|---|
| | तुला | वृश्चिक | धन | धन | मकर | मीन |
| | ६ | ५ | १ | २५·४९ | २७ | १ |
| २१°-१०′ की सारिणी से = | ५·२७ | ५ | २ | २५·४५ | २८ | १ |

इनके सन्मुख भाव के लिये ६ राशि जोड़ देना जैसे—

लग्न धन   ६ राशि = मिथुन सप्तम भाव<br>
२५-४९       २५-४९

ऊपर दिये भाव सारिणी देखने से भिन्न-भिन्न समीप के अक्षांशों की सारिणी में बहुत थोड़ा अंतर पड़ता है।

इन भाव सारिणियों में संधि नहीं निकलती। भिन्न-भिन्न भाव सारिणियों में लगभग ४-५ मिनट के अंतर से नाक्षत्र काल के भाव दिये रहते हैं।

इसमें कुछ विचारणीय है। जब अपना ना० का० में कुछ मिनट का अंतर है तो ध्यान देने योग्य है। उस अंतर के अंश कला बनाकर सारिणी अंक में घट बढ़ करना अर्थात् अपना ना० का० सारिणी का ना० का० से कम है तो सारिणी के भाव के अंक में घटा देना या अधिक हो तो प्राप्त अंतर के अंश कला को जोड़ देना तो स्पष्ट भाव प्राप्त हो जायगा। एक उदाहरण—

१ घंटा = १५°<br>
१ मिनट = १५′ या $\frac{1}{4}$°<br>
४ मिनट = १°<br>
१ सेकण्ड = १५″ या $\frac{1}{4}$′<br>
४ सेकण्ड = १′

मान लो अपना ना० का० १४–४८–४० है और सारिणी का ना० का० १५–०–० है दोनों का अंतर ११ मिनट, २० सेकण्ड है। इसके अंश बनाये तो २°–५०′ प्राप्त हुए। स्थूल रूप से ३° हुए। जिस सारिणी के भाव में केवल अंश दिये हैं कला नहीं दी उसमें ३° घटाकर लेना क्योंकि अपना ना० का० कम है। जैसे लग्न कुंभ ४°–३०′ है इसमें से २°–५०′ घटा दिया तो लग्न कुंभ १°–४०′ स्पष्ट हुआ।

घं० मि० से०
१५– ०– ०
१४–४८–४०

अंतर ०–११–२० कम
८ मि०=२°
३ मि०=४५′
२० से०= ५′

=२°–५०′

जब लग्न मालूम हो गया तो कुंडली बना लो शेष भाव में उपरोक्त राशियाँ और अंश लिख दो।

कुण्डली में ग्रह स्थापित करने को इच्छित तारीख के इष्ट काल के समीप के ग्रह स्थापित कर दो।

यदि प्रत्येक ग्रह के स्पष्ट करने की इच्छा हो तो उस तारीख के आगे दिये ग्रह से घटा देने से शेष जो प्राप्त होगा वह उस ग्रह की गति निकलेगी। इसमें इष्ट घंटा मिनट के घड़ी पल बनाकर गुणनफल चक्र के सहारे गोमूत्रिका क्रम से गणित कर ग्रह स्पष्ट कर लेना जिसकी रीति गणित खंड में दी है।

यदि अपने स्थान से दूसरे स्थान की कुण्डली बनानी है तो इसके लिये अपने स्थान से उस स्थान का देशान्तर का अंतर निकालकर प्राप्त अंतर में ४ का गुणा कर उसके मिनट बना लेने चाहिये। उसमें उस अंतर की गति भी निकालकर जोड़ देना। वह स्थान पश्चिम हो तो उसे पूर्व प्राप्त ना० का० से घटा देना यदि पूर्व हो तो जोड़ देना। उस प्राप्त ना० का० से भाव सारिणी द्वारा लग्न आदि जान कर कुण्डली बना लेना और एफेमरी देखकर ग्रह स्थापित कर देना तो काम चलाऊ कुण्डली बन जायगी।

यह ध्यान रहे अधिकतर भाव सारिणी में सायन भाव प्राप्त हो जायेंगे। इसी प्रकार एफेमरी में अधिकतर सायन ग्रह दिये रहते हैं। उनमें से भी अयनांश घटा देने से निरयन ग्रह प्राप्त हो जाते हैं।

निरयन भाव सारिणी और निरयन ग्रह की एफेमरी भी मिलती है।

# अध्याय २

## द्वादश भावों के विचारणीय विषय

जिस प्रकार मनुष्य के १२ भाव द्वारा फल का विचार होता है इसी प्रकार देश या शहर की कुंडली में इस प्रकार १२ भाव का विचार होता है :—

भाव फल

( १ ) प्रथम स्थान—देश की आरोग्यता, स्वास्थ्य, प्रजा और सामान्य जनता, देश की सामान्य स्थिति, देश का राज कारबार और आंतरिक व्यवस्था, देश की साधारण स्थिति, राष्ट्र की उन्नति, देश के लीडरों की सफलता।

( २ ) द्वितीय स्थान—देश की साम्पत्तिक स्थिति, व्यापार, देश के बैंक, पैसे का लेन-देन, व्यौहार, कारबार, सरकारी जमा, खाता, रेवेन्यू, सरकारी वसूली और कर का विचार राष्ट्रीय धन और अन्न।

( ३ ) तृतीय स्थान—रेल्वे मोटर गाड़ी आदि के प्रवास का साधन, डाक और तार विभाग, स्टाक और शेयर, देश के ग्रंथकार, लेखक वर्ग, ग्रंथ, पुस्तक, समाचार पत्र, मासिक पत्रिकाएं, फसल को हानि पहुँचाने वाले टिड्डी, चूहे, लड़ैया आदि।

( ४ ) चतुर्थ स्थान—खेती, फसल, मोसम, खनिज, सार्वजनिक मकान, भूमि सम्बन्धी बातें, पी० डब्ल्यू० डी०, ट्रांसपोर्ट, जहाजरानी, सरकार की विरोधी पार्टी।

( ५ ) पंचम स्थान—सर्कस, थियेटर, सिनेमा, गायन-वादन आदि सिखाने-वाली शाला, विद्यालय, विद्यार्थी वर्ग, शिक्षा विभाग, देश के बालक, जन्म मरण का हिसाब, शेयर मार्केट, आचरण, जुआ पर शर्त लगाना, दिल बहलाने का स्थान।

( ६ ) षष्ठ स्थान—अस्पताल, देश की बीमारियाँ, छूत की बीमारी, जनता का स्वास्थ्य, सेना व शस्त्र, नेवी ( समुद्री सेना ), जंगी जहाज, साधारण मजदूर वर्ग, श्रम करनेवाले लोग, राष्ट्रीय सेवा, कर्ज, विदेशी सहायता।

( ७ ) सप्तम भाव—देश का पर-राष्ट्रीय सम्बन्ध, विदेशी कारबार, युद्ध, शांति भंग, सुल्ह, परराष्ट्रीय विवाद, विदेश से व्यापार, विवाह और तलाक, राजनैतिक एवं पुलिस कारवाई, सार्वजनिक सम्बन्ध की बातें।

(८) अष्टम भाव—देश में होनेवाली मृत्युदर, खून, आत्महत्या, उच्च कौंसिल, रोग, खतरा, घटनायें, कठिनाइयाँ, कर्ज का बदलना या पटाना।

(९) नवम भाव—न्याय की अदालतें, न्यायाधीश, पादरी, धर्म उपदेशक, धर्म सम्बन्धी व्यवहार, विज्ञान, वैज्ञानिक शोध, देश की जहाजरानी और उसके सम्बन्ध की बातें, परराष्ट्रीय व्यापार, और उसके सम्बन्ध की बातें, व्यापारिक शक्ति, देश की शास्त्र प्रगति, हवाई यात्रा, विदेशी कारबार, मंत्री, मंत्रिमंडल।

(१०) दशम भाव—देश का राजा, राजघराना, सरकार, सत्तारूढ़ पक्ष, अधिकारी, राजपुरुष, सरदार, मान प्राप्त, सम्मान, इज्जत, बड़ाई, सोसायटी, प्रजा, सत्ता, देश के अध्यक्ष, राष्ट्रपति, रेवेन्यू, बैंक की स्थिति।

(११) एकादश भाव—पार्लियामेंट, लोकसभा, राज्यसभा, विधानसभा, बहस, कायदे कानून, मित्रता, मित्रमंडल, सहायता।

(१२) द्वादश भाव—जेल, अस्पताल, दवाखाना, आश्रम, लोक उपयोगी संस्था, सुधारालय, धर्मादा संस्थायें, गुनहगार, हत्याएँ, विदेशी जासूस, गुप्त शत्रु, ब्लेक मार्केट करनेवाले, टैक्स की चोरी करनेवाले, सरकार के विरुद्ध काम करनेवाले, सरकार से कर्ज लेना, कर्ज की अदायगी।

**ग्रह के कारक अर्थात् उनका प्रभाव**

सूर्य—देश के राजा, अधिकारी, सत्ताधीश, राजपुरुष, राजा का प्रधान, न्यायाधीश।

चंद्र—प्रजा; जन समाज, सामान्य दर्जे के लोग और देश की स्त्रियाँ।

मंगल—सेनापति, युद्ध करनेवाले लोग, डाक्टर, सर्जन, युद्ध, युद्ध करने के अधिकारी, मारपीट, अग्नि प्रकोप और असंतोष।

बुध—लेखक, देश के ग्रंथकार, ग्रंथ प्रकाशक, पत्र के सम्पादक, परराष्ट्रीय वकील या राजदूत, बौद्धिक, परिश्रम करनेवाले और व्यापार।

गुरु—वकील, न्यायाधीश, धर्म के सम्बन्ध से काम करनेवाले, बैंकवाले, धनाढ्य व्यापारी।

शुक्र—चित्रकार, कला कौशल सम्पन्न लोग, गाने बजाने वाले, स्त्रियां, विवाह उत्सव और नई संतति।

शनि—कास्तकार, जिमीदार, कास्तकारी, मजदूर देश के वृद्ध मनुष्य, खदान और खनिज पदार्थ।

हर्षल—ज्योतिषी, देश की रेलवे, संस्था, मण्डली, हड़ताल, मारपीट, शास्त्रीय शोधक, शास्त्रीय विषय की प्रगति, वैज्ञानिक शोध, भौतिक क्षोभ, सनकी लोगों के अत्याचार।

नेपच्यून—राजद्रोह, विरोधी, गुप्त काररवाई, धन के सम्बन्ध में झगड़ने वाले, दिवालिया निकालने वाले, समाज की अस्वस्थता का कारक भी है यह अतीन्द्रिय एवं गूढ़ शास्त्र का कारक भी है।

# अध्याय ३

## प्रत्येक ग्रह का स्थान फल

ग्रहों के स्थान फल और दृष्टि फल अधिक महत्व के हैं। इसलिये प्रत्येक ग्रहों के स्थान फल और दृष्टि फल आगे दिया है।

( १ ) सूर्य–प्रथम स्थान—राष्ट्र की बढ़ती, देश का आरोग्य, राजा व अधिकार में रहनेवाले पक्ष का सामर्थ्य, देश का परराज्य में दर्जा बढ़ना। सूर्य का शुभ फल अल्प अंश व दृष्टि से फल प्रगट करता है इसका प्रभाव लोकसभा के बजट पर पड़ता है। कोई ग्रह जो इस घर में हो या इस घर का स्वामी हो चाहे यह पाप या शुभ ग्रह हो, राष्ट्र के धन का सूचक है। परन्तु पाप ग्रह से कुछ असंतोषजनक स्थिति उत्पन्न होगी। इस स्थान में सूर्य पीड़ित हो तो शुभ फल में कमी हो जाती है।

( २ ) सूर्य दूसरे भाव में—बैंक की सम्पत्ति की बढ़ती होती है धन उत्पादक धंधे की उन्नति होती है परन्तु राष्ट्रीय खर्च का बढ़ना सम्भव है। सूर्य पीड़ित हो तो कर बढ़ता है। देश का खर्च बहुत बढ़ता है। देश के धंधों को हानि पहुँचती है।

( ३ ) सूर्य तीसरे भाव में—रेलवे तार विभाग, शिक्षा विभाग इनकी उन्नति होती है। राजे लोग यात्रा पर जाते हैं। सूर्य पीड़ित हो तो रेलवे में अपघात होता है।

( ४ ) सूर्य चतुर्थ भाव में—जमीन वालों की उन्नति, फसल बहुत हो, खनिज व धातु की उन्नति, लोकपक्ष बलवान् होता है। जनता के लाभ के कायदे कानून बनना संभव है। वर्षा अल्प होती है। सूर्य पीड़ित हो तो लोकपक्ष व राजपक्ष के बीच सम्बन्ध अच्छा नहीं रहता। सरकार की परेशानी बढ़ती है। इलेक्शन ( चुनाव ) में हार सम्भव है।

( ५ ) सूर्य पंचम भाव में—बालक, विद्यालय और नाटक गृह आदि की उन्नति होती है। राजा, राज कुल में उत्पन्न व ऊँचे दर्जे के लोगों को सुख होता है। लोक समूह उत्सव के आनन्द में मग्न रहते हैं विद्यार्थी वर्ग और स्त्रियों के संबंध से जोर-शोर सम्बन्धी कोई काम होता है। सूर्य पीड़ित हो तो अशुभ फल होता है मनोरंजन के स्थान की हानि, भारी खर्च, और प्रसिद्ध क़लाकार की बीमारी या मृत्यु का सूचक है।

( ६ ) सूर्य अष्टम भाव में—परिश्रमी व मजदूर वर्ग, कारखाने में काम करने वालों को यह समय लाभ जनक होता है। सैन्य, शस्त्र व देश के रक्षक की उन्नति होती है। स्वास्थ्य के लिये हित कारक है। सूर्य पीड़ित हो तो रोग बढ़ता है। मजदूर वर्ग में असन्तोष होता है। समुद्री बेड़े को हानि व स्टेट के कुछ प्रसिद्ध पुरुषों की मृत्यु होती है।

( ७ ) सूर्य सप्तम भाव में—यहाँ सूर्य शुभ दृष्ट हो और किसी प्रकार पीड़ित न हो तो देश में शांति रहती है। अनेक पक्षों के बीच मैत्री भाव और राजपक्ष व प्रजापक्ष में सहानुभूति उत्पन्न होती है। लोक पक्ष का प्रभाव बढ़ता है। राज घराने में विवाह आदि मांगलिक कार्य होते हैं। परराष्ट्रीय राज पुरुष से भेंट होती है और शांति वर्द्धक लिखा पढ़ी होती है। सूर्य पीड़ित हो तो असन्तोष और अस्वस्थता प्रगट होती है। भिन्न पक्षों में असन्तोष बढ़ता है।

( ८ ) सूर्य अष्टम भाव में—शुभ दृष्ट और बलवान हो तो देश में आरोग्यता बढ़ती है। सरकारी वसूली समाधान रूप से होती है। सरकार के कोष में परराष्ट्र की पाल बिक्रय का बहुत जमा हो जाता है। सूर्य पीड़ित और निर्बल हो तो मृत्यु संख्या बढ़ती है। राज घराने व अधिकारी वर्ग में मृत्यु होती है।

( ९ ) सूर्य नवम भाव में—विश्वविद्यालय, धर्म कायदा कानून और राष्ट्रीय व्यापार का कार्य बढ़ता है। राज घराने के लोग लम्बी यात्रा पर जाते हैं। अधिकारी वर्ग को अनुकूल समय रहता है।

( १० ) सूर्य दशम भाव में—अधिकारी वर्ग और राजा का यह समय अनुकूल रहता है। देश में सुधार होता है परदेश में मान बढ़ता है। सूर्य पीड़ित हो तो देश का अशुभ फल होता है।

( ११ ) सूर्य लाभ में—जनता और अधिकारी के बीच सद् भावना बढ़ती है। कौंसिल में महत्व के ठहराव व कायदे पास होते हैं। परराष्ट्र

में मित्रता बढ़ती है? सूर्य पीड़ित हो तो कौंसिल में या कार्य में मत विरोध उत्पन्न होता है। किसी कौंसलर की मृत्यु होती है।

( १२ ) सूर्य व्यय में—सूर्य बलवान और शुभ दृष्ट हो तो धर्मार्थ दवाखाने, अस्पताल, जेल आदि के सम्बन्ध में समाधान कारक स्थिति होती है। सरकार द्वारा बड़ा संस्था की सहायता मिलती है। साधारण प्रकार से सूर्य इस स्थान में महत्व का नहीं है। सूर्य पीड़ित हो तो धर्मार्थ दवाखाने अस्पताल, कारागृह आदि के सम्बन्ध में समाधान कारक स्थिति नहीं रहती।

## सूर्य पर होने वाले दृष्टि योग का फल

सूर्य चन्द्र युति—यह योग बहुत महत्व का है। सूर्य चन्द्र कुण्डली के जिस स्थान में यह योग हो उस स्थान सम्बन्धी बात आगे आयगी।

सूर्य चन्द्र शुभ दृष्टि योग—यह समय जनता और अधिकारी दोनों को सुख कारक है। उच्च व निम्न श्रेणी के लोगों में सत्य भावना उत्पन्न होती है देश में शांति रहती है।

सूर्य चन्द्र अशुभ दृष्टि योग—देश मे आरोग्यता नहीं रहती, हड़ताल व विरोध होना सम्भव है। शुभ दृष्टि योग का जो फल बताया है उसके विरुद्ध फल होता है।

सूर्य बुध योग तथा सम क्रांति योग—बाणी व शास्त्रीय विषय की उन्नति होती है। केन्द्र में यह योग बहुत महत्व का है। बौद्धिक प्रगति का बहुत अनुकूल समय होता है।

सूर्य शुक्र युति किंवा सम क्रांति योग—सम्पत्ति की स्थिति उत्तम रहती है राज वर्ग को यह समय महत्व का है। देश में शांति, आरोग्य या महोत्सव दर्शक यह योग है।

सूर्य शुक्र अशुभ योग—इन दोनों ग्रहों में अर्द्ध केन्द्र अशुभ योग होना सम्भव है। इस अशुभ योग के बराबर दूसरे अशुभ योग हों उसका अशुभ योग देखने में नहीं आता।

सूर्य मंगल शुभ योग—सत्ताधीश की सत्ता बलवान होती है। परिस्थिति प्रमाण से सैन्य व अस्त्र शस्त्र में प्रगति होती है। देश मे आरोग्य बढ़ता है।

सूर्य मंगल युति अशुभ योग—देश में अस्वस्थता, चोरी, झगड़े मारपीट और तीव्र विरोध प्रगट होता है। जिस स्थान में यह योग हो उस स्थान संबन्धी बातों पर ध्यान देना चाहिये। देश की परिस्थिति प्रमाण से दूसरे देश से झगड़ा या युद्ध होना संभव है। राज घराने में या उच्च वर्ग में मृत्यु होती है।

सूर्य गुरु युति और शुभ योग—देश की प्रगति होती है शान्ति रहती है। धार्मिक और लोक उपयोगी संस्था की उन्नति होती है। व्यापार व धन उत्पादक धंधों की वृद्धि होती है। अधिकारी वर्ग का समय अच्छा होता है।

सूर्य गुरु अशुम योग—धार्मिक झगड़े प्रगट होते हैं। सांपत्तिक स्थिति व व्यापार पर अनिष्टकारी प्रमाव होता है देश में आरोग्यता अच्छी नहीं रहती।

सूर्य शनि शुम योग—देश में खनिज व नौकर वर्ग मजदूर वर्ग और म्युनिसिपल की उन्नति होती है।

सूर्य शनि अशुम योग व युति योग—देश का नौकर वर्ग व मजदूर वर्ग और व्यापार इनमें बहुत विरोध उत्पन्न होता है। यह समय बहुत अनिष्ट कारी है। देश की प्रगति बिलकुल नहीं होती। अधिकारी वर्ग में असन्तोष उत्पन्न होता है। राज वर्गीय अधिकारी वर्ग में मृत्यु होती है।

सूर्य हर्शल शुम योग—हर्शल के अमल में होने वाली बातों की उन्नति होती है। राज सत्ता वालों का और अधिकारी वर्ग का वह बहुत उत्तम समय है। देश में लोक उपयोगी सुधार होता है।

सूर्य हर्शल अशुम योग—देश के हित चिंतकों पर संकट उत्पन्न होता है। कौंसिल में तीव्र मतभेद उत्पन्न होता है और देश में विरोध और अस्वस्थता उत्पन्न होती हैं।

सूर्य नेपच्यून शुम योग—सरकारी पक्ष के लिये उत्तम है। अधिकारी वर्ग और लोक व प्रजा पक्ष के बीच सहयोग रहता है। देश में शांति स्वस्थता होती है।

सूर्य नेपच्यून अशुम योग—देश में अस्वस्थता बढ़ती है। सामाजिक सम्बन्ध में बहुत असंतोष बढ़ता है। प्रसिद्ध व्यक्ति, राज घराने व अधिकारी वर्ग पर संकट आता है।

दृष्टि योग का विचार—जो यहाँ उपयोगी होता है निम्न अनुसार है—

दृष्टि का २ ग्रहों का अन्तर ४५°=अर्द्ध केन्द्र योग=अशुम। ६०° अंतर=द्विराश्यन्तर=यह शुम है। ९०° अंतर=केन्द्र योग=अति अशुम। १२०° अंतर=त्रिकोण योग=यह अति शुम है। १३५° अंतर=सार्द्ध चतुष्टय=अशुम। १५०° अंतर=षड़ापटक=अशुम। १८०° अंतर=प्रतियोग=यह अशुम है। जब दो या अधिक ग्रह एक ही अंश पर हों=युति योग=यह युति योग शुम ग्रहों का हो तो शुम फल, अशुम ग्रहों का हो तो अशुम फल होता हैं। यह युति योग अंशात्मक हो तो तीव्र फल उत्पन्न करता है। जब दो ग्रहों की उत्तर या दक्षिण क्रांति एक सी होती है तब यह सम क्रांति योग होता है। इस योग में युति योग प्रमाण से शुमाशुम फल उत्पन्न करता है। इस योग का दीप्तांश १° या १॥° से अधिक नहीं होता।

पीड़ित—ग्रह या स्थान पर पाप ग्रह का योग या दृष्टि या पाप ग्रह के सम्बन्ध में कोई बुरा ( अशुम ) प्रमाव पड़ता हो।

ग्रह के तत्व राशि

| तत्व | अग्नि | पृथ्वी | वायु | जल |
|---|---|---|---|---|
| राशि | १-५-९ | २-६-१० | ३-७-११ | ४-८-१२ |

## चंद्र का स्थानफल

( १ ) चंद्र प्रथम स्थान में—चंद्र जिस राशि का कारक है ऐसी सब बातों में और प्रजापक्ष के सम्बन्ध में प्रगति होती है। आरोग्य और शांति प्रगट होती है। अनाज और जल उत्तम होता है। चंद्र पीड़ित हो तो वह जिस ग्रह से पीड़ित हो उस ग्रह के गुण धर्म प्रमाण से संकट उत्पन्न होता है।

( २ ) चंद्र द्वितीय—नवीन धंधे शुरू होते हैं। व्यापार खेती की उन्नति और देश के धन उत्पादक धंधे में प्रगति होती है।

( ३ ) चंद्र तृतीय—शिक्षा सम्बन्धी कार्य में यश प्राप्त होता है। रेलवे पोस्ट आफिस और प्रवास के साधन के लिये अनुकूल समय होता है। चंद्र पीड़ित हो तो रेलवे में अपघात होता है।

( ४ ) चंद्र चतुर्थ—प्रजापक्ष बलवान् होता है। बांध बांधना, नहर के सम्बन्ध से स्थिति सुधरती है। खनिज से उत्पन्न धातु और फसल की उन्नति होती है। इस समय स्वस्थता रहती है। चंद्र पीड़ित हो तो देश में अस्वस्थता होती है खनिज और इमारत के सम्बन्ध से अपघात होता है।

( ५ ) चंद्र पंचम—शाला, विद्यार्थी वर्ग, शिक्षा खाना, कालेज, मनोरंजन के स्थान नाटक गृह इनकी प्रगति होती है। जन्म संख्या अधिक बढ़ती है। चंद्र पीड़ित हो तो बालकों की मृत्यु संख्या बढ़ती है। समाज में और शिक्षा विषयक प्रश्न में तीव्र मतभेद उत्पन्न होता है।

( ६ ) चंद्र षष्ठ—चंद्र बलवान् हो तो मजदूर वर्ग और कारखाने के सम्बन्ध से उपयोगी वार्ता होती है चंद्र पीड़ित हो तो मजदूर वर्ग में असंतोष, हड़ताल, बेरोजगारी और संकट होता है। रोग की और मंहगाई की बढ़ती होती है।

( ७ ) चंद्र सप्तम—बलवान् हो तो देश में भिन्न-भिन्न पंथों में वैमनस्यता और झगड़ों में कमी होती है। देश में एकता होती है। प्रजा के हित में विचार होता है। उत्सव, विवाह आदि मांगलिक कार्य में परिस्थिति के अनुसार इनकी वृद्धि होती है। परराष्ट्रीय व्यवहार में लाभ होता है।

( ८ ) चंद्र अष्टम—बलवान् हो तो देश की वसूली में वृद्धि होती है। पीड़ित हो तो स्त्रियों की और सामान्य लोगों की मृत्यु संख्या बढ़ती है। रोग उत्पन्न होते हैं। चंद्र अधिक पीड़ित हो तो खून, मारपीट, डाका व भयंकर रोग फैलते हैं।

( ९ ) चंद्र नवम—बलवान् हो तो, धार्मिक प्रसंगों की बढ़ती होती है, प्रवास और परराष्ट्रीय व्यापार में उन्नति होती है। चंद्र अति पीड़ित हो तो खलासी व प्रवासी के जीवन में संकट आता है। जहाज और नाव डूबने का संयोग प्राप्त होता है।

( १० ) चंद्र दशम—बलवान् हो तो अधिकारी वर्ग प्रजा के उपयोगी कार्य करते हैं। राजसत्ता का समय अच्छा होता है, कठिनाई नहीं होती। देश में स्वस्थता बढ़ती है। सार्वजनिक उत्सव होते हैं। चंद्र पीड़ित हो तो सर्वत्र असंतोष प्रगट होने लगता है। व्यापार में मंदापन आ जाता है।

( ११ ) चंद्र लाभ में—लोकपक्ष का प्रभाव बढ़ता है। अधिकारो वर्ग और जनता में मेल रहता है। कौंसिल में प्रजा के हित के कायदे बनाये जाते हैं। पीड़ित हो तो म्युनिसिपल में विवाद होने से उसके कार्य में गड़बड़ी होती है। प्रजापक्ष में झगड़े होते हैं।

( १२ ) चंद्र व्यय में—चंद्र बलवान हो तो नई धर्मार्थ संस्था का निर्माण होता है। धर्मार्थ व लोक-उपयोगी संस्था से लोगों को लाभ होता है। चंद्र अति पीड़ित हो तो मारपीट व अत्याचार बढ़ते हैं। गुप्त शत्रु की वृद्धि होती है।

## चंद्र पर होनेवाले दृष्टि योग

चंद्र बुध युति और शुभ योग—शास्त्रीय व शोध और बुद्धि विकास के सम्बन्ध से प्रगति होती है। बुद्धि विकास और शिक्षा विषय के प्रश्न पर पहले विचार होता है और उनकी विशेष उन्नति होती है। व्यापार सम्बन्धी इकरारनामे होते हैं। और वक्ताओं के महत्व पूर्ण भाषण होते है।

चंद्र बुध अशुभ योग—समाज व कौंसिल में तीव्र वादविवाद होता है। पत्रों में इसकी टीका होती है। बुद्धिमत्तापूर्वक विरोध की बातें होने लगती हैं। कोर्ट में नुकसानी एवं मानहानि के झगड़े होते हैं। शिक्षण संस्था स्कूल अनाथालय इनका अच्छा समय नहीं रहता। परिस्थिति प्रमाण से व्यापार के इकरारनामे के सम्बन्ध में प्रश्न उपस्थित होता है।

चंद्र शुक्र युति व शुभ योग—इसमें सुख की वृद्धि होती है। आरोग्य व उद्योग धंधे की उन्नति होती है। देश में आनंद उत्सव होते हैं। नाटक गृह आदि व मनोरंजन के स्थान की वृद्धि होती है। साम्पत्तिक स्थिति की उन्नति होती है।

चंद्र शुक्र अशुभ योग—बैंकों में गड़बड़ी होती है। देश की साम्पत्तिक स्थिति संतोषजनक नहीं रहती। टैक्स व वसूली व परराष्ट्रीय व्यापार इनके सम्बन्ध में विचारणीय स्थिति उत्पन्न हो जाती है। आरोग्यता में हानि होती है। स्त्रियों और

बच्चों का यह समय अनिष्टकारक होता है। नाटक गृह, मनोरंजन आदि में मंदी होती है।

चंद्र मंगल शुभ योग—आरोग्य बढ़ता है। देश में उत्साहवर्धक कार्य होते हैं। परिस्थिति प्रमाण से शस्त्र व सैन्य की स्थिति अच्छी रहती है।

चंद्र मंगल युति व अशुभ योग—रोग बढ़ते हैं। असंतोष फैलता है। मारपीट, दंगे, लड़ाई-झगड़े, हड़ताल, खून, अपघात और अग्निप्रकोप होते हैं। सैन्य और युद्ध के अधिकारी की मृत्यु होती है। परराष्ट्रीय उलझे हुए प्रश्न प्रगट होते हैं।

चंद्र गुरु युति व शुभ योग—भूमि का लगान, टैक्स व फसल सम्बन्ध से अच्छी स्थिति रहती है। देश के व्यापार में उन्नति होती है। देश में शांति और आरोग्यता बढ़ती है। धार्मिक व लोक उपयोगी कार्य होते हैं।

चंद्र गुरु अशुभ योग—देश का आरोग्य अच्छा नहीं रहता धार्मिक व धर्मादा चलाने की संस्था की स्थिति अच्छी नहीं रहती। इस योग में बहुत तीव्र फल का अनुभव नहीं होता।

चंद्र शनि शुभ योग—अधिकारी वर्ग की प्रजा से सहानुभूति रहती है। देश के राज्य का कारबार अच्छी तरह चलता है अधिकारी वर्ग और म्युनिसिपल के पुराने कायदों में सुधार होता है नया कायदा बनता है। अधिकारी वर्ग सरकारी पैसे की लाभजनक व्यवस्था करते हैं, फसल व खदान की उन्नति होती है। मजदूर वर्ग व इमारत बनाने के सम्बन्ध में अच्छी स्थिति रहती है।

चंद्र शनि युति किंवा अशुभ योग—फसल डूब जाती है अकाल पड़ता है। गरीब लोगों को परेशानी होती है। नौकरी पर अवलम्बित रहनेवाले, काम करनेवाले व मजदूर वर्ग का यह समय खराब रहता है। व्यापार धंधा नष्ट होता है। असंतोष और रोग बढ़ता है। कौंसिल में नियुक्त सभासद में से किसी की मृत्यु होती है।

चन्द्र हर्शल शुभ दृष्टि योग—कायदा कानून में सुधार होता है। देश का कारबार अच्छी तरह चलता है।

चन्द्र हर्शल युति व अशुभ योग—प्रजा को अप्रिय लगने वाली बात होती है, असन्तोष बढ़ता है। म्युनिसिपल कौंसिल व राज्य के कारबार में गड़बड़ी होती है।

चन्द्र–नेपच्यून शुभ योग—धर्मादा संस्था की उन्नति होती है उसका अच्छा उपयोग होता है। सामान्य लोक व जनता का समय लाभ जनक होता है।

चन्द्र नेपच्यून अशुभ योग—देश में गुप्त व विचित्र उत्पात होते हैं। दोनों पक्षों में असन्तोष बढ़ता है तीव्र मत भेद पैदा होता है।

बुध का स्थान फल

( १ ) बुध प्रथम स्थान में—बुध के कारक धन्धा सम्बन्धी चर्चा होती है। बौद्धिक व शिक्षण की वृद्धि होती है देश में कई प्रकार के विषयों पर

सभाएँ होती हैं व भाषण होते हैं। बुध पीड़ित हो तो राज कारबार सम्बन्ध से जनता में तीव्र मतभेद होता है। जाली दस्तावेज और चोरी आदि के सम्बन्ध से झगड़े होते हैं। मान हानि कारक लेखके भी झगड़े होते हैं। न्यायालय का काम बढ़ता है। वर्तमान पत्र ग्रंथ प्रकाशन और शिक्षा के लिये प्रतिकूल समय होता है।

( २ ) बुध द्वितीय—पोस्ट तार विभाग रेलवे. और प्रवास के साधन सम्बन्ध में विचार होता है और सम्पत्ति की स्थिति के सम्बन्ध से देश में चर्चा होती है। शिक्षा बुद्धि विकास, वक्तव्य और शास्त्रीय शोध के सम्बन्ध के धन्धों की उन्नति होती है। बुध पीड़ित हो तो साम्पत्तिक स्थिति में हानि होती है। शेयर मारकेट में हानि कारक घटना होती है। बैंक कारबार बेईमानी के कारण डूब जाता है। सरकारी वसूली और टैक्स इनमें हानि होती है।

( ३ ) बुध तृतीय—रेलवे व तार विभाग की उन्नति होती है। नवीन ग्रंथ प्रकाशित होते हैं। समाचार पत्र, मासिक पत्रिकाएँ, पुस्तकें और शिक्षण इनकी उन्नति होती है। बुध पीड़ित हो तो समाचार पत्र के कारबार में झगड़े होते हैं। रेलवे में अपघात होता है।

( ४ ) बुध चतुर्थ—सार्वजनिक व सरकारी इमारतें बनती हैं और इनके सम्बन्ध में कौंसिल में कायदों का विचार होता है। खान में काम करने वाले मजदूर और किसान इनका समय सुखदायक होता है। बुध पीड़ित हो तो मजदूर वर्ग में असन्तोष और बेरोजगारी फैलती है। बुध मंगल से पीड़ित हो तो अग्नि कांड, शनि से पीड़ित हो तो इमारत गिरने से अपघात होता है।

( ५ ) बुध पंचम—शिक्षण सम्बन्ध से सरकार पैसा खर्च करेगी। शाला की व शिक्षण संस्था की स्थिति सुधरती है। बुध पीड़ित हो तो अग्निकांड झगड़े लड़ाई होती है। हर्शल से पीड़ित हो तो हड़ताल या काम में रुकावट होती है। नेपच्यून से पीड़ित हो तो मान हानि का प्रसंग सामने आता है

( ६ ) बुध षष्ठ—समाज सेवा के कार्य में उन्नति होती है। मजदूर वर्ग व काम करने वालों के सम्बन्ध का प्रश्न समाधान पूर्वक हल हो जाता है। बुध पीड़ित हो तो रोग उत्पन्न होते हैं और काम करने वाले लोगों में असन्तोष होता है।

( ७ ) बुध सप्तम—परराष्ट्रीय व्यापार के इकरारनामा और कायदे के सम्बन्ध में विचार होता है। पर राष्ट्रीय वातावरण की ओर विशेष

ध्यान दिया जाता है। कौंसिल में इसकी चर्चा होती है। पीड़ित न हो तो सप्तम स्थान सम्बन्धी बातों में प्रगट और स्पष्ट वार्ता होने लगती है। बड़ों से, वातावरण सम्बन्ध से, दुःख, झगड़े और तीव्र वाद-विवाद होता है।

(८) बुध अष्टम—आरोग्य विषय सम्बन्धी प्रश्न की चर्चा होती है। पीड़ित हो तो लेखक, ग्रन्थकार, ग्रन्थ प्रकाशक व शिक्षण विषय में नियुक्त व्यक्ति की मृत्यु होती है।

(९) बुध नवम—परराष्ट्र व्यापार बढ़ता है प्रवास के साधन और हर देश की यात्रा की संख्या में बढ़ती होती है। कौंसिल में महत्व के भाषण होते हैं। धर्म तत्व ज्ञान बुद्धि विकास व शास्त्रीय शोध में उन्नति होती है। पीड़ित न हो तो कोर्ट व न्याय के झगड़े बढ़ते हैं। प्रवासी व खलासी अपघात में पड़ जाते हैं।

(१०) बुध दशम—बुध के सम्बन्ध की सब बातों की उन्नति होती है। लेखक व ग्रन्थकार का गौरव बढ़ता है। सार्वजनिक महत्व की सभा होती है, अधिकारी वर्ग के महत्वपूर्ण भाषण होते हैं। बुध पीड़ित हो तो समाज में गड़बड़ी उत्पन्न होती है।

(११) बुध लाभ में—देश के कायदे में फेर बदल होता है। कौंसिल में महत्व के भाषण होते हैं और काम सम्बन्धी सार्वजनिक चर्चा शुरू होती है। बुध पीड़ित हो तो बेचैनी, तीव्र मत भेद और चुभने वाले भाषण होते हैं। इस स्थान के कारक के सम्बन्ध में बातें होती हैं। समाज की ओर से टीका टिप्पणी होती है।

(१२) बुध व्यय में—जेल, अस्पताल, धर्मादा एवं सार्वजनिक संस्थाओं के सम्बन्ध में चर्चा होती है। पीड़ित हो तो परराष्ट्रीय गुप्त शत्रु से दुःख होता है। जालसाजी, जाली दस्तावेज, लूटपाट, चोरी आदि होते हैं और अत्याचार होता है।

**बुध पर दृष्टि योग का फल**

बुध शुक्र युति व शुभ दृष्टि योग—परराष्ट्रीय वातावरण से लाभ होता है। मनोरंजन के साधन नाटक और ललित कला की उन्नति होती है। देश में आरोग्य अमन चैन व आपस में मेल जोल होता है।

बुध शुक्र अशुभ योग—इसमें कोई दूसरा अशुभ योग का सम्बन्ध न हो तो यह बहुत महत्व का नहीं है।

बुध मंगल शुभ योग—बुध के कारक सम्बन्धी धंधे की उन्नति होती है। शास्त्रीय विषय की वृद्धि होती है। समाचार पत्र व ग्रंथ प्रकाशक व भाषण इनका समय अच्छा होता है।

बुध मंगल अशुभ योग—राजकीय वातावरण बिलकुल बदल जाता है। समाचार पत्र के कार्यकर्ता पर मान हानि करने की शिकायत होती है। लड़ाई झगड़े बेचैनी असंतोष तीव्र मतभेद और जोरदार वाद-विवाद होता है। धोखे वाली मारपीट चोरी और लोगों को फँसाने का काम चाल बाज लोग करते हैं। हड़ताल होती है। पागलों की संख्या बढ़ती है। इस समय सार्वजनिक असंतोष फैलता है।

बुध गुरु युति और शुभयोग—आरोग्य व अमन चैन बढ़ता है। देश में शान्ति बढ़ती है। कला की वृद्धि होती है सामाजिक व धार्मिक सम्बन्ध से उपयोगी बातें होती हैं। उद्योग, धंधे, व्यापार इनकी उन्नति होती है।

बुध गुरु अशुभ योग—धार्मिक, सामाजिक एवं कला सम्बन्धी उन्नति में बाधा पड़ती है। शिक्षण की प्राप्ति नहीं होती है। समाज सुधारक और पुराने विचार वालों में वाद-विवाद होता है।

बुध शनि शुभ योग—बुध को कारक बातों का नियंत्रण होता है। रेलवे के लोग व मजदूर वर्ग और म्युनिसिपल में काम करने वाले लोगों के गुट आदि का यह समय अनुकूल होता है।

बुध शनि अशुभ योग—ग्रन्थ प्रकाशन व शिक्षण के लिए यह अनिष्ट समय होता है। चोरी धोखा धड़ी सनकी मनुष्य आदि की बातें होती हैं। म्युनिसिपल रेलवे के लोग व मजदूर वर्ग आदि में असंतोष व हड़ताल होती है।

बुध हर्शल शुभ योग—वायुयान की उन्नति होती है रेलवे का काम ठीक चलता है। राजकीय विषय में प्रगति होती है, हलचल व सभाएँ होती हैं कौंसिल, अधिकारी वर्ग, शास्त्रीय शोध और बुद्धि बढ़ाने वाली बातों की उन्नति होती है।

बुध हर्शल अशुभ योग—बुद्धि विषय की प्राप्ति प्रतिकूल होती है। देश में हलचल असंतोष, हड़ताल अपघात व अत्याचार होते हैं।

बुध नेपच्यून शुभ योग—ग्रन्थ शास्त्र सम्बन्धी शोध होता है। लेखन का धंधा, ग्रन्थ प्रकाशन, वक्तृत्व, ललित कला और बुद्धि विकाश संबंध से उन्नति होती है।

बुध नेपच्यून अशुभ योग—गुप्त जासूस के कार्य और धोखा धड़ी के काम में विचित्र रीति से फसाने वालों का काम प्रगट होता है। विष प्रयोग, अत्याचार व मान हानि के झगड़े और गुप्त कारखाने के सम्बन्ध की बातें घटित होती है।

शुक्र का भाव फल—

( १ ) शुक्र प्रथम स्थान में—मनोरंजन के साधन की वृद्धि होती है। देश में अमन चैन शान्ति, आनंद उत्सव महोत्सव होते हैं, पीड़ित हो तो ग्रह के गुण धर्म के अनुसार पीड़ा और दुःख उत्पन्न करता है।

( २ ) शुक्र द्वितीय—नवीन धंधे आरम्भ होते हैं। देश की साम्पत्तिक स्थिति उत्तम रहती है। उद्योग धंधे व्यापार बैंक, सरकारी वसूली टैक्स इनकी

स्थिति समाधान कारक रहती है। पीड़ित हो तो टैक्स लगाये जाते हैं। व्यापार धंधे डूब जाते हैं। सम्पत्ति का दुरुपयोग होता है ।

( ३ ) शुक्र तृतीय—परराष्ट्र से मित्रता की बात होती है। शिक्षा का विस्तार होता है। ललित कला काव्य व कला विषय के नवीन ग्रन्थ प्रकाशित होते हैं। पोस्ट तार व रेलवे विभाग की स्थिति साधारण रहती है।

( ४ ) शुक्र चतुर्थ—देश में शान्ति व आरोग्य बढ़ता है। प्रजा मजदूर वर्ग और खेती करने वाले सुखी रहते हैं खेती फसल, धातु की खदान, व इमारत बनाने वाले आदि की स्थिति अच्छी रहती है ।

( ५ ) शुक्र पंचम—स्कूल विद्यार्थी और जन संख्या की वृद्धि होती है। शर्त बाजी, सट्टा जुआ की वृद्धि होती है। नाटक गृह मनोरंजन के स्थान की उन्नति होती है। पीड़ित हो तो उपरोक्त बातों की स्थिति अच्छी नहीं रहती। बच्चों की मृत्यु संख्या बहुत बढ़ती है। शेयर मारकेट में बुरा प्रभाव पड़ता है।

( ६ ) शुक्र षष्ठ—शुभ दृष्ट बलवान हो तो कारखाने अच्छी प्रकार से चालू रहते हैं सैन्य और शस्त्र की स्थिति संतोष जनक रहती है रोग आदि नहीं होते, नौकरी पेशा, मजदूर वर्ग, नीचे दर्जे के लोग इनमें संतोष और शांति रहती है। शुक्र पीड़ित हो तो रोग आदि होते हैं।

( ७ ) शुक्र सप्तम—देश में विवाह सम्बन्धी कार्य की संख्या बढ़ती है। व्यापार सम्बन्ध से शर्त करार आदि तय किये जाते हैं परराष्ट्रीय व्यवहार आरम्भ करने में यह समय लाभजनक होता है। पीड़ित हो तो देश में स्त्री वर्ग को अनिष्ट होता है। राष्ट्रीय झगड़े उत्पन्न होते हैं।

( ८ ) शुक्र अष्टम—शुक्र बलवान् हो तो परराष्ट्रीय व्यापार में लाभ होता है। पीड़ित हो तो नट, चित्रकार, गायक, स्त्रियाँ व श्रीमान् पुरुषों की मृत्यु होती है।

( ९ ) शुक्र नवम—नवम स्थान के द्योतक बातों की उन्नति होती है। धार्मिक संस्था, परराष्ट्रीय व्यापार, न्याय कोर्ट, डाक आदि की उन्नति होती है। अति पीड़ित हो तो परराष्ट्रीय व्यापार में लाभ नहीं होता।

( १० ) शुक्र दशम—देश में शांति रहती है। गायक, कृषि, चित्रकार को राज्य से आश्रय मिलता है। देश में आनंद उत्सव होता है। राज पुरुष, अधिकारी वर्ग, राजा का समय सुखकारक होता है। अति पीड़ित हो तो देश की वसूली टैक्स साम्पत्तिक स्थिति के सम्बन्ध में विचार में पड़ जाना पड़ता है।

( ११ ) शुक्र लाभ में—समाज की स्थिति समाधानकारक रहती है, महत्त्व के प्रस्ताव पास होते हैं। पक्ष भेद नहीं के बराबर होकर सब काम

अच्छी तरह चलते रहते हैं। कायदे कौंसिल का काम इस समय उत्तम रहता है।

( १२ ) शुक्र व्यय में—परराष्ट्रीय कायदों में गुप्त करार होता है अस्पताल, धर्मादा, समाज सेवा की संस्था इनको उन्नति होती है। पीड़ित हो तो धोखेबाज गुट के कृत्य और शुक्र के प्रभाव में होनेवाले लोगों को अनिष्ट घटना घटित होती है।

शुक्र पर दृष्टियोग का फल

शुक्र मंगल शुभ योग—परराष्ट्र व्यापार बढ़ता है। उद्योग धंधे भी बढ़ते हैं। जनसंख्या बढ़ती है, विवाह कार्य उत्सव आनंद होते हैं।

शुक्र मंगल युति व अशुभ दृष्टि योग—अनीति का काम व गर्भाधान की संख्या बढ़ती है। साम्पत्तिक स्थिति समाधान पूर्वक नहीं रहती। सम्पत्ति की हानि अनुचित कारण से होती है।

शुक्र गुरु युति व शुभ योग—देश में भिन्न पक्ष के भेद की तीव्रता में कमी होती है। धार्मिक एवं सामाजिक संस्था की स्थिति उत्तम रहती है। देश के उद्योग धंधे व्यापार एवं शांति व सुख के साधन में वृद्धि होती है।

शुक्र गुरु अशुभ योग—देश में अमन चैन बढ़ता है। लोक उपयोगी संस्था में धन की अड़चन आती है। टैक्स बढ़ता है। सम्पत्ति का उपयोग अच्छी प्रकार से नहीं किया जाता।

शुक्र शनि शुभ योग—देश की सम्पत्ति बढ़ती है। सरकारी वसूली; शेयर मार्केट, उद्योग धंधे और साम्पत्तिक स्थिति उत्तम रहती है।

शुक्र शनि युति व अशुभ योग—देश में आपत्तिकारक बातें होती हैं। उद्योग धंधे की स्थिति व साम्पत्तिक स्थिति ठीक नहीं रहती। स्त्री वर्ग को अनिष्टकारक होता है।

शुक्र हर्शल शुभ यति—विवाह कार्य की संख्या बढ़ती है। अधिकारी वर्ग को यह समय उत्तम रहता है।

शुक्र हर्शल युति व अशुभ योग—शुक्र के आधीन विषय की स्थिति समाधान कारक नहीं रहती। साम्पत्तिक स्थिति अच्छी नहीं रहती। समाज के भिन्न वर्गों में झगड़े होते हैं।

शुक्र नेपच्यून शुभ योग—अस्पताल व धर्मार्थ दवाखाने व कनिष्ट दर्जे के लोगों की स्थिति सुधरती है।

शुक्र नेपच्यून युति व अशुभ योग—सम्पत्ति के सम्बन्ध से बहुत प्रकार से फँसाने के काम किये जाते हैं। धोखा धंधी करनेवालों के गुट का धंधा जोर से चलता है। अनीति व बलप्रयोग के कार्य का व्यर्थ हल्ला होता है।

मंगल के स्थान का फल—

( १ ) मंगल प्रथम स्थान में—मंगल पर अशुभ दृष्टि नहीं हो तो अधिकारी वर्ग व राजा इनकी सत्ता बिना बाधा के चलती है। परिस्थिति प्रमाण से देश में युद्ध सम्बन्धी उत्सव देखने में आता है सैन्य व आयुध की वृद्धि होकर देश के युद्धबल में वृद्धि होती है। देश में भारी उत्साह व आस्था से ठीक कारबार होता है। पीड़ित हो तो रोग से बच्चों की मृत्यु संख्या बढ़ती है। देश में मारपीट, खून खराबा, झगड़े, दंगे, हड़ताल आदि होते हैं।

( २ ) मंगल द्वितीय—बलवान् और शुभ दृष्ट हो तो मंगल के प्रभाव में आनेवाली बातों की वृद्धि होती है। धंधा उत्पादक धंधे में उन्नति होती है। पीड़ित हो तो चोरी व डाका पड़ता है। टैक्स बढ़ता है। सट्टा के धंधे में बड़े बड़े लोगों का दिवाला निकल जाता है। सम्पत्ति के सम्बन्ध में हानि होती है। बैंक स्थिति अच्छी नहीं रहती। शेयर मार्केट में भारी घटना होती है। धनवान् लोगों की मृत्यु होती है।

( ३ ) मंगल तृतीय—बलवान् हो तो पोस्ट आफिस रेलवे आदि की बढ़ती होती है। पीड़ित हो तो पोस्ट आफिस रेलवे के कार्य कर्ताओं और तीसरे स्थान के प्रभाव के सम्बन्ध के लोगों में मारपीट, असंतोष, हड़ताल उत्पन्न होती है। रेलवे में अपघात होता है। लेखक वर्ग के किसी की मृत्यु होती है। समाचार पत्रकार और ग्रन्थकार इनको यह समय बुरा होता है।

( ४ ) मंगल चतुर्थ—मंगल इस स्थान में बिलकुल अच्छा नहीं होता। इस योग में फसल को हानि पहुँचती है अकाल पड़ता है। अपघात व अग्निकांड होते हैं। मृत्युसंख्या बढ़ती है। इस समय मंगल बहुत कष्टकारक होता है। अधिकारी वर्ग या राजवर्ग इनमें से किसी की मृत्यु होती है। वायुमंडल में उष्णता अधिक बढ़ती है और कहीं-कहीं भूकम्प होता है।

( ५ ) मंगल पंचम—बलवान् हो तो पंचम स्थान के सम्बन्ध का काम साहस और उत्साह से होता है? पीड़ित हो तो बाल मृत्यु की संख्या बढ़ती है। गायनशाला, नाटक घर व मनोरंजन के स्थान आदि में आग लगती है या अपमान होता है। मंगल का धन स्थान से सम्बन्ध हो तो जुआ, सट्टा, शर्तबाजी आदि में पैसा खर्च होता है।

( ६ ) मंगल षष्ठ—बलवान् हो तो युद्ध सामग्री झपाटे से बढ़ती है। पीड़ित हो तो मृत्यु संख्या बढ़ती है। पशुओं में रोग उत्पन्न होते हैं। दूषित बुखार के साथ रोग बहुत फैलता है।

( ७ ) मंगल सप्तम—मंगल जरा भी दूषित न हो तो पर राष्ट्र से लाभजनक व्यवहार होता है। पीड़ित हो तो परिस्थिति के अनुसार युद्ध आरम्भ की चर्चा सुनाई पड़ती है। ऐसे लक्षण दिखते हैं कि युद्ध आरम्भ होगा देश में युद्ध उत्साह बढ़ता है। स्त्रियों के लिये यह समय अनिष्ट कारक है, गर्भपात, तलाक व अत्याचार की संख्या बढ़ती है।

( ८ ) मंगल अष्टम—मंगल के प्रभाव के लोगों की मृत्यु होती है। अति पीड़ित हो तो अग्नि कांड व अपघात से मृत्यु होती है इसी प्रमाण से आत्म हत्या व खून होते हैं। जिस राशि पर मंगल हो उसी राशि के लोगों की बहुत मृत्यु होती है।

( ९ ) मंगल नवम—धार्मिक मामलों में तीव्र मतभेद हो जाता है। खलासी लोग व जहाज व नाव में अपघात होता है। परराष्ट्रीय व्यापार सम्बन्ध से झगड़े होते हैं। शास्त्रीय शोधक, वकील न्यायाधीश व धार्मिक वातावरण के पुरस्कार प्राप्त किये लोगों के बीच मृत्यु होती है।

( १० ) मंगल दशम—बलवान हो तो युद्ध विषय का व सैन्य के खर्च संबंधी प्रश्न उत्पन्न होता है। सेना के व देश के अधिकारी वर्ग का अधिकार बढ़ता है और सन्मान होता है। पीड़ित हो तो राज वर्ग और अधिकारी वर्ग इनमें मृत्यु होती है या बीमार पड़ते हैं, मंगल का या मंगल पर दृष्टि योग करने वाले ग्रह का संबंध धन स्थान से हो तो युद्ध संबंधी बातों का बहुत खर्च बढ़ जाता है, देश में दंगे लड़ाई झगड़े होते हैं। मंगल अति पीड़ित हो तो अत्याचार बढ़ते हैं।

( ११ ) मंगल लाभ में—सेना के खर्च संबंध से वाद-विवाद होता है। कौंसिल में तीव्र मतभेद का प्रश्न उपस्थित होता है। कौंसिल समासद की मृत्यु होती है, विभिन्न पक्षों में मतभेद उत्पन्न होता है।

( १२ ) मंगल व्यय में—गुप्त शत्रु का कार्य प्रगट होता है। चोरी डकैती मारपीट आदि अपराधों की संख्या बढ़ती है, कैदी लोग जेल से भाग जाने का प्रयत्न करते हैं। इस संबंध में उलझनें उत्पन्न होती है।

मंगल पर होने वाले दृष्टि योग का फल

मंगल गुरु शुभ योग—देश में आरोग्य बढ़ेगा। धर्मादा संस्था, धार्मिक संस्था, अस्पताल इनकी उन्नति होगी।

मंगल गुरु युति व अशुभ योग—उपरोक्त शुभ योग के विरुद्ध फल होगा। बेचैनी होगी। स्पर्श जन्य रोग फैलेगा।

मंगल शनि शुभ योग—परिस्थिति अनुसार सैन्य शस्त्र व पुलिस विभाग की स्थिति समाधान कारक रहती है। अधिकारारूढ़ पक्ष को अच्छा लाभ मिलता है।

मंगल शनि युति व अशुभ योग—यह अति अनिष्ट कारक योग है। प्रजा में असन्तोष और बेचैनी रहती है। चोरी डाका खून मारपीट की घटनायें बढ़ती हैं। अधिकारारूढ़ पक्ष को बहुत कष्ट होता है।

मंगल हर्शल शुभ योग---कौंसिल के समासद के चुनाव के लिये यह समय उत्तम है। अधिकारारूढ़ पक्ष की सत्ता निर्बाधित रहती है। अधिकारी वर्ग के कष्ट दायक प्रश्न का हल सुलभ हो जाता है।

मंगल शनि युति व अशुभ योग---कौंसिल के समासद व अधिकारारूढ़ पक्ष को अनिष्ट होता है। असन्तोष बढ़ता है। अकल्पित रीति से कष्ट कारक व उलझे हुए प्रश्न उपस्थित होते हैं। हड़ताल डाके खून खराबी मारपीट इनको बढ़ती होती है। भूकम्प होता है।

मंगल नेपच्यून शुभ योग---अस्पताल व धर्मार्थ दवा खाने की उन्नति होती है। प्रजापक्ष को यह उन्नति का समय है।

मंगल नेपच्यून युति व अशुभ योग—खून मारपीट विष प्रयोग और अत्याचार बढ़ते हैं, गुप्त कारखाने बढ़ते हैं उतावले लोगों के वातावरण से बेचैनी बढ़ती है। रोग की अधिक बढ़ती होती है।

गुरु का स्थान फल

( १ ) गुरु प्रथम स्थान में—देश का सुखमय समय होता है। देश में अनेक प्रकार प्रगति होती है। देश में शांति आरोग्य रहता है। धार्मिक संस्था व्यापार धंधे अस्पताल इनकी उन्नति होती है। पीड़ित हो तो ग्रह के गुण धर्म प्रमाण से अनेक उलझनें उत्पन्न होती हैं।

( २ ) गुरु द्वितीय—टैक्स कम किया जाता है। साम्पत्तिक स्थिति सुधरती है। सरकारी वसूली की स्थिति ठीक रहती है। उद्योग धंधे व्यापार की उन्नति होती है। गुरु पर अशुभ दृष्टि हो तो राष्ट्रीय खर्च में बहुत कठिनाई उत्पन्न होती है।

( ३ ) गुरु तृतीय—तत्व ज्ञान प्रसारक संस्था, विद्यालय, धर्म की उन्नति होती है। शास्त्रीय शोध शिक्षण आदि की प्रगति होती है। प्रवास के साधन और प्रयास पड़ता है।

( ४ ) गुरु चतुर्थ—प्रजा में शांतता व आनन्द रहता है। आरोग्य बढ़ता है, खेती फसल, खनिज का काम इमारत आदि बनाने के काम की स्थिति उत्तम रहती है। सरकारी पक्ष और प्रजा पक्ष के बीच सहानुभूति रहती है। पीड़ित हो तो उपरोक्त वातावरण में खराबी आ जाती है।

( ५ ) गुरु पंचम—जन संख्या बढ़ती है, शाला, शिक्षण व समाज और खनिज की उन्नति होती है। मनोरंजन के स्थान नाटक गृह एवं खेल कूद इनकी प्रगति होती है।

( ६ ) गुरु षष्ठ—यहाँ गुरु बहुत महत्व का नहीं है। नोकर पेशा, काम करने वाले व मजदूर वर्ग का अच्छा समय रहता है। आरोग्य बढ़ता है।

( ७ ) गुरु सप्तम—यह समय विशेष शांति का है। विवाह कार्य की संख्या बढ़ती है। उच्च दर्जे के लोगों में विवाह तय होते हैं। युद्ध के समय इस योग में विराम होता है। परराष्ट्र के सम्बन्ध में व व्यापारी को लाभ होता है।

( ८ ) गुरु अष्टम—गुरु बलवान हो तो देश में आरोग्य बढ़ता है। पीड़ित हो तो गुरु के आधीन लोगों की मृत्यु होती है।

( ९ ) गुरु नवम—धार्मिक वातावरण अच्छा रहता है धार्मिक विद्वानों की बढ़ती होती है। परदेश गमन शिक्षण संस्था कानून कायदे न्यायालय इनकी प्रगति होती है, परराष्ट्रीय व्यापार में उन्नति होती है। परराष्ट्रीय व्यापार की नई कम्पनी स्थापित होती है।

( १० ) गुरु दशम—आरोग्य और शान्ति की वृद्धि होती है, अनेक प्रकार की उन्नति होती है, राजा, राज वर्ग व अधिकारी वर्ग को यह समय बहुत महत्व का आता है। व्यापार बढ़ता है।

( ११ ) गुरु लाभ में—पर राष्ट्र में मित्रता होती है। कौंसिल कायदे में लोक हित के महत्व के काम किये जाते हैं। शिक्षण व धर्म सम्बन्धी ठहराव किये जाते हैं।

( १२ ) गुरु व्यय में—रोगी के लिये बने स्वास्थ्य गृह, धर्मादा संस्था व भोजनालय इनकी उन्नति होती है।

## गुरु पर होने वाले दृष्टियोग

गुरु शनि शुभ योग—देश का व्यापार उद्योग धन्धे साम्पत्तिक स्थिति उत्तम रहती है। टेक्स कम किये जाते हैं। परराष्ट्र व्यापार बढ़ता है।

गुरु शनि अशुभ योग—बेचैनी उदासीनता फैलती है अनेक बातों के सम्बन्ध में देश की सम्पत्ति में कई अनिष्ट परिणाम होते हैं। बेंक शेयर मारकेट का कारबार अच्छी तरह नहीं चलता। एकाध अप्रिय टेक्स लगाया जाता है।

गुरु हर्शल शुभ योग—साधारण प्रकार से इस योग में देश की उन्नति होती है। कानून कायदे बनाने वालों को यह समय बहुत महत्व का जाता है। महत्व के कायदे जारी होते हैं।

गुरु हर्शल अशुम योग—गुरु के प्रभाव में आने वाली बातों में अचानक अड़चनें आती हैं।

गुरु नेपच्यून शुम योग—विश्व बन्धुत्व की ओर भावना उत्पन्न होती है। धार्मिक संस्थाएँ अपना कार्य अधिक प्रचार करती हैं। प्रजा के हित के काम चालू किये जाते हैं। सामान्यत: यह समय शांति का है।

गुरु नेपच्यून अशुम योग—देश में राजकीय व धार्मिक मतभेद के झगड़े बढ़ते हैं। देश में शांति नहीं रहती।

टिप्पणी—गुरु शनि युति योग, गुरु हर्शल युति योग व गुरु नेपच्यून युतियोग ये बहुत महत्व के हैं इन योगों में अनेक घटनाएँ होती हैं और दीर्घकाल तक उनका परिणाम रहता है। गुरु शनि युति अत्यन्त महत्व की है। इस योग के महत्व के बारे में विशेष विचार करना पड़ता है साधारण दृष्टि योग से इसका विचार नहीं किया जाता इसका विचार आगे और दिया है।

**शनि स्थान फल**

( १ ) शनि प्रथम स्थान में—शनि बलवान और शुम दृष्ट हो तो अपराध कम होते हैं व्यापार और उद्योग धंधे की उन्नति होती है। देश में शांति रहती है। पीड़ित हो तो देश में असन्तोष, दरिद्रता व हिंसात्मक झगड़े और अपराध अधिक होते हैं। लग्न में शनि सूर्य से अशुम योग करता हो तो अधिकारी वर्ग की जाँच पड़ताल होती है। उच्च अधिकारी पर संकट आता है या उसकी मृत्यु होती है।

( २ ) शनि द्वितीय—बलवान और शुम दृष्ट हो तो देश के उद्योग धंधे और सरकारी टैक्स की स्थिति उत्तम रहती है। वातावरण में काट छांट व फिकर के साथ व्यवस्था होती है। पीड़ित हो तो देश में दरिद्रता बढ़ती है। सरकारी वसूली कम होती है। व्यापार बन्द हो जाता है दिवाला निकल जाता है। राष्ट्र की साम्पत्तिक स्थिति में आपत्ति आती है। नवीन टैक्स लगाया जाता है।

( ३ ) शनि तृतीय—शनि पीड़ित हो तो मोटर कम्पनी ट्राम कम्पनी इनके शेयर की कीमत कम होना सम्भव है और उनके नोकरों में हड़ताल होती है। ग्रन्थकार लेखक, प्रकाशक, पुस्तक विक्रेता और वर्तमान समाचार पत्रों की स्थिति खराब हो जाती है। रेलवे में अपघात होता है।

( ४ ) शनि चतुर्थ—बेरोजगारी बढ़ती है। फसल नष्ट हो जाती है अकाल पड़ता है। सर्वत्र बेचैनी फैलती है। प्रजा व मजदूर वर्ग, अधिकारी वर्ग इनको यह समय अनिष्टकारक है। किसानी के काम व बिल्डिंग बनाने में और खनिज इनके सम्बन्ध के काम में मन्दी आती है।

शनि चतुर्थ स्थान के बिलकुल आरम्भ में हो तो अपघात का भूकम्प होता है। वातावरण में भयानकता आ जाती है।

( ५ ) शनि पंचम—इसमें बहुत अनिष्ट फल होता है। बच्चों की मृत्युसंख्या बढ़ती हैं। जनसंख्या कम होती है। पीड़ित हो तो अत्याचार बढ़ते हैं। राजकुल में या उच्च दर्जे के मनुष्यों में मृत्यु होती है।

( ६ ) शनि षष्ठ—पीड़ित हो तो जिस राशि में शनि हो उस राशि के गुण धर्म प्रमाण से रोग होते हैं। देश में आरोग्य बराबर नहीं रहता। बेरोजगारी बढ़ती है। मजदूर वर्ग में असंतोष फैलता है।

( ७ ) शनि सप्तम—बलवान और शुभ दृष्ट हो तो परराष्ट्र से मित्रतापूर्वक व्योहार होता है। पीड़ित हो तो सप्तम स्थान के सम्बन्ध की बातों में हानि होती है। परराष्ट्रीय व्यापार पर अनिष्ट परिणाम होता है। स्त्रियों के लिये यह समय अनिष्टकारक है।

( ८ ) शनि अष्टम—अधिकार वाले वृद्ध मनुष्य या देश के प्रमुख मनुष्य की मृत्यु होती है, पीड़ित हो तो शनि के धर्म प्रमाण से रोग होते हैं, देश में आरोग्य नहीं रहता।

( ९ ) शनि नवम—बलवान हो तो धार्मिक वातावरण बढ़ता है, पीड़ित हो तो देश में समुद्र समीप होने से समुद्र में तूफान उठता है जिससे मनुष्यों की हानि होती है, परराष्ट्रीय व्यापार सम्बन्ध से अड़चन वाली समस्या उत्पन्न होती है।

( १० ) शनि दशम—बलवान और शुभ दृष्ट हो तो राजा-राज वर्ग, अधिकारी वर्ग इनको सिर्फ अच्छा समय होता है। पीड़ित हो तो शनि समान अनिष्ट करने वाला और कोई नहीं है, राजकीय वातावरण मंद हो जाते हैं, अधिकारी वर्ग की सत्ता कम हो जाती है। शनि दशम में हो और सूर्य व हर्शल का अशुभ योग करता हो तो राज घराने में मृत्यु होती है।

( ११ ) शनि लाभ में—बलवान और शुभ दृष्ट हो तो शनि पर दृष्टि करने वाले ग्रह प्रमाण से कायदे कानून बिल आदि पास होते हैं। कौंसिल पार्लियामेंट आदि में काम अच्छी प्रकार से सरलता से चलता है पीड़ित हो तो कौंसिल के काम के सम्बन्ध से प्रजा पक्ष में असन्तोष बढ़ता है। अष्टम में रहने वाले ग्रह यदि शनि को दृष्टि करता हो तो कोई राज घराने वाले मनुष्य की मृत्यु होती है।

( १२ ) शनि व्यय में—अपराध, मारपीट, झगड़े, झांसे होते हैं। साधारण तौर से यह समय बेचैनी का होता है। जेल रिफामेट्री वर्क हाउस इनकी स्थिति अच्छी नहीं रहती।

## शनि पर होनेवाले दृष्टियोग

शनि हर्शल शुभ योग—देश में राज्य व्यवस्था अच्छी प्रकार से चलती है। राजकीय बातों में महत्त्व के सुधार होते हैं।

शनि हर्शल अशुभ योग—सर्वत्र असंतोष, झगड़े, तीव्र मतभेद फूट पड़ते हैं। राजकीय वातावरण बिगड़ जाता है। देश में प्रजापक्ष बलवान् हो तो पार्लियामेंट आदि में नये चुनाव होते हैं।

शनि नेपच्यून शुभ योग—उद्योग धंधे, व्यापार की प्रगति होती है। अस्पताल, धर्मादा संस्था, जेल में सुधार होता है। प्रजा के हित के सम्बन्ध में सुधार होता है।

शनि नेपच्यून अशुभ योग—देश में गुप्त अपराध बहुत होते हैं। लोकपक्ष और प्रजा की हानि होती है।

इन युतियों का विचार आगे और भी दिया है।

## हर्शल स्थान फल

( १ ) हर्शल प्रथम स्थान में—शुभ दृष्ट हो तो इस समय कायदे कानून में सुधार होता है। देश के सत्ताधीश को यह समय उत्तम है। पीड़ित हो तो देश में बेचैनी होती है, झगड़े, दंगा-फसाद, हड़ताल होते हैं अधिकारी वर्ग पर आफत आती है। अति पीड़ित हो तो भयंकर अपराध होते हैं।

( २ ) हर्शल द्वितीय—बलवान् और शुभ दृष्ट हो तो अकल्पित रीति से वसूली बढ़ती है। व्यापार में तेजी आती है। पीड़ित हो तो बैंक कार्यालय व हुण्डी के व्योहार में बहुत शोचनीय स्थिति हो जाती है। देश की साम्पत्तिक स्थिति में विचित्र रीति से घटना होती है और हानि पहुँचती है। राष्ट्रीय सम्बन्ध से सर्वत्र विचार शुरू होता है।

( ३ ) हर्शल तृतीय—बलवान् हो तो तीसरे स्थान के सम्बन्ध की बातों का सुधार के लिये विचार होता है। तृतीय स्थान व शिक्षण के सम्बन्ध से सत्ताधीश की ओर से विचार होता है और उस सम्बन्ध से महत्त्व के कानून व कायदे पास होते हैं। नवीन शोध और नवीन कल्पना होती है। पीड़ित हो तो मोटर, रेल, ट्राम गाड़ी का अपघात होता है।

( ४ ) हर्शल चतुर्थ—पीड़ित हो तो काम करने वाले व मजदूर वर्ग में हड़ताल व असंतोष होता है। खान में अपघात होता है। फसल नष्ट हो जाती है, अकाल पड़ता है। इमारत आदि गिरने से प्रायः हानि होती है। अति पीड़ित हो और चतुर्थ स्थान के आरंभ में हो तो भूकम्प हाता है।

( ५ ) हर्शल पंचम—पीड़ित हो तो मनोरंजन के स्थान नाटक कम्पनी या नाटक गृह के साधन में अनिष्ट होता है। ऊँचे दर्जे के लोगों में झगड़े फिसाद बहुत होते हैं। बच्चों के शिक्षण में मंदापन आ जाता है। और इस संबंध में बहुत चिल्लाहट मचती है।

( ६ ) हर्शल षष्ठ—कारखाने में काम करने वालों में ओर मजदूर वर्ग में हलचल व हड़ताल होती है। अति पीड़ित हो तो विलक्षण प्रकार से रोग होकर मृत्यु संख्या बढ़ती है।

( ७ ) हर्शल सप्तम—पीड़ित हो तो परराष्ट्र में खींचातानी व आक्रमण कारी मनोवृत्ति उत्पन्न होती है। पर राष्ट्र से होने वाले राष्ट्र व्यवहार बहुत त्रास दायक और झगड़े के होते हैं। स्त्री वर्ग को अनिष्ट कारी समय रहता है। गर्भपात की संख्या बढ़ती है। सप्तम स्थान के सम्बन्ध की बातों में लाभ तब ही होता है जब हर्शल बलवान हो।

( ८ ) हर्शल अष्टम— पीड़ित हो तो देश की सम्पत्तिक स्थित अच्छी नहीं रहती इसमें खून आत्म हत्या अपघात और अकल्पित मृत्यु होती है देश का कोई प्रसिद्ध राजकर्ता की मृत्यु होती है।

( ९ ) हर्शल नवम—समुद्र किनारे जहाज में अपघात होता है। न्यायालय में झगड़े के अधिक मुकदमे आते हैं। शास्त्रीय शोध तत्व ज्ञान धर्म इसके सम्बन्ध में उन्नति होती है।

( १० ) हर्शल दशम—बलवान व शुभ समय हो तो सत्तारूढ़ की सत्ता अकल्पित किसी कारण से बढ़ती है। पीड़ित हो तो उच्च वर्ग के राजवर्ग में किसी की मृत्यु होती है। अधिकारी वर्ग को बहुत कष्ट होता है।

( ११ ) हर्शल लाभ में—बलवान और शुभ दृष्ट हो तो कायदे कौंसिल का काम जोरों से चलता है। अनेक महत्व के और आवश्यक परिवर्तन होते हैं। पीड़ित हो तो अचानक उलझन के प्रश्न उपस्थित होते हैं।

( १२ ) हर्शल व्यय में—अति पीड़ित हो तो अस्पताल धर्मादा संस्था और जेल की स्थिति समाधान कारक नहीं रहती। गुप्त रीति से अत्यन्त विचित्र प्रकार के अत्याचार होते हैं।

## हर्षल पर होने वाली दृष्टि का योगफल

हर्शल नेपच्यून शुभ योग—कायदे कानून में बहुत सुधार होता है प्रजा और अधिकारी वर्ग के बीच अच्छी भावना रहती है। देश के फायदे करने वाली संस्था और अधिकारी वर्ग की सत्ता निर्विरोध रहती है। गूढ़ विद्या यंत्र मंत्र के शास्त्र और धार्मिक मत इनकी उन्नति होती है।

हर्शल नेपच्यून अशुभ योग—यह समय अत्यन्त बेचैनी का होता है। राजपक्ष व प्रजा पक्ष के बीच तीव्र मतभेद उत्पन्न होते हैं। राजकीय प्रकरण में अत्यन्त फेर बदल होता है।

नेपच्यून का भाव फल—

( १ ) नेपच्यून प्रथम स्थान में—नेपच्यून दृष्टि में बलवान होतो कार बार यशस्वी होता है। प्रजा पक्ष की भलाई का कोई कार बार होता है। पीड़ित हो तो देश में अत्याचार अपराध बढ़ते हैं। राजकीय कार्य में असंतोष बढ़ता हैं।

( २ ) नेपच्यून द्वितीय—पीड़ित हो तो चालबाज गुट का लाभ तेजी से चलता है। धोखा धंधी, दगाबाजी, खोटे व्यवहार आदि के काम की बढ़ती होती है। साम्पत्तिक स्थिति में भारी उलट फेर व सुधार होता है। देश में दिवाला निकलता है। टैक्स की वसूली अन्दाज से कम होती है। यहाँ नेपच्यून पाप दृष्ट न भी हो तो राष्ट्रीय सम्पत्ति अच्छी नहीं रहती।

( ३ ) नेपच्यून तृतीय—बलवान हो तो समाचार पत्र व बुद्धि विकास के कार्य में उन्नति होती है। पीड़ित हो तो तृतीय स्थान की बातों के सम्बन्ध में बेचैनी बढ़ती है समाचार पत्रकार व लेखक वर्ग में जोरदार विवाद होता है। शिक्षण सम्बन्ध से तीव्र मतभेद व वाद-विवाद होता है, मान हानि व नुकसानी के झगड़े होते हैं।

( ४ ) नेपच्यून चतुर्थ—नेपच्यून बलवान और शुभ दृष्ट हो तो खेती व फसल अच्छी होती है। चतुर्थ स्थान के ठीक आरम्भ में नेपच्यून हो तो अधिकारी पक्ष को अनिष्ट होता है। इस स्थान में नेपच्यून होने से श्वास रोग व हवा व ठंड बढ़ती है राजकीय हलचल होकर असंतोष बढ़ता है।

( ५ ) नेपच्यून पञ्चम—बलवान और शुभ दृष्ट हो तो पञ्चम स्थान की बातों के सम्बन्ध से शुभ फल मिलता है। शाला व शिक्षण की उन्नति होती है जनसंख्या बढ़ती है। पीड़ित हो तो इस स्थान के सम्बन्ध की बातें विचित्र प्रकार से घटती हैं। धन स्थान के ग्रह पंचम के नेपच्यून से अशुभ योग करते हों तो जुआ शर्तबाजी सट्टाके सम्बन्ध में बहुत शिकायत होती है। पीड़ित नेपच्यून का सम्बन्ध सप्तम स्थान से हो तो स्त्रियों के सम्बन्ध से बुराई की बहुत शिकायत होती है।

( ६ ) नेपच्यून षष्ठ—देश में आरोग्य नहीं रहता, काम करने वाले लोग व मजदूर वर्ग में असन्तोष फैलता है हड़ताल होने का डर रहता है।

(७) नेपच्यून सप्तम—शुभ दृष्टि हो तो परराष्ट्र में मैत्री का व्यवहार होता है। पाप दृष्टि होतो परराष्ट्र के विचारणीय मामले में उलझन पड़ जाती है। स्त्रियों के सम्बन्ध में अनीति और बुराइयों को चर्चा होती है गर्भपात तलाक आदि प्रकार की शिकायतें होती हैं।

(८) नेपच्यून अष्टम—स्पर्श जन्य रोग फैलते हैं। विषैले औषधि के सेवन, या गुप्त विष प्रयोग से या जल में डूबने से मृत्यु होती है।

(९) नेपच्यून नवम—धार्मिक वातावरण में उन्नति होती है धार्मिक मण्डली के सम्बन्ध से विलक्षण बातें होती हैं और उसकी प्रगट रूप से चर्चा होती है परराष्ट्रीय व्यापार और दूर देश का प्रवास बढ़ता है, भिन्न २ पंथों का विरोध कम होता है। गूढ़ शास्त्र व तन्त्र मन्त्र की विद्या का प्रचार होता है।

(१०) नेपच्यून दशम—शुभ दृष्ट हो तो प्रजापक्ष और अधिकारारूढ़ पक्ष के बीच में सहयोग रहता है। प्रजापक्ष बलवान होता है। पीड़ित हो तो अधिकारी वर्ग को बहुत अड़चनें आती हैं।

(११) नेपच्यून लाभ में—शुभ दृष्ट हो तो लोकहित के काम किये जाते हैं। कौंसिल कायदे कानून का काम अच्छे व्यवस्थित रूप से चलता है। पीड़ित हो तो कायदे कानून पास होने में बहुत कठिनाई होती है।

(१२) नेपच्यून व्यय में—शुभ दृष्ट हो तो अस्पताल व धर्मादा संस्था की स्थिति अच्छी रहता है। पीड़ित हो तो गूढ़ विद्या तन्त्र मन्त्र शास्त्र के प्रचार करने की प्रजा में बहुत चर्चा होती है। राजद्रोह पर स्थान के जासूस रक्तपात मारपीट के सम्बन्ध में मुकदमे चलते हैं।

चन्द्र की अमावस्या या पूर्णिमा की जो कुण्डली बनेगी उसमें नया चन्द्र (अमावस्या का) या पूर्णिमा का चन्द्र विशेष प्रकार से किस भाव में पड़ेगा उसका विचार साधारण चन्द्र के अतिरिक्त विचारणीय है जिसका भावफल का विचार नीचे दिया है।

चन्द्र का विशेष भावफल—

(१) प्रथम स्थान में—देश में कई फेर बदल और अधिक हलचल प्रगट होती है। यदि शुभ दृष्टि हो तो शुभ दृष्टा ग्रह की स्थिति के अनुसार सार्वजनिक जनता को लाभ होता है। पीड़ित हो तो अति अशांति और असन्तोष प्रगट होता है। साधारण प्रकार से असन्तोष जनक कार्य होते हैं। लोग अस्वस्थ रहते हैं।

(२) द्वितीय—यह दृष्टा पर आधारित है। साम्पत्तिक कारबार में परिवर्तन उत्पन्न करेगा। शुभ दृष्ट हो तो सरकारी आय में बढ़ती और राष्ट्रीय

आय में उन्नति होगी। स्टाक और शेयर मारकेट में अधिक प्रगति होती है। यदि पीड़ित हो तो स्टाक एक्सचेंज में हानि होती है। राष्ट्रीय भारी खर्च बढ़ता है। वित्तीय और बैंक की असफलता होती है।

( ३ ) तृतीय—इस स्थान के सम्बन्ध की बातों में उन्नति और उस सम्बन्ध के कार्य में सफलता और कई लाभ होता है। पीड़ित हो तो इसमें बहुत कष्ट और अपमान होता है। प्रकाशन आदि के कार्य में हानि होती है।

( ४ ) चतुर्थ—इससे सम्बन्ध रखने वाली बातों की प्रगति होती है। शुभ दृष्ट हो तो विरोधी पार्टी प्रबल होती है। चुनाव में सरकारी पक्ष की हार और सम्मान की हानि होती है। फसल भूमि और कास्तकारकी सम्बन्ध की बातों में लाभ होता है। पीड़ित हो तो कास्त के सम्बन्धी काम में अधिक परेशानी होती है फसल कम उपजती है मौसम की खराबी होती है। यह स्थिर राशि में ठीक चतुर्थ की सन्धि में हो तो बरबादी होती है और दुनिया जिस किसी हिस्से में यह योग होगा वहां पर भूकम्प होगा।

( ५ ) पञ्चम में—इस भाव के सम्बन्ध की बातें सामने आयेंगी यदि शुभ दृष्ट हो तो लाभ होगा पीड़ित हो तो विरुद्ध फल होगा।

( ६ ) षष्ठ में—शुभ दृष्ट हो तो इस घर के सम्बन्धी बातों की अच्छी तरह वर्णन कर सकते हो। पीड़ित हो तो उपरोक्त बातों में गड़बड़ी उत्पन्न करता है। स्वास्थ्य में हानि होती है। साधारण प्रकार से काम करनेवाले लोगों में असंतोष उत्पन्न होता है।

( ७ ) सप्तम में—इसमें दृष्टि का विचार करना। यह भाव महत्त्व का है। शुभ दृष्टि होने से परराष्ट्र में अच्छे सम्बन्ध होंगे। पाप दृष्टि हो तो झगड़े और उलझन उत्पन्न होती है।

( ८ ) अष्टम में—इसमें नया एवं पूर्ण चंद्र महत्त्व का है। इनके स्वगृह के एवं ग्रहों की दृष्टि पर आधारित महत्त्वता निर्भर है। शुभ दृष्ट हो तो राष्ट्र को मृत्यु ड्यूटी या इसी प्रकार के कार्य से लाभ होता है। पाप दृष्ट हो तो प्रधान पुरुष और उच्च श्रेणी के लोगों की विशेषकर स्त्रियों की मृत्यु प्रगट करता है।

( ९ ) नवम में—इस घर के सम्बन्ध की बातों में प्रगति होती है शुभ दृष्ट हो तो लाभ में बढ़ती होती है। पीड़ित हो तो द्रष्टा गृह की स्थिति पर विचारने से प्रगट होगा कि किस प्रकार से हानि होगी। यदि गुरु का सम्बन्ध हो तो धर्म या व्यापार से, यदि मंगल से हो तो जहाजरानी या समुद्री व्यापार के सम्बन्ध से विवाद उत्पन्न होगा।

( १० ) दशम में—शुभ दृष्ट हो तो सरकार के हाथ मजबूत होंगे। राज्यकर्ता अधिकारी अपने काम में दृढ़ रहेंगे। देश और राजा को सम्मान प्राप्त होगा। पीड़ित हो तो श्रेष्ठ पुरुष और राजा की बीमारी और कभी कभी मृत्यु प्रगट करता है। सरकार को भारी परेशानी और राष्ट्र के सम्मान और कीर्ति को हानि प्रगट करता है। कोई ग्रहण हो दशम में सरकार की हानि प्रगट करता है।

( ११ ) लाभ में—परिवर्तन और राज्यसभा की हलचल प्रगट करता है। अच्छी शुभ दृष्टि हो तो दृष्टिकर्ता ग्रह जिस घर में हो उसके अनुसार लाभजनक कायदे कानून बनेंगे। पीड़ित हो तो दृष्टिकर्ता ग्रह की स्थिति के अनुसार विवाद और कठिनाई प्रगट करेगा।

( १२ ) व्यय में—यदि शुभ दृष्ट हो तो कई सार्वजनिक संस्था को लाभ प्रगट करता है। व्यवस्था और कार्य के सम्बन्ध से कानूनी प्रकार के परिवर्तन प्रगट करता है।

विशेष विचार फल जानने को क्या क्या विचारना

राष्ट्रीय कुंडली में उपरोक्त भाव और दृष्टि फल विचारना। इसमें भाव फल महत्त्व का है। ग्रह का भाव और स्थान फल ग्रह की दृष्टि योग कम अधिक फर्क पड़ता है। दृष्टियोग में होनेवाला फर्क कौन स्वरूप का है यह जानने को ग्रह का गुण धर्म व कारकत्व पर ध्यान देना।

राष्ट्रीय कुंडली में केवल ग्रह का स्थान फल व दृष्टि योग फल विचारने से काम पूरा नहीं होता। इन दोनों प्रकार के फल में ग्रह का स्थानपति विचारने से फर्क पड़ जाता है इसका ध्यान रहे।

दृष्टियोग करनेवाला ग्रह कौन स्थान में है व वह कौन स्थान का स्वामी है इसका विचारकर तारतम्य से विचारने में सुगमता होती है। इसका विस्तारपूर्वक फल यहाँ नहीं दिया है।

# अध्याय ४

## वर्ष कुंडली का विशेष विचार

वर्षेश—

मेषार्क समय की कुण्डली विशेष प्रधान महत्त्व की है। इसका फल वर्ष भर रहता है। परन्तु सूक्ष्म रीति से विचार करना पड़ता है कि कुण्डली में कौन ग्रह प्रधान है उसे ही वर्षाधिपति कहते हैं।

इस वर्षपति के गुण धर्म प्रमाण से बहुत बातें घटित होती हैं ऐसा अनुभव होता है। केवल वर्षपति कौन होगा इसके निर्णय के सम्बन्ध में मतभेद है। परन्तु यहाँ अनुभव प्रमाण से वर्षपति निर्णय करना यहाँ दिया है।

वर्ष कुण्डली के लग्न केन्द्र में उदित अंश में निकट ग्रह वर्षपति होता है। या दशम स्थान का ग्रह वर्षपति हो सकता है। यदि इन दोनों स्थानों में कोई ग्रह न हो तो सप्तम या चतुर्थ स्थान का ग्रह जिसपर रवि या चंद्र दृष्टि योग करता हो वर्षेश हो सकता है। यदि केन्द्र में कोई ग्रह न हो तो ३, ५, ९, ११ इन स्थान का कोई बली ग्रह हो। विशेषकर लग्नेश वर्षेश हो सकता है परन्तु उस ग्रह पर रवि या चन्द्र का योग होना चाहिये। परन्तु केन्द्र के अतिरिक्त और दूसरे स्थान का ग्रह रवि या चंद्र से शुभ या अशुभ योग करता न हो तो वह वर्षेश नहीं हो सकता।

शनि वर्षेश—शनि वर्षेश बलवान हो तो, खेती, फसल खेती करनेवाले मजदूर वर्ग व इमारत इनकी स्थिति उत्तम रहती है। परन्तु शनि बलहीन या पीड़ित हो तो मकर, कुम्भ और शनि जिस राशि पर हो उस राशि के द्योतक विभाग, वृद्ध लोगों की मृत्यु संख्या बहुत बढ़ती है। बे मौसम वर्षा होती है। वायुमंडल में अत्यन्त शीत और बदलही रहती है।

वर्षेश शनि का १२ राशि का फल

( १ ) वर्षेश शनि मेष में—पीड़ित हो तो डाका, चोरी, बेचैनी और बे मौसम जल की वर्षा होती है। दुःखदायी बातें घटित होती हैं। मंगल से पीड़ित हो तो पशुओं में भयंकर रोग होता है।

( २ ) वृष में—पीड़ित हो तो वृष राशि के अमल के प्रांत में लड़ाई झगड़े मारपीट होती है। टिड्डी दल व उपद्रवी प्राणियों की वृद्धि होती है। अकाल पड़ता है।

( ३ ) मिथुन में—वातावरण बिगड़ जाता है। शनि वक्री हो तो पश्चिम दिशा की ओर भूकम्प होता है। वर्षेश शनि मिथुन के चतुर्थांश में आवे तो राजवर्ग को अनिष्ट होता है। देश में नदी का महापूर या भूकम्प होता है।

( ४ ) कर्क में—टिड्डी कीड़े आदि से कष्ट होता है। शनि वक्री हो तो अधिकारी वर्ग व राजवर्ग को अनिष्ट होता है। मंगल के बराबर दृष्टि योग हो तो अतिवृष्टि और महापूर होता है।

( ५ ) सिंह में—राजा व प्रजा को अनिष्ट होता है। रोग बढ़ता है।

( ६ ) कन्या में—यदि उत्तर शर हो तो वातावरण उत्तम रहेगा दक्षिण शर हो तो अनावृष्टि व पानी का बहुत अकाल पड़ता है।

( ७ ) तुला में—उत्तर शर हो तो वायुमंडल में उष्णता बढ़ती है वर्षा अल्प हो। दक्षिण शर हो तो वायुमंडल उत्तम होगा। शनि वक्री न हो तो पृथ्वी में फल व धान्य की बढ़ती होती है।

( ८ ) वृश्चिक—शनि उत्तर शर हो तो जल की वर्षा उत्तम होती है। नदी नाले पानी से खूब भर जाते हैं। दक्षिण शर हो तो धान्य का अकाल पड़ता है। शनि वक्री हो तो स्पर्शजन्य रोग होते हैं।

( ९ ) धन में—उत्तर शर हो तो शीत ऋतु में बहुत कड़ी ठंड पड़ती है। शनि वक्री हो तो सर्वत्र दुःखदाई बातें घटित होती हैं। मार्गी हो तो प्रवास में सुखकारक होता है।

( १० ) मकर में—उत्तर शर हो तो जल वर्षा उत्तम होती है योग्य समय पर वृष्टि होती है। वक्री हो तो प्रजापक्ष में झगड़े मारपीट होते हैं। मार्गी हो तो देश में सुस्थिति रहती है।

( ११ ) कुम्भ में—उत्तर शर हो तो वर्षा उत्तम होती है। ऋतु मान प्रमाण से ठंड बहुत बढ़ती है। वक्री हो तो देश में अनिष्ट होता है। मार्गी हो तो बड़े पशुओं का नाश होता है।

( १२ ) मीन में—उत्तर शर हो तो उत्तर दिशा की ओर जोर से वायु बहने लगती है। दक्षिण शर हो तो समुद्र में तूफान होता है। जहाज की व खलासी की बहुत हानि होती है।

## वर्षेश गुरु का राशिफल

यह बलवान् हो तो राजा लोग प्रजा के साथ न्याय से बर्ताव करते हैं। देश में उपयोगी सुधार किये जाते हैं। न्याय, धर्म, सम्पत्ति, शांति, अमन व स्वास्थ्य की बढ़ती होती है। गुरु बलहीन हो तो शुभ फल प्रगट नहीं होता।

## गुरु राशिफल

( १ ) वर्षेश गुरु मेष में—धान्य की बढ़ती होती है। पूर्व के देशों में धार्मिक काम एवं धर्म में उत्तम सुधार होता है। वायुमंडल आरोग्यकारक रहता है।

( २ ) वृष में—देश के भिन्न भिन्न लोगों में सहानुभूति रहती है। धान्य की वृद्धि और आरोग्य एवं अमन चैन की वृद्धि होती है। वायुमंडल का मान उत्तम रहता है।

( ३ ) मिथुन में—गुरु शुभ दृष्ट हो तो मिथुन के आधीन बातों की वृद्धि होती है। अशुभ दृष्टि योग होने से स्पर्शजन्य रोग प्रगट होते हैं।

( ४ ) कर्क में—फसल व उद्योग की वृद्धि होती है। आरोग्य बढ़ता है। देश में उन्नति एवं शांति प्रगट होती है।

( ५ ) सिंह में—गुरु बलवान हो तो वायुमण्डल का प्रमाण उत्तम रहता है। फसल अच्छी होती है। शनि या हर्शल से पीड़ित हो तो तूफान होता है। सिंह के आधीन प्रदेश में भूकम्प होता है। मंगल से पीड़ित हो तो पानी का अकाल होता है वायु में उष्णता बहुत बढ़ती है।

( ६ ) कन्या में—फसल उत्तम होती है। खेती पर लोगों का ध्यान रहता है। दक्षिण दिशा को वायु बहने लगती है। गुरु पीड़ित हो तो विशेष महत्त्व का नहीं रहता।

( ७ ) तुलामें—भाव सस्ता रहता है। शांति और आरोग्य रहता है। वायु मण्डल उत्तम रहता है।

( ८ ) वृश्चिकमें—धान्य की उपज अच्छी रहती है। वर्षा होती है। गुरु वक्री या पीड़ित हो तो समुद्र में तूफान आता है। शुभ फल में कमी आ जाती है।

( ९ ) धनमें—देश में शांति व अमन चैन रहता है। उच्च वर्ग के या धनी लोगों का समय उत्तम रहता है। वायु मंडल उत्तम रहता है। गुरु वक्री हो तो प्रवास में हानि होती है। हर्शल या शनि से पीड़ित हो तो फसल खराब हो जाती है। आवहवा अच्छी नहीं रहती।

( १० ) मकर में—कनिष्ठ वर्ग की उन्नति होती है। दक्षिण दिशा की हवा चलने लगती है। गुरु वक्री होतो तूफान होते हैं। शुभ फल नहीं मिलता।

( ११ ) कुम्भ में—आब हवा बहुत सन्तोष जनक रहती है। गुरु पीड़ित हो तो ऋतुमान प्रमाण से ओला की वृष्टि अतिवृष्टि भयंकर तूफान से हानि होती है।

( ११ ) मीनमें—यह वर्ष बहुत सुख कारक होता है। व्यापारी वर्ग में व नदी पार रहने वाले लोगों की उन्नति होती है। प्रजा सन्तुष्ट रहती है। गुरु पीड़ित हो तो अतिवृष्टि से हानि होती है।

## वर्षेश मंगल का फल विचार

मंगल वर्षेश बलवान हो तो मंगल के आधीन रहने वाले अर्थात् सैनिक, लड़ने वाले, शस्त्र सम्बन्धी काम करने वाले, डाक्टर आदि की उन्नति होती है पीड़ित हो तो उन लोगों पर संकट आता है।

## वर्षेश मंगल का राशि फल

( १ ) वर्षेश मंगल मेष में—परिस्थिति प्रमाण से युद्ध उत्साह देश में बढ़ता है। लोगों की सम्पत्ति सुरक्षित रहती है, उत्तर शर हो तो वायु

मंडल में बहुत उष्णता बढ़ती है। वर्षा कम होती है। पानी नहीं बरसता। दक्षिण शर हो तो विद्युत उत्पात होता है। शनि से पीड़ित हो तो पूर्व दिशा की ओर जोर से हवा चलती है। अकाल होता है। डाका मारपीट लड़ाई झगड़े व रोग बहुत होते हैं। गोबरी माता व बड़ी माता और सान्निपातिक तापका प्रकोप होता है। बक्री हो तो रोगों की बहुत बढ़ती होती है।

( २ ) वृष में—पशु गाय बैल आदि को रोग होता है। फसल व्यर्थ जाती है। दक्षिण दिशा की ओर से हवा चलती है। उत्तर शर हो तो वर्षा बहुत होती है। फसल को बहुत हानि का डर नहीं रहता। दक्षिण शर हो तो जोर से हवा चलने लगती है। धान्य का नाश हो जाता है।

( ३ ) मिथुन में—देश में उत्तर या दक्षिण ओर डाका, चोरी, मारपीट होती है। तूफान या बिजली गिरने से बहुत हानि होती है। मंगल मार्गी हो तो मान हानि के झगड़े बहुत होते हैं। बक्री हो तो धार्मिक सम्बन्ध से व धर्म शिक्षा में झगड़े व दुर्गति होती है।

( ४ ) कर्क में—टैक्स बढ़ता है। बुखार की बीमारी फैलती है। पशु गाय बैल मरते हैं। पश्चिम भाग में झगड़े व मारपीट होते हैं। समुद्र में भयंकर तूफान आता है। जिससे नाव का नाश होता है। मंगल बक्री हो तो अपराध और अत्याचार बढ़ते हैं।

( ५ ) सिंहमें—राशि के प्रभाव के प्रदेश में परिस्थिति प्रमाण से लड़ाई व रक्तपात होते हैं। उत्तर शर हो तो पानी का अकाल पड़ता है। बक्री हो तो ऊँचे दर्जे के लोगों को हानि कारक होता है।

( ६ ) कन्या में—इसके प्रभाव के देश में रक्तपात होता है। स्त्रियों की मृत्यु संख्या बढ़ती है। उत्तर शर हो तो फल फूल व धान्य का नाश करता है। बीमारी बढ़ती है। दक्षिण शर हो तो फल फूल धान्य की वृद्धि होती है।

( ७ ) तुलामें—वर्षा व तूफान बहुत होता है। दक्षिण दिशा की ओर वायु का बहाव होता है। फल और धान्य ग्रहण होते हैं। युद्ध आरम्भ होने का भय उत्पन्न होता है। बक्री हो तो उच्च दर्जे के लोगों में बीमारी होती है। मार्गी हो तो धनिक वर्ग को अच्छा है।

( ८ ) वृश्चिक में—शीत ऋतु में कड़ाके की ठंड पड़ती है। वायु स्वच्छ नहीं रहती। उन्हाली के समय बहुत गर्मी पड़ती है। डाका चोरी रक्तपात बढ़ते हैं। उत्तर शर हो तो पानी का अकाल पड़ता है। दक्षिण शर हो तो जल की पूर्ति श्रेष्ठ होती है। धान्य वनस्पति का नाश होता है।

( ९ ) धन में—पूर्व की ओर के प्रदेश में लड़ाई होती है। इस राशि के प्रभाव के देश में नाश का वातावरण उत्पन्न होता है। अकाल पड़ना सम्भव है। मंगल मार्गी होतो पशु घोड़े गाय बैल इनका नाश होता है।

( १० ) मकर में—देश के पूर्व भाग में लड़ाई व वाद विवाद होता है। मृत्यु संख्या बढ़ती है। बरसात में वृष्टि उत्तम होती है। फलफूल व धान्य की बढ़ती होती है।

( ११ ) कुम्भ में—कुम्भ के प्रभाव के देश के राजा लोगों पर संकट आता है। अतिवृष्टि होती है। कड़ाके की ठण्ड व तुषार पड़ता है।

( १२ ) मीन में—बे समय जल की वर्षा होती है। वर्षा बहुत होती है समुद्र की यात्रा में संकट आता है। राजा वर्ग व ऊँचे दर्जे के लोगों को अनिष्ट होता है। दक्षिण शर हो तो वायुमंडल उत्तम रहता है देश में आरोग्य बढ़ता है। मंगल वक्री हो तो व्यापारी वर्ग को लाभ जनक होता है।

## वर्षेश सूर्य का फल

सूर्य वर्षेश हो तो राज वर्ग देश के राजा अधिकारी वर्ग की सत्ता मान सम्मान कीर्ति में शुद्धि होती है। देश में साधारण प्रकार से उन्नति होती है। मेष संक्रमण के समय सूर्य वर्षेश हो तो देश की उन्नति होती है। देश के शत्रु पराजित होते हैं। मेष के प्रभाव के प्रदेश में उन्नति होती है। सूर्य पीड़ित हो तो अनिष्ट फल अनुभव में आता है। देश में संकट आता है।

मेष संक्रमण काल की कुंडली का प्रभाव प्रत्येक वर्ष पूरे वर्ष भर रहता है ऐसा नहीं है। जिस समय मेष संक्रमण का प्रभाव वर्ष भर नहीं रहता उस समय कर्क तुला व मकर संक्रान्ति का विचार करना पड़ता है। इस विचार करने को भिन्न २ संक्रमण समय में कौन ग्रह का आधिपत्य है यह विचार पहिले कर लेना चाहिये। यहाँ वर्षेश ग्रह का जो फल कहा है वही फल संक्रमण समय के अधिपति का होता है।

कर्क संक्रमण काल में यदि सूर्य अधिपति हो तो नदी पार के रहने वाले व कर्क राशि के प्रभाव के लोगों की उन्नति होती है।

तुला संक्रमण काल में यदि सूर्य अधिपति हो तो तुला राशि के प्रभाव के लोगों की उन्नति होती है।

मकर संक्रमण काल में यदि सूर्य अधिपति हो तो किसानी करने वाले व मजदूर वर्ग और गाय बैल पशु का व्यापार करने वाले की उन्नति होती है।

सूर्य अधिपति होकर पीड़ित हो तो उपरोक्त शुभ फल के बिलकुल विपरीत फल होता है।

### वर्षं पति शुक्र

शुक्र बलवान हो तो देश में शांति, आरोग्यता व सम्पत्ति की स्थिति उत्तम रहती है। पूर्ण रूप से आनन्द उत्सव मनोरंजन व उत्साह जनक खेल होते हैं। यह समय स्त्रियों को उत्तम रहता है। शुक्र पर शुभ दृष्टि हो तो आव हवा उत्तम, धान्य की वृद्धि और बरसात में वृष्टि सन्तोष जनक रहती है। आरोग्य और साम्पत्तिक स्थिति श्रेष्ठ रहती है।

शुक्र अधिपति होकर कर्क वृश्चिक व मीन राशि में पीड़ित हो तो अतिवृष्टि व नदी के महापूर से बहुत हानि होती है।

जिस राशि में शुक्र बलवान व शुभ दृष्ट हो उस राशि के प्रवास के प्रदेश व लोगों की उन्नति होती है।

### वर्षेश बुध

जिस वर्ष में बुध वर्षेश हो बलवान और शुभ दृष्ट हो उस वर्ष विद्यार्थी वर्ग, शिक्षक वर्ग, शास्त्रीय शोधक, ग्रन्थकार, लेखक, पुस्तक प्रकाशक और व्यापारी वर्ग की उन्नति होती है। बुध बलहीन हो, पीड़ित हो तो उपरोक्त व्यक्तियों को वर्ष बुरा फल देता है।

वर्षेश बुध पर गुरु या शुक्र की शुभ योग दृष्टि हो तो बुद्धि विकास, कला व शिक्षण की उन्नति होती है। मंगल से पीड़ित हो तो बुद्धि सम्बन्धी चर्चा होती है। विवाद ग्रस्त विषय सम्बन्ध से युद्ध भड़कता है। आव हवा उष्ण रहती है। बुखार का प्रकोप अत्याचार, चोरी व डाका होता है।

जिस ग्रह से बुध का सम्बन्ध हो उस ग्रह के गुण धर्म प्रमाण से बुध का फल मिलता है। बुध का कौन गृह से सम्बन्ध है अवश्य देख लेना चाहिये।

### वर्षेश चन्द्र

चन्द्र वर्षेश होकर बलवान हो शुभ दृष्ट हो तो वह वर्ष प्रजा को शुभ कारक होता है। देश में आरोग्य व प्रजा के हित के लिये अधिकार की ओर ध्यान दिया जाता है।

चन्द्र बलहीन हो और पाप दृष्ट हो तो प्रजा पर संकट आता है।

चन्द्र वर्षेश हो तो कौन राशि से व कौन गृह से सम्बन्ध है यह विचार करना चाहिये। राशि के गुण धर्म प्रमाण से चन्द्र का फल देखने में आता है।

वर्षेश गृह जिस स्थान में हो इस स्थान का फल विशेष महत्व का है। पिछले प्रकरण में गृहों का स्थान फल दिया है इसका उपयोग वर्षेश का स्थान फल जानने को इसी सरीखा है ध्यान रहे।

**ग्रहों का भ्रमण और युति योग—**

राष्ट्रीय ज्योतिष में संक्रमण का विचार करते समय मुख्य गृह का भ्रमण और उसका युति योग कौन राशि में होता है इसका ध्यान रखना। मुख्य गृह का भ्रमण व युति योग जिस राशि में होता हो उस राशि के प्रभाव के नीचे शहर व देश पर अच्छा बुरा परिणाम घटित होता है।

कौन देश व शहर कौन राशि के आधीन है आगे बताया है। इसका उपयोग गृह के भ्रमण की व युति योग का फल कहा है उस पर ध्यान देना।

टिप्पणी—गृहों की राशि अनुसार, उन राशियों में कौन-कौन देश आते हैं और नक्षत्र अनुसार उनके प्रभाव में कौन-कौन देश आते हैं इसके अन्त में दिया है।

**गोचर ग्रह का भ्रमण का परिणाम—**

गुरु—गुरु जिस राशि में भ्रमण करता है उस राशि के आधीन देश व शहर की उन्नति होती है। व्यापार बढ़ता है। देश में अमन चैन आरोग्य की वृद्धि होती है शिक्षण का विस्तार होता है। महत्व के सुधार किये जाते हैं।

शनि—शनि के भ्रमण में असन्तोष और विरोध बढ़ता है। देश व शहर में रोग व सार्वजनिक बातों में संकट उत्पन्न होता है। लोगों की प्रगति में बाधा होती है।

हर्शल—इसके भ्रमण में प्रजा पक्ष जोर से काम करने लगता है। राज्य व्यवस्था सम्बन्धी वातावरण आरम्भ हो जाता है। देश में अचानक संकट आता है। पीड़ित हो तो यह समय बड़ी फेर बदल का होता है। मार पीट झगड़े हड़ताल आदि होते हैं। इतिहास में लिखने योग्य बात घटित होती है।

नेपच्यून—इसका भ्रमण का प्रभाव हर्शल की अपेक्षा तीव्र होता है। राज्य व्यवस्था प्रतिकूल एवं अनियंत्रित होती है। इसका भ्रमण फल अभी तक पूर्ण रूप से निश्चित नहीं है। परन्तु यह निश्चित है कि इसके भ्रमण में राजकीय वातावरण अव्यवस्थित हो जाता है।

# अध्याय ५

## राशि फल शहर का

देश की या शहर की राशि से भ्रमण काल का फल कोई विचारते हैं। परन्तु यह फल महत्व का नहीं है केवल केन्द्र का भ्रमण काल कुछ अनुभव में आता है। जिस शहर की राशि के अंश मालूम हों उस शहर को रेखांश की कुण्डली बना कर भविष्य कहना सरल है।

किसी शहर के लग्न राशि के अंश पर और उसके दशम की राशि अंश ये दोनों महत्व के बिन्दु हैं इन पर गोचर ग्रह जिस समय युति योग केन्द्र योग या प्रति योग करता हो उस समय ग्रह के गुण धर्म प्रमाण से फल अनुभव में आता है।

युति योग—

( १ ) मंगल शनि की युति राशि के अनुक्रमण से होती है। इस युति का परिणाम सदा अनिष्ट होता है। पास पास ये युति दूसरी राशि के होने तक टिकने वाली है। इस युति में देश में रक्तपात, दंगे, मारपीट लड़ाई झगड़े, राजवर्ग में मृत्यु, रोग, तूफान, हड़ताल असन्तोष होता है, कहीं-कहीं भूकम्प भी हो जाता है। जल राशि में युति हो तो नदियों में भारी पूर आता है।

जिस समय ये युति कोई राशि में बार-बार होती है उस समय पहिली युति का फल अधिक तीव्र होता है।

( २ ) मंगल हर्शल युति—इस युति का फल उपरोक्त युति के समान अनिष्ट कारक है परन्तु उसका परिणाम अधिक समय तक नहीं रहता और उसके बीच विशेष आकस्मिकता होती है।

( ३ ) मंगल गुरु युति—इस युति में राजकीय व धार्मिक सम्बन्ध के प्रश्न में असन्तोष और बेचैनी फैलती है। वायु मंडल पर अनिष्ट परिणाम घटित होता है। मेघ की भयङ्कर गर्जना होती है बिजली गिरती है। अदालतों में मुकदमें बहुत बढ़ जाते हैं।

यह महत्व का युति योग जिस राशि पर होता है उस राशि के आधीन देश में उसका प्रभाव पड़ता है। परन्तु इस योग के समय की कुण्डली हो तो देश के अनुसार जिस-जिस स्थान में ये युति हो उस उस स्थान का फल दिखने में आता है। गणित से ग्रह के युति योग का सूक्ष्म विचारने से फल ठीक निकलता है, कहाँ होता है इसका ज्ञान जानने के लिए गणित द्वारा कुछ परिश्रम करना पड़ेगा।

संक्रमण समय की कुण्डली जिस प्रकार तैयार करनी होती है उसी प्रमाण से इस महत्व के युति योग काल की कुण्डली बना कर देखना चाहिये मेदनीय ज्योतिष की कुण्डली के अनुसार यह कुण्डली बनाना।

( ४ ) गुरु शनि युति—यह महत्व का युति योग है इसके बराबर महत्व का और कोई योग नहीं है, गुरु शनि के आकार प्रमाण से गुण धर्म का विशेष महत्व है। इसकी युति में उस पर होने वाली दृष्टि का फल महत्व का है। इस योग को महा परिवर्तन की संज्ञा दी गई है।

यह युति साधारण प्रकार से २०—३० वर्ष में होती है और एक ही तत्व की राशि की यह युति २४० वर्ष में होती है। सर्व राशि में इस युति का भ्रमण पूरे होने में ९६० वर्ष लग जाते हैं। उदाहरण के लिए पृथ्वी तत्व ( वृष, कन्या, मकर ) राशि में ये युति होने लगती है अर्थात् साधारण प्रकार से २४० वर्ष में ३ राशि होते हैं। ये युति मकर राशि में होने पर आगे कन्या राशि में होगी बाद वृष राशि में होगी। फिर

इसी क्रम से २४० वर्ष तक एक तत्व की राशि में ये युति होने लगती है। इसी प्रमाण १२ राशि पूरे होने में ९६० वर्ष लग जाते हैं।

गुरु शनि की युति जिस समय चर राशि में हो और खास कर चर राशि के बिलकुल आरम्भ में अर्थात् पहिला ४–५ अंश हो उस समय अधिक तीव्र फल देखने में आता है।

इस युति के समय दो ग्रहों की क्रांति में अधिक अन्तर होने से इस योग की तीव्रता कम हो जाती है। प्रत्येक २०–२० वर्ष में होने वाली युति जिस राशि में हो उस राशि के आधीन देश में व जिस स्थान में यह युति केन्द्र में हो उस स्थान पर इस योग का परिणाम दिखने लगता है। साधारण तौर पर इस युति का परिणाम बादशाह राजा, अधिकारी वर्ग व राज्य व्यवस्था पर होता है। राजकीय हक सम्बन्ध से अन्तरराष्ट्रीय व परराष्ट्रीय प्रश्न उपस्थित होकर युद्ध व रक्तपात होता है। कोई समय भूकम्प होकर बहुत हानि होती है। सामान्यत: राज व्यवस्था में बदलना या सुधार होना इस युति का धर्म है।

इस युति का परिणाम एक युति होकर दूसरी युति होने तक अर्थात् २० वर्ष तक रहता है। इसमें कोई मतभेद नहीं है। कोई कहते हैं कोई चर राशि में होने से युति का परिणाम उसी राशि में दूसरी राशि होने तक होता है।

### युति फल जानना—

इस युति का फल जानने को, राशि, स्थान, दृष्टि योग आदि का विचार, संक्रमण ग्रहण इत्यादि का विचार करना पड़ता है। मेष संक्रमण की कुण्डली और उसके बराबर आगे की संक्रमण की कुण्डली इसका विचार वार्षिक भविष्य कथन के समय जैसा किया जाता है उसी प्रमाण से गुरु शनि युति योग काल की कुण्डली में आगे होने के महत्व के ग्रह का भ्रमण का, ग्रहण का और कोई बात में महत्व के संक्रमण का विचार अवश्य करना पड़ता है।

### गुरु हर्शल युति योग—

गुरु हर्शल की युति प्रत्येक १४ वर्ष में होती है इस योग में कई वार भयङ्कर रोग का प्रकोप होता है। युति जिस राशि में हो उसके गुण धर्म के प्रभाव से फल प्रगट होता है, इस योग में राज वर्ग की सत्ता बढ़ती है।

### शनि हर्शल युति योग—

यह युति प्रत्येक ४५ वर्ष में होती है। इसमें युद्ध रक्तपात, भूकम्प का भयङ्कर प्रकोप होता है।

### नेपच्यून शनि युति योग—

यह योग प्रत्येक ३६ वर्ष में होता है। इस योग में अत्याचार होते हैं।

# अध्याय ६

## ग्रहण

रवि चन्द्र के संयोग काल के यदि राहु किंवा केतु साढ़े अठारह अंश की अपेक्षा कम अन्तर पर हो चन्द्र शर १०३ अंश की अपेक्षा अधिक न हो तो पृथ्वी पर कहीं भी सूर्य ग्रहण होना संभव है और राहु या केतु इनसे चन्द्र साढ़े चौदह अंश से कम अन्तर पर हो, चन्द्र का शर ३३ अंश से ज्यादा न हो तो पृथ्वी पर कहीं भी सूर्य ग्रहण निश्चय होगा।

पूर्ण चन्द्र के समय यदि राहु या केतु से चन्द्र १२॥ अंश से कम अन्तर पर हो। चन्द्र का शर $1^{\circ}$-$3'$ से ज्यादा न हो तो कहीं भी चन्द्र ग्रहण होना सम्भव है। पूर्ण चन्द्र के समय राहु या केतु से चन्द्र ९। अंश से कम अन्तर पर हो, चन्द्र का शर $0^{\circ}$-५२ से ज्यादा न हो तो निश्चय कहीं चन्द्र ग्रहण होगा।

ग्रहण की कुंडली पर विचार—

उस समय की सूर्य ग्रहण की कुण्डली बनाना जब सूर्य और चन्द्र का अन्तर शून्य हो, उसी प्रकार चन्द्र ग्रहण की कुण्डली उस समय की बनाना जब सूर्य चन्द्र का अन्तर ठीक $180^{\circ}$ पर हो।

प्रत्येक वर्ष होने वाले ग्रहण चाहे सूर्य या चन्द्र का हो उपरोक्त समय की ठीक कुण्डली बनी हो। ग्रहण में सूर्य ग्रहण अधिक महत्व का है। किसी संक्रमण से उसका महत्व कम नहीं समझना ग्रहण का विचार करने के पहिले देखना कौन राशि में है। १२ राशियों के गुण धर्म स्वभाव के अनुसार इसका फल अनुभव में आता है। इसमें चर राशि का ग्रहण तीव्र होता है परन्तु इसका फल सदा नहीं टिकता। चर राशि के ग्रहण का सम्बन्ध देश में राज्य व्यवस्था अन्तर राष्ट्रीय व पर राष्ट्रीय राज्य करण, राजकोय हलचल और सुधार इससे होता है।

द्विस्वभाव राशि के ग्रहण का परिणाम मध्यम काल तक टिकता है। इसका सम्बन्ध देश के सामान्य लोगों की स्थिति पर व हद का व्यापार, शिक्षण, धार्मिक हलचल, देश के अपराध, हड़ताल और प्रवास से है स्थिर राशि के ग्रहण का परिणाम दीर्घकाल तक टिकता है। इसका सम्बन्ध आधि भौतिक संकट, देश की सम्पत्ति खनिज उक्त, फसल और सम्पत्ति, इस राशि से होता है।

१२ राशियों के तत्व अनुसार जो ४ विभाग किये हैं उनमें अग्नि तत्व की राशि के ग्रहण में देश में अस्वच्छता, बेचैनी, नाना प्रकार के हलचल झगड़े मारपीट और परिस्थिति अनुसार युद्ध व लड़ाई, राज वर्ग व उच्च वर्ग में मृत्यु, अवर्षण, अकाल होता है। नवीन कर लगाया जाता है वायु मंडल में बहुत उष्णता बढ़ती है।

पृथ्वी तत्व के ग्रहण में उत्पन्न फसल, खेती, व्यापार, साम्पत्तिक स्थिति इनके सम्बन्ध से बेचैनी उत्पन्न होकर अधिकारी पक्ष को त्रास होता है।

वायु तत्व के ग्रहण में भयंकर तूफान व भयंकर वायु से बहुत हानि होती है। पर राष्ट्रीय झगड़े उपस्थित होते हैं। परिस्थिति प्रमाण से कायदे बनाने वाली संस्था की संकटमय स्थिति होती है।

जलतत्व के ग्रहण में अति वृष्टि, यहाँ पर समुद्र में तूफान, फैलने वाले रोग और गुप्त अपराध होते हैं। मृत्यु संख्या बढ़ती है। प्रसिद्ध पुरुषों की मृत्यु होती है।

राशि चन्द्र में मनुष्य राशि का संबन्ध मनुष्य जाति से है। पशु राशि का सम्बन्ध पशु से है। कीट राशि का सम्बन्ध कीट से, जल राशि का सम्बन्ध जल चर से है। इस सम्बन्ध में भी किसी प्रसंग में ग्रहण का विचार करते समय ध्यान रखना।

ग्रहण का फल क्या होगा इसके ज्ञान के लिये सामान्य प्रकार से राशि के गुण धर्म आदि का विचार से प्रगट होगा। जैसे मेष के पहिले द्रेष्काण में होने वाले ग्रहण में राशि का पूर्ण गुण दिखाई देगा। मेष के दूसरे द्रेष्काण के ग्रहण में सिंह राशि का गुण धर्म का थोड़ा प्रभाव प्रगट होगा। मेष के तीसरे द्रेष्काण के गृहण में धनु राशि के गुण धर्म का कुछ प्रभाव दिखाई देगा। द्रेष्काण के फल में कुछ सूक्ष्मता आ जाती है यह ठीक है। परन्तु नये विद्यार्थी इतना सूक्ष्म विचार न करें तो भी काम चलता है। परन्तु कुछ अध्ययन के बाद सूक्ष्म विचार के लिये द्रेष्काण के फल पर ध्यान देना।

जिस राशि में गृहण होता है उस राशि के प्रभाव के नीचे के देश या शहर पर उसका प्रभाव घटित होता है। और उसी प्रमाण से जिस भाग में यह ग्रहण दीखे वहाँ भी इसका परिणाम प्रगट होता है। देश के भिन्न-भिन्न काल की कुण्डली भिन्न-भिन्न होती है, इसके राशि का सामान्य राशि फल का उस स्थान के लिये विचार करना चाहिये। स्थान फल राशि फल इसका मिलान इस प्रकार से करना कि कौन से देश में कौन प्रकार का फल अनुभव में आता है यह प्रगट होगा।

सूर्य चन्द्र के स्थान पर का दृष्टि से उत्पत्ति फल आने वाला फल आगे दिया है। इस फल के विचारने में सूर्य चन्द्र से कौन दृष्टि योग होता है पहिले अवश्य देखना चाहिये, क्योंकि गृहण के समय सूर्य चन्द्र से शुभ दृष्टि योग होने से उन्नति और सुधार दिखता है। परन्तु अशुभ योग होने से बड़ा सङ्कट पड़ने का सूचक है। स्थान अनुसार गृहण का फल देखने में जिस राशि में गृहण होता हो इस राशि के कारक को ध्यान में रखना।

मेष आदि १२ राशि तन आदि १२ भाव के स्थान का द्योतक है अर्थात् वृष आदि राशि पर होने वाले गृहण भिन्न स्थानों के लाभ स्थान में आवे तो उस देश के कायदा करने वाली संस्था में साम्पत्तिक विचार प्रमुख तौर पर किया जाता है।

चन्द्र ग्रहण यदि खग्रास न हो तोभी केन्द्र स्थान में न हो या पाप ग्रह से पीड़ित न हो तो उसका फल बहुत ही सौम्य होता है। साधारण प्रकार से चन्द्र ग्रहण का प्रभाव सामान्य लोग या जनता पर घटित होता है और सूर्य ग्रहण का प्रभाव राज अधिकारी वर्ग व देश की व्यवस्था पर घटित होता है।

**ग्रहण का १२ स्थान का भाव फल**

( १ ) प्रथम स्थान—जिस राशि में ग्रहण हो उस राशि के गुण धर्म प्रमाण से देश में घटना होती है। सामान्य लोग व अधिकारी वर्ग इनको प्रथम स्थान के ग्रहण से कपट होता है। देश में अनारोग्य बढ़ता है। चन्द्र ग्रहण हो तो सामान्य लोग व मजदूर वर्ग इनको हानि पहुँचती है। हड़ताल होना सम्भव है। देश के प्रसिद्ध पुरुष की मृत्यु होती है।

( २ ) धन स्थान—देश की वसूली, साम्पत्तिक स्थिति, व्यापार व धनोत्पादक धंधे के सम्बन्ध में स्थिति संतोष कारक नहीं रहती। टैक्स में फेर बदल होता है किसी बैङ्क या कारखाने का दिवाला निकल जाता है।

( ३ ) तृतीय स्थान में—विमान, रेल, मोटर इनमें अपघात होता है पोस्ट और तार विभाग के सम्बन्ध में परेशानी होती है देश के लेखक प्रकाशक, ग्रन्थकार व समाचार पत्र इनके लिये यह समय हानि कारक होता है।

( ४ ) चतुर्थ में—अधिकारी वर्ग, राजे, राष्ट्र को सुस्थिति व बढ़ती इनको अनिष्ट कारक समय होता है। ग्रह के राशि का गुण धर्म प्रमाण से लोगों को संकट भोगना पड़ता है। उच्च वर्ग व सामान्य लोग इनमें झगड़े होते हैं। किसान वर्ग पर संकट आता है, देश में फसल बगीचे की उपज, खदान व स्थावर सम्पत्ति वाले को अनिष्ट परिणाम होता है। चतुर्थ में चन्द्र ग्रहण का फल अत्यन्त तीव्र व अशुभ होता है।

( ५ ) पञ्चम में—मनोरंजन के स्थान विहार स्थल नाटक गृह विद्यालय इन को अनिष्ट होता है। बच्चों की मृत्यु संख्या बढ़ती है। राज पुरुष व उच्च वर्ग के कोई मनुष्य पर बड़ा संकट आता है या उसकी मृत्यु हो जाती है। देश के बच्चों की जन संख्या बहुत कम हो जाती है।

( ६ ) षष्ठ—राशि के गुण धर्म प्रमाण से रोग बढ़ते हैं मजदूर वर्ग में बेरोजगारी और असन्तोष बढ़ता है नौकर पेशा को दुःखदायी समय होता है। काम करने वालों में हड़ताल होने की सम्भावना होती है।

( ७ ) सप्तम—पर राष्ट्रीय सम्बन्ध का देश में विकट प्रश्न उपस्थित होता है। पर राष्ट्र के झगड़े से हानि होना सम्भव है। तलाक के मामले बहुत बढ़ते हैं। अधिकारी वर्ग को यह समय त्रास दायक है। सप्तम स्थान में ग्रह के बराबर दूसरा अशुभ लोग होने पर राष्ट्र के सम्मान में कमी होना सम्भव है।

( ८ ) अष्टम—देश में मृत्यु संख्या बहुत बढ़ती है। सूर्य ग्रहण हो तो राज-घराने में या अधिकारी वर्ग में किसी प्रसिद्ध स्त्री की मृत्यु होना सम्भव है। चन्द्र ग्रहण हो तो सामान्य लोगों की मृत्यु संख्या बढ़ती है और किसी प्रसिद्ध स्त्री की मृत्यु होती है। देश में अनारोग्य बढ़ता है। छूत के रोग उत्पन्न होते हैं। अपराध की संख्या बहुत बढ़ती है। देश की साम्पत्तिक स्थिति समाधान कारक नहीं रहती है।

( ९ ) नवम—भिन्न पन्थों में आपस में जोरदार विवाद होता है। धार्मिक बात के सम्बन्ध से वाद विवाद होता है। समुद्र में तूफान आगे होने से हानि होती है। नदी किनारे रहने वालों को बहुत हानि होना सम्भव है।

( १० ) दशम—सत्ताधारी, अधिकारारूढ़ पक्ष व राजा इनको अनिष्ट होता है। देश में विरोध, असंतोष व हानि होती है। व्यापार में हानि व परदेश में मान नहीं रहता।

( ११ ) एकादश—कायदे बनानेवाले मंडल पार्लियामेंट इनमें तीव्र मतभेद और वादविवाद होता है लोकपक्ष के समासद व मित्र इनके बीच मृत्यु होती है। लोकहित के ठहराव अपमानजनक रीति से पृथक् कर दिये जाते हैं।

( १२ ) द्वादश स्थान—विशेषकर यदि सूर्य ग्रहण हो तो राजा, अधिकारी वर्ग, उच्च वर्ग के लोग और देश के लोग इन पर संकट आता है। धर्मार्थ दवाखाना, अस्पताल व संस्था और वर्क हाउस को अनिष्ट होता है। देश में अपराध बढ़ते हैं और परदेश में गुप्त शत्रु होते हैं।

## राशि के द्रेष्काण अनुसार सूर्यग्रहण का फल

मेष पहला द्रेष्काण—युद्ध, राजद्रोह और विवाद, सेना की हलचल, विद्रोह, उलट पलट होना, सूखा पड़ने की ओर वायुमंडल की स्थिति होती है।

दूसरा द्रेष्काण—कैद, कुछ राजाओं को दुःख और मृत्यु का भय, फलदार वृक्षों और पृथ्वी में पैदा होनेवाली दूसरी चीजों का ह्रास।

तीसरा द्रेष्काण—मनुष्यों में दुःख और उदासीनता, कोई प्रसिद्ध स्त्री की मृत्यु, पशुओं का नाश।

( २ ) वृष—१—रोजगार और व्यापार में हानि। गल्ले का और भोजन के अन्न का नाश।

२—यात्री और जचकी के समय स्त्रियों को खतरा।

३—छूत की बीमारी और अकाल।

( ३ ) मिथुन–१–पादरियों में या धार्मिक नेताओं में विवाद और झगड़ा, धार्मिक हलचल, ईश्वर और मनुष्य के कायदे कानून से द्वेष, और लापरवाही।

२—डाका-चोरी और रक्तपात होता है।

३—कोई राजा की मृत्यु और देश को बहुत विपत्ति।

( ४ ) कर्क–१—वायुमंडल में बाधा मौसम बहुत परिवर्तनीय और उलटफेर।

२—नदियों और बाँध में सूखापन। स्त्रियों में स्वच्छन्दता और व्यभिचार बढ़ता है।

३—राजद्रोह, छूत की बीमारी और अधिक रोग हो।

( ५ ) सिंह–१—कोई प्रसिद्ध राजकुमार की मृत्यु, अन्न की हानि।

२—बहुत कष्ट, चिंता, राजे, राजकुमार या भद्र पुरुषों को होगी।

३—धार्मिक स्थान, चर्च और पवित्र स्थान की बरबादी, कैद, घेरा डालकर शहर को लूटना।

( ६ ) कन्या–१—कोई राजा की मृत्यु या बड़ी विपत्ति।

२—अकाल छूत की बीमारी और राजद्रोह।

३—पेंटर, कवि और जो बुद्धि के बल उपजीविका करते हैं उनको परेशानी विरोध या कैद में पड़ना सम्भव है।

( ७ ) तुला–१—वायुमंडल में खराबी, छूत के रोग, अन्न मँहगा, मिलने में कठिनाई।

२—बड़े राजा की मृत्यु, राजद्रोह, अकाल।

३—श्रेष्ठ पुरुष को परेशानी और उनकी सम्पत्ति को हानि।

( ८ ) वृश्चिक–१–युद्ध, उलट-पलट, रक्तपात, बंधन, बगावत।

२—कोई शांति के इच्छुक राजा को उपद्रव।

३—अत्याचारी का उदय, पुराने राजा का निठल्लापन और सुस्तीपन।

( ९ ) धन—१—मनुष्यों में द्वंद, अधिक मतभेद ।
२—जुगाली करनेवाले पशु, ऊंट आदि की मृत्यु ।
३—घोड़ा और सेना पर कई प्रकार के प्रभाव ।

( १० ) मकर-१—श्रीमान् पुरुषों को दुःख, कुछ राजाओं का देश त्याग, श्रेष्ठ पुरुष और साधारण मनुष्य का विद्रोह ।
२—सेना में बगावत, अपने आफिसर के विरुद्ध सेना का विद्रोह ।
३—कुछ राजाओं का उलटफेर करने की हलचल और अकाल ।

( ११ ) कुंभ-१—प्रजा में कष्ट और दुःख प्रगट हो ।
२—लूटपाट, चोरी, बलात्कार, अकाल, भूकम्प ।
३—भेड़ और खेती के काम के पशुओं की हत्या या मृत्यु ।

( १२ ) मीन-१—नदी में सूखा, समुद्री किनारे को दुर्भाग्य ।
२—कुछ प्रसिद्ध और श्रेष्ठ मनुष्यों की मृत्यु, मछलियों का नाश, ज्वार-भाटा और पूर ।
३—राजद्रोह, क्रूरता, भयंकरता, सैनिक का मनुष्यता हीनकृत्य ।

चंद्रग्रहण का राशि के द्रेष्काण अनुसार फल

( १ ) मेष—१—भवन में आग लगना, जंगल और लकड़ियों में आग, वायु में सूखापन ।
२—छूत की बीमारी ।
३—गर्भपात स्त्रियों को भय और परेशानी ।

( २ ) वृष—१—पशुओं की बीमारी और मृत्यु ।
२—कोई रानी की मृत्यु, भूमि का ऊसरपन, बीज की कठिनाई ।
३—सर्प और रेंगनेवाले पर मुख्य प्रभाव होगा जो लाखों की तादात में मरेंगे ।

( ३ ) मिथुन-१—शत्रु की धमकी, देश में प्रवेश की धमकी, लूटपाट ।
२—सेना की अचानक हलचल, प्राप्ति के लिये निजी और सरकारी संस्था में अशांति ।
३—कोई आदर्श या प्रसिद्ध पुरुष की मृत्यु ।

( ४ ) कर्क-१—युद्ध की उत्तेजना और हलचल ।
२—भारी परेशानी, सहनशक्ति का ह्रास, लड़ाई, टैक्स और इसी प्रकार के बोझ ।
३—स्त्री वर्ग में मृत्यु, अचानक हानि और कष्ट ।

( ५ ) सिंह-१—कुछ राजाओं का अचानक अस्थाईपन या श्रीमंत मनुष्य की मृत्यु ।

२—राजा की यात्रा और वस्तुओं में परिवर्तन ।

३—प्रजा और सेना की हलचल, राजद्रोह के लिये नया प्रयत्न व सरकार के विरुद्ध उठना ।

( ६ ) कन्या–१—राजा बीमार और अशक्त मनुष्यों में भिन्न प्रकार का विद्रोह और अमान्यता प्रगट होती है ।

२—सभासदों, कौंसिल, लेखक और इसी प्रकार के लोगों की हानि ।

३—मनुष्यों में रोग उत्पन्न होता है ।

( ७ ) तुला–१—ओलों का भयंकर, तूफान उत्तेजित करता है ।

२—प्रत्येक की हानि ।

३=कोई प्रसिद्ध या आदर्श पुरुष की मृत्यु ।

( ८ ) वृश्चिक–१–भयंकर शब्द और विद्युत और कदाचित् भूकम्प ।

२—जैतून और फल सूख जाते हैं । वायु हानिकारक ज्वरयुक्त, छूत की बीमारी ।

३—उपरोक्त के अतिरिक्त तेज बीमारियाँ, राजद्रोह, उत्पात और रक्तपात ।

( ९ ) धन—१—चोरियाँ और लूटपाट ।

२—घोड़े और खच्चरों की हानि ।

३—स्पर्शजन्य रोग और मनुष्यों में बहुत सी बुराइयाँ ।

( १० ) मकर–१—मनुष्यों में साजिश श्रेष्ठ पुरुषका पश्चात्ताप करने योग्य घात ।

२—सैनिकों का आक्रमण, कभी दूसरे देश में घुस जाना, लूट-पाट, कैद ।

३—किसी राजा की मृत्यु और राजद्रोह उत्पन्न ।

( ११ ) कुम्भ–१—कोई राजा बीमार ।

२—पृथ्वी के बीजों की सर्वत्र हानि ।

३—प्रत्येक वस्तुओं में परिवर्तन ।

( १२ ) मीन–१—पुरोहित और धार्मिक स्थानों में दुःख ।

२—कोई श्रीमंत और आदर्श व्यक्ति की मृत्यु ।

३—लूटपाट, हमला, डाका और अशांति पृथ्वी और समुद्र में भी प्रगट हो ।

## ग्रहण फल विचार

ग्रहण के फल की कल्पना करने को उसका राशि फल व स्थान फल को विचारना फिर देखना ग्रहण कितने समय तक टिकता है और उसका दृष्टि के अनुसार क्या फल होगा ।

अन्य मत है सूर्य ग्रहण जितने घंटे रहता है उतने वर्ष तक उसका प्रभाव रहता है और चन्द्र ग्रहण का उतने महीने रहता है। परन्तु कुछ विद्वानों ने उस पर शंका की है। सूर्य ग्रहण का परिणाम एक वर्ष से अधिक रहना सम्भव है इस सम्बन्ध में किसी ने ठीक निश्चय नहीं किया।

पूर्ण केन्द्र में यदि ग्रहण हो तो ४ महीने उसका परिणाम दिखाता है। दशम में ग्रहण हो तो ८ महीना, सप्तम में ग्रहण हो तो ८ से १२ महीने उसका परिणाम दिखता है ऐसा एक मत है। इस नियम की सत्यता बहुत कम स्थान में देखने में आयी है अनुभव में आया विचार आगे दिया है।

ग्रहण काल का सूर्य चन्द्र बराबर जिस २ नियम से गोचर के ग्रह से दृष्टि योग करते हों उसी २ समय ग्रहण का फल अनुभव में आता है, ऐसा अनेक कुण्डली के विचार करने से देखा गया है। गोचर ग्रह जिस समय ग्रहण काल के सूर्य चन्द्र से बराबर केन्द्र योग प्रति योग और अशुभ ग्रह युति योग करते हैं उस समय ग्रहण के अशुभ फल की प्राप्ति होती है। और ग्रहण का जब गोचर के गृह का गृहण विन्दु से शुभ योग होता है तब शुभ फल की प्राप्ति होती है।

गृहण का प्रभाव उसी-उसी स्थान पर होगा जहाँ-जहाँ वह दिखेगा खास तौर पर गृहण के मध्य में जहाँ वह सिर पर दिखेगा। उन देशों में भी प्रभावकारी होगा जो गृहण की राशि के हैं।

चन्द्र गृहण का प्रभाव शीघ्र आरम्भ हो जाता है परन्तु सूर्यगृहण का प्रभाव कुछ महीने गुजर जाने के बाद प्रगट होता है। ऐसा पाया गया है कि गृहण के आकार के अनुसार कम ज्यादा प्रभाव होता है यदि खग्रास होगा तो उसका प्रभाव अधिक होगा परन्तु जहाँ नहीं दिखेगा वहाँ कोई फल नहीं होगा।

गृहण सूर्य या चन्द्र का हो ज्योतिष के अनुसार कहां २ और कौन देश में दिखेगा और राशि के अनुसार कौन २ शहर प्रभावित होंगे यह नोट करना और लग्न के अनुसार सूर्य चन्द्र की स्थिति कहाँ है उन सब स्थानों में फल प्रगट होगा।

यह भी पाया गया है कि स्थिर राशि में आखिर तक प्रभाव रहेगा, चर राशि में थोड़ा फल होगा और वह जल्दी खतम होगा। द्विस्वभाव का फल जल्दी शुरू होकर देर तक रहेगा परन्तु फल रुक २ कर होता है अर्थात् कभी शुरू होगा फिर अचानक बन्द होकर फिर प्रभाव शुरू होगा।

गृहण के प्रभाव के लिए पहिले राशि की स्थिति पर बिचार करना।

(१) गृहण यदि अग्नि राशि में हो तो पशु और भेड़ नष्ट हो, कोई राजा या प्रसिद्ध पुरुष या बड़े राज्य कर्ता का देश निकाला कैद या कतल होगा मनुष्यों में बहुत अशांति, विरोध, सेना की हलचल, युद्ध, अग्नि-

प्रकोप, बुखार, छूत की बीमारी और पृथ्वी में फल की कमी यह फल उस स्थान में होगा जहाँ ग्रहण दिखेगा।

( २ ) पृथ्वी राशि में गल्ले की कमी, पृथ्वी की पैदावार सूखने के कारण, भूकम्प खदानों में भयंकर घटना और कालकारी से काम में अड़चनें होती हैं।

( ३ ) वायु राशि में अकाल, छूत की बीमारी, तूफान, हवा में आंधी और मनुष्यों में हानि कारक प्रभाव।

( ४ ) जल राशि में—साधारण लोगों में अधिक मरण, मछलियों की बहुत हानि और ऐसी चीजों की हानि जो समुद्र में या समुद्र के किनारे रहते हैं।

ग्रहण का फल जानने को यहां बताये कुछ विषय पर ध्यान देना। ग्रहण के राशि स्वामी ग्रह के बल का विचार करना। ग्रहण कुण्डली में उसकी स्थिति क्या है, इस ग्रह का प्रभाव विशेष कब प्रगट होगा यह देखना।

इस प्रकार यदि ग्रहण का राशि स्वामी अष्टम में हो तो भारी अत्याचार प्रगट कर अचानक और भयंकर मृत्यु प्रगट करेगा। षष्ठ में हो तो बहुत बीमारी। तीसरे में रेल की अचानक घटनाएं होंगी, इसी प्रकार दूसरे पाप ग्रहों का फल होगा। जब इन स्थानों में शुभ ग्रह हो तो अच्छा फल होगा परन्तु यह फल ग्रह के आधारित बल के अनुसार होगा।

ग्रहण के समय के अनुपात से ग्रहण का प्रभाव बहुत समय तक रहेगा। सूर्य ग्रहण है तो उसका प्रभाव जितने घंटे ग्रहण रहेगा उतने वर्ष तक रहेगा। यदि खग्रास ग्रहण ३ घंटा ३५ मिनट रहा तो ३ वर्ष ७ महीना उसका प्रभाव रहेगा।

यदि चन्द्र ग्रहण है तो जितने समय चन्द्र ग्रहण रहेगा उतने महीने उसका प्रभाव रहेगा। यदि चन्द्र ग्रहण २ घंटा १४ मिनट रहा तो उसका प्रभाव २ माह ७ दिन रहेगा। परन्तु इस सम्बन्ध में कुछ मत भेद है तजुर्बे से ही प्रगट होगा क्या ठीक है।

( १ ) एक मत है कि ग्रहण के मध्य से चन्द्र सूर्य उदय होने का अन्तर लो यह अन्तर घण्टा मिनट में लो सूर्य ग्रहण के दिन की लम्बाई वर्ष में और चन्द्र ग्रहण की रात की लम्बाई वर्ष के अनुपात से होगी।

( २ ) अन्य मत है कि यदि ग्रहण पूर्व दिशामें होता है तो उसका प्रभाव आगे ४ महीना रहेगा और बड़ी दृढ़ता से पहिले तीन महीने इसका जोर रहेगा।

( ३ ) यदि आकाश के बीच अर्थात् सिर पर याने दशम में हो तो इसका फल अर्थात् घटना ग्रहण के बाद चौथे से आठवें और खास घटना दूसरे या बीच के समय में होगी।

( ४ ) यदि पश्चिम भाग में हो तो ग्रहण के बाद ८ से १२ महीने तक फल प्रभावकारी होगा।

## ग्रहण का और भी फल विचार

२ ग्रहण—यदि एक महीने में सूर्य चन्द्र दोनों का ग्रहण हो तो राजा लोग अपनी सेना में हलचल मच जाने से ही क्षय को प्राप्त होने हैं और शास्त्र का अत्यन्त भय होता है।

## चन्द्र के बाद सूर्य ग्रहण

चन्द्र ग्रहण के पीछे बहुत दिन के भीतर सूर्य ग्रहण हो तो स्त्री पुरुषों में बैर भाव होता है। दम्पति में मनोमालिन्य हो जाता है।

## सूर्य ग्रहण के बाद चन्द्र ग्रहण

यदि सूर्य ग्रहण के एक मास बाद चन्द्र ग्रहण हो तो ब्राह्मण गण अनेक यज्ञों का फल पावें प्रजा हर्षित हो बहुत यज्ञ हों।

## पाप दृष्ट ग्रहण

जो सूर्य चन्द्र पाप ग्रह से दृष्ट ग्रस्त अवस्था में उदय या अस्त हों तो शरद ऋतु की धान्य और राजा का नाश होता है। ऐसे ही पाप ग्रह से दृष्ट सूर्य ग्रास से ग्रसित होने पर दुर्भिक्ष हो और मरी पड़ती है।

## दिन रात्रि के विभाग अनुसार ग्रहण फल

दिन मान या रात्रिमान का ७ भाग करना पृथक सातों भाग का फल नीचे दिया है। सूर्य ग्रहण हो तो दिनमान का चन्द्र ग्रहण हो तो रात्रि मान का भाग लेना।

(१) पहले भाग में ग्रहण आरम्भ हो जाय तो अग्नि से जीविका करने वाले, सुनार आदि और गुणाधिक ब्राह्मण और आश्रम में रहने वालों का नाश करता है।

(२) आकाश के दूसरे भाग में ग्रहण का आरम्भ हो जाय तो किसान, पाखंडी, वणिक, क्षत्री और सेना के स्वामी का नाश करता है।

(३) तीसरे भाग में—शिल्प से जीविका करने वाले, शूद्र, म्लेच्छ और मंत्रियों का नाश करता है।

(४) आकाश के बीच भाग में अर्थात् मध्याह्न में ग्रहण आरम्भ हो तो राजा का मध्य देश नष्ट हो। धान्य का मूल्य सुहाता हुआ होता है।

(५) पंचम भाग—तृण भोजन करने वाले, मंत्री, अन्त:पुर और वैदयों का नाश।

(६) छठा भाग—स्त्री शूद्र को कष्ट।

(७) सप्तम भाग अर्थात् अस्तकाल में—चोर और गह्वर आदि देश वासियों का नाश।

परन्तु आकाश के जिस भाग में मोक्ष अर्थात् ग्रहण का शेष होता है। उस भाग के कहे हुए देशों को और वहाँ के प्राणियों को शुभ होता है।

मासानुसार ग्रहण फल—

कार्तिक में ग्रहण हो तो अग्नि से जीविका करने वाले सुनार लुहार और मगध, कौशल, कल्याण, शूरसेन व काशी आदि देशवासियों को पीड़ा और नौकर चाकर के साथ कलिंग देश के राजा का नाश बाद में मंगल और सुभिक्ष हो जाता है।

मार्ग शीर्ष में—काश्मीर कौशल, पुंड्र आदि देश पश्चिम और दक्षिण देश के मृग और समस्त सोम पीने वालों का नाश, वर्षा हो, मंगल और सुभिक्ष भी होता है।

पौष में—ब्राह्मण और क्षत्रियों में उपद्रव हो, सेंधव, कुकुर और विदेह वालों को ध्वंस होता है अकाल पड़ता है।

माघ—वशिष्ठ गोत्री, माता पिता की भक्ति करने वाले लोग, स्वाध्याय और धर्म कर्म को करने वाले, बहुत ऊँचे हाथी, और बंगाल, अंग और काशी आदि देशों में उत्पन्न मनुष्यों को दुःख होता है परन्तु किसानों की मनमानी वर्षा होती है।

फाल्गुन—बंगाल, अश्मक, अवन्ती और मेकल आदि देशवासियों को पीड़ा, नाचने वाली, उत्तम धान्य तथा उत्तम स्त्री, धनुष धारी क्षत्रिय और तपस्वियों को पीड़ा।

चैत्र—चित्रकार, लेखक, गाने में आसक्त, रूप जीवी ( वेश्या आदि ), शास्त्र को जानने वाले पुरुष सुवर्ण आदि व्यापार के द्रव्य और पोंड्र–ओड्र अश्मक, काश्मीर आदि वासी दुःखी हों, वर्षा अच्छी हो।

वैशाख में—कपास, तिल, मूंग का नाश, इच्छावाकु, योधेय, शक और कलिंग देश में उपद्रव परन्तु सुभिक्ष होता है।

ज्येष्ठ में—रानी, ब्राह्मणी, नाज, वर्षा, महा समुद्र, सुन्दर पुरुष, शाल्व देशवासी और निषाद लोगों का नाश होता है।

आषाढ़—कूप, वापी, नदी प्रवाह, फल फूल से आजीविका करने वाले अर्थात् माली बागवान और गान्धार काश्मीर, पुलिंद, चीन आदि देशों का नाश और वर्षा होती है।

श्रावण—काश्मीर, पुलिंद, चीन, यवन, कुरुक्षेत्र और मध्यदेश का नाश, कांबोज, शक, शारद व पहिले कहे हुए देशों को लाभ, बहुत अन्न प्राप्त कर बहुत हर्षित होते हैं।

भाद्रपद—कलिंग, बंगाल, मगध, सूरत, म्लेच्छ, सुबीर दरद और शक देश का नाश, स्त्रियों के गर्भ का नाश और सुभिक्ष होता है।

आश्विन—काम्बोज, चीन, यमन, धान्य के चुराने वाले वा बाल्हीक और सिंधु नदी के किनारे के वासी और आवर्त व पौंड्र देश वासी वैद्य और किरात लोगों का नाश और अत्यन्त सुभिक्ष हो।

## अन्य मत से ग्रहण का मास फल—

कार्तिक तथा मार्ग शीर्ष में—शुभ । पौष=धन महँगे हों, मनुष्यों का भय, अगले वर्ष को मध्यम करता है माघ=वांछित वृष्टि और अन्न हो । फाल्गुन=दुःख । चैत्र=रोग, लेखकों को पीड़ा, वर्ष मध्यम करता है, वैशाख=तिल तेल, मूंग और कपास नाश । ज्येष्ठ=अवर्षण धान्य नाश, आंधी, वर्ष शुभ करता है । आषाढ़=कहीं कुछ वर्षा हो, कहीं रोग हो, वृक्षों में अकस्मात फल गिर पड़ें तथा वर्षा शुभ हो, कहीं अन्न लाभ हो । श्रावण=घोड़ो, गधी और स्त्रियों के गर्भ गिर पड़ें । भाद्रपद=सौख्य सुभिक्ष । आश्विन=एक ही मास में सूर्य चन्द्र दोनों ग्रहण हों तो कुपित होकर राजा लोग बहुत युद्ध करें ।

अधिक मास में सूर्य चन्द्र ग्रहण हो तो राष्ट्र भंग राजाओं का क्षय । सूर्य के १५ दिन बाद चन्द्र ग्रहण हो शास्त्रकारी की पूजा धैर्य की वृद्धि और बड़ों का उदय हो, सूर्य चन्द्र ग्रहण क्रूर ग्रह युक्त हो तो राजाओं का क्षय और राज्य भंग हो ।

## दिन अनुसार ग्रहण फल—

इतवार—धान्य का संग्रह, वर्षा मध्यम हो राज्य में युद्ध हो दुर्भिक्ष हो, घी तेल मंहगा हो ।

सोमवार—अन्न मंहगा, तेल घी आदि में लाभ हो ।

मंगल—अग्नि भय, यदि सूर्य ग्रहण हो=राजाओं की क्षति । चन्द्र ग्रहण हो तो अच्छा सूत्र मंहगा ।

बुध—नारियल, सुपारी और लाल वस्त्र का संग्रह लाभदायक ।

गुरु—सर्व लाल वस्तु तथा तेल गंधादि लाभदायक हो ।

शुक्र—सुभिक्ष, मंगलकारी और सब को शुभकारी ।

शनिवार—युगन्धरी से लाभ, काली वस्तु मंहगी ।

लाभ=पीले, लाल वस्त्र, तांबा, बैल आदि के संग्रह से २ मास में लाभ ।

अर्द्ध ग्रहण से आधे मास में, पौन ( तीन भाग ) में=३ मास में, चार भाग ग्रहण=४ मास में, सम्पूर्ण ग्रहण में=वर्ष भर लाभ हो ।

अरिष्ट दर=ग्रहण के आदि में यदि सब उत्पात प्रबल हो तो पीछे वर्षा होने से=घोर अरिष्ट दूर हो, यदि उत्पात नहीं हो तो जल जन्तु बहुत होते हैं वृष्टि उत्तम होती है ।

## नक्षत्र अनुसार ग्रहण फल—

आश्विनी—मूंग मँहगी । भरणी=सफेद वस्तुओं में ३ मास में लाभ ।

कृत्तिका—सोना चाँदी मूँगा, मणि मोती खरीद से ९ माह में लाभ ।

रोहिणी—सूत कपास का संग्रह चन्द्र वेध न हो तो १० मास में लाभ ।

मृग—मजीठ, लाख, खार, कुसुम मंहगे १० मास में लाभ।

आर्द्रा—घी मँहगा होकर ५ मास में लाभ। पुन०—तेल ५ मास में लाभ।

पुष्य—गेहूँ अंगूर से ३ मास में लाभ। श्ले०—मूँगों में ५ मास में लाभ। मघा से ४ नक्षत्रों में, चोले चने ४ मास में लाभ।

चित्रा—युगंधरी से २ मास में लाभ। स्वा०—अन्न में ३–५ मास में लाभ। विशा०—कुलथी में ६ मास में लाभ।

अनु०—कोदों में ९ माह में लाभ। ज्ये०—गुड़ खांड में ५ मास में लाभ। मूल—चावलों में। पूषा—स्वेत वस्त्र में। उ.षा.—नारियल आदि में ५ मास में इन सब में लाभ।

श्रवण—तुअर, धनिष्ठा—उड़द, शत०—और पू०भा० चने से लाभ। उ०भा०—लवण से ३ मास में लाभ।

रेवती—मूँग संग्रह से ६ मास में लाभ।

राशि अनुसार ग्रहण फल ( वाराह ० अनुसार )

मेष—पंचाल, कलिंग, सूरसेन, कम्बोज, औंड़, किरात, देश वासी और शस्त्र से जीविका करने वाले, अग्नि से जीविका करने वाले लुहार आदि को पीड़ा।

वृष—गोप, गोरक्षक, पशु और गायों के स्वामी और प्रतिष्ठा प्राप्त मनुष्य सब को पीड़ा।

मिथुन—यमुना तट वासी, वाल्हीक, मत्स्य और सुह्म देश वासी को पीड़ा, उत्तम स्त्री, राजा, राज के तुल्य मनुष्य, बलवान मनुष्य, गीत नृत्त आदि कला जानने वाले को पीड़ा।

कर्क—आभीर, शबर, पल्हव, मल्ल, मत्स्य, कुरु, शक, पांचाल व अंगहीन मनुष्यों को पीड़ा। अन्न का भी नाश हो।

सिंह—पुलिन्द अर्थात् भीलगण मेकल अर्थात् विंध्याचल के रहने वाले, सत्व युक्त राजा के तुल्य मनुष्य, राजा, बन के रहने वालों का नाश हो।

कन्या—अश्मक और त्रिपुर के निवासा और जिन देशों में बहुत धान्य होती है इन देश वासियों का नाश, खेती, कवि लेखक पीड़ित, गाने वालों का भी नाश।

तुला—दशार्ण, मरु और भड़ोच वासी, अवन्ती और पाश्चात्य में रहने वाले व साधु पुरुष, बनिये भी पीड़ित हों।

वृश्चिक—उद्द्वर मद्र और चोल देश के वासी, वृक्ष, योद्धा और दूसरों को विष देकर मारने वाले इन सब का नाश।

धन—विदेह देश वासी, मल्ल, पांचाल के वासी, वैद्य, वनिये, क्रूर मनुष्य, अस्त्र विद्या जानने वाले, उत्तम मंत्री और घोड़े पीड़ित हों।

मकर—मत्स्य मंत्रियों के कुल, नीच पुरुष, यंत्र और औषधि जानने वाले, युद्ध पुरुष-अस्त्र से जीविका करने वाले मारे जाते हैं।

कुम्भ—पर्वत के मध्य में उत्पन्न हुए पश्चिम दिशा के निवासी, भार उठाने वाले, चोर, अहीर, दरद देश के जन, आर्वजन, सिंहपुर के निवासी, बर्बर जन का नाश हो।

मीन—समुद्र तट, समुद्र के जल से उत्पन्न हुए द्रव्य, रक्त आदि, मान्य पुरुष, जल से जीविका करने वाले मारे जाते हैं।

फल—इसका नक्षत्र फल कूर्म विभाग के नक्षत्र के देश के अनुसार जो आवें उस देश के मनुष्यों को पीड़ा हो।

अन्य मत से राशि फल

मेष—काम्बोज, किरात, पांचाल और तेलंग वासी को पीड़ा।

वृष—ग्राम पशु, राहगीर और बड़े आदमियों को पीड़ा।

मिथुन—वाल्हीक, यमुना तट निवासी और स्त्रियों को पीड़ा।

कर्क—गधों को आभीर और बर्बर जाति को पीड़ा।

सिंह—बनवासियों को पीड़ा, राजाओं को और राज तुल्य जनों के धन का क्षय।

कन्या—त्रिपुर तथा शालि जातियों को पीड़ा, कवि लेखक गवैया के धन का क्षय।

तुला—दशार्ण, काहव, मरुत तथा अपरान्त पर्वतीय लोगों को पीड़ा, यति तथा साधुओं को पीड़ा।

वृश्चिक—सब जातियों को दुःख हो, यदुंवर, मद्र, चौल तथा यौधेय जातियों को पीड़ा।

धन—उज्जैन वासी, घोड़ों में, विदेह, मल्ल और पांचाल वासियों को पीड़ा, वैद्य वैश्यों को पीड़ा।

मकर—नीच यन्त्रवादियों का, वृद्धों का, नटों का और चित्र कूट वासियों का क्षय हो।

कुम्भ—पश्चिम के पर्वत वासियों को पीड़ा, तस्कर, द्विरद ( दो दाँतों वाले ) तथा आभीर इनसे प्रजा को दुःख हो।

मीन—सामुद्रिक जल द्रव्य महंगे हों, जल से उपजीविका करने वाले, नाव वाले आदि को भय हो।

# अध्याय ७

## भूकम्प

सूर्य चन्द्र के प्रभाव से समुद्र में ज्वार भाटा आता है यह मान्य है। इसी प्रमाण से सूर्य चन्द्र व पृथ्वी ये जिस समय समानान्तर रेखा में हों अर्थात् ग्रहण होता है

उस समय भूकम्प हुआ करते हैं ऐसा कहा जाता है परन्तु प्रत्येक ग्रहण के समय भूकम्प क्यों नहीं होता इसका कोई कारण नहीं है। ग्रहण काल का दूसरे ग्रहों का शुभ दृष्टि योग का विचार किये बिना कोई रीति नहीं है।

सूर्य चन्द्र ग्रहण और सूर्य मात्रा में शनि मंगल आदि मुख्य ग्रह के विशेष योग में भूकम्प होता है। कोई ग्रहण केन्द्र स्थान के आरम्भ में उदय होने वाले अंश में बिलकुल समीप होने से भूकम्प होना सम्भव है। चार केन्द्र में से दशम व चतुर्थ इन दो स्थानों से भूकम्प होना अधिक सम्भव है और उसका चतुर्थ स्थान भी भूकम्प का द्योतक है।

केन्द्र में ग्रहण ये थोड़ा बहुत प्रमाण से जैसा भूकम्प द्योतक है उसी प्रमाण से मुख्य ग्रह की युति व प्रतियोग ये भी भूकम्प के द्योतक हैं। सामान्य ग्रहण समय यदि मुख्य ग्रह का युति योग का प्रतियोग होता है तब भूकम्प होना सम्भव है। और ग्रहण काल का सूर्य का यदि चन्द्र के बराबर ये योग चन्द्र में घटित होता हो तो भूकंप अवश्य होता है।

सूर्य चन्द्र व इतर ग्रह इनका होने वाला योग इनके बराबर का १२ राशियों के विचार करने से भूकम्प संबन्धी बहुत सी कल्पना निश्चित होती है। राशि चक्र में २-५-६-११ का संबन्ध भूकम्प से दिखाई पड़ता है। विशेषतः वृष या वृश्चिक इन दोनों राशियों का अति निकट सम्बन्ध है इसमें संशय नहीं। स्थिर राशि की अपेक्षा चर राशि में ये केन्द्र स्थान का द्योतक है। उसका सम्बन्ध कोई घटना में देखने में आता है। द्विस्वभाव राशि का केवल मीन राशि से संबन्ध दिखाई नहीं देता।

यदि सूर्य चन्द्र से ग्रहण के अनन्तर १-२ दिन में आगे या बिलकुल ग्रहण के दिन ही भूकंप होता है और इस समय मुख्य ग्रह की युति योग या प्रतियोग विशेष कर स्थिर राशि में हो या ग्रहण स्थिर राशि में हुआ हो ऐसा देखने में आता है।

कहीं भूकंप ग्रहण से बहुत दिन बाद होता है परन्तु उस समय ग्रहण कालीन सूर्य चन्द्र बराबर गोचर के ग्रह अशुभ योग करते हैं। ऐसा जान पड़ता है। भूकंप होने के समय कई बार वृश्चिक राशि पूर्व क्षितिज पर उदय हुई ऐसा अनुभव में आया है।

गुरु शनि हर्शल व नेपच्यून का स्थिर राशि में भ्रमण के बीच भूकंप की संख्या अधिक दिखाई देती है।

### भूकम्प का समय

भूकम्प का समय जानना कठिन है। परन्तु यह निश्चय हुआ है कि भूकम्प ग्रहण के कार्य से निकट होता है इन चार स्थिर राशि में ग्रहों की स्थिति पर होता है खासकर वृष और वृश्चिक में। इसके ज्ञान के लिये नीचे नियम दिये हैं :—

( १ ) ग्रहण से लगा हुआ ग्रहण होते ही साधारण प्रकार से भूकम्प होता है। खासकर उन देशों में जहाँ ग्रहण सिर के ऊपर के स्थान में होता है। और यदि ग्रहण होते वक्त कोई ग्रह स्थिर राशि में हो तब ग्रहण वहाँ होगा जहाँ ऐसा ग्रह उदय या अस्त या सबसे उच्च स्थान या सिर पर हो। इसी प्रकार यदि ग्रहण राशि ग्रह स्थिर राशि में हो और सिर के ऊपर के स्थान से ४५ अंतर पर हो तब भूकम्प होगा। पृथ्वी के उस हिस्से में होगा जो वही अंतर पर ग्रीन विच से पूर्व या पश्चिम शनि की स्थिति के अनुसार होगा।

( २ ) भूकम्प के समय उस समय के ग्रह पर कई दृष्टि पाई जाती हैं। परन्तु खास तौर पर ग्रह पिछले ग्रहण के साथ बहुत सी दृष्टि पिछले ग्रहण और ग्रह जो उस समय हो बहुत सी ग्रहों की दृष्टि होती है। इस प्रकार ग्रहण भूकम्प सूचित करता है परन्तु यह प्रगट नहीं होगा जब तक कि कोई ग्रह से दृष्टि योग करता हो या ग्रहण के स्थान सम्बन्ध से ग्रह द्वारा कई दृष्टि योग न करता हो।

( ३ ) भूकम्प तभी होते हैं जब ग्रह खास तौर पर यूरेनश, शनि, गुरु और मंगल वृष और वृश्चिक राशि पर हों।

( ४ ) भूकम्प तभी होता है जब उन स्थानों में जब ग्रहों का बड़ा दृष्टि योग चौथे घर की संधि में हो। उदाहरण के लिये ग्रहों के बड़े दृष्टि योग के समय का नक्शा बना लेना और जहां के लोग सिर के ऊपर के स्थान में होते हैं या चौथे घर की संधि में होते हों वहाँ भूकम्प अवश्य होना संभव हैं।

( ५ ) गुरु जब वृष या वृश्चिक में हो और बुध के साथ १८० पर या समान क्रांति हो। यह भी भूकम्प जानने का बड़ा जरिया है।

( ६ ) तिमाही कुण्डली के ग्रहों पर भये चंद्र के स्थान पर ध्यान दो जो उन संक्रान्ति के सबसे समीप हो और ध्यान दो दुनिया के किस हिस्से में पाप ग्रह चौथे घर की संधि में है उस स्थान पर भूकम्प होगा।

( ७ ) भूकम्प अक्सर वहाँ होते हैं जहाँ ग्रह चर राशि के पहले अंश में या समीप हो।

( ८ ) देश या स्थान जहाँ भूकम्प होगा इस प्रकार से जाने जाते हैं। पहले उस राशि से जिसके अधिकार में देश या शहर हो। दूसरे उस स्थान का ठीक देशान्तर नोट करो जिसमें ग्रहण, ग्रहों के योग और स्थिति चारों संक्रान्ति के समय सिर स्थान अर्थात् दशम स्थान पर हो। राशि जिसमें वह ग्रहण योग आदि होता है नोट करो।

( ९ ) जब बड़े पुच्छल तारे सूर्य या पृथ्वी के समीप हों भूकम्प होता है।

भूकम्प के ग्रह योग

राहु के सप्तम में मंगल हो, मंगल के पंचम में बुध, बुध के केन्द्र में चंद्र हो तो भूकम्प हो।

भूकम्प का प्रहर फल

पहले प्रहर में ब्राह्मणों को अनिष्ट। दूसरे में क्षत्रियों को। तीसरे में वैश्यको। चौथे में शूद्र को अनिष्ट हो। दोनों संध्याओं में—राजा को अनिष्ट। इस का फल ६ महीने में होता है।

मंडल—नक्षत्र अनुसार ७-७ नक्षत्रों का एक एक मंडल है उनमें भूकम्प होने का फल नीचे दिया है।

( १ ) भूकम्प वलय ( वायु ) मंडल—उफा हस्त चित्रा, स्वाती, पुनर, मृग, अश्वि में हो तो फल एक सप्ताह में होता है, धान्य, जल, वन औषधियों का क्षय, सुन्दर पुरुष, अस्त्रधारी, वैद्य, स्त्री, कवि, गानेवाले, व्यापारी, शिल्प जाननेवाले और सौराष्ट्र, कुरु, मगध, दशार्ण, मत्स्य देश पीड़ित हों।

( २ ) आग्नेय ( अग्नि ) मंडल—भरणी, कृतिका, मघा, पूफा, पुष्य, पूषा, विशाखा। अग्निकोण में भूकम्प होने से मेघ नाश, जलाशय सूखे, राजद्वेष, दाद, विचर्चिका, ज्वर, विसर्पिका और पांडुरोग होता है। दीप्ततेजा, प्रचंड, अश्मक, अंग, वाल्हीक, तंगण, कलिंग, वंग, द्रविड़ देश और अनेक प्रकार के शबर गण पीड़ित होते हैं।

( ३ ) इन्द्रमंडल ( मही )—अभि, श्रव, धनि, रोह, ज्ये, उषा और अनुराधा इन्द्रमंडल के नक्षत्र हैं। इनमें भूकम्प होने से—समुद्र और नदियों में रहनेवाले राजा और गणपतियों का नाश। अतिसार, गलग्रह, वमन रोग हों, काशी, युगन्धर, पैरव, किरात, कीर, अभिसार, हल, मद्र, अर्बुद, सुवास्तु और मालव देश में पीड़ा और इच्छित वर्षा हो।

( ४ ) वरुण मंडल ( जल )—रेव, पूषा, आर्द्रा, श्ले, मूल, उभा और शत, ये वरुण मंडल के नक्षत्र हैं। इसमें भूकम्प हो तो समुद्र और नदियों के आश्रय में रहने वालों का नाश हो। यह वृष्टि कारक है, गोनर्द, चेदि, कुकुर, किरात और विदेह वासियों को पीड़ा।

# अध्याय ८

## भविष्य कथन पर विशेष विचार

ज्योतिष शास्त्र के आधार पर कुण्डली से भविष्य कहने के लिए ग्रह, राशि और द्वादश स्थान आदि का अच्छा ज्ञान होने लगता है। ग्रह राशि व स्थान इनका स्वतंत्र

गुण धर्म क्या है उसके मिश्रण से कौन गुण धर्म उत्पन्न हो जाता है। इसका ज्ञान कुण्डली के विचार करने में अवश्य देखना चाहिये। गृह आदि का प्रत्येक का फल कथन करना ज्योतिष शास्त्र की पहिली मुख्य सीढ़ी है इसी से ज्योतिष का सच्चा ज्ञान आरम्भ होता है।

ज्योतिष में जिस तत्व के अनुरोध से गृह आदि का भिन्न २ योगों का समीकरण करना पड़ता है उसी तत्व के अनुसार राष्ट्रीय या मेदनीय ज्योतिष में समीकरण करना पड़ता है। इस समीकरण करने की कला जितनी निर्दोष हो उतनी ही कुण्डली का ज्ञान अधिक होगा।

राष्ट्रीय कुण्डली की योग्य जानकारी दे दी गई है। उसके अनुसार निर निराला योग सामान्य फल ध्यान में रखकर पश्चात उसका एकीकरण करने का प्रयत्न करना चाहिये। कई बार परस्पर विरोधी योग एक ही कुण्डली में देखने में आते हैं जिनका एकीकरण का काम अधिक कठिन होता है और यह काम सुलभता से कैसे करना इस सम्बन्ध में थोड़ा बहुत आवश्यक विचार आगे दिया है।

कोई भी वर्ष का शुभाशुभ फल विचार करने में जिस कुण्डली को बनाना होता है वह मेष संक्रंमण आरम्भ की कुण्डली से होता है। इस संक्रमण के बाद महत्व की दृष्टि से कर्क, तुला व मकर संक्रमण हैं। ये ४ सूर्य संक्रमण में वर्ष में होनेवाले सर्व सूर्य चन्द्र संयोग का ग्रहण इन सबकी कुण्डली तैयार करना चाहिये। मेष संक्रमण से कोई प्रसंग में सर्व वर्ष का बोध होता है। परन्तु कोई प्रसंग में इस संक्रमण का असर तीन महीने तक ही है ऐसा दिखता है। जिस समय इस संक्रमण का अमल वर्ष भर है उस समय बाकी के संक्रमण दूसरे दर्जे के होते हैं।

मेष संक्रमण की कुंडली का अमल वर्ष भर कब रहता है। या वर्ष में कमी कब आती है इस सम्बन्ध में कोई ने निश्चय पूर्वक नहीं लिखा परन्तु अनुभव से प्रगट होता है कि जिस वर्ष कुंडली के केन्द्र कोण में ग्रह अधिक हों और शुभाशुभ दृष्टि योग भी बहुत हुआ है उस समय मेष संक्रमण की कुंडली का अमल वर्ष भर रहता है जिस कुंडलो का अमल वर्ष भर टिकता है उस कुंडली में दृष्टियोग बहुत तो रहता है परन्तु वे थोड़े बहुत प्रमाण से अंशात्मक रहता है अर्थात जातक की बहुत घटना दर्शक कुंडली जिस तरह की होती है उसी तरह की मेष संक्रमण की है। उसका अमल पूरे वर्ष भर रहता है। जिस कुंडली में केन्द्र में गृह न हो व दृष्टि योग भी थोड़ा हो उसका अन्तर बहुत है उस कुंडली का अमल तीन महीने की अपेक्षा ज्यादा नही है।

कुंडली में साधारण पने से परस्पर विरोधी याग आते ही हैं। वर्ष कुंडली में परस्पर विरोधी योग होते हैं उसके बाद होने वाले संक्रमण की कुंडली में यदि वर्ष काल में हुए कोई योग के विरुद्ध यांग हुए हों तो उसका मेल कैसे करना कौन योग को महत्व अधिक देना कौन से योग का फल मिलेगा आदि प्रश्न राष्ट्रीय ज्योतिष में

बहुत महत्व का है। कुंडली के विचार करने में वे प्रश्न कैसे करने चाहिये आगे उदाहरण देकर बताया है।

कोई वर्ष कुंडली के धन स्थान में मंगल और हर्शल की युति है और उस युति के बराबर कोई भी ग्रह का शुभ दृष्टि योग नहीं है। अर्थात् इस योग में व्यापार सम्पत्ति, धनोत्पादक धन्धे आदि के लिये बुरा है। उसी कुंडली में धनेश गुरु की शुभ योग दृष्टि है। राशि बली व स्थान बली है। अर्थात् एक ही कुंडली में धन स्थान के सम्बन्ध से परस्पर विरोधी ये दो योग हैं। ऐसा दिखता है धन स्थान में दोनों ग्रह से कोई भी एक ग्रह बराबर धनेश या सम्पत्ति कारक ग्रह गुरु शुभ योग करता है तो अनिष्ट योग की तीव्रता कम हो जाती है। केवल तीव्रता कम हुई शुभ या अशुभ ऐसे दो स्वतन्त्र योग नहीं हुए। अशुभ योग एक ही योग हुआ। परन्तु धन स्थान को पीड़ित ग्रह बराबर धनेश या गुरु शुभ दृष्टि योग करता न हो तो उसका स्वतन्त्र फल देखने में आता है।

ऐसे प्रसंग में आगे संक्रमण की कुंडली विशेष मदद देगी। मेष संक्रमण के बाद होने का कोई संक्रमण काल की यदि धन स्थान के सम्बन्ध में शुभ योग की अपेक्षा अशुभ योग ही अधिक हुए या वर्ष कुंडली में होने वाले योग में कोई अशुभ सम्बन्ध होता है तो आगे के संक्रमण का अमल होने तक वर्ष कुंडली में हुआ अशुभ योग का फल दृष्टि में आता है।

वर्ष कुंडली में जो शुभाशुभ योग हुए हैं उनके बराबर के योग जिस सूर्य संक्रमण के समय होता है उस समय उसका फल दिखने में आना अधिक सम्भव है अर्थात् वर्ष कालीन दो स्वतन्त्र योग है परन्तु परस्पर विरोधी योग का फल स्वतन्त्र रूप से मिलता है। परन्तु उसका समय आगे होने वाले संक्रमण पर सामान्यतः अवलंबित है।

वर्ष कुंडली में हुए योग का सम्बन्ध जैसा पिछले होने वाले संक्रमण को देखना है वैसा ही संक्रमण काल के योग का सम्बन्ध उसके बाद होने वाले सूर्य चन्द्र संयोग काल को पहिले देखना चाहिये। इस बताये उदाहरण में यदि वर्ष काल के धन स्थान में मङ्गल हर्शल युति योग हुआ है और यदि उसके अनन्तर व कर्क संक्रमण के पहिले होने वाला कोई भी सूर्य चन्द्र संयोग काल का अमल होने तक अशुभ फल दिखने में नहीं आयगा।

आगे कर्क के संक्रमण काल में यदि धन स्थान पीड़ित हो तो वर्ष काल में होने वाली धन स्थान के सम्बन्ध की अशुभ फल की प्राप्ति उस महीने में होगी ऐसा समझना। ऊपर के विवेचन से प्रगट हुआ कि वर्ष कुंडली में परस्पर विरोधी योग का मेल और बहुत सा काल निर्णय भी उसके अनन्तर होने वाले संक्रमण से कोई वर्ष कुंडली का अमल वर्ष भर टिकने सरीखा है यदि कोई-कोई इच्छित स्थान सम्बन्ध से

स्पष्ट ऐसे शुभ योग हुआ है और उसके अनन्तर होने वाला कोई संक्रमण काल के उसी स्थान सम्बन्ध से स्पष्ट ऐसे अशुभ योग हुआ है ऐसे समय सूर्यचन्द्र काल की कुंडली से निर्णय करना चाहिये।

एक वर्ष में संक्रमण आदि की कुंडली का परस्पर सम्बन्ध क्या है समय के अनन्तर उसका विशेष विचार करने को कोई बात के संबंध में पाठक को विशेष ध्यान देना चाहिये। इस बात के लिये पहिली बात अर्थात् कुंडली में अत्यन्त बलवान ग्रह का सूक्ष्म विचार करना ही है। उसी प्रमाण से व्यक्ति की कुंडली में कोई इच्छित ग्रह बलवान हो व उस ग्रह के गुण धर्म प्रमाण से व्यक्ति के सम्बन्ध में बहुत बातें घटित होती हैं उसी प्रमाण से राष्ट्रीय कुंडली में बलवार ग्रह के प्रमाण से बातें घटित होती हैं ऐसा देखने में आता है। ग्रह का बल स्थान राशि व दृष्टि योग इनसे देखा जाता है। राष्ट्रीय कुंडली में ऐसा तीन ही प्रकार से बलवान होने वाला ग्रह अपना गुण धर्म प्रमाण से फल प्रगट करता है।

आगे प्रकरण में देश की राशि दी है उससे सात ग्रह में से कौन सा ग्रह कौन से देश का अधिपति हैं यह बताया है व जिस समय राष्ट्रीय कुंडली मे कोई देश का अधिपति पूर्वोक्त प्रकार से बलवान हो उस समय देश मे लोगों की उन्नति होती है ऐसा देखने में आया है।

राष्ट्रीय कुंडली मे विचार करने में अन्तिम महत्व की बात देश की परिस्थिति ही हैं देश की परिस्थिति पर ध्यान न देने से भविष्य हास्य प्रद हो जाता है।

# अध्याय ९

## पाश्चात्य रीति से वर्णित

## राशि के प्रभाव में आनेवाले देशों की सूची

मेषराशि—देश—इंगलैंड, डेनमार्क, जर्मनी, लोअर-पोलैंड, बरगंडी, पैलेस्टाइन, सीरिया, जापान, शहर—बरमिंघम, ओल्डहेम, लीस्टर, ब्लेक बर्न, फ्लोरेन्स, नेपल्स, व्हेरोना, पदुआ, पर्सलीज, क्राको, सेरनगोसा, उट्रेक. कपुआ, बरुंसविक, एवं मद्रास।

वृषराशि-देश—आयरलैंड, ईरान, पोलैंड, एशिया माइनर, जार्जिया, गिओरगिया, काकेसस, ग्रेसियन—आर्चीपेलोगो, ग्रीसियन आर्चिपेलेगो, साइप्रस, व्हेनरसिया। शहर—डबलिन, लिपसिक, माण्टुआ, पारमा पालेर्मो, रोड्स, सेण्ट लुइस, लाइन नदी का आस्टन।

मिथुन-देश अमेरिका, बेलजियम. मावण्ट लाम्बर्डी, लोयर इजिप्ट, सार्डीनिया, इंगलैंड का पश्चिम भाग, अरमेनिया, त्रिपोली, फ्लेण्डर्स, बेल्म। शहर—लंदन

१७°-५०', प्लायमाउथ, मेलबोर्न १०°-२९', बर्जेस, कार्डोह्वा, मेट्रास, न्यूरेम बर्ग, सानफ्रान्सिस्को, वोल्यर हेमटम, बेडनेस बरी।

कर्क—देश—स्काट लैंड, हालैंड, पोलैंड, आफ्रिका का उत्तर पश्चिम भाग, मारीसस, द्वीप प्रदेगुआ। शहर—ट्यूनिस, अल्जियर्स, अमस्टर ड्राम, सेण्ट ऐण्ड्र्यू स, यार्क, व्हेनिस, बर्न, ल्युबेक, मागडेबर्न, मिलान, कारव्यू, न्यूयार्क, मेनचेस्टर, स्टाकहोम कुस्तुनतुनिया, जिनोवा, डेप्टफोर्ड, रोचडाला।

सिंह—देश फ्रान्स, इटली, पोरनिया, सिसली चालडिया से बसरा प्रांत तक, रोमानिया का उत्तरी भाग, अप्युलिक, आल्प्स पर्वत के शहर सिडोन के समीप, टायर।

शहर—रोम, बाथ, ब्रिस्टिल, पोर्टमाउथ, फिलाडेल्फिया, प्रेग, राविग्ना, टाउन्टन, डियास्कस, शिकागो, ब्लेक फूल, बंबई।

कन्या—देश=यूरोपीय तुर्क स्थान, स्विटजर लैंड, वेस्ट इंडीज, असेरिया, मोसीपोटामिया—(ट्रिग्रिस से युफ्रेटिस तक), क्रीट, क्रोशिया, सिलेसिया, बाबेलोनिया, थोरिया, थोरिया ग्रेसान्वी, कुर्दिस्तान, ग्रीस का कुछ भाग, लंबेडिया वरजीनिया और ब्रेसिल।

शहर—जेरूसेलम, कोरिन्थ, पेरिस २९°, लायन्स टाउलुज, चेल्टनहम, रीडिंग, हेन्डल बर्ग, वारविथ, बोस्टन, यू० एस० ए० लास अंगेलास, मेडोस्टन, स्ट्रस वर्ग, ट्रिडिसी, वरी, टाइमार डेन।

तुला—देश आस्ट्रिया, इंडोचाइना, चीन, तिब्बत कास्पियन समुद्र के बाजू के प्रान्त, उत्तर इजिप्त सेव्हाय उत्तर चीन, लिव्होनिया, बर्मा आर्जेन्टाइना।

शहर—एन्ट वर्प (२१°), चार्लस्टन, फ्रेंकफोर्ट, गेटा प्लसेन्शा, स्पीरस, लिसबन, जाहेन्स वर्ग (२७°), मिडिलटन लीड्स, नाटिंगधाम।

वृश्चिक—देश=अलचीरिया, बारबरी, बव्हेरिया, कपाडोसिया, जूडिया, बटलेंड; मोरोक्को, नार्वे, उत्तर सीरिया, ट्रान्सबाल, कटालोनिया, क्वीन्सलेंड।

शहर—फेज, वूर्लेंशिया, डोवर नदीपर फ्रेंक फोर्ट, डोवर, लिव्हरपूल, मेसिना (१८°) वर्दिग, पूर्व प्रिन्सटेड, न्यू ओर्लिन्स, वाशिंगटन ७° बाल्टियोर, सिन्सिन नदी, हुल्ल, मिलवाउकी, ७° सेन्ट जान्स, न्यू फाउन्डलेंड २, हुली फाक्स, स्टाक पोर्ट, न्यू केसिल, ग्लोशाय।

धनु—देश=अरब स्थान, आस्ट्रेलिया, फेलिक्स, केपफिनिस्टर, डालमेशिया, हंगरी, इस त्रिआ, मोरविया, स्कूल मोनिया, स्पेन, टस्कनी, फ्रांस का प्रांत, मडागास्कर।

शहर—अभिगनान, बुडा, कोलोग्न, चारबोन्ने राटन बर्ग, नाटिंगघाम, शेफील्ड, स्टटगार्ट संडा लेन्ड, टारन्टो, डोलेटो, पश्चिम-वामविक, बेडफोर्ड।

मकर—देश—खोरासन, सिरकन, अफगानिस्तान, मराकन, थ्रेस मेसेडोनिया, मोरिया, इलिरिया, अलबेनिया, बोस्निया, बलगेरिया ग्रीस, हेस, साउथ वेस्ट सक्सनी स्टिरिया रोमन्डिओला, मेकलेन बर्ग, मेक्सिको, लुम्पानिया, आर्कने द्वीप।

शहर—आक्स फोर्ड, फोर्ट सईद, टसकेनी का प्रेरो ब्रेन्डेन बर्ग, टारदोना, कान्स टनस, ब्रुसेल्स प्राविन्स में फेअन्स, केली, भारत, पंजाब।

कुम—देश—पथरीला अरब स्थान, प्रूसिया, रेड रसिया, पोलेन्ड, स्वीटन सरवेशिया, तारनरी ल्युथेनिया, वेस्ट फालिया, बालाचिया, पीड़ मांट, अवसीनिया।

शहर—ब्रिगटन, ब्रेमेन, इंगोल स्टट, सल्झ वर्ग ट्रेन्ट, हेमवर्ग, सालिसबारी।

मीन—देश पोर्तगाल, कलाब्रिया, गेलेशिया, नामंटी न्युबिया, सहारा रेगिस्तान।

शहर—अलेक जेन्ड्रिया, रहिसब्रन, वर्मस, सेव्हील, कम्पोस्टेला, बोर्नमाउथ, फार्नेहम, टिमिटंन, क्राइस्ट चर्च, कोवेस, रेजेन बर्ग, ग्रिम्सबी, साउथ पोर्ट, लेन्केस्टर, किम्सलिन, प्रेसटन।

उपरोक्त सूची को पाश्चात्य ज्योतिषी उपयोग में लाते हैं इसे विश्वसनीय समझने में कोई हानि नहीं यूरोपीय ज्योतिष शास्त्र के आदि आचार्य टालेमी ने देश और राशि का विचार कर लिखा था।

परन्तु पृथ्वी के विस्तार के लिहाज से यह याददास्त बिलकुल अपूर्ण है। इस सम्बन्ध में अब भी बहुत विचार होना जरूरी है। इस सम्बन्ध में देश का विचार महत्व पूर्ण होने के कारण और इतर अनेक कारण से बहुत अन्तर पड़ गया है इसका ध्यान रखना चाहिये।

ऊपर दिये देश व बाहर की राशि सम्बन्ध से आधुनिक ज्योतिषियों में कुछ मतभेद है। जैसे तुला के अमल के नीचे चीन व जापान देश दिये हैं। कोई ज्योतिर्विद जापान देश की राशि मेष और चीन की कर्क मानते हैं। इसी प्रकार मोरियाद्वीप कन्या व मकर ये दोनों राशि के नीचे होने का मतभेद है।

भारत बहुत बड़ा देश है। इसके अनेक खंड हैं जिनमें अनेक प्रकार के लोग रहते हैं जिनकी भाषा रीति रिवाज धर्म पंथ आदि पृथक् पृथक् हैं। इस कारण इस देश में एक से अधिक राशि का अमल होना चाहिये यह स्पष्ट दिखता है।

भारत की राशि मकर है ऐसा टालेमी ने लिखा है। मकर राशि में ग्रह का भ्रमण युति योग व सूर्य चंद्र का ग्रहण इनका फल भारतवासी को सत्य ही अनुभव में आता है। ४स कारण भारत की राशि मकर समझना इसमें संशय नहीं।

जिस प्रकार आचार्य टालेमी ने देश की राशि का विचार किया है उसी प्रमाण से ईस्वी सन् की ६वीं सदी में आचार्य वराहमिहिर ने अपनी वृहत्संहिता में भारत खंड के अंतर्गत देशों के नक्षत्र दिये हैं। कृतिका नक्षत्र से तीन नक्षत्र का एक खंड इसी प्रकार से २७ नक्षत्र के ९ विभाग कर भारत खंड में मध्य से लेकर पूर्वादि दिशा क्रम से ९ विभाग कर उनके शहर दिये हैं। तीन नक्षत्र के विभाग के नीचे देश या शहर दिये हैं। तीन नक्षत्र के विभाग के नीचे देश या शहर मिलाकर ३०-३५ नाम दिये हैं। इसमें कौन नक्षत्र कौन देश या शहर का है पृथक् स्पष्टतौर पर

जानने का रास्ता नहीं है उनमें दिये नाम प्रचार में नहीं है उन देश व शहर का ठिकाना जानना बहुत कठिन है और कोई ठिकाने शंका करने की बहुत गुंजाइश है।

उदाहरणस्वरूप आर्द्रा, पुनर्वसु, पुष्य इन तीन नक्षत्र के विभाग के नीचे मगध व मद्र देश हैं इनमें से मद्र देश पूर्वी कृतिका, रोहिणी व मृग नक्षत्र के नीचे दिया है। आर्द्रा पुनर्वसु पुष्य ये नक्षत्र सिंह राशि के नहीं हैं तब शंका होती है कि मगध सूर्य के नीचे कैसे आ सकता है। सम्भव है वह और कोई मगध हो।

भारत खंड के जो उक्त आचार्य ने विभाग दिये हैं नक्षत्र चक्र तो सम्पूर्ण पृथ्वी के विभाग के होते हैं उसका विचार नहीं किया।

देश की राशि ठहराने के लिये वहाँ की परिस्थिति, लोगों के आचार विचार और गुण धर्म लक्ष में रखना होता है। ऐसी रीति से कोई राशि ठहराने पर उस राशि में होनेवाले मुख्य ग्रह का भ्रमण और योग इसका फल क्या अनुभव में आता है इस प्रकार परीक्षा से सूक्ष्म विचार करना पड़ता है। ऐसे प्रयत्न से महाराष्ट्र की राशि त्र्यम्बक चिटनिश आचार्य ने किया है।

जिस शहर की राशि उपलब्ध हो उस शहर की महत्त्वपूर्ण जो बात होती है उसमें उस राशि का महत्त्व देखने में आता है। सार्वजनिक इमारत के शिला रोपण समय या उसके उत्पाटन के समय, बड़े अपघात के समय, सार्वजनिक महोत्सव के समय, शहर की राशि लग्न और दशम केन्द्र में उदय होनेवाले उस राशि पर चन्द्रमा आता है ऐसा अनुभव में आया है।

जिस प्रमाण से जिस राशि पर मंगल, गुरु, शनि, हर्शल, नेपच्यून भ्रमण करता हो ग्रह के गुण धर्म प्रमाण से फल अनुभव में आता है।

जिस शहर की राशि ठहराना हो उस स्थान में होने वाले अनेक महत्त्व के प्रसंग के समय की कुण्डली बना कर कौन सी राशि लग्न या दशम केन्द्र में मुख्य रूप से उदय पाता है। या चन्द्र कौन सी राशि में है ये देखकर उसके अनन्तर उस पर राशि के ग्रहों के भ्रमण और सूर्य चन्द्र का ग्रहण इसका फल उस शहर के सम्बन्ध में क्या अनुभव में आया यह ध्यान में रखने से राशि पक्की ठहर जाती है।

देश या शहर इनकी राशि ठहराने को यह मार्ग सुलभ नहीं है। समय और परिश्रम अधिक लगता है यह ठीक है परन्तु यह शास्त्र सम्मत है इसमें संशय नहीं है। इस रीति से देश व शहर की राशि ठहराने के लिये और कोई दूसरा पक्का मार्ग नहीं है। शहर या देश के केवल आदि अक्षर से उसकी राशि ठहराना हास्य प्रद है।

## वराह मिहिर के अनुसार कूर्म विभाग नक्षत्र के देश

३ ४ ५

मध्य में नक्षत्र कृ. रो. मृ.—मध्य देश, मद्र, अरिमेद, माडव्य, साल्व, नीप, उज्जिहान, संख्यात, मरु, मत्सघोस, यामुन, सारस्वत, मत्स्य, माध्यमिक, माथुर,

उप ज्योतिष, धर्मारण्य, शूरसेन, सौर ग्रीव, उद्देहिक, पांडु गुड, अश्वत्थ, पांचाल, साकेत, कंक, कुरु, कालकोटि, कुकुर, परियात्र नग, औदुम्बर, कपिष्ठल और हस्तिना देश कृत्तिका, रोहिणी और मृग नक्षत्र के ये देश हैं।

६ ७ ८

पूर्व में नक्षत्र आ. पुन. पुष्य—अंजन, वृषभध्वज, पद्म, माल्यवद् गिरि, व्याघ्र मुख, सूक्ष्म, कर्वट, चांद्रपुर, शूर्पकर्ण, खस, मगध, शिविर गिरि, मिथिल, समतर, ओड्, अश्ववदन, दन्तुरक, प्राग्ज्योतिष, लौहित्य, क्षीरोद समुद्र, पुरुषाद, उदयागिरि, भद्रगाद्रैक, पौण्ड्र, उत्कल, काशी, मेकल, अम्बष्ठ, एकपद, ताम्रलिप्तिक, कोशलक और वर्धमान।

९ १० ११

अग्निकोण में नक्षत्र श्ले. म. पू. फा—कोशल, कलिंग, बंग, उपवंग, जठर, अंग, शौलिक, विदर्भ, वत्स, अन्ध्र, चेदिक, ऊर्ध्व कंठ, वृष, नालिकेर, चर्मद्वीप, विन्ध्याचल के निकट, त्रिपुरी, श्मश्रुधर, हेमकूट, व्यालग्रीव, महाग्रीव, किष्किन्धा, कंटकस्थल, निषादराष्ट्र, पुरिक, दशार्ण, लग्नपण और शबर।

१२ १३ १४

दक्षिण में नक्षत्र उफा. ह. चि.—लंका, कालाजिन, सौरिकीण, तालिकट, गिरिनगर, मलय, दर्दुर, महेन्द्र, मरुकच्छ, कंकट, टंकण, वनवासी, शिविक, फणिकार, कोकण, आभीर, आकार, वेण, आवन्तक, दशपुर, गोनर्द, केरल, कर्णाट, महाटवी, चित्रकूट, नासिक्य, कोल्लागिरि, चोल, क्रौंचद्वीप, जटाधर, कावेरी, ऋष्यमूक, वैदूर्य, शंखमुक्ता करदेश, अच्याश्रम, वारिचर, धर्मपुर द्वीप, गणराज्य, कृष्ण विल्लूर, पिशिक, शूर्पाद्रि, कुसुम, नग, तुम्बवचन, कार्मणेयक, दक्षिण समुद्र, बल्देव, पत्तन, दंडकावन, तिमिङ्गिलाशन, भद्र, कच्छ, कुञ्जरदरी और ताम्रपर्णी, तापसाश्रम, ऋषिक, कांची, मरुची पतन, चेय, आर्यक, सिंहल, ऋषभ आदि देश।

१५ १६ १७

नैऋत्य में स्वा. वि. अनु. नक्षत्र—पह्लव, काम्बोज, सिंधु, सौवीर, बड़वा-मुख, अरब, अम्बष्ठ, कपिल, नारीमुख, आनर्त, फेड़गिरि, यवन, माकर, कर्णप्रावेय, पराशर, शूद्र, बर्बर, किरातखंड, क्रव्याद, आभीर, चंचूक, हेमगिरि, सिंधु कालक, रैवतक, सुराष्ट्र, बादर, द्राविण देश और समुद्र।

१८ १९ २०

पश्चिम में ज्ये. मू. पूषा नक्षत्र—मणिमान, मेघवान, वनौघ, क्षुरार्पण, अस्त गिरि, अपारान्तक, शांतिक, हैहय, कनक, प्रशस्ताद्रि, वोक्काण, पंचनद, रामठ, पारत, तारक्षिति, जृङ्ग, वैश्य, शक और जो लोग मर्यादाहीन पश्चिम दिशा के रहनेवाले हैं।

२१ २२ २३

वायव्य में उषा श्र. घ. नक्षत्र—माडव्य, तुषार, ताल, हल, मद्र, अश्मक, कुलूत, लहड, स्त्रीराज्य, नृसिंह वन, श्वस्त, वेणुमति, फल्गुलुका, गुरुहा, मरु कुत्स, चमरंग, एक विलोचन, शूलिक, दीर्घग्रीव और आस्य केश।

२४ २५ २६

उत्तर में ध. पूभा उभा नक्षत्र—कैलास, हिमवान, वसुमान, धनुष्मान, क्रौंच, मेरुगिरि, उत्तर कुरु, क्षुद्रमीन, केकय, वसाति, यामुन, भोमप्रस्थ, अर्जुनायन, अग्नीध्र, आदर्श, आन्तद्वीपी, त्रिगर्त, तुरगानन, अश्वमुख, केशधर, चिपिट नासिक, दासेरक, वाटधान, शरधान, तक्षशिल, पुष्कलावत, कैलावत, कंठ, धान, अम्बर, मद्रक, मालव, पौरव, कच्छार, दंत पिंगलक, मान, हल, हूण, कोहल, शीतल, पांडव्य, भूतपुर, गान्धार, यशोवति, हेमताल, राजन्य, खचर, गव्य, योधेय, दासमेय, श्यामक और क्षेम धूर्तादि देश।

२७ १ २

ईशान में रे. अश्व. भर. नक्षत्र—मेरुक, नष्टराज्य, पशुपाल, कीर, काश्मीर, अभिसार, दरद, तंगण, कुलूत, सौरिन्ध्र, वनराष्ट्र, ब्रह्मपुर, दार्व डामर, वनराज्य, किरात, चीन, कौणिन्द, भल्लाप, लोलजट, सुरक नट, खस, घोस, कुचिक, एक चरण, अनुविश्व, सुवर्ण भू, वसुवन, दिविष्ठ, पौरव, चीर निवसन, त्रिनेत्र, मुंजादि और गन्धर्व आदि समस्त देश।

आग्नेय आदि समस्त वर्ग पाप ग्रहादि से पीड़ित होने पर यथा क्रम से पंचाल, मागधिक, कालिंग, आवन्त, आनर्त, सिन्धु, सौवीर, हरिहोर, मद्र और कौणिन्द देश के राजाओं का नाश होता है।

कूर्म के आकार का भारतवर्ष को मानकर ३-३ नक्षत्रों का एक वर्ग मानकर कृत्तिका नक्षत्र को आदि लेकर प्रदक्षिणा के क्रमानुसार उपरोक्त देश वराहमिहिर ने दिये हैं। संबन्ध पाकर इनमें से बहुत से देश लोप हो गये। पुरातत्व विभाग के भूगोल के किसी आचार्य ने इन देशों के संबंध मे कोई शोध किया हो इसकी जानकारी हमें नहीं है। उपरोक्त देशों का वर्णन केवल पाठक की जानकारी के लिये यहाँ दिया है।

आधुनिक आचार्यों ने भारत को कछुवे के आकार का मानकर संक्षिप्त में कछुआ के आकार के देश और उनके नक्षत्र इस प्रकार दिये हैं:—

| | | |
|---|---|---|
| ( ३ ) बाँह आग्नेय<br>किरात कलिंग<br>आदि<br>नक्षत्र ९-१०-११ | ( ४ ) बगल दक्षिण<br>अवन्ती, द्रावण,<br>भिल्ल देश<br>नक्षत्र १२-१३-१४ | ( ५ ) पैर नैऋत्य<br>गौड, कोंकन,<br>मालव, पांडु<br>नक्षत्र १५-१६-१७ |
| ( २ ) मुख पूर्व<br>मगध बिहार<br>लाट आदि<br>नक्षत्र ६-७-८ | ( १ ) नाभि मध्य<br>पंजाब अंतर्वेदी<br>( पंचाल )<br>नक्षत्र ३-४-५ | ( ६ ) पूंछ पश्चिम<br>सिधु, महाराष्ट्र,<br>सौराष्ट्र, काशी<br>नक्षत्र १८-१९-२० |

| (९) बाहु ईशान | (८) बगल-उत्तर | (७) पैर वायव्य |
|---|---|---|
| खस अंग बंग | कुरु काश्मीर | पुलिंद, भीष्म, |
| वाल्हीक कांबोज | नक्षत्र २४-२५-२६ | यवन गुजरात |
| दोआब ( गंगा-जमुना के बीच ) | | नक्षत्र २१-२२-२३ |
| नक्षत्र २७-१-२ | | |

## कूर्म चक्र के नक्षत्र वर्ग के अनुसार देश

| (१) | (२) | (३) |
|---|---|---|
| रेवती—इन्द्रप्रस्थ | कृत्तिका—साकेत | आर्द्रा—पंजाब |
| अश्वि.—हरिद्वार | रोह—मिथिला | पुन.—गौड |
| भर.—कुरुक्षेत्र | मृग—कौशांबी | पुष्य—मगध हस्तिना० |
| (४) | (५) | (६) |
| श्ले.—अंग | उफा.—किष्किन्धा | स्वा.—कच्छ |
| मघा—वंग | हस्त—महेन्द्र | विशा—नासिक |
| पूफा—कोशल | चित्रा—दर्दुर | अनु.—कोंकण महाराष्ट्र |
| (७) | (८) | (९) |
| ज्ये.—मालवा | उषा—गुजरात | शत.—नैपाल |
| मूल—उज्जैन | श्रव.—मरुस्थल | पूभा—काश्मीर |
| पूषा—सिंधु स्वराष्ट्र | धनि—सीमान्त | उभा—केदारखंड |

जिस नक्षत्र या राशि पर ग्रहादि हो या पीड़ित हो उसका जो देश हो उसका शुभाशुभ विचारना।

## देश के विचार से वर्षा

जिस देश का नक्षत्र सौम्य नाड़ी ( आर्द्रा, हस्त, पूषा, उषा, उभा. ) में हो उस पर चंद्र और शुक्र हो उसके साथ कोई क्रूर ग्रह भी हो तो उस समय उस शहर या ग्राम में बहुत वर्षा हो। यदि उनको क्रूर ग्रह देखे तो वर्षा थोड़ी हो।

## राशि अनुसार देश संक्षिप्त

मेष—इंग्लैंड, सीलोन, मद्रास, नैपाल

वृष—आयरलैंड, मध्यदेश

मिथुन—पूर्वी पंजाब, मत्स्य, पद्मक

कर्क—स्काटलैंड, अफ्रीका, सिंध

सिंह—फ्रांस, काबुल, विंध्याचल

कन्या—टर्की, बगदाद, मालवा

तुला—चीन, जापान, काशी, मारवाड़

वृश्चिक—जरमनी, चोल देश, सूरत

धन—स्पेन, अंधक, मध्य प्रान्त

मकर—भारतवर्ष, पंजाब, का द्वावा खास

कुम्भ—रूस, खानदेश

मीन—पोर्तगाल, हिमाचल

## भारत के देश व शहर की राशि अन्यमत

उत्तर खंड—मकर। महाराष्ट्र—धनु। पंजाब—मीन। बंगला—मकर। काठियावाड़—धनु। उड़ीसा—वृश्चिक। बंबई—वृश्चिक। पहाड़—वृश्चिक। जंजीरा—वृश्चिक। पूना—कन्या। नागपुर—कन्या। सूरत—वृश्चिक। कोल्हापुर—धनु। जलगाँव—मिथुन। बड़ौदा—मेष। मद्रास—मेष। मैसूर—मेष। दिल्ली—वृष। कलकत्ता—कर्क। इलाहाबाद—मकर। हैदराबाद निजाम—कर्क। पानीपत—मीन। बनारस—मीन।

मुंडेन अस्ट्रालजी में बंबई की राशि सिंह बताई है वह बिल्कुल लागू नहीं होती। बंबई में शेयर मार्केट व्यापार आदि के बिचार में जिवनराव, चिटणीश ने तुला राशि ठहराई है। अन्य मत से वृश्चिक राशि है जो सर्वमान्य है।

## कुछ प्राचीन देशों के नये नाम

अवन्ती=मालवा

द्राविड़=दक्षिण देश

मगध—मुंगेर ( बिहार )

अंग—भागलपुर ( बिहार )

अंतर्वेद ( पंचाल )—मेरठ, सहारनपुर

वाह्लीक—वैक्ट्रिया

काम्बोज—कम्बुआ या कम्बज—हिन्दुकुश पर्वत का एक देश

कुरु—अलीगढ़ और दिल्ली

यवन—पश्चिमी पंजाब में बसनेवाले यूनानी

साकेत—अयोध्या

मिथिला—जनक की राजधानी दरभंगा जिला

कौशांबी—अलाहाबाद के पास कुसुम

कोंकण—दक्षिण भारत का पश्चिमोत्तर तट

कलिंग—उड़ीसा

कौशल—आधुनिक अवध

स्वराष्ट्र—काठियावाड़

चोल—दक्षिण भारत का तामिल देश

किरात—एक जाति

पुलिंद--एक जाति

गौड़--पूर्वी बंगाल

विदेह--विदेह की राजधानी मिथिला

खस--एक जातिभेद मतभेद से जम्मू काश्मीर

वराह मिहिर आचार्य ने अनेक देशों के नाम और उनकी स्थिति की दिशायें दी हैं। उनके सम्बन्ध में खोज करने से प्रगट हुआ कि उनमें कुछ नदी या पहाड़ के समीप बसे हुए थे या जाति के अनुसार उनके छोटे-छोटे राज्य थे। उनमें कुछ राज्यों के सम्बन्ध में कि वे कहाँ थे खोज करने से जो प्रगट हुआ नीचे दिया है।

मध्य प्रदेश—यह वृहत मध्य प्रदेश है जो उत्तर में हिमालय से लेकर दक्षिण में विन्ध्या तक और पश्चिम में विन्ध्या से लेकर पूर्व प्रयाग तक निर्धारित है। वस्तुतः उत्तर पथ आर्य देश ही मध्य प्रदेश है। जिसमें वर्तमान उत्तर प्रदेश के पश्चिम भाग से लेकर पंजाब भारत पाकिस्तान के पश्चिमोत्तर भाग, पूर्व में प्रयाग और दक्षिण में बिन्ध्याचल का भाग सम्मिलित है।

औदुम्बर—पाणिनी ने अपने अष्टाध्यायी ( ४-१-१७३ ) में इसका उल्लेख किया है। यह देश पठानकोट क्षेत्र में स्थित बताया जाता है।

हस्तिनादेश—उत्तर प्रदेश के मेरठ जिले में गंगा नदी तट स्थित कुरुओं का यह देश था। जिसकी राजधानी हस्तिनापुर थी। परम्परानुसार इसे मठाना तहसील के मेरठ नामक एक प्राचीन गांव से समीकृत किया गया है।

कुरु—दिल्ली प्रदेश के आसपास का क्षेत्र जिसमें जमुना के पश्चिम का सम्पूर्ण प्रदेश तथा सरस्वती नदी एवं दृषद्वती के मध्य की पुण्य भूमि सम्मिलित है। यह एक जनपद था जिसमें कुरुक्षेत्र का थानेश्वर समाविष्ट था। इसमें आधुनिक सोनपत, करनाल अमीन व पानीपत आते हैं।

कुकुट—कुकुट उत्तरी काठियावाड़ में आवर्त के समीप एक देश था जिसे द्वारिका के पास बताया जाता है।

मथुरा—यमुना तट पर उत्तर प्रदेश के आगरा मण्डल मे यह नगर स्थित है। यह शूरसेन देश की राजधानी थी।

मत्स्य—अल्वर, जयपुर, भरतपुर क्षेत्र को मत्स्य देश कहते हैं। भविष्य पुराण के अनुसार यह देश बंगाल का उत्तर पूर्व भाग था।

माध्यमिक—इस नगर को चित्तौर गढ़ के समीप राजस्थान में बताया जाता है।

मेरु—हेमाद्रि तथा स्थल चिल जैसे अन्य नामों से विज्ञात इस पर्वत को गढ़वाल में स्थित रुद्र हिमालय से समीकृत किया जाता है जहाँ से गंगा निकली हैं।

परियात्र नग—यह नाम पश्चिमी विन्ध्या पर्वत के उस भाग को दिया गया है जो अरावली पर्वत से मिला हुआ है।

अंजन—यह साकेत स्थित एक वन था जहाँ भगवान बुद्ध जाकर ठहरे थे। साकेत अयोध्या के पास उत्तर प्रदेश में फैजाबाद जिले में है।

माल्यवद्गिरि—आधुनिक हिन्दूकुश पर्वत जो दक्षिण पश्चिम में उत्तर पूर्व की ओर पाकिस्तान अफगानिस्तान सीमा पर है।

कर्वट—पूर्वी भारत में रहने वाली एक पहाड़ी जाति।

खस—काश्मीर में रहने वाली पहाड़ी जाति।

मगध—उत्तर प्रदेश के बनारस से विहार के मुंगेर तक का प्रदेश प्राचीन मगध के अन्तर्गत पटना तथा गया जिले आते हैं।

मिथिल—आधुनिक नैपाल की सीमा पर स्थित जनकपुर कस्बा। अर्वाचीन मिथिल देश के अन्तर्गत उत्तर बिहार और उसके संलग्न क्षेत्र हैं।

समताल—समताल या समताट देश दक्षिण पूर्व बंगाल में त्रिपुरा नोआ खाली क्षेत्र को कहते हैं।

ओड्र—उड़ीसा का तटीय प्रदेश।

दन्तुरक—यह कलिग की प्राचीन राजधानी थी। इसे कई लोग गोदावरी तट पर स्थित राजमेन्द्री। कई लोग पुरी और कई शिवाकोल रोड रेलवे स्टेशन से ३ मील दूर वंशधरा नदी के दक्षिण तट पर स्थित बताते हैं।

प्राग्ज्योतिष—आधुनिक आसाम विशेषत: गौहाटी और उससे संलग्न क्षेत्र।

लौहित्य—आसाम के खड़िया जिले में ब्रह्मपुत्र को ही कई लौहित्य कहते हैं। यह ब्रह्म पुत्र में मिलने वाली एक बड़ी सहायक नदी है।

क्षीरोद समुद्र—आधुनिक खीर और खिर नाई नदी है जो बंगाल के कोमिला, खेमन वाटी से होती हुई दक्षिण पूर्व बंगाल में प्रविष्ट करती है।

उदयगिरि—उड़ीसा के अन्तर्गत और ढेकानाल से दक्षिणोन्मुखी दिशा में खुर्दा से गुजरती हुई ये पहाड़ियां चिल्का झील तक चली गई हैं। उदय गिरि में ४४ गुफाएं हैं।

कोकण—पश्चिम घाट पर्वत और अरब सागर के बीच थल भूमि की पतली पट्टी जो गुजरात के भुज प्रदेश से मैसूर दक्षिण किनारा क्षेत्र में उडिपि तक फैली है।

आभीर—यह विन्ध्याचल के दक्षिण में कोकण और उत्तर पश्चिम में ताप्ती का मध्य भाग है। लेकिन ऐसा कहा जाता है कि अभीर लोग पहिले मरुभूमि में रहते थे फिर दक्षिण की ओर खिसक आये। यह देश सौराष्ट्र से संलग्न था और इसके अंतर्गत उत्तरी कोकण व नासिक क्षेत्र आता है।

वेण—वेण जाति के लोग मध्य एशिया में अमूखरिस के दक्षिण में रहते थे।

आकार—पूर्वी मालवा और उससे लगे क्षेत्र को आकार प्रदेश कहा जाता था।

आवन्तक—द्वारिका का समीपवर्ती आस पास का क्षेत्र।

गोनर्द—आधुनिक मालवा प्रदेश के हृदय स्थल में विदिशा और उज्जैन के बीच स्थित।

केरल—आधुनिक केरल

कर्नाट—यह देश दक्षिण में रामेश्वर से लेकर श्रीरांगपटनम् (मैसूर) तक फैला था जिसके हृदय स्थल में वर्तमान कर्नाटिक स्थित है।

पौंड्र—उत्तरी बंगाल प्रदेश।

उत्कल—आधुनिक उड़ीसा।

काशी—वर्तमान वाराणसी।

मेकल—आधुनिक मैकाल श्रेणी जो अमरकंटक आदि में फैली है और जिससे नर्मदा और सोन का उद्‌गम हुआ है।

अम्बष्ठ—प्रम्बष्ठ जाति के लोग चिनात्र नदी के ऊपरी घाटी में रहते थे।

ताम्र लिप्तिक—दक्षिण पश्चिम बंगाल में आधुनिक ताम लुक प्रदेश के आस-पास रहने वाले लोग।

वर्धमान—आधुनिक वर्दमान जिला पश्चिम बंगाल।

शबर—कनियम ने शबरों द्वारा निवसित शबर देश को सुदूर दक्षिण में पोन्नार नदी के आस पास फैला माना है। पर सरकार ने उसे गंगानदी के दक्षिण में पसारी प्रदेश माना है। जो गंजाम व विशाखापटनम् जिले में है।

आन्ध्र—गोदावरी और कृष्णा की घाटियों में रहने वाले आन्ध्र लोगों के राज्य का विस्तार मुख्यत: कृष्णा जिले में था आधुनिक तेलगू भाषी क्षेत्र आंध्र प्रदेश (हैदराबाद क्षेत्र को छोड़ कर है)।

चेदिक—चेदि वंश के लोग चैदिक कहलाते थे और इनका राज्य आधुनिक बुन्देल खण्ड और उत्तरी जबलपुर क्षेत्र में विस्तृत थे।

दशार्ण—इस राज्य का विस्तार आधुनिक पूर्वी मालवा व उससे संलग्न क्षेत्र में था विशेषत: भेलसा के आस-पास का क्षेत्र।

वृष—वृष पर्वत हिमालय को कहते हैं। यह हिमालय की शाखा है।

त्रिपुरी—जबलपुर (म० प्र०) से ६ मील दूर आधुनिक तेवार।

हेमकूट—यह पर्वत क्षेत्र आधुनिक अलताई पर्वत माला है।

किष्किन्धा—कई लोग किष्किन्धा को मैसूर राज्य के वेलारी राज्य जिले में हम्पी के पास मानते हैं। कई लोग किष्किन्धा को राजस्थान उदयपुर के दक्षिण में घुवेल से ४ मील दूर कल्याणपुर नामक आधुनिक गांव को मानते हैं।

निषाद राष्ट्र—निषादों को राजस्थान के भील माना गया है और निषाद राष्ट्र की स्थिति पश्चिमी विन्ध्याचल (शिवपुरी जिला) एवं राज स्थान में बताई

जाती है पर कई लोगों ने निषाद राज्य को गंगा तट में इलाहाबाद के पश्चिम तक फैला माना है।

कोशल—प्राचीन सोलह जनपदों में कोशल एक महत्वपूर्ण जनपद था जिसका बिस्तार वर्तमान दिल्ली व मथुरा के पूर्व की ओर वाराणसी तक फैला था। सरयू नदी द्वारा यह जनपद दो भागों में विभक्त था, उत्तर व दक्षिण। दक्षिण कोशल का विस्तार छत्तीसगढ़ तक था।

कलिंग—कलिंग देश के अंतर्गत आधुनिक पुरी एवं गंजाम जिले तथा उनसे संलग्न क्षेत्र आता है।

बंग—इस देश के अंतर्गत आधुनिक ढाका, फरीदपुर और वशीरगंज जिले के भाग आते हैं। इसके अंतर्गत पूर्वी बंगाल का एक बड़ा भाग आता था। कनिघम के अनुसार वंग के अंतर्गत सुन्दर बन का पूर्वी भाग दक्षिण में और उत्तर में मेमनसिंग जिले का आधे से अधिक भाग आता है।

जह्वर—यह बिन्ध्याचल पर्वत के पूर्वी भाग का एक पर्वत है।

अंग—इसके अंतर्गत आधुनिक मुंगेर और भागलपुर जिले सम्मिलित हैं। उत्तर में यह कोसी नदी तक और दक्षिण में भुवनेश्वर के समीप तक फैला था। पश्चिम में इसका विस्तार महानदी के पूर्व में था।

शैलिक—औरंगाबाद जिले के समीप पैथान के पास रहने वाले लोग।

विदर्भ—आधुनिक बरार।

वत्स—अलाहाबाद क्षेत्र। इस देश की राजधानी कोशांबी की थी जो कि अलाहाबाद जिले ( यू० पी० ) में कोसम नाम से जानी जाती है।

पुरिक—बिन्ध्याचल की दो पर्वत मालाओं के बीच महेश्वर का मान्धाता के समीप एक नगर जिसकी सही स्थिति ज्ञात नहीं है। कोई लोग कोंकण में रहने वाले लोगों ( पौरिका ) को कहते हैं।

लङ्का—आधुनिक श्रीलङ्का या सिलोन।

तालिकट—दक्षिण में एक नगर। कई लोग इसे आधुनिक कालिकट माने हैं।

गिरिनार—गुजरात में जूनागढ़ के पास आधुनिक गिरिनार।

मलय—आधुनिक त्रावनकोर पहाड़ियों और पश्चिम शाल पर्वत के दक्षिणी प्रसरण को मलय पर्वत माना जाता है या नीलगिरी से कन्या कुमारी तक फैला हुआ पश्चिमी घाट पर्वत का भाग मलय पर्वत कहलाता है।

दर्दुर—आधुनिक नीलगिरि या पलनी पहाड़ी जिसका सर्वोच्च शिखर दादाबंटा है।

महेन्द्र—पूर्वीघाट पर्वत माला को महेन्द्र कहते थे।

मरुकच्छ—द्वारिका के उत्तर में, गुजरात का उत्तर पश्चिम हिस्सा जिसमें मरुस्थल है, कच्छ ।

कंकर—कर्नाट देश को ही कंकर कहा है ।

टंकण—दक्षिण में रहने वाली एक जाति है बनवासी प्राचीन कुन्तल देश की सीमा के अन्तर्गत उत्तरी कनारा जिले के भाग मैसूर, वेलगाम और बार पार जिले के भाग आते हैं और बनवासी इसकी राजधानी थी। कई लोग कुन्तल देश को ही बनवासी कहते हैं ।

दशपुर—पश्चिम वेलपथ की राजस्थान-मालवा शाखा पर यह एक सुप्रसिद्ध स्थान है। मध्यप्रदेश के मन्दसौर जिले के दसौर नगर को ही प्राचीन दशपुर मानते हैं ।

नासिक्य—महाराष्ट्र के नासिक क्षेत्र के लोगों को नासिक्य कहते हैं ।

चोल—चोल प्रदेश में तंजोर और त्रिचनापल्ली जिले आते हैं। चोल राज्य पूर्वी समुद्र तट पर पेन्नार नदी से कोलार तक और पश्चिम मे कुर्ग की सीमाओं तक फैला था। कावेरी इसकी मुख्य नदी है ।

क्रौंच द्वीप—इसके अन्तर्गत जर्मनी और मध्य यूरोप के देश आते हैं ।

कावेरी—दक्षिण में कावेरी नदी। कावेरी नाम का नगर भी है। आधुनिक युग में इसे कावेरी पाक कहते हैं जो उत्तरी अर्काट जिले में कांजी बरम के पास स्थित है।

ऋष्यमूक—पर्वत दक्षिण में कृष्ण मुख पर्वत तुंगभद्रा नदी के तट पर स्थित अपगंडी से ८ मील है। इस पर्वत से पंपा नदी निकलती है जो पश्चिम में जाकर तुंगभद्रा से मिल जाती है ।

वैदूर्यशंख—पश्चिमी घाट पर्वत के उत्तरी भाग को वैदूर्य कहते हैं ।

अत्र्याश्रम—यह आश्रम दक्षिण भारत में है ।

सूर्याद्रि—बम्बई के उत्तर में आधुनिक सपारा है ।

कुसुम—मैसूर के उत्तरी कनारा जिले में रहने वाले लोग

तुम्बवन—मध्य प्रदेश के गुना जिले का तुमैन गांव ।

दक्षिण समुद्र—श्री लङ्का का समीपवर्ती समुद्र, हिंद महासागर ।

कृषिक—लोग कृष्णा और गोदावरी नदियों की निचली घाटियों में रहने वाले उत्तरी और मध्य दक्षिण के पठार के लोग कृषिक कहलाते हैं ।

कांची—कांचीपुरम या कांचीवरम कांची का आधुनिक नाम है। यह मद्रास से ४० मील पर है।

सिंहल—आधुनिक लङ्का द्वीप ।

कृषभ—यह एक नदी थी जो छिप्रा ( मालवा ) के पास पहनी थी ।

पत्तन—मध्य प्रदेश के पैतूल जिले की फुलताई तहसील में एक बड़ा गाँव है जिसकी जनसंख्या १५०० है। यह फुलताई अमरावती मार्ग में फुलताई से १० मील दक्षिण में है।

दण्डकावन—आधुनिक बस्तर में उड़ीसा की सीमा से लगा हुआ गोदावरी के उद्गम स्थल तक फैला हुआ दण्डकारण्य।

ताम्रपर्णी—यह एक नदी है जो तामिलनाडु तिन्नवेली जिले में बहती है। कई लोग लङ्का का नाम ताम्रपर्णी बताते हैं।

पल्हव—आधुनिक ईरान।

काम्बोज—यह षोडश जनपदों में एक था और पश्चिमोत्तर सीमन्त प्रदेश के हजारा जिले सहित राजौरी के पास स्थित था।

सिंधु-सिंधु नदी की निचली घाटी के पश्चिम का देश।

सोवीर सिंधुल—सोवीर का मतलब होता है अच्छे वीरों का देश। सिंधु और झेलम के बीच स्थित इस देश को सिंधु सोवीर कहते हैं। इसके अंतर्गत सिंधु मुहाने से लेकर मुलतान तक फैला क्षेत्र था। सिंधु नदी के पूर्व का भाग सोवीर और पश्चिम का भाग सिंध था।

अम्बष्ठ—चिनाव की निचली घाटी में रहने वाले लोग अम्बष्ठ कहलाते थे। बाद में इनका कबीला आकर पंजाब में बस गये।

आनर्त—द्वारिका के आस पास का क्षेत्र।

यवन—पश्चिमोत्तर सीमांत पर स्थित यूनानियों को यवन कहा जाता था। पर यवन देश की सही स्थिति नहीं बताई जा सकती।

कर्ण प्रवेय—पूर्वी हिमालय में रहने वाले लोग।

शूद्र (लोग)—शूद्र लोग राजपूताने के उत्तर में पाकिस्तान के मोट गोयरी जिले में रहते थे।

बर्बर—सिंधु नदी के मुहाने के निकट वर्ती प्रदेश में रहने वाले लोग।

आभीर—आभीर जाति के लोग मूलतः राजपूताना मरुभूमि के उत्तर में रहते थे। आभीर देश दक्षिण में कोंकण और उत्तर पश्चिम में ताप्ती नदी के मध्य स्थित बताया जाता है। यह आभीर जाति द्वारा स्थापित था।

हेमगिरि—मेरु पर्वत को हेमगिरि कहते हैं

रैवतक—सौराष्ट्र स्थित गिरनार पहाड़ी को रैवतक पर्वत कहते हैं।

सुराष्ट्र—आधुनिक काठियावाड़।

अपरान्तक—उत्तरी कोंकण क्षेत्र।

हैहय—हैहय वंश का नाम था जो यादवों की शाखा थी।

पंचनद—पाँच नदियों का क्षेत्र पंजाब।

रामठ—इस जाति के लोग गजनी और खुराशान के मध्य रहते थे।

पारत—पारत लोग एक बर्बर कबीले के प्रतीत होते हैं और वे पश्चिम पाकिस्तान में रहते थे।

वैश्य—इनका क्षेत्र सिंधु के मिलन स्थल के पास था।

शक—शक देश के बारे में अनेक मत है। शक जाति के लोग मूलतः सक्डरिया और अयूडरिया नदियों के मैंदान में रहते थे। बाद में वे पूर्वी ईरान में बस गये। पूर्वी ईरान को शक द्वीप भी कहा जाता था।

मांडव्य—मांडव्य लोग मध्य प्रदेश के निवासियों को कहा जाता था जो पूर्वी पंजाब और पूर्वी उत्तर प्रदेश के मध्य स्थित था।

मद्र—मद्र लोगों का निवास मद्रदेश पंजाब का उत्तरी-पूर्वी क्षेत्र था। यह स्यालकोट के आसपास का क्षेत्र था।

अश्मक—अश्मक देश की स्थिति बरार के सुदूर दक्षिण क्षेत्र और हैदराबाद के उत्तरी भाग में बताई जाती है इस प्रकार औरंगाबाद नादेड़ बरार और उत्तरी हैदराबाद तक विस्तृत क्षेत्र अश्मक देश था।

कुलूत—कुलूत लोग हिमाचल प्रदेश के कुलू जिले में रहने वाली पहाड़ी जाति के थे।

खस्त—हिमालय में रहने वाली (कक्कस) पहाड़ी जाति जो काश्मीर में रहती है।

वेणुमति—संभवतः वेतवा नदी का नाम वेणुमति था।

फलगु लुका—यह नदी मुंगेर जिले में लक्खी सराय के उत्तर पूर्व को गंगा से मिलती है। यह बौद्ध मध्य प्रदेश के सात पवित्र नदियों में एक हैं।

शूलिक—अमूदरिया के उत्तर में रहने वाली एक जाति।

कैलास—नन्श और गंगा नामक नदियों से परिवृत इस पर्वत के अन्तर्गत कुमाऊँ गढ़वाल पर्वत मालाएँ भी आती है। कैलास पर्वत श्रेणी लद्दाख पर्वत माला के समानांतर इससे ५० मील पीछे फैली हुई थी। आधुनिक युग में यह हिमालय पर्वत श्रेणी के अन्तर्गत मध्य भाग में फैला है।

हिमवान—प्राचीन काल में हिमवान पर्वत का हिमाचल कहा जाता है। यह नेपाल के पश्चिम में था और धनुष की प्रत्यंचा के समान पूर्व से पश्चिम तक फैला था।

क्रौंच—जर्मनी सहित मध्य यूरूप के देश।

मेरु गिरि—मेरु पर्वत के अन्तर्गत तिब्बत का पठारी प्रदेश जिसमें पूर्व में कैलास से लेकर पश्चिम में मुजाधा श्रेणी आती है और दक्षिण में हिमवत से लेकर उत्तर में विध्नयुत श्रेणी भी आती है।

कैकय--ब्रह्मपुत्र और कामाख्या के मध्य अवस्थित है अर्वाचीन कैकय पेशावर और रावल पिंडी क्षेत्र में गांधार ( काबुल ) के पूर्व में था। लेकिन पद्यों में वर्णित कैकय क्षेत्र उत्तर पूर्व बंगाल में ही स्थित मालूम होता है संभवत: यहाँ पाई जाने वाली स्थानीय रीत रवाज पंजाब के कैकय क्षेत्र से सम्बद्ध थे।

वसाति—इस जाति के लोग उस क्षेत्र में रहते थे जो निचली चिनाव की धारा द्वारा अभिसिञ्चित था और चिनाव के रावी तथा सिंधु नदी के साथ संगम के मध्य स्थल में स्थित था।

अर्जुनायन—अर्जुनायन लोग आगरा और मथुरा के पश्चिम में भरतपुर और अलवर राज्य में रहते थे।

त्रिगर्त—आधुनिक जालन्धर क्षेत्र। यह देश रावी एवं सतलज के मध्य स्थित था। इसकी राजधानी कहीं जालन्धर के समीप थी।

दासेरक--मरू याने मारवाड़ का राजस्थान क्षेत्र।

तक्ष शिला—संप्रति पाकिस्तान के रावल पिंडी जिले में स्थित आधुनिक तक्ष शिला से समीकृत किया गया है पर कनिंघम के अनुसार तक्ष शिला शाह ढेरी के समीप कालका सराय से ठीक एक मील उत्तर पूर्व में स्थित है। यह भी पाकिस्तान के रावल पिंडी जिले में है।

पुष्कलावत—सिंधु नदी के पश्चिम में स्थित गांधार की प्राचीन राजधानी थी। इसे स्वात तथा काबुल नदी के संगम से थोड़ा पहिले स्थित आधुनिक सारसद्दा ( चारषदा ) से समीकृत किया जाता है।

मदुक ( मधुका )—स्यालकोट के आसपास का क्षेत्र।

मालव---मालव प्रदेश नाम से विख्यात इस प्रदेश के निवासी पंजाब में रहते थे उनके द्वारा अधिकृत प्रदेश का ठीक-ठीक निर्धारण करना कठिन है। संभवत: वे झेलम व चेनाव के संगम के आगे स्थित प्रदेश में रहते थे जिसमें पाकिस्तान का संग और मांट गोमरी जिला सम्मिलित था।

पौरव---पौरव जो कि अलेक्झेन्डर का समकालीन था। पांडु प्रदेश ( झेलम स्यालकोट या सिंध का उत्तर और पश्चिम का पश्चिमी क्षेत्र ) में रहता था। बाद में पौरव लोग और भी पूर्व में याने आधुनिक पंजाब क्षेत्र ( अमृतसर, जालन्धर के समीप ) आकर रहने लगे।

कछार—कूच बिहार।

मान—इसके अंतर्गत बेलापुर जो पंढरपुर से ११ कोस पश्चिम में है और दक्षिण मराठा वाड़ा में शोलापुर जिले में है। कई लोग इसे राजा मान सिंह से सम्बन्ध कर इसे नेपाल से लेकर मानभूमि और सिंहभूम जिले तक मानते हैं। ( आधुनिक बिहार में )

हूण—हूण देश की अवस्थिति कामगिरि (आधुनिक शिवालिक पर्वत) के दक्षिण पूर्व मरुदेश (थार के मरुस्थल) के उत्तर में अर्थात आधुनिक पंजाब राज्य में बताई जाती है।

माडवा—लोग मध्यप्रदेश में रहने वाले लोग माडव्य कहलाते थे जो कि आधुनिक पूर्वी पंजाब से पूर्वी उत्तर प्रदेश तक फैला हुआ है।

गान्धार—गंधार में पाकिस्तान के पेशावर और रावलपिंडी जिले सम्मिलित हैं। यह पाकिस्तान का पश्चिमोत्तर भाग व उनके समीपस्थ प्रदेशों का द्योतक है।

राजन्य—उत्तरी भारत में एक आदिवासी जनपद।

यौधेय—गण एक गणतन्त्रात्मक जन थे जो उत्तरा खण्ड में रहते थे। कनिंघम ने उनके देश को पाकिस्तान के मुल्तान के समीपवर्ती जिले जोहिनाबाद से समीकृत किया है।

कीट—पूर्वोत्तर भारत में स्थित वैजनाथ के समीप या स्वयं वैजनाथ को ही इसका आधुनिक रूप माना जाता है जो कांगड़ा जिले में है।

दरद—दरद जाति के लोगों का मुख्यालय .उत्तर प्रदेश के गढ़वाल जिले के जोशीमठ के समीप तंगणपुर में बताया जाता है।

कुलूत—कुलू जाति के लोग हिमालय प्रदेश के कांगड़ा जिले की कुलूघाटी में रहते थे।

ब्रह्मपुर—पंजाब में यह चम्बा राज्य की प्राचीन राजधानी थी। कनिंघम के अनुसार ब्रह्मपुर विराटपत्तन का अन्य नाम था और गढ़वाल तथा कुमाऊं जिले में स्थित था।

डावंडायर या वंडायर दार्व लोगों से अभिवृत प्रदेश चिनाव और झेलम के मध्य पूंछ और नांशेरा प्रदेश कहलाता है।

किरात—पर्वतीय क्षेत्र में रहने वाले आदिम जाति किरात लोगों से अधिकृत यह क्षेत्र टालेमी के अनुसार उत्तर पथ में रहते थे।

खस—लोग काश्मीर की उपत्यकाओं में रहने वाली एक आदिम जाति जो आधुनिक काल में खक्कस कहलाती है।

घोष—काश्मीर राज्य में गुसा जहाँ शारदा मठ है जो कि बिशन गंगा व कंकोत्री के संगम के पास आधुनिक सारड़ी कहलाता है।

गन्धर्व—गन्धार लोगों का मौलिक पुराना नाम गन्धर्व था जो कि गन्धर्व देश गान्धार देश में रहते थे। यह देश पाकिस्तान के रावलपिंडी और पेशावर जिलों के मध्य फैला था।

राशिके देश—अन्यमत

मेष—मद्रास। वृष—यमुना, मत्स्य, अयोध्या, मिथुन—हस्तिनापुर, कपुर थला आदि कर्क—कलकत्ता। सिंह—बम्बई, उड़ीसा, कलिंग। कन्या—तिब्बत का कुछ भाग।

# अध्याय १०

## ग्रह के देश और पदार्थ

सूर्य—बर्मा का आधा पूर्वी भाग, उड़ीसा, बानगा, कलिंग, मगध, अपच का दक्षिणी किनारा, विंध्या जंगल।

पदार्थ—गड़रिया, बीज, भूसी, वृक्ष, अग्नि, सोना, घूरखोर, औषधियां, विष, चिकित्सक, मुखिया, प्रसिद्ध मनुष्य।

चन्द्र—कोशल, टंगाना पहाड़, किला।

पदार्थ—पुष्प, बल, मिष्ट पदार्थ, तरल पदार्थ, नमक, फल, रत्न, मोती, चावल, जौ, जड़ी बूटी, गेहूँ, युवती स्त्री, भुमी आदि।

बुध—सिंधु, सरयू, गङ्गा, विदेह, काम्बोज, हिमालय।

व्यापारी, पहाड़ी जाति, बांध, रंगने या पेंट करने वाला, अतर वाला, गणित, ऐक्टर, कलाकार, जादूगर, नाचने वाला, घी तेल, तेल बीज।

गुरु—सिंध का पूर्वी भाग, विपासा नदी।

पदार्थ—हाथी घोड़ा, पुरोहित, मन्त्री, पौष्टिक पदार्थ ( टानिक ) बेचने वाला, धार्मिक दानी मनुष्य, छत्र, चामर, पारा फल्लियां, लोमान, लायची आदि।

शुक्र—गन्धार, मालवा, इरावती, विवास्ता।

पदार्थ—हाथी घोड़े, धनी मनुष्य, इत्र, फूल, रत्न, हीरा, आभूषण, विश्राम गृह, मंत्री, विद्वान, पत्नी, रेशम, जायफल, चन्दन।

शनि—पुष्कर सौराष्ट्र, नदी वेदस्मैती जहाँ सरस्वती थी।

पदार्थ—जेलर, कैदी, पुत्र, मछुए, विकृत मनुष्य, गरीब मनुष्य, विधवा, सर्प गधे भैंस ऊंट।

राहु—जो पहाड़ की तराई में रहते हैं, गुफा, पहाड़ी जाति, अधार्मिक लोग, किन्नर, कृतघ्न मनुष्य, काला चना।

केतु—चोल पल्लव लोग, जो लोग गुफाओं में रहते हैं, उत्साही पुरुष, व्यभिचारी, उपद्रव करने वाला, मूर्ख, बेवकूफ, जो दूसरों के संकट से प्रसन्न होते हैं।

### ग्रह के देश और वस्तु ( बराह मिहिर अनुसार )

सूर्य— देश-नर्मदा के पूर्वार्द्ध, शोण, ओड़, बंग, सुह्म, बाल्हीक, शक, यवन, मगध, शबर, प्राग्ज्योतिष, चीन, काम्बोज, मेकल, किरात, विटक, पर्वत का निचला और बाहरी, पुलिंद, द्रविण का पूर्वार्द्ध, वेदि, यमुना का दाहिना किनारा, चम्पा, उदंबर कौशाम्बि, विंध्याटवी, कलिंग, पुंड्र, गोलांगूल। श्रीपर्वत, वर्धमान और इक्षुमति।

पदार्थ—तस्कर, पारत कान्तार, गोपबीज, तुषधान्य, कटुक वृक्ष, कनक,

तुला—भारत का उत्तरी प्रांत, वरका। वृश्चिक—दिल्ली। मकर—भारत-पंजाब। अग्नि, विष, समरशूर, औषधि, वैद्य, चतुष्पद, किसान, नृप, हिंसक, पैदल, चोर, काल सर्प, दंशवान तक्षण अरंड द्रव्यों का स्वामी।

चंद्र—देश पर्वत, जल, दुर्ग, कोशल, मरुकच्छ, समुद्र रोमक, तुषार, वनवासी, तंगण, हल, स्त्रीराज्य महार्णव द्वीप, पदार्थ—मधुरस, कुसुम, फल, जल, लवण, शंख मुक्ता. पद्म, शालि यव, दवा, गेहूँ, यज्ञ में सोमपान करने वाले, राजा के वश हुए ब्राह्मण गण, सित सुभग तुरंग, रतिकरी युवती, सेनापति, भोज्य वस्त्र शृंगी पशु, निशाचर किसान यज्ञ करने वाले।

मंगल—देश—शोण, नर्मदा, भीमरथी के आधे पश्चिम दिशा के सब राजा, निर्विध्या बेत्रवती, गोदावरी, क्षिप्रा, मंदाकिनी, पयोष्णी, महानदी, सिन्धु, मालती, पारादि नदी, उत्तर अरण्य, महेन्द्राद्रि, विंध्य मलय का निकटवर्ती भाग, चोल, द्राविड़, विदेह, अन्ध्र अश्मक, भासापुर, कोकण, समन्त्रिषिक, कुन्तल, केरल, दंडक, कान्तिपुर, म्लेच्छ, संकरज, नासिक्य, भोगवर्दन, तर्कराट, विंध्याचल के निकट के देश, पदार्थ—तापती और गोदावरी का मधुर जल पीने वाले नगरवासी, किसान, पारत, अग्नि से आजीविका करने वाले, शस्त्र से आजीविका करने वाले, वनचारी, दुर्ग, क्षुद्र, नसर, घातक, गर्वित नरपति, कुमार, हस्ती, दांभिक, बालक, अभिघात, पशु पालक, रत्न फल और फूल, मूंगा, सेनापति, गुड़, मद, तीक्ष्ण कोश, यवन, अग्नि होत्री लोग, धातुओं के आकर जन, भिक्षु चोर, शठ दीर्घ बैर और भोजन वहुत सा करने वाले।

बुध—देश—लौहित्य और सिन्धु नद, सरयू, गम्भीरिका, रथाव्हा, गंगा और कौशिकी आदि सब नदियां, काम्बोज, वैदेह, मथुरा का पूर्वार्द्ध, हिमालय, गोमन्त और चित्रकूट ये सब राज्य। पदाथ—सेतु जलमार्ग पण्यविल और पहाड़ीजीव गण, कुआ, पण्डित, चित्र, शब्द, गणितज्ञ, चर पुरुष, कुहक जीवक, बालक, कवि, शठ, सूचक ( ढंढोरची) अभिचार रत, दूत, हिजड़ा, मसकरा, भूत तन्त्र और इन्द्रजाल का जानने वाला, रक्षक, नट-नाचने वाला, घी, तेल, स्नेह, वीज तिक्त, वृतचारी, रसायन, कुशल पुरुष और खिच्चड़।

गुरु—देश—सिंधु नदी का पूर्व भाग, मथुरा का आधा भाग, भरत, सौवरि, स्रुघ्न की उत्तर दिशा, विपाशा और शतद्रु नदी, रामठ, शाल्व, त्रैगत, पौरव, अम्बष्ट पारत, वाटधान, यौधेय, सारस्वत, आर्जुनायन और मध्य देश के अर्द्ध भाग के गाँव और मब राज्य। पदार्थ—हाथी, घोड़ा, पुरोहित, राजा, मन्त्री, मंगलीक और पौष्टिक सम्बन्ध में आसक्त जन और, महाधन, शब्दार्थ, वेद जानने वाले, अभिचार और नीतिज्ञ, छत्र, ध्वज चामर आदि राजा के सन्धान द्रव्य, शैलज ( शिलाजीत ) जटामासी(बालछड़) तगर, कूट, पारा, सेंधा, लता से उत्पन्न हुए द्रव्य, मधुर रस, मोम और चोरक का स्वामी गुरु है।

शुक्र—देश—तक्षशिल, मार्त्तिकावत, बहुगिरि, गान्धार, पुष्कलावत, प्रस्थल, मालव, कैकल, दाशार्ण, उशीनर और शिवि, विदेश। पदार्थ—जो लोग वितस्ता, इंद्रावती और चन्द्र भागा नदी का जल पीते हैं, रथ, चांदी, कुन्जर, घोड़ा, महावत, धनयुक्त, सुगन्धिमान फूल, उबटन, मणि, वस्त्रादि, विभूषण, पद्म, शेज, उत्तम नवीन युवती, काम के समान शोभित अन्न, मधुर द्रव्य खाने वाले पुरुष, बगीचे, जल, काफी लोग यश, सुख, उदारता और रूपवान विद्वान, मन्त्री, बनिया, कुमार, चित्राण्डज, त्रिफला, रेशमी कपड़े कम्बल राण, पत्र, ऊन, लोध के पत्ते, चोंच, जायफल, अगर बच और चन्दन का स्वामी शुक्र है।

शनि—देश—आवर्त, अर्बुद, पुष्कर, सौराष्ट्र, आमीर शूद्र, लैतक, जिस देश में सरस्वती नहीं दिखाई नहीं देती, पश्चिम देश, कुरुक्षेत्र, प्रवास, विदिश। प०—वेदस्मृती नदी के किनारे वाले सब द्रव्य, दुष्ट, मलीन, नीच तेली, स्वत्वहीन, जिनका मनुष्य पन नष्ट हो गया है, बन्धक, व्याध, अपवित्र, केवट, कुरूप, वृद्ध, सुअरपाल, गण पूज्य, जिनका व्रत छूट गया है, शबर, पुलिन्द, दरिद्र, कटु, तिक्त, रसायन, विधवा स्त्री, सर्प, तस्कर, भैंस, गधा, करभ, चना, मटर और कडंगर भुस्सी शनिके आधीन हैं।

राहु—देश–पर्वत के शिखर, कन्दर, पदार्थ–दरियों में रहनेवाली म्लेच्छ जातियाँ, शूद्र गोमायु, भक्ष, शूली वोक्काण, अश्वमुख, विकलांग, कुलांगर हिंसक, कृतघ्न, चोर, सत्य, शौच और दान रहित खच्चर, मल्ल युद्ध जाननेवाला, तीव्र दोष युक्त, नीच, उपहत, दम्भी, राक्षस, बहुत सोने वाले और धर्महीन, जन्तु, उर्द और तिलका राहु स्वामी है।

केतु—पहाड़ी किला, श्वेत, हूण, चोल, अफगान, मरु, चीन, प्रत्यन्त देश, धनी, महेच्छ का व्यापार करने वाले, पराक्रम युक्त, पराई स्त्री में रत, झगड़ालू, पाखण्डक, कुतूहली, मद गर्वित, मूर्ख, धार्मिक, विजय की इच्छा करने वाले केतु के आधीन हैं।

जो ग्रह स्वाभाविक महान और उल्का निर्घात, धूरि आदि से हत न हो, स्वभाव गत स्वोच्च हो शुभग्रह से दृष्ट हो वह जिनके स्वामी कहलाते हैं उनको शुभ फल देते हैं इनके विपरीत लक्षण के ग्रह उनके आधीन द्रव्य का क्षय करते हैं। उस काल में आक्रमण करने से राजा अति दुःखित होते हैं।

## राशि अनुसार युद्ध आदि से पीड़ित देश

पाप ग्रहों से युक्त या दृष्ट या विद्ध पीड़ित राशि हो तो उनके आधीन देश में चोर दुर्भिक्ष, अग्नि विवाह अनीति आदि से राजा प्रजा पीड़ित होंगे।

१ मेष—नैपाल तथा गंगा तट के समीप के राजा लोग सरयू नदी के राजा के आगमन से पीड़ा।

२ वृष—मध्य देश के राजा अन्य राजा के आगमन से पीड़ित हों। जितना कुरुक्षेत्र, तीर्थराज प्रयाग की भूमि तथा सम्भल का देश है यह मध्य देश है।

३ मिथुन—मगध, चम्पक, गौड़ देश के राजा अन्य राजा कीच ढ़ाई से तथा सब प्रजा लोग भी महर्घ, रोग, चोर, डाकू आदि से पीड़ित हों।

४ कर्क—कलिंग, चक्रांत, तिलिंग देश के राजा लोग कोशल देश आदि के राजाओं से तथा प्रजा महर्घ रोगादि से पीड़ित हो।

५ सिंह—निषाद, कर्नाटक, विंध्याचल देश के राजा लोग रोग शत्रु आदि से पीड़ित हों।

६ कन्या—महर्घ, शत्रु और रोग आदि से मालव और चित्र देश के राजा लोग पीड़ित हों।

७ तुला—मारवाड़, गुर्जर, पुष्कर देशों के राजा लोग अदृष्ट हाथियों से पीड़ित हों।

८ वृश्चिक—सिंधु की पृथ्वी का और लिवत्सा राज और गोमती नदी के राजा पीड़ित हों।

९ धनु—खुरासान, तुर्किस्तान के राजा पीड़ित हों।

१० मकर—काश्मीर, जलन्धर और मध्य देश के राजा पीड़ित हों।

११ कुंभ—कुलूत, केदार, खस और उत्तर देश के राजा पीड़ित हों।

१२ मीन—हिमाचल के राजा पीड़ित हों।

ये राशि पाप ग्रहों से दृष्ट, युक्त या विद्ध हो तो उपरोक्त पीड़ित हों। यदि शुभ ग्रहों से युक्त दृष्ट विद्ध होने से शुभ फल हो, सुख हो अर्थ वृद्धि हो समर्घ हो। जिनकी राशि को वेधित करने वाला राहु या शनि पाप ग्रहों से युक्त हो उस देश का नाश हो।

नक्षत्र अनुसार वस्तु आदि—

इसमें वराह मिहिर अनुसार भी आगे दिया है।

१ अश्विनी—जो घोड़े का कारबार करते हैं, वैद्य व्यापारी सुन्दर मनुष्य।

वराह०—अश्वहर लोग, सेनापति, वैद्य, सेवक, घोड़ा, घुड़सवार, रईस, बनिये, रूपवान् पुरुष।

२ भरणी—जो शाक भोजी नहीं हैं, क्रूर मनुष्य, कातिल, भूसी, अनाज, बुरे चाल चलन का आदमी यदि बुरे ग्रह का प्रभाव है।

वराह०—तुष धान्य, रक्त मांस खाने वाले, क्रूर, बध, बन्ध, ताड़ना करने में आसक्त और सद्गुण हीन लोग।

३ कृतिका—ब्राह्मण, धार्मिक पुरुष, खदान में काम करने वाले, ज्योतिषी, नाई, कुम्हार।

व०—सफेद फूल, अग्नि होत्री, कुम्हार, पुरोहित अब्दज ( वर्ष का हाल जानने वाला )।

४ रोहिणी—व्यापारी, धनी मनुष्य, राज, गाय, पशु, जल जीव, कृषक, अधिकारी मनुष्य।

व०—सुव्रत, पण्य, राजा, धनी, योगी, शाकटिक, गाय बैल, जलचर, किसान, पर्वत और सम्पतिवान पुरुष।

५ मृग—फूल फल रक्त जंगली पशु पक्षी, गाने बजाने वाला।

व०—सुरभि वस्त्र, पद्म, कुसुम, फल, रक्त, बनचर, मृग विहंग, यज्ञ में सोमरस पीने वाले, गन्धर्व, कापी पत्रवाहक ( डाकिया )।

६ आर्द्रा—कातिल, व्यभिचारी, चोर, गुंडे, क्रूर मनुष्य

वा०—वध, बन्ध, मिथ्या, परदाराहरण शाठ्य, भेद कराने वाला पुरुष, धान्य की भूसी, तीक्ष्ण मन्त्र से उच्चाटन मारण आदि अभिचार और वैताल कर्म जानने वाला।

७ पुनर्वसु—ईमान, कर्तव्य, प्रभाव शील व्यापारी, कलाकार, नोकर।

व०—उत्तम धान्य, सत्य, उदारता, शौच, कुलरूप, वुद्धि, यश, अर्थयुक्त, सेवा नियुक्त, शिल्प जन सम्बन्धित, बनिये।

८ पुष्य—मन्त्री, राजा, मछुवा, जो. गेहूँ, चावल, सांटा

८ वा०—जो, गेहूँ, सब प्रकार की शाली, गन्ना, मन्त्र, ज्ञानी, सब राजा, जल से आजीविका करने वाले, यज्ञ में आसक्त हुए साधु लोग।

९ श्लेषा—सांड, लुटेरे, कन्द, मूल, फल, कीड़े, सर्प, विष, तुष धान्य, पराये धन हरण करने वाले पुरुष और समस्त वैद्य।

१० मघा—धन, गल्ला, धान्य, पहाड़ी जाति, शूर या स्त्रियों के द्वेषी।

वा०—धान्यागार और समस्त गृह धन धान्य युक्त, पर्वत में रहने वाले, पितृ भक्त, बनिये, शूर, क्रव्याद और स्त्रियों से द्वेष करने वाले।

११ पूफा०—कलाकार, एक्टर, नाचने वाली लड़कियाँ, गाने वजाने वाले, व्यापारी, रुई, शहद नमक तोता आदि।

वा०—नट, युवती, सुभग, गायक, शिल्पी, कपास, नमक, मधु, तेल और कुमारक गण।

१२ उफा०—सभ्य, सत्य, ईमान अच्छा, शिक्षित, बहुत धनी, कर्तव्य शील अधिकारी।

वा—मृदुता, पवित्रता, विनय, नास्तिकपन, दान, शास्त्ररत पुरुष राजा सुन्दर धान्य और स्वधर्म अनुरागी महाजन लोग।

१३ हस्त—चालाक, कलाकार व्यापारी, हाथी, भूसी निकाला हुआ अनाज, खाद्य पदार्थ।

वा०—तस्कर, कुन्जर, रथी, मन्त्री, शिल्पी, पण्य, तुष धान्य, वेदज्ञ और ज्योतिषी ।

१४ चित्रा—आभूषण, रत्न, पैंटिंग, बाजा, इत्र, बुनकर ।

वा०—भूषण, मणि, अंगराग, लेख्य, गन्धर्व, व्यवहार-गन्ध युक्ति जानने वाले विज्ञानी ,गणना में निपुण लोग और जुलाहे ।

१५ स्वाती—घोड़े पशु और पक्षी, अनाज, बंगाली चना, साधु ।

वा०—खग, मृग, घोड़े, धान्य, बहुत हवा वाले स्थान, पण्य, कुशल बनिये और जिनकी मित्रता स्थिर नहीं है ऐसे लघु स्वभाव वाले, तपस्वी लोग ।

१६ विशाखा—लाल फूल के पौधे और फल, तिल, हराचना, उरद, कपास, अग्नि पूजक ।

वा०—लाल फूल फल, वाली शाखायें, तिल, मूँग, कपास, उर्द, चना, इन्द्र और अग्नि के भक्त ( पारसी ) ।

१७ अनुराधा—अधिकार युक्त मनुष्य, लीडर, असेम्बली के मेम्बर, पर्यटक, ईमानदार मनुष्य ।

वा०—शूरता सम्पन्न, गण नामक, साधु, समूह में बैठने वाला, साधु लोग और शरद ऋतु में उत्पन्न हुए समस्त द्रव्य ।

१८ ज्येष्ठा—योद्धा, रईस, धन, प्रसिद्ध कमाण्डर ।

वा०—वित्त यश वाले, पराया धन हरण करने वाले, अतिशूर गण, विजय की इच्छा करने वाला राजा और समस्त सेनापति लोग ।

१९ मूल—वैद्य, औषधि, फूल, मूल, बीज, धन ।

वा०—औषधि, वैद्य गण, फूल फल मूल पत्ते बीज और फल मूल से जीविका करने वाले धनवान पुरुष ।

२० पूषा—अच्छे मनुष्य, मछुवा, नाविक, ईमानदार पुरुष, धन, जाने हुए पशु, फल, मूल ।

वा०—मृदु, जल पथ गामी और सत्य शौच, धनयुक्त मनुष्य, पुल बनानेवाले सेवक, फल, समस्त कुसुम, समस्त पद्म ।

२१ उषा०—कुश्ती लड़ने वाले, हाथी, घोड़े, धार्मिक पुरुष, खुश मिजाज मनुष्य मिलीटरी ।

वा०—मंत्री, मल्ल योद्धा, हाथी, घोड़े, तुरंग और देवता के भक्त, भोगवान, तेज युक्त, स्थावर, योद्धा लोग ।

२२ श्रवण—कर्म शील और चोकन्ना, सत्य और धार्मिक पुरुष ।

वा०—माया जानने में चतुर, नित्य उद्योग करने वाला, कर्म में सामर्थ रखने वाला, उत्साह युक्त, धर्म, परायण, भगवद् भक्त और सत्यवादी लोग ।

२३ धनिष्ठा—सभ्य मनुष्य, दानी, धनी, शांति।

वा०—मान छोड़े हुए हिजड़े, चंचल सुहृदता वाले, स्त्री द्वेषी, दानरत, बहुत से धन वाले और शांति परायण राजा लोग।

२४ शत०—शिकारी, धोबी, फूल, वंशी से फसाने वाले मछुवा।

वा०—ब्याधे, मत्स्य बंध, जलचरों से जीविका करने वाले।

शूकर पालने वाले, धोबी, कलवार और शाकुन गण।

२५ पूभा—गड़रिया, कतल करने वाला, अधर्मी, चालाक।

वा०—तस्कर, पशु पालक, हिंसक, नाश, नीच शठ चेष्टा करने वाले धृतहीन मल्ल, युद्ध करने वाले चतुर लोग।

२६ उभा—यज्ञ करता ब्राह्मण, दानी, धर्मी पुरुष, महात्मा।

वा०—यज्ञ दान और तपवान, बहु विभव वाले। आश्रमी, राजा लोग, ब्राह्मण, पाखंडी और श्रेष्ठ धान्य।

२७ रेवती—जलज फल फूल, नमक रत्न मोती कमल, इत्र, व्यापारी।

वा०—जल से उत्पन्न फल फूल, लवण, मणि शंख मुक्ता, पद्म, सर्व प्रकार के सुगंधित फूल, गंध-द्रव्य बनिये और नाव के केवट।

फल

जब कोई ग्रह नक्षत्र में आता है और इस पर शुभ दृष्टि पड़ती है तो नक्षत्र के फल की उन्नति होती है और इस नक्षत्र के प्रायः ग्रहों का बुरा प्रभाव पड़ता है तो फल नष्ट होकर अशुभ फल देता है।

नक्षत्रों का प्रभाव देश या मनुष्य पर

अश्विनी—अश्वहर लोग, सेनापति, वैद्य, सेवक, घोड़ा, घुड़ सवार, रईस, बनिये और रूपवान पुरुष।

भरणी—तुष धान्य, रक्त मास खाने वाले, क्रूर बध तारणा करने में आसक्त सत गुण हीन लोग।

कृतिका—सफेद फूल, अग्नि होत्री, मंत्र जानने वाले, सूत्र की भाषा जानने वाले, आकारिक, नाई, द्विज, कुमार, पुरोहित, बर्ष का फल जानने वाले।

रोहिणी—सुव्रत, पण्य, राजा, धनी, योगी, शाकटिक, गाय बैल, जलचर. किसान, पर्वत, सम्पत्ति वान पुरुष।

मृग०—सुरभि, वस्त्र, पद्म, कुसुम, फल, रत्न, बनचर, बिहंग, मृग, यज्ञ में सोमरस पीने वाले, गंधर्व, कामी, पत्र वाहक ( डाकिया )।

आर्द्रा—वध, बन्ध, मिथ्या, परदार हरण, शाठ्य भेद कराने वाले पुरुष, भूसी धान्य से, तीक्ष्ण मंत्र से उच्चाटन, मारण आदि अभिचार वैताल कर्म जानने वाले।

पुनर्वसु—उत्तम धान्य, सत्य, उदारता, शौच, कुल रूप वृद्धि, यश, अर्थ युक्त सेवा वियुक्त, शिल्प जन समन्वित बनिये।

पुष्य—जौ गेहूँ, सब प्रकार की शाली, गन्ने, मंत्र जानने वाले, सब राजा, जल से जीविका करने वाले, यज्ञ की क्रिया में आसक्त हुए साधु लोग।

श्लेषा—कन्द मूल फल, कीड़े सर्प विच्छू विष, तुष धान्य, पराये धन को हर्ता, सब वैद्य।

मघा—धान्यागार, समस्त गृह, धन धान्य युक्त पर्वत में रहने वाले, पितृ भक्त बनिया, शूद्र, क्रव्याद और स्त्रियों से द्वेष करने वाले मनुष्य।

पू० फा०—नट, युवती, सुभग गायक, शिल्पी, कपास, नोन, मधु तेल और कुमार गण।

उ० फा०—मृदुता, पवित्रता, विनय, नास्तिकपन, दान, शास्त्र रत पुरुष, राजा, सुन्दर धान्य, स्वधर्म अनुरागी महाजन लोग।

हस्त—तस्कर, कुन्जर, रथी, मंत्री, शिल्पी, पण्य, तुषधान्य वेदज्ञ, ज्योतिषी, वणिक।

चित्र—भूषण मणि, अंगराग, लेख्य, गंधर्व व्योहार, गंध युक्ति जानने वाले, विज्ञानी, गणना में निपुण, जुलाहे।

स्वाती—खग, मृग, घोड़े, धान्य, बहुत सी हवा वाले स्थान, पण्य, कुशल बनिये, जिसकी मित्रता स्थिर नहीं है ऐसे लघु स्वभाव वाले तपस्वी लोग।

विशाखा—लाल फूल फल वाली शाखायें, तिल, मूंग, कपास, उर्द, चने इन्द्र और अग्नि के उपासक ( पारसी )।

अनुराधा—शूरता सम्पन्न गण नामक साधु समूह में बैठने वाले साधु लोग।

ज्येष्ठा—अधिकार में कुल वित्त यश वाले, पराया धन हरण करने वाले, अतिशूर गण, विजय की इच्छा करने वाले राजा और समस्त सेना पति।

मूल—औषधि, वैद्य गण, मुख्य लोग, फूल पत्र, मूल फल बीज, फल मूल से जीविका करने वाले और अति धनवान पुरुष।

पू० षा०—मृदु जल पथ गामी, सत्य, शौच धन युक्त मनुष्य पुल बनाने वाले, नहर काटने वाले सेवक, फल, समस्त कुसुम और समस्त पद्म।

उ०षा०—मंत्री, मल्ल, योधा, हाथी घोड़ा, देव भक्त, भोगवान तेज युक्त, स्थावर, वीर लोग।

श्रवण—माया जानने वाले चतुर, नित्य उद्योग करने वाला, कर्म में सामर्थ रखने वाला, उत्साह युक्त, धर्म परायण, भगवद् भक्त और सत्यवादी।

धनिष्ठा—मान छोड़े हुए हीजड़े, चंचल, सुहृदता वाले, स्त्री द्वेषी, दान रत, बहुत धन वाले, शांति परायण राजा लोग।

घत०—ब्याधे, मत्स्य बन्ध, जलचरों से आजीविका करने वाले, शूकर पालने वाले, धोबी, कलवार, शाकुनिक गण ।

पू० भा०—तस्कर, पशुपालक, हिंसा करने वाले नीच शठ चेष्टा करने वाले, धर्म वृत्त हीन, मल्ल युद्ध करने में चतुर लोग ।

उ० भा०—यज्ञ दान, तपवान, महाविभव वाले, आश्रमी, राजा लोग, ब्राह्मण, पाखंडी, श्रेष्ठ धान्य ।

रेवती—जल से उत्पन्न फल फूल, लवण, मणि शंख, मुक्ता, पद्म, सब प्रकार के सुगंधित फूल, गंध द्रव्य, बनिये और नाव के केवट लोग ।

# अध्याय ११

## धूमकेतु

जब बड़ा धूमकेतु प्रगट होता है तो भयंकर भूकम्प, छूत की बीमारी अकाल आदि होता है ।

ऐसा पाया गया है इसके पहिले या बाद ग्रहण के समय या दूसरे समय में यह भूकम्प बिजली के तूफान या गरमीले या झगड़ीले वातावरण मनुष्य में या मौसम में प्रगट करता है ।

केतु पहिले पूर्व में उदय हो तो प्रगट करता है कि कोई प्रसिद्ध कानून दाता का उदय होगा । मध्य आकाश में कोई प्रसिद्ध राजा को परन्तु पश्चिम में बहुधा परेशानी प्रगट करता है । चर राशि में कोई बड़े राजा की मृत्यु बताता है । स्थिर राशि में विदेश में लड़ाई और हमला । द्विस्वभाव में छूत की बीमारी प्रकट करता है । बारह राशि में उसकी स्थिति पर विचार करना क्योंकि ये गंभीरता से उस पर के आधीन बात और चीजों पर असर करते हैं । जैसे नवम घर में धर्म का विरोध या गड़बड़ी, दशम या द्वादश में छूत की बीमारी गल्ले का अभाव, अष्टम मे अचानक कई खतरनाक मृत्यु ।

जगत के उस हिस्से में जहाँ पहिले प्रगट होते हैं ध्यान देना क्योंकि देश जो उस राशि के प्रभाव में हो वहाँ उनको बहुत कठिन परेशानी उठानी पड़ेगी ।

विद्वानों ने कहा है केतु और अग्नि उगलती तलवार और इसी प्रकार के चिन्ह दुनिया में बहुत परिवर्तन प्रगट करते हैं । इतिहास यह घटना रिकार्ड करता है कि केतु तलवार के रूप में जेरुसेलम में पूरे वर्ष लटकी रही । रोमन द्वारा इस शहर को नष्ट किये जाने के पहिले । बाद के दिनों में रूस जापान की लड़ाई का उदाहरण रिकार्ड है ।

१९०३ में एक केतु की खोज हुई जो कुम्भ राशि में उदय हुआ। इसका फल युद्ध और रक्तपात होता है यह घटित हुई जब सूर्य उस अंश में पहुँचा जो केतु के उदय से प्रभावित हुआ। रसिया और जापान का युद्ध उस समय में एक हफ्ते के भीतर आरम्भ हुआ जब सूर्य उस खास अंश में बाद फरवरी में गया।

सूर्य माला में भ्रमण करने वाले ग्रहों आदि के सम्बन्ध में बहुत जानकारी प्राप्त हो गई है परन्तु धूमकेतु के सम्बन्ध में अभी तक निश्चित और पूर्ण जानकारी प्राप्त नहीं हुई है। और उनकी संख्या कितनी है यह भी प्रगट नहीं है। महर्षियों में भी मत भेद है पराशर आदि ऋषियों से किसी ने १०१ किसी ने एक हजार कहा है।

प्राचीन ऋषियों ने और पाश्चात्य ज्योतिषिकों ने भी कहा है कि धूमकेतु अंतरिक्ष में दिखाई पड़ने से देश में कोई संकट आता है।

२५-९-१९१० में हेले धूमकेतु मीन राशि के २८ अंश पर दिखा। आगे केवल कुछ दिन में सातवें ऐडवर्ड बादशाह की मृत्यु हुई। यह धूमकेतु मीन राशि छोड़कर इग्लैंड के तनु स्थान अर्थात मेष राशि है। पोर्तगाल की मीन राशि है। यह पहिले मीन राशि में दिखा था उसका फल ३-१०-१९१० को राज क्रांति का रूप दिखने लगा।

धूमकेतु जिस राशि में पहिले दिखता है इस राशि के गुण धर्म प्रमाण से भिन्न २ परिणाम दिखने लगते हैं। राशि के अनुसार धूमकेतु का फल प्राचीन ग्रन्थ में इस प्रकार दिया है।

## धूमकेतु का राशिफल

मेष-राशि में प्रथम दिखने लगे तो पूर्व देश के सरदार व उच्च दर्जे के लोगों पर संकट आता है विशेष कर मेष राशि के अमल के नीचे लोगों को बहुत दुःख होता है। रक्त पात, लड़ाई, राजा की मृत्यु या पदच्युति, अवर्षण और पशु की हानि।

बृष—इस राशि के अमल के लोगों को त्रासदायक होता है अतिशय मनुष्यों की मृत्यु होती है। फसल धान्य व पशु का नाश होता है। ठंड ऋतु में भयंकर ठंड व सन्नाटे की हवा, भूकम्प और भयंकर रोग से देश में बहुत हानि हातो है।

मिथुन—झगड़े, मारपीट, लड़ाई, तरुग लोग व बच्चों की मृत्यु, महर्घता, विद्युत्पात और तूफान होता है।

कर्क—भयंकर रोग, महघंता, मनुष्यों की मृत्यु, उपद्रवी लोगों की गड़बड़ी और युद्ध होता है।

सिह—राजा में युद्ध ऊँचे दर्जे के लोगों में मृत्यु रक्तपात दुष्काल।

कन्या—राज दरबार के लोगों की हद से बाहर हानि, व्यापारी वर्ग को हानि, रोग, रक्त पात आदि होते हैं।

तुला—मनुष्य की मृत्यु, रक्तपात, चोरी, मारपीट गुप्त रूप से हानि करने का विचार

वृश्चिक—लड़ाई, मारपीट, रक्तपात, दुष्काल, अवर्षण, भयंकर रोगों का फैलाव।

धनु—विद्वान मनुष्य व अधिकारी की मृत्यु राजकुल के लोगों को बन्धन और युद्ध।

मकर—फैलने वाले रोग, धान्य नाश, डाका, भयंकर अपराध राजा लोगों को संकट राजा की मृत्यु आपसी झगड़े, धर्म सम्बन्ध से झगड़े आदि।

कुंभ—रक्तपात, लड़ाई, फैलने वाले रोग, विद्युत्पात कीर्तिपात राजा की मृत्यु।

मीन—आपस में युद्ध आरम्भ, समुद्र में भयंकर तूफान और मनुष्य की हानि।

आकाश में जिस दिशा में धूमकेतु दिखने लगता है उस दिशा के भूभाग में परिणाम दिखने लगता है। जिस राशि पर वह दिखता है उस राशि के अमल के नीचे देशों में विशेष कर उसका फल दिखने लगता है। राशि के जिस अंश पर वह प्रथम दिखता है उस अंश में सूर्य आने पर उसका फल मिलने लगता है। सामान्यतः धूमकेतु का फल ३ वर्ष तक रहता है ऐसा कहा जाता है।

धूमकेतु के आगमन से पृथ्वी का वातावरण बहुत बदल जाता है। वह जिस वक्त दिखने लगता है उस समय या उसके कुछ दिन के बाद यदि नेपच्यून, हर्शल, शनि या गुरु ये दुखद ग्रह एक दूसरे से युति योग प्रतियोग या केन्द्र योग करते हों तो धूम केतु का फल तीव्र हो जाता है ऐसा अनुभव में आया है।

जिस देश में धूमकेतु दिखता है उस देश में और जिस राशि में प्रथम दिखता है उस राशि के अमल के नीचे देश या शहर में जिस अभिषिक्त राजा की कुण्डली में सूर्य चन्द्र ये लग्न या दशम में इसके अंश के समीप दिखता है उस देश में धूमकेतु का फल बिना दिखे रहता नहीं।

## केतु विचार

वराह मिहिर अनुसार।

केतु का उदय—गणित से नहीं जाना जा सकता।

केतु प्रकार—केतु तीन प्रकार के हैं (१) दिव्य, (२) अंतरिक्ष और (३) भौम।

दिव्य केतु—जो अंतरिक्ष में दिखाई देता है।

अंतरिक्ष—जो पदार्थ अग्नि के समान चमकदार नहीं हैं उन सब पदार्थों को अग्नि के समान रूप हो जाना ही अंतरिक्ष केतु हैं।

भौम केतु—उपरोक्त के अतिरिक्त सब ही केतु भौम केतु हैं।

केतु फल समय—उदय से अस्त तक जितने दिन दिखाई देता है उसके बाद ४५ दिन विलम्ब से फल होना प्रारंभ होता है।

## पूँछ वाले केतु का फल समय

पूँछ वाले केतु का वर्ण धुंए के समान हो तो संसार को पीड़ा दायक होता है।

जितने दिन केतु दिखे उतने महीने और जितने महोने दिखे उतने वर्ष तक उसका फल होता है

शुभ केतु—केतु निर्मल सरल शुक्ल वर्ण का होकर दिखे वह सुभिक्ष और सुख दायक है।

## केतु उदय दिशा फल

जिस दिशा में केतु उदय हुआ दिखे उसी दिशा में अशुभ और जिस-जिस देश में उसकी चोटी फैलती है उस-उस देश के राजा का नाश हो।

## केतु उदय नक्षत्र से राजा का नाश

अश्विनी--अश्मक देश के राजा का नाश। भरणी=किरात भील। कृतिका=कलिंग राज। रोहिणी=शूरसेन। कृतिका=उशीनर। आर्द्रा-मत्स्य राज। पुनर्वसु-अश्मक। पुष्य=मगध। श्लेषा-अशिघ देश। मघा-पंजाब। पूफा—पान्ड्य। उफा—उज्जैन। हस्त-दण्डक। चित्रा—कुरुक्षेत्र। स्वाती—काश्मीर। काम्बोज। विशाखा-कोशल इक्ष्वाक और ग्लक पति। अनु०-पौंड्र। ज्येष्ठा—सब देश का, यदु देश, मद्र राज, अंध्र। पू०षा०—काशी। उषा—शूर वीर लोग, उत्तम वैद्य, शिवि देश, अर्जुनायन देश। श्रवण—कैकेय। धनि-पंचनद देश। शत०—सिंहल। पूभा-बंग देश। उभा-नैमिष। रेवती-किरात देश के राजा को भय या पीड़ा।

राजा लोग उन देशों पर चढ़ाई कर सुखी होंगे।

## केतु उल्का से वेधित शुभ

केतु की शिखा उल्का से वेधित हो तो शुभ है सब प्रकार की वृष्टि युक्त मंगल हो। परन्तु चोल, अफगान, मिश्र और चीन देश का अमंगल हो।

## केतु उदय अशुभ

जो नक्षत्र केतु से हत हुए हैं उस देश में उत्पात और अनावृष्टि होती है।

## धूम केतु का और भी विचार

( वराह मिहिर ) धूम केतु ये कई प्रकार के है, कोई कहते हैं १०० हैं कोई कहते हैं एक हजार केतु हैं।

२५ केतु सूर्य किरण—

हार मणि या सुवर्ण के समान रूप धारण करने वाले और चोटीदार केतु जो पूर्व या पश्चिम में दिखाई देते हैं वे सूर्य से उत्पन्न हुए किरण नाम के ये २५ हैं। इनके उदय से राजाओं में विरोध होता है।

२५ अग्नि केतु—अग्नि, दुपहरिया का फूल लाख या रक्त के समान जो केतु अग्नि कोण में दिखाई देते हैं वे अग्नि से उत्पन्न हुए २५ हैं, इनके उदय से अग्नि भय होता है।

२५ यम केतु—ये टेढ़ी चोटी वाले २५ हैं। रूखे और कृष्ण वर्ण होकर दक्षिण में दिखाई देते हैं, ये यम से उत्पन्न हुए हैं। इनके उदय से मरी पड़ती है।

२२ पृथ्वी केतु—दर्पण के समान गोल आकार वाले शिखा रहित किरण युक्त और सजल कांति वाले २२ केतु ये ईशान कोण में दिखते हैं ये पृथ्वी से उत्पन्न हुए हैं इनके उदय से दुर्भिक्ष का भय होता है।

३ चंद्र किरण केतु—चांदी हिम-कुंद पुष्प के समान ३ केतु हैं। ये चंद्रमा के पुत्र हैं उत्तर दिशा में दिखते हैं। इनके उदय से सुभिक्ष होता है।

१ ब्रह्म दण्ड केतु—ब्रह्म दण्ड नामक युगान्तक का ही एक केतु है वह ३ चोटी वाला और ३ रंग का है वह चाहे जिस देश में दिखाई देता है इसका कोई नियम नहीं है।

इस प्रकार १०१ केतु हैं इसके अतिरिक्त एक हजार केतु का भी वर्णन है:—

८४ शुक्र पुत्र। ६० कनक शनि पुत्र। ६५ विकच गुरु पुत्र। ५१ तस्कर बुध पुत्र। ६० कौंकुम भौमपुत्र। ३३ तापस कलिक राहु पुत्र। १२० अग्नि विश्वरूप। ७७ पवन पुत्र। ८ गणक प्रजापति पुत्र। २०४ ब्रह्म संतान। ३२ कंक वरुण पुत्र। ९६ कबन्ध काल पुत्र। ९ विदिश समुत्पन्न केतु हैं।

इनमें विशेष केतु नीचे बताये हैं।

बसा केतु—ये पश्चिम में उदय होते हैं उत्तर दिशा में फैलते हैं। बड़े-बड़े और स्निग्ध मूर्ति हैं। इनके उदय से मरी पड़ती है और उत्तम सुभिक्ष होता है।

शस्त्र—पहिले के समान लक्षण वाले रूखे और चिकने केतु शस्त्र नामक हैं इनके उदय से क्षुधा भय और उलट पलट व मरी पड़ती है।

कपाल केतु—अमावस्या को आकाश के पूर्वार्द्ध में सहस्र रश्मि और हजार शिखा वाले कपाल केतु हैं। इससे क्षुधा, मरी, अनावृष्टि और रोग भय होता है।

रौद्र केतु—आकाश के दक्षिण पूर्व में शूल के अग्रभाग के समान कपिश, रूक्ष, ताम्र वर्ण की किरणों वाला जो आकाश के तीन भाग तक में गमन करता है। वह रौद्र केतु है। इसका फल कपाल केतु समान है।

चल केतु—जो धूम केतु पश्चिम दिशा में उदय होकर दक्षिण की ओर को एक अंगुल ऊँचाई शिखा से युक्त होकर उत्तर दिशा की ओर क्रमानुसार बढ़ता है वह चल केतु है। इस प्रकार यह क्रमशः दीर्घ होकर यदि उत्तर ध्रुव सप्त ऋषि मण्डल का अभिजित नक्षत्र को स्पर्श करता हुआ आकाश के एक भाग में जाकर दक्षिण दिशा में अस्त हो जाय तो प्रयाग के निकट से लेकर अवन्ती तक पुष्कर देश और उत्तर देविका नदी तक बड़े भारी मध्य देश का नाश हो जाता है। इसका फल १० मास में पकता है अन्य मत से १८ मास में इसका फल होता है।

धूमकेतु—दो पहर रात्रि के समय आकाश के पूर्व भाग में दक्षिण के आगे जो केतु दिखाई दे वह धूम केतु है।

नामक केतु—इसका आकार गाड़ी के जुआ के समान है युग बदलने के समय ७ दिन तक दिखाई देता है और ( क ) नामक धूम केतु यदि अधिक दिन तक दिखे तो १० वर्ष तक बराबर शर शस्त्र कोप से उत्पन्न हुआ सन्ताप होता है।

श्वेत केतु—श्वेत नामक केतु यदि जटा के समान आकार रूखा कपिल वर्ण और आकाश के ३ भाग तक जाकर लौट आवे तो तिहाई प्रजा का नाश हो।

रश्मि केतु—जो केतु छेक धूम्र वर्ण की चोटी से युक्त कृतिका नक्षत्र को स्पर्श करके दिखाई दे वह रश्मि केतु है। इसका फल श्वेत केतु के समान है।

ध्रुव केतु—इसका आधार वर्ण प्रमाण स्थिर नहीं जगत स्थिर है वह दिव्य अन्तरिक्ष और भौम ३ प्रकार का होता है। यह स्निग्ध और अनियमित फल दाता है। यह विनाशशाली राजाओं को सेना के अंग में विनाश होने वाले देशों के वृक्षों में या विनाश शाली गृहस्थों के यहाँ बहुधा दृष्टि में आता है।

मणि केतु—जो केतु सूक्ष्म तारे के समान आकार वाला हो और दक्षिण दिशा में एक प्रहर तक दिखाई दे वह मणि केतु है। स्तन के ऊपर हाथ देने से किस प्रकार दूध का धार निकलती है वह शिखा भी वैसे ही सरल और शुक्ल वर्ण होती है। इसके उदय से ४।। मास तक सुभिक्ष होता है। परन्तु बहुधा थोड़े २ जीवों पर इसका प्रभाव होता है।

कुमुद केतु—जिस केतु की कांति कुमुद के समान हो। चोटी पूर्व को ओर फैली रहे। यह बराबर १० वर्ष तक सुभिक्ष का देने वाला है।

जल केतु—जो केतु और दिशा में ऊँची शिखा वाला पिछले भाग में चिकना हो वह जल केतु है। इसके उदय होने से ९ मास तक सुभिक्ष होता है प्राणियों को शांति मिलती है।

भव केतु—सिंह की पूंछ के समान इसकी शिखा दक्षिणावर्त होती है और एक स्निग्ध सूक्ष्म तारा पूर्व दिशा में रात को दिखाई देता है वह भव केतु है यह केतु

जितने मुहूर्त तक दिखेगा उतने मास तक अतुल सुभिक्ष होगा और यह सूखा होगा तो प्राणान्तक रोग होते हैं।

पद्म केतु—पहिले के समान आकार वाला और मृणाल के समान जो गौरवर्ण का केतु पश्चिम दिशा में एक रात तक दिखाई दे वह पद्म केतु है? इससे ७ वर्ष तक हर्ष सहित सुभिक्ष होता है।

आवर्त केतु—जो केतु आधी रात के समय में सव्य शिखा वाला अरुण कैसी कांति वाला चिकना दिखाई देता है उसे आवर्त केतु कहते हैं। यह जितने क्षण तक दिखे उतने मास सुभिक्ष होता है।

संवर्त केतु—जो केतु धूम या ताम्र वर्ण का शिखा वाला है भयंकर है आकाश के ३ भाग को आक्रमण करता हुआ शूल के अग्रभाग के समान आकार वाला होकर संध्या में पश्चिम की ओर दिखाई दे वह संवर्त केतु है। यह केतु जितने मुहूर्त तक दिखाई देता है उतने वर्ष तक शस्त्र पात से राजा लोग पीड़ित होते हैं और उदय काल में जो नक्षत्र रहता है उस नक्षत्र में जिस का जन्म हो वह पीड़ित हो।

## और भी ६ प्रकार के केतु बताये हैं

१ तैस्फ—आश्विन और कार्तिक में तैस्फ नामक सूर्य पुत्र १४ केतु उदय होते हैं। इनसे दुर्भिक्ष होता है। चौपायों का नाश होता है। मेघ वर्षा नहीं करते। राजाओं में कलह होती है।

२ वरुण पुत्र—श्रावण और भादों में वरुण नाम के १० केतु होते हैं, जो संसार को अच्छा जल वर्षाते हैं अन्न सस्ता होता है। बहुत खेती से सब आनन्द युक्त रहते हैं।

अग्नि पुत्र—मार्गशीर्ष और पौष में वन्हि पुत्र ३४ केतु हैं। इनसे अग्निदाह, चोर भय और अनावृष्टि होती है। प्रजा नाश पृथ्वी पर भय और जीवों में बीमारी होती है।

४ कुबेर पुत्र—चैत्र वैशाख में वरुण के १८ पुत्र हैं ये संसार में सुख और मंगल कार्य करते हैं ये बहुत वर्षा करते हैं। पृथ्वी धन धान्य से युक्त, प्रजा में आनन्द होता है।

५ वायु पुत्र—जेठ अषाढ़ में वायु के पुत्र २० केतु हैं पवन सहित वर्षा करते हैं जिससे वृक्ष और अटारियाँ टूट जाती हैं: इसमें बहुत पवन चलती है। दिशा धूल से अच्छादित हो पर्वत के शिखर गिरने लगें वृक्ष टूट कर गिरे चोर तथा अग्नि से पीड़ा हो राजाओं में युद्ध हो।

६ यम पुत्र—माघ फाल्गुन में माघ के ९ पुत्र केतु हैं। इससे धान्य महँगा, दुर्भिक्ष, राजाओं में बड़ी लड़ाइयाँ हों। वे माघ फाल्गुन में उदय होते हैं।

## राहु दिखने का राशि फल

मेष में दिखे—पंजाब कलिंग शूरसेन काम्बोज औड्र किरात और शस्त्र धारी व अग्नि से जीविका करने वाले ये सब अत्यन्त पीड़ित हों।

वृष—राहु से ग्रसे जाय तो गोप गाय ढोर पालने वाले और अत्यन्त गुणी अत्यन्त ही पीड़ित हों।

मिथुन—श्रेष्ठ स्त्री राजा, जमींदार, बलवान आदमी, नाचने गाने बजाने वाले, यमुना के किनारे रहने वाले और बाल्हीक देश, मत्स्य देश और सुह्म देश वासी को पीड़ा होती है।

कर्क—आमीर, शवर जाति के लोग और पल्लव, मल्ल, मत्स्य कुरु शक, पंचाल और विकल देश पीड़ित हो अन्नों का नाश।

सिंह—पुलिन्द गण मेकल बलि राजा के समस्त पुरुष और धनु धारियों का नाश।

कन्या—कवि लेखक गीत से आजीविका करने वालों का नाश धान्य नाश अश्मक त्रिपुर व शालि इन प्रधान देशों का ध्वंश होता है।

तुला—अवन्ती देश पश्चिम किनारे के निकट के देश, दशार्ण देश, साधु पुरुष वणिक व मच्छ कच्छ देश के राजा का नाश हो।

वृश्चिक—उदुम्बर, मद्र और चोल देश वासी, वृक्ष, श्रेष्ठ पोधा और विष देने वाले का नाश हो।

धनु—में राहु दिखे—मंत्री, श्रेष्ठ अश्व, बिदेह, मल्ल और पंचाल देश, वैद्य वणिक और अस्त्रों के जानने वाले पुरुषों का नाश हो।

मकर—मत्स्य, मंत्री कुल, नीच मलाह व ओषधि जानने बनाने में निपुण और वृद्ध अस्त्र धारी पुरुषों का नाश।

कुम्भ—पहाड़ी लोग, पश्चात्य, बोझा ढ़ोने वाले, तस्कर, अहीर और दरद आर्य तथा बरबर देश वासी नाश हों।

मीन—समुद्र तीर के और समुद्र जल से उत्पन्न हुए द्रव्य, मान्य पुरुष, पंडित और जल से जीविका करने वाले मछुए या मलाह आदि का नाश।

## राहु दिखने की दिशा का फल

उत्तर—ब्राह्मण; पूर्व=क्षत्रिय। दक्षिण=वैश्य। पश्चिम=शूद्र की हानि। ईशान-पथिक। दक्षिण=जलचर और हस्ती। उत्तर=गाय ढोरों को अशुभ।

राहु पूर्व दिशा में आवे तो पृथ्वी जल से पूर्ण हो जाय पश्चिम दिशा में आवे तो किसान सेवक और बीजों का नाश होना है।

# अध्याय ३०

## उत्पात

प्रकृति के विरुद्ध जो बात देखने में आती है उसे उत्पात कहते हैं। ये ३ प्रकार के हैं। ( १ ) दिव्य ( २ ) अंतरिक्ष ( ३ ) भौम।

१ दिव्य उत्पात—नक्षत्रों का विकार, धूम केतु आदि का उदय, ग्रहों का ग्रह युद्ध, उल्का।

२ अंतरिक्ष उत्पात—निर्घात, परिवेष, इन्द्र धनुष, दिग्दाह।

३ भौम उत्पात—भूकम्प आदि चर व स्थिर पदार्थ से उत्पन्न विकार, एक देशीय उत्पात है।

फल—भौम का फल-साधारण। अंतरिक्ष=मध्यम। दिव्य=६ माह या १ वर्ष में होता है।

उत्पात प्रकार

यदि वन के पशु अपनी इच्छा से ग्राम में प्रवेश करें तो वह ग्राम मनुष्यों से शून्य हो जाता है, जिसके घर में बबई व इन्द्र जाल उत्पन्न हो या जंगली कबूतर घर में बसें तो उस घर के स्वामी का नाश हो।

चंद्रमा या सूर्य के बिम्ब दो या अधिक दिखे तो रोग भय तथा युद्ध में मृत्यु हो। और ग्रह न दिखें तो नेष्ट फल। यदि दो या अधिक ग्रह दिखें तो शुभ फल।

पृथ्वी में बिबर हो जाय तो देश का नाश या राजा का नाश, शत्रु से भय। जिस वर्ष में १३ दिन का पक्ष हो उस वर्ष में प्रजा का नाश राजाओं का क्षय दुर्भिक्ष।

और भी उत्पात प्रकार

ग्रहण के ७ दिन तक यदि भूकम्प, निर्घात, धान्य का अत्यन्त गिरना, उल्का पात या इन्द्र धनुष होना। बिना समय निरन्तर ७ दिन तक हाड़ मास अंगार रुधिर आदि की बर्षा हो।

जितने समय में धान पकता है उससे आधे या चौथाई काल में धान पक जाना।

हरे वृक्ष गिर पड़े या सूख जाय सूखे वृक्ष हरे हो जाय। बमीठों में हँसने या रोने का शब्द सुनाई दे।

नदियाँ उल्टी बहने लगें, कूप बावली असमय सूख जाँय अकस्मात निर्जल स्थान में जल निकलने लगे। जल स्थान में पृथ्वी फट जाय।

देव मूर्ति स्थान से गिर पड़े या आँसू गिरने लगे। हाथी घोड़े गो हँसे रोवे दुःखी हों घास दाना न खाँय।

बिना बजाये बाजा में शब्द हो। पर्वत कुंज में से भयानक शब्द हो।

जल बिना अन्य वस्तुओं की वर्षा हो बिना बादल दिन में इन्द्र धनुष हो या रात्रि में बादलों सहित इन्द्र धनुष दिखे।

इत्यादि उत्पात से देश या नगर के मनुष्यों को आपत्ति और राजा का नाश होना प्रगट करता है।

## अचानक उत्पात

भूकम्प, धूल वर्षा, उल्कापात आदि अकाल वर्षा होने वाले उत्पात हैं। उस दिन का नक्षत्र का विचार करे जो नक्षत्र होगा वही पीड़ित होगा।

## मंडल विचार

आग्नेय मंडल—कृति, भर, पुष्य, विशा, मघा, पूफा, पू०भा० ये अग्नि मंडल के नक्षत्र हैं।

इनमें से जिस नक्षत्र पर धूल वर्षा आदि कोई विकार, वज्रपात, भूकम्प, उल्कापात धूम केतु आदि के दर्शन, चंद्र सूर्य ग्रहण रक्त वृष्टि आदि उत्पात या अद्‌भुत शब्द हो।

उसका फल—नेत्र रोग अतिसार प्रबल अग्नि कांड हो। गायों में घी दूध की कमी हो, वृक्षों में फल फूल कम हो, चोरों से द्रव्य हानि, वर्षा कम हो, लोग भूख से पीड़ित होकर भिक्षा मांगें।

सिन्धु देश, यमुना किनारे के देश घृतोदक, बाल्हीक, जालन्धर काश्मीर और उत्तर देश का नाश।

वायु मंडल—मृग, पुनर, अश्वि, हस्त, चित्रा, स्वा० उफा० वायु मंडल के नक्षत्र हैं।

इनमें पूर्वोक्त उत्पात हो तो महावायु आंधी चलती है, यहाँ भय हो। बादलों की घनघोर घटा होने पर भी जल नहीं वर्षे। ब्राह्मण देव और विंध्य वासियों का नाश, शहर के परकोटे, पहाड़ों के शिखर मकान और बन के वृक्ष वायु वेग से नाश होंगे।

वरुण (जल) मंडल—आर्द्रा, श्ले, उभा, शत, रेवती, पूषा और मूल नक्षत्र।

इनमें पूर्वोक्त उत्पात हो तो प्रजा को सुख, गाय में दूध घी बहुत, वृक्षों में फल फूल अधिक खेती अच्छी निरोग फल हो कई प्रकार के मंगल हो बड़ा सुभिक्ष हो अन्न सस्ता हो। कीड़े चूहा सर्प टीड़ी केकड़े छिपकली, हरिण चीटियां बहुत हो।

मही ( इन्द्र ) मंडल—के नक्षत्र—ज्ये० अनु०, रोह, धनि० श्रव० उषा, अभिजित।

इनमें उपरोक्त उत्पात हो तो सब लोग बहुत प्रसन्न रहें। राजा लोग संधि करें, सुभिक्ष हो, मंगल कार्य हो। उल्का पात आदि वर्षा के बिना भी फल देते हैं। वर्षाकाल में अवश्य ही फल करते हैं।

मंडल फल समय—पृथ्वी मंडल=२७ रात्रि में। वरुण=फल तत्काल। अग्नि=१५ दिन में। वायु=१ मास में फल होता है।

विशेष फल—पृथ्वी मंडल-सुभिक्ष, क्षेम, आरोग्य और संधि। अग्नि मंडल इसके विपरीत फल। पृथ्वी मंडल और वरुण मंडल में—गाय हृष्ट पुष्ट उत्पात सब दूर और कल्याण हो।

वरुण से आग्नेय का, पृथ्वी से वायु का फल भेद हो जाता है परस्पर अभि-घात से जा[illegible] हो विचारना।

पी[illegible] —आग्नेय मंडल-दक्षिण। वायु=उत्तर। महेन्द्र पृथ्वी=पूर्व में पीड़ा करते है

अन्य यज्ञ से मंडल [illegible] फल समय

| मंडल=अग्नि | वायु | वरुण | पृथ्वी |
|---|---|---|---|
| अन्य मत ३ मास | २ मास | ३ मास | ७ रात्रि |
| ,, ,, ८ मास | २ मास | १ मास | ७ रात्रि |
| ,, ,, १५ दिन | २ मास | शीघ्र | ७ रात्रि में |

निर्घात

भयङ्कर शब्द के साथ बिजली [illegible]ने को निर्घात कहते हैं।

पवन के साथ पवन टकरा कर [illegible] है तब बड़ा कड़कड़ाहट का शब्द होता है तब वही निर्घात कहलाता है।

उस समय पक्षी गण सूर्य की ओ[illegible] मुख कर के शब्द करें तो पाप कारी है।

समय—सूर्य उदय के समय हो तो विचारक, नृप, धनवान, योद्धा, स्त्री-वणिक और वेश्या नष्ट हों।

प्रहर अंश तक हो तो बकरी वाले, शूद्र, और पुर वासियों का नाश हो।

दो पहर के मध्य—राज सेवा वाले पुरुष और ब्राह्मणों को पीड़ा।

तीसरे प्रहर—वैद्य और जल देने वाले मेघो का चौथे प्रहर-चोरों का नाश। सूर्य अस्त होने तक नीच लोगों को रात्रि प्रथम प्रहर=धान्य का नाश। दूसरे प्रहर= पिशाचों को पीड़ा। तीसरे प्र० हाथी घोड़ों को चौथे प्र० पैदलों को कष्ट।

जिस दिशा में भयंकर और फटे हुए शब्द के साथ निर्घात का उत्पात हो वही दिशा नष्ट होती है।

अन्य मत

सूर्य उदय पर—राजा को हानि। प्रथम प्र०—ब्राह्मणों को। दूसरे=क्षत्रिय। तीसरे—वैश्य। चौथे—शूद्र नाश। अस्त समय=अन्त्यजों को। रात्रि दूसरे प्र०=द्रव्यों का। तीसरे—धान्य तथा पिशाचों का रात्रि-चौथे प्रहर-घोड़ों का नाश हो।

## गंधर्व नगर

आकाश में कभी-कभी महल आदि दिखाई देते हैं उसे गन्धर्व नगर या हरिचंद पुर कहते हैं।

आकाश में वह किसी समय किसी देश का नगर दिखाई देता है।

## दिशा अनुसार उनके दिखने का फल

उत्तर—पुरोहित। पूर्व = राजा। दक्षिण = सेनापति। पश्चिम = युवराज को विघ्न।

रंग—श्वेत = ब्राह्मण। रक्त = क्षत्रिय। पीत = वैश्य। कृष्ण = शूद्र नाश।

दिशा—उत्तर = नगर के राजा की जय। ईशान = अग्नि घोड़ा।

वायु कोण—नीच जाति का धन नाश।

शांति दिशा में तोरण युक्त = राजा की जय। सब दिशाओं में = राजा व राज्य सब को भय। दीप्त दिशा = राजा की मृत्यु। वाम दिशा = शत्रु भय। दक्षिण—भय।

रंग—धूम अनिल व इन्द्र धनुष के समान = चोर और बनवासियों को हानि। कुछेक पाडु रंग = वज्रपात होकर झंझा पन चला करता है। अनेक रंग की पताका ध्वजा और तोरण युक्त गंधर्व नगर दिखे = रण में हाथी घोड़े और मनुष्य का बहुत सा रुधिर पृथ्वी पान करे। हरे रंग का = खेतो की हानि। मजीठ जैसा = गायों को रोग। अप्रगट रंग—नल हरण करे चिकना हो और परकोटा सहित पूर्व दिशा में दिखे = राजा की विजय।

## उल्का

उल्का कई प्रकार की है भिन्न २ नाम है, धरणी, प्रांणि संचारा, घोर सत्या, तटत्रर द्रवा, विद्युज्ज्वलंती, दीर्घ चक्रयान, अल्प पुच्छा, अग्निभा, धिष्णया, द्विहस्ता, अप समीपया, तिर्यंगाता, उर्द्धगता, श्वेता, तन्वी, ताड़का इत्यादि नाना प्रकार की उल्का होती हैं। उनमें काली पूंछ की अतिदारुण होती है। पूर्वोक्त उल्काओं का स्वरूप उनके नामों के अर्थ में जान लेना।

उल्का—आकाश से तारे आदि गिरने वाला पदार्थ है इसके मुख्य ५ नाम हैं।

१ धिष्णया, २ उल्का, ३ विद्युत, ४ अशनि, ५ तारा।

( १ ) धिष्णया—जो गोल हो, बहुत जलती हुई हो वन आदि में गिरे उसके अंत में पूंछ जैसी हो अंगार के समान उसका वर्ण हो। पतली पूंछ वाली धिष्णया जलते हुए अंगार के समान १० धनुष से कुछ अधिक स्थान तक दिखाई देती है इसका परिणाम २ हाथ का है।

२ उल्का—आकाश में ऊपर से नीचे को या तिरछी गिरती हुई अपने रूप को बढ़ाती जावे और उसका सिर बड़ा हो उसकी पूंछ लम्बी होती है इसके कई भेद हैं। प्रतनु पुच्छा विशाल उल्का गिरते २ बढ़ती है। परन्तु इसकी पूंछ छोटी होती जाती है। इसकी दीर्घता पुरुष के समान होती है। कभी वह प्रेत शस्त्र, खद, नाका, बन्दर दाढ़ वाले जीव या मृग के आकार वाली, कभी गोह सांप धूम रूप हो जाती है वह पाप मयी है। कभी ध्वज, मत्स्य, हाथी, पर्वत, कमल, चन्द्रमा, अश्व, हंस के समान कभी वज्र सरट और स्वस्तिक के रूप में प्रगट होती है ये सब सुभिक्ष और कल्याण कारी हैं।

( ३ ) विद्युत—बिजली चमकती है। विद्युत तड़ २ शब्द करती हुई अचानक प्राणियों को त्रास उपजाती हुई कुटिल और विशाल होकर जलती हुई जीवों के ऊपर या वृक्ष आदि पर गिरती है।

( ४ ) अशनि—आकार चक्र कें समान है बड़े शब्द के साथ गिरती है। मनुष्य, गज, अश्व, मृग आदि पशुओं पर और वृक्ष पर गिरती है पृथ्वी को फाड़ती है।

( ५ ) तारा—जो दिखाई दे २ हाथ लम्बी १ हाथ चोड़ी कमल के समान सफेद या लाल हो। खींचते हुए समान आकाश में तिरछी या आधी उठी हुई गमन करती है। तांबा, कमल, तार रूप वा शुक्ल होती है।

## गिरने का फल

महल या देव मन्दिर में गिरे = राजा प्रजा का नाश, घर में = घर स्वामी को पीड़ा। पर्वत पर = राजाओं को पीड़ा, ध्वज पर = राजाओं की पीड़ा। खलिहान = किसानों को। छोटे मन्दिर के समीप वृक्ष पर = साधुओं को। पुर द्वार = पुर का क्षय। ब्रह्मा मन्दिर पर = ब्राह्मणों को। गौ गोठ पर = गौ सम्पन्न मनुष्य को।

## नक्षत्र अनुसार फल

पूफा पुनर धनि मूल = युवतियों को पीड़ा। पुष्य, स्वा श्रव = ब्राह्मण क्षत्रियों को। रोह, ३ उत्तरा, मृग, चित्रा, अनु रेव = राजाओं को। तीनो पूर्वा मघा, आर्द्रा, श्ले मूल = चोरों को। अश्व, पुष्य अभि, कृति विशा = संगीत कलाकारों को पीड़ा।

## फल समय

उल्का = १५ दिन। धिष्णया और अशनि = ४५ दिन। तारा और बिजली ६ दिन फल दे। तारा ¼ फल धिष्णया ½ फल देगी। बिजली उल्का वज्र = इन का पूरा फल होता है।

## उल्का वर्ण

शुक्ल रक्त पीत और काले रंग की उल्का क्रमानुसार ब्राह्मण आदि ४ वर्ण सूचित करती है। उसके मस्तक छाती बगल और पूछ में ये सब वर्ण दिखे तो क्रमानुसार ब्राह्मण आदि चार वर्णो का नाश करती है।

दिशा—प्रदक्षिण क्रम से उत्तर आदि दिशाओं में उल्का रूखे भाव से गिरे तो दिशा के क्रम से ब्राह्मण, क्षत्री, वैश्य, शूद्रों को नाश करती है।

आकार—जिसका आकार दण्ड के समान हो आकाश में देर तक रहे=राजाओं को भय। जो आकाश में ठहर कर डोरी से बँधे हुए समान या इन्द्र ध्वज (पताका) के समान हो=राजा को भय दायक। जो उल्का विपरीत चले अर्थात् जहाँ से निकली वहीं लौट जाय=सेठ लोगों को भय। टेढ़ी चलने वाली उल्का—रानियों को। नीचे मुखवाली—राजाओं को। ऊपर चलने वाली उल्का—ब्राह्मणों को नाश। पुच्छ के समान आकार वाली—लोक भयकारी। सर्प के समान चलने वाली—स्त्रियों को हानिकर। मण्डल रूप उल्का—नगर को। छत्र रूप—पुरोहित को नाश। बांस की बीड़ समान—देश में दोष कारक। काले सांप और सकट के समान आकार चिंगारीदार शब्द सहित उल्का चले—पाप दायनी। इन्द्र धनुष के समान—राज्य का नाश। आकाश में लीन हो—बादलों का नाश। पवन की प्रतिकूल दिशा में कुटिल भाव से गमन करे फिर लौट आवे—अशुभ कारक है। जिस ओर से उल्का आकर पुर या सेना पर गिरे—उस दिशा से ही राजा को भय। जिस दिशा में प्रकाश करके गिरे—राजा उस दिशा में जाय तो शत्रुओं को जीते। सीधी, चिकनी और अखंड आकाश के नीचे भाग में जाने वाली—ब्राह्मण आदि वर्णों की वृद्धि करती है।

इन्द्र धनुष

वृष्टि कारक—वृष्टि के बिना इन्द्र धनुष ही वृष्टि करता है। वृष्टि न हो—वृष्टि में उदय हो तो वर्षा निवृत्ति करता है। राजा को पीड़ा—यदि वर्षा होने के अनन्तर उदय हो तो पूर्व में राजाओं को पीड़ा हो।

राजा की हार—यात्रा करते समय राजा को सन्मुख दिखे तो राजा की हार हो।

बहुत वर्षा—यदि दो बार दिखें तथा सीधा हो तो बहुत वर्षा हो।

स्थान—वृक्ष में पड़े—व्याधि। भूमि में—धान्य नाश। जल में—अवर्षण। बांबी—युद्ध भय। रात्रि में—मन्त्री वध। अखंडित भूमि में लगा हुआ प्रकाश दार अनेक रंगों से युक्त दोनों बार उदित व अनुलोम होने पर—श्रेष्ठ है। बहुत वर्षा हो।

दिशा—अवर्षण के समय पूर्व में—वर्षा हो। पश्चिम या विदिशा—वर्षा हो। ईशान आग्नेय नैऋत्य, वायव्य इन चारों कोने में—राजा का नाश। पूर्व में रात्रि को—राजाओं को पीड़ा। पश्चिम उत्तर दक्षिण—नायक और मन्त्री व सेनापति क्रम से नाश। वर्षण के समय पूर्व में—वर्षा रोके। पश्चिम में—सदा वर्षा।

### परिवेश

सूर्य चन्द्र के चारों ओर अनेक रंग की किरणों का जो घेरा दिखाई देता है वही परिवेष है सूर्य चन्द्र की किरण पर्वत के ऊपर प्रतिबिम्बित होकर पवन के द्वारा मंडलाकार होकर थोड़े से मेघ वाले आकाश में अनेक रंग और आकार के दिखते हैं वही परिवेष है।

प्रहर फल—दिन या रात्रि में परिवेष प्रथम प्रहर में—लोगों को पीड़ा। दूसरे प्र०—वायु और थोड़ी वृष्टि हो। तीसरे प्र०—अन्न नाश। चौथे प्र०—भूकम्प, राज्य भंग हो। वर्षा काल या शरद ऋतु में हो—वर्षा हो,

तिथि फल—प्रतिपदा से चौथे तक तिथि में परिवेष हो—तो क्रमानुसार ब्राह्मण, क्षत्रिय, वैश्य और शूद्र का नाश। पंचमी से सप्तमी तक—श्रेणी पुर और कोष को अशुम। ८ से ११—राजा को दोष। १२—पुर का रोष। १३—शस्त्र का क्षोम। १४—रानी को पीड़ा। १५—राजा को पीड़ा।

रेखा—परिवेष के भीतर रेखा दिखे—नगर वासियों को पीड़ा। बाहर रेखा—चढ़ाई कर आने वाले राजा को पीड़ा।

मंडल—दो मण्डल वाला परिवेष—सेनापति को भ्रम परन्तु शस्त्र कोप नहीं ९३ या अधिक मण्डल वाला परिवेष—शस्त्र कोप, युवराज को भय, नगर का रोष।

मंगलकारी—जो परिवेष, नीलकण्ठ, मोर, चांदी, तेल, दूध और जल के समान आमा वाला हो जिसका वृत्त खण्डित न हो जो, स्निग्ध हो वह सुमिक्ष और मंगलकारी है।

पापकारी—जो सारे आकाश में गमन करे अनेक आमादार हो रुधिर के समान हो, सूखा खण्डित, धनुष और शृंगाटक के समान हो वह अशुम कारी है।

### परिवेष का वर्ण

मोर की गर्दन समान हो—अति वर्षा। बहुत से रंगों से युक्त—राजा का बध धूम्र वर्ण होने से भय इन्द्र धनुष के समान या अशोक के फूल समान कांतिवान—युद्ध हो।

प्रतिदिन सूर्य या चन्द्र का परिवेष रक्त वर्ण—राजा का बध जिस ऋतु में एक वर्ण के मेल से बहुत चिकना उस्तरे के समान छोटे मेघों से व्याप्त हो या सूखे की किरणें पीले वर्ण की हो उस समय अति वृष्टि होती है।

### अन्य फल

सूर्य की ओर मुख करके पक्षी और मृगों का शब्द त्रिकाल की संध्या समय हो उस समय का परिवेष भयंकर होता है—राजा की मृत्यु हो।

उदय या अस्त काल दिन रात्रि के मध्य काल में सूर्य चन्द्र का एक दिन में अधिक परिवेष हो तो राजा का बध हो।

किसी के होरा और लग्नेश या जन्म नक्षत्र में परिवेष हो तो उसको अशुभ है।

यदि भौम आदि को कोई ग्रह चन्द्र नक्षत्र—एक परिवेष में हो तो ३ दिन में वर्षा हो या १ मास में युद्ध हो।

परिवेष मण्डल में ग्रह

शनि परिवेष मंडल में हो—धान्य नष्ट करता है। स्थावर व किसानों को हानिकर होकर पवन युक्त वर्षा करता है।

मंगल हो—कुमार, सेनापति और सेना को व्याकुल करता है।

गुरु हो—पुरोहित मन्त्री और राजाओं को पीड़ा।

बुध—मन्त्री स्थावर और लेखकों की वृद्धि, वर्षा अच्छी हो।

शुक्र—चढ़ाई पर जाने वाला राजा, क्षत्रिय राजा को पीड़ा दुर्भिक्ष हो।

केतु परिवेष में—क्षुधा, अनल, राजा और शस्त्र से भय मृत्यु।

राहु परिवेष में—गर्भभय, व्याधि, राज भय सूर्य चन्द्र के परिवेष के भीतर ३ ग्रह होने से—युद्ध हो। ३ ग्रह हों—दुर्भिक्ष, वर्षा न होने मे भय। ४ ग्रह हों—मन्त्री और पुरोहित के साथ राजा की मृत्यु। ५ ग्रह आदि—जगत में मानों प्रलय हो।

मंगल आदि ५ ग्रह या नक्षत्र गण यदि अलग २ परिवेष में हो—राजा का बध

देश का जय पराजय—जिस देश के कूर्म विभाग के अनुसार देश विभाजन के भाग में परिवेष का रंग लाल श्याम या रूखा हो उस देश की पराजय हो। स्निग्ध, श्वेत वर्ण या दीप्तिशाली परिवेष जिसके भाग में हो उसकी जय।

दिग्दाह

दिशाओं में आग लगी सी दिखे या दिशाओं का लाल रंग आदि दिखे। आंधी चलना। किसी २ समय दिशाओं में लाल २ रंग की आग सी लगी हुई दिखती है।

शुभ—यदि आकाश अच्छा, तारा निर्मल हो और स्वर्ण के समान दिग्दाह हो तो हितकर होता है।

योग—यदि सूर्य से चन्द्र ५ या ७ स्थान में हो तो दिग्दाह या उल्का पात का योग होता है।

रंग—दिग्दाह का रंग पीला—राजाओं को भय। अग्नि वर्ण—देश का नाश। कुछ लाल रंग हो तथा वायु दाहिने ओर चले—धान्य नाश। धूम्र वर्ण—थोड़ी खेती। काला—देश की निर्बलता।

दिशा फल—पूर्व—राजा और क्षत्रियों को पीड़ा। अग्नि कोण—कुमार गण और शिल्प वालों को पीड़ा।

दक्षिण—उग्र पुरुष, वैश्य, दूत गण और दूसरी बार ब्याही स्त्रियों को पीड़ा। पश्चिम—शूद्र किसान को। वायु कोण—तरंग सहित चोर लोग को पीड़ा। नैऋत्य—चोरों को पीड़ा। उत्तर—ब्राह्मण लोगों को। ईशान—पाखंडी और बनियों को पीड़ा।

राजा को शस्त्र भय—जो दिग्दाह अत्यन्त दीप्त हो और सूर्य के समान छाया की अन्तर्गत ज्योति को प्रकाशित करता है वह रुधिर समान हो वह राजा को महाभय कारक है शस्त्र कोप हो।

परिघ

सूर्य के उदय या अस्त में जो मेघ की रेखा हो वह परिघ है।

यह तिरछी हो तो परिघ नाम। यह सूर्य के समान वस्तु हो तो प्रतिसूर्य। और धनुष के समान सरल मेघ को दंड कहते हैं। सूर्य की लम्बी किरण को=अमोघ कहते हैं। और लम्बे व सीधे इन्द्र धनुष को=ऐरावत कहते हैं।

दण्ड—सूर्य की किरण जल और पवन से मिलकर दण्ड के समान हो जाय—वही दंड है।

रोग—दिन निकलने के पहिले और मध्य संधि में जो दण्ड दिखाई दे तो रोग भय शस्त्र भय हो।

शुक्ल वर्ण का हो तो ब्राह्मण आदि को और जिनके सम्मुख स्थित हो उन दिशाओं को हानि पहुँचाती है।

यह विदिशा में स्थित हो तो राजाओं को। यदि दिशा में स्थिर हो तो द्विजातियों को अशुभ है।

प्रतिसूर्य—उदय समय लाल रंग का दूसरी ओर एक सूर्य जैसा हो और कुछ दिखने लगता है वह प्रति सूर्य है।

दिशा अनुसार फल—उत्तर में दिखे=वर्षा हो। दक्षिण=आंधी तूफान। सूर्य के दोनों ओर दिखे—जल भय। यहीं वृष्टि सूर्य के ऊपर=राजा का नाश। नीचे=जन नाश।

रंग—पीत वर्ण=व्याधि। अशोक समान वर्ण=शस्त्र कोप। प्रतिसूर्य की माला अर्थात् बहुत से प्रतिसूर्य उदय हों=चोर भय, आतंक, राजा का नाश।

सुभिक्ष—जिस ऋतु में सूर्य का रंग जैसा हो उस ऋतु में सूर्य का रंग वैसा ही चिकना और वैदूर्य मणि के समान स्वच्छ और शुक्ल वर्ण शुक्ल हो तो क्षेम और सुभिक्ष होता है।

रज्जू धूलि—

आँधी चलाकर धूलि इतनी उड़े कि आकाश न दिखाई दे।

राजा नाश—जब गहरे अंधियारे के समूह के समान धूरि सब दिशाओं को ढक लें जिससे पर्वत पुर वृक्षादि न दिखे तो जानना राजा का नाश होगा।

वर्षा—जेठ वैशाख में अधिक आंधी आवे व ऐसी धूलि उड़े की वर्षा उत्तर पश्चिम से अधिक आवे तो उसे वर्षा के हित में अच्छा कहा जाता है।

भय दायक—केतु उदय के बाद जब धूलि उड़े तो अत्यन्त भय कारक होती है। परन्तु इसका फल शिशिर ऋतु में कुछ बिगाड़ नहीं करता। अन्य ऋतुओं में भय नहीं।

महाभय—जिस दिशा में धूरि के समूह दिख पड़े या जिस दिशा में वह धूरि समूह निवृत्ति हो निःसंदेह ७ दिन में महा भयकारक होगा।

पीड़ा—धूरि समूह मेघ सरीखा स्वेत वर्ण का हो तो मंत्री और जन पदों को पीड़ा शीघ्र शस्त्र कोप आ पहुँचता है और कार्य की सिद्धि अति कपट से होती है।

उग्र भय—सूर्य उदय के समय जो धूरि १-२ दिन तक आकाश को ढाके प्रकाशित हो तो उग्र भय हो।

राजा की मृत्यु—एक रात्रि तक बराबर धूरि इकट्ठी होते जाय तो मुख्य राजा की मृत्यु हो शेष बुद्धिमान राजाओं को शुभ करती है।

२ रात्रि तक बराबर धूरि फैले—दूसरे राजा का राज होगा ३-४ रात्रि तक बराबर धूरि गिरते रहे=अन्न वरस नाश। ५ रात्रि तक धूरि गिरते रहे=सेना में खलबली मचे।

फल—परिवेष, परिघ, रज का फल उसी दिन या उस दिन में न हो तो ७ दिन में फल होगा।

सूर्य की किरणों का, इंद्र धनुष का, प्रतिसूर्य का बिजली का वायु का ८ दिन में फल हो।

विद्युत लक्षण

रंग—भूरी बिजली चमके=पवन चले। पीली चमके=बहुत वर्षा हो, लाल=गर्मी अधिक हो, सफेद चमके तो अकाल हो।

दिशा अनुसार

यदि दिन में ईशान कोण में चमके उस समय पृथ्वी जल से बराबर हो जाती है।

यदि उत्तर में सोना के वर्ण समान चमके तो जल देने वाली होती है शीघ्र वर्षा होती है।

=पूर्व दिशा में बिजली जल देने वाली होती है।

=आग्नेय में बिजली जल सोखती है।

=दक्षिण दिशा की काली घटा डराने वाली होती है।

=पश्चिम दिशा की बहुत समय देती है।

=नैऋत्य कोण=आकाश निर्मल की संभावना।

=उत्तर और ईशान शुभ दायक ।

=वायव्य दिशा में बिजली वर्षा लाती है ।

=शेष दिशा में चमके तो वर्षा हर ले ।

सुभिक्ष—जिस देश में सुभिक्ष की संभावना हो बिजली वहां जाती है ।

मेघ—यह बिजली दिशाओं में घिरी रहकर मेघों को मार्ग दिखाती है। अथवा बादल बिजली बिना नहीं गरजते और जल बिना मेघ नहीं वर्षता ।

शीघ्र वर्षा—परिघ और पूर्व पश्चिम उत्तर और ईशान में बिजली चमके तो शीघ्र वर्षा हो ।

बहुत वर्षा—पौष शुदी १४ को बिजली चमकना अच्छा है। इससे अषाढ़ कृष्ण में बहुत वर्षा होती है ।

वर्षा=मार्ग शीर्ष की अष्टमी को बिजली हो तो श्रावण में वर्षा हो ।

मेघ उदय—आकाश में सूर्य को बादलों से छिपाकर मेघ गर्जे और बिजली चमके तो मेघ का उदय होता है ।

विद्युत फल—प्रातःकाल का तत्काल फल होता है। सायंकाल या रात्रि का ३ दिन में फल होता है ।

प्रकाशनाप—संध्या का प्रकाश=४ कोस तक । मेघ गर्जना=२० कोस तक, बिजली की चमक=२४ कोस तक जाती है ।

संध्या लक्षण—

सूर्य के अस्त हो जाने के समय से जब तक आकाश में नक्षत्र भलीभांति दिखाई न दें तब तक संध्याकाल रहता है ।

मृग, शकुन, पवन, परिवेष, परिघ, मेघ वृत्त, इन्द्र धनुष इन लक्षणों से संध्या का फल कहा जाता है।

अशुभ संध्या—गृह वृक्ष तोरण मथन और धूरि के साथ मट्टी के ढेलों को उड़ाने वाला पवन प्रबल वेग और भयंकर रूखे शब्द से पक्षियों को गिरा दे वह अशुभकारी संध्या होती है ।

संध्या काल में मंद पवन के प्रवाह से हिलते हुए वृक्ष वायु रहित हों और मधुर स्वर से शांत दिशा में विहंग और मृगों का शब्द करने से संध्या रंजित होती है ।

उस संध्या काल में इन चिन्हों को देखकर शुभ अशुभ फल कहना ।

# अध्याय १३

## सम्वत्सर विचार

### गत कलिमान लाना

शाका + ३१७९ = गत कलि गत वर्ष ।

४३२००० — गत वर्ष = भोग्य वर्ष ।

$$\frac{(\text{शाके} \times ११ \times ४)}{३७५०} + ८५८९ + \text{शाके} + ६० = \text{वाहस्पंत्य वर्षादि फल}$$

शालिवाहन गत शाके में ११ से गुणा कर फिर ४ का गुणा करना बाद ८५८९ उस में जोड़ देना । इससे जो संख्या प्राप्त हो उसमें ३७५० का भाग देना । इसमें लब्धि वर्ष होंगे । शेष × १२ ÷ ३७५० = मास । शेष × ३० ÷ ३७५० = दिन । शेष × ६० ÷ ३७५० = घटी । शेष × ६० ÷ ३७५० = पल आदि प्राप्त होंगे ।

जब तक शेष बचता रहे ६० का गुणा कर ३७५० का भाग देते जाना । नि:शेष रहने पर छोड़ देना ।

उदाहरण—

शाके १८१३ × ४४ = ७९७७२ + ८५८९ = ८८३६१ = ८८३६१ ÷ ३७५० = वर्ष आदि ३३ वर्ष-६ मास-२२ दिन-२९ घड़ी-२१ प०-३६ वि० + शाका १८१३ = १८३६-६-२२-२९-२१-३६ ÷ ६० = :० वाहंस्पत्य वर्ष = शेष ३६-६-२२-२९-२१-१६ इसको ५ से भाग देने पर लब्धि ७ युग । इससे प्रगट हुआ कि प्रभव आदि ६० सम्वत्सर के ७ लब्ध होने से विष्णु आदि युग के ७ नंबर युग बीत कर ८ नंबर युग वर्तमान है और उस युग के १-६-२२-२९-२१-३६ वर्ष आदि बीते हैं ।

### वृहस्पति का भोगवान नक्षत्र जानना

गह शाके १८१३ वैशाख मास के प्रारम्भ का गणित उपरोक्त प्राप्त

$$\frac{\text{अवशिष्ट वर्ष} \times ९ + (\text{उपरोक्त वर्ष} \div १२)}{४}$$

उपरोक्त ३६-६ १२-२९-२१-३६

$$\text{उपरोक्त वर्ष} \; \frac{३६ \times ९ + (३६ \div १२)}{४} = \frac{३२४ + ३}{४} = \frac{३२७}{४} = ८१\tfrac{३}{४} =$$

८१ नक्षत्र ÷ २७ = ० नक्षत्र शेष ३ चरण

इसमें सदा २४ के आगे गणना होती है । जैसे २४ + १ = २५ । इसी प्रकार २४ + ० = २४ वां नक्षत्र हुआ ।

सम्वत्सर के नाम और युग वर्ष

| क्रम | सम्वत्सर नाम | युग स्वामी | क्रम | सम्वत्सर नाम | युग स्वामी | क्रम | सम्वत्सर नाम | युग स्वामी |
|---|---|---|---|---|---|---|---|---|
| १ | प्रभव | १ | २१ | सर्वजित | ५ | ४१ | प्लवंग | ९ |
| २ | विभव | विष्णु | २२ | सर्वधारी | ब्रह्मा | ४२ | कीलक | चन्द्र |
| ३ | शुक्ल | | २३ | विरोधी | | ४३ | सौम्य | |
| ४ | प्रमोद | | २४ | विकृति | | ४४ | साधारण | |
| ५ | प्रजापति | | २५ | खर | | ४५ | विरोधकृत | |
| ६ | अंगिरा | २ | २६ | नंदन | ६ | ४६ | परिधावी | १० |
| ७ | श्रीमुख | वृहस्पति | २७ | विजय | शिव | ४७ | प्रमादी | अग्नि |
| ८ | भाव | | २८ | जय | | ४८ | आनन्द | |
| ९ | युवा | | २९ | मन्मथ | | ४९ | राक्षस | |
| १० | धाता | | ३० | दुर्मुख | | ५० | नल | |
| ११ | ईश्वर | ३ | ३१ | हेमलम्बी | ७ | ५१ | पिंगल | ११ |
| १२ | बहुधान्य | इन्द्र | ३२ | विलम्बी | पितर | ५२ | कालयुक्त | अश्वनी- |
| १३ | प्रमाथी | | ३३ | विकारी | | ५३ | सिद्धार्थी | कुमार |
| १४ | विक्रम | | ३४ | शार्वरी | | ५४ | रौद्र | |
| १५ | वृष | | ३५ | प्लव | | ५५ | दुर्मति | |
| १६ | चित्र भानु | ४ | ३६ | शुभकृत | ८ | ५६ | दुन्दुभि | १२ |
| १७ | सुभानु | अग्नि | ३७ | शोभन | विश्वदेवा | ५७ | रुधिरोद्‌गारी | सूर्य |
| १८ | तारण | | ३८ | क्रोधी | | ५८ | रक्ताक्षी | |
| १९ | पार्थिव | | ३९ | विश्वावसु | | ५९ | क्रोधन | |
| २० | व्यय | | ४० | पराभव | | ६० | क्षय | |

जो सम्वत्सर आदि ५ वर्ष का वर्णन किया है। इसमें प्रथम वर्ष में साधारण वृष्टि होती है। दूसरे वर्ष के आरम्भ में वृष्टि होती है। तीसरे में अति वृष्टि चतुर्थ के शेष में वृष्टि, पंचम में साधारण वृष्टि होती है।

१२ युग फल

जिस समय बृहस्पति धनिष्ठा नक्षत्र के प्रथम अंश में प्राप्त होकर माघ मास में उदित होंगे उस समय ६० सम्वत्सर के प्रथम प्रभव नामक वर्ष का आरम्भ हो गया वह वर्ष प्राणियों को हितकर है।

( १ ) प्रभव नामक वर्ष में कहीं अन्न वृष्टि होती है कहीं-कहीं वायु और अग्नि का कोप होता है। कहीं कहीं ईति भय कहीं कहीं—श्लेष्मा की पीड़ा होती है। तब भी प्राणियों को विशेष दुःख नहीं होता।

( २ ) दूसरे युग के आरम्भ में बृहस्पति युग में प्रथम के ३ वर्ष कुछेक अच्छे और शेष २ सम भाव वाले हैं। तीन वर्ष में देवता भली भाँति जल वर्षाते हैं और मनुष्य निर्भय और निरोग होते हैं। पिछले दो वर्ष में यद्यपि कृषि सम भाव से होती है परन्तु रोग और कष्ट होता है।

( ३ ) तीसरे युग में पहिला और दूसरा वर्ष शुभदाई है प्रजा को मानो सतयुग ही हो जाता है। प्रमाथी वर्ष अत्यन्त पाप दायक है। उसके बाद के २ वर्ष सुभिक्ष दायक हैं। परन्तु रोग और भय दायक है।

( ४ ) चौथा युग का प्रथम वर्ष चित्र भानु अति उत्तम फल दायक है। दूसरा वर्षा मध्यम रोग दायक है परन्तु मृत्यु कारक नहीं है। तीसरा वर्ष तारण दारुण है। इसमें अत्यन्त वृष्टि होती है। चौथा पार्थिव में धान्य बढ़ने से हर्ष होता है। पाँचवाँ व्यय में प्राणियों में काम उद्दीप्त होता है वह उत्सुक होकर शोभायमान होता है।

( ५ ) पाँचवाँ युग का प्रथम वर्ष सर्वजित आदि में दूसरा वर्ष मंगल कारी है शेष सब वर्ष भय दायक हैं।

( ६ ) छठे युग में प्रथम के ३ वर्ष मनोहर है। चौथा सम फल दायक है पञ्चम वर्ष अत्यन्त अधम है।

( ७ ) सातवाँ युग के प्रथम वर्ष में ईति भय। दूसरे में धान्य और वृष्टि अल्प। तीसरे में अत्यन्त घबड़ाहट और अत्यन्त वर्षा। चौथे में दुर्भिक्ष का भय। प्लव में अत्यन्त सुवृष्टि और शुभ होता है।

( ८ ) अष्टम युग के प्रथम और दूसरा वर्ष प्रजा प्रसन्न रहे। तीसरा बहुत दोष दायक है शेष वर्ष सम फली हैं परन्तु पराभव में अग्नि शस्त्र रोग पीड़ा और गौ ब्राह्मणों को पीड़ा।

( ९ ) नवम का कीलक और सौम्य अत्यन्त शुभ दाई है। प्लवंग में प्रजा को अत्यन्त कष्ट चौथे में साधारण वृष्टि और अति भय। दोषकृत में सुन्दर वृष्टि और धान्य होती है।

( १० ) दशम के परिधावी में मध्य देश का नाश, राजा की हानि, साधारण वृष्टि और अग्नि भय। दूसरे में लोग अत्यन्त आलसी होते हैं। उलट पलट होता है। लाल वर्ण के फूलों के बीज का नाश हो जाता है। आनन्द वर्षा आनन्द देने वाला है। चौथा राक्षस के अमल में क्षय होता है परन्तु विशेषता यह है कि राक्षस वर्ष में ग्रीष्म काल की धान्य उत्पन्न होती है। अनल वर्ष में अग्नि का कोप और नरक दाई है।

( ११ ) एकादश के पहिले वर्ष में अत्यन्त वर्षा, चोर भय प्रवास और ठोड़ी को कम्पायमान करने वाली खांसी होती है। काल युक्त वर्ष में वर्षा अत्यन्त दोष कारी होती है। सिद्धार्थ वर्ष में अनेक गुण होते हैं। रौद्र वर्ष क्षयकारी है। दुर्गति वर्ष मध्यम वृष्टि करता है।

( १२ ) बारहवाँ का दुन्दभी में धान्य की वृद्धि हो। दूसरा रुधिरोद्गारी में राजा का क्षय असमान वृष्टि। तीसरा रक्ताक्ष में डसने का भय और रोग। चौथा क्रोधकारक है। झगड़े करा कर जनपदों को शून्य कर देता है। अन्तिम वर्ष क्षय कारक है। ब्राह्मणों को भय दायक खेती के बल को बढ़ाने वाला, पराये धन को हरने वाला, वैश्य और शूद्रों की वृद्धि करता है।

**प्रत्येक सम्वत्सर का फल**

( १ ) प्रभव—ईति का भय नहीं रहे। खेती अच्छी हो सब राजा लोग प्रसन्न रहें। मनुष्य सुखी रहें

( २ ) विभव—राजा राज नीति वाले हों अन्न और वर्षा बहुत मनुष्य निर्वैर और सुखी रहें।

( ३ ) शुक्ल—वर्षा से सब सुखी। राजा लोग जय की इच्छा कर युद्ध में लगें।

( ४ ) प्रमोद—राजा प्रजा सब आनंद युक्त रोग भय दूर ईति और शत्रु नाश।

( ५ ) प्रजापति—सब अपने-अपने मार्ग को नहीं छोड़े, अन्न सस्ता, वर्षा निश्चय हो।

( ६ ) अङ्गिरा—निरन्तर अतिथियों के साथ अन्न आदि भोजन हो राजा लोग और सब लोग कलह-उन्मुक्त हों।

( ७ ) श्रीमुख—बहुत अन्न हो, ब्राह्मण लोग यज्ञ करें रोग और वैर से वर्जित।

( ८ ) भाव—रोग बहुत हो, वर्षा कम हो, अन्न मध्यम हो राजा लोग युद्ध में लगे रहें तो भी अन्य जन सुखी रहें।

( ९ ) युवा—गाय बहुत दूध दें, सब जीव सुखी रहें स्त्रियां काम के लिये आसक्त हों।

( १० ) धाता—राजा लोगों का मन लड़ाई में आसक्त हो बहुत अन्न श्रेष्ठ वर्षा हो।

( ११ ) ईश्वर—पृथ्वी सब को पोषण करे अर्थात् अन्न फूल फल घास रस कस सभी उपयोगी वस्तुएँ उत्पन्न हों।

( १२ ) बहुधान्य—वर्षा बहुत हो सब भाँति के अन्न हों।

( १३ ) प्रमाथी—मध्यम वर्षा हो।

( १४ ) विक्रम—राजा लोग बलवान हों सर्वत्र बहुत जल बर्षे।

( १५ ) वृषभ—बैल की भाँति राजा लोग युद्ध करें ब्राह्मण देव पूजन में लगे रहें।

( १६ ) चित्रभानु—विचित्र वर्षा हो, धन धान्य पूर्ण हो लोक में व्याकुलता नहीं रहे।

( १७ ) सुभानु—राजाओं में घोर रूप से विग्रह रहे जिससे सब डर जाँय।

( १८ ) तारण—रोग शोक संकट से लोग कठिनाई से पार पावें।

( १९ ) पार्थिव—राजा लोग प्रसन्न प्रजा सुखी अनेक फल फूल आदि हों।

( २० ) व्यय—बहुत व्यय हो लोग उद्वेगित और दुखित रहें।

( २१ ) सर्वजित—स्वर्ग समान सब सुखी रहें सर्वत्र सुख शांति रहे।

( २२ ) सर्वधारी—राजा लोग प्रजा पालन में तत्पर रहें सर्वत्र सुख शांति रहे

( २३ ) विरोधी—बालकों को शीतला विकार हो, चोर बहुत हों गायों में दूध कम, मनुष्यों में विरोध हो।

( २४ ) विकृत—चोरी अधिक हो, प्रकृति में विकार हो वर्षा कम रोग अधिक।

( २५ ) खर—अल्प वृष्टि, अल्प धान्य, खंड वर्षा, नृप क्षय, छत्र भंग, प्रजा पीड़ित।

( २६ ) नन्दन—सुख, सुभिक्ष, धान्य हो, शोक नाश।

( २७ ) विजय—राजाओं का परस्पर युद्ध, धन क्षय, दुर्भिक्ष, कहीं स्वच्छता हो, बहुत अन्न, बहुत वर्षा।

( २८ ) जय—जय मंगल घोष से पृथ्वी सुशोभित हो पृथ्वी पति संग्राम में जय की इच्छा करें।

( २९ ) मन्मथ—सब चोर और अधिक लोभी हों चावल गेहूँ चना ईख बहुत हो।

( ३० ) दुर्मुख—वर्षा मध्यम, ईति और चोरों से व्याकुलता राजाओं में और हाथी घोड़ों में बहुत बैर रहे।

( ३१ ) हेमलम्ब—ईति भय हो अन्न व वर्षा मध्यम, पृथ्वी सुन्दर हो बिजली चमके राजा लोगों में क्षोभ हो।

( ३२ ) विलम्ब—राजाओं में परस्पर विरोध पड़े, प्रजा में पीड़ा तथा अनर्थ हो तब भी मनुष्य सुखी रहे।

( ३३ ) विकारी—रोग तथा वृष्टि से लोग दुःखी हों जौ गेहूँ तथा फल आदि कम हो पर जाड़े के अन्न फल अधिक हों।

( ३४ ) शार्वरी—अन्न और वर्षा श्रेष्ठ, मनुष्य सुखी, राजाओं में परस्पर विशेष बैर हो।

( ३५ ) प्लव—वर्षा बहुत, लोग रोगी तथा ईति भय से दुःखी ।

( ३६ ) शुभकृत—नाना प्रकार के उत्सव हों, चोर डरते रहें राजाओं में युद्ध की इच्छा बढ़े ।

( ३७ ) शोभन—प्रजा को रोग शोक हो तौभी अधिन अन्न व वृष्टि से लोग सुखी रहें ।

( ३८ ) क्रोधी—लोग क्रोध लोभ में परायण शीघ्र ईति भय हो अन्न जल मध्यम हो ।

( ३९ ) विश्वा वसु—चोर रोगों से लोग व्याकुल अन्न जल मध्यम राजा लोगों को कर आदि से रुपया कम प्राप्त हो ।

( ४० ) पराभव—शत्रु के साथ राजा लोग युद्ध करें रोग हो थोड़ा अन्न हो वर्षा कम हो ।

( ४१ ) प्लवंग—वर्षा मध्यम, रोग चोर से व्याकुलता राजा लोग परस्पर युद्ध कर शत्रु की भूमि हरण करें ।

( ४२ ) कलि—ईति से भय, राजाओं के संग्राम में क्षोभ हो वर्षा अच्छी धान्य सस्ती लोग उन्नति करें ।

( ४३ ) सौम्य—बहुत अन्न जल हो राजा लोग निर्वैर रहें ब्राह्मण लोग यज्ञ में तत्पर रहें ।

( ४४ ) साधारण—आँधी वर्षा हो, साधारण भय हो, राजा लोग निर्वैर रहें प्रजा निष्कपट हो ।

( ४५ ) विरोधकृत—परस्पर विरोध बढ़े अन्न जल कम हो ।

( ४६ ) परिधावी—राजाओं में युद्ध हो, रोग हो, अन्न मध्यम हो सब दुःखी रहें ।

( ४७ ) प्रमाथी—अन्न जल मध्यम प्रजा में रोग पीड़ा राजाओं में मत्सरता ।

( ४८ ) आनन्द—सब आनन्द युक्त रहें राजा सुखी हो अन्न जल अधिक हो ।

( ४९ ) राक्षस—सब अपने-अपने कामों में लगे रहें वृष्टि सस्य मध्यम राक्षसी क्रिया में लोग लगे रहें ।

( ५० ) नल—अन्न जल मध्यम राजाओं में क्षोभ हो चोर भय अधिक बढ़े ।

( ५१ ) पिंगल—ईति भय अन्न जल मध्यम राजा लोग अपने बल के प्रभाव से शत्रुओं की भूमि भोग करें ।

( ५२ ) काल—सब सुखी रहें, अन्न अधिक, रोग फैले ।

( ५३ ) सिद्धार्थ—प्रजा ज्ञान वैराग्य से युक्त हो सर्वत्र प्रसन्नता रहे । अन्न जल अच्छे हों ।

( ५४ ) रौद्र—राजाओं में क्षोभ हो, क्लेश हो अन्न जल मध्यम ।

( ५५ ) दुर्मति—राजाओं में युद्ध हो तौभी प्रजा सुखी रहे ।

( ५६ ) दुन्दुभी—सब प्रकार के अन्न हों राजा प्रजा का पालन करे पूर्व देश का विनाश हो।

( ५७ ) रुधिरोद्‌गारी—राजा लोग युद्ध आदि में फँस कर मरें, प्रजा रोग आदि से मरें किन्तु कुछ बचे भी रहें।

( ५८ ) रक्ताक्षी—अन्न की वृद्धि वर्षा उत्तम राजा लोग एक दूसरे को लाल आँखें कर देखें।

( ५९ ) क्रोधी—वर्षा मध्यम पूर्व देश में वर्षा से राजा परस्पर क्रोधित रहें।

( ६० ) क्षय—कपास गन्ध तेल गन्ना शहद और अन्न इनका नाश हो मनुष्य भी दुबले पतले होकर जीवित रहें।

सम्वत्सर फल—सम्बत × २–३ ÷ ७ = शेष १ या ४ दुर्भिक्ष। २ या ५ = सुभिक्ष। ३–६ = साधारण। शेष ० = पीड़ा।

सम्वत्सर स्वामी—५ वर्ष = १ युग। ६० वर्ष = १२ युग। इनका स्वामी १ विष्णु, २ गुरु, ३ इन्द्र, ४ अग्नि, ५ ब्रह्मा, ६ शिव, ७ पितर, ८ बिश्वदेव, ९ चंद्र, १० अग्नि, ११ अश्विनी कुमार, १२ सूर्य। मतांतर = इष्ट शाका ÷ ५ = शेष १ = अग्नि। २ = परिवत्सर का सूर्य, ३ = इड़ वत्सर का चन्द्र, ४ अनुवत्सर = ब्रह्मा, ५ इड़ा वत्सर = शिव।

सम्वत्सर का विंशति स्वामी।

२० सम्वत्सर का एक स्वामी होता है ३ से २० तक ब्रह्मा। २१ से ४० तक विष्णु। ४१ से ६० तक रुद्र स्वामी होता है।

मतान्तर-क्रम ४८ आनंद से लेकर ६० क्षय तक और आगे १ प्रभव से लेकर ७ श्रीमुख तक २० का स्वामी सृष्टि कर्ता ब्रह्मा। क्रम ८ भव से लेकर २७ तक २० का स्वामी विष्णु पालन कर्ता। २८ जय लेकर ४७ प्रमाथी तक २० सम्वत्सर का स्वामी रुद्र संहार करता होता है।

सम्वत्सर का नाम जानना

( सम्वत + ९ ) ÷ ६० शेष सम्वत्सर प्रभव को आदि लेकर जानना

सम्वत्सर का समय जानना

[ ( शाका × ११ × ४ ) + ८५८९ ] ÷ ३७५० = A लब्धि वर्ष मास दिन घड़ी पल

( शाका + A पूर्वोक्त लब्धि ) ÷ ६० = शेष प्रभव आदि सम्वत्सर।

शेष मासादि = वर्तमान सम्वत के गत मास आदि।

१२-गत मासादि = भोग्य मासादि

उदाहरण

शाके १८३९ × ११ = २०२२९ × ४ = ८०११६ + ८५८९ = ८९५०५ ।

वर्ष मा० दिन घ० प०

८९५०५ ÷ ३७५० = २३-१०-११-२८-४८ उपरोक्त वर्षादि + शाका १८३९ =

वर्ष मा० दिन घ० प०

१८६२-१०-१२-२८-४८ । १८६२ ÷ ६० ÷ लब्धि-शेष । यह शेष २ दूसरे विभव

३१ २

संवत्सर का हुआ । मास दिन घ० प०

१२ - ० - ० - ०

उपरोक्त—१० - १२-२८-४८

शेष १ -१७-३१-१२ भोग्य वर्ष

यह मेषार्क समय से जानना

सम्वत्सर का शरीर और फल

देह = कृतिका, रोहिणी — इनमें पाप ग्रह हो तो — देह में वायु पीड़ा

नाभि = पूषा, उषा = ,, ,, ,, = क्षुधा जनित भय

हृदय = श्लेषा = ,, ,, ,, = धान्य भय

पुष्प = मघा = ,, ,, ,, = बाल आदि को दुःख

वर्ष लग्न निकालना

जब फिर चैत्र शुक्ल से नवीन वर्ष आरम्भ हो तब उस दिन जिस समय प्रतिपदा लगे उस समय का लग्न निकालकर उससे शुभाशुभ का फल विचारना अमावस्या की घड़ी खतम होने पर जिस समय प्रतिपदा लगे उस इष्ट पर से लग्न निकालना जिसका फल नीचे दिया है ।

वर्ष लग्न फल राशि अनुसार

लग्न मेष—इस वर्ष पूर्व में राज विग्रह तथा दुर्भिक्ष हो । दक्षिण में बहुत धान्य और सुभिक्ष हो । धान बेचने से लाभ । मेघ बहुत वर्षे । घी. तेल आदि मँहगे । उत्तर में सुभिक्ष, राजाओं में उद्वेग हो मध्य देश में महा वर्षा और धान्य उपजे ।

वृष—पश्चिम में अकाल, पूर्व में राज विग्रह, उत्तर में आधी उपज हो दक्षिण में अकाल पड़े ।

मिथुन—युद्ध बहुत हो पूर्व में खेती बिगड़े, उत्तर दक्षिण में वर्षा से बहुत धान्य हो पश्चिम में कम वर्षा तथा छत्र भंग हो । मध्यप्रदेश में आधी उत्पत्ति हो और पशुओं में रोग हो ।

कर्क—पूर्व में सुख उत्तर में दुःख पश्चिम में दुर्भिक्ष ।

सिंह—दक्षिण में हार भय धान्य की समघंता और ६ मास तक घन बढ़ती हो, पश्चिम में धातु की वस्तु फल मंहगे हों, उत्तर में महावृष्टि, राजा प्रजा में सुख, पूर्व में आधी उपज हो, आगे ५ माह में कल्याण हो मध्यदेश में ५ माह राज युद्ध हो।

कन्या—पूर्व में स्थिरता घी मंहगा ३ मास, मजीठ आदि सस्ते हों दक्षिण में मरी पड़े बंगाल में उपद्रव पश्चिम में लोक विग्रह और अन्न मंहगे फिर चौपायों में सुख पूर्वोत्तर में विग्रह मध्यदेश में प्रजा भंग घी समर्घ हो।

तुला—मध्य देश में विग्रह तथा छत्र भंग पूर्व में भी छत्र भंग और उपद्रव व दुर्भिक्ष हो वायु बहुत चले, वर्षा कम हो, पश्चिम में महायुद्ध हो, हार भय तथा मंहगाई हो, दक्षिण में सुख, उत्तर में दुर्भिक्ष, पश्चिम में २ मास कुछ उपद्रव हो।

वृश्चिक—पश्चिम में ९ मास दुर्भिक्ष, उत्तर में आधी उत्पत्ति, धातु मंहगे, पूर्व में राजाओं में विग्रह मनुष्यों में ३ मास दुःख पीछे सुख मध्य देश में धान्य नाश, दक्षिण में भारी वर्षा देशभंग हो और ५ मास धातु विक्रय से लाभ।

धन—उत्तर पूर्व में सुख हो, मध्य देश में प्रबल वर्षा से दुर्भिक्ष और रोग हो, पश्चिम में ५ माह में घी धान्य सस्ते हों, दक्षिण में सुख रहे किन्तु चौपायों को कुछ पीड़ा हो।

मकर—उत्तर में बड़े उत्पात तथा नृप भय हो और एक वर्ष तक अच्छी उत्पत्ति तथा सुख हो मध्य देश में आधी उत्पत्ति हो कुछ धान्य मंहगे हों, अकाल में मेघ वर्षे, धान्य विक्री से लाभ।

कुंभ—पूर्व में सुख उत्तर में दुर्भिक्ष पश्चिम में धान्य की मंहगाई से हाहाकार हो दक्षिण में विग्रह और मध्य देश में सुख।

मीन—दक्षिण में सुख, मध्य देश की खेती नष्ट कहीं-कहीं छत्र भंग हो।

## जगल्लग्न विचार

जब नया सम्वत आवे तब उसमें मेष संक्रांति के समय का लग्न निकाल कर संसार का शुभाशुभ विचार करना चाहिये।

यदि उस लग्न को शुभ ग्रह देखते हों तो शुभ हो उस वर्ष धन धान्य आदि सम्पूर्ण वस्तु अच्छी उत्पन्न हों।

इसमें १२ भाव को १२ मास समझकर फल विचारना लग्न में तनु आदि १२ मास मान कर सौम्य और क्रूर ग्रहों की स्थिति के अनुसार फल विचार कर उन्हीं महीनों का शुभाशुभ जानना। लग्न में सप्तम पाप ग्रह हो तो खड़ी खेती नाश। यदि दूसरे, बारह या केन्द्र में शुभ ग्रह हो और स्वगृही हो तथा मित्र ग्रहों से दृष्ट हो तो सुभिक्ष हो अन्यथा दुर्भिक्ष हो।

### सम्वत का विश्वा

कर्क की संक्रांति के दिन जो वार हो उस वार के अनुसार विश्वा जानना।

| वार | सूर्य | चंद्र | मंगल | बुध | गुरु | शुक्र | शनि |
|---|---|---|---|---|---|---|---|
| विश्वा | १० | २० | ८ | १२ | १८ | १८ | ५ |

### सम्वत के अच्छे बुरे होने का कारण

कार्तिक में लाल कमल के वर्ण जैसा आकाश हो तो पानी की वर्षा अच्छी हो किन्तु पर संध्या में अच्छा नहीं है।

मार्ग शीर्ष में ओले पड़ें तो अच्छा है। पूष में बर्फ पड़े तो अच्छा है।

माघ में अच्छी सर्दी पड़े तो अच्छा है।

फाल्गुन में भयानक दिन हो तो अच्छा है।

फाल्गुन में प्रचंड वायु, चैत्र में बूंदा बूंदी।

वैशाख में पांच रूप, ज्येष्ठ में अधिक गर्मी पड़े तो अच्छा है।

आषाढ़—श्रावण भाद्रपद क्वार इनमें जो लक्षण होना चाहिये वह अन्यत्र बताये हैं। इन सब लक्षणों से भावी वर्षा का अनुमान लगाना चाहिये। ज्येष्ठ की अमावस्या को आर्द्रा, परवा को पुनर्वसु दूज को पुष्य हो उस वर्ष अन्न, जल और घास कुछ नहीं हो।

श्रावण कृष्ण ११ को रोहणी जितनी घड़ी हो उतने ही सेर अन्न उस वर्ष में कार्तिक के बाद बिकें।

=जिस वर्ष में शुक्ल पक्ष की १०मी इतवार कुल जितने घड़ी हो उतने ही सेर धान्य बिके।

=जिस वर्ष में ३५२ दिन हों उसको कई शुभ कहते हैं किन्तु देश में उपद्रव हो।

=जिस वर्ष में ३६५ दिन हो वह मध्यम। ३५७ दिन हो तो वह शुभ है।

=जिस वर्ष में पूरे ३६० दिन हो वह श्रेष्ठ है उसमें निश्चय सुभिक्ष हो।

### सुभिक्ष आदि का ज्ञान

शाका से—( शाका × ३ + ५ ) ÷ ७, शेष १ मध्यम, २ सुभिक्ष, ३ दुर्भिक्ष, ४ मिश्र, ५ महर्घ, ६ सम, ७ घोरता।

सम्वत्सर से—( संवत्सर × ३ + ५ ) ÷ ७, शेष २, ४ सुभिक्ष, ३, ५ दुर्भिक्ष १-६ मध्यम, ० रौरव।

अन्यमत—( सम्वत्सर × २−३ ) ÷ ७=शेष २-५ सुभिक्ष, १,४ दुर्भिक्ष ६,३ मध्यम, ७ भयंकर।

### लाभ खर्च जानना

| अष्टोतरी दशा के वर्ष= | सूर्य | चन्द्र | मंगल | बुध | गुरु | शुक्र | शनि |
|---|---|---|---|---|---|---|---|
| | ६ | १५ | ८ | १७ | १९ | २१ | १० |

विंशोत्तरी दशा के वर्ष=सूर्य चन्द्र मंगल बुध गुरु शुक्र शनि

| | सूर्य | चन्द्र | मंगल | बुध | गुरु | शुक्र | शनि |
|---|---|---|---|---|---|---|---|
| | ६ | १० | ७ | १७ | १६ | २० | १९ |

इसमें राहु केतु का विचार नहीं है।

लाभ जानना

अपनी राशि स्वामी के दशा वर्ष + सम्वत् के राजा का दशा वर्ष × ३ + ५ ÷ १५=शेष लाभ

उदाहरण—अपना मेष राशि का स्वामी मंगल और सम्वत् का राजा शनि यहाँ अष्टोत्तरीमत से निकाला है तो अष्टोत्तरी दशा वर्ष लेना।

विंशोत्तरी मत में विंशोत्तरी दशा के वर्ष लेना।

अष्टोत्तरी मत से मंगल वर्ष ८ शनि वर्ष १० है। १५)५९(३

८ + १०=१८ × ३=५४ + ५=५९ ÷ १५=शेष १४ लाभ ४५

विंशोत्तरी दशा में मंगल वर्ष ७ शनि वर्ष १९ १४

७ + १९=२६ × ३=७८ + ५=८३ ÷ १५=शेष ८ लाभ १५)८३(५

इसी प्रकार सब राशियों का निकाल लेना ७५

खर्च जानना ८

१५ भाग देने से जो लब्धि मिले

लब्धि × ३ × ५ ÷ १५=शेष खर्च

अष्टोत्तरी में लब्धि ३ × ३=९ + ५=१४ ÷ १५=शेष १४ खर्च

विंशोत्तरी में लब्धि ५ × ३=१५ + ५=२० ÷ १५=शेष ५ खर्च

इसी प्रकार सब राशि का खर्च निकाल कर लाभ खर्च का चक्र दोनों मतों से पृथक् पृथक् बना लेना।

# अध्याय १४

## सम्वत् का त्रिंशोपिका विचार

वर्तमान सम्वत में वर्ष धान्य तृण आदि कितने बिस्वा होगी यह जानने की नीचे रीति दी है।

I (शाका × ३) ÷ ७=शेष × २ + ५ वर्षा आदि के विस्वा होंगे आगे पूर्व प्राप्त लब्धि में इसी प्रकार ७ का भाग देते जाना जो लब्धि प्राप्त होते जाय वह आगे काम देगी शेष में ५२ + ५ करने आने से धान्य, तृण, तेज, शीत, वायु, वृद्धि, क्षय और विग्रह के विस्वा प्राप्त होंगे।

उदाहरण शाका १५५६ का

शाका १५५६ × ३=४६४८ ÷ ७=लब्धि ६६६, शेष ६। शेष ६ × २= १२+५=१७ वर्षा के विश्वा।

पूर्वोक्त लब्धि ६६६ × ३=१९९८ ÷ ७=लब्धि २८५ शेष ३। शेष ३ × २=६+५=११ धान्य के विश्वा।

„ लब्धि २८५ × ३=८५५ ÷ ७=लब्धि १२२ शेष १। शेष १ × २= २+५=७ तृण।

„ लब्धि १२२ × ३=३६६ ÷ ७=लब्धि ५२ शेष २। शेष २ × २ ५=९ शनि।

„ लब्धि ५२ × ३=१५६ ÷ ७=लब्धि २२ शेष २। शेष २ × २=४+ ५=९ तेज उष्ण।

„ लब्धि २२ × ३=६६ ÷ ७=लब्धि ९ शेष ३। शेष ३ × २=६+ ५=११ वायु।

„ लब्धि ९ × ३=२७ ÷ ७=लब्धि ३ शेष ६। शेष ६ × २=१२+ ५=१७ वृद्धि।

„ लब्धि ३ × ३=९ ÷ ७=लब्धि १ शेष २। शेष २ × २=४+ ५=९ क्षय।

„ लब्धि १ × ३=३ ÷ ७=लब्धि ० शेप ३। शेष ३ × २=६+ ५=११ विग्रह।

II (शाका × ४) ÷ ७=शेष × २+३ से क्षुधा निद्रा आलस्य उद्यम शांति, क्रोध, दंभ, लोभ, मैथुन, रस निष्पत्ति, फल निष्पत्ति और लोगों के उत्साह के विश्वा होंगे। जैसे:—

शाका १५५६ × ४=६२२४ ÷ ७=लब्धि ८८९ शेष १ शेष १ × २= २+३=५ क्षुधा के विश्वा।

लब्धि ८८९ × ४=३५५६ ÷ ७=लब्धि ५०८ शेष ० शेष ० × २=०+ ३=३ तृण।

लब्धि ५०८ × ४=२०३२÷७=लब्धि २९० शेष २ शेष २ × २=४+३=७ निद्रा।

ल० २९० × ४=११६० ÷ ७=लब्धि १६५ शेष ५ शेष ५ × २=१०+३=१३ आलस्य।

ल० १६५ × ४=६६०÷७=लब्धि ९४ शेष २ शेष २ × २=४+३=७ उद्यम।

ल० ९४ × ४=३७६÷७=लब्धि ५३ शेष ५ शेष ५ × २=१०+३=१३ शांति।

ल० ५३ × ४=२१२÷७=लब्धि ३० शेष २

शेष २×२=४+३=७ क्रोध।

ल० ३०×४=१२०÷७=लब्धि १७ शेष १

शेष १×२=२+३=५ दंभ।

ल० १७×४=६८÷७=लब्धि ९ शेष ५

शेष ५×२=१०+३=१३ लोभ।

ल० ९×४=३६÷७=लब्धि ५ शेष १

शेष १×२=२+३=५ मैथुन।

ल० ५×४=२०÷७=लब्धि २ शेष ६

शेष ६×२=१२+३=१५ रसोत्पत्ति।

ल० २×४=८÷७=लब्धि १ शेष १

शेष १×२=२+३=५ फल।

ल० १२४=४÷७=लब्धि ० शेष ४

शेष ४×२=८+३=११ उत्साह।

III (शाका×८)÷९=शे०×२+१ उग्र, पाप, पुण्य, व्याधि नाश, आचार, अनाचार, मरण, जन्म, देश उपद्रव, देश स्वस्थता, चोर भय, चोर नाश इनके विश्वा होते हैं।

उदाहरण

शाका १५५६×८=१२४४८÷९=लब्धि १३८३ शेष १

शे० १×२=२+१=३ उग्र के विश्वा।

१३८३×८=११०६४÷९=लब्धि १२२९=शेष ३×२+१=७ पाप।

१२२९×८=९८३२÷९=ल० १०९२=शेष ४×२+१=९ पुण्य।

१०९२×८=८७३६÷९=लब्धि ९७०=शेष ६×२+१=१३ व्याधि।

९७०×८=७७६०÷९=ल० ८६२=शेष २×२+१=५ व्याधि नाश।

८६२×८=६८९६÷९=ल० ७६६=शेष २×२+१=५ आचार।

७६६×८=६१२८÷९=ल० ६८०=शेष ८×२+१=१७ अनाचार।

६८०×८=५४४०÷९=ल० ६०४=शेष ४५२+१=९ मृत्यु।

६०४×८=४८३२÷९=ल० ५३६=शेष ८×२+१=१७ जन्म।

५३६×८=४५८८÷९=ल० ४७६=शेष ४×२+१=९ देश उपद्रव।

४७६×८=३८०८÷९=ल० ४२३=शेष १×२+१=३ देश स्वास्थ्य।

४२३×८=३३८४÷९=ल० ३७६=शेष ०×२+१=१ चोर भय।

३७६×८=३००८÷९=ल० ३३४=शेष २×२+१=५ चोर नाश।

३३४×८=२६७२÷९=ल० २९६=शेष ८×२+१=१७ अग्नि।

२९६×८=२३६८÷९=ल० २६२=शेष १×२+१=३ अग्नि शांत।

Iv शाका को ४ जगह लिख कर प्रत्येक को ४५, ×८, ×९, ×११ से प्रथक २ गुणा कर प्रत्येक गुणन फल में ७ का भाग देना शेष × २ + ३ क्रम से उद्भिज, जरायुज, अंडज और स्वेदज के विश्वा होगें।

उदाहरण शाके १८५६ का

शाका १८५६ × ५ = ९२८० ÷ ७ लं० १३२५ – शेष ५ × २ + ३ = १३ उद्भिज।

शा० १८५६ × ७ = १२९९२ ÷ ७ = लं० १८५६ = शेष × २ + ३ = ३ जरायुज।

शा० १८५६ × ९ = १६७ = ४ ÷ ७ = लं० २३८६ = शेष २ × २ + ७ = ११ अंडज।

शा० १८५६ × ११ = २०४१६ ÷ ७ = लं० २९१६ = शेष ४ × २ + ३ = ११ स्वेदज।

V शाका × ७ ÷ ९ = शे० × २ + ३ = टिड्डी, तोता, मूषकं सोना तामा, स्वचक्र, पर चक्र, वृष्टि, अनावृष्टि के विश्वा होगे। उदाहरण—

शाका १८५६ × ७ = १२९९३ ÷ ९ = लब्धि १४४३ = शेष ५, शेष ५ × २ + ३ = १३ टिड्डी। इसी प्रकार जो लब्धि प्राप्त हो उसमें पूर्वोक्त गणित करने से आगे के विश्वा क्रमानुसार प्राप्त होने जायगें। इनसे प्राप्त विश्वा:—

| टिड्डी | तोता | मूसक | सोना | तामा | स्वचक्र, | परचक्र |
|---|---|---|---|---|---|---|
| १९ | २ | १५ | ७ | ९ | १९ | ५ |

| वृष्टि | अनावृष्टि | विश्वा प्राप्त होगें। |
|---|---|---|
| ९ | ५ | |

धर्म विश्वा

पहिले, वर्ष, धान्य, तृण, शीत, उष्ण, वायु वृद्धि, क्षय और विग्रह इन ९ के विश्वा जोड़ कर ÷ १० = जो लब्धि मिले वह निष्पत्ति सिद्धि के विश्वा होते हैं. इसके आधे विश्वा धर्म और धर्म के आधे विश्वा सत्य के निकलते हैं। इसमें गणित में कुछ मतभेद है। मतभेद = शाके ५४ ÷ ७ = शेष २ + १ यहाँ ३ जोड़ने के स्थान में १ जोड़ना बताया है।

I अन्य मत—शाके × ४ ÷ ७ शेष × २ + १ से विश्वा क्रमानुसार क्षुधा, तृण, निद्रा, आलस्य, उद्यम, शांति, क्रोध, लोभ, भेद, दण्ड, मैथुन, चोरी, रसाधिपत्ति, फल निष्पत्ति, उत्साह, पुण्य, पाप, सर्द निष्पत्ति के विश्वा होते है।

II अन्य मत—शाके × ७ ÷ ९ = शेष × २ + १ से क्षुधा तृणा आदि के विश्वा होते हैं—

IV में मतभेद (१) $\frac{\text{शाका} \times ५}{३}$, (२) $\frac{\text{शाका} \times ७}{३}$

(३) $\frac{\text{शाका} \times १२}{३}$, (४) $\frac{\text{शाका} \times ११}{३}$ = शेष × ३ + ५ से क्रमानुसार

(१) उद्‌भिज (२) स्वेदज (३) जरायुज, (४) अंडज के विध्वा होंगे।

### सम्वत्सर के अधिकारी निर्णय

सम्वत्सर का राजा—चैत्र शुक्ल प्रतिपदा को जो वार सूर्योदय के समय हो वही वर्ष का राजा होता है।

### वर्ष के राजा का फल

सूर्य राजा—फल कम लगें, वर्षा कम हो, गाय दूध कम देवें, मनुष्यों में पीड़ा, धान्य कम हो, चोर तथा आग की बाधा हो, राजाओं का नाश हो।

चन्द्र—शुभ मंगल हो, वर्षा बहुत हो, खेती अच्छी हो, लोग सब सुखी रहें, सब व्याधियां दूर हों। राजाओं का उदय हो।

मंगल—अग्नि भय, जन क्षय, चोरों में आकुलता, राजा प्रजा में व्याधि, वियोग, पीड़ा आदि का दु:ख वर्षा कम हो।

बुध—पृथ्वी सजल हो, घर-घर में मंगल हो, दान दया की व्यवस्था बढ़े, स्वास्थ्य वृद्धि, धन धान्य की बढ़ती से सुभिक्ष हो।

गुरु—उपयोगी जल वर्षे गाय बहुत दूध दें, ब्राह्मण लोग होम यज्ञ आदि में लगे रहें, लोगों में बड़े-बड़े उत्सव हों।

शुक्र—खेती बहुत उपजे, नदियां बड़े वेग से बहें, वृक्षों में फल बहुत लगें, गाय अधिक तृण आदि खावें पृथ्वी पार्थिव सुख से परिपूर्ण हो।

शनि—एक ही बार वर्षा हो, रोग की बहुतायत से लोग दु:खी, राजाओं में युद्ध हो, चोरी डकैती आदि अधिक बढ़े, लोग भूखे मरते घूमते फिरें।

### राजा का वाहन

चैत्र शु० १ को जो वार हो उसके अनुसार वाहन

| बार | सूर्य | चंद्र | मंगल | बुध | गुरु | शुक्र | शनि |
|---|---|---|---|---|---|---|---|
| वाहन | अश्व | मृग | वृषभ | सिंघाण | चातक | दादुर | भैंसा |

### राजा का संक्षिप्त फल

चन्द्र गुरु शुक्र—सुख दायक सुभिक्ष शोभन वर्षा देह निरोग। मंगल शनि-दुर्भिक्ष विग्रह भय। बुध-अल्प सौख्य दायक। सूर्य—दु:ख दायक।

### सम्वत्सर के मंत्री का विचार

मेष—संक्रान्ति के दिन जो बार हो वही वर्ष का मन्त्री या सेना पति होता है।

सूर्य वर्ष का मंत्री—राजा का रोग और चोरों का भय बढ़े। धन धान्य अधिक हो, रसों का संग्रह और समर्घता हो।

चन्द्र—वर्षा अधिक, अन्न बहुत, लोग सुखी रहें अन्य प्रकार के सुखों की वृद्धि हो।

मंगल—रोगों से लोग दुःखी गायों के अधिक दूध होने से लोग सुखी भी रहें।

बुध—स्त्रियाँ अपने पति के साथ आनन्द भोगें, बहुत धन हो और जो मसूर चना ये महंगे हों।

गुरु—कई प्रकार के अन्न अधिक हों, बहुत वर्षा हो राजा लोग प्रजा का पालन करें।

शुक्र—ईति का भय रहे अन्न सस्ता हो वर्षा अधिक कुछ रोग पीड़ा से भय।

शनि—राजाओं में नम्रता न रहने से लोग दुःखी रहें, जल नहीं बर्षे, लोगों में कुछ भी सुखी पद न रहे।

## वर्ष का सस्येश का विचार

कर्क संक्रान्ति के दिन जो वार हो वही सस्येश अर्थात् अन्न का मालिक होता है।

सूर्य सस्येश—चोरों की अधिकता से धान्य महंगा राजाओं में युद्ध हो जल बहुत वर्षे अन्न भी कम हो प्राणियों की हानि हो।

चन्द्र—प्रजा सुखी रहे वर्षा अच्छी हो गाय दूध दें राजा लोग देव द्विजों का आराधन करें पृथ्वी धन धान्य से बहुत पूर्ण हो।

मंगल—हाथी घोड़े गधा ऊँट गाय बैलों में रोग हो।

बुध—जल अच्छा हो सुख समृद्धि हो किसी प्रकार का उपद्रव नहीं हो ब्राह्मण लोग वेद पाठ करें।

गुरु—वेद विहित मार्ग के प्रचार से सौख्य हो बहुत वर्षा हो अन्न रस दूध आदि भी बहुत हो।

शुक्र—शुभ और प्यारी वर्षा हो गेहूँ चावल ईख धन और प्रियंगु ये अच्छे हों वृक्षों में अच्छे पुष्प लगें।

शनि—लोग राज भय से पीड़ित रहें रोग भय हो गेहूँ आदि की खेती खराब हो मनुष्य खोटे वाद विवाद में लगे रहें।

## धान्येश विचार

धनु की संक्रान्ति के दिन जो वार हो वही धान्येश होगा। सस्य—उन्हारी की गर्मी की गेहूँ आदि फसल और धान्य स्याढ़ी की जाड़े की ज्वार आदि फसल।

सूर्य धान्येश—पीछे वाला धान्य नहीं हो राजाओं मे विग्रह हो धान्य महंगा हो ज्वर आदि की पीड़ा हो।

चन्द्र—प्रजा में उत्पत्ति अधिक हो गेहूं सरसों गौ दूध अधिक।

मंगल—ग्रीष्म धान्य महंगा हो चावल ईख घी तेल आदि महंगे हों।

बुध—बहुत वर्षा हो सिंधु तथा लाट देश में वर्षा कम हो।

गुरु—गेहूँ चावल अधिक हो ब्राह्मण लोग धर्म कर्म में तत्पर रहें।

शुक्र—जाड़े की खेती नहीं पके अन्न सस्ता हो गाय में दूध कम हो।

शनि—रणादरी राजा लोग निर्धन हों अन्न कम हो मनुष्य रोगी हो जल नहीं बर्षे।

## दुर्गेश विचार

सिंह संक्रान्ति के दिन जो बार हो वह गढ़पति हो जाता है।

सूर्य दुर्गेश—राजा न्याय करें राज द्वार में जाने वाला निर्भय हो राज वर्गी तथा अन्य सब समान रहें निवृत्ति मार्ग में चलने वाले निर्भय रहें।

चन्द्र—राजा सुराज्य करें प्रजा आनंद करे ईख तथा गौ रस भोगियों को धन लाभ हो श्रेष्ठ लोगों में विग्रह हो।

मंगल—कई प्रकार के दुःख हों लोगों को लेन देन में बहुत भय हो। फल कम लगें।

बुध—शहर के लोगों को सब विषय सुख मिले धनवानों को रास्ते में भी कुछ भय नहीं रहे।

गुरु—राजा लोग न्यायपूर्वक प्रजा पालन करें शहर और जंगल में समान सुख मिले द्विज सशस्त्र हों।

शुक्र—नगरपतियों को तथा देश अधिपतियों को सुख हो वाणिज्य में तथा घर में सुख मिले पर्वत और वन दूर ही से समीप दिखें।

शनि—दुनिया में इतने विग्रह उत्पन्न हों जिससे लोग बल विबल हो जांय नागरिक लोगों में नाना प्रकार के वैर बढ़ें खेती को टीडी और चूहों से हानि हो।

## मेघेश विचार

सूर्य के आर्द्रा नक्षत्र के दिन जो वार हो वह मेघेश है।

सूर्य मेघेश—जौ, चना ईख नीवार ( ओईरी ) और चावल आदि अच्छे उपजें पृथ्वी पर सुख संचय वर्तमान रहे।

चंद्र—गौ भैंस बकरी गधी आदि के दूध अधिक हो अन्न भी अधिक हो वृक्षों में फल अधिक सब सुखी।

मंगल—ब्राह्मण लोग वेद विचार से हीन, वर्षा कहीं कम [illegible]हीं अधिक।

बुध—वर्षा बहुत जौ गेहूँ की खेती अच्छी ब्राह्मण लोग [illegible]न करने में उत्सुक, विविध सौख्य सम्पन्न हों।

गुरु—उत्तम वर्षा सब भाँति के सुख विलास राजा लोग धर्म आचरण करें सब लोग सरस समृद्धि से युक्त हों।

शुक्र—अच्छी वर्षा, ब्राह्मण पालक राजा लोग धन के निधान हों लोगों को सुख हो।

शनि—पृथ्वी पर शायद विरली वर्षा हो राजा लोगों के मन में संताप, लोग कई प्रकार के रोगों से पीड़ित रहें।

रसेश ( रसाधिप ) विचार

तुला संक्रांति को जो वार हो वह रसेश है।

सूर्य रसेश—रस दूध आदि कम हो वस्त्र तेल घी इनकी अति-न्यूनता, राजाओं को सुख नहीं।

चंद्र—नवीन २ प्रियाओं का लोग भोग करें बहुत वर्षा पृथ्वी रसवती धन-धान्यवती हो।

मंगल—रस राशि नहीं मिले राजा प्रजा के अनुकूल बर्ताव न करें वर्षा कम हो।

बुध—धान्य घी सुलभ इनसे युक्त लोग हों श्रेष्ठ पुरुष प्रसन्न रहे जल बहुत, देश सुरक्षित।

गुरु—शरीर सुख मिले तृण आदि की अच्छी उत्पत्ति हो जन पद ब्राह्मणों की सेवा करें राजा लोग हाथी घोड़े ऊँट आदि से युक्त हों।

शुक्र—लोग धर्म कर्म उत्सव आदि में उत्सुक मन सगुण सुख सुभिक्ष तथा आनन्द हो राजा लोग निष्पापी हों।

शनि—रसों का नाश पानी के बदले रोग बर्षें बकरी गाय घोड़े गधे ऊँट का नाश लोगों में निरसता रहे।

नीरसेश—नीरसाधिपति या सुवर्ण आदि का स्वामी का विचार।

मकर संक्रांति के दिन जो वार हो वह नीरसेश है।

सूर्य नीरसेश—तामा चंदन रत्न माणिक्य मोती आदि की अर्घ वृद्धि हो।

चंद्र—सफेद रंग की वस्तु तथा मोती चांदी और वस्त्र इनकी अर्घ वृद्धि हो अर्थात सस्ते हों।

मंगल—मूंगा लाल वस्त्र लाल चंदन तामा ऐसे ही अन्य वस्तुओं की दिन पर दिन अर्घ वृद्धि हो।

बुध—छींट के कपड़े शंख चंदन आदि सस्ते हों।

गुरु—हल्दी पीले वस्त्र पीली वस्तु सस्ते, लोगों में प्रीति बढ़े।

शुक्र—कपूर अगर गंध सुवर्ण मोती और कपड़े सस्ते हों।

शनि—पिंडाकार लोह आदि तथा काले वस्त्र आदि की अर्घ वृद्धि हो।

## धनेश ( धान्यपति ) विचार

कन्या संक्रांति के दिन जो वार हो वह धनेश।

सूर्य धनेश—हाथी घोड़े गधे ऊँट इनके व्यापार में लाभ।

चंद्र—क्रय विक्रय में धन संग्रह हो वस्त्र शाली सुगंध तेल घी इनसे लाभ राजाओं को सुख मिले।

मंगल—तेजी मंदी की अदला बदली बहुत हो गेहूँ की खेती नाश मार्गशीर्ष मास में विक्रय करने से संग्रहीत वस्तुओं में दुगुना लाभ, राजा शोकदाई हो।

बुध—कई प्रकार की वस्तुओं का संग्रह लाभदायक, पंडित लोग धर्म कार्य करें, कृषक खेती विशेष करें।

गुरु—लोग निष्पापी हों वाणिज्य वृत्ति करने वाले सुखी हों वृक्षों में फूल फल लगे मनुष्य कई प्रकार के द्रव्य से युक्त हों।

शुक्र—सब लोग समान धनवान हों सुख भी समान मिले क्रय-विक्रय में लाभ हो राजा लोग प्रजा पालन करें।

शनि—लोगों के पास धन नहीं रहे राजा लोग रोगी रहें वाणिज्य करने वाले निर्धन हों पण्डित लोग पराई पीड़ा से दु:खी।

## फलेश बिचार

मीन संक्रांति के दिन जो वार हो वह फलेश है।

सूर्य फलेश—कई प्रकार के फल फूल वृक्षों से आनन्द हो वर्षा अच्छी हो।

चंद्र—वृक्षों के फल और बेलों में फूल लगे, ब्राह्मण को अच्छा भोजन मिले राजा लोग न्यायी और भ्रमणशील हों।

मंगल—वृक्षों में फल फूल कम मनुष्यों में रोग भय हो राजाओं में विग्रह हो।

बुध—उत्तम फल वर्षा बहुत घास फूस कमल और पुष्प बहुत हों मनुष्य सुखी आनन्द युक्त।

गुरु—वन में वृक्ष बहुत हों भय न हो घर में पूजा पाठ हो ब्राह्मण और पण्डित लोग वेद विचार में तत्पर रहें।

शुक्र—कोमल घास-फूस फल आदि हों राजाओं के उत्तम भोग मिले पंडित लोग वेद पाठ परायण हों।

शनि—फल हानि हो वृक्षों में पुष्प निष्फल हों वर्फ ( हिम ) का भय हो चोर आदि का भय हो रोग बढ़े।

# अध्याय १५

## संक्रांति फल विचार

वार नक्षत्र अनुसार संक्रांति और फल

| वार | नक्षत्र | संक्रांति नाम | सुखफल | समय | दु:खफल | दिशा को मुख |
|---|---|---|---|---|---|---|
| रवि | उग्र | घोरा | शूद्रों को सुख | दिन पहला प्रहर | विप्र व राजाओं को दु:ख | पूर्व को |
| सोम | क्षिप्र | ध्वांक्षी | वैश्यों को | मध्याह्न | वैश्यों | पश्चिम को |
| भौम | चर | महोदरी | चोरों को | अपराह्न | शूद्रो को | दक्षिण को |
| बुध | मैत्र | मंदाकिनी | राजाओंको | प्रदोष रात्रि पहला प्रहर | पिशाचोंको | दक्षिण को |
| गुरु | ध्रुव | नंदा | द्विजगणों को | अर्द्ध रात्रि | राक्षसों को | उत्तर को |
| शुक्र | मिश्र | मिश्रा | पशु को | अपर रात्रि | नट आदिकों को | पूर्व को |
| शनि | दारुण | राक्षसी | चंडालको | अरुणोदय | पशु पालकों गुंसाई आदि को | पश्चिम |

अन्य मत

| दिन | रविवार | सोम | मंगल | बुध | गुरु | शुक्र | शनि |
|---|---|---|---|---|---|---|---|
| संक्रांति नाम | घोरा | ध्वांक्षी | महोदरी | मंदाकिनी | नंदा | मिश्रा | राक्षसी |
| गमन दिशा | दक्षिण | उत्तर | पश्चिम | पश्चिम | पूर्व | दक्षिण | उत्तर |
| फल सुखद | शूद्रों को सुख | वैश्यों को | चोरों को | राजाओं को | द्विजों को | पशु को | चंडाल को |

## करण अनुसार संक्रांति

| करण | वव | बालक | कौलव | तैतिल | गरं | वणिज | विष्टि | शकुनि | चतुष्पद | नाग | किंतुघ्न |
|---|---|---|---|---|---|---|---|---|---|---|---|
| स्थिति | बैठी | बैठी | खड़ी | सोती | बैठी | खड़ी | बैठी | सोती | खड़ी | सोती | खड़ी |
| मुख | पूर्व | दक्षिण | पश्चिम | उत्तर | वायव्य | आग्नेय | ईशान | नैऋत्य | पाताल | उर्द्ध | सम |
| फल | मध्यम | मध्यम | महर्घं | समर्घं | मध्यम | महर्घं | महर्घं | महर्घं | समर्घं | समर्घं | महर्घं |
| वाहन | सिंह | व्याघ्र | बराह | गर्दभ | हाथी | महिषी | अश्व | श्वान | मेढ़ा | बैल | कुक्कुट |
| उपवाहन | गज | अश्व | बैल | मेढ़ा | गर्दभ | ऊँट | सिंह | शार्दूल | महिष | व्याघ्र | वाराह |
| फल | भय | भय | पीड़ा | सुख | लक्ष्मी | क्लेश | स्थिरता | सुख | क्लेष | स्थिरता | मृत्यु |
| वस्त्र | श्वेत | पीत | हरित | पांडुर | रक्त | श्याम | काला-नीला | विचित्र | कंबल | नग्न | घनवर्ण |
| आयुध | मुशुण्डी | गदा | खड्ग | दण्ड | धनुष | तोमर | माला | पाश | अंकुश | तलवार | बाण |
| पात्र | सुवर्ण | रूपा | ताम्र | कांस्य | लौह | खप्पर | पत्र | वस्त्र | कर | भूमि | काष्ठ |
| भक्ष्य | अन्न | खीर | भिक्षा | पक्वान्न | दूध | दधि | चित्रान्न | गुड़ | मधु | घृत | शर्करा |
| लेपन | कस्तूरी | कुंकुम | लाल चन्दन | माटी | गोरोचन | महावर | हल्दी | सुरमा | सिंदूर | अगर | कर्पूर |
| वर्ण | देव | भूत | सर्प | पशु | मृग | विप्र | क्षत्री | वैश्य | शूद्र | मिश्र | अन्त्यज |
| पुष्प | नागकेशर | चमेली | वकुल | केतकी | बेल | मदार | कमल | दूर्वा | चमेली | पाटल | गुड़हर |
| भूषण | नुपूर | कंकण | मोती | मूंगा | मुकुट | मणि | गुंजा | कौड़ी | नीलक | पुन्नाग | सुवर्ण |
| कंचुकी | विचित्र | पर्ण | हरित | भूर्जपत्र | श्वेत | पांढरी | नील | कृष्ण | अंजन | बकेकल | पांडुर |
| वय | बाल | कुमारी | तरुणी | युवा | प्रौढ़ा | प्रगल्भा | वृद्धा | वंध्या | अतिवृद्धा | पुत्रवती | संन्यास की |

### इसमें मतभेद

लेपन में—वालव—केशर। विष्टि—विलारमद, शकुनि—हल्दी, चतुष्पद—सुरमा।

पुष्प में—विष्टि—दूब। शकुनि—कमल। चतुष्पद—बेला। किंतुघ्न—दुपहरिया।

जाति में—तैतिल—पक्षी। गर—पशु। वणिज—मृग। विष्टि—ब्राह्मण। शकुनि—क्षत्री। चतुष्पद—वैश्य। नाग—शूद्र। किंतुघ्न—वर्णसंकर।

### इसका उपयोग

संक्राति का जो वस्तु धारण या जो वाहन आदि हो उस सब का नाश होता है।

### संक्रांति पुण्यक:ल

पुण्य काल ६ घड़ो का होता है। संक्रांति दिन में अर्के तो पर्व काल उसी दिन और रात्रि के पीछे पड़े तो दूसरे दिन पुण्य काल होता है। अर्द्ध रात्रि के उपरान्त संक्रांति हो तो दूसरे दिन का पूर्व भाग पुण्य काल होता है। ठीक मध्य रात्रि में हो तो दोनों दिन पुण्य काल होता है और सूर्यास्त के उपरान्त मकर संक्रांति हो तो पर दिन पुण्य काल होता है। कर्क की संक्रांति हो तो दूसरे दिन पुण्य काल होता है।

सूर्य की संक्रांति जिस काल में हो उससे पहिले और पश्चात १६–१६ घड़ी का अर्थात दोनों मिलाकर ३२ घड़ी का पुण्य काल होता है।

मकर और कर्क संक्रांतियों का विशेष पुण्य काल होता है।

### पुण्यकाल का और स्पष्टीकरण

मकर संक्रांति—सायं संध्या में पूर्व दिन। सूर्य अस्त बाद—पर दिन। ठीक मध्य रात्रि—पूर्व और पर दोनों दिन। अर्द्ध रात्रि के पूर्व—दिन का उत्तरार्द्ध अर्द्धरात्रि बाद—पर दिन का पूर्वार्द्ध पुण्य काल होता है।

कर्क संक्रांति—सूर्यास्त पूर्व—पूर्व दिन सम्पूर्ण। प्रातः संध्या में—दूसरे दिन। सूर्यास्तबाद—दूसरे दिन पुण्य काल होता है।

संक्रांति १५ मुहूर्त की—आर्द्रा, स्वा० भर० शत० श्ले ज्ये० इनमें यदि संक्रांति अर्के तो दुर्भिक्ष कारक और प्रजा को क्लेश दायक है।

३० मुहूर्त की—पुष्य, हस्त, कृति, अश्वि, मृग, चित्रा अनु, मूल, श्रव, धनि, रेवती तीनों पूर्वा में अर्के तो यह साधारण फल दायक है।

४५ मुहूर्त की—रोह, पुन, विशा, तीनों उत्तरा—सुभिक्ष शुभ बार में ४५ मुहूर्त की सुभिक्ष। पाप बार में १५ मुहूर्त की अन्न भाव मंहगा।

### गणित द्वारा पुण्य काल जानना

सूर्य बिम्ब कलाओं में ६० का गुणा कर सूर्य की गति का भाग देने से जो लब्धि हो वही संक्रांति की पूर्व और पर पुण्य काल होता है।

### संध्या काल

सूर्य बिम्ब के आधे उदय होने के पहिले ३ घड़ी और बिम्ब के आधे अस्त होने की पिछली ३ घड़ी का संध्या काल होता है।

### जन्म नक्षत्र से संक्रांति पीड़ा

प्रथम ३ नक्षत्र—पंथा, बाद के ६—भोग। बाद ३—दुःख। बाद के ६—वस्त्र। बाद के ३ हानि। बाद के ६ नक्षत्र—धन प्राप्ति। जन्म नक्षत्र पर अर्के—वैर। जन्म मास में संक्रांति—क्लेश। तिथि—धनक्षीण।

### चन्द्र राशि अनुसार संक्रांति का रंग और फल

| | |
|---|---|
| १, ४, ८ राशि के चन्द्र में संक्रांति— | रक्त वर्ण—दुःखदायक |
| ७, ९, १२ | पीत—लक्ष्मी प्राप्त |
| २, ३, ६ | श्वेत—शुभ |
| ५, १०, ११ | कृष्ण—मृत्यु दायक |

### राशि अनुसार संक्रांति फल

| | | | |
|---|---|---|---|
| मेष—पर अर्क और | तुला का चन्द्र हो— | | ६ महीने धान्य लाभ। |
| वृष— ,, | वृश्चिक | ,, | —४ महीने अन्न का लाभ। |
| मिथुन ,, | धन | ,, | तिल तेल के संग्रह से ४ महीने में लाभ यदि क्रूर ग्रह हों तो लाभ नहीं। |
| कर्क ,, | मकर | ,, | घोर दुर्भिक्ष हो ४ महीने तक धन वालों को भी नौकर बनावे। |
| सिंह ,, | कुम्भ | ,, | ६ महीने में दुगुना लाभ। |
| कन्या ,, | मीन | ,, | विग्रह और भंग हो। |
| तुला ,, | मेष | ,, | पांचवे महीने में लाभ। |
| वृश्चिक ,, | वृष | ,, | तिल तेल के संग्रह से २ माह में दुगुना लाभ। |
| धन ,, | मिथुन | ,, | ५ माह में अन्न का लाभ हो घी सूत आदि ५ मास में लाभ। |
| मकर ,, | कर्क | ,, | कुलटा स्त्रियों का नाश। |
| कुम्भ ,, | सिंह | ,, | चौथे महीने में अन्न लाभ। |
| मीन ,, | कन्या | ,, | ४ महीने में लाभ। |

संक्रांति समय के मास राशि और वार फल

कार्तिक वृश्चिक—कार्तिक में वृश्चिक की संक्रांति हो तो इतवार—सफेद वस्तु मंहगी म्लेच्छों में रोग। मंगल व शनिवार—धान्य तथा रस के संग्रह में ३ मास बाद तिगुना लाभ। बुधवार—सुपारी नारियल आदि महंगे हों। गुरुवार और शुक्रवार—तिल तेल रूई कपास सूत मंहगे हों।

अगहन धन—मार्ग शीर्ष में धन की संक्रांति हो उस दिन इतवार, मंगल, शनिवार, चोल, कर्नाटक गौड़ देवगिरी ( सुमेर पर्वत ) मलय और मालव के राजाओं में रण, मरण तथा विग्रह विशेष हो कपास सूततिल घी तेल मंहगे सुवर्ण में लाभ ठंड अधिक पड़े।

सोमवार=खेती का कुछ नाश हो। बुधवार गुरुवार=अन्न सस्ता। शुक्रवार=म्लेच्छों को आनन्द।

पौष मकर=पौष में मकर संक्रान्ति को दिन।

शनिवार=धन तथा क्षत्रिय कुल का भय हो। बुधवार--प्रसन्नता और युद्ध हो। गुरुवार—२ महीने तक निज कुल में विरोध रहे। युगंधरी, मल्ल, मसूर और चना को उपल वृष्टि से नाश। सोमवार—उपरोक्त फल।

माघ कुम्भ—माघ में कुम्भ संक्रांति को दिन गुरुवार या शुक्रवार—पृथ्वी पर घोर भय विग्रह हो चौपायों को अति कष्ट। फाल्गुन मीन—फाल्गुन में मीन संक्राति को दिन। गुरुवार या शुक्रवार—पृथ्वी पर घोर भय विग्रह हो चौपायों को अति कष्ट फाल्गुन मीन—फाल्गुन में मीन संक्राति को दिन शनिवार—समुद्रीय द्रवों का नाश। मंगल—सोने में लाभ। इतवार—शूरवीर रण में जुटे, तेल, घी आदि मंहगे। सोमवार—मनुष्यों को सुख। बुध, शुक्र—अत्यन्त समर्घता। गुरुवार—रोग हो।

चैत्र मेष=चैत्र में मेष संक्राति को दिन इतबार मंगल शनिवार—गेहूं चना मंहगे। सोमवार—कपास तेल आदि मंहगे। गुरुवार—क्षत्रियों का नाश। बुध शुक्र—सबधातु मंहगी किन्तु विवाह उत्सवहो। वैशाख—वृष वैशाख में वृष संक्रांत को दिन शनि, रवि, मंगलवार—देश में दुर्भिक्ष, लोगों की रुचि क्लेश में हो, गेहूँ का दाना नहीं मिलें. कपास फल वस्तु ईख का गुड़, शक्कर, मर्चा महँगे हों। सोमवार—धान्य महँगे। गुरुवार शुक्रवार—इनके प्रिय रस उत्पन्न हो।

ज्येष्ठ मिथुन—ज्येष्ठ में मिथुन संक्रांति को दिन शनि, मंगल, इतवार—पाप फैले आग लगे रोग बड़े भय हो सब अन्न महँगे। बुधवार—लोग प्रसन्न रहें सामुद्रिक वस्तुए प्रिय हों। सोम, गुरु शुक्रवार सर्वत्र में दुर्भिक्ष दूर हो।

आषाढ़ कर्क—आषाढ़ में कर्क संक्रांति को दिन क्रूरवार—अधिक वर्षा क्षत्रियों का क्षय। गुरुवार हवा अधिक वेग से चले। सोम, बुध, शुक्रवार पृथ्वी पर जल हो धान्य सहते, विदेशी लोग सब सुखी।

श्रावण-सिंह—श्रावण में सिंह संक्रांति को शनि मंगलवार—वर्षा हो, धान्य का नाश। रविवार—गाय पीड़ा हो। गुरुवार—घी सस्ता तेल महँगा। सोम, बुध, शुक्रवार—छत्र भंग हो किन्तु संसार को सन्तोष मिले।

भाद्रपद-कन्या—भादों में कन्या की संक्रांति को। शनि—अल्प वृष्टि धान्य नाश। मंगलवार रोग आदि हों ईति भय अल्प वृष्टि से महँगाई। सोम गुरु शुक्रवार—क्षय के पराभव से ही सौख्य हो विशेष परिश्रम से नहीं राजाओं में अनुग्रह तथा समुद्र युद्ध होने से पश्चिम में कुछ नाश हो।

आश्विन-तुला—कुआर में तुला संक्रांति को। इतवार—ब्राह्मण तथा गाय को दुःख। शनि—राजाओं में विग्रह, सरसों महँगी। बुधवार—अनेक प्रकार के धान्य बहुत हों। सोम गुरु शुक्रवार—अन्न सस्ता हो।

## संक्रांति समय की मास अनुसार वर्षा का फल

चैत्र—चैत्र की संक्रांति को मेघ बर्षे अन्न अच्छा हो लोक में बहुत सुख हो।

वैशाख ज्येष्ठ—वैशाख और ज्येष्ठ की संक्रांति को वर्षा, मिला हुआ फल हो कभी तेजी कभी मंदी, दुर्भिक्ष नहीं हो।

ज्येष्ठ—ज्येष्ठ की पंचमी, वृष की संक्रांति से २ दिन के भीतर जल बर्षे तो सुभिक्ष हो।

आषाढ़—आषाढ़ की संक्रांति को वर्षा हो—और व्याधि उठती है।

श्रावण—की संक्रांति को वर्षा हो—धान्य की अनेक हानि।

| | | | |
|---|---|---|---|
| भाद्रपद— | ,, | ,, | लोग बहुत रोगों से व्याकुल। |
| आश्विन— | ,, | ,, | राज्य में युद्ध, प्रजा में सुख पृथ्वी धन धान्य से पूर्ण। |
| कार्तिक मार्गशीर्ष | ,, | ,, | वर्षा मध्यम पौष में सुभिक्ष हो। |
| पौष— | ,, | ,, | गायों में दूध बहुत, धान्य भी बहुत हो। |
| माघ— | ,, | ,, | सुभिक्ष क्षेम आरोग्य और उत्सव हो। |
| फाल्गुन— | ,, | ,, | वैशाख और ज्येष्ठ में विचित्र धान्य हो। |

## संक्रांति का विशेष फल

अशुभ—कार्तिक, फाल्गुन, मार्गशीर्ष, चैत्र, श्रावण और भाद्रपद इन ६ संक्रांतियों के दिन बर्षे तो अशुभ है।

शुभ—पौष माघ वैशाख ज्येष्ठ आषाढ़ आश्विन इन संक्रांति के दिन बर्षे तो सब प्रकार से शुभ है।

## संक्रांति का तिथि फल

मेष संक्रांति को—नंदातिथि—कम वर्षा। भद्रा—राजयुद्ध हो। जया—व्याधि हो। रिक्ता—पशुघात। पूर्णा—धान्य वृद्धि।

मीन संक्रान्ति को—चैत्र की १३ ति० शनिवार को अर्के—निघ तथा शीघ्र धान्य और धन का नाश हो।

अमावस की संक्रांति—संक्रांति के दिन उसी दिन चन्द्रमा हो तो यह जन्म वेंध से वेष्ट होता है, मित्र के घर में हो तो श्रेष्ठ। यह योग प्राय: अमावस्या को होता है।

संक्रांति में क्रूरवार—१, ४, १० राशि की संक्रांति में क्रूरवार हो तो जल नहीं वर्षे धान्य कम हो उस वर्ष में चोर तथा रोगादि और विग्रह बहुत हो।

खर्पर योग में वार—प्रथम संक्रांति को शनि, दूसरे को सूर्य, तीसरे को मंगल वार हो तो यह खर्पर योग कष्टकारी होता है।

पौष संक्रांत को दिन—इतवार-धान्य का मूल्य दुगना। शनिवार—तिगुना। मंगलवार—चौगुना। बुध शुक्रवार—चौथाई कम या समान भाव। गुरु सोमवार—आधा मूल्य।

मीन की संक्रांति का दिन फल—इतवार-पवन अधिक चले। मंगल—पशुपीड़ा। शनि—दुर्भिक्ष। बुध—महामारी।

संक्रांति के दिन शुभ वार—शुभ फल। अशुभवार—कष्टदायक।

संक्रांति क्रूरवार की—यदि शनि, रवि, मंगलवारी बहुत सी संक्रांतियाँ आवें तो महँगाई बढ़े रोग विग्रह हो।

संक्रान्ति में अष्टमी—मेष और मीन की संक्रान्ति के बीच अष्टमी मंगलवार को पड़े तो धान्य संग्रह से २, ३ या ४ गुना लाभ हो।

संक्रान्ति के बीच रोहिणी—कुम्भ और मीन की संक्रान्ति के बीच ८, ९, १० को रोहिणी हो तो क्रम से स्वल्प, मध्य, अच्छी वर्षा हो।

मकर संक्रान्ति को दशमी—मकर संक्रान्ति माघ कृष्ण १० को हो तो धान्य संग्रह से आषाढ़ में लाभ।

संक्रान्ति समय फल—कोई संक्रान्ति प्रात: हो तो जगत में विपत्ति। दोपहर—धान्य नाश। सायं—सब धान्य की वृद्धि। अर्द्ध रात्रि—सब प्रकार से क्षेम कुशल सुभिक्ष हो।

संक्रान्ति से सस्ता महँगा—गत मास दिन में संक्रान्ति नक्षत्र और प्राप्त संक्रान्ति दिन नक्षत्र इनका अन्तर २ या ३ हो तो सस्ता। यदि नक्षत्र से ४ या ५ का अन्तर हो तो महँगा।

धान्य महँगा या सस्ता—धान्य के नामाक्षर, संक्रान्ति की घड़ी और गत तिथिवार नक्षत्र जोड़कर ३ का भाग दो। शेष १—धान्य स्वस्थता, २—साधारण, शेष ० महँगा।

अन्य मत—संक्रांति की घड़ियों में + ९ × ७ ÷ ३ = शेष १ में धान्यस्वस्थपता। २ = साधारण, शेष ० = मँहगा।

अन्य प्रकार ( संक्रान्ति की घड़ी + दिन + नक्षत्र ) + ४ ÷ ७ शेष १ अन्न, २ रस, ३ रोग, ४ उजले वस्त्र महँगे, ५ क्षय, ६ रोगादि, ७ रोग भय क्षय।

### संक्रांति के नक्षत्र अनुसार भाव

पहली संक्रान्ति के नक्षत्र से दूसरे तीसरे नक्षत्र में संक्रान्ति—सुभिक्ष, पहली संक्रान्ति के नक्षत्र से चौथे पांचवें नक्षत्र में संक्रान्ति हो तो अन्न भाव महँगा। पहली संक्राति के नक्षत्र से छठे नक्षत्र में सूर्य की संक्रान्ति हो तो अति दुर्भिक्ष और भयंकरता हो।

### वृष संक्रांति में ग्रह अनुसार भाव

वृष की सूर्य संक्रान्ति लगने के समय केन्द्र और २, ११ घर में शुभ ग्रह हो तो शारदीय अन्न उत्तम हो यदि उक्त स्थान में पाप ग्रह हो तो थोड़ा अन्न हो यदि शुभ और पाप ग्रह मिले हों तो मध्यम उपज हो।

सप्तम में पाप ग्रह—अन्न नष्ट। ६ या ७ स्थान में पाप ग्रह—थोड़ा अन्न हो।

### वृश्चिक संक्रांति से ग्रीष्म काल के अन्न का विचार

राशि १—ग्रीष्म काल की खेती। राशि २—मूल। ३—रस धान्य, ४—घृतादिक, सुवर्ण आदिक, ६—घोड़ा, ७—वस्त्र, ८—मणि, ९—कांच, १०—जल, ११—अन्न, १२—मूल ये सब वस्तुएँ मेषादिक राशि के सूर्य को पाप ग्रह देखते हों तो महँगे हो जाते हैं।

यदि अमावस्या या पूर्णमासी के दिन ग्रहण या अति वर्षा हो या चन्द्र सूर्य पर पारस बैठे, दण्ड का उदय हो उल्कापात आदि उपद्रव हो तो पूर्वोक्त वस्तुओं का भाव महँगा हो जाता है, यदि सूर्य को शुभ ग्रह देखते हों तो उत्पात नहीं होता अन्न का भाव मन्दा रहे।

मकर या कर्क संक्रान्ति में दुष्टवार—कर्क या मकर की संक्रान्ति में रवि, शनि, मंगलवार में से कोई हो तो प्रजा को दुःख हो।

मिथुन संक्रान्ति में शुभ ग्रह—मिथुनार्क में ३, ६, ९, १२ राशि पर शुभ ग्रह हो तो अच्छी वर्षा हो।

या शुक्र और बुध २, ४ राशि, चन्द्र १२ राशि गुरु ६ राशि में हो तो अच्छी वर्षा हो।

### सूर्य राशि में उत्पात से देशों को पीड़ा

मेष वृष कर्क राशि के सूर्य में उत्पात हो—दक्षिण दिशा में युद्ध हो दुर्भिक्ष हो।

मिथुन के सूर्य में उत्पात—विन्ध्याचल में सिंहल देश में भय हो।

कुम्भ के सूर्य में—मद्र देश का नाश खेती उपज।

कन्या तथा वृष के सूर्य में—उत्पात कान्यकुब्ज देश में पीड़ा।

वृश्चिक व मकर के सूर्य में—नर्मदा नदी के तट पर दुर्भिक्ष।

तुला के सूर्य में—पिंगल देश में दुर्भिक्ष हो या राजभंग हो।

धन के सूर्य में कलिञ्जर देश आदि नष्ट हों।

# अध्याय १६

## उत्तरार्द्ध

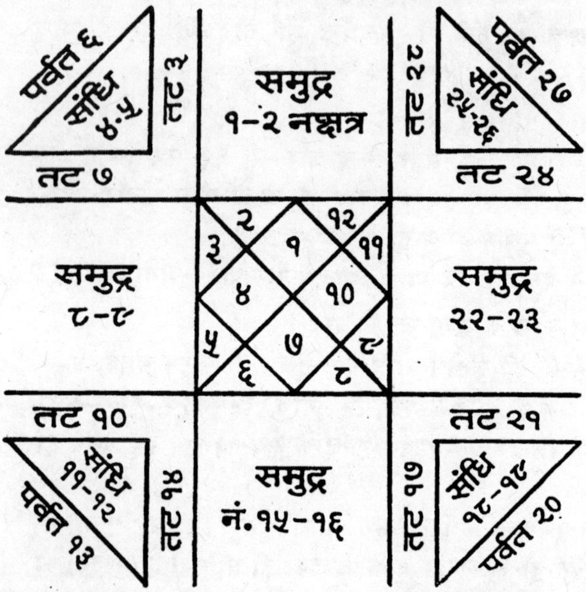


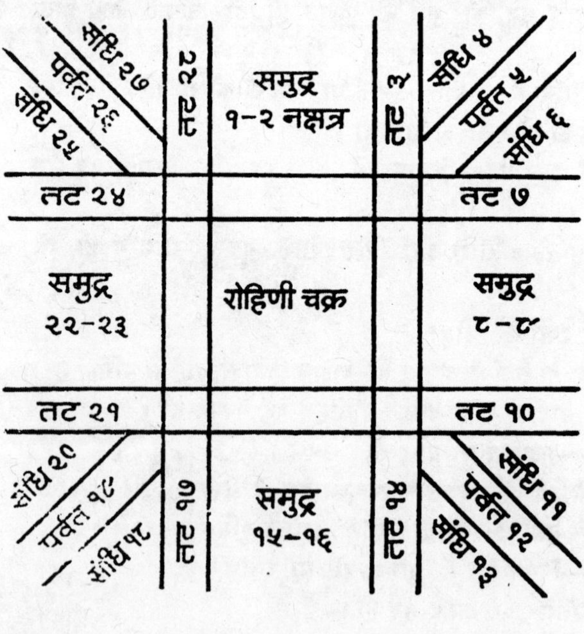


**रोहिणी वास ज्ञान**

मेष-संक्रान्ति के दिन जो नक्षत्र हो उससे आरम्भ करके २-२ नक्षत्र समुद्र में २-२ तटों में, २ सन्धि में १ पर्वत पर इस प्रकार अभिजित सहित २८ नक्षत्र यहाँ बताये चक्र के अनुसार स्थापित करे।

जिस जगह रोहणी नक्षत्र पड़े वहीं पर रोहिणी का निवास जानना।

फल—समुद्र में अति वर्षा। तट=शुभ वर्षा अन्न धन की वृद्धि। पर्वत में=वर्षा नहीं हो खेती सूखे। संधि=खंड वृष्टि हो किन्तु खेती सूखे नहीं।

अन्य प्रकार का रोहिणी चक्र—

**रोहणी निवास**

रोहिणी निवास समुद्र में—समग्र निवास, माली के घर संधि में—वैश्य के घर, पर्वत—कुम्हार के घर।

तट—धोबी के घर।

चैत्र शुक्ल ३ को वार के अनुसार वाहन

| वार | रवि | सोम | मंगल | बुध | गुरु | शुक्र | शनि |
|---|---|---|---|---|---|---|---|
| वाहन | अश्व | मृग | वृषभ | सिंचाष | चातक | दादुर | भैंसा |

## आषाढ़ कृष्ण में रोहिणी विचार

आषाढ़ कृष्ण में जब चंद्र रोहिणी नक्षत्र पर आवे तब शुभाशुभ विचारना।

शकुन—सन्ध्या समय बन से लौटते जो पशु हैं उनमें से काले रंग का पशु आगे होकर नगर में या दरवाजे के भीतर प्रवेश करे या बैल प्रथम प्रवेश करे या काला पशु या बैल प्रवेश करे तो पूर्ण वर्षा हो मनुष्य को सुख हो। काली या पीली गौ प्रवेश करे तो वर्षा रोके। कपिला गौ प्रवेश करे तो पवन चलें। पाटल (पोली) गौ प्रवेश करे—खेती नाश। चित्त कबरी=फल मध्यम।

सर्व ऋतु शुभ—आषाढ़ में रोहिणी नक्षत्र के दिन बिजली चमके और वर्षा हो या आकाश में मेघ न हो तो सब ऋतुओं में शुभ।

ऋतु अशुभ जीवों को भय—रोहणी नक्षत्र के दिन वर्षा नहीं हो और पूर्व या उत्तर को पवन न चले तो सब ऋतु अच्छी नहीं हो किन्तु जीवों को भयदायक होवे सन्देह नहीं।

शुभ और वर्षा श्रावण भादों में हो—आषाढ़ में सोमवार को रोहिणी हो उस पर एक प्रहर दिन चढ़े तक पवन चले तो शुभ है श्रावण और भादों में वर्षा भी होवे।

वर्षा—रोहिणी नक्षत्र के दिन दोनों पिछले प्रहरों में वर्षा होवे और दोपहर को पवन चले तो श्रावण भादों में वर्षा हो।

विपरीत फल—यदि उस दिन अशुभ पवन दक्षिण या पश्चिम की चले तो पूर्वोक्त शुभ का विपरीत फल होगा। उस दिन अनेक प्रकार की पवन चले तो जैसा बलवान पवन होगा उसी के अनुसार फल होगा।

सुख अन्न वृद्धि—सोमवार रोहणी नक्षत्र को शुभ पवन चले और आकाश निर्मल रहे और पशु पक्षी शांति दिशा की ओर मुख को करें तो लोक में आनन्द तथा अन्न आदि की समृद्धि हो। आकाश निर्मल अर्थात् आकाश में धूल आदि न हो।

वर्षा अच्छी—रोहिणी नक्षत्र के दिन दोपहर पहिले पूर्व की पवन चले तो शुभ है श्रावण भादों में वर्षा अच्छी हो।

साधारण फल—दो प्रहर के पीछे दो प्रहरों में वर्षा हो तथा मध्याह्न समय में पवन चले तो अगले २ महीना मध्यम अर्थात् साधारण फल हो।

वर्षा—सारे दिन पवन चले वर्षा नहीं हो तो श्रावण आदि महीनों में वर्षा अच्छी हो सम्पत्ति बढ़ती है।

उस दिन बादल गर्जे शुभ—मजीठ समान लाल, सफेद या रेशम समान चिकना, सुबर्ण समान कान्ति वाला, जमी हुई ( दृढ़ ) जड़ वाले सुन्दर चिकने ऐसे बादल प्रथम गर्जे तो शुभदाई हैं।

अशुभ—मिले हुए बिकराल भूत प्रेत सरीखे, काग सरीखे जल हीन अत्यन्त रूखे ऊँट के समान आकार वाले बानर समान आकार वाले ऐसे बादल हों तो दु:ख व संकट करते हैं।

रोहणी के बादल दिशा—आषाढ़ में प्रथम रोहिणी नक्षत्र के दिन पुर्व दिशा में बादल होने लगे तो पृथ्वी पर खेती बहुत हो आनन्द बढ़े। अग्नि कोण=अतिभय, दक्षिण व नैऋत्य=अन्न नाश। पश्चिम = वर्षा बहुत अच्छी। वायु कोण-वर्षा होने के वक्त पवन बहुत चले। उत्तर-वर्षा बहुत ही खेती अच्छी। ईशान—वायु चलने से प्रजा में शोक बढ़े।

यह सब योग जिस ग्राम में पूर्व दिशा में बादल दिखें वहीं फल करते हैं,

तारा टूटने का दिशा अनुसार फल—इसी प्रकार इन दिशाओं में रोहणी नक्षत्र के दिन तारा टूटे, भूचाल हो दिग्दाह बिजली गिरे, मृग पक्षियों का बोलना इनका भी शुभा शुभ बिचारना अर्थात् जिस दिशा में बादल होना शुभ कहा है उसी दिशा में ये भी अच्छे हैं।

रोहिणी पर चन्द्र—रोहणी नक्षत्र पर चन्द्र आवे तब आकाश में रोहिणी तारा के दाहिने तर्फ कर दक्षिण दिशा को होकर चन्द्र निकले दूर से चाहे समीप से यह जगत का दु:ख देने वाला कहा है।

चन्द्र उत्तर से—रोहणी को स्पर्श करता चन्द्र उत्तर दिशा से होकर निकले तो उपद्रव सहित वर्षा हो।

और रोहिणी को स्पर्श किये बिना उत्तर चारी हो तो सब मनुष्य सुखी रहें।

रोहणी चन्द्रमा के पीछे—रोहणी नक्षत्र चन्द्र से पीछे मिला हुआ हो तो स्त्रिया कामी जन के वश में हों।

चन्द्र रोहणी के पीछे—चन्द्रमा रोहिणी के पीछे-पीछे चले तो काम देव से पीड़ित नर स्त्रियों के वशीभूत हों।

चन्द्र दिशा फल—रोहणी नक्षत्र से चन्द्र अग्नि कोण में—प्रजा में बहुत भय। नैऋत्य—प्रजा में दु:ख। ईशान=बहुत सुख। वायु कोण=मध्यम फल।

रोहणी को चन्द्र स्पर्श—चंद्र रोहणी की तारण ( स्पर्श ) करे—प्रजा में अत्यन्त भय। अच्छादन करे=राजाओं का नाश।

चन्द्र समीप ग्रह—चन्द्रमा मंगल या शनि के पास नहीं हो और बहुत अच्छी कांति वाला हो तो कोई उत्पात नहीं होता जगत को सुखदाई है। और प्रचंड तेज वाला सर्व सुखदाई होता है।

रोहिणी चंद्र मेल—रोहणी के साथ चन्द्र का मेल होने पर सब दिशाएँ शांत हो जायँ मृग मच्छी गण मनोहर शब्द करे आकाश निर्मल और वायु आनन्दित हो तो भूमि की श्रेष्ठ सिद्धि होती है।

चन्द्र शकट भेद—रोहिणी के तारे के बीच चन्द्र चला जाय तो रोग भय दुःख शोक हो।

ग्रह शकट भेद—शनि मंगल या केतु रोहणी के शकट को भेदन करे तो समस्त जगत को अवर्णनीय अमंगलकारी होता है।

स्वाती योग

रोहिणी अनुसार स्वाती—रोहिणी योग में जो फल कहा है वही योग विचारना वैसा ही फल स्वाती नक्षत्र के योग में विचारना।

जल वर्षे खेती उपजे=माघ सप्तमी को स्वाती नक्षत्र में चंद्र उदय होते हुए तथा सूर्य की किरणें मन्द हों और बादलों में ढके होवे तथा प्रचंड वायु चले और आकाश में बिजली चमके तो पृथ्वी पर सम्पूर्ण खेतियाँ उपजें और जल बहुत वर्षे, सब देशों में सुख बढ़े मनुष्यों की वृद्धि हो।

उपरोक्त योग—श्रावण तथा फाल्गुन में, चैत्र तथा वैशाख में तथा आषाढ़ में इसी प्रकार स्वाती योग विचारना।

उपरोक्त फल—स्वाती और अषाढ़ नक्षत्र के साथ चन्द्र के योग का फल भी वैसा ही है।

आषाढ़ शुक्ल का विचार—आषाढ़ मास के शुक्ल पक्ष में इसका भली भाँति विचार करके इसमें जो विशेषता है आगे बताया है।

स्वाती विभाग फल—स्वाती नक्षत्र में रात्रि के पहिले अशुभ वर्षा हो तो सब प्रकार के धान्य बढ़ते हैं। दूसरे भाग में=तिल मूंग उर्द। तीसरे भाग में=ग्रीष्म काल की धान्य होती है परन्तु शरद की खेती नहीं होती।

दिन के पहिले भाग में वृष्टि होने से=सुवृष्टि दूसरे भाग=सर्प और कीड़े बढ़ते हैं। मध्य और अपर भाग में=सुवृष्टि। रात दिन बरसने से=उसी वर्ष में बहुत वृष्टि होती है।

अपावत्सर तारा—चित्रा के उत्तर ओर का तारा अपावत्सर कहा जाता है यह चित्रा के ५ अंश उत्तर विक्षेप में अर्थात् ३ अंश स्फुट होने के बाद विक्षेप में एक बड़ा तारा दिखाई देता है वह अपावत्स है। उसके निकट हुए चन्द्रमा के साथ स्वाती का योग होने पर मंगल होता है।

सब धान्य हों—यदि माघ को कृष्ण सप्तमी में स्वाती योग होने से हिम गिरे या प्रचन्ड वेग से पवन चले जल युक्त बादल गर्जता रहे और आकाश यदि बिजली की रेखा से युक्त हो, चन्द्र सूर्य और तारों की ज्योति रहे तो वर्षा काल में जनपद आनन्दित रहे और सब धान्यों से युक्त रहें।

आषाढ़ का स्वाती योग विशेष—फाल्गुन चैत्र या वैशाख कृष्ण पक्ष में ऐसा ही स्वाती योग होता है परन्तु आषाढ़ मास में स्वाती योग को विशेष रूप से जानना।

राजा व पशु नाश—रवि, मंगल या शनिवार में कार्तिक की अमावस्या हो और आयुष्मान योग और स्वाती नक्षत्र हो तो राजा और पशुओं का नाश हो।

# अध्याय १७

## वायु परीक्षा

आषाढ़ में वायु दिशा—आषाढ़ की पूर्णिमा को सायंकाल में जिस वक्त आधा सूर्य छिपे तथा पूर्व की पवन चले तो पृथ्वी पर खेती बहुत उपजे, प्रजा में आनंद बढ़े, मेघ अच्छे वर्षे, तृण हों। अग्नि कोण की पवन चले तो प्रजा का मरण हो अन्न का नाश हो वर्षा नहीं हो। दक्षिण-पृथ्वी पर खेती नहीं उपजे, राजा लोग आपस में लड़ मरें तृण नहीं हो। नैऋत्य-मेघ नहीं वर्षें पृथ्वी पर खेती नहीं हो क्षुधा से पीड़ित लोग दु:खी रहें।

आषाढ़ पूर्णिमा में सूर्य छिपने के समय पश्चिम की पवन चले तो प्रजा सुखी मेघ वर्षे अन्न बहुत हो। वायव्य=वर्षा ऋतु में प्रचंड पवन बहुत चले बादलों को उड़ा देवे अन्न का नाश हो। उत्तर=पृथ्वी पर धान्य और जल की वृद्धि हो प्रजा में आनन्द हो भय दु:ख नहीं रहे। ईशान=अन्न की वृद्धि हो बहुत सा जल भरपूर होवे गायों में दूध बढ़े वृक्षों में फल-फूल बहुत लगे, राजा लोगों में बहुत आनन्द बढ़े।

आषाढ़ पूर्णिमा को प्रदोष के समय या दिन में या रात्रि में पूर्व की पवन चले=वर्षा और धान्य की उत्पत्ति उत्तम। आग्नेय=थोड़ी वर्षा, भय, महँगा भाव, अग्नि कोप। दक्षिण=वर्षा का अभाव प्रजा को पीड़ा महर्घता। नैऋत्य=घोर दुर्भिक्ष भयंकर अनावृष्टि। पश्चिम=महावृष्टि, अन्न उपज मध्यम। वायव्य=प्रचण्ड वायु, वर्षा तथा अन्न मध्यम। उत्तर=बहुत अन्न, अच्छी वर्षा मनुष्य सुखी। ईशान=खेती की सम्पत्ति मनुष्य धनाढ्य तथा सुखी।

### ज्येष्ठ वदी १ का वार फल

ज्येष्ठ वदी १ को जो वार हो उस का फल रविवार-पवन चले। मंगल=बीमारी। बुध=दुर्भिक्ष हो संदेह नहीं। सोम गुरु शुक्रवार=बहुत वर्षा हो धन धान्य बढ़े। देव योग से शनिवार हो=फल का शोष हो प्रजा का नाश हो राज भंग हो।

ज्येष्ठ शुक्ल में वायु चले—ज्येष्ठ मास की शुक्ल पक्ष से लेकर ४ दिन के भीतर किसी दिन भर पवन चले तो क्रम से श्रावण आदि ४ महीनों में वर्षा होती है।

## होलिका वायु परीक्षा

होली जलते समय पूर्व पवन चले=राजा प्रजा को सुख। दक्षिण व नैऋत्य=दुर्भिक्ष और पलायमान। पश्चिम उत्तर व ईशान=सुभिक्ष प्रजा को सुख। अग्नि कोण=अग्नि भय। वायव्य=बहुत पवन चले।

## पताका से पवन

अषाढ़ कृष्ण में रोहिणी का चांद के साथ मेल देखकर=१२ हाथ ऊँचे बांस में ४ हाथ लम्बी काले रंग की पताका पूजन कर लगावे फिर पवन देखे। एक प्रहर तक एक दिशा में पवन चले तो १५ दिन तक वर्षा होगी। इसी प्रकार हवा चलने के समय से अंश का निर्माण करे। श्रावण से कार्तिक तक इन ४ महीने के ८ पल में एक एक पल का १-१ अंश मान कर विचारना बायीं पवन चले तो शीघ्र ही सुखदाई होती है और जो एक दिशा में ही गमन करे तो वायु प्रतिष्ठान और बलवान होता है।

अन्य मत—वायव्य की पवन गरुड़ की चाल समान गमन करे तब पृथ्वी जल की धारा से प्रफुल्ल धान्य बहुत सुख के प्राप्त होने से भाग्य सेना के समान दिखाई देती है।

अन्य मत—पवन पूर्व या उत्तर की=शीघ्र वृष्टि। दक्षिण=वृष्टि रोके। पश्चिम=वर्षा में विलम्ब। वायव्य=पवन सहित वर्षा हो जिससे खटमल आदि से ईति भय हो। ईशान=जगत का हित हो जल वृष्टि हो आनंद हो। पूर्व की=सुभिक्ष। आग्नेय=खंड वृष्टि। दक्षिण=ईति हो। नैऋत्य=आकुलता। पश्चिम=अच्छी खेती। वायव्य=ताप। उत्तर=शुभ। ईशान—संपत्ति प्रद।

ग्रीष्म के अन्त में जब सूर्य की किरण मेरु पर्वत की तली में पहुँच जाय तो सुगंधित उत्तर वायु बहती है तब बादलों में बिजली घूमती है और वह मेघ समस्त पृथ्वी को जल से पूर्ण कर देता है।

ऋतु अनुसार वायुफल=हेमंत=दक्षिण की। शिशिर=नैऋत्य। वसंत=उष्ण वायु। शरद्=श्रेष्ठ फलप्रद शरद पूर्व की वायु से फल भरें। वसंत=उत्तर वायु से फल-फूल नाश। आग्नेय=वायु सदा खराब। ईशान=सदा अच्छी। नैऋत्य-रोग विग्रह और दुर्भिक्ष भय। झनझनाहट की न हो तो पूर्व की वायु वर्षा करती है।

## मास अनुसार वायु विचार

श्रावण में=पूर्व की। भादों में उत्तर की पवन दृढ़ वर्षा करती है। शेष महीनों में पश्चिम की हवा अच्छी है, वह स्थापक वायु है।

चैत्र—चैत्र कृष्ण २ को यदि सब दिशाएँ घूमती हवा चले तो भादों में बिना बादल के भी बहुत वर्षा हो चैत्र कृ. ३ को पूर्व या उत्तर की चले तो बहुत वर्षा से सुभिक्ष हो चैत्र कृ. ४ को वर्षा सहित वायु चले तो दुर्भिक्ष हो।

चैत्र कृ. ५ को भी ऐसी हवा चले तो उपरोक्त फल चै. कृ. २, ३, ४, ५ को वर्षा सहित वायु चले तो शुभ नहीं है किन्तु शुक्ल पक्ष में पूर्वोत्तर को वायु अत्यन्त श्रेष्ठ होती है।

चै. शुक्ल ५ को दक्षिण पूर्व की वायु वर्षा सहित चले उस वर्ष धान्य का तिगुना मूल्य हो जाता है।

चै. में अनेक प्रकार की पवन चले और बिजली चमके तो श्रेष्ठ वर्षा हो।

चै. में मूल से भरणी तक देखे उसमें जब तक दक्षिण पवन चले तब तक वर्षा हो।

वैशाख—शुक्ल या कृष्ण पक्ष की ८-१४ को दक्षिण की पवन चले तो मेघ उदय हो।

शु. ३ को ध्वजा आदि से वायु विचारे। यदि पूर्व या उत्तर की वायु चले तो मेघ वर्षा हो। उस दिन दक्षिण या नैऋत्य की चले तो वर्षा नहीं हो। पश्चिम की चले तो वर्षा अच्छी हो किन्तु जाड़े की खेती नष्ट हो।

वै. शु. ४ को उत्तर की चले तो सुभिक्ष हो।

पंचमी को पश्चिमी चले तो तेजी हो।

उदय अस्त के समय पूर्व की चले तो सस्ते नाज का बहुत संग्रह करना।

शु. १० को उदय अस्त में पवन चले तो धान्य संग्रह करना। देशों में तथा पूर्ण वायु का भली प्रकार विचारना।

आर्द्रा पर सूर्य—सूर्य आर्द्रा पर हो तब प्रात:काल के समय ४ घटी के भीतर पूर्व की वायु चले तो मेघ उस दिन उदय होता है। इसी भाँति दूसरे दिन भी पूर्व वायु हो तो अवश्य वर्षा हो।

वैशाख की पूर्णिमा से ज्येष्ठ कृ. ८ तक आर्द्रा के सूर्य में ९ नक्षत्रों का योग हो अर्थात आर्द्रा पर सूर्य हो और पूर्णिमा के ८ तक आर्द्रा आदि ९ नक्षत्र हों तो अवश्य वर्षा हो।

अन्न अच्छा—सूर्य चंद्र अमावस्या का योग हो और पश्चिम की हवा चले तो अन्न अच्छा हो।

=यदि ९ मास तक बराबर पूर्वी हवा चले तो सीप में मोती और धान्य तथा मंगल बहुत हो।

ज्येष्ठ—ज्येष्ठ में कड़ी धूप पड़े हवा बहुत चले—लू लगे तो वर्षा का गर्भ शुभ होता है ।

ज्ये० कृ० ८-१४ को दक्षिण पवन हो तो पीछे वर्षा होती है । ज्ये० की ५ दक्षिण पवन चले तो तिल तेल घी यह आसोज ( क्वार ) में खरीदना चाहिये ।

# अध्याय १८

## मेघ परीक्षा

मेघ आकार दुःखदाई—बिलाव, प्रेत, कुत्ता और कौआ के आकार की भिन्न-भिन्न बिजली रहित मेघ बहुत आवे तथा ऊँट या बानर की देह समान स्वरूप वाले मेघ हों तो प्रजा को दुःखदाई होते हैं ।

शुभ—मजीठ, रेशमी वस्त्र, सुवर्ण, क्रौंच पक्षी के समान कांति वाले और नहीं कटी हुई जड़ जिसकी ऐसे बहुत रंग वाले बहुत चिकने जल युक्त बादल आषाढ़ मास में शुभ होते हैं ।

मेघ दिशा फल—पूर्व दिशा में उत्पन्न हुए मेघों से धान्य अच्छी तरह पक जाती है । आग्नेय कोण में उठे हुए बादलों से अग्नि का कोप होता है । दक्षिण—धान्य का क्षय । नैऋत्य—मँहगा होता है । पश्चिम—सुन्दर वर्षा होती है । वायु कोण—वायु और कहीं २ वर्षा होती है । उत्तर—मेघों की पुष्टि वर्षा होती है । ईशान—श्रेष्ठ धान्य हो ।

नौ मेघ ज्ञान—

वर्तमान शाका × ८ ÷ ९—शेष मेघ के नाम—

( १ ) आवर्त, ( २ ) संवर्त ( ३ ) पुष्कर ( ४ ) द्रोण ( ५ ) काल ( ६ ) नीलज, ( ७ ) वरुण, ( ८ ) वायु, ( ९ ) तम ।

फल ( १ ) आवर्त—में जो चावल गेहूँ चना कपास घी तेल आदि का नाश, जल कम वर्षे ।

( २ ) संवर्त—काम अधिक हो, धर्म कार्य में कमी हो, राजा लोग अन्य कामों में तत्पर नहीं हों । वर्षा और सर्वत्र पूर्वी वायु चले ।

( ३ ) पुष्कर—कन्द मूल फल की वृद्धि नहीं हो । अनेक पापों की वृद्धि हो रोग पीड़ा से लोग दुबले हों, वर्षा कम हो ।

( ४ ) द्रोण—राजा लोगों के खजाने भर पूर रहें । धन धान्य अधिक हो उत्तम वर्षा हो ।

( ५ ) काल—अच्छे मनुष्य रोग पीड़ा से व्याकुल, राजाओं में परस्पर कलह वर्षा कम हो।

( ६ ) नील—गाय अच्छा दूध दें, रूई कपास आदि अधिक हो वर्षा अच्छी हो सब लोग सन्तुष्ट रहें।

( ७ ) वरुण—अग्निहोत्री ब्राह्मण का आदर पूजा दें, सदा आनन्द, अनुकूल अच्छी वर्षा।

( ८ ) वायु—जल की वर्षा न हो, सब धान्यों का नाश सब वस्तुओं के संकोच से लोग धर हीन हो जावें।

( ९ ) तम—रोग अधिक, जल की हीनता, चोर अधिक, धान्य का पोषण नहीं हो लोग अनेक प्रकार से दु:खित।

मेघ के ८० राजा अन्य मेघों का विशेष वर्णन

मेघ के राजाओं का वास—१० राजा—मन्दर पर्वत में, १० राजा—कैलास, १० राजा—कोटज प्राकार, १० राजा—उत्तर, १० राजा—शृङ्गवेर, १० राजा—पर्यन्त, १० राजा—हिमाचल पर्वत, १० राजा—गन्ध मादन।

दिशा विदिशा में भी १०–१० मेघ रहते हैं जब उदय होते हैं तो पृथ्वी को जल से भर देते हैं।

अनुष्ठान—उनके उदय होकर यथेच्छ जल वर्षाने का उपाय भूमि में विधि पूर्वक अष्ट दल कमल बनाकर उसके बीच में मेघों की स्थापना करे। १० मेघ पूर्व में १० दक्षिण में १० पश्चिम में १० उत्तर, १७ स्वर्ग में मध्य में स्थापित कर मन्त्रों द्वारा उनका आवाहन कर पूजन करे। विधि पूर्वक पूजन करने के बाद शिवालय या तालाब में विसर्जन करे।

१० पूर्व के मेघ—१ सिंहक, २ विजय, ३ लंवक, ४ जयद्रथ, ५ धूम्र ६ शिखर, ७ भद्र, ८ मातंग, ९ वरुण, १० त्रिलोचन।

१० दक्षिण—११ आनन्द, १२ काल दष्ट, १३ शूकर, १४ वृषभ १५ मृग, १६ नील, १७ भव, १८ कुम्भ, १९ निकुम्भ २० महिष।

१० पश्चिम—२१ कुंजर, २२ काल, २३ मेघ, २४ कालक २५ अंतक, २६ दुन्दुभि, २७ मेखल, २८ भिन्धु २९ मकर ३० छत्र।

१० उत्तर—३१ मेघनाद, ३२ त्रिलोचन, ३३ सुधाकर ३४ दंडी, ३५ सिताल ३६ त्रैकालिक, ३७ जल वृषभ, ३८ गन्धर्व ३९ विधु मासिक, ४० शंकर। ७ मध्य ( स्वर्ग में ) ४१ ओंकार ४२ मयूर ४३ कन्दिक ४४ विन्दु कांति, ४५ करण, ४६ हेय कांति, ४७ गैरिक। मेघ वर्ण—१० श्वेत, १० लाल, १० पीले, १० धूम्र वर्ण।

द्वादश नाग जानना

( शाका + २ ) ÷ १२—शेष नाग निम्नलिखित जिस वर्ष में वे राजा हों उसका फल।

( १ ) सुबुष्न—उस वर्ष में मनुष्यों की बुद्धि अच्छी हो वर्षा मध्यम ।

( २ ) नन्दसारी—मारी वर्षा हो मनुष्य आनंदित हों ।

( ३ ) कर्कोटक—वर्षा न हो राजाओं की मृत्यु हो ।

( ४ ) पृथुश्रव—वर्षा कम अन्न की हानि हो ।

( ५ ) वासुकी—उत्तम वर्षा उत्तम खेती हो ।

( ६ ) तक्षक—मध्यम वर्षा राजाओं में विग्रह ।

( ७ ) केवल—जल कम वर्षे अनाज कम हो ।

( ८) अश्वतर—जल नहीं वर्षे खेती सूख जाय ।

( ९ ) हेममाली—बहुत वर्षा हो समस्त धान पैदा हो ।

( १० ) नरेन्द्र—वर्षा से जल पूर्ण हो ।

( ११ ) वजूदंष्ट—इस वर्ष में जल नहीं वर्षे खेती सूख जाय ।

( १२ ) वृष—अन्न कम हो ईति भय हो ।

## वर्षा गर्भ लक्षण

प्रसव समय—मार्गशीर्ष शुक्ल १ से जिस दिन चन्द्र पूर्वाषाढ़ा नक्षत्र पर आवे उस दिन से सब गर्भों का लक्षण जान लेना चाहिये । चन्द्र के जिस नक्षत्र में प्राप्त होने से मेघ का गर्भ होता है उसी नक्षत्र से १९५ दिन में वह गर्भ प्रसव काल को प्राप्त होता है अर्थात् मेह वर्षाता है ।

## ग्रह युक्त दृष्टि फल

यदि प्रसव काल के समय पर ग्रह संयुक्त हो तो उस गर्भ से ओले अशनि और मछली आदि की वर्षा होती है यदि सूर्य चन्द्र शुभ ग्रहों से युक्त हो या शुभ दृष्टि हो तो अच्छी वर्षा होती है ।

गर्भनाशक—कारक वृष्टि, धूमपात और अधूम हुई वृष्टि ये तीनों गर्भ नाशक हैं । यदि पुष्ट गर्भ की प्रसव काल में ग्रहों के अपघात आदि से न वर्षे तो आत्मीक गर्भ के समय ओलों से दिया हुआ जल बर्षे ।

## वर्षा गर्भ के ५ निमित्त

१ पवन, २ जल, ३ बिजली ४ गर्जना, ५ बादल । जो गर्भ ५ निमित्त से पुष्ट होता है वह १०० योजन तक फैलकर वर्षता है । और उसमें निमित्तों की न्यूनता हो तो पूर्ण वर्ष में भी अर्द्ध अर्द्ध न्यूनता होती है अर्थात एक निमित्त कम हो तो ५० योजन, २ कम हो तो २५ योजन, ३ कम हो तो १२॥ योजन और ४ निमित्त कम हो तो २० कोश जल वर्षाता है । एक योजन=४ कोस ।

जल का तोल—यदि गर्भ में उपरोक्त ५ निमित्त हो तो प्रसव काल मे १ द्रोण ( २०० पल ) जल वर्षता है । पवन निमित्त वाला गर्भ प्रसव ३ आढ़क

( १५० पल ) जल बर्षता है। बिजली निमित्त गर्भ ६ आढ़क ( ३०० पल ) जल बर्षाता है। मेघ निमित्त ९ आढ़क ( ४५० पल ) और गर्जना १२ आढ़क जल बर्षाता है। आकाशीय जल की पुरानी तौल १ पल=३ तोला ३ मासा ८॥ रत्ती का होता है।

## गर्भ मन्द फल

मार्ग शीर्ष आदि के गर्भ और पौष शुक्ल में पैदा हुए गर्भ मन्द फल युक्त होते हैं पौष के कृष्ण पक्ष से श्रावण शुक्ल पक्ष गर्भ बताना।

## गर्भ कब वर्षे

माघ के शुक्ल पक्ष का गर्भ श्रावण के कृष्ण पक्ष में बर्षता है और माघ के कृष्ण पक्ष से भाद्र शुक्ल का ज्ञान होता है।

प्रसव समय—माघ शुक्ल में उठे गर्भ भाद्र कृष्ण में बर्षते हैं और फाल्गुन कृष्ण में उत्पन्न गर्भ आश्विन शुक्ल में प्रसव होते हैं।

चैत्र शुक्ल के गर्भ आश्विन कृष्ण में और चैत्र कृष्ण से कार्तिक शुक्ल में बरसते हैं।

मार्गशीर्ष कृष्ण में या कृष्ण १४ का गर्भ हो तो बिजली सहित बादल दिखें तो आषाढ़ शुक्ल ४ को निश्चय वर्षा होती है।

मार्ग शीर्ष ४, ५, ६ को या ८ श्ले मघा, पूफा को गर्भ हो तो आषाढ़ कृष्ण में फल मिलता है उसमें आषाढ़ में पूफा से ३ रात तक वर्षा होती है।

मार्ग शीर्ष में ७, ८, ९ को उफा हस्त चित्रा होकर बादल बिजली और वायु से गर्भ रहे तो आषाढ़ शुक्ल ८ से या स्वाती से ३ रात तक इतना जल बर्षे कि पृथ्वी पर एकार्णव हो जाय।

गर्भ से मेघ—माघ कृष्ण १०, ११, १२ या ३० तिथि और चित्रा स्वा विशा में गर्भ रहे तो आषाढ़ शुक्ल की उन्हीं तिथियों में और उन्हीं नक्षत्रों में मेघ होता है इसमें सन्देह नहीं

## मेघ गर्भाधान विचार

धन की संक्रान्ति और मूल नक्षत्र से लेकर मेघ गर्भाधान का विचार करे फिर ६॥ महीनों में अर्थात असाढ़ बदी में वर्षा का सम्भव विचारे जो आगे बताया है।

वर्षा—मूल नक्षत्र में जो गर्भ अर्थात जल मेघ हो तो सूर्य के आर्द्रा प्रवेश में वर्षा होगी।

पूषा में गर्भ हो—पुनर्वसु में वर्षा। उ. षा. में गर्भ—पुष्य में वर्षा। श्रवण में गर्भ—श्ले बर्षे। धनिष्टा का—मघा में। शत का—पूफा में। पूफा का—उफा में उभाका—हस्त में। रेवती का—चित्रा या स्वाती में वर्षे।

नाश—आश्विन पर सूर्य तो तभी वर्षा हो तो फल में कहा हुआ गर्भ फलित नहीं होगा। इसी प्रकार भरणी के सूर्य में वर्षा हो तो पूषा का गर्भ फलित नहीं हो ऐसे ही मृगशिर तक गर्भ का नाश विचारना भरणी आदि मृगशिर तक स्थित हुए सूर्य में जिस जिस नक्षत्र पर वर्षा हो तो मूल आदि १०० नक्षत्रों में उस उस नक्षत्र में गर्भ का नाश यथा क्रम से होवे।

मेघ गर्भ ज्ञान

मार्गशीर्ष मास शुक्ल पक्ष से लेकर मेघ गर्भ की उत्पत्ति का पारस बैठने से, वर्षा से, संध्या के रंग से जानना। पौष मास में अति शीत पड़े। माघ में—सन्ध्या समय के बादलों से, पवन से : फाल्गुन में ताम्र वर्ण के सूर्य से, चिकने बादलों से तीक्ष्ण पवन से।

चैत्र में—सूर्य चन्द्र पर पारस बैठने से वर्षा से पवन से बादलों की रेखा से मेघ गर्भ की उत्पत्ति जाने।

मतान्तर—किसी ने कहा है मार्ग आदि मासों में गरजने से या पवन से वा जल वर्षा से या बिजली चमकने से मेघ के गर्भ का ज्ञान करना।

शुभगर्भ लक्षण—सफेद तथा पीले रंग के पक्षी के समान बादल हों जिनमें से अति जल न बर्षता हो या उत्तर ईशान पूर्व दिशा में बादल हो तो शुभ गर्भ होते हैं। वे गर्भ शुभ होते हैं जिनमें बिजली पवन बादलों की गर्जना होती है और भाद्र पद तथा आषाढ़ इन दो महीनों अथवा विशाखा नक्षत्र में उत्पन्न हुए गर्भ बहुत जल बर्षाते हैं।

गर्भ धारण शेष दिन—गर्भ धारण दिन से लेकर तेरहवे पक्षमें वर्षा होती है। जो गर्भ रात्रि में हो तो दिन में वर्षा हो। यदि दिन में रही हो तो रात्रि में वर्षा हो और संध्या को विपरीत सन्ध्या में प्रसव हो।

गर्भ धारण से वृष्टि ज्ञान-—माघ कृष्ण ११ से लेकर शुक्ल ७ तक १२ दिन के भीतर, जिस दिन बिजली चमके, पवन चले, बादल गर्जे तो सूर्य की रोहिणी आदि १२ नक्षत्रों में क्रम से वर्षा होती है।

अन्य प्रकार—सूर्य जब मूल नक्षत्र पर आवे तब से लेकर १० दिन के भीतर किसी दिन बिजली चमके मेघ गर्जे, पवन चले तो क्रम से सूर्य के आर्द्रा आदि १० नक्षत्रों में वर्षा होती है।

अन्य—पौष मास में मूल नक्षत्र से लेकर भरणी तक ११ नक्षत्रों में बादल बिजली पवन आदि से गर्भ रहे तो क्रम से सूर्य के आर्द्रा आदि ११ नक्षत्रों में वर्षा होती है।

अन्य—चैत्र के महीने में अश्विनी आदि १० नक्षत्रों में मेघादि से गर्भ रहे तो वर्षा के आर्द्रा आदि १० नक्षत्रों में क्रम से वर्षा होती है।

इसी प्रकार मेष के सूर्य की संक्रान्ति के दिन से लेकर १० दिन के भीतर जिस दिन गर्भ रहे आर्द्रा आदि सूर्य के १० नक्षत्रों में क्रम से उसी नक्षत्र में वर्षा होती है।

गर्भ धारण—ज्येष्ठ शुक्ल अष्टमी आदि को ४ दिन तक वायु से गर्भ धारण ज्ञान होने के दिन है—जो मृदु शुभ वायु युक्त होने पर या चिकने मेघों से ढके हुए बादल के होने पर श्रेष्ठ है।

वर्षा नहीं—उसमें स्वाती आदि ४ नक्षत्रों में वर्षा हो तो क्रम से श्रावण आदि महीने में गर्भ धारण परिस्तुत जानना अर्थात वर्षा न होगी।

तस्कर भय—यदि यह चारों दिन एक से हो तो शुभ होता है इसके विपरीत हो तो मंगल कारक नहीं होते परन्तु तस्करों का भय होता है।

गर्भ धारण श्रेष्ठ—दामिनी, जलकण और धूरि मिला हुआ द्रव पवन चले, चन्द्र या सूर्य का मेघों से ढके रहना इस प्रकार का जो गर्भ धारण है श्रेष्ठ है।

धान्य की वृद्धि—जिस समय श्रेष्ठ बिजली शुभ दिशाओं में दमके तब धान्य की वृद्धि होगी।

वर्षा शुभ—जो बालक खेलते २ जल या धूरि को वर्षा में या पक्षियों का मधुर शब्द हो पक्षी धूल या जल आदि में फिलाले करे तो शुभ होता है।

धान्य बढ़े—चन्द्र या सूर्य के मण्डल स्निग्ध हैं और अत्यन्त दूषित नहीं हों तो इस काल की वर्षा ही सब धान्य को बढ़ाने वाली है।

भारी वर्षा—मेघ चिकने गाढ़े और प्रदक्षिण गति से परिक्राम करते हुए चलते हों तो सब धान्य और अर्थ की साधन करने वाली बड़ी भारी वर्षा होती है।

बहुत जल—जो गर्भ ५ निमित्त युक्त हैं वह बहुत जल देता है यदि गर्भ काल में बहुत सा जल बर्षे तो प्रसव काल को लांघ कर जल लब्ध वर्षा करते हैं।

गर्भनाश—उल्का वज्र, धूरि का गिरना, दिग्दाह, भूचाल, गन्धर्व नगर, केतु निर्घात, ग्रह युद्ध, रुधिर आदि के बर्षने से बिकार परिघ, इन्द्र धनुष इन सब उत्पातों से गर्भ का नाश हो जाता है।

विपरीत लक्षण से ऋतु के स्वभाव से साधारण लक्षण द्वारा जो गर्भ बढ़ते हैं उनके विपरीत लक्षणों से उनका बदल हो जाता है।

बहुत जल—सब ऋतुओं में ही पू.भा. पूषा उषा और रोहिणी में बढ़े हुए गर्भ बहुत सा जल देते हैं।

शुभ दाई—शत. इले आर्द्रा और मघा संयुक्त गर्भ शुभ दाई और बहुत दिन तक पोषण करते हैं तीन उत्पातो से हने हुए इनों नो वर्षा हनन करते हैं।

बराबर वर्षा—जब चन्द्र इन ५ नक्षत्रों में से किसी एक नक्षत्र पर रहता है तब अगहन से बैशाख तक ६ मास में क्रमानुसार और ३ दिन तक बराबर वर्षा होती है।

ग्रह प्रभाव—क्रूर ग्रह संयुक्त होने पर समस्त गर्भ ओले अशनि और मछली आदि वर्षाया करते हैं और चन्द्र या सूर्य शुभ ग्रह युक्त या दृष्ट होने से बहुत ही वर्षा करते हैं।

गर्भ का अभाव—यदि गर्भ समय में अकारण ही बहुत सी वर्षा होवे तो गर्भ का अभाव होता है और द्रोण के अष्टमांश से भी अधिक वर्षा करने पर गर्भ नष्ट हो जाता है।

ओले—जो पुष्ट गर्भ ग्रहोपघात आदि से न वर्षे तो प्रसव काल मे आत्मीक गर्भ के समय ओले का मिला हुआ जल वर्षाते हैं।

गर्भ कड़ा—जिस प्रकार गायों का बहुत काल तक धरा हुआ दूध कड़ा हो जाता है वैसे ही गर्भ अनेक दिन बीतने पर कठिनता को प्राप्त हो जाता है।

# अध्याय १९

## आर्द्रा विचार

### आर्द्रा प्रवेश तिथि

तिथि १—घर में मंगल कार्य। २—सब धान्य वस्त्र आदि सस्ते। ३—ईति भय चोर भय। ४—निश्चय अशुभ। ५—सबको उत्तमोत्तम फल। ६—धन सम्पत्ति अधिक बढ़े बहुत सुख। ७—उत्तम क्षेम रहे। ८—अन्न वस्त्रादि के मूल्य बढ़े वर्षा कम हो। ९—भय में समानता हो। १०—प्रतिदिन कई प्रकार के मंगल कार्य हों। ११—सब धन धान्य निश्चय सस्ते हों। १२—नाना प्रकार के शुभ फल मिलें। १३—तिथि की स्थिति के अनुसार महर्घ समर्घ हो जल वर्षे। १४—कष्ट कारी सब धान्य और कपड़े मँहगें। १५—पूर्णिमा सम्पूर्ण मनोरथ सिद्ध हो—

१, ४, ८, ९, १४, तिथि में प्रवेश अशुभ, अन्य शुभ।

### आर्द्रा वार फल

रवि—पशुओं का नाश। सोम सुभिक्ष। मंगल—राजाओं में शस्त्र घात से मृत्यु। बुध—ब्राह्मण वर्ग का बहुत कल्याण हो। गुरु—सब जीवों को सुख मिलें द्रव्य की वृद्धि हो। शुक्र—प्रति दिन शांति पुष्टि से तुष्टि हो। शनिवार—लोग दुर्बल अधिक हों बुद्धि भी कम हो। रवि मंगल शनिवार अशुभ शेष शुभ है।

### आर्द्रा प्रवेश नक्षत्र फल

अश्वि—घोड़े आदि पशु समूह में वृद्धि तथा मंगल वृद्धि हो। भरणी—रोग बहुत हो शुभ कुछ न हो। कृति—आग भय अधिक तथा जल वृष्टि हो। रोह—सब

धान्य उत्पन्न हो सबको सन्तोष हो। मृग—धान्य वस्त्र और घी बहुत हो। आर्द्रा—सब प्राणी मार काट डकैती आदि करें।

पुन—सब शस्यों की अवश्य बढ़ती हो।

पुष्य—जल बहुत वर्षे सब धान्य हों।

श्ले०—लोग खोटे काम करें सब सुखों का नाश हो।

मघा—वर्षा कम कन्द मूल फल कम हो।

पू.फा.—राजाओंकी कीर्ति प्रति दिन बढ़े।

उफा—अन्न की वृद्धि हो लोग पुत्र पौत्र युक्त हों।

हस्त—लोग सब धान्यों से संयुक्त हों।

चित्रा—मोठ मूंग उड़द आदि उत्पन्न हों सब प्रकार से शुभ हो।

स्वा०—धन धान्य धर्म कर्म की प्रतिदिन वृद्धि।

विशा—सब रोगों का निश्चय नाश।

अनु—सब लोग और राजा लोगों में सन्तोष रहे।

ज्ये०—सब लोगों को बहुत भय हो।

मूल—कई प्रकार के भय हों रोगवृद्धि दुबला पन हो।

पूषा—सब राजाओं में परस्पर विरोध।

उषा—लोग अनेक प्रकार के काम करें तथा मंगल युक्त हों।

श्रव—लोग पुत्र सौख्य से संयुक्त रहें।

धनि—फल बहुत हो।

शत—जल बहुत वर्षे।

पूभा—सब सुखों का उदय हो।

उभा—सब काम सिद्ध हो।

रेवती—राजा की मृत्यु हो।

अशुम—भर कृति आर्द्रा, श्ले, मूल, ज्ये० मघा पूषा ये नक्षत्र अशुम है शेष नक्षत्र शुभ हैं।

## आर्द्रा प्रवेश का योग फल

( १ ) विष्कम्भ—अन्न बहुत हो।

( २ ) प्रीति—पृथ्वी जल से व्याप्त हो!

( ३ ) आयुष्मान—राजा लोग रोग रहित स्वच्छ चरित्र वाले हों।

( ४ ) सौभाग्य—सौभाग्य व आरोग्य मिले।

( ५ ) शोभन—सब लोग तथा राजा शुभ कार्य करें।

( ६ ) अतिगण्ड—राजा लोग परस्पर युद्ध करें।

( ७ ) सुकर्मा—ब्राह्मण लोग अच्छे कर्म में तत्पर।
( ८ ) धृति—सुमिक्ष हो।
( ९ ) शूल—शूल पीड़ा अधिक हों।
( १० ) गण्ड—सब प्रसन्नता का काम करें।
( ११ ) वृद्धि—पुत्र पौत्र आदि की वृद्धि और यज्ञ आदि कर्म हो।
( १२ ) ध्रुव—राजा प्रजा दोनों उदासीन रहें।
( १३ ) व्याघात—दुर्भिक्ष अकाल से मनुष्यों का नाश!
( १४ ) हर्षण—सब अन्न सस्ते प्राणियों में हर्ष।
( १५ ) बज्र—राजाओं में कलह। कहीं २ वर्षा हो।
( १६ ) सिद्धि—धन धान्य वस्त्र आदि की वृद्धि हो।
( १७ ) व्यतीपात—राजा प्रजा दानों का धन नाश।
( १८ ) वरियान—कम वर्षा कन्द मूल फल अन्न आदि दुर्लभ।
( १९ ) परिघ—धर्म कर्म दोनों का नाश राजा पीड़ित रहें।
( २० ) शिव—सब लोग सदाचारी मंगलकारी हों।
( २१ ) सिद्धि—बहुत से कार्य अच्छे सिद्ध हो।
( २२ ) साध्य—असाध्य कार्य की सिद्धि हो।
( २३ ) शुभ—अच्छी वर्षा सब सन्तुष्ट।
( २४ ) शुक्ल—जल वर्ष खेती अच्छी।
( २५ ) ब्रह्म—जल तथा धान्य मध्यम।
( २६ ) ऐन्द्र—जल वर्षे।
( २७ ) वैधृति—सबको व्याधि भय हो।

अशुभ—शूल, व्यतीपात, व्याघात, परिघ, वैधृति, अतिगण्ड।

### आर्द्रा प्रवेश लग्न

लग्न कुण्डली में चन्द्र और सूर्य नौवें-पांचवें हों या केन्द्र में जल राशि में हों और शुभ ग्रह की दृष्टि हो तो सम्पूर्ण धान्य उत्पन्न हो।

### आर्द्रा प्रवेश समय फल

सूर्योदय के समय—रोग हो। दो घड़ी दिन चढ़े—विग्रह। दोपहर में—खेती का नाश धान्य मँहगे, घास का नाश। सन्धि में—सुमिक्ष। रात्रि में—सबको सुख। मध्य रात्रि—थोड़ा प्रदान करे। आधी रात्रि के बाद की रात्रि में पूर्व भाग में—सुख। पर भाग में—दुःख। रात्रि में—क्षेम कुशल बढ़े। दिन में—सुखदाई नहीं है।

आर्द्रा पर वर्षा—आर्द्रा पर सूर्य आते ही वर्षा हो तो ज्येष्ठ महीने तक वर्षा नहीं हो। आर्द्रा प्रवेश के दिन वर्षा हो तो १॥ महीने तक वर्षा नहीं हो मेघ वर्षते समय आर्द्रा पर सूर्य आवे तो जल और अन्न का नाश हो।

# अध्याय २०

## वर्षा विचार

स्त्री नक्षत्र---१ आर्द्रा, २ पुनर ३ पुष्य, ४ श्लेषा, ५ मघा, ६ पूफा ७ उफा, ८ हस्त, ९ चित्रा, १० स्वा।

पुरुष नक्षत्र---१ मूल, २ पूषा ३ उषा, ४ श्रव, ५ धनि, ६ शत, ७ पूभा, ८ उभा, ९ रेवती, १० अश्वि, ११ भर, १२ कृति, १३ रोह, १४ मृग।

नपुंसक नक्षत्र---१ विशा, २ अनु, ३ ज्ये०।

विचार---सूर्य और चन्द्र जिस राशि पर हों उनकी उपरोक्त संज्ञा देखकर वर्षा का विचार करना।

नपुंसक नक्षत्र---पवन चले। स्त्री---बादल छाये रहें। पुरुष=निश्चय अच्छी वर्षा हो।

चन्द्र नक्षत्र---अश्वि, भर, कृति, आर्द्रा पुन, पुष्य श्ले, मघा पूषा उषा, श्रव, धनि। रेवती, पूभा।

सूर्य नक्षत्र---रोह, मृग, पूफा, उफा, हस्त, चित्रा, स्वा, विशा अनु ज्ये० मूल, शत, पूभा।

वर्षा ऋतु में विचार---चन्द्र + चन्द्र---वर्षा ऋतु में पवन चले। चन्द्र + सूर्य---वर्षा हो। सूर्य + सूर्य---वर्षा नहीं हो। सूर्य चन्द्र दोनों चन्द्र के नक्षत्र पर---अल्प वृष्टि। जब सूर्य और चन्द्र के नक्षत्र पुरुष और स्त्री का योग---वर्षा हो। स्त्री + पुरुष---महा वृष्टि। स्त्री + नपुंसक---कहीं २ अल्प वर्षा हो। स्त्री + स्त्री या पुरुष + पुरुष---बादलों की छाया। नपुंसक + नपुंसक---अनावृष्टि।

जिस नक्षत्र पर सूर्य का प्रवेश हो उसी समय चन्द्र के नक्षत्र और सूर्य नक्षत्र की संज्ञा जानकर वर्षा का फल विचारे। यदि जलचारी लग्न में और वृष्टि योग में सूर्य के नक्षत्र का प्रवेश हो तो बहुत अच्छी वृष्टि हो। रात्रि या अर्द्ध रात्रि में सूर्य नक्षत्र का प्रवेश हो तो बहुत जलवाली सुवृष्टि होती है। अन्य समय में सूर्य के नक्षत्र में प्रवेश हो तो वर्षा नहीं हो। सूर्य + सूर्य---वर्षा। वैसे वर्षा काल सूर्य मृग पर है और पंचाग का चन्द्र नक्षत्र आर्द्रा आदि ५ नक्षत्रों में हो तो वर्षा हो।

वर्षा---बुध व शुक्र उदय अस्त होते हैं तब वर्षा करते हैं।

अतिवृष्टि---पूर्णिमा अमावस्या या संक्रांति के दिन जल राशि का चन्द्र शुक्र या बुध से युक्त हो तो अति जल की वर्षा होने से एक समुद्र सा फैला हुआ जल दिखता है। यदि उसके मध्य में सूर्य हो तो जल का शोषण करता है।

अतिवृष्टि—जिस दिन चन्द्र क्रूर और सौम्य ग्रहों से युक्त होता है उस दिन अधिक वर्षा होती है।

इसी प्रकार जिस राशि का चन्द्र हो उसी की राशि के नवांश का योग होने से अतिवृष्टि होती है।

थोड़ा जल—जब चन्द्र केवल क्रूर ग्रहों से विद्ध हो तो थोड़ा जल वर्षाता है।

वर्षा—जब शुक्र का अस्त हो, ग्रह का उदय हो तथा मंगल अपनी राशि से दूसरी राशि पर जावे तब वर्षा हो और शनि तीनों प्रकार से वर्षा करता है।

सूर्य नक्षत्र से वर्षा विचार—सूर्य रेवती नक्षत्र में वर्षा—ताप। अश्विन में वर्षा—अन्न का नाश। भरणी—ताप और अन्न नाश। कृति—वर्षा न हो तो वर्षा काल में वर्षा हो। रोहणी में—बादल गर्जें २ महीने बाद वर्षा हो। मृग में वर्षा न हो तो—वर्षा काल में बहुत जल वर्षे।

संक्रान्ति से वृष्टि—मार्गशीर्ष और कार्तिक संक्रांति के दिन वर्षा हो—मध्यम वर्षा होती है। पौष और माघ के दिन वर्षा—उत्तम वर्षा हो। फाल्गुन चैत्र, वैशाख ज्येष्ठ की संक्रांति को वर्षा—सुभिक्ष सुवृष्टि। आषाढ़—रोग हो। श्रावण उत्तम वर्षा। भादों—रोग। क्वार—सौख्य।

## वर्षा का प्रश्न परिस्थिति अनुसार विचार

वर्षा के सम्बन्ध में कोई प्रश्न करे तब शुक्ल पक्ष का चन्द्र जल राशि में हो या प्रश्न लग्न के केन्द्र में चन्द्र हो तो वर्षा ऋतु में अच्छी वर्षा हो।

कोई प्रश्न करता हुआ जल को स्पर्श करे या जल के काम में लगा रहा हो और प्रच्छक प्रसन्नता से जल ऐसा शब्द कहे या सूर्य बहुत तेज तपता हो वर्षा ऋतु में बादल चिकने और वैडूर्यमणि समान कांति वाले हों तो शीघ्र वर्षा हो। अथवा सूर्य ज्यादा प्रचण्ड दुस्सह हो घृत के समान कांति वाला हो तो वर्षा ऋतु में उसी दिन वर्षा होगी कहे।

जल का स्वाद बिगड़ जाय और कलश में स्थित हुआ जल गर्म हो जाय, सब दिशाएं निर्मल हो जाय। आकाश काग के अण्डा के समान नीला हो जाय, पवन नहीं चलती हो। मछली आदि जल के जीव जल के बाहर उछल कर निकलें, मेंढक बोले तो जानना कि उत्तम वर्षा होगी।

बिलाई नखों से पृथ्वी खोदें। लोहा के मैल किट में दुर्गन्ध आने लगे बालक इकट्ठा होकर मार्ग में पुल बांध कर खेलते हों, सूर्य प्रचण्ड तपता हो पर्वत की गुफाओं में पसीजा जल आ जावे, चींटियां अण्डा लेकर चलें सर्प वृक्ष पर चढ़ बैठे या सर्प मैथुन करें तो अवश्य मेघ वर्षता है।

गो सूर्य की तर्फ देखती हो। कृकला बिल में बिड़ते हों। रोली केशर आदि का तेज बिगड़ जाये सब लताओं का मुख ऊपर को हो जाय। पक्षी स्नान करें। पशु

निरन्तर तृणों को सेवन करें। आकाश में तीतर जैसी बादल हो जाय तो वर्षा होगी जानना।

## वर्षा प्रश्न में ग्रह अनुसार विचार

वर्षा ऋतु में शुक्र से सप्तम चन्द्र हो और शुभ ग्रहों की दृष्टि हो तथा शनि के पांचवें सातवें घर या त्रिकोण में चन्द्र हो तो वर्षा होने का योग है।

शुभ ग्रह जल राशि पर हो या प्रश्न लग्न में केन्द्र में या तीसरे घर में हो और शुक्ल पक्ष हो चंद्रमा जल राशि में हो तो वर्षा होगी।

चन्द्रमा सूर्य से सप्तम शुक्र शनि यथा क्रम से होवें या चौथे घर में और आठवें घर में होवें या लग्न से इन्हीं घरों में होवें या लग्न से ३, १०, ११ घर में हो तो वर्षा काल में वर्षा हो।

बुध शुक्र का समागम ( एक राशि में ) हो या गुरु शुक्र का समागम हो या बुध गुरु का समागम हो तो निसन्देह वर्षा हो।

जब सब ग्रह सूर्य के पीछे हों फिर सब आगे हो जांय तो सब जगह पृथ्वी पर जल की वर्षा हो।

बुध शुक्र के बीच सूर्य हो तो जल का शोषण हो जो इन्हीं के समीप हो तो बहुत वर्षा हो।

आगे की राशि पर मंगल हो और पिछली राशि पर सूर्य हो तो वर्षा काल में भी ज्यादा वर्षा नहीं होती।

वर्षा का प्रश्न---४-१०-१२ लग्न हो उसमें चन्द्र हो या शुक्ल पक्ष में चंद्र लग्न के केन्द्र में हो उस पर शुभ दृष्टि हो तो इच्छानुसार वर्षा हो। चन्द्र को पाप ग्रह देखे तो अल्प वृष्टि हो।

वर्षा काल में ४, १०, १२ लग्न में शुक्र हो या शुक्ल पक्ष में केन्द्र में हो उस शुक्र पर शुभ दृष्टि हो तो इच्छानुसार जल बर्षे। शुक्र पर पाप दृष्टि हो तो अल्प वर्षा हो।

उस काल में चंद्र यदि जल राशि ४, ११, १२, ६ और मकर के अंत्यार्द्ध राशि लग्न या केन्द्र में हो शुभ ग्रहों की दृष्टि हो तो बहुत जल बर्षे पाप ग्रह की दृष्टि हो तो थोड़ा जल बर्षे और बहुत काल तक वर्षा नहीं होती। शुक्र भी चन्द्र के समान फल दाता है।

प्रश्न लग्न में चौथे घर में शनि राहु हो उस वर्ष महाघोर दुर्भिक्ष हो यदि चारों केन्द्र में शुभ ग्रह हो तो जिस २ केन्द्र में जो २ ग्रह हो इनकी ग्रह की दिशा में धान्य हो और सुभिक्ष हो जिस दिशा में क्रूर ग्रह हो और उस पर शनि की दृष्टि हो तो उस दिशा में निश्चय दुर्भिक्ष हो।

प्रश्नकर्ता यदि पांच अंगुली पकड़ कर भी अंगूठे को पकड़े हुए प्रश्न करे तो अधिक वर्षा हो यदि कनिष्टा को छुए तो कम वर्षा हो।

प्रश्न से शुभा शुभ—( वार + तिथि + नक्षत्र ) × २ ÷ ३ = शेष १—शुभ २—शुभ, ३—दुर्भिक्ष।

वर्षा प्रश्न—प्रश्न लग्न से दूसरी या तीसरी जलचर राशि हो उसमें जलग्रह चंद्र बुध, गुरु, शुक्र हो तो अधिक र्वा हो।

वर्षा—किसी महीने की पूर्णिमा को भूचाल हो तो उस दिन जरूर वर्षा होती है अन्य तिथियों में नहीं।

ग्रह योग—यदि चौमासे के दिन में चंद्र को शुभ ग्रह देखें या शुक्र से सातवीं राशि में चंद्र हो या चंद्र शनि से ९, ५, ७ राशि में आवे तो उस दिन वर्षे।

शनि भौम गुरु शुक्र के घर में या अन्यत्र इकट्ठे हों तो वर्षा बहुत हो या युद्ध हो।

जेठ में सूर्य के साथ ५ ग्रह एक राशि में—सावन में वर्षा की खींच हो या कहीं छत्र भंग हो।

कार्तिक शुक्ल में एक राशि में ५ ग्रह—अकाल वर्षा अर्थात बिना चौमासे के भी ऐसी वर्षा हो कि नदियों में खूब पानी वहने लगे।

मार्ग शीर्ष शुक्ल में एक राशि में ५ ग्रह—मनुष्यों में महामारी हो कहीं राजा भी मरे।

यदि मघा आदि ५ नक्षत्रों में स्थित शुक्र का उदय पूर्व दिशा में हो तो लगातार वर्षा होती है।

यदि स्वाती आदि ३ नक्षत्रों में स्थित शुक्र का उदय पश्चिम दिशा में हो तो वर्षा होती है इन नक्षत्रों में अन्य नक्षत्रों पर शुक्र का उदय हो तो वर्षा नहीं होती।

मंगल शनि यदि एक राशि पर हों या परस्पर एक दूसरे से सप्तम हों या इसी प्रकार गुरु शुक्र और मंगल सूर्य हो तो वर्षा नहीं होती।

और भी वर्षा सूचक प्रकृति लक्षण

गाय उछलें कूदें या ऊपर को मुँह करे तो उस दिन वर्षा होगी। यदि प्रातः या सायंकाल के समय तीतर पंखी बादल हो और कोक टिटहरी, पपीहा आदि पक्षी आनंदित होकर खूब कलरव ( हल्ला ) मचावें तो शीघ्र ही दिन रात मेघ बर्षता है। यदि सूर्य के अस्त समय ऊँची और अमोघ किरणें दिखें और मेघ पृथ्वी के समीप ही गर्जे तो वर्षा होने का बड़ा लक्षण जानना। सर्पिणी अण्डा देवे घास फूस के ऊपर बिच्छू चढ़े शीतल पुरवाई चले पश्चिम में इन्द्र धनुष दिखे पूर्व उत्तर ईशान में लाल रंग की बिजली चमके। मध्याह्न में तीव्र घाम हो मनुष्यों को अत्यन्त नींद आवे तो वर्षा ऋतु में जानना शीघ्र वर्षा होने वाली है। सेंधा नमक का पसीज जाना, पवन

बहने से थम जाना, समस्त पर्वत अंजन राशि के समान रंग वाले हो जाँय उनकी कंदराओं में भाप भर जाय वृक्षों पर गिरगिट चढ़कर आकाश की ओर देखे। पशु घर से बाहर जाने की इच्छा न करे और कान खुरों को कम्पायमान करते रहें, कुत्ता भी इन पशुओं की नाईं ऐसे कार्य करें, जब घरों की छतों पर कुत्ते बैठें या बराबर ऊपर देखें। ईशान में बिजली चमके तो जानना अत्यन्त जल वर्षेगा। जिस समय तोते या कबूतर के नेत्र के समान चन्द्र का रंग दिखे या शहद के समान रंग हो और आकाश में दूसरा चन्द्र दिखाई दे तो शीघ्र वर्षा होगी। रात्रि में बिजली की कड़कड़ाहट का शब्द हो दिन के समय रुधिर के समान या दण्ड के समान बिजली की रेखा देख पड़े और पवन आगे से शीतल हो लताओं में नये पत्ते जो आकाश की ओर उठ जाँय तो ये सब लक्षण से जानना जल वर्षेगा।

### वृक्षों के फल फूल से वृष्टि आदि का विचार

वृक्षों में बहुत फूल आवें—महावृष्टि। थोड़े फूल—अल्प वृष्टि। दूब बहुत पैदा, ईख बहुत हो, महुए में बहुत फूल फल, आम—गेहूँ अधिक हो। बड़ पर बहुत फल—जौ अधिक। नागफनी या नीम में बहुत फल—सुभिक्ष। सालक वृक्ष पर अधिक फल—धान साठी अधिक। पीपल वृक्ष पर बहुत फल—अन्न अधिक। ढाक वृक्ष पर अधिक फल—कोदों अधिक। अर्जुन वृक्ष पर फल अधिक—जल अधिक वर्षे। आम वृक्ष पर अधिक फल—अधिक कल्याण। जामुन वृक्ष पर अधिक फल—तिल अधिक। खैर वृक्ष पर फल अधिक—दुर्भिक्ष। कुटैया वृक्ष पर फल अधिक—रोग अधिक।

### वृक्षों के फल फूल से और भी विचार

वनस्पतियों के फल और फूलों की अधिकता देखने से द्रव्यों की सुलभता और खेती की उपज के बारे में ज्ञान होता है।

साल के फल और फूलों की अधिकाई से—सफेद साठी। नीले अशोक से—शूकर की वृद्धि। तेंदू—धान्य। जामुन—तिल उड़द। शिरीष—कंगनी। महुआ—गेहूँ। सप्तपर्णी—जौ। मुक्तक और कुन्द पुष्प वृक्ष=कपास। पीपल—सब धान्य वृद्धि। असना—सरसों। बेर—कुलफी। सदाबेला—मूंग। बेतस—अलसी। पलास—कोदों। तिलक—शंख मोती और चाँदी। इंगुदी—सन। हस्तिनी कर्ण—हाथी। अश्व कर्ण—घोड़ा। पाटल—गाय। कदली—बकरी और भेड़। चम्पा फूल—सुवर्ण। दुपहरिया फूल—मूँगा। कुरवक—बज्र। नन्दिकावर्त—वैडूर्य। सिन्दुवार—रत्न। कुसम्भ—केशर। लाल कमल—राजा। नीलकमल—मन्त्री। सुवर्ण पुष्प—वणिक। पद्म—विप्र। कुमुद—पुरोहित। सुगन्ध द्रव्य—सेनापति। आक वृक्ष—सुवर्ण। आम—कल्याण। भिलावा—भय। पीलू—आरोग्य। खैर और शमी—दुर्भिक्ष। अर्जुन—शुभकारी वृष्टि। नीम और नाग कुसुम—

सुभिक्ष। कैथ—पवन। निचुल—अवृष्टि भय। कुटज—व्याधि भय। दूब और कुश—ईख। कचनार—आग। श्यामालता—व्यभिचारिणी स्त्री।

जिस देश में वृक्ष, गुल्म और लताओं के पत्ते चिकने और छेद से रहित दिखाई दें उस देश में शुभ वर्षा होगी और वृक्षों के पत्ते सूखे और छिद्र वाले हों वहाँ अल्प वर्षा होगी।

## काक-नाड़ी कौआ का घोंसला से फल

शुभ वृक्ष पर कौआ का घोंसला पश्चिम दिशामें—उत्तम वर्षा। उत्तर दक्षिण—भय। वृक्ष के मध्यमें या नैऋत्य में वर्षा काल के अन्तमें वर्षा। आग्नेय—अल्प वर्षा। ईशान व वायव्य—अन्न अच्छा हो। वृक्ष के मध्य में—मध्यम वर्षा। अग्रभागमें—बहुत वर्षा। सब दिशाओं में काग का घोंसला हो—महाघोर ईति भय। कांटों सहित घोसला—रसों के लिये भय।

अन्यमत पूर्व उत्तर पश्चिम दिशाओं में अर्द्ध भाग में—अच्छी वर्षा।

## टिटहरी से वर्षा विचार

टिटहर। ऊँचे भाग में अण्डा धरे—उत्तम वर्षा। जितने अण्डे के मुख नीचे हों—उतने महीने वर्षा होती है। नीचे स्थान में अण्डा धरे—थोड़ी वर्षा। उन अण्डों में जितने के मुख ऊपर हों उतने महीने वर्षा नहीं होती।

## पशु पक्षी के शब्द से विचार

बारम्बार ऊँचा शब्द करता हुआ मृग—ग्राम के नष्ट होने की सूचना करता है। सेना के दक्षिण भाग में स्थित मृग सूर्य के सम्मुख मुँह करके महान शब्द करे—सेना का नाश। दिशा के दक्षिण भाग में शांत होने से संग्राम। वाम होने से सेना का समागम होता है।

सन्ध्याकाल में मृग चकवा पवन के मिश्र या मिली हुई दिशाओं में चलने से वर्षा होगी। पूर्व में प्रातः सन्ध्या के समय पूर्व की ओर मुख करके मृग और पक्षियों के शब्द से युक्त सन्ध्या—देश के नाश की सूचना प्रकाश करती है। दक्षिण दिशा में स्थित सूर्य की ओर मुख करके मृग पक्षियों से शब्दायमान नगर—शत्रुओं द्वारा ग्रहण किया जाता है।

शीघ्र वर्षा—संध्या काल में दण्ड, तड़ित, मंगल, परिवेष, इन्द्र धनुष, ऐरावत और सूर्य की किरण इन सबका स्निग्ध होना—शीघ्र वर्षा को लाता है। टूटी हुई टेढ़ी मेढ़ी विध्वस्त, विकराल, कुटिल बांई ओर झुकी हुई छोटे २ त्रिकण और मलीन सूर्य की किरणें सन्ध्या काल में हों तो वर्षा नहीं हो युद्ध का सम्भावना है।

अमोघ किरण—सूर्य की किरणें दिन के आदि मध्य और अन्तगामी होकर चिकने अखण्डित सीधे और श्वेत हों तो इनका नाम अमोघ हैं वर्षा होती है यही काले

पीले कपिल लाल हरे अनेक प्रकार के होकर आकाश में फैल जांय तो वर्षा के कारण रूप हैं। परन्तु एक सप्ताह तक कुछ एक मयदाई हैं।

शीघ्र वर्षा के लक्षण

सायं काल के समय पूर्व में आकाश में बादलों की घटा चढ़े उनमें कोई बादल पर्वत सरीखा कोई हाथी सरीखा दिखे या कई बादल सफेद हाथी जैसा होकर कई भाँति के बन जाँय तो ५ या ७ रात में शीघ्र वर्षा हो।

सायंकाल में उत्तर दिशा में बादलों की पर्वत माला सी दिखे तो सन्तोषदायक ३ दिन में वर्षा हो।

सायंकाल पश्चिम में बादलों के पहाड़ दिखें और सब दिन के समय काली घटा हो तो शीघ्र वर्षा होगी।

दक्षिण दिशा में यदि कोटि बांधकर बादल खड़े हों तो ३-५-७ रात में कुछ वर्षा कर सकते हैं।

अग्निकोण में बादल हों तो गर्मी अधिक और जल कम हो। नैऋत्य में हो तो सन्ताप और रोगकारी वर्षा हो।

वायव्य में यदि ऊँचे बादल हों तो शीघ्र वर्षा हो ईशान में बादल हों तो बराबर वर्षा होते रहती है।

वर्षा लक्षण—४, ५, ६, ७ और अमावस को अषाढ़ में घटा हो तो शीघ्र बर्षने के लक्षण हैं।

यदि पूर्व में धुऐं के आकार के बादल हों और सूर्यास्त के समय काले हो जाँय तथा उत्तर में मेघ माला हो और प्रभात में विमल दिशा हो और दुपहरी में मारे गर्मी के लोग तड़फड़ाते हों। यह मेघ के लक्षण हैं जिस दिन ऐसा हो उस दिन आधीरात जाने तक लोगों को सन्तोष दिलाने वाली वर्षा अवश्य होती है।

भादो शुदी ४, ५, ७, ८ पूनों के गर्भ से भी शीघ्र वर्षा होती है। ५, ७ दिन में ही पृथ्वी का जल से ऐकार्णव हो जाता है और आश्विन की ४, ५ ति० से शीघ्र गर्भता होती है।

यदि दक्षिण की प्रबल पवन चले और पश्चिम पवन भी हो तो शीघ्र ही वर्षा हो।

पूर्व की पवन बहती हो और सब दिशाऐं धुँए सरीखी दिखें तो ४ प्रहर के भीतर तालाब के भरने योग्य अच्छी वर्षा होती है।

उदय होने के समय सूर्य अत्यन्त प्रचण्ड ( जगमगाहट ) करते हुए हो या तपाये हुए सोने के समान हो या वैडूर्य मणि के समान हो चौमासे में जिस दिन ऐसे सूर्य हों उस दिन मेघ वर्षता है।

या जिस दिन आकाश के बीच में पहुँच कर सूर्य अत्यन्त तीक्ष्ण हो उस दिन वर्षा होती है।

रात में तारे गिरें प्रातः काल में सूर्य लाल हो बिना वर्षा इन्द्रधनुष हो तो शीघ्र वर्षा होती है। अथवा तारे टूटें बिजली सहित मेघ गर्जे तो वर्षा काल समीप ही जानना।

पर्वत धुएँ कैसे होकर घने इकट्ठे दिखें, चमड़े आदि में गीलापन हो, प्रातः काल पश्चिम में इन्द्र धनुष हो और जल नाड़ी के नक्षत्र हों तो वर्षा शीघ्र होती है। गोबर के गुबरीले कीड़े या और भाँति के दारुण कीड़े हों और पपीहा बोले तो शीघ्र वर्षा हो।

श्रावण में जिस दिन सूर्योदय के समय मेघ गर्जें और पानी के ऊपर मछलियाँ बार २ इधर उधर घूमें उस समय १८ प्रहर के भीतर वर्षा होती है।

यदि चन्द्र का रंग तोता और कबूतर की आँख के समान लाल हो या शहद के समान हो या दूसरा चाँद दिखे तो जल्दी वर्षा हो।

रात को बादल गर्जे दिन में लाल रंग की सीधी बिजली चमके और पूर्व दिशा की पवन चले तो शीघ्र वर्षा हो।

अत्यन्त पवन चले या बिलकुल बन्द हो जाय अत्यन्त गर्मी पड़े या ठण्डक हो और बादल हो या बिलकुल साफ हो ये ६ लक्षण भी वर्षा होने के हैं।

वर्षा—यदि भादों में १-१०-७ पूर्णिमा और ९ को यथा क्रम से मेघ न दिखें और पश्चिम दिशा में न हों तो बहुत वर्षा हो।

वर्षा हो—ज्येष्ठ की पूर्णिमा को भली भाँति वर्ष जाने पर यदि पूषा आदि नक्षत्रों में वर्षा हो तो जल का परिमाण और शुभाशुभ विचारना।

जल का परिमाण—एक हाथ लम्बे चौड़े कुंड को धारण करके जल का प्रमाण विचारना। वह पानी से भर जाय तो उस वर्षे हुए जल को तौलकर वर्षा का प्रमाण जाने। उक्त मात्रा का प्रमाण ५० पल हैं। वह जल से भर जाय तो वर्षे हुए जल का परिमाण एक आढक है।

जिस जल के गिरने से पृथ्वी पर पद चिन्ह बन जाय तृणों की नोकों पर पानी की बूँद ठहर जाय उस वर्षा से ही जल का प्रथम परिमाण विचारना।

कोई ऊपर कहे लक्षणों से १० योजन मण्डल में वर्षा होना कहते हैं। परन्तु अन्य मत से १२ योजन के आगे यह वर्षा नहीं होगी।

जिन नक्षत्रों में वर्षा होती है बहुधा प्रसव समय उन्हीं सब नक्षत्रों में वर्षा हुआ करती है। परन्तु पूषा से लेकर मूल नक्षत्र तक किसी नक्षत्र में वर्षा न हो तो सब नक्षत्रों में अनावृष्टि होती है।

जो उपद्रव हीन चन्द्र हस्त, पूर्षा, मृग, चित्रा, रेवती और धनि. में हो तो १६ द्रोण। शत, ज्ये और स्वा. में ४ द्रोण। कृति में १०। श्रव, मघा, भरणी और मूल

में १४। फाल्गुनी में २५। पुनर में २०। विशा उषा में २०। श्ले० में १३। उभा, उफा और रोह में २५। पूभा, पुष्य, अश्व में १२। आर्द्रा में १८ द्रोण जल वर्षाता है।

यदि सब नक्षत्र सूर्य, शनि या केतु से पीड़ित हों और मंगल द्वारा अहित हो तो वर्षा नहीं होती परन्तु सुख के साथ निरुपद्रव होने पर शुभ होता है।

## मेघ मारुत फल जल वर्षा

मेघ मारुत के फल क्रमानुसार दिये हैं। आकाश में कहीं काले से मिला हुआ श्वेत, कहीं श्वेत, कहीं कृष्ण वर्ण, कहीं कुण्डली मार कर सर्प के मारने जैसे जिसका पेट और पीठ दिख पड़ती हो, चमकती हुई बिजली के समान जीभ वाले और शब्दयुक्त विशाल भुजंगाकार बादलों के द्वारा जो आकाश घिर जाय खिले हुए कमल के समान निर्मल वे अरुण हैं, समीप माग जिनका मधुकर, कुंकुम टेसू के फल के समान निर्मल विचित्र मेघों से रंगने के समान जो आकाश शोभायमान हो, काले मेघों से ढका हुआ हो या चमकती हुई बिजली और इन्द्र धनुष के द्वारा विचित्र आकाश मानों हाथी और भैंसों द्वारा आकुल किया हुआ दावानल युक्त वन के समान दिखाई दे या अंजन पहाड़ के काले पत्थरों के समान मेघों से आकाश छा जाय या मुक्ता शैल और चंद्र किरण की ज्योति हरण करने वाले बादलों से जो आकाश मण्डल ढक जाय या बिजली रूप हेम कक्षा सम्पन्न वायु का रूप अग्रदन्त रूप जल रूप मद चुआता प्रान्त रूप कर चलने वाला विचित्र इंद्र का रूप ऊँची ध्वजा से शोभायमान और तमाल या भ्रमर के समान नील वर्ण हाथी रूप बादल से सब आकाश छा जाय तो सांझ के राग से रंगे हुए आकाश में स्थित नीले पद्म के समान मेघ वृन्द पहिरे हुए दृष्टि की कांति को हरण करे और मोर चातक और मेंढ़क के शब्द के साथ यदि मेघ का गम्भीर शब्द मिल जाय तो दिशाओं में फैले हुए आकाश व्यापी बादल पृथ्वी पर बहुत सा जल वर्षाते हैं।

## बहुत जल सुभिक्ष

उक्त प्रकार के बादलों से आकाश तीन २ दिन घिरा रहे तो सुभिक्ष हो बहुत जल वर्षे।

## मेघ वर्ण से वर्षा

शुक्ल वर्ण और शुक्ल किनारे वाले मेघ जो कोई ओर से सूर्य कोटी के अथवा उसीर ( खस ) समान अदीप्त दिशा से उत्पन्न हुए बादल से जो ढक जाय तो वर्षा होती है।

बहुत जल—सूर्य के दोनों ओर की परिघ जो शरीर वाली हो जाय तो बहुत जल वर्षे।

सब परिध दिशाओं को घेर ले तो जल का एक कण भी नहीं वर्षता।

वर्षा नहीं—सूखे और अल्प पवन से जिसका देह फैल गया है ऊँट काग प्रेत किंवा बानरों के समान या अन्य निंदित आकार वाले शब्द रहित मेघ हों जो उदय हों तो शुभ नहीं होता और न वर्षा करते हैं।

वर्षा—अथवा आकाश मेघ शून्य हो यदि सूर्य की किरणें तीक्ष्ण हों तो जल वर्षेगा।

अच्छी वर्षा—और रात्रि में आकाश निर्मल नक्षत्रों के साथ कुमुद सरोवर समान प्रफुल्ल हो तो अच्छी वृष्टि होती है।

ग्राम में वर्षा कब होगी विचार

जिस ग्राम का नक्षत्र सौम्य नाड़ी ( आर्द्रा, हस्त, पूषा, उषा, उभा ) में हो उस पर चन्द्र तथा शुक्र बैठे हों तब उसके साथ कोई क्रूर ग्रह भी हो तो उस समय उस गाँव में बहुत वर्षा होगी। जो उसको क्रूर ग्रह देखें तो वर्षा थोड़ी होगी।

वर्षा हो—आर्द्रा पर सूर्य आते ही जेठ महीने तक वर्षा नहीं हो।

# अध्याय २१

## मास अनुसार वर्षा का विचार

चैत्र—चैत्र शुक्ल १ को रविवार—बहुत वर्षा नहीं हो लोक में बहुत दुःख होवे। यदि सोम गुरु बुध, शुक्रवार हो तो वर्षा बहुत हो, तृण बहुत हों। मंगल शनिवार हो तो तृण नहीं हो राजाओं मे विग्रह हो।

चैत्र कृ० ५ बुधवार को मंगल वक्री हो तो घी तेल गेहूँ चावल महँगे हों।

चैत्र शु० ५ वर्षा हो तो वर्षा ऋतु में वर्षा बहुत नहीं हो।

चैत्र में एक राशि पर गुरु शुक्र हों—तेल घी सूत खरीदने से २ माह बाद बेचने से लाभ हो।

चैत्र कृ० की तिथि वृद्धि हो शुक्ल में हानि हो तो पृथ्वी जल से हीन हो।

चैत्र में संक्रांति के दिन वर्षा हो तो वैशाख या ज्येष्ठ में तृण महँगा।

चैत्र शु० ७ को मेघ दिखें तो वर्षा ऋतु में पवन चले या आकाश निर्मल हो इसी अनुसार पंचमी का योग भी जानना।

चैत्र शु० १३ को वर्षे तो दुर्भिक्ष भय हो।

चैत्र की ५ को रोहिणी और सप्तमी को आर्द्रा, पंचमी को पुष्य हो तो इन दिनों में वर्षा हों तो वर्षा काल में वर्षा नहीं हो।

चैत्र तथा श्रावण में ५ मंगलवार—राजाओं का भय ५ शनि—दुर्भिक्ष। ५ शुक्र—प्रजा का नाश। ५ रविवार बुध—नाश। ५ सोमवार—कुशल रहे। ५ गुरुवार—जल का घातक

चैत्र ३ और फाल्गुन ५, माघ ७, बैशाख १ के दिन पवन चले तो शुभ दायक है और वर्षा ऋतु में वर्षा हो।

## वैशाख में वर्षा आदि का विचार

वै. शु. ५ शनि या मंगलवार हो और भरणी-कृत-रोह-मृग-हस्त ये नक्षत्र हों तो पीपली, नारियल सुपारी रक्त वस्त्र तांमा कांसा ये मंहगे हों।

वै. १३ रवि या मंगलवार=पीपली, तमाखू, खांड, सेंधा नमक, लाल चंदन सब मंहगे हों।

वै. शु. ५ को आकाश में मेघ छाये रहें गर्जें और वर्षा हो तो तृण के संग्रह से भादों में बेचने से लाभ।

वै. शु. १ या १० को बादल हों तो वर्षा काल में वर्षा नहीं हो।

## ज्येष्ठ में वर्षा आदि का विचार

ज्ये. कृ. १ रवि मंगल बुधवार=लोक में व्याधि भय।

ज्ये. शु. १ शनिवार=छत्र भंग प्रजा में पीड़ा दुर्मिक्ष। बुधवार=आगे वर्षा में भय। शनिवार=युद्ध।

ज्ये. अमावस दिन या रात्रि में मेघ दिखें तो वर्षा नहों हो संदेह नहीं।

ज्ये. कृ. १ रविवार=प्रचण्ड पवन चले वृक्ष नाश। मंगल=व्याधि अति विग्रह। बुध=महा दुर्भिक्ष वर्षा क्षय। गुरुवार=तृण हों। शुक्र=अच्छी वर्षा। सोमवार=अन्न बहुत। शनिवार=प्रजा नाश छत्र भंग वर्षा नहीं हो।

ज्ये. में आर्द्रा पुन. पुष्य आदि ९ नक्षत्रों में बादल हो तो वर्षा नहीं हो। इनमें बादल नहीं हो तो=वर्षा हो। यह योग ज्ये. शु. २ या ३ से प्रारम्भ होता है।

ज्ये. शु. ७ को गर्जे या बादल का आडंबर बना रहे और दक्षिण की पवन चले तो तिलों का संग्रह करे कार्तिक में बेचने से लाभ।

ज्ये. में श्रवण नक्षत्र में तथा घनिष्ठा में जो घटाटोप बना रहे तो वर्षा काल में वर्षा हो और उन नक्षत्रों में मेघ वर्षे तो वर्षा काल में वर्षा नहीं हो।

जो पूर्णिमा या अमावस्या को रात या दिन में बादल हो तो वर्षा नहीं हो।

## आषाढ़ में वर्षा आदि का विचार

आ. शु. ५ रविवार=वर्षा अल्प। सोम=वर्षा बहुत मंगल=युद्ध। बुध=शुभ। गुरु=कुशल। शुक्र=सुख बढ़े। शनिवार=नाश हो।

शुभवार हो उस पर शुभ ग्रह की दृष्टि हो=सर्वत्र धन धान्य की वृद्धि। क्रूर वार हो क्रूर ग्रहों से दृष्ट=दुर्भिक्ष रोग व्याधि मृत्यु और चोर से भय। यहां प्रात:काल वार प्रवेश समय का लग्न देखना।

आ. कृ. ८ को चंद्र बादल में दिखे तो बहुत वर्षा हो रात्रि में चंद्र निर्मल हो और चंद्र में छिद्र दिखें तो वर्षा नहीं हो।

आ. पूर्णिमा को वर्षा हो=एक महीने तक अन्न मंहगा बाद सस्ता हो।

आ. वदी में जो सूर्य निर्मल रहे या बादल न हो वर्षा काल में वर्षा नहीं हो।

आ. शु. ५ को पश्चिमी पवन चले या इन्द्र धनुष दिखे और वर्षा हो तो सब अन्न व तृण का संग्रह करे कार्तिक में वेचे ता लाभ हो।

आ. में स्वाती में बिजली और वर्षा हो=वर्षा बहुत हो अन्न बढ़े।

आ. शु. ९ प्रभात समय और मध्याह्न या संध्या समय सूर्य के पास बादल हों तो शुभ कारक नहों है।

मेघ अभ्रतरु

आकाश में सूर्य के ढकने वाले दही के समान किनारेदार नीले मेघ को अभ्रतरु कहते हैं।

यह और पीले रंग का मेघ जो घनमूल अर्थात् उसके नीचे मुख युक्त हो तो बहुत सा जल वर्षे।

मंत्री आदि नाश—अभ्र तरु शत्रु के ऊपर चढ़ जाने वाले राजा के पीछे-पीछे चल कर अकस्मात शांत हो जाय तो युवराज और मंत्री नाश।

वर्षा—नील कमल वैडूर्य और पद्म केशर के समान कांति युक्त पवन हीन सन्ध्या यदि सूर्य की किरणों से प्रकाशित हो तो वर्षा होती है।

वर्षा कम—अशुभ्राकार मेघ, गंधर्व नगरों, हिम, धूरि और धूम ( कुहरा ) युक्त सन्ध्या वर्षा काल में वर्षा की कमी करती है व और ऋतु में हो तो शस्त्र कोप करने वाली होती है।

कल्याण—शिशिर आदि ऋतु में सन्ध्या के स्वभाव से उत्पन्न हुआ रंग जो लाल पीला श्वेत चित्र विचित्र पद्म और रुधिर के समान होता है जैसी ऋतु हो वैसा ही वर्ण हो तो कल्याणदाई हैं। दूसरा रंग हो तो विकार जानना।

शत्रु भय—शस्त्र धारण किये नर रूप धारी सूर्य के सन्मुख के मेघ जो छिन्न-भिन्न हों तो शत्रु भय।

श्वेत आकाश में गंधर्व नगर जो सूर्य को ढक ले तो आक्रमण कारी राजा को घेरा हुआ नगर प्राप्त हो।

सूर्य गंधर्व नगर का भेदन करे तो नगर का शत्रु से नाश हो।

रोहिणी चक्र से वर्षा का विचार

रोहिणी चक्र पहिले दे चुके हैं।

जहाँ चक्र में रोहिणी नक्षत्र पड़े उसी स्थान में वर्षा का फल जाने। रोहणी तट में=शोभन वर्षा। समुद्र में=महावृष्टि। पर्वत में=अनावृष्टि। सन्धि=खण्ड वृष्टि।

सप्त नाड़ी चक्र

| नाड़ी नाम | स्वामी | नक्षत्र | | इन नाड़ियों में सब ग्रह हो तो फल |
|---|---|---|---|---|
| १ चंडा | शनि | भर. कृति. विशा. अनु. | = | महा पवन चले |
| २ वायु | सूर्य | ज्ये. अश्वि. रोह. स्वा. | = | पवन चले |
| ३ अग्नि | मंगल | चित्रा. मूल. मृग. रेवती | = | दाह, अग्नि |
| ४ सौम्य | गुरु | पूषा. हस्त. उभा. आर्द्रा | = | बल वर्षा |
| ५ धीरा | शुक्र | पूभा. उषा. पुनर. उफा. | = | जल वर्षा |
| ६ जला | बुध | पूफा. शत. अभि. पुष्य | = | जल वर्षा |
| ७ अमृत | चंद्र | श्रव. धनि. मघा. श्ले. | = | महा वर्षा |

यदि सब ग्रह इन नाड़ियों में हों तो उपरोक्त फल होगा इन नाड़ियों में मध्य के आगे की ३ सौम्य और पिछली ३ याम्य नाड़ी है।

फल—पाप ग्रह याम्य नक्षत्र मे और सौम्य ग्रह सौम्य संज्ञक नक्षत्रों में और मध्य ग्रह मध्य नाड़ी में हो तो फल देते हैं। यदि अकेला ग्रह अपनी नाड़ी में हो तो फल देता है। जब दो से लेकर अधिक ग्रह शुभ या पाप ग्रह एक नाड़ी में हो तो नाड़ी सफल होती है।

यदि पाप ग्रह अधिक=अशुभ। शुभ ग्रह अधिक=शुभ फल।

जब आर्द्रा आदि नक्षत्रों पर सूर्य हो तब एक उसी नाड़ी का फल देता है और जिस दिन पाप या शुभ ग्रह या दोनों मिले हुए ग्रह चंद्र से युक्त हों तो उत्तम वर्षा होती है और मिश्र ग्रह जब तक जल राशि के नवांश में रहे तब तक वर्षा करते हैं।

जब तक जल राशि के नवांश में अकेला चंद्र ही रहे तो थोड़ी वर्षा होती है।

इन सब पाप तथा शुभ ग्रहों से चंद्र विद्ध हो तो बहुत थोड़ा जल वर्षाता है और अन्न का नाश होता है।

जिस ग्रह की नाड़ी में चंद्र हो और उसी ग्रह से युक्त हो तो वृष्टि दायक है यदि क्षीण चंद्र हो तो वृष्टि नहीं होती।

चंद्र अमृत नाड़ी में स्थित होकर मिश्र ग्रहों से संयुक्त हो तो ३, ४, ५, ७ दिन तक अच्छी वर्षा होती है।

मिश्र ग्रहों से संयुक्त चंद्र जल नाड़ी में हो तो ५ दिन तक प्रतिदिन दो दो प्रहर अच्छी वर्षा होती है।

मिश्र ग्रहों से संयुक्त चंद्र नीर नाड़ी में हो तो ५ दिन तक प्रतिदिन दिन के तीन भागों में खूब वर्षा होती है।

यदि सब ग्रह नीर, जल व अमृत नाड़ी में हों तो क्रम से १८, १२, ६ दिन तक बहुत वर्षा हो।

यदि सब ग्रह सौम्य नाड़ी में हो तो ३ दिन तक वर्षा होती है।

यदि सब ग्रह चंद्र या वायु या अग्नि नाड़ी में हों तो बहुत पवन चलता है घाम तेज पड़ता है।

जिस नाड़ी में शुभ ग्रह अधिक हों वह निर्जला नाड़ी भी जलदायिनी होती है।

जिस नाड़ी में पाप ग्रह अधिक हों वह सजला नाड़ी भी निर्जला हो जाती है।

शुभ ग्रह जल राशि के नवांशक में हों तो स्वल्प वृष्टि हो।

एक नाड़ी में मंगल, गुरु, चंद्र हो तो बहुत वर्षा होकर पृथ्वी जल से पूर्ण हो जाती है।

एक नाड़ी में बुध गुरु शुक्र हों तो अचानक बहुत वर्षा होती है।

जो चंद्र इन्हीं ग्रहों के साथ हो तो विशेष वर्षा होती है।

यदि शुक्र चन्द्र पाप ग्रहों से युक्त हो तो थोड़ी वर्षा होती है।

यही ग्रह ( जल योग ) जल राशि में हो तो बहुत वर्षा होती है।

## सामान्य वृष्टि ज्ञान

अमावस्या के दिन आकाश में बादल हो तो निश्चय सुभिक्ष होता है।

कार्तिक की ११ ति० को बादल दिखें तो आषाढ़ मास में बहुत वर्षा होती है।

मार्गशीर्ष की अष्टमी के दिन बिजली चमके तो श्रावण में वर्षा हो।

पौष कृष्ण १० को बादल या वर्षा हो तो भाद्रपद में वर्षा होती है।

माघ शुक्ल ७ को बादल बिजली आदि हो और ज्येष्ठ महीने में मूल नक्षत्र के दिन वर्षा न हो तो बहुत वर्षा होती है।

अनावृष्टि—स्वाती आदि में वृष्टि होने से श्रावण आदि में अनावृष्टि हो।

ज्येष्ठ मास में स्वाती आदि ४ नक्षत्रों में किसी दिन वर्षे तो क्रम से श्रावण आदि ४ महीनों के भीतर उसी संख्या के महीने में वर्षा नहीं होती।

पवन से वर्षा—ज्येष्ठ मास की शुक्ल पक्ष से लेकर ४ दिन के भीतर किसी दिन मंद पवन चले तो क्रम से श्रावण आदि ४ महीनों में वर्षा होती है।

## वर्षा के और भी ग्रह योग

अच्छी वर्षा—मिथुन की सूर्य संक्रान्ति में १, ६, ९, १२ राशि पर शुभ ग्रह हों तो अच्छी वर्षा हो।

अच्छी वर्षा—इसी संक्रान्ति में शुक्र और बुध २, ४ राशि के, चन्द्र १२ गुरु ६ राशि में हो तो अच्छी वर्षा हो।

अच्छी वर्षा—इसके विलोम में हो अर्थात् कन्या के बुध शुक्र, मीन का चन्द्र और कर्क या वृष का गुरु हो तो सुवृष्टि हो।

अल्प वर्षा—उसी संक्रान्ति में मंगल शनि और राहु ३, ६, १२, ९ राशि पर हों तो महर्घ हो और अल्प वृष्टि हो।

वृष्टि—शुक्र और बुध मिथुन मेष के हों चन्द्र और गुरु दूसरे घर में हो पाप ग्रह ७, ८, ५ राशि के हों तो वृष्टि और समर्घ हो।

अल्प वृष्टि—मिथुन संक्रान्ति में वृष और कर्क के मंगल शनि द्विस्वभाव राशि पर राहु हो तो अल्प वृष्टि हो अन्न प्रिय हो।

शीघ्र वृष्टि—पूर्ण चन्द्र शुभ ग्रह युक्त दृष्ट होकर केन्द्र में जल राशि का हो तो शीघ्र वृष्टि हो।

तत्काल वर्षा—इसी प्रकार चन्द्र से व लग्न से त्रिकोण में जब शुक्र जाता है तब उसी समय वर्षा होती है।

वर्षा—शुभग्रह जल राशि पर-दूसरे घर में हो और शुक्ल पक्ष में लग्न गत जलचर राशि का चन्द्र हो तो वर्षा हो।

बहुत वर्षा—सूर्य और चन्द्र १०, ४ या ८ घर में हो और शुक्र शनि लग्न से दूसरे तीसरे घर में हो तो बहुत वर्षा हो।

बहुत वर्षा—शुक्र और गुरु का उदय अस्त हो सब शुभ ग्रह जल राशि के हों तो अच्छी वर्षा हो।

बहुत वर्षा—चौथे घर में शुभ ग्रह हो तो अच्छी वर्षा हो यदि पाप ग्रह हो तो दुर्भिक्ष का भय हो?

दुर्भिक्ष—मंगल सूर्य या चन्द्र जल राशि वर्जित लग्न में हों तो दुर्भिक्ष और पीड़ा हो।

जलदायक—शनि से ९, ४, ५ घर में चन्द्र शुभ ग्रहों से दृष्ट हो तो जलदायक है।

सर्वत्र वृष्टि—चौथे घर में २ शुभ ग्रह=सर्वत्र वृष्टि, ३ शुभ ग्रह=निरंतर दीर्घ वर्षा। सब ग्रह चर राशि में=१॥ दिन तक जल वर्षेगा।

खेती नष्ट—लग्न में पाप ग्रह शनि से दृष्ट हो तो उसकी दिशा में खेती नष्ट हो।

सम्पदा नष्ट—लग्न में मंगल सूर्य हो तो उसकी दिशा में सम्पदा नष्ट होती है।

धान्य अच्छी—लग्न में २ शुभ ग्रह मित्र ग्रह से दृष्ट=धान्य बहुत अच्छी पैदा हो।

ईति भय—केन्द्रों में शुभ ग्रह हों केन्द्रों के स्वामी न हों तो ईति भय हो किन्तु उसमें पाप ग्रह की दृष्टि हो २, ५, ७ राशि लग्न में हो। ११, ८, २, १ राशि हो तो पवन अग्नि ईति भय हो। ६, ३, ९ राशि लग्न में हो तो टिड्डी आदि कीड़ों का भय हो।

वर्षा—कर्क का मंगल हो तो जल होता है। चंद्र की दृष्टि हो तो रोग सहित जल वर्षता है।

**वर्षा के इतर योग**

बहुत वर्षा—रात या दिन में तीसरे चौथे प्रहर के भीतर पश्चिम या पूर्व में भूकम्प हो तो बहुत वर्षा से खेती की सम्पदा प्राप्त हो किन्तु कंठ या मुख के रोग और ज्वर पीड़ा हो।

वर्षा—यदि चन्द्र का परिवेष चिकना सुन्दर मेघ वाला और सूर्य का परिवेष सोना मक्खी तथा शंख की सी कांति वाला या अखण्डित और चांदी के समान हो तो वर्षाकाल में अच्छी तरह कल्याण, समर्घ और वर्षा होती है।

अच्छी वर्षा—यदि इन्द्र धनुष पीले बादलों वाली सन्ध्या तथा नवीन मेघ हो तो अच्छी वर्षा हो।

शीघ्र वर्षा—परिघ और पूर्व पश्चिम उत्तर और ईशान में बिजली हो तो शीघ्र वर्षा हो। इसी प्रकार वायव्य दिशा की बिजली भी वर्षा लाती है। शेष दिशा में बिजली चमके तो वर्षा हर ले।

वर्षा—पौष के शुक्ल पक्ष को लेकर जिस तिथि की रात्रि या दिन में चिकने और घने बादल आकाश में हों तो श्रावण शुक्ल पक्ष से लेकर उसी तिथि में वर्षा ऋतु में पौष्य बादलों के समान वर्षा होती है।

आषाढ़ में वर्षा—यदि कार्तिक की ११ को बादल दिखे तो आषाढ़ में वर्षा करते हैं।

श्रावण में वर्षा—मार्गशीर्ष की ८ को बिजली हो तो श्रावण में वर्षा हो।

भादों में वर्षा—पौष कृ. १० को वर्षा हो तो भादों में अच्छी वर्षा हो।

वर्षा से अन्न—माघ की ७ को वर्षा हो और ज्येष्ठ में मूल नक्षत्र के दिन वर्षा न हो तो मेघ के नक्षत्रों में पृथ्वी अन्न से पूरित हो जाती है।

श्रावण के प्रथम पक्ष की पंचमी के दिन वर्षे तो बहुत जल व अन्न हो।

# अध्याय २२

## फसल खेती विचार

**लग्न के अनुसार १२ घर के अन्न**

| भाव | अन्न | भाव | अन्न | भाव | अन्न |
|---|---|---|---|---|---|
| १ | सांठी | ५ | अलसी | ९ | कंगनी |
| २ | जौ | ६ | मटर | १० | उड़द |
| ३ | गेहूँ | ७ | मूंग | ११ | कोदों |
| ४ | तिल | ८ | श्यामक | १२ | मसूर |

( तृण धान्य )

## फसल विचार

८ या २ राशि के सूर्य प्रवेश काल में ग्रीष्म और शरद के धान्य का शुभाशुभ विचारना।

वृश्चिकार्क—वृश्चिक के सूर्य आरम्भ की कुण्डली बनाकर विचारना। केन्द्र या ८–११–२–५ राशि में शुभ ग्रह युक्त या दृष्ट हो और बलवान ग्रह हों तो ग्रीष्म की धान्य वृद्धि हो। अर्थात जब सूर्य वृश्चिक में प्रवेश हो वृश्चिक लग्न कल्पना कर ग्रीष्म ऋतु के अन्न गेहूँ जव आदि का शुभाशुभ विचारना।

कुंभ में गुरु, सिंह में चन्द्र या सिंह में गुरु, कुम्भ में चन्द्र हो तो उपरोक्त फल

शुक्र या बुध सूर्य की दूसरी राशि में या एक साथ बारहवीं में हो तो भी उपरोक्त फल। यदि उसमें गुरु की दृष्टि हों तो उत्तम फल होगा।

सूर्य की दोनों दिशाओं में२ शुभ ग्रह हो और उससे सातवें गुरु या चन्द्र हो तो उत्तम खेती हो सूर्य से दूसरे गुरु—आधी फसल।

आरम्भ में सूर्य और उसके दूसरे स्थान में गुरु हो तो आधी खेती हो।

शुक्र चन्द्र और बुध सूर्य से दूसरी चौथी या ग्यारहवीं राशि में हो तो श्रेष्ठ अन्न हो यदि १० भाव में गुरु हो तो गायों के लिए श्रेष्ठ सम्पत्ति हो।

कुम्भ में गुरु वृष में चन्द्र और मंगल व शनि यदि मकर में हो तो अन्न अच्छा हो परन्तु परचक्र और रोग का भय हो।

सूर्य दो पाप ग्रहों के बीच—धान्य नाश वृष राशि में पाप ग्रह हो तो पैदा होते ही अन्न नाश यदि उसके अर्थ स्थान में पाप ग्रह हो शुभ ग्रह की दृष्टि न हो तो पहिले बोई हुई खेती नाश परन्तु पीछे बोई भली भाँति हो।

सूर्य की सातवीं लग्न के या केन्द्र स्थित क्रूर ग्रह खेती नाश करते हैं परन्तु जो शुभ ग्रह देखते हों तो सब जगह का धान्य नाश नहीं करते।

८-५-११ तथा २ राशियों पर शुभ ग्रह १०-१ राशि तथा केन्द्र में पाप ग्रह हो तो ग्रीष्म ऋतु की खेती की बढ़ती हो।

वृश्चिकार्क के दिन सूर्य के केन्द्र में शुभ ग्रह हों तो ग्रीष्म के अन्न की वृद्धि हो सौम्य ग्रह केन्द्र में न हों और स्थानों में बैठकर बली होकर सूर्य को देखे तो अन्न की वृद्धि हो।

सूर्य से २ या १२ घर में शुक्र या बुध हो या दोनों हो और सूर्य पर गुरु की दृष्टि हो तो फसल अच्छी हो।

सूर्य से ११ वे शुक्र चतुर्थ चन्द्र दूसरे बुध हो तो बहुत खेती हो।

सूर्य से दूसरे घर क्रूर ग्रह हों शुभ दृष्टि न हो तो पहिली खेती नष्ट हो पीछे बोई ठीक उत्पन्न हो।

सूर्य से मंगल और शनि सातवें घर में हो तो खेती होती है पर भाव मँहगा होता है।

मेष आदि ३ राशियों में विचरता सूर्य सौम्य ग्रह युक्त या दृष्ट हो तो ग्रीष्म का अन्न सस्ता हो और बहुत अन्न हो।

यदि चन्द्र और गुरु ११ या २ राशि मे हो और बुध तथा शुक्र प्रथम ७ और ८ राशि पर हो तो अन्न की परम वृद्धि हो।

बुध तथा शुक्र ६ राशि पर और केन्द्र में बली चन्द्र तथा गुरु शुभ ग्रह युक्त या दृष्ट हो तो ग्रीष्म की में खेती वृद्धि हो।

शनि तथा मंगल ३ या २ राशि पर हो या ९, ७, ८ और ११ पर हो तो खेती नाश हो।

५ या ११ पर मंगल या शनि और १२-२ या ८ पर राहु हो तो खेती सूख जाय। यदि शुभ ग्रह देखते हों तो नहीं सूखे। इससे अन्य प्रकार से हो तो अन्यथा फल हो।

वृषार्क में शरद की फसल का विचार

जब सूर्य वृष राशि में प्रवेश करे उस दिन वृष लग्न मान कर स्व ग्रह स्थापित करे और शरद ऋतु का अन्न धान, ज्वार, बाजरा आदि का शुभाशुभ विचारे।

धन मकर कुम्भ राशि में सूर्य में शरद का अन्न विचारे। अन्न बहुत और सस्ता हो यदि क्रूर ग्रह भौम शनि का कोश दृष्टि से विपरीत फल हो अन्न संग्रह न करें।

वृष के सूर्य के प्रवेश समय २, ११, ५, ८ इन राशियों पर शुभ ग्रह हों और ६, १०, ७, ४ राशि पर पाप ग्रह हो तो शरद ऋतु के धान्य को वृद्धि हो।

वृषार्क में चंद्र और गुरु बली होकर ५, ११,८ राशि में हों और शुक्र तथा चंद्र १-३ राशि पर हो तो शरद काल के अन्न की वृद्धि हो।

वृषार्क में शुभ ग्रह निर्बल हों और पाप ग्रह ५, ८ तथा २ राशि पर उच्च के हों तो शरद का अन्न अत्यन्त नाश हो।

वृषार्क में ८, ९ या २ राशि पर पाप ग्रह हो तो अन्न सूखे।

वृषार्क में ३, ८ या १ राशि पर पाप ग्रह हो शुभ ग्रह युक्त या दृष्ट न हो तो अन्न सूखे।

वृषार्क में बुध तथा शुक्र मीन पर और केन्द्र में चंद्र बहुत बलवान होकर शुभ ग्रह युक्त या दृष्ट हो तो शरद अन्न की वृद्धि हो।

ग्रहण—यदि कार्तिक, क्वार या श्रावण में सूर्य या चन्द्र का आधा या चौथाई ग्रहण हो और गुरु से दृष्ट हो तो खेती की अच्छी वृद्धि होती है।

### अन्न की तौल से अन्न की वृद्धि विचार

अन्न का तौल—आषाढ़ पूर्णिमा उत्तराषाढ़ा युक्त को सब प्रकार के बीज अभिमंत्रित कर बराबर २ तोलकर रात भर रख छोड़े। दूसरे दिन उस तुला को मंत्रित कर फिर पृथक्-पृथक् सब बीज तोले। जो बीज तौल में घटे वह बीज उस वर्ष नहीं होगा। जो तौल में बढ़ेगा वह बीज अधिक होगा।

तराजू—दोनों पल्ले में ६–६ अंगुल की ४ डोरी हों। पकड़ कर तोलने की चोटी ६ अंगुल की हो। पूर्व मुख कर तोले।

बीज रखने का मंत्र—हे सरस्वती देवी आप सचाई के सम्बन्ध में सच्चे व्रत वाली हैं। इस लिए जो सत्य हो आप दिखा देना।

तराजू का मंत्र—जिस सत्य से चन्द्र सूर्य और तारा गण पूर्व में उदय होकर पश्चिम में अस्त होते हैं और जो सत्य सब देवताओं में ब्रह्मवादियों में और तीनों लोकों में है वही सत्य यहाँ दिखा।

हे तराजू तू ब्रह्मा की पुत्री आदित्या है। कश्यपी गोत्रा है और तुला नाम से विख्यात है।

इस मंत्र से तराजू आदि मंत्रित कर बीज को तौलना।

कुंए का जल भी तौल में बढ़े तो थोड़ी वर्षा। गिरने का बढ़े तो मध्यम, तालाब का बढ़े तो उत्तम सब जब बढ़े तो भारी वर्षा हो। कुछ भी बढ़े तो वर्षा नहीं हो।

### ग्रह योग से मंहगा सस्ता विचार

ज्येष्ठा में सूर्य मंगल=एक महीने तक सब धान्य मंहगे हों बाद में सस्ते हों।

भरणी में सूर्य केतु दोनों मृगशिर आने तक=सैंधा नमक विड़नमक ( मनियारी नमक ) मंहगा हो।

मूल पर शनि, स्वाती पर बुध, मघा पर चन्द्र=सम्पूर्ण धान्य के संग्रह से लाभ हो।

श्रवण पर कोई क्रूर ग्रह हो=अन्न मंहगा गेहूँ ज्यादा मंहगा।

धनिष्ठा पर शनि और मंगल=खेती नष्ट, जल नहीं बर्षे।

शतभिषा पर गुरु चित्रा पर मंगल=गेहूँ नाश, धान्य मँहगे, तृण की हानि।

एक नक्षत्र या एक राशि पर मंगल गुरु शुक्र=भय रोग सब अन्न मंहगे। अन्य मत से सुभिक्ष हो अन्न खरीद कर चौथे महीने में बेचने से लाभ।

एक राशि पर बुध शुक्र सूर्य=थोड़ी वर्षा धान्य मंहगे।

एक नक्षत्र पर बुध शुक्र सूर्य=सब अन्न मंहगे प्रजा में भय।

एक राशि पर शनि गुरु या गुरु से सप्तम शनि=अन्न मंहगा प्रजा का नाश।

कर्क मीन मकर कन्या पर शनि या मंगल=धन धान्य का नाश हो पृथ्वी पर युद्ध हो।

एक राशि पर सूर्य शुक्र गुरु=सब धान्य मंहगे राज नष्ट हो प्रजा का नाश हो।

एक राशि पर सूर्य शुक्र मंगल=घृत तेल मसूर मंहगे प्रजा में भय।

एक राशि पर सूर्य गुरु शुक्र शनि राहु=अन्न मंहगा मेघ जल वर्षे।

एक राशि पर बुध गुरु शुक्र शनि=देश भंग प्रजा का नाश वस्त्र सोना चांदी आदि धातु मंहगे।

एक राशि पर सूर्य शुक्र चन्द्र बुध गुरु=मेघ वर्षे नैऋत्य कोण में अन्न मंहगा प्रजा का नाश।

एक राशि पर शुक्र चन्द्र गुरु=प्रजा में नित्य पीड़ा उत्तर दिशा में भय, जौ मूंग वस्त्र इनके संग्रह से सातवें महीने में बहुत लाभ।

एक राशि पर सूर्य मंगल गुरु शुक्र शनि=राजाओं में पीड़ा, अन्न मंहगा, प्रजा का नाश।

एक राशि पर शनि राहु=सब अन्न मंहगे राजा को भय।

सूर्य अगली राशि पर हो पिछली राशि पर शुक्र हो बीच में चन्द्र=सब धान्य सस्ते।

एक राशि पर शुक्र शनि इसके पीछे बुध हो=सब धान्य सस्ते सब लोग सुखी।

गुरु के साथ शनि वक्री=नवमें महीना में गेहूँ तिल तेल मंहगे हों।

जब कोई पाप ग्रह अतिचार हो=राजा लोग प्रसन्न रहें धन धान्य की वृद्धि हो।

शनि अतिचार हो और गुरु वक्री=सब धान्य की वृद्धि राजा लोगों को आनन्द हो।

जिस महीने में पूर्णिमा को वर्षा हो=उस महीने में गेहूँ घृत अन्न मंहगे हों।

कार्तिक या मार्गशीर्ष की संक्रान्ति को वर्षा हो=पूष में अन्न सस्ता हो खेती की वृद्धि मध्यम।

आर्द्रा पर सूर्य मंगल=१ महीने तक अन्न मंहगा बाद भाव अच्छा।

शनि मंगल ४, १२, १०, ६ राशियों पर=राजाओं में युद्ध पृथ्वी अन्न रहित।

एक राशि पर ५ ग्रह बुध गुरु शुक्र शनि राहु=वस्त्र धातु महँगे देश व प्रजा का नाश।

अगली राशि पर सूर्य पीछे राशि पर शुक्र दोनों के बीच बुध=अन्न मंहगा हो।

# अध्याय २३

## तेजी मंदी विचार

तेजी मंदी निकालने के—

| दिन | अंक |
|---|---|
| इतवार | १३७ |
| सोमवार | ९४ |
| मंगल | ८०९ |
| बुध | ७०२ |
| गुरु | ५१३ |
| शुक्र | ८०८ |
| शनि | ८५ |

| राशि | अंक |
|---|---|
| मेष | ५२० |
| वृष | ७६२ |
| मिथुन | ५१० |
| कर्क | २१८ |
| सिंह | ८३० |
| कन्या | २६० |
| तुला | ५०३ |
| वृश्चिक | ७११ |
| धनु | ५२४ |
| मकर | ५५४ |
| कुम्भ | २७० |
| मीन | ५८६ |

| मास | अंक |
|---|---|
| चैत्र | ६१ |
| वैशा. | ६३ |
| ज्येष्ठ | ६५ |
| आषा. | ६७ |
| श्राव. | ६९ |
| भाद्र | ७१ |
| क्वार | ७३ |
| कार्ति. | ५१ |
| अग. | ५३ |
| पौष | ५५ |
| माघ | ५७ |
| फाल्गु | ६५ |

| तिथि | अंक |
|---|---|
| १ | ६१० |
| २ | ७१० |
| ३ | ४८१ |
| ४ | ३५७ |
| ५ | ६३४ |
| ६ | ३०४ |
| ७ | ८१२ |
| ८ | १११ |
| ९ | ५६५ |
| १० | ३०५ |
| ११ | २३३ |
| १२ | २६१ |
| १३ | ५२४ |
| १४ | ५५२ |
| १५ | ६३० |
| ३० | १६६ |

| देश | |
|---|---|
| कलकत्ता | २४७ |
| नागपुर | १६६ |
| आसाम | ७९१ |
| इटावा | ८९० |
| हरिद्वार | २७२ |
| बीकानेर | २१३ |
| अजमेर | १६७ |
| वम्बई | १९८ |
| मध्यप्रदेश | १६८ |
| नैपाल | १५४ |
| चोन | ६४२ |
| पंजाब | ४१९ |
| रंगून | १६७ |
| सूरत | १२८ |
| यूरोप | ९७६ |
| अमेरिवा | ३३२ |

| नक्षत्र | अंक |
|---|---|
| अश्वि. | १७६ |
| भरणी | ६८३ |
| कृति. | ३७० |
| रोह. | ७७५ |
| मृग. | ६८२ |
| आर्द्रा | १४६ |
| पुन. | ५४० |
| पुष्य | ६३४ |
| श्ले. | १७० |
| मघा | ७३ |
| पूफा. | ८५ |
| उफा | १४८ |
| हस्त | ८१० |
| चित्रा | ३७५ |
| स्वा. | ८६१ |
| विशा | ७३४ |
| अनु. | ७१२ |
| ज्ये. | ७१६ |
| मूल | ६४३ |
| पूषा | ६१४ |
| उषा | ६२३ |
| अभि. | ६८३ |
| श्रव. | ६५७ |
| धनि | ५०० |
| शत. | ५६४ |
| पू.भा | ३३६ |
| उभा | १८३ |
| रेवती | ७२० |

| पदार्थ | |
|---|---|
| सोना | २५३ |
| चांदी | ७६० |
| तांबा | ५६३ |
| पीतल | २५८ |
| लोहा | ९१५ |
| कांसा | २४९ |
| पत्थर | १६३ |
| मोती | १४२ |
| रुई | ७१७ |
| कपड़ा | १२७ |
| पाट | ४७६ |
| हैसियन | ७३८ |
| सूता | १०३ |
| तमाखू | २४० |
| सुपारी | २५२ |
| लोह | ८८ |
| नारियल | २६८ |
| घृत | ४६४ |
| तेल | १६९ |
| आलू | ७५ |
| गुड़ | २५६ |
| चीनी | [illegible]२८ |
| ऊन | ११२ |
| शाल | ८११ |
| धान | ७१२ |
| गेहूँ | २३२ |
| मूंग | ८०१ |
| चावल | ७७१ |
| तीसी | ३८६ |
| सरसों | ८५८ |
| अरहर | ३३३ |
| नमक | ३१७ |
| सोरा | १५६ |
| अफीम | २६३ |
| जौ | १३२ |
| बैल | १६२ |
| भैंस | ६१२ |
| भेड़ | ६१८ |
| हाथी | ८३० |
| घोड़ा | ८३५ |

तेजी मंदी—जो शेष बचे उस अंक से जानना।

ग्रह—सूर्य—तेज, चंद्र—अतिमन्द, मंगल—तेज, राहु—अति तेज, गुरु—मंद, शनि—तेज, बुध—सम, केतु—तेज, शुक्र—तेज।

तेजी मंदी देखने की रीति—जिस देश की जिस वस्तु की जिस दिन की तेजी मंदी निकालना हो उस देश उस वस्तु तिथि बार नक्षत्र मास राशि इन सबके ध्रुव अंक का योग कर ९ का भाग देना शेष से उस दिन का विचार करना है। उस दिन के शेष तुल्य कोठे में देखकर तेजी मंदी जानना।

जैसे कलकत्ते में वैशाख सुदी ३ गुरुवार को कृतिका नक्षत्र में चांदी की तेजी मंदी जानना है। इन सबके ध्रुव अंकों को लेकर जोड़ा। कलकत्ता वैशाख तृतीया गुरुवार कृतिका चांदी मेष सूर्य २४७ + ६३ + ४८१ + ७१३ + ३७० + ७६० + ५२० = सबका योग ३१५४ ÷ ९ = शेष ४, गुरुवार का दिन होने से गुरुवार से आगे शेष ४ गिना। गुरु से चौथा केतु है जिसका फल तेजी है गुरुवार के दिन का जानना है इसलिये गुरुवार से चौथा दिन उपरोक्त बताये क्रम के अनुसार केतु आया। यहाँ केतु के सामने तेज बताया है भाव तेज ( मंहगा ) होगा।

अनाज भाव—गत मास दिन, संक्रांति, नक्षत्र और प्राप्त संक्रांति के दिन नक्षत्र इनका अन्तर २ या ३ हो तो अनाज सस्ता यदि नक्षत्रों में ४ या ५ का अन्तर हो तो मंहगा।

भाव—धान्य के नामाक्षर संक्रान्ति की घड़ी और गत तिथि वार नक्षत्र जोड़कर ३ का भाग देना, शेष से निम्न अनुसार फल—

अन्य मत—संक्रान्ति की घड़ियों में + ९ × ७ ÷ ३ = शेष १—धान्य सस्ता, २—साधारण, ३—मंहगा।

अन्य मत—संक्रांति जिस नक्षत्र पर हो उसकी संख्या + तिथि + वार + अन्न के नाम के अक्षर संख्या ÷ ३ = शेष १ = सस्ता। २—समान। ३—मंहगा।

अन्य—संकान्ति का नक्षत्र + तिथि + वार + अन्न का नामाक्षर ÷ ३ = उपरोक्त फल।

समर्घ महर्घ—मेषार्क के समय शुभ लग्नेश शुभ ग्रहों से युक्त दृष्ट हो तो समर्घ सुखदायक। इस के विरुद्ध पाप लग्नेश पाप ग्रहों से युक्त दृष्ट हो तो महर्घ।

समग्र—स्वोच्च मित्र राशिस्थ शुभ ग्रह जितने दिन लग्न में रहे उतने महीने समर्घ। और पाप ग्रहों से महर्घ जानना।

ग्रहबल विचार—लग्न में या लग्नेश में या लग्नेश के घर में पूर्ण बल से या अल्प बल के अनुसार वस्तु का फल विचारना।

चंद्र—जिस महीने की पूर्णमासी या अमावस्या का चंद्र शुभग्रह युक्त दृष्ट हो तो समर्घ। पाप ग्रह युक्त या दृष्ट से महर्घ। दोनों प्रकार के ग्रह युक्त दृष्ट—मिश्र फल।

महर्घ समर्घ—बलवान लग्न अपने स्वामी से युक्त दृष्ट हो और चारों केन्द्रों में शुभ ग्रह हो तो सर्व वस्तु समर्घ, यदि लग्न निर्बल हो केन्द्रों में पाप ग्रह हो तो महर्घ।

सुकाल—जिस वर्ष में शनि मकर कुम्भ में आवें और जहां तक वे सम्पूर्ण मकर राशि और पूर्वार्द्ध कुम्भ राशि तक रहे उतने दिन तक मालवा में अत्यन्त सुकाल रहेगा और गेहूँ चना आदि वसन्त ऋतु की फसल अच्छी आवेगी।

मंहगा—शनि गुरु की राशि पर=अकाल पड़े सब धान्य मंहगे।

मंहगा—शनि या गुरु वक्री हो=सब धान्य मंहगे हों।

बहुत अन्न या दुर्भिक्ष—जगत लग्न अर्थात मेषार्क सामयिक लग्न से जिस केन्द्र में शुभ ग्रह हो व जिस का स्वामी बली हो उसके अनुसार उस दिशा में बहुत अन्न हो जहाँ पाप ग्रह हो स्वामी निर्बल हो। उसके अनुसार दुर्भिक्ष आदि पड़े।

वर्षा शुभ अन्न—मेषार्क का लग्नेश शुभ ग्रह हो और उच्च व स्वराशि का केन्द्र में शुभ ग्रह से युक्त दृष्ट और बलवान हो तो इस वर्ष संसार के सम्पूर्ण सौख्य, शुभ अन्न और उत्तम वर्षा हो।

ग्रीष्म अन्न बहुत—मेषार्क में केन्द्रों में बलवान शुभ ग्रह युक्त या दृष्ट हो तो ग्रीष्म का अन्न बहुत हो=उक्त लग्न में सूर्य अष्टम हो या गुरु कुम्भ का, चन्द्र सिंह का या गुरु सिंह का, चन्द्र कुम्भ का हो तो ग्रीष्म की फसल अच्छी हो।

मेषार्क लग्न से सूर्य शुभ ग्रहों के बीच में हो तथा सूर्य से सप्तम गुरु हो तो फसल बहुत हो।

१, २, ३, राशि शुभ ग्रह युक्त या दृष्ट हो तो ग्रीष्म=ऋतु की फसल अच्छी हो।

और ९-१०-११ में हो तो शरद ऋतु की फसल अच्छी हो। यदि पाप ग्रह युक्त या दृष्ट सूर्य हो तो मंहगा हो।

सुख—जिस वर्ष में प्रथम पूर्णिमा प्रथम अमावस्या के प्रवेश काल में लग्नेश तथा चन्द्र के प्रथम प्रवेश काल में लग्नेश और मेषार्क प्रवेश काल के लग्नेश यदि शुभ ग्रह युक्त हों तो उस वर्ष में पूर्ण सुख।

अन्न—वृश्चिक के सूर्य से ६, ७ स्थान में पाप ग्रह हो तो अन्न तो होगा पर भाव घटेगा।

मंहगा—मेणार्क लग्न का स्वामी पाप ग्रह हो पापाक्रांत व बलहीन हो भाव मंहगा, धन थोड़ा, राज भय हो।

मंहगा—मेष वृश्चिक के बीच मंगल=२ महीना धान्य मंहगे।

सूर्य राहु शनि और मंगल मध्य राशि में उदय हों तो धन धान्य सोना मंहगा, छत्रधाही राजा का नाश।

सुभिक्ष आदि—कृति. रोह. मृग. मघा. चित्रा. विशा. ज्ये. अनु. मूल और पूषा में मंगल शुक्र शनि ये उत्तर में विशेष कर आषाढ़ में आवें तो सुभिक्ष क्षय आरोग्य। बीच में रहें=मध्यम। दक्षिण में चलें=ईति भय।

वक्री ग्रह फल—भौम वक्री=अनावृष्टि। बुध वक्री=धन क्षय। गुरु वक्री=रोग स्थिर रहे। शुक्र वक्री=प्रजा सुखी। शनि=वक्री=मनुष्य में पीड़ा। राहु=अग्नि भय। ४ ग्रह वक्री=अच्छा नहीं। सब ग्रह वक्री=उस महीने में धान्य आदि की अत्यन्त तेजी हो, राजाओं में विग्रह। कन्या धन मीन राशि में शनि मंगल वक्री=लोक विभ्रम राजाओं की क्षय।

मंहगा—मंगल के घर में कोई गृह=६ महीने तुषा धान्य मंहगे। शुक्र की राशि में मंगल=२ मास मंहगाई। चन्द्र सूर्य हो तो=सब रोग हों अशुभ हो। शनि राहु हो=सब धान्य मंहगे राज विग्रह हो।

ग्रह क्षेत्र अनुसार फल—बुध के घर में सूर्य चंद्=राजाओं में विरोध। शुक्र के घर बुध चन्द् और चंद्र के घर शुक्र=५ मास में जौ गेहूँ अच्छे हों। सूर्य के घर शुक्र=पाखंड को वृद्धि अन्न मंहगा पशु मंहगे। शनि स्वगृही=घी अन्न मंहगे। सूर्य चन्द्र स्वगृही=सुभिक्ष हो पशु नाश धान्य की वृद्धि गुड़ शक्कर मंहगे।

गुरु गृही शनि राहु=पशु नाश, तृण क्षय। मंगल=राजाओं में विरोध। बुध=बहुत वर्षा। मंगल के गृह राहु मंगल सूर्य शुक्र=६ महीने गुड़ शक्कर मंहगे। मंगल के घर शुक्र=धान्य मंहगे। शनि के घर सूर्य=वस्त्र मंहगे। गुरु के घर शुक्र भौम=प्रजा पीड़ा। मंगल के घर चन्द्रोदय=सफेद वस्तु बढ़े।

सूर्य के घर शनि, सोम, शुक्र उदय=वृद्धि। चन्द्र क्षेत्र में शुक्र चन्द्र बुध का उदय=अति वर्षा से ६ महीने दुर्भिक्ष। बुध के घर शनि राहु उदय=पशु क्षय, प्रजा में पीड़ा, धान्य मंहगे। शुक्र के घर सोम शनि उदय=राजाओं में युद्ध अन्न मंहगे।

शनि के घर मंगल उदय=घी गुड़ लाल कपड़े की वृद्धि। शनि के घर में शनि उदय=घास, काठ, लोहा आदि मंहगे।

घबड़ाहट—तुला में शनि, भौम वक्री=लोक में विशेष कर दक्षिण में हाहाकार मचे।

इतर ग्रह क्षेत्र फल—शुक्र क्षेत्री मंगल=सब धान्य मंहगे। शुक्र क्षेत्री शनि राहु=दुर्भिक्ष। चंद्र क्षेत्री मंगल राहु शनि=शुभ फल। बुध क्षेत्री सूर्य चन्द्=राजाओं में विरोध। बुध क्षेत्री शनि चन्द्=सब धान्य मंहगे। शनि क्षेत्री शनि राहु=तृण अभाव पशु नाश। शनि क्षेत्री मंगल=राजाओं में विरोध। मंगल क्षेत्री बुध शनि राहु=पशु और मनुष्य नाश। शुक्र=सब भाव मंहगे। शेष ग्रह=शुभ फल। क्रूर ग्रह वक्री सौम्य ग्रह अतिचारी=युद्ध राजाओं का नाश घोर भय, पीड़ा।

संक्रान्ति से मंहगाई—सूर्य की संक्रान्ति के समय सातवीं राशि पर चन्द्र हो=सब अन्न मंहगे युद्ध हो। मीन मेष की संक्रांति को यह योग=२ महीने तक अन्न मंहगा। सिंह की=३ मास, मिथुन की=१ मास तक। वृष कुम्भ की=२ मास तक। कर्क।मकर की=६ मास तक। शेष संक्रांतियों में १ माह तक अन्न मंहगा रहे।

सस्ता मंहगा—जिस नक्षत्र पर पहिली संक्राति अर्की हो उससे दूसरे या तीसरे नक्षत्र पर अगली संक्रांति अर्के तो अन्न सस्ता हो। यदि ४-५ नक्षत्र पर हो तो मंहगा हो। ६ नक्षत्र पर हो तो सब लोग हाथ में रुपया लिये भीख मांगें।

मंहगा—एक राशि पर शुक्र शनि अस्त हो जांय तो अन्न की तरफ से दुःख हो। प्रजा में बहुत पीड़ा हो। देश में युद्ध हो।

मंहगा—पूष की चतुर्थी को सोम रवि मंगल शनिवार में चन्द्र में कुण्डल हो तो क्रम से दुगुने तिगुने चौगुने मोल के रत्न विके अर्थात् रत्न मंहगे हों चन्द्र आदि वारों के क्रम से दुगना आदि मोल का क्रम जानना।

# अध्याय २४

## दुर्भिक्ष विचार

### चन्द्र शृङ्ग से विचार

दक्षिण शृङ्ग उन्नत=चन्द्र मीन मेष का=दुर्भिक्ष
सम ,, ,, = ,, वृष कुम्भ =मध्यम फल
उत्तर ,, ,, =शेष राशियों में चन्द्र उदय=सुभिक्ष
त्रिशूलाकार चन्द्र उदय=महाभय और ्कार होती है।
वृहत्संज्ञक नक्षत्रों में चन्द्र उदय=अन्न सस्ता
जघन्य ,, ,, =अन्न मंहगा
सम ,, ,, =अन्न भाव सम

ज्येष्ठ शुदी १ को दिन फल=सोम, गुरु, शुक्रवार=सुभिक्ष सुन्दर वर्षा। पाप ग्रह के वार=दुर्भिक्ष

### आषाढ़ शुक्ल २ या ९ को दिन फल

गुरु सोम या शुक्रवार=सुभिक्ष समर्घता। बुध=समता। रविवार=ताप। मंगल=अवृष्टि। शनि=प्रजा पीड़ा, दुर्भिक्ष तथा भय करना।

सुभिक्ष—उक्त प्रकार से आकाश बादलों से २-३ दिन घिरा रहे तो सुभिक्ष, बहुत सा जल वर्षे मनुष्य प्रसन्न रहें।

दुर्भिक्ष=जिस वर्ष में एक राशि पर शनि, राहु मंगल सूर्य गुरु आदि ८ ग्रह का योग हो उस वर्ष दुर्भिक्ष, छत्र भंग राज विग्रह, वनस्पति फले जिस समय मेघ वर्षे।

दुर्मिक्ष=जिस वर्ष में १३ मास हो और सूर्य के आगे मंगल रहे सूर्य पीछे हे बहर योग वर्षा ऋतु में होवे तो दुर्मिक्ष हो धान्य संग्रह से लाम हो।

,,=राहु केतु का उदय हो, भूकम्प हो, तारा टूटें, पूछ तारा उगे उस वर्ष में दुर्मिक्ष पड़े राज्य विग्रह छत्र मंग हों।

,,=जिस वर्ष में चैत्र वैशाख में मेघ गर्जे और श्रावण माद्र पद में शीत पड़े वायु चले उस वर्ष में मनुष्य व चौपायों में कष्ट, राज्य विग्रह हो धान्य संग्रह से लाम।

,,=जिस वर्ष में रात्रि को काग बोलें दिन को स्यार बोलें तो गाय व स्त्री जुड़वा जनें, दुर्मिक्ष पड़े अन्न तृण कम हो मनुष्य व चौपायों में कष्ट हों।

,,=जिस वर्ष में आषाढ़ की पूर्णिमा क्षय हो उस वर्ष में दुर्मिक्ष पड़े। राज्य विग्रह हो सरदी व उन्हारी का अन्न कम उपजे सब कुएँ का पानी सूख जाय बड़े-बड़े कुओं में जल मिले।

,,=जिस वर्ष कर्क संक्रान्ति, रवि, मंगल शनिवारी हो और वर्ष का राजा मंगल हो तो उस वर्ष में दुर्मिक्ष पड़े मनुष्यों में पीड़ा खुजली रक्त विकार हो।

,,=जिस वर्ष में दिवाली के दिन स्वाती नक्षत्र हो और रवि मंगल शनिवार हो आयुष्मान योग हो दुर्मिक्ष पड़े रस कस आदि मंहगे हों राज विग्रह हो प्रजा सुखी रहे।

,,=जिस वर्ष में माघ शुदी ५ को शनि मंगलवार हो तो अकाल पड़े देश उजड़ जाय।

दुर्मिक्ष=जिस वर्ष में सूर्य चन्द्र का ग्रहण एक मास में हो तो दुर्मिक्ष पड़े मनुष्यों में बहुत रोग हो बहुत विग्रह हो।

,,=जिस वर्ष में कार्तिक की परिवा बुधवारी हो तो दुर्मिक्ष पड़े धान्य घृत तेल गुड़ मंहगे।

,,=जिस वर्ष आषाढ़ शुदी ९ के दिन बादल न हो सूर्य चन्द्र निर्मल हों निर्मल अस्त हों तो अकाल पड़े राज विग्रह हो प्रजा सुखी।

,,=उमा. रेवती, भर.मूल मघा इन नक्षत्रों में गुरु हो और विशा. स्वा. पू.षा,. पर मंगल हो उस वर्ष में राज्य विग्रह मृगी रोग हो।

,,=पौष माघ फाल्गुन में शीत थोड़ा पड़े और चैत्र व ज्येष्ठ में मेघ वर्षे तो धान्य का दुर्मिक्ष पड़े। राज विग्रह हो।

,,=चोटिल पूछल तारा उगे उस वर्ष में अकाल पड़े मनुष्य और पशुओं में कष्ट व रोग हो।

दुर्भिक्ष—आषाढ़ वदी ८ को कृति. मृग. नक्षत्र हो तो अकाल पड़े धान्य संग्रह में लाभ हो।

मंहगा—सूर्य का नक्षत्र स्त्री नक्षत्र नपुंसक नक्षत्र से लगे तो मेघ थोड़ा वर्षे धान्य मंहगा हो।

अकाल—अमावस्या मंगलवारी हो सोमवती एक भी न पड़े तो अकाल पड़े मनुष्य बिके, मनुष्य सुखी राज विग्रह हो।

,,—वृष में राहु मंगल हो ६ महीने में भय हो, दुर्भिक्ष पीड़ा हो।

,,—ज्येष्ठ सुदी १० तक मेघ न वर्षे तो सब देशों में अकाल पड़े मनुष्य चौपाये सुखी रहें।

,,—अषाढ़ में धुन्ध पड़े बादल शीतल हो खाली गर्जना हो भूकम्प हो तो दुर्भिक्ष पड़े धान्य बहुत मंहगा हो।

मंहगा—श्रावण भाद्रपद में शनि गुरु मंगल वक्री हो तो अकाल पड़े। रस कस मंहगे हों।

अकाल—ज्येष्ठ की अमावस के दिन सूर्यास्त देखना और दूज के दिन का उदय देखना जो चन्द्र, सूर्य के बांये अस्त हो तो अकाल पड़े। जो सूर्य के दाहिने अस्त हो तो समय अच्छा है। जो सूर्य के मस्तक पर अस्त हो तो समय मध्यम है।

,,—गाय भैंस सब कुरूप जनें और पौष के महीने में बिना बादल के बिजली चमके तो अकाल पड़े पृथ्वी चल विचल हो।

मंहगा—श्रावण भाद्रपद में कोई ग्रह उदय न हो तो सर्व धान्य संग्रह करना रस कस मंहगे होंगे।

अकाल—श्रावण भाद्रपद में वायु चले मोटे बादल हों पानी नहीं वर्षे तो अकाल पड़े सर्व देश उजड़ हो सर्व धान्य संग्रह करने से लाभ।

,,—रोहिणी पर्वत पर पड़े राजा मन्त्री शनि मङ्गल हो तो दुर्भिक्ष पड़े मनुष्य और राजा मरें।

अकाल—माघ की परिवा का क्षय हो और बुध शनि मङ्गल वार हो वर्षा मामूली हो धान्य संग्रह से लाभ हो।

,,—बारहों संक्रान्ति १५ मुहूर्ती हों तथा क्रूर वारी हों तो सब धान्य संग्रह करना पैसे बराबर धान्य हो समय भयंकर हो राजा प्रजा में पीड़ा हो।

मंहगा—अषाढ़ शुदी ११ का क्षय हो उस दिन शनि मंगल वार हो तो उस वर्ष में सर्पों की पीड़ा बहुत हो टीड़ी चूहा बहुत नुकसान करें अन्न मंहगा हो वर्ष मध्यम हो।

अकाल—पौष माघ फाल्गुन चैत्र वैशाख ज्येष्ठ कार्तिक मार्गशीर्ष इतने महीनों में तारे फिरें तारा मण्डल फिरता दिखे तथा अग्नि सरीखा दिखें तो पृथ्वी पर प्रलय काल पड़े बहुत दुकाल पड़े मनुष्य को मनुष्य बेचे उत्तम पुरुष मध्यम हो जावें।

अकाल--जिस वर्ष में चैत्र वैशाख कार्तिक आश्विन आषाढ़ की पूर्णिमा के दिन चन्द्र के बिम्ब को रोहिणी के तारे वेधित कर निकलें तो बहुत दुकाल पड़े छत्र भंग हो राज्य विग्रह हो सर्व पृथ्वी रुण्ड मुण्ड हो संग्राम हो हाहाकार मचें।

,,—आषाढ़ चैत्र फाल्गुन कार्तिक महीने में एक मास में ही सूर्य चन्द्र का ग्रहण हो और २० विश्वा सम्पूर्ण हो तो भय, भ्रांति अकाल पड़े धान्य संग्रह करने से लाभ हो।

,,—धन मीन सिंह कन्या राशि पर क्रूर ग्रह बैठे हों तो दुर्भिक्ष पड़े किराना मंहगा हो सर्पों से पीड़ा हो चौपायों में पीड़ा हो मेघ कम बर्षे।

,,—रेवती शत. श्ले. मूल इन नक्षत्रों पर गुरु और राहु हो तो दुर्भिक्ष पड़े दोनों शाख विनाश हो चौपाये मरें कुओं की शाख जाय छत्र भंग हो।

,,—शीत काल में शीत न पड़े और गर्मी के दिनों में शीत पड़े चैत्र में मेह वर्षे तो दुर्भिक्ष पड़े प्रजा सब दुःखी मनुष्य बहुत मरें।

मंहगा—जिस वर्ष का राजा मन्त्री अस्त हो तथा वक्र हो और अतिचारी हो तो वर्ष मध्यम रहे धान्य मंहगा हो राजा प्रजा दुःखी हो।

अकाल—जिस वर्ष का राजा क्रूर ग्रह हो क्रूर ग्रह से युक्त हो तो महा विपत्ति पड़े छत्र भंग हो मनुष्य पर्वतों पर चढ़कर रहें।

मंहगे—जिस वर्ष का राजा मन्त्री कुतवाल तीनों क्रूर ग्रह हों धान्य मंहगे हों रस कस मंहगे हों।

नष्ट वर्ष—जिस वर्ष का सम्वत् क्रूर नाम का हो और वर्ष का राजा मन्त्री भी क्रूर हो तो वर्ष नष्ट हो राजा प्रजा व्यापारी दुःखी रहें।

अकाल—जिस वर्ष में १३ महीने हों और एक महीने में दो तिथि टूटें तो अकाल पड़े बहुत राज्य विग्रह हो लोग पर्वत पर वसें चौपायों का नाश हो और अन्न औषधि के समान हो।

,,—जिस वर्ष में शुदी पञ्चमी शुभ वार की न हो सोमवती अमावस्या न हो तो समय महा मध्यम हो ईति भीति रहे मनुष्य दुःखी हो।

,,—जिस वर्ष में ३ ग्रहण हों पूर्व दिशा और मेवाड़ में विपत्ति पड़े सब पृथ्वी चलाचल हो।

,,—जिस वर्ष में शनि राहु मंगल एक राशि पर हो तो वर्षा भयंकर हो अकाल पड़े मनुष्य अपनी सन्तान बेचे।

मंहगा—जिस वर्ष में ५ ग्रह एक राशि में आवें गुरु शनि अस्त हो तो मृगी रोग हो धान्य मंहगे हों राजा प्रजा में पीड़ा चौपायों में पीड़ा सर्प की पीड़ा हो।

अकाल—जिस वर्ष में श्रावण में नैर्ऋत्य कोण में अगस्त उगे और रात को ठंडी पवन चले तो समय खराब हो राज विग्रह हो फल-फूल का नाश हो। स्त्री व चौपायों के गर्भपात हो धान्य का नाश हो।

विग्रह—जिस वर्ष में गुरु शनि राहु मंगल एक नक्षत्र पर आवें तो राज विग्रह हो छत्र भंग हो भिन्न सम्प्रदायों में लड़ाई हो।

अकाल—जिस वर्ष में तारे बहुत टूटें बिना बादल बिजली चमके तो बड़ा अकाल पड़े राजा मरे।

,, जिस वर्ष में समय का राजा सम्वंत्सर की राशि को न देखे और क्रूर ग्रह संयुक्त हो तो चौमासे में पवन चले मेघ अल्प हो दोनों शाखा का विनाश हो।

,, जिस वर्ष में सिंह राशि के गुरु हों कुम्भ पर राहु मंगल हो तो निश्चय काल पड़े राज्य विग्रह हो।

,, जिस वर्ष २ सावन या २ भादो हों तो अडु मँहगा हो लोग दुखी रहें पीपल आदि खाकर जीवें।

,, मिथुन के शनि या राहु=दुर्भिक्ष हो पश्चिम के राजाओं का क्षय।

,, जिस वर्ष में मीन राशि पर राहु शनि हो तो मृगी रोग हो पीड़ा हो धान्य अल्प उपजे राज विग्रह हो।

,, जिस वर्ष एक महीने में ३ ग्रह वक्री हो शनि मंगल गुरु शुक्र एकत्र हों तो दुकाल पड़े युद्ध हो।

,, जिस वर्ष में सम्वत का राजा अस्त हो मन्त्री वक्र हो कोतवाल क्रूर ग्रह हो या इनसे युक्त हो तो काल पड़े अन्न जल का टोटा हो।

,, जिस वर्ष में तारा मण्डल फिरें चन्द्र से इकट्ठे तारा हों तो काल पड़े धान्य नहीं मिले।

,, जिस वर्ष में चैत्र वैशाख ज्येष्ठ में मेघ वर्षे माघ में तपत गर्मी हो चौमासे में पवन चले तो काल पड़े श्रावण भाद्रपद में कुओं में पानी भर जावे।

अकाल—जिस वर्ष में धुंध बहुत पड़े राखी को श्रवण नक्षत्र न हो अक्षय कृतिका को रोहिणी न हो पौष वदी ३० को मूल न हो तो काल पड़े।

,, मेषार्क का लग्नेश पाप ग्रह हो पापाक्रांत न बलहीन हो तो राज भय धन थोड़ा रहे भाव महंगा हो।

,, जब शनि मंगल गुरु समान एक राशि पर हों या आपस में सातवीं राशि पर हो तो साकेतपुर लंकापुरी इन देशों में दुर्भिक्ष हो शस्त्र का भय हो।

,, कन्या मीन सिंह वृष धन इन राशियों पर शनि और मंगल वक्री हो तो राजा लोगों में क्रोध बढ़े युद्ध की पीड़ा हो दुर्भिक्ष हो अन्न का नाश हो। राजा में पित्त का रोग हो अत्रि गोत्र के मनुष्यों में पीड़ा हो और जब तक ग्रह वक्री रहें तब तक राजा लोगों को व भैंस, हाथी, घोड़ा आदि को पीड़ा हो।

,, सब महीने की प्रतिपदा को बुधवार पड़े तो दुर्भिक्ष हो अर्थात् उस महीने में अन्न महँगी हो।

अकाल—जिस महीने की संक्रान्ति में रवि, मंगल. शनिवार हो तो उस महीने में घोर भय हो दुर्भिक्ष पड़े वर्षा नहीं हो।

अशुभ—ज्येष्ठ की प्रतिपदा को बुधवार हो तो अगले वर्ष में द्विजों पर अशुभ फल होता है।

सेना में भगदड़—हस्त भरणी मघा रेवती आर्द्रा नक्षत्रों पर शनि मंगल दोनों ग्रह वक्री हों तो राजाओं की सेना में भगदड़ पड़े और समुद्र के तीर वासी लोगों का मरण हो।

दुर्भिक्ष—क्रूर वार की संक्रान्ति हो तो अत्यन्त दुर्भिक्ष का भय, शनि पूर्वद्वार अर्थात् कृतिका आदि ७ नक्षत्रों में विचर कर वक्री हो तो दुर्भिक्ष भय मित्रों में विरोध करता है अर्थात् वर्षा नहीं करता।

,, श्रावण शुक्ल ५ से २ दिन के भीतर वर्षा और दक्षिण या पश्चिम दिशा की पवन चले तो दुर्भिक्ष हो।

## प्रश्न द्वारा दुर्भिक्ष सुभिक्ष का विचार

प्रश्न समय राहु और शनि केन्द्र में हों विशेष कर चौथे ही घर में हों लग्न में कोई ग्रह न हो तो दुर्भिक्ष, लग्न बल युक्त हो या लग्नेश शुभग्रह युक्त या दृष्ट हो या शुभग्रह केन्द्र में हो तो निश्चय सुभिक्ष हो।

## सम्वत्सर से विचार

( सम्वत्सर × ३ + ५ ) ÷ ७ = शेष २–४ सुभिक्ष। ३–५ दुर्भिक्ष १–६ मध्यम। शेष ० = भयंकर।

## शाका से विचार

( शाका × ३ + ५ ) ÷ ७ शेष १ मध्यम, २, ४ सुभिक्ष। ३ दुर्भिक्ष ५ महर्घ। ६ क्षय। शेष ० घोरता।

अन्य प्रकार—( सम्वत्सर × २–३ ) ÷ ७ शेष ५–३ सुभिक्ष। ४–१ दुर्भिक्ष। ६–३ मध्यम। ० भयंकर।

दुर्भिक्ष—वृष में शुक्र शनि मंगल तीनों = दुर्भिक्ष लोक में भय राज्य भंग।

,, वृष में सूर्य शनि शुक्र मंगल चारों = दुर्भिक्ष पीड़ा।

,, वृष में सूर्य मंगल शनि तीनों = दुर्भिक्ष लोक में पीड़ा युद्ध।

,, मीन में शनि, कर्क में गुरु, तुला में मङ्गल दुर्भिक्ष हो।

,, गुरु शुक्र एकत्र = दुर्भिक्ष, दुःख।

,, शनि मंगल एकत्र = दुर्भिक्ष युद्ध।

,, जब कोई शुभग्रह अतिचारी हो = दुर्भिक्ष राजाओं का क्षय।

,, ७ ग्रह एकत्र गोल योग = दुर्भिक्ष, पीड़ा।

,, मकर कुंभ के सूर्य शुक्र मंगल तीनों और चन्द्र भी हो = दुर्भिक्ष।

,, एक राशि पर शुक्र शनि गुरु = दुर्भिक्ष मेघ नहीं वर्षे।

# अध्याय २५

## अर्घ विचार माल खरीदने पर लाभ

### सूर्य राशि के अनुसार फल

मेष—ग्रीष्म के धान्य का संग्रह करना।

वृष—बनैले फल और मूल के संग्रह से चौथे माह में लाभ।

मिथुन—सब प्रकार के रस और सब प्रकार के धान्यों के संग्रह से छठे मास में विक्री से बहुत लाभ।

कर्क—मधु गन्ध तेल घी शक्कर लेने से दूसरे मास में दूना लाभ परन्तु अत्यधिक समय होने पर कम लाभ और हानि।

सिंह—सुवर्ण मणि चर्म वर्म शस्त्र मोती और चाँदी संग्रह कर पाँचवें मास में बेचने से लाभ इसके विरुद्ध होने से हानि।

कन्या—चमर गधे हाथी के बच्चे और घोड़े खरीद कर छठे मास बेचे तो दुगुना लाभ।

तुला—सूत ऊन के बने वस्त्र बर्तन मणि कम्बल कांच पीले फूल और समस्त धान्यों के संग्रह से मूल्य दुगुना बढ़ जाता है।

वृश्चिक—कन्द मूल फल विविध भाँति के रत्न इकट्ठा कर २ वर्ष रखे तो दुगुना लाभ हो।

धन—कुङ्कुम शंख मूँगा मोती और फलों के संग्रह से ६ महीने में मूल्य दुगुना हो जाता है।

मकर कुम्भ—लोहा बर्तन और धान्यों को १ मास रुककर बेचने से दुगुना लाभ।

मीन—कन्द मूल फल बर्तन और रत्नों का संग्रह कर ६ मास में बेचे तो मन-माना लाभ हो।

### ग्रह फल विचार

जिस राशि का सूर्य या चन्द्र हो और अधिमित्र ग्रहों से दृष्ट हो तो उस राशि सम्बन्धी वस्तुएँ लाभ पहुँचाती हैं। अमावस या पूर्णिमा का चन्द्र शुभ ग्रह युक्त या दृष्ट हो तो शीघ्र अर्घ प्रवृद्धि पर होता है। सूर्य अशुभ ग्रहों से युक्त या ६ पर हो तो विघ्न होता है। इस प्रकार प्रत्येक ग्रह गत भावों को विचार कर अच्छा या बुरा फल जानना।

प्रति मास में सब राशियाँ जब सूर्य को गमन करें अमावस्या पर पूर्णिमा में परिवेष, ग्रहण परिघ अति वृष्टि, उल्का या दण्ड रूप उत्पातों को देखकर क्रमानुसार

सब तिथियों का विचार करना चाहिये और तिथियों में जो उत्पात होते हैं वे उत्पात राजाओं के लिये गड़बड़ी का भय प्रगट करते हैं।

### राशि के अनुसार द्रव्य का निश्चय

मेष—वस्त्र भेड़ या बकरे के बाल के बने कम्बल, मसूर गेहूँ, दाल, जौ, स्थल की उपजी ओषधियाँ और सुवर्ण।

वृष—वस्त्र, कुसुम, गेहूँ, शालि धान्य, जौ, गाय, भैंस।

मिथुन—धान्य और शरद ऋतु के उत्पन्न हुए पदार्थ, कमल, कुमकुमादि की जड़ और कपास।

कर्क—कोदों, केला, दूध, फल पत्र और छाल।

सिंह—मुस्सी, धान्य, रस, गुड़ और सिंह आदि के चर्म।

कन्या—अलसी, मटर, कुल्थी गेहूँ मूँग।

तुला—उर्द गेहूँ सरसों और जौ।

वृश्चिक—ईख या ईख से उत्पन्न द्रव्य, लोहा, भेड़, बकरी।

धन—अश्व, लवण, अम्बर=वस्त्र, तिल, धान्य और मूल।

मकर—वृक्ष गुल्मादि और सींचने से जो वस्तु उत्पन्न होती है, ईख, सुवर्ण, काँसा लोहा।

कुम्भ—जल से उत्पन्न हुए फूल फल और चित्र विचित्र रूप वाले वर्तमान।

मीन—कपाल सम्भव रत्न (हाथी या नाग के सिर के मणि) जल से होने वाले पदार्थ अनेक रूप वाले स्नेह द्रव्य और मछलियाँ।

### स्थान व ग्रह योग से इनका विचार

— जिस राशि के २, ४, ५, ७, ९, १०, ११वें स्थान में गुरु हो या २, ५, ८, १०, ११वें स्थान में बुध हो उस राशि के द्रव्य की वृद्धि होती है।

— शुक्र जिस राशि के ६ या ७ स्थान में हो उस राशि के द्रव्यों की हानि और अभिन्न राशियों में हो तो वृद्धि और क्रूर ग्रह उपचक्र में हो तो शुभ दायक है इसके सिवाय राशि में हो तो हानिकारक है।

— बलवान क्रूर ग्रह जिस राशि के पीड़ा स्थान अर्थात उपचय स्थान के सिवाय दूसरे स्थान में हो तो उस राशि के जितने द्रव्य हों सब महँगे होकर दुर्लभ हो जाते हैं।

— बलवान शुभ ग्रह जिन राशियों के दृष्ट स्थान में अर्थात् उपचय में हो तो उस राशि के द्रव्य की वृद्धि सामर्थ और सुलभता होती है।

— गोचर पीड़ा में भी सब राशियों में बलवान और शुभ ग्रह की दृष्टि हो तो पीड़ा नहीं और क्रूर गृह देखते हों तो इसके विपरीत फल होता है।

**विशेष ग्रह योग**

राजा व पशु नाश—रवि मंगल शनिवार में कार्तिक की अमावस्या हो और आयुष्मान योग स्वाती नक्षत्र हो तो राजा व पशुओं का नाश हो।

शोक, युद्ध—पौष की अमावस्या या पूर्णिमा मंगलवारी या शनिवारी हो तो प्रजा में शोक हो राजा लोग युद्ध करें।

भय—गुरु अतिचार (शीघ्र गति) हो तब शनि व मंगल वक्री हो तो जगत में हाहाकार मचे दक्षिण दिशा में विशेष भय हो।

राज्य भंग पशु हानि—शुभ ग्रह अतिचार हुआ हो और पाप ग्रह वक्री हुआ हो राज भंग राजा का नाश पीड़ा पशुओं की हानि दूसरे देश का राजा राज करे।

पशु मनुष्य नष्ट—जब धन मीन वृष वृश्चिक इन राशियों पर मंगल आवे और शनि वक्री हो तो गौ हाथी घोड़े मनुष्य नष्ट हों पृथ्वी पर केवल तीसरा हिस्सा रहे।

भय विग्रह—मेष का सूर्य वृष का मंगल=लोक में भय राजाओं में विग्रह।

घोर युद्ध—शुक्र शनि मंगल तीनों तुला पर=राजाओं में घोर युद्ध।

राजाओं का नाश—मंगल शुक्र शनि एकत्र=राजाओं का नाश प्रजा का क्षय।

प्रजा नाश—स्वाती पर मंगल रेवती पर सूर्य=प्रजा नाश राजा लोग चंचल।

युद्ध—अनुराधा पर शनि ज्येष्ठा पर गुरु=पश्चिम में युद्ध प्रजा का नाश।

भय पीड़ा—सूर्य राहु मंगल चन्द्र, शनि ग्रह एक राशि पर भय, पूर्व दिशा में पीड़ा राजाओं का क्षय, प्रजा का नाश व्याधियों से भय निःसंदेह।

दक्षिण में भय—सूर्य चन्द्र मंगल बुध शनि राहु=एक राशि पर ६ ग्रह= दक्षिण दिशा में भय।

उत्तर में भय—सूर्य मंगल गुरु शुक्र शनि राहु ६ ग्रह १ राशि पर उत्तर दिशा में भय छत्र भंग निःसंदेह।

राजाओं का नाश—सूर्य चन्द्र गुरु शुक्र शनि बुध ६ ग्रह १ राशि पर राजाओं का नाश प्रजा क्षय व्याधि।

छत्र भंग—सूर्य चन्द्र मंगल बुध गुरु ५ ग्रह सिंह राशि में भय प्रजा नाश छत्र भंग।

अच्छी वर्षा—श्लेषा पर मंगल बुध शुक्र=प्रजा में सुख सौभाग्य बढ़े बहुत अच्छा सम्वत हो।

युद्ध—अनु. पर शनि ज्ये. पर गुरु=पश्चिम में युद्ध प्रजा का नाश।

जल कष्ट—उ. षा. पर शनि और शनि से सातवें नक्षत्र पर सूर्य हो तो जल का त्रास हो।

भय पीड़ा रोग—एक राशि पर सूर्य चन्द्र मंगल शुक्र शनि राहु ये सब हों तो भय हो पूर्व दिशा में पीड़ा रोग भय राजाओं का नाश।

प्रजा नाश—एक राशि पर सूर्य चन्द्र मंगल बुध गुरु शनि=पृथ्वी पर भय राजाओं का नाश भय प्रजा नाश व्याधि।

प्रजा नाश—सिंह राशि पर सूर्य चन्द्र मंगल गुरु=पृथ्वी पर बहुत भय हो राजा प्रजा का नाश।

राजाओं का नाश—मिथुन धन व मीन पर शनि—राजाओं का नाश पृथ्वी रुधिर से भींगे।

सुभिक्ष—एक राशि पर सूर्य बुध गुरु शनि राहु—सुभिक्ष हो कुशल और आरोग्य हो।

राजा प्रजा नाश—एक राशि पर मंगल शुक्र शनि=राजा और प्रजा का नाश।

युद्ध—मेष का सूर्य वृष का मंगल=भय रोग से सब व्याकुल राजाओं में युद्ध।

युद्ध—तुला पर मंगल और शुक्र=राजाओं में आपस में युद्ध हो।

भूकम्प—सूर्य से पांचवीं या सातवीं राशि पर चन्द्र हो मंगल छठी राशि पर हो दिग्दाह या उल्कापात का योग होता है। राहु या केतु से सातवें मंगल हो और मंगल से पाँचवें घर में बुध हों बुध से चौथे घर चन्द्र हो तो भूकम्प होने का योग होता है।

# अध्याय २६

## मास के अनुसार वर्षा कारक अन्य योग

### चैत्र मास

चैत्र कृष्ण २ को आकाश में बादल न हों तो भादों में वर्षा होगी।

चै. कृ. २ को प्रबल बादल हों तो कार्तिक में अच्छी वर्षा होती है।

चै. कृ. ४ को वर्षा हो तो दुर्भिक्ष हो पंचमी को दुर्दिन शुभ है।

चै. कृ. ५ को हस्त हो और बादल बिजली गर्जन न हो तो वर्ष शुभ है।

चै. कृ. १३, ९, ५ बिजली का गर्भ वृष्टि को हानि करता है।

चै. कृ. ७ को आकाश बादलों से घिरा रहे तो लाल वस्तुएँ बहुत हों।

चै. कृ. १ से ४ दिन तक वर्षा हो तो चौमासा अच्छा हो।

चै. कृ. १ को मेघ गर्जे तथा वर्षा हो तो श्रावण भाद्रपद में वर्षा नहीं हो।

चै. शुक्ल ५, ७, १३ में बादल अच्छे और वर्षा नेष्ट है।

चै. कृ. १४ या ८ को बादल या उत्तर की वायु हो तो वर्षा अच्छी हो।

चै. कृ. १३ को धूलि युक्त पवन हो या धूसरी पात हों तो मेघ नहीं बर्षे।

चै. कृ. १० को शनिवार मघा नक्षत्र हो और वर्षा हो उस वर्ष भर में धान्य की उत्पत्ति अच्छी नहीं हो।

चै. प्रतिपदा को रविवार=बहुत वर्षा नहीं हो मनुष्य दुःखी होवें। सोम बुध गुरु शुक्रवार हो=पृथ्वी पर बहुत मेघ वर्षे खेती बहुत उपजे तृण हो। मंगल शनिवार=वर्षा नहीं हो खेती नहीं हो तृण नहीं हो बड़े राजाओं में युद्ध हो।

चै. कृ. ५ को बुधवार हो और उसी महीने में या उसी दिन मंगल वक्री हो तो=घृत तेल मँहगा हो इन दोनों योग के मिलने से या एक योग में गेहूँ चावल मँहगे हों।

चै. शु. ५ को मेघ वर्षे तो वर्षा काल में मेघ बहुत नहीं वर्षे।

चै. में गुरु शुक्र दोनों एक राशि पर=तेल घृत तिल सूत इनका संग्रह कर २ माह बाद बेचने से लाभ।

चै. कृ. में तिथि बढ़े शुक्ल में हानि हो तो पृथ्वी अन्न हीन हो जाय।

चै. में संक्रान्ति के दिन वर्षा हो तो वैशाख या ज्येष्ठ में तृण मँहगा हो।

चै. वैशाख और ज्येष्ठ की संक्रान्ति के दिन मेघ बर्षे तो अन्न मँहगा हो।

चै. शुक्ल ७ को बादल हो या वायु चले तो गेहूँ खरीद कर श्रावण में बेचे तो तिगुना लाभ हो यह योग शुक्ल पक्ष में ही विचारना।

चै. १३ को वर्षा हो तो दुर्भिक्ष हो।

चै. शु. ५ को रोहिणी हो और सप्तमी को आर्द्रा, नवमी को पुष्य, पूर्णमासी को स्वाती हो और इन्हीं दिनों कभी वर्षा भी हो जाय तो वर्षा ऋतु में मेघ नहीं वर्षे।

चैत्र या श्रावण में ५ मंगल=राजाओं का नाश। ५ शनि=दुर्भिक्ष। ५ शुक्र=प्रजा का नाश। ५ रवि, बुध रस मँहगे रहें नाश। ५ सोमवार=सुख सौभाग्य बढ़े। ५ गुरुवार=जल का नाश हो।

चै. की ३, फाल्गुन ५, माघ ७ और वैशाख १ को वायु चले तो शुभदाई है। वर्षा काल में वर्षा होती है।

चै. कृ. २ को यदि सब दिशाओं में घूमती वायु चले तो भादों में बिना बादल के भी बहुत वर्षा हो।

चै. कृ. ३ को पूर्व या उत्तर की वायु चले तो बहुत वर्षा से सुभिक्ष हो।

चै. कृ. ५ को आर्द्रा यथोचित हो तो ३ मास धान कम रहे श्रावण में वर्षा हो।

चै. शु. १० शनिवार मघा हो तो धान्य सस्ते हों वर्षा हो।

वैशाख के योग

वै. कृ. १ को मेघ से आच्छादित सूर्य उगे तो वर्ष शुभ।

वै. कृ. या शु. की १४, ८ को गर्जना व बिजली हो और वर्षे तो आनन्द हो।

वै. कृ. ११ को प्रबल मेघ हों तो खेती बोने के लिये धान्य बेच देना चाहिये।

वै. शु. १, २, ३ में बादल हो तो वर्षा विशेष हो परन्तु अंग रोग हो।

वै. शु. १० को बादल शुभ हैं।

वै. की ६ को अश्विनी नक्षत्र हो तो लाल वस्तु मँहगी।

वै. कृ. ५ को मेघ बादल हो तो भादों में वर्षा नहीं होती।

वै. शु. १, ७, ८, ९ को बहुत बादल होने से शीघ्र वर्षा हो।

एकादशी आदि ३ दिनों में बादल या वृष्टि होने से दुर्भिक्ष होता है।

पूर्णिमा को वर्षा होने से भादों में खैंच होती है।

वै. ५, ७, ९, ११, १३ को वर्षा हो तो लोक में सुख हो।

वै. ७ को धनिष्ठा या श्रवण हो तो लोहा उड़द काले वस्त्र रंग आदि मँहगे और चावल चीनी घी रूई आदि सस्ते।

वैशाख शुक्ल ३ को रोहिणी हो तो सुभिक्ष। कृतिका=मध्यम। मृग=दुर्भिक्ष हो।

वै. शु. ९ को रोहिणी तीनों उत्तरा मघा रेवती हो बहुत कष्ट हो।

वै. अमावस्या को भरणी=व्याधि। कृति. जल कम वर्षे, रास्ता में लुटेरे लूटें, राजाओं में युद्ध हो।

वै. अमावस्या को रेवती=सुभिक्ष। रोहिणी=दुःख मय। अश्विनी-मध्यम फल।

वै. अक्षय ३ को गुरुवार को रोहिणी=सर्वधान्य हों मंगल हो।

वै. शु. ५ को शनि या मंगलवार हो, भरणी, कृति. रोह मृग हस्त ये नक्षत्र हो तो पीपली, नारियल सुपारी रक्तवस्त्र ताँमा कांसा ये महँगे।

वै. १३ रवि या मंगलवार=पीपली तमाखू खांड सेंधा नमक लाल चन्दन महँगे।

वै. श. ५ को आकाश में मेघ छाये रहें और वर्षा हो तो तृण के संग्रह से भादों में बेचने से लाभ।

वै. शु. १ या १० को बादल हो तो वर्षा काल में वर्षा नहीं हो।

वै. शु. ७ शनिवार हो या भरणी आदि ४ नक्षत्र और हस्त नक्षत्र के दिन मंगलवार हो तो पिप्पली, नारियल, ताँमा काँसा, सुपारी लाल वस्त्र महँगे।

वै. शु. १३ रविवार या मंगलवार हो तो खांड़ तथा नागर पान महँगे, सेंधा नमक लाल चन्दन भी महँगे।

वै. कृ. ५ को आकाश बादलों से आच्छादित रहे या गर्जे या मेघ वर्षे तो धान्य खरीदना भादों में बेचने से लाभ।

वै. शु. १ या १० को बादल हो तो वर्षा काल में निश्चित वर्षा नहीं हो।

ज्येष्ठ के योग

ज्ये. शु. १४,८ तथा १५-१० को वर्षा हो तो भादों में अति वृष्टि हो।

ज्ये. शु. १० की रात में यदि चाँद न दिखे तो वर्षा अच्छी हो।

ज्ये. कृ, ११-१२ को मेघ गर्जे बिजली चमके और जल गिरे तो वर्षा शुभ होती है।

ज्ये. आषाढ़ में रोहिणी के दिन बादल हो तो वर्षा का नाश हो वर्षा हो तो वृद्धि हो।

ज्ये. के अन्त में २ दिन में ज्येष्ठा और मूल में वर्षा हो तो दुर्भिक्ष हो आंधी तथा बिजली हो तो श्रेष्ठ, कहीं बर्षा हो।

ज्ये. तथा आषाढ़ में जहाँ कहीं वर्षा हो तो श्रावण भादों में भी उस दिन वर्षा हो।

ज्ये. शु. २ को गर्जे तो गर्भपात हो तीज को आर्द्रा हो तो दुर्भिक्ष हो।

ज्ये. की ५ को वृष संक्रांति में वृष्टि हो पूषा तथा मूल के दिन वर्षा हो तो ठीक है।

ज्ये. पूर्णिमा को मेघ वर्षे तो १० दिन बाद अच्छी वर्षा हो।

श्रवण धनिष्ठा में न वर्षे और ज्येष्ठ कृष्ण में श्रवण आदि में न वर्षे तो अवर्षण से बर्षा हो और बहुत जल वर्षे उस समय चित्रा स्वा. विशा में बादल शुभ होते हैं।

ज्ये. कृ. १ को रवि मंगल बुधवार हो तो मनुष्यों में बीमारी का भय हो।

ज्ये. शु. १ को शनिवार हो तो राज भंग हो दुर्भिक्ष प्रजा में पीड़ा हो।

ज्ये. कृ. १ को बुधवार या शनिवार हो तो अगले वर्ष में प्रजा को भय हो राजाओं में युद्ध हो।

ज्ये. अमावस्या को दिन या रात में मेघ वर्षे तो वर्षाकाल में वर्षा नहीं हो। अन्य मत—मेघ दिखे तो वर्षा नहीं हो।

ज्ये. कृ. १ को रविवार=वर्षाकाल में पवन चले। मंगल=बीमारी हो। बुध=दुर्भिक्ष आगे वर्षा में भय। गुरुवार-खेती बहुत उपजे। शुक्र=वर्षा बहुत अच्छी हो। सोमवार=अन्न बहुत उपजे तृण हो। शनि=युद्ध छत्र भंग वर्षा नहीं हो।

ज्ये. में आदि ९ नक्षत्रों में बादल नहीं हो तो वर्षा काल में मेघ बहुत अच्छा वर्षे और इन ९ नक्षत्रों में बादल बूँदी हो तो वर्षा ऋतु में नहीं वर्षे।

ज्ये. शु. ७ को मेघ गर्जे या आकाश में बादल हो और दक्षिण दिशा की पवन चले तो तिल खरीदकर कार्तिक में बेचने से लाभ।

ज्ये. में श्रवण नक्षत्र के दिन या धनिष्ठा के दिन मेघ वर्षे तो वर्षा काल में अच्छी वर्षा होती है। इन नक्षत्रों में घाम पड़े तो वर्षा नहीं होती।

ज्ये. अमावस्या या पूर्णिमा को दिन या रात में आकाश में बादल हो तो वर्षा ऋतु में वर्षा नहीं हो।

ज्ये. आर्द्रा पुनर. पुष्य इन आदि ९ नक्षत्रों में बादल हो तो वर्षा नहीं हो। इन में बादल नहीं हो तो वर्षा हो। यह योग आषाढ़ सुदी २ या ३ से प्रारम्भ होता है।

ज्ये. शु. २ या ३ को आर्द्रा हो उसमें वर्षा हो तो दुर्भिक्ष हो।

ज्ये. कृ. १० रेवती=सुख। ११ में रेवती=मन्द वृष्टि। १२ में रेवती=कष्ट।

ज्ये. शु. को शनि=वृष्टि की रोक गाय मरें प्रजा में शोक।

ज्ये. में कड़ी धूप पड़े बहुत हवा चले तो वर्षा का गर्भ शुभ होता है।

ज्ये. कृ. ८ को दक्षिण पवन चले तो तिल तेल घी यह क्वार में खरीदना चाहिये। उक्त मेघ माला में यदि गर्जना हो दक्षिण पवन चले और आकाश बादलों से ढका हो तो धान्य तिल तेल आदि संग्रह कर ४ महीने में दुगुना तिगुना लाभ हो।

पवन—ज्ये. शु. ८ को पवन का विचार।

मृदु ( कोमल ) शुभ ( शब्द करता हुआ ) स्निग्ध ( चिकनी हवा ), स्थगित ( रुकी हुई हवा ) इन ४ प्रकार की हवा ज्ये. शु. ८ को चारों ही हवा चलें तो सुखदायक है सुभिक्ष हो। एक के पीछे एक चलें तो चोर व अग्नि भय।

ध्वजा—ज्ये. शु. ११ को धूप दीप पूजन कर लम्बी ध्वजा ऊँचे स्थान पर लगाये। उस ध्वजा के हिलने से ४ दिन तक एक सी पवन चले तो ३, ४ मास तक निश्चय वर्षा होती है।

यदि पहिले पश्चिम की हवा ४ दिन तक चले तो अनावृष्टि और दुर्भिक्ष। यदि चारों दिन उत्तर को हवा चले तो वर्षा के चारों महीनों में मेघ वर्षे।

यदि चारों दिन में विपरीत वायु चले तो अशुभ लक्षण मानना उससे शीतकाल में तो वर्षा हो किन्तु बरसात में नहीं हो। इसके विपरीत वर्षा हो तो अच्छा जानना।

यदि वायव्य और नैऋत्य की वायु क्रम से चले तो आषाढ़ श्रावण में जल्दी वर्षा हो।

यदि पूर्व, ईशान तथा अग्नि की पवन चले तो भादों और क्वार के अन्त में वर्षा हो।

ज्ये॰ की अमावस या पूर्णिमा को दिन रात मेघ छाये रहें पश्चिम की पवन चले तो अनावृष्टि हो अषाढ़ श्रावण में कहीं कुछ भाग्य से वर्षा हो सकती है नहीं तो भादों और क्वार में भी पूरे सूखा निकल सकते हैं।

आषाढ़ का योग

आषाढ़ शुक्ल ५ रविवार=अल्प वर्षा। सोम=ज्यादा वर्षा। मंगल—युद्ध। बुध–शुभ। गुरु=कुशल। शुक्र=सुख। शनिवार=विनाश फल।

आ. शु. ५ को शुभ वार हो वह शुभ ग्रहों से युक्त या दृष्ट हो तो पृथ्वी धन धान्य से भरपूर हो सुभिक्ष हो। यदि उसी पञ्चमी को क्रूरवार हो या क्रूर ग्रहों से युक्त दृष्ट हो और प्रातःकाल को लग्न क्रूर ग्रहों से दृष्ट हो तो दुर्भिक्ष हो बीमारी हो मरी पड़े चोरों से दुःख हो।

आ. कृ. ८ को चन्द्र बादलों में दिखे तो पृथ्वी पर बहुत जल बर्षे और उसी रात को निर्मल चन्द्र रहे अर्थात् बादल न हो तो वर्षा न हो।

आ. पूर्णिमा को वर्षा हो तो एक महीने तक अन्न सस्ता रहकर फिर मँहगा हो जावे।

आ. कृ. ५ को सूर्य बादलों में नहीं दिखे तो वर्षा ऋतु में मेघ नहीं बर्षे।

आ. शु. ५ को पश्चिम की हवा चले या पश्चिम दिशा में इन्द्र धनुष दिखे या मेघ बर्षता दिखे तो अन्न खरीद कर कार्तिक में बेचे तो निश्चय लाभ हो।

आ. में स्वाती नक्षत्र के दिन बिजली चमके और मेघ बर्षे तो वर्षा बहुत हो।

आ. शु. ९ के दिन उदय समय, मध्याह्न या सायंकाल समय सूर्य बादलों से ढका रहे तो शुभदाई नहीं है।

आ. की संक्रान्ति को मेघ बर्षे तो रोग का भय हो श्रावण में शुभ फल होवे।

आ. में ३, ४, ८, ९, १४, ३० तिथि में आर्द्रा नक्षत्र पर सूर्य आवे तो शुभ दायक नहीं है इनसे अन्य तिथियों में शुभदाई है।

सूर्य आर्द्रा प्रवेश के दिन वर्षा हो तो १ या १॥ महीने तक वर्षा नहीं हो।

आ. शु, १ पुनर्वसु जितनी घड़ी भोगे चौमासे में उतनी वर्षा हो।

आ. कृ. १० को रोहिणी=सुभिक्ष। ११=मध्यम। १२=दुर्भिक्ष १३=उत्तम, पवन चले। १४=राज युद्ध और प्रजा में शोक।

आ. शु. ९ शनिवार अनुराधा=कहीं धान्य की कुल उत्पत्ति कहीं कुछ दुर्भिक्ष हो।

आ. कृ. १, २, ३ को श्रवण या धनिष्ठा हो तो अन्न संग्रह करना शुभ है।

आ. की ८ को शनिवार रेवती=वर्षा न होने से अधिक कष्ट।

आ. में कर्क संक्रान्ति को शनिवार=धान्य मँहगा दुर्भिक्ष।

आ. में १४ को सोमवार=धान्य और घास नहीं हो इस समय गाय आदि नहीं रखना।

आ. कृ. ४ या ९ को सोम गुरु शुक्रवार हो=श्रेष्ठ। बुध शनि नेष्ट।

आ. शु. ११ को सूर्य मंगल या शनिवार=सम हैं किन्तु तिथि के सम्पूर्ण भाग में हो तो दुर्भिक्ष।

आ. पूर्णिमा ६० घड़ी हो तो १२ महीने तक धान्य सुभिक्ष रहे। ३० घड़ी=६ मास सुख बाद दुःख। १५ घड़ी=चौमासे भर सुभिक्ष। १५ घड़ी से कम=दुःख की संभावना वायु और बादल के संयोग से फलों में न्यूनता हो।

पूर्णिमा को महीने का नक्षत्र ( जैसे आषाढ़ में पूषा श्रावण को श्रवण। भाद्र पद को पूभा आदि ) छूट जाय तो मँहगाई और बढ़े बाद सस्ती होती है। यदि पूर्णिमा को मास नक्षत्र बिलकुल न हो तो उसके योग विशेष से अवश्य महर्घता होती है। यदि नक्षत्र बढ़े तो रस अधिक हो अन्न अधिक हो और योग घटे तो रस क्षय हो।

पूर्णिमा को मृग आदि ५ नक्षत्रों में महर्घता और मघा आदि ४ में पूरी समर्घता हो।

पूर्णिमा चित्रादि ८ नक्षत्र में से किसी से युक्त हो तो दुर्भिक्ष से कष्ट और श्रवण से रोहणी तक के नक्षत्रों में से किसी से युक्त हो तो शुभ फल।

पूर्णिमा रविवार और आर्द्रा आदि ४ नक्षत्रों से युक्त हो तो अर्घ नाश करती है। सोमवार तथा मघा आदि ४ नक्षत्रों से युक्त हो तो धान्य मंहगा। शनिवार युक्त हो तो दुर्भिक्ष। शेष वार तथा नक्षत्रों से युक्त हो तो शुभता।

आ. शु. ५ को यदि पश्चिमी हवा चले तो गर्जन सहित वर्षा हो तथा इन्द्र धनुष भी हो उस समय धान्य संग्रह करे क्योंकि कार्तिक में उसकी तेजी होती है जिससे अच्छा लाभ होता है।

आ. शु. २ को मेघ हो तो वर्षा न हो तो श्रावण में निश्चित वर्षा हो।

आ. शु. ३ को वायु चले और पूर्व ही को बादल जाय तो भादों में बहुत वर्षा होती है। यदि चारों दिशाओं में पूर्वोक्त वायु चले तो अति वृष्टि सुभिक्ष हो अन्यथा दुर्भिक्ष हो।

इन दिनों में सब रात बादल रहे और पूर्वोत्तर वायु चले तो उस वर्ष में अन्न मोटा होता है मंगलीक कार्य होते हैं।

यदि लेश मात्र भी बादल न हो और पूर्वोत्तर की वायु भी न चले तो मेघ नहीं वर्षें अकाल हो।

जब कम बादल हो हवा भी कम चले तो मध्यम वर्षा हो और महीनों के अन्त में निर्मल आकाश दिखे तो वर्षा की हानि और गर्भपात हो।

और पांचवी नाड़ी में मेघ तथा पूर्वोत्तर की पवन चले तो पूष मास में अवश्य वर्षा हो। अषाढ़ी पूर्णिमा की रात में सब दिशाओं की पवन चले तो ऐसा ही हो।

पूर्णिमा में बादल हो अवृष्टि हो तो सुख हो। यदि उस दिन पहिले पहर में बादल हो और पूर्वोत्तर की पवन चले तो पहिले महीने में मात्रा से भी अधिक वर्षा हो यदि आषाढ़ी टूट जाय ( नष्ट हो ) तो कण भी नहीं होता।

पूर्णिमा के ह्रास से ग्रहण तथा वृक्ष पातादि होते हैं।

अषाढ़ी पूर्णिमा की रात को ५-५ घड़ी के भाग बना कर उस रात्रि को ५ भागों में विभक्त करो। प्रथम ५ घटी का आषाढ़ दूसरी ५ का श्रावण। तीसरी ५ का भादो चौथी का क्वार। इसी प्रकार मानी हुई घटियों में जिस मास की ५ घटी में बादल छाये हों और पूर्वोत्तर की स्पष्ट हवा चले तो उस मास में वर्षा होती है और वायु भी शुभ होता है। जिस मास में पौषादि सम्भावित गर्भ दग्ध हो तो नेष्ट होते हैं।

उस रात्रि में महीने के ५ भागों में चन्द्र अत्यन्त निर्मल रहे तो पौषादि में गर्भ में उत्पात होने की सम्भावना है।

अषाढ़ी पूर्णिमा को रात दिन पवन चलती रहे तो शुभ उससे शीतकाल में भी गर्भ शुभ होते हैं। वर्ष भर के ज्ञान के लिये यह एक दिन अवश्य विचारना चाहिये।

आ. की ८ को सफेद बादल हो और वायु सहित वर्षा हो तो शुभ है।

आ. पूर्णिमा को वर्ष का शुभाशुभ जानने को वायु की निर्मल चन्द्र हो या परिवेष ( घेरा ) हो तो संसार का उद्धार नहीं होता अतः गत अमावस से १६ वें दिन सब प्रकार के लक्षण विचारना चाहिये।

आ. पूर्णिमा को जिस समय सूर्य अस्त होता है उस समय वर्ष भर का शुभाशुभ जानने को वायु परीक्षा करें उस दिन पूर्व की पवन चले=सम्पूर्ण धान्य हो। आग्नेय की=लोगों में उद्वेग तथा रोग बहुत हो। नैऋत्य =अन्न का नाश धान्य संग्रह करे। पश्चिम=जल बहुत वर्षे हानि बहुत हो। वायव्य=मच्छर आदि अति हो। उत्तर=लोगों में गीत मंगल बहुत हो। ईशान=धनधान्य का सुख अन्न सस्ता।

आ. पूर्णिमा को मेघ गर्जे उत्तर की पवन चले तो शुभ। बादल न हो पूर्व उत्तर की पवन चले तो जिस यमार्द्ध में ऐसा हो उसी मास में वर्षा हो। यमार्द्ध पहले बताया गया है।

यदि अषाढ़ी को पूर्वोत्तर वायु भिन्न रूप की हो तो न तो अन्न हो और न वर्षा हो दुर्भिक्ष हो।

आ. २ को वर्षा हो, ३ को पूर्व की पवन चले या पूर्व दिशा में बादल हो ४ को पूर्व में बादल हो दक्षिण की पवन चले। पञ्चमी को पूर्व दिशा में बादल हो तो श्रावण आदि ४ महीनों में क्रम से निश्चय ही बहुत वर्षा हो।

यदि द्वितिया आदि ४ दिनों में लगातार वर्षा हो तो श्रावण आदि ४ महीनों में अति वृष्टि हो और धान्य का नाश हो।

यदि पूर्वोक्त २ दिन दक्षिण या पश्चिम की हवा चले तो दुर्भिक्ष होता है।

यदि तृतीया और पञ्चमी के दिन उत्तर या पूर्व की पवन चले तो बहुत अन्न उपजे, वर्षा अच्छी हो।

आ. शु. २ या ९ को सोम गुरु या शुक्रवार=सुवृष्टि समर्घता। बुध=समता। रवि=ताप। मंगल=अवृष्टि। शनि=प्रजा पीड़ा, दुर्भिक्ष, भयंकरता।

आ. कृ. ४ को सूर्य बादल से ढका रहे तो ३ मास बाद वर्षा हो।

आ. कृ. ४ सूर्यास्त के समय मेघ न वर्षे तो जल का कष्ट हो।

आ. कृ. ८ चन्द्रोदय के समय आकाश में बहुत बादल हो तो वर्षा बहुत हो।

आ. कृ. ९ को बादल बिजली हो तो खेती के लिये सब धान्य बेच देना।

आ. कृ. में श्रव. धनि नक्षत्र में बिना बिजली के गर्जे तो देश भंग हो।

आ. की रोहिणी में बिजली व वर्षा शुभ स्वाती में भी यही फल।

आ. शु. १,२,३ को वर्षा हो तो उसके क्रम से १,१२,१६ द्रोण जल वर्षे।

आ. शु. ५ से ४ दिनों में जितना बादल वर्षा हो उतना ही मेघ जानना।

आ. शु. ९,१० को वर्षा हो तो शुभ, बिना वर्षे पवन चले तो दुर्भिक्ष हो।

आ. अमावस तथा शुक्ल कृष्ण की ९ को उगता सूर्य निर्मल हो और मध्याह्न में तथा सूर्यास्त समय वृष्टि का रूपक हो तो आगे जल नहीं गिरे बड़ी नदियाँ भी सूख जाँय।

## श्रावण का योग

श्रावण कृष्ण में अश्विनी में वर्षा हो तो दोष दूर हो, सुभिक्ष हो।

श्रा. में बहुत बिजलियाँ हों मेघ गर्जे उस वर्ष इच्छित वर्षा हो।

श्रा. कृ. ४ को प्रातः सूर्योदय के समय से बादल वर्षा दिन भर रहे तो सर्वत्र सुभिक्ष हो।

श्रा. कृ. ५ को आकाश निर्मल हो तो १८ पहर के बाद जल वर्षे।

श्रा. अमावस्या को वर्षा तथा घने बादल हों तो सबको सुख हो।

श्रा. के चित्रा स्वा० विशाखा नक्षत्र में यदि जल न वर्षे तो कुल्का करने मात्र के लिये नदी किनारे पर बाँधना चाहिये।

श्रा. कृ. को यदि वर्षा हो तो चारों महीनों में जल वर्षे।

श्रा. कृ. ८ को प्रातःकाल बादलों का आडम्बर हो तो सम्पूर्ण पृथ्वी जल भई हो।

श्रा. कृ. ७ को सूर्यास्त के समय ये न वर्षे तो फिर सर्वथा जल की आशा छोड़ देना।

श्रा. पूर्णिमा को चन्द्र मेघ से ढका रहे तो सब जगह स्वस्थ रहे बहुत सुख हो।

श्रा. कृ. में पू. भा. नक्षत्र में चौथ को मेघ वर्षे तो जल अच्छा हो।

श्रा. शु. १४,१५,४,५,७ को वर्षा हो तो शुभ निःसन्देह अच्छी वर्षा हो।

श्रा. शु. ७ को स्वाती योग में जल बर्षे तो प्रजा में आनन्द सौख्य हो पृथ्वी बहुत योगों से युक्त हों।

श्रा. कृ. ११ को वर्षा हो तो आगामी वर्ष शुभ।

श्रा. कृ. ११ को कृति=मध्यम। रोह=सुभिक्ष। मृग=दुर्भिक्ष।

श्रा. कृ. १२ की रात को मघा हो उसमें बादल तथा जल वृष्टि हो तो बड़ा जल योग होता है।

श्रा. कृ. १३ रेवती इतवार=बहुत धान्य बहुत वस्तु हों।

श्रा. कृ. ७ शनिवार=पृथ्वी जल से पूर्ण हो।

श्रा. १४ को आर्द्रा=अन्न संग्रह करने की आवश्यकता है।

श्रा. अमावस को पुष्य, २ को मघा नक्षत्र=मध्यम वर्षा, इसमें बहुत वर्षा नहीं होती।

उसी अमावस को विशाखा आदि ६ नक्षत्रों में से कोई हो=दुर्भिक्ष। शत. आदि ११ नक्षत्रों में से हो तो सुभिक्ष।

अमावस में पुष्य आदि ४ नक्षत्रों में से कोई हो=मध्यम वर्षा और रवि, मंगल, शनिवार से भी युक्त हो=तो अनन्त अनिष्टकारी अमावस है।

अमावस और प्रतिपदा में आर्द्रा और इतवार हो और द्वितीया पुष्य युक्त हो तो अन्न जल घास नहीं हो।

अमावस के दिन पुनर. आदि ५ नक्षत्रों में से कोई हो=समर्घ और उत्तरादि ४ में से हो तो दुर्भिक्ष ( महर्घ )।

विशाखा आदि में=कष्ट। शत आदि में=सुख, यह नक्षत्र जनित अमावस का फल है।

श्रा. शु. ७ स्वाती=शुभ सम्पूर्ण खेती हो प्रजा सुखी।

श्रा. पूर्णिमा को श्रवण=बहुत अन्न हो प्रजा प्रसन्न।

श्रा. शु. ७ को बर्षे=धन अन्न की वृद्धि आनन्द हो।

श्रा. में कृति. नक्षत्र को वर्षे=धन धान्य पूर्ण हो बहुत हर्ष हो।

श्रा. में चित्रा स्वा. विशा. में वर्षा न हो=वर्षा नहीं हो तृण नहीं उपजे।

श्रा. में स्वा. ७ को बर्षे=सब प्रकार का तृण उपजे मनुष्य सुखी हो।

श्रा. शु. ७ सूर्यास्त के बाद बादल बहुत नहीं दिखें तो वर्षा नहीं हो।

श्रा. शु. ४ पूभा. में वर्षे=मेघ बहुत वर्षे अन्न आदि बहुत हो।

श्रा. पूर्णिमा को श्रवण युक्त वर्षे=सुभिक्ष हो अन्न की वृद्धि हो।

श्रा. शु. ७ को रविवार हो उस दिन मेघ बादल नहीं हो तो वर्षा ऋतु में मेघ नहीं वर्षे।

श्रा. शु. ५ से लेकर ३ दिन के भीतर वर्षा हो और दक्षिण या पश्चिम की पवन चले तो दुर्भिक्ष हो।

भाद्रपद के योग

भाद्रपद की शु. २ को यदि चन्द्र न दिखे तो वर्षा सम्पूर्ण होकर खेती अच्छी हो।

भा. शु. ५ को बादल वर्षा न करे तो ईश्वर का कोप समझना बड़ा अकाल पड़े।

भा. की ७ को न वर्षा हो, न गर्जे न बिजली चमके तो देव काल का घातक होता है।

भादों की ९ को वृष्टि दुष्काल लाती है और एकादशी को अन्न समर्थ करता है।

सिंहसंक्रांति के दिन वर्षा शुभ नहीं होती यदि उसके ३ दिन पीछे हो तो उसका दोष दूर होकर १ मास वर्षाता है और भादों की १४ को वर्षा से रोग होता है।

भा. १ को गुरुवार तथा श्रवण हो तो वह वर्ष नहीं बिगड़ता क्योंकि धन-धान्य आदि सम्पत्ति हो जाती है।

भा. कृ. ८ रोहिणी युक्त=शुभ।

भा. शु. ९ इतवार को मूल हो=भयकारी।

भा. शु. ११ इतवार मुल=वर्ष में मेह का सुख नहीं हो तो व्याधियों से बाधा हो।

भा. शु. २ सोमवार=बहुत अन्न उपजे चौपाये बहुत बढ़ें।

भा. कृ. ४ शनिवार=देश भंग दुर्भिक्ष स्वस्थ पुरुष पेट भर सकें।

भा. शु. ९ स्वाती=घी अन्न बहुत हो।

भा. शु. ४ को सोम गुरु शुक्रवार हो और उत्तरा हस्त चित्रा से युक्त हो=सुभिक्ष।

भा. शु. ३ मंगलवार ३ फा. नक्षत्र=बड़े बादल की घटा चढ़े तो भी वर्षा न हों।

भा. अमावस इतवार=घी महँगा। मंगल बुध=धान्य महँगा। शनि=तेल महँगा।

अमावस इतवार=सन्तोष, अर्थ नाश, क्लेश, राज दुःख की पीड़ा। सोमवार =सुभिक्ष शेष आरोग्य, वर्ष का प्रबल उदय, धान्य की उत्पत्ति प्रजा सुखी। बुध= दुर्भिक्ष, राज्य नाश, प्रजा दुःखी, स्थान त्याग, धान्य कम हो। मंगलवार=राज्य

भंग राज युद्ध क्लेशों की वृद्धि, अल्प वृष्टि, द्रव्यों की हानि। गुरुवार=सद। वृष्टि सुभिक्ष, कल्याण दुःख नाश, आरोग्य, प्रजा स्वस्थ। शुक्रवार=उद्धत मेघों से जल भंग हो, खेती में बहुत उपद्रव चोरों का उपद्रव वित्त। शनिवार=घोर रौरव समान दुर्भिक्ष होकर महा दुःख महा भय हो पिता पुत्र में विरोध हो।

भा. शु. ६ अनुराधा हो तो श्रेष्ठ है, यदि नहीं हो तो हानि हो।

भा. कृ. ७ रोहिणी को रवि गुरु शुक्र शनिवार=जौ गेहूं चावल तिल हल्दी जीरा हींग कस्तूरी खांड़ पारा सीशा महँगे ३ महीने बाद बेचने से लाभ।

भा. कृ. ३ को तीसरे प्रहर उत्तर दिशा में बादल हो=सब सुखी जौ अन्न का संग्रह करना ६ महीने बाद मँहगे होंगे।

भा. शु. ८ मूल सोमवार=५ महीने में सब सूत महँगे।

भा. में संक्रान्ति के दिन बर्षे तो क्वार में जीवों को भय हो रोग बढ़े।

भा. अमावस इतवार को=धान्य तृण महँगे।

भा. की रोज की तीसरे प्रहर में उत्तर दिशा में बादल हों तो प्रजा सुखी हो।

भा. कृ. १० रोहिणी=सम्पूर्ण धान्यों की वृद्धि।

भा. कृ. ११ को रोहिणी=मध्यम फल। अन्न का संग्रह करना छठें महीने में अन्न महँगा होगा।

## आश्विन का योग

आ. की ४ को सूर्योदय में बादल रहे=क्षेम वर्षा शुभ हो।

आ. शु. १० को यदि बादल हों या बिजली वर्षा हो तो उड़द तिल महँगे।

आ. शु. ७, ८ जल युक्त हो तो सुभिक्ष हो राजा लोग शान्त रहें।

आ. शु. १ शनिवार=संग्रहीत धान को बेच देना।

आ. शु. ३ मंगल शनिवार=प्रबल अग्नि से उत्पात अन्नादि महँगे।

आ. शु. ४ इतवार=एकत्र घी और अन्न बेचने से लाभ।

आ. शु. ७ सोमवार हस्त=मारवाड़ छोड़कर मालवा चले जाना वहाँ निर्बलों को बल मिलेगा।

आश्विन शु. ७ शनिवार श्रवण या धनिष्ठा=जगत के नाश का कारण।

आ. ८ बुधवार=घी इकट्ठा कर कार्तिक में बेचने से लाभ।

आ. शु. ९ मंगलवार बारम्बार और जल्दी कपास आदि संग्रह करना चैत्र में बेचने से दूना लाभ।

आ. शु. १० मंगलवार=व्याधि उत्पन्न हो। शनिवार हो तो छत्र भंग नगर और ग्राम आदि भंग शत्रु और चोर का उत्पात।

आ. की ३ रोहणी शनि मंगलवार=कपास संग्रह कर फाल्गुन में बेचने से लाभ।

आ. कृ. ५ रविवार हो तो माघ की अमावस पर घी निश्चय महँगा।

आ. की ६ रविवार ज्ये. मघा मूल युक्त=सब धान्य संग्रह करने से ५ माह में लाभ।

आ. कृ, ११ बुधवार सोमवार=गाय भैंस महँगी।

आ. कृ. १२ शनिवार हस्त चित्रा युक्त=युगन्धरी संग्रह कर चैत्र में बेचे तिगुना लाभ।

आ. अमावस शनिवार=मध्यम वर्ष खण्ड मण्डल में अकाल हो।

आ. ११ शनिवार को संक्रान्ति=तृण बहुत हो खेती बहुत हो आनन्द हो।

आ. में शनि वक्री हो बुध दूसरी राशि पर जाय तथा शुक्र अस्त हो=अन्नादि बहुत हो।

आ. में शनि और राहु की राशि से दूसरी राशि में आवे तो सूत सन मँहगे हों।

आ. में १, ८, १० में बादल हो=शीघ्र वर्षा हो।

आ. में संध्या समय पर्वत के आकार के बादल हों तो उस दिन वर्षा हो।

आ. शु. ७ या ८ को वर्षा हो तो वर्षा ऋतु में अच्छी वर्षा हो राजा लोग खुश हों—अन्य मत से दुर्भिक्ष हो राजाओं में विग्रह हो।

## कार्तिक के योग

कार्तिक तथा मार्ग शीर्ष में संक्रान्ति के दिन बर्षे तो पौष में अन्न सस्ता खेती मध्यम हो।

का. की अमावस रवि शनि मंगलवार=लोक में संहार से भय।

उस दिन वा उसके समीप १४ को सूर्य संक्रान्ति हो तो प्रजा में दु:ख हो सब धान्य और महँगे हों।

का. शु. १२ को रात्रि निर्मल हो और पूर्णिमा के दिन कृतिका हो तो सुख हो।

पूर्णिमा को सम्पूर्ण रात्रि भरणी=घोर महादुर्भिक्ष नेत्रों में अनेक रोग हो। अश्विनी हो=तृण खेती मध्यम। रोहिणी=जीवों को क्लेश।

का. में कोई ग्रहण हो बिजली गिरे तारा टूटे भूचाल हो बिना बादल वर्षा का कोई उत्पात हो तो सब अन्नों का संग्रह करने से पाँचवें मास दूना लाभ हो।

का. ११ को यदि बादल दिखे तो आषाढ़ में निश्चय वर्षा हो।

का. २, ३ को वर्षा का लक्षण हो तो अगले वर्ष में बहुत जल बर्षे अवर्षण नहीं हो।

का. की २, ३, ९, ११, १३ को बादल होकर वर्षा हो वर्षा बहुत हो।

का. की संक्रान्ति के २ दिनों में महा वर्षा हो तो वर्ष शुभ है।

का. कृ. १ बुधवार=वर्षा मध्यम कहीं-कहीं अनावृष्टि भी हो।

का. शु. ७ शनिवार=धान्य की सस्ती दूर करे सफेद वस्तु महँगी होकर ३ मास में दुगुना लाभ।

का. ५ आर्द्रा=घास के संग्रह से लाभ अल्प वृष्टि से चौपायों को दुःख।

का. कृ. १० शनिवार=रोग हो। १३ रविवार=गेहूँ मँहगे। १० शनिवार मेघ हो=घी सुपारी मँहगे ४ मास में बेचने से लाभ।

का. अमावस शनिवार=अन्न तेज। मंगल=महा अग्नि काण्ड। रविवार=राजाओं में युद्ध।

का. अमावस को रवि मंगल शनिवार हो आयुष्मान योग और स्वाती नक्षत्र हो तो राजाओं और पशुओं का नाश हो।

का. संक्रांति के दिन मेघ गजें वर्षा हो=अन्न सस्ता खेती बहुत।

मार्गशीर्ष के योग

मा. की १ को बिजली गर्जना वर्षा कुछ न हो तो वर्षा के गर्भ में कुशलता जानना।

मा. की ४ या ५ को बादल हो तो भावी वर्षा में पृथ्वी जल से पूर्ण हो।

मा. की ७ को दिन रात आकाश निर्मल रहे तो वैशाख में धान्य मँहगा हो।

मा. शु. १० की रात में जल वर्षे तो भादों में बहुत वर्षा हो।

मा. ४ मंगलवार खेती=प्रत्येक गाँव में आग का भय जल का क्लेश व्यथा और भय।

मा. १५ मंगलवार को सूर्य संक्रान्ति पर चन्द्र ग्रहण हो=भावी वर्षा में अकाल।

मा. ९ रेवती बुधवार=दुर्भिक्ष। पंचमी गुरुवार=५ महीना सुभिक्ष।

मा. १ पुष्य=चौपायों को दुःख आगे के वर्षा का गर्भ नाश होने से वर्षा की कमी हो।

मा. ३ पुनर० आर्द्रा=धान्य सस्ते राज्य स्वस्थ रहे प्रजा में सुख।

मा. ५ मघादि ५ नक्षत्रों में से कोई हो=जल अभाव से अगला वर्ष बिगड़े।

मा. ९ चित्रा=धान्य मँहगा।

मा. कृ. १४ स्वाती का श्रवण=जल वृष्टि हो।

मा. १० इतवार मूल=तिल तेल संग्रह करने से ज्येष्ठ के अन्त में लाभ।

मा. १२ इतवार=कपास सूत आदि में वैशाख में लाभ। यदि देव योग से शनिवार हो तो जल शोष, छत्र भंग प्रजा नाश।

मा. १४ या ३० को सूर्य बादल से ढका रहे=तृण और अन्न मँहगा।

मा. शु. २ शनिवार दक्षिण की पवन चले=तो प्रजा को कष्ट और दुःख।

मार्ग शीर्ष और पौष आदि महीने के शुक्ल पक्ष में तिथि घटे=छत्र भंग दुर्भिक्ष प्रजा पीड़ा।

मा. कृ. की तिथि बढ़े=प्रजा में रुदन, युद्ध हो।

मा. ७ और ९ को ईशान में बादल=वर्षा काल में थोड़ी वर्षा हो।

मा. कृ. ४ मघा में बादल दिखे या वर्षा हो=तो आषाढ़ में वर्षा हो तृण सस्ता हो।

मा. कृ. ८ को स्वाती या चित्रा हो दिन भर बादल रहे तो आषाढ़ में वही चित्रा या स्वाती को उस दिन वर्षे सब धान्य तृण उपजे प्रजा में आनन्द हो।

मा. कृ. ४, ५, ६ को क्रम से श्ले मघा पूफा हो तो आषाढ़ शुक्ल में इन तीनों दिन बहुत वर्षे।

मा. ८,९ को चित्रा हो तो अषाढ़ में स्वाती के दिन बहुत वर्षे।

मा. शु. ८ को पूर्व पवन चले=सुमिक्ष हो और तरह की चले तो दुर्भिक्ष हो।

मा. कृ. १४ मृग हो और बादल हो या वर्षा हो तो आषाढ़ में वर्षा होती है जब सब अन्न सस्ते होते हैं।

पौष का योग

पौष कृष्ण १० की रात जल वर्षे तो भादों में बहुत वर्षा हो।

पौ. में बिजली चमके बादल हो मेघ गर्जे तो निश्चय मेघ का गर्भ रह गया जानना।

पौ. ६ मेघ वर्षे तो भादों वदी में मेघ हो।

पौ. शुक्ल में मेघ वर्षे तो श्रावण में वर्षा हो।

पौ. शु. ७, ८, ९ को बिजली तथा मेघ गर्जना हो तो मेघ का गर्भ रहा जानना।

पौ. ११, ६, ३०, १५ को वर्षा न हो तो आषाढ़ में घनी वर्षा हो।

पौ. शु. ५ शत. नक्षत्र में यदि वायु बादल बिजली हो तो गर्भ होता है। इससे आषाढ़ कृ. ४ को निश्चय वर्षा होती है और वह द्रोण मेघ ७ रात वर्षता है।

पौ. शु ७, ८, ९ को रेवती, अश्वि०, भरणी में बिजली तुषार वायु हो तो ठण्ड में भी गर्भ रहे।

पौ. शु. ११ हिम सहित बिजली हो और रोहिणी सजल हो तो शुभ है।

पौ. पूर्णिमा या २ को हिम युक्त बिजली हो और बादल से आकाश ढंका रहे तो वर्षा उत्पन्न होती है आषाढ़ की अमावस को प्रबल जल गिरता है और सब धान्यों की उत्पत्ति बिना उपद्रव के होती है।

पौ. पूर्णिमा को यदि चन्द्र न दिखे और उत्तर दिशा में बिजली दिखे और आकाश मेघ से ढंका रहे तो श्रावण की अमावस को महा वर्षा हो।

पौ. कृ. ७ स्वाती योग में जल वर्षे तो सुभिक्ष क्षेम आरोग्य हो। उस दिन केवल बादल हो तो कम वर्षा हो और जल वर्षे तो महा वर्षा हो।

पौ. कृ. १२ से ३ दिन तक बिजली हो तो गर्भ देती है।

अमावस में यदि बिजली पूर्व में चमके कड़ी ठण्ड पड़े और बादल हो तो सुभिक्ष होता है।

पौ. शु. ४ रवि या शनिवार हो=जल सोष छत्र भङ्ग प्रजा नाश हो।

पौ. ७ सोमवार=रोग पीड़ा में बहुत भैंसें मरें।

पौ. ९ शनिवार=जब तक सूर्य आर्द्रा में न जाय तब तक अन्न एकत्र करना आगे उसमें लाभ है।

पौ. शु. ११ कृतिका=लाल बस्तुओं मे बहुत लाभ पहिला मेघ वर्षने तक धान्य में भी लाभ हो।

पौ. अमावस्या को पूषा. ज्ये. हो शनि मंगल या रविवार हो तो आगे की वर्षा को हानि। यदि मूल नक्षत्र हो और ये ही क्रूर वार हों तो धान्य से बहुत लाभ हो।

पौ. कृ. १ रोहिणी=७ मास में धान्य मंहगा छत्र भङ्ग।

पौ. कृ. ५ मंगलवार को वर्षा हो तो अन्न बहुत हो अलसी घी मजीठ सब मंहगे।

पौ. ९ और ११ को पूर्व में बादल हो और गर्जे=तृण नाश।

पौ. ९ या १० को बादल हो पूर्व दिशा में गजें तो खेती अन्न का नाश पश्चिम दिशा में बादल हो तो अन्न की बढ़ती हो।

पौ कृ. ७ आधी रात के समय वर्षा हो और गर्जे तो वर्षा ऋतु में वर्षा होगी।

अन्य—पौ. कृ. ७ या अमावस को मेघ गर्जे तो वर्षा ऋतु में वर्षा होगी।

पौ. अमावस ज्येष्ठ=तृण अन्न मंहगे। मूल=सस्ता हो।

अन्य—पौ. अमावस ज्येष्ठा=अन्न मंहगा। मूल=अन्न का थोड़ा मूल्य (महता)। पूषा=खेती बहुत बढ़े। उषा=भय दुर्भिक्ष।

पौ. शु. १३ शनि शुक्र मंगलवार को मेघ वर्षे=गेहूँ के संग्रह से लाभ वर्षा ऋतु में वर्षा नहीं हो।

पौ. शु. ४ को बिजली चमके=उत्तम फल। बादल इन्द्र धनुष भी शुभ दायक है।

अन्य—पौ. शु. १४ को बिजली चमके या बिजली और बादल दोनों हों या इन्द्र धनुष दिखे तो शुभ फल होता है।

पौ. में पूभा. को सावधान होकर देखे जरा मेघ गर्जे तथा बिजली चमके तथा सूर्य का मण्डल हो तो वर्षा काल में उत्तम वर्षा हो।

अन्य—पौ. में भाद्रपदा नक्षत्र हो सूर्य चन्द्र में मण्डल हो या मेघ गर्जे बिजली चमके या मेघ बर्षे तो बहुत अच्छी वर्षा हो यदि इन्द्र धनुष बिजली बादल वर्षा एक भी नहीं हो तो वर्षा ऋतु में वर्षा नहीं होती।

पौ. पू. भा. नक्षत्र को इन्द्र धनुष बिजली मेघ इनमें से कोई न हो तो वर्षा ऋतु में वर्षा नहीं होती।

अन्य—पौ. शत, या मघा को मेघ बादल दिखे तो आषाढ़ वदी ५ को बहुत अच्छी वर्षा हो।

पौ. शु. ५ को पाला ( जाड़ा ) पड़े तो वर्षा काल में बहुत अच्छी वर्षा हो सन्देह नहीं।

पौ- शु. ७ को रेवती, ८ को अश्व, ९ को भरणी में इन तीन दिनों में कोई दिन बिजली बादल हो तो वर्षा काल में बहुत अच्छी वर्षा हो सन्देह नहीं।

पौ. शु. ११ रोहिणी को बिजली चमके या वर्षा हो तो वर्षा काल में अच्छी वर्षा हो अन्न सस्ता हो।

पौ. पूर्णिमा या २ को बिजली दिखे तथा गहरे बादल हों तो वर्षा ऋतु में अन्न बहुत उपजे।

पौ. संक्रांति रविवार=वर्तमान मूल्य से दूना मूल्य हो शनिवार=तिगुना। मंगल=चौगुना। सोमवार गुरुवार=अन्न सस्ता। अन्न वर्तमान से मूल्य आधा रह जावे। बुध शुक्रवार=समान भाव।

पौ. में तथा किसी प्रकार दूसरे महीने में शनि मंगल रविवार इन दिनों में संक्रांति हो तो दुर्भिक्ष राज्य विग्रह हो।

पौ. अमावस में मूल से लेकर भरणी तक जो बादल हो तो आर्द्रा से लेकर। स्वाती तक सूर्य रहे तब तक अर्थात् ४ महीना मघा क्रम से वर्षा हो।

अन्य—पौ. में मूल से लेकर भरणी तक आकाश में बादल बने रहें तो आर्द्रा पर सूर्य आवे तब से लेकर विशाखा तक सूर्य रहे इन सम्पूर्ण चतुर्मास में वर्षा होय।

पौ. पूर्णिमा को बादल हो और चन्द्र से दक्षिण उत्तर में बिजली हो तो उस दिन के नक्षत्रों में वर्षा हो।

अन्य—पौ. पूर्णिमा सोमवार को तथा उत्तर या दक्षिण में बिजली और बादल हो तो वर्षा काल में अच्छी वर्षा हो।

पौ. सप्तमी स्वाती में वर्षा हो तो तृण बहुत हो।

पौ. १३, १४, ३० इन तीनों में गर्मी हो तो सुभिक्ष आराम हो और श्रावण की पूर्णिमा को वर्षा हो।

पौ. कृ. ५ तारे निर्मल और स्वाती में धूसर पड़े तो श्रावण में वर्षा हो फल आदि सब सस्ते हों।

पौ. अमावस को शनि रवि मंगल हो तो भय। फल आदि मंहगे हों।

पौ. अमावस तथा ७ को वर्षा हो तो वर्षा काल में वर्षा हो।

पौ. शु. ७ को बादल हो तो श्रावण शु. ७ को उत्तम वर्षा हो।

पौ. कृ. ७ को अकाल निर्मल रहे तारे दिखें और स्वाती नक्षत्र के योग में पाला पड़े धूमर वर्षे तो श्रावण में वर्षा हो प्रजा सुखी खेती अच्छी हो अन्न सस्ता हो।

पौ. कृ. ११ को दक्षिण की पवन चले बिजली बादल हो तो दुर्भिक्ष हो।

पौ. शु. ४ वर्फ ( तुषार ) की पवन चले तो आगामी वर्ष के हित में वर्षा के गर्भ को पीड़ा करती है।

पौ. शु. ५ को आकाश में शीतल पवन चले और मेघ सहित बिजली चमके तो निश्चय ही वर्षा के गर्भ का उदय होता है।

माघ के योग

माघ शु. ७, ८, ९ को बादल हो तो धन धान्य की समृद्धि हो विवाह आदि उत्सव हो।

मा. शु. ९ को चन्द्र का परिवेष हो तो आषाढ़ में अवश्य वर्षा हो।

मा. शु. १० को वर्षा हो तो हर्ष और ९ को वर्षा हो तो तर्ष होता है। दोनों दिनों में वर्षा हो तो मेघ वर्षता है।

मा. शु. १४ को जिस प्रहर में बादल हो चौमासे के अषाढ़ आदि उसी मास में सूखा पड़े।

यदि सप्तमी निर्मल हो तो नष्ट, वृष्टि मुक्त हो तो श्रेष्ठ होती है। तथा सुभिक्ष और निरुपद्रव होता है।

मा. शु. को बादल हो ( अन्यमत ) और बिजली चमके मेह वर्षे तो संसार में धनी वर्षा हो।

मा. शु. ७ को स्वाती योग में बादल गर्जन और ठण्ड पड़े तो सब धान्य हो प्रजा सुखी हो।

इसी प्रकार फाल्गुन चैत्र वैशाख के स्वाती योग में बिजली बादल हो तो आषाढ़ में सुभिक्ष हो।

स्वाती में रात्रि के प्रथमांश में वर्षा हो तो सब धान्यों की उत्पत्ति और वृद्धि हो। दूसरे भाग में हो तो तिल मूंग उड़द होते हैं। तीसरे भाग में हो तो ग्रीष्म के जो गेहूँ आदि को करती है परन्तु शरद के मक्का ज्वार आदि नहीं करती।

उस दिन यदि दिन के प्रथम भाग में वर्षा हो तो सुवृष्टि हो। दूसरे भाग में=बर्फ कीड़े सर्प आदि हों। तीसरे भाग में=मध्यम वर्षा हो और दिन रात बर्षे तो निरन्तर वर्षा हो।

चित्रा नक्षत्र के समान सोध में ठीक उत्तर में एक अमावस नामक तारा है। यदि चन्द्र इस तारे के समीप हो तो स्वाती में चन्द्र का योग शुभ होता है।

मा. कृ. ९ को मूल नक्षत्र में बिजली मेघ और इन्द्र धनुष हो तथा आकाश बादलों से ढका हो तो इस गर्भ से भावी वर्ष के अषाढ़ या भादों की १० को शुभ वर्षा होती है।

मा. कृ. १३-१४ को पूर्व में बड़े बादल हों और आकाश ढका हुआ हो तो अषाढ़ में ७ रात तक बहुत जल वर्षाता है अमावस को बादल हो तो भादों में पूर्णिमा को वर्षाता है।

मा. कृ. ४ को बादल, वर्षना गर्जना कुछ भी न हो तो गेहूँ दुर्लभ होते हैं।

यदि ५ को वर्षा न हो केवल बादल हो तो भादों में महा वर्षा हो।

यदि चन्द्र निर्मल हो तो कपास मंहगी हो। सप्तमी को चन्द्र निर्मल हो तो राजाओं में महा विग्रह हो। यदि अष्टमी का सूर्योदय निर्मल हो तो वृष्टि रोककर अल्प वर्षा करता है।

मा. में स्वाती युक्त सप्तमी को पाला (जाड़ा) पड़े बादल हो और धूसर (कोहरा) से सूर्य चन्द्र ढक जाय घर आदि भी ढके हुए दिखें और प्रचण्ड पवन चले और उसी दिन अच्छे सजल बादल हों बिजली चमके तो उसी वर्षा ऋतु में अच्छी वर्षा हो तृण उपजे हर्ष आनन्द हो। यह विचार फाल्गुन चैत्र वैशाख अषाढ़ श्रावण महीने में भी इसी प्रकार विचारना।

मा. शु. २-३ को शुक्र शनिवार हो तो घोर युद्ध हो।

मा. शु. २ गुरुवार=तृण धान्य बहुत उपजे राजा लोग सुखी प्रजा में आनन्द हो।

मा. कृ. ५, ६, ७ शुक्र शनि रविवार=युद्ध हो।

अन्यमत—मा. कृ. ५, ६, ७ शुक्र शनि सोमवार का योग हो तो मेघ बहुत बर्षें।

मा. में बे कहे हुए योग न हों तो भादों में गेहूँ मूंग अन्न महँगे।

मा. कृ. १३ को पाला पड़े या धूसर (हिम) बर्षे तो अन्न बहुत हो प्रजा सुखी हो।

मा. में धूसर (हिम) न पड़े और ज्येष्ठ मूल में वर्षा हो आर्द्रा में वर्षा नहीं हो तो समय खराब जानना वर्षा नहीं हो दुर्भिक्ष के लक्षण हों।

अन्य=पाला ( जाड़ा ) न पड़े और ज्येष्ठ में मूल नक्षत्र को वर्षा हो और आर्द्रा प्रवेश के दिन वर्षा नहीं हो यह दुर्भिक्ष का लक्षण है।

मा. में संक्रांति को वर्षा हो तो खेती बहुत हो और दुग्ध बहुत हो।

मा. शु. बुधवार=अगले वर्ष में भय और अन्न महँगा हो।

माघ में ५ रवि, ५ मङ्गल या ५ शनिवार=दुर्भिक्ष और अन्य ५ वार हों तो शुभ है।

जिस २ महीने में ५ बुधवार हो उसी २ मास में सुभिक्ष कुशल आरोग्य रहे।

जिस २ महीने में शुक्ल पक्ष में तिथि की वृद्धि हो उन्हीं २ महीने में अन्न सस्ता तथा क्षेम कुशल।

मा. १ को पवन चले मेघ न हो तेल सुगन्धित वस्तु महँगी।

मा. २ बादल हो=धन अन्न की वृद्धि।

मा. ३ बादल गर्जें वर्षा न हो=जौ गेहूँ के संग्रह से लाभ।

मा. ४ जल वर्षे=नारियल से लाभ।

मा. ५ बादल हो जल नहीं वर्षे=भादों में थोड़ी वर्षा हो।

मा. ६ बादल न हो दिशा व आकाश निर्मल रहे तो कपास का संग्रह करे।

मा. ७ सोमवार=राज विग्रह और अकाल पड़े।

अन्य—मा. कृ. ७ सोमवार राजाओं में लड़ाई, शु.कृ. ७ सोमवार=दुर्भिक्ष।

मा. में सूर्योदय समय ८ तिथि हो तथा आर्द्रा पर सूर्य आवे=श्रावण में वर्षा नहीं हो।

अन्य—मा. में सूर्योदय के समय ८ तिथि सोमवार हो तो आर्द्रा पर सूर्य आने के समय या श्रावण में वर्षा नहीं होगी।

चैत्र वैशाख आषाढ़ माघ फागुन में सप्तमी को स्वाती हो और शुभ लक्षण हो तो शुभ है।

मा. शु. ९-१०-११ को पवन चले और बिजली चमके—बहुत वर्षा हो।

मा. शु. ५, ६, ७ को शुक्र शनि सोमवार हो—खेती बहुत हो।

अन्य—मा. कृ. ५, ६, ७ को शुक्र शनि सोमवार—अन्न सस्ता।

माघ में यदि ये योग नहीं हों तो गेहूँ चावल मूंग भादों में मंहगे हों।

मा. १३ को धूसर ( हिम ) पड़े आकाश ढँक जाय तो अन्न निसंदेह सस्ता हो।

मा. कृ. १३-१४ को पूर्व में बिजली चमके और मेघ वर्षे तो आषाढ़ में वर्षा हो।

मा. ३० को बादल हों तो भादों में बहुत वर्षा हो पूर्णिमा को बादल हो तो छठे महीने में सब वस्तु मंहगी।

अन्य—३० को धूसर बरसे तो भादों में जल बरसे और माघ पूर्णिमा को बादल हों तो छठे महीने में अन्न मंहगा ।

मा. शु. १ को बादल सहित वायु चले तो तेल आदि सब सुगन्धित पदार्थ मंहगे ।

मा. शु. ५ को वृष्टि युक्त उत्तर की पवन हो तो भादों में अंश वृष्टि होकर अन्न मंहगे हों ।

मा. शु. ७ को पश्चिम में बादल बिजली हो और पूर्व तथा उत्तर की पवन चले तो २० दिन में सुभिक्ष हो ।

मा. कृ. ९, १०, ११ को वायु और बिजली हो तो जल बहुत होता है ।

अमावस के दिन रात ठंडी पवन हो तो वर्षा करती है और भादों की पूर्णिमा को वर्षा करती है ।

मा. कृ. १ बुधवार—एक मास मंहगाई रहे आगे की वर्षा की हानि ।

मा. शु. १, २ या ३ का क्षय हो—व्यापारियों को लाभ ।

मा. शु. ७ सोमवार—बड़ा दुर्भिक्ष, राजाओं में विग्रह ।

मा. शु. ७ रविवार—महाघोर दुर्भिक्ष और भय ।

मा. १ शनिवार—सब धान्यों की उत्पत्ति देश स्वस्थ हो ।

मा. ४ शनिवार—दुर्भिक्ष, मृत्यु और भय अग्नि भय धान्य नाश ।

मा. शु. १ गुरु शुक्र सोमवार—सुभिक्ष । इतवार—युद्ध । मंगल—ईति भय ।

मा. शु. ८ का यदि कृतिका न हो तो फाल्गुन में रोरी लगे और श्रावण में सूखा रहे ।

मा. शु. ७ सोमवार रोहिणी—राजाओं में युद्ध प्रजा में रोग अथवा वर्ष उत्तम ।

मा. ७ भरणी—संसार में रोग दूर हों खेतियां बहुत उपजें ।

फाल्गुन के योग

फाल्गुन कृ. ७ से ३ दिनों में बादल गरजे तो संग्राम आदि हो धान्य सस्ते हों ।

फा. ८ को वर्षा हो तो सुभिक्ष हो देश मे क्षेम कुशल हो ।

फा. ७ आदि ३ दिन बादल हो तो गर्भ में कुशल रहे और भादों की अमावस्या को जल बरसे ।

फा. शु. ७ और पूर्णिमा को बिना पवन, आकाश में बिना जल के बादलों में बिजली हो तो भविष्य वर्ष में सुभिक्ष हो और भादों की कृ. ७ या अमावस को इस गर्भ का फल अर्थात् जल हो ।

यदि होली जलने के समय बादल हो तो गेहूँ की फसल में रोरी लग जाने से मंहगा हो।

फा. शु. १०, ११ की बादल आदि में गर्भ हो तो आश्विन की ४, ५ को वर्षा हो।

फा. कृ. ६ चित्रा—३ मास दुर्भिक्ष। स्वाती—दुर्भिक्ष।

फा. शु. १२ शुक्रवार—जेठ में रोग हो ३ मास रहे।

फा. कृ. १ घत० हो—उसके मोम्यानुसार वर्ष स्वरूप जानना।

फा. शु. ७ से ५ दिनों में कृतिका हो तो सुभिक्ष। आर्द्रा—अवर्षण।

फा. में अत्यन्त शब्दवाली वायु चलकर वृक्षों के पत्ते गिरावे और दक्षिण की कोमल पवन चले तो चैत्र में मेघ के गर्भ को हित करते हैं।

फा. पूर्णिमा को होली जलने के समय पूर्व की पवन चले तो अति वृष्टि होती है। उत्तर की चले—धान्य उपजे। दक्षिण की—दुर्भिक्ष। पश्चिम की—मध्यम वर्षा। ऊँची हवा चले तो—भय हो। चैत्र की हवा चले—राजाओं में युद्ध प्रजा का क्षय।

फा. में मंगल और शनि दोनों ग्रह वक्री हों या माघ कृष्ण १, २, ३ में वक्री हों तो तृण संग्रह से १५ दिन बाद बेचे तो चौगुना लाभ।

फा. में गुरु अस्त हो या वक्री हो या शनि वक्री हो तो धान्य मंहगा हो।

फा. में शुक्र अस्त हो तो अन्न और सब फल मंहगे शुक्र अस्त से लेकर ६ महीने तक दुर्भिक्ष।

फा. शु. ७ कृतिका—भादों में अमावस को पानी गिरे उस तिथि में बिजली पवन नहीं चले—तृण मंहगा हो।

अन्य—फा. की अमावस को पवन नहीं चले और आकाश में बादल हो वाय बिजली चमके तो बहुत अन्न हो।

फा. शु. ८, १३ को उत्तम वर्षा हो तो मनुष्य निरोग रहें सुख हो।

फा. शु, १ की वृद्धि—शुभ। ३, ४, ११ की वृद्धि—अशुभ दुःखदायक।

अन्य—फा. शु. १, १४, ८ तिथि बढ़े—शुभ। ये तिथियाँ हानि हों तो दुःख दाई फल हो।

फा. में मीन संक्रांति रवि मंगल शनिवार में तिथि क्षय—दुर्भिक्ष। सोम गुरु शुक्रवार हो तो शुभ फल सुभिक्ष हो।

अन्य—फा. में मीन संक्रान्ति रविवार को—राजाओं का नाश। शनि मंगल—दुर्भिक्ष। सोम गुरु शुक्र हो तो शुभ फल।

माघ में जाड़ा नहीं पड़े फागुन में पवन नहीं चले चैत्र में बादल नहीं हो ( अन्य मत—चैत्र में बादल बने रहे ) वैशाख में ओले नहीं पड़ें जेठ में ज्यादा गर्मी न हो तो वर्षा काल में बहुत कम वर्षा हो।

# अध्याय २७

## प्रत्येक मास की पूर्णिमा का फल

चैत्र—आकाश निर्मल हो और उस दिन ग्रहण हो या तारे टूटें भूकम्प हो या रजो वृष्टि परिवेश, विद्युत् पात, केतु उदय आदि कोई उत्पात हो तो बर्तन बेचकर धान्य संग्रह करना उसे सातवें महीने बेचने से दूना लाभ हो।

वैशाख—ऐसा ही वैशाख में हो तो कपास मंहगा, गेहूँ मूँग उड़द आदि संग्रह करने से भी लाभ हो उसे भादों में बेचने से दूना लाभ।

ज्येष्ठ—बादल न हो तो—शुभ। यदि उस दिन वर्षा का परिवेष हो तो धान्य संग्रह कर चौथे महीने में या पूष में बेचने से लाभ हो।

आषाढ़—पूर्णिमा निर्मल हो तो नेष्ट। बादलों से ढंकी—शुभ। पूर्णिमा निर्मल हो—धान्य खरीदने से ५ माह में लाभ।

भाद्रपद—पूर्णिमा को शुभ बादल हो तो शुभ।

आश्विन=पूर्णिमा निर्मल—शुभ। बादल हो—धान्य संग्रह से चैत्र में लाभ हो।

कार्तिक, मार्गशीर्ष और पौष में भी उपरोक्त फल।

माघ—पूनों को बादल हो—धान्य संग्रह कर ७ माह में बेचे तो लाभ।

फाल्गुन—पूनों को बादल, वर्षा, गर्जना हो—७ माह में धान्य संग्रह से लाभ।

### अमावस्या फल

शुभ वारयुक्त—सुभिक्ष प्रजा को सुख।

अशुभ वार युक्त—धान्य मंहगा दुःख।

### दीपमालिका फल

कार्तिक अमावस्या प्रवेश समय—स्वाती नक्षत्र और पापग्रह का वार हों आयुष्मान योग हो तो प्रजा को पीड़ा राज्य युद्ध आदि उपद्रव हों।

### अक्षय तृतीया फल

संध्या समय सातों नाज लेकर एक वृक्ष के नीचे उसकी ढेरी लगावे। उस ढेरी में जो अन्न बिखर जाय वह उस वर्ष में बहुत उत्पन्न हो। और ज्यों की त्यों धरी रहे वह उस वर्ष में उत्पन्न नहीं हो।

अक्षय तृतीया को एक थाली में जल भरकर उसमें सूर्य को देखे और उसका रूप विचारे। काला रंग दिखे—विग्रह। नीला व पीला—दुनिया में महारोग। सफेद—सुभिक्ष। धुआं जैसा दिखे—चूहों का दुःख हो।

## तिथि घटवढ़ फल

शुक्ल पक्ष में तिथि बढ़े—उस वर्ष में राजा प्रजा की वृद्धि होती है।

समान रहे घटे बढ़े नहीं—शुभ। तिथि घटे—अशुभ हानि। १३ दिन का पक्ष—बहुत खराब समय हो युद्ध में मुंड कट कटकर पृथ्वी पर गिरे।

कृष्ण पक्ष में—इसके विपरीत फल जानना अर्थात् घटना अच्छा बढ़ना अशुभ।

पक्ष में १३ दिन—प्रजा में रोग, महघंता आदि उपद्रव हों।

श्रावण में ५, भादों ७, कुंआर ९, कार्तिक १५ दिन टूटे तो नेष्ट।

भादों और पूष में शुक्ल पक्ष की जितनी तिथि घटें उससे दुगने दिन में राजा का मरण और रौद्र दुर्भिक्ष होता है।

जिस मास की शुक्ल ३ या ४ घटें—मूंग घी, मंहगे।

भादों, पूष या माघ में जिस मास में १० टूटें उसी में घी की विशेष मंहगाई हो।

शुक्ल पक्ष में १, ५, १४ ये बढ़ें—सुभिक्ष। घटें तो—दुर्भिक्ष।

चैत्र से लेकर भादों शुक्ल पक्ष में तिथियाँ टूटें तो कहीं कुछ खेतियाँ हों कहीं कुछ धान्य उत्पन्न हो।

मार्गशीर्ष आदि ५ महीनों में शुक्ल पक्ष में तिथियां टूटें तो लोगों का स्वास्थ्य बिगड़े राजाओं में विग्रह हो छत्र भंग हो।

मार्गशीर्ष आदि ५ महीनों में तिथियाँ बराबर बढ़ती ही चली जांय तो स्वास्थ्य का अच्छा सुधार रहे किन्तु कृष्णपक्ष में मारी भय हो।

श्रावण शुक्ल में कोई भी तिथियाँ टूटें तो कार्तिक में छत्र भंग हो।

श्रावण कृष्ण १ को धृति योग हो तो—धान्य संग्रह करना चाहिये यदि अन्य योग हो तो विक्रय करना चाहिये।

## मास का वार फल

चैत्र श्रावण में ५ गुरुवार=घोर दुर्भिक्ष छत्र भंग। ५ इतवार=रोग। ५ मंगल=महाभय। ५ शनि=दुर्भिक्ष। सोम, बुध शुक्रवार ५=शुभ।

किसी महीने में ५ इतवार=शुभ नहीं। ५ सोम, गुरुवार=धान्य सस्ता हो। ५ मंगल=मुखिया मरे। ५ शुक्र=प्रजा वृद्धि। ५ बुध=रस क्षय। ५ शनि=मंहगाई।

मास में प्रथम दिन बुधवार=३ महीने अन्न मंहगा।

वैशाख में ५ इतवार=वर्षा के गर्भ को बिगाड़े। ५ मंगल=अग्नि भय, कहीं वर्षा में देर।

प्रत्येक मास की १ को बुधवार=दुर्भिक्ष, विशेषकर जेठ के महीने में बुरा है क्योंकि उससे वर्षा की हानि होती है।

अषाढ़, कार्तिक, फाल्गुन में ५ मंगल=शुभ।

चैत्र, शु. १ को रविवार=जल, घास और वर्षा बहुत। मंगल=७ प्रकार की ईति उत्पन्न ( १ अतिवर्षा, २ बिलकुल न वर्षे, ३ टीडी का आक्रमण, ४ चूहा अधिक, ५ चिड़ियां तोता आदि पक्षी अधिक; ६ कातरा गजाई, इल्लियां अधिक। ७ रोरी आदि लग जाय। शनिवार=खेती रस घास नाश जल का शोष हो।

चैत्र ८ बुध या मंगलवार=उस वर्ष विरूप जानना इसमें जल नहीं वर्षे नदी किनारे घर बांध लेना।

वैशाख १४ को गुरु या शुक्रवार=बहुत अन्न हो।

ज्येष्ठ कृ. १ इतवार=पवन चले। मंगल=व्याधि करे। बुधवार=खंड वृष्टि मंहगाई। सोम, शुक्र गुरुवार=चौमासे तक पृथ्वी पर बहुत धन धान्य इकट्ठे हो जाय। शनिवार=जल शोष प्रजा नाश छत्र भंग।

अषाढ़ शु. ५ रवि=वृष्टि। सोम=सुवृष्टि। मंगल=अतिवृष्टि। बुध=पवन। गुरु=आंधी तूफान। शुक्र=भारी तूफान शनिवार=नाश कारक हवा सम्बन्धी और उत्पात हो।

अषाढ़ कृ. ६ शनि=गेहूँ संग्रह करे कार्तिक में दूना लाभ।

अषाढ़ी अमावस सोमवार को मृग आदि में से कोई नक्षत्र हो तो अवश्य सस्ता हो।

श्रावण कृ. १ गुरुवार=मूंग उड़द तिल तेल शीघ्र मंहगे।

श्रावण ९ शनिवार=संताप और आश्विन के अन्त में छत्र भंग।

श्रावण १० सूर्य संक्रांति के दिन शनिवार=जल की अधिकता अन्न की वृद्धि।

वैशाख कृ. ५ इतवार=आगामी वर्ष में संक्रान्ति के दिन वृष्टि रोके।

वैशाख शु. ५ मंगल=सर्वत्र भय कहीं कहीं वर्षा होती है अन्न मंहगा।

वैशाख शु. ५ रवि=मंद वर्षा। सोम=अति वृष्टि। मंगल=युद्ध। बुध=पवन। गुरु=सुभिक्ष। शुक्र=कलह। शनि=नाश।

वैशाख शु. ८ शनिवार=जल शोष प्रजा नाश छत्र भंग।

### पांच वार फल

अषाढ़ श्रावण पौष में ५ रवि=रोग। मंगल=महान भय। शनि=दुर्भिक्ष। शेष वार ५=शुभ।

१ मास में शु. १ से अमावस तक ।

५ पाप ग्रहों के बार=उस मास में प्रजा पीड़ा अन्न मंहगा ।

५ शुभ ग्रहों के बार=सम्पूर्ण अन्नों का सुभिक्ष सब सुखी ।

चैत्र या श्रावण में ५ मंगल=राजाओं का नाश । ५ शनि=दुर्भिक्ष । ५ शुक्र=प्रजा का नाश । ५ बुध=रस मंहगे । ५ सोमवार=सुख सौभाग्य बढ़े । ५ गुरु=जल का नाश ।

## अधि मास निर्णय

( शाके–९२५ ) ÷ १९=शेष ३ चैत्र, ११ वैशाख, ० या ८ ज्येष्ठ १६ अषाढ़, ५ श्रवण, १३ भाद्रपद, ३ आश्विन अधिक मास जाये । इतर शेष बचे तो कोई अधिमास नहीं ।

## क्षय मास निर्णय

जिस मास में २ संक्रांति हो वह क्षय मास होता है । क्षयमास कार्तिक आदि ३ मास में ही होता है ।

जिस वर्ष में क्षय मास होता है उसी वर्ष में अधिमास भी होते हैं ।

क्षय मास ९७४ में था उसके १४१ वर्ष बाद १११५ में फिर १४१ वर्ष बाद १२५६ में हुआ । क्षय मास कभी १९ वर्ष में कभी १४१ वर्ष में होता है । संवत् २०२० के बाद १९ वर्ष में सम्वत् २०३९ में फिर १४१ बाद संवत् २१८० में इसके बाद १९ वर्ष में संवत् २१९९ में क्षय मास होगा ।

अधिमास प्रत्येक तीसरे वर्ष पड़ता है उसे पुरुषोत्तम मास कहते हैं ।

## अधि मास फल

२ श्रावण=दुर्भिक्ष प्रजा का क्षय ।

२ भाद्रपद=हितकर है अच्छी खेती हो ।

२ आश्विन=सेना, चोर, रोग भय, उस वर्ष में सुभिक्ष नहीं होती दक्षिण में दुर्भिक्ष ।

२ कार्तिक=सुभिक्ष, राजाओं में कहीं-कहीं युद्ध से दुःख

२ मार्गशीर्ष=देश में परम सुख ।

२ पौष=सुभिक्ष प्रजा में मंगल, राजाओं में जय, किन्तु राजदंड से लोक मति विपर्यय ।

२ माघ=पृथ्वी पर क्षेम राजाओं में भय ।

२ फाल्गुन=सुभिक्ष क्षत्रियों का कल्याण ।

२ चैत्र=अच्छी खेती वैश्यों की उन्नति ।

२ वैशाख=कहीं २ धान्य की उत्पत्ति अशुभ ।

२ ज्येष्ठ=राज्य ध्वंस, धान्य की उत्पत्ति हो ।

२ आषाढ़=कुछ व्यथा, कहीं कुछ खंड वृष्टि ।

मतान्तर—२ कार्तिक=दुःख । ३ माघ=अशुभ २ फाल्गुन=अग्नि भय । ३ वैशाख अशुभ ।

# अध्याय २८

## अगस्त उदय अस्त समय जानना

अस्त समय=७८-( पलभा × ८ )=शेष ÷ ३७=लब्धि राशि शेष जो हो अंश कलादि ।

सूर्य के इस राशि अंश कला के तुल्य=अस्त का समय

उदय समय=

[ ९८+( पलभा ) ] ÷ ३० लब्धि राशि, शेष अंश कला के तुल्य सूर्य के अनुसार उदय समय ।

समय=( सूर्य के उत्क्रांश=इष्टांश )=सूर्य गति=उदय अस्त के दिन घड़ी पल ।

उदाहरण=पलभा ७८-० ३०)३०-१६(१ राशि

५-५८ -४७-४४ ३''

×८ ——— ———

——— =३०-१६ ०-१६

=४७-४४ =रा. १-०'-१६''=वृष राशि

वृष के ०'-१६'' पर अस्त

उदय—(५-५८) × ८=४७-४४ ३०)१४५-४४(४ राशि

×९८-० १२०

——— ———

१४५-४४ २५-४४ सिंह के

=रा ४-२५'-४४ २५''-४४' पर उदय

समय=अस्त में पंचांग के अनुसार १ख-०''-१'-२७ है ।

सूर्य इष्टांश १रा-०''-१'-२७'' १-०''-१६'-०'' अंतर १४'-३३''

अस्त राशि १-०-१६-० १-०-१-२७ ———

——— ——— सूर्य गति ५७-४०

—=जिसमें से जो घटाना १०-०-१४-३२

अंतर १४–३३ में सूर्य गति ५७–४० का भाग दिया=०–१५–८ आया। पंचांग के अनुसार सम्वत् १९७४ ज्येष्ठ कृष्ण ८ सोमवार को १५ घड़ी ८ पल गये बाद अगस्त का अस्त हुआ।

इसी प्रकार द्वितीय भाद्र कृष्ण ११ बुधवार को ८ घड़ी १९ पल पर अगस्त का उदय हुआ।

उदय=साधारण प्रकार से अगस्त का उदय।

सूर्य स्पष्ट कन्या राशि के ७'' पर अर्थात् ४–२३ पर होगा यह प्राय: भाद्रपद के २२,२३,२४ दिन तक होता है तब उज्जैन में अगस्त का उदय होता है।

मिथुन राशि की पिछली सीमा में और ८०° दक्षिण विक्षेप में अगस्त दिखता है। स्वाती अगस्त मृग व्याध चित्रा ज्येष्ठा पुनर्वसु अभिजित और ब्रम्ह हृदय नामक सब नक्षत्र १३° कालांश में उदय या अस्त होते हैं।

सूर्य हस्त नक्षत्र में हो तो अगस्त सब देशों में दिखाई देता है और रोहिणी में सूर्य हो तो अस्त हो जाता है।

अगस्त जिस दिन उदय हो=प्रजा को भय दुर्भिक्ष तथा रोग करता है।

दिन में उदय=भयकारी है दुर्भिक्ष करे।

अगस्त का उदय केतु से आहूत हों=क्षुधा भय और मरी पड़े। यह रूखा दिखाई दे=रोग। कपिल वर्ण=अनावृष्टि। धूम्र वर्ण=टोहों को अशुभ। कम्पन वाली=भय। मजीठ के रंग समान=क्षुधा, युद्ध। रूक्ष होने से=नगर का अवरोध (रुकावट)। चांदी या बिल्लोर के समान शुभ्र वर्ण=बहुत अन्न हो रोग और भय रहित हो।

## ग्रह युद्ध विचार

ग्रह युद्ध ४ प्रकार का है। १ भेद, २ उल्लेख, ३ अंशु मर्दन ४ अपसव्य। इन का फल—

१ भेद—वर्षा का नाश, सुहृद व कुलीनों में भेद होता है।

२ उल्लेख—शस्त्र भय, मंत्रि विरोध और दुर्भिक्ष।

३—अंशमर्दन—राजा लोगों में युद्ध, शस्त्र, रोग, भूख की पीड़ा और अन्नमर्दन होता है।

४ अपसव्य—राजा गण युद्ध करते हैं।

आक्रन्द—दोपहर में सूर्य आक्रन्द होता है। पूर्वान्ह में पौरग्रह तथा अपरान्ह में यायी ग्रह आक्रन्द संज्ञक होते हैं।

पौरग्रह—बुध, गुरु और शनि सदा पौर ग्रह हैं।

आक्रन्द—चंद्र नित्य आक्रन्द है।

यायी—केतु मंगल, राहु और शुक्र यायी हैं।

इन ग्रहों के हत होने से आक्रन्द, यायी और पौर क्रमानुसार नाश होते हैं। जयी होने पर स्वर्ग की जय देते हैं। पौर ग्रह से पौर ग्रह टकराने से पुरवासी गण और राजाओं का नाश होता है इस प्रकार यायी और आक्रन्द ग्रह का पौर और यायी ग्रह परस्पर हत होने पर अपने अधिकारियों को नष्ट करते हैं।

पराजित ग्रह—जो ग्रह दक्षिण दिशा में रूखा कम्पायमान अप्राप्त होकर भली भाँति से निवृत्त अर्थात् टेढ़ा क्षुद्र और किसी प्रकार से दबा हुआ विकराल प्रभाव होने और विवर्ण जान पड़े वह ग्रह पराजित होगा।

जयी—इसके विपरीत लक्षण वाला ग्रह जयी कहलाता है परन्तु बड़े मण्डल वाला चिकना और द्युतिमान होकर दक्षिण में भी हो तो उसे जय युक्त कहा है।

अन्योन्य प्रीति—ग्रह युद्ध में यदि दो ग्रह किरण युक्त बड़े मंडल वाला और चिकना हो तो उसको अन्योन्य प्रीति कहा जायगा।

ऐसा हो तो पृथ्वी में राजा लोगों की भी युद्ध काल में बराबरी होगी। इसके विपरीत होने से आत्म पक्ष का नाश होता है।

युद्ध या समागम—जो युद्ध या समागम लक्षण से जाना जाय तो पृथ्वी में राजा लोगों का फल भी वैसा ही माना जायगा।

मंगल से गुरु की जीत—वाल्हीक यायी और अग्नि से जीविका करने वाले पीड़ा पाते हैं।

मंगल से बुध की जीत—शूरसेन, कलिंग और साल्वदेश को पीड़ा होती है।

मंगल से शनि की जीत—पुरवासियों की जय होती है प्रजा व्याकुल होकर नष्ट हो जाती है।

मंगल से शुक्र की जीत—कोषागार, म्लेच्छ और क्षत्रियों का नाश होता है।

बुध की मंगल से जीत—वृक्ष नदी, तपस्वी, अश्मक, नरेन्द्र और उत्तर दिशा के पक्ष में दीक्षित हुए संताप पाते हैं।

बुध की गुरु से जीत—म्लेच्छ, शूद्र, चोर, अर्थ युक्त पौरजन, त्रिगर्त और पहाड़ी मनुष्यों को पीड़ा पृथ्वी कम्पायमान होती है।

बुध की शनि से जीत—मल्लाह योधा जलज, धनी व गर्भिणी ये विध्वंस होते हैं।

बुध की शुक्र से जीत—अग्नि कोप होकर धान्य, मेघ व यायी गण विध्वंस होते हैं।

गुरु की शुक्र से जीत—कुलत, गंधार, केकय, मद्र, शाल्व, वत्स, वंग गण और गो समूह और धान्य नाश।

गुरु की मंगल से जीत—मध्यदेश, राजा लोग और गाय बैल नाश।

गुरु की शनि से जीत—आर्जुनायन, वसाति, योधेय, शिवि और विप्रगण नाश।

गुरु की बुध से जीत—म्लेच्छ, सत्य और शास्त्र से आजीविका करने वाले और मध्यदेश ये सब क्षय को प्राप्त होते हैं।

शुक्र को गुरु जीते—श्रेष्ठ यायी विनाश को प्राप्त हो ब्राह्मण और क्षत्रियों में विरोध, इन्द्र जल नहीं वर्षाता, कोशल, कलिंग, वंग, वत्स, मत्स्य और मध्यदेश के वासी, सूरसेन गण और नपुंसक गण महा पीड़ा को भोगते हैं।

शुक्र को मंगल जीते—सेनापतियों का वध और राजाओं का युद्ध होता है।

शुक्र को बुध जीते—सब पहाड़ी देशों में कष्ट, दुग्ध की हानि अल्प वृष्टि।

शुक्र को शनि जीते—गण श्रेष्ठ, शस्त्रजीवी, क्षत्रिय लोग और जलद पीड़ित अन्न साधारण हो।

शनि को शुक्र जीते—मंहगी, सर्प, पक्षी और बनियों को पीड़ा।

शनि को मंगल जीते—टंकण, अन्ध्र, ओड्र, काशी और वाल्हीक देश वालों को पीड़ा।

शनि को बुध जीते—अंगदेश, वणिक, विहंग, पशु सर्पगण सेनापति को पीड़ा।

शनि को गुरु जीते—स्त्रियां, महिष और शक जाति के पुरुष सेनापति।

ग्रह युद्ध—मंगल, बुध, गुरु, शुक्र, शनि इन ग्रहों के ग्रह युद्ध में ग्रहों के हर जाति का फल ऊपर बताया है। ग्रह युद्ध हो तो राजाओं में युद्ध हो वक्री ग्रह हो तो देश विभ्रम ग्रहों का वेध हो तो पीड़ा हो।

चन्द्र के समागम का फल

चंद्र जब किसी ग्रह के साथ होता है उसे चंद्र का समागम कहते हैं। चंद्र से युद्ध नहीं होता।

प्रदक्षिण—चंद्र जब नक्षत्रों में या ग्रहों में यथा संभव उत्तर में गमन करे तो उस चन्द्र को प्रदक्षिण कहते हैं यह मनुष्यों को शुभकारी है।

मंगल—यदि चन्द्र मंगल के उत्तर में जाय तो बलवान पहाड़ियों की जय होती है। यायी गणों के साथ क्षत्रिय लोग हर्षित होते हैं बहुत धान्य होती है।

बुध—चन्द्र बुध के उत्तर में जाय तो पौर जय हेतु, सुभिक्षकारी, धान्य वृद्धि, पशुओं को आनन्द और राजाओं का कोष संचारी होता है।

गुरु—गुरु के उत्तर में जाय तो पौर, क्षत्रिय, ब्राह्मण पंडित और मध्य देश के धर्म की वृद्धि सुभिक्ष और प्रजा संतुष्ट होती है।

शुक्र—शुक्र के उत्तर में जाय तो गज और घोड़ों की वृद्धि, यायी और धनुर्धारी लोगों की विजय, उत्तम धान्य हो।

शनि---शनि के उत्तर में गमन करे तो पौर राजाओं की जय और शक, बाल्हीक, सिंधु, पल्हव और यवन लोग आमंत्रित होते हैं।

नक्षत्र---चन्द्र नक्षत्रों के उत्तर में गमन करे तो निरुपद्रव होकर निज द्रव्य पौर को, देश वासियों को शावण करे परन्तु दक्षिण गमन करके उनको हनन करता है।

विपरीत---ग्रहों के अन्त में चन्द्र होन का फल कहा है दक्षिण ओर होने से इसके विपरीत फल होता है।

मिलन---ग्रह व नक्षत्रों के साथ चन्द्र का मिलन कहा गया है। चन्द्र का ग्रह व नक्षत्रों के साथ युद्ध कभी नहीं होता।

# अध्याय २९

## ग्रह का मास, दिन, वर्षा स्थायी होने का फल

सूर्य स्वामी---पृथ्वी पर सब जगह धान्य थोड़ा हो बन में जगह-जगह वृक्षों में कीड़े लगें। नदियों में बहुत सा जल न रहे। मारे पीड़ा के औषधियों में बल न रहे। शीत काल में भी सूर्य तीक्ष्ण धूप करे। पर्वत के समान मेघगण अधिक जल नहीं बर्षावें। आकाश में चन्द्र और तारों की दीप्ति जाती रहे। गाय और तपस्वी कुल को शोक हो। हाथी घोड़े पदातिक रूप सराहनीय बल युक्त राजा लोग बहुत से अस्त्र शस्त्र लेकर अपने अनुचरों को साथ लेकर युद्ध करके समस्त देशों को ध्वंस करते हुए घूमें।

चन्द्र वर्षा का स्वामी---चलायमान पर्वत के समान काले द्युति वाले मेघ वृत्त आकाश को व्याप्त करते हैं। उत्कंठा सूचक भारी शब्द करके समस्त दिशाओं को पूर्ण करते हुए अमल जल से पृथ्वी को पूर्ण करते हैं। सरोवरों के कमल कुमद और उत्पल फूल जाते हैं। बाग प्रफुल्ल वृक्ष युक्त होते हैं। गाय बहुत दूध देती है। नेत्रों को आनन्द देने वाली स्त्रियां पुरुषों का रमण करती हैं! ईख, साठी, जो, धान्य समृद्धि युक्त छोटे-छोटे देव मन्दिरों से अंकित और यज्ञ व होम के पवित्र शब्द से शब्दायमान होकर पृथ्वी राजाओं से पाली जाती है।

मंगल---वायु से उठी हुई प्रचण्ड अग्नि ग्राम वन और नगरों को जलाने की इच्छा रखती है। पृथ्वी के मनुष्य चोरों से मार डाले जाकर सहायहीन और पशुहीन होकर हाहाकार करते हुए विचरण करते हैं। मेघकुल बहुत सा जल नहीं बर्षाते। पका हुआ धान्य लगभग सूख ही जाता है और किसी प्रकार से निपट कर भी दूसरे आदमी उसे हरण कर लेते हैं। मंगल के सम्वत में राजा लोग भली भांति से प्रजा को नहीं पालते। पित्त से उत्पन्न हुए रोगों की अधिकता होती है। सर्पों का कोप होता है। सब प्रकार से प्रजा अनाज से दीनहीन होकर मृतकवत हो जाती है।

बुध—माया इन्द्रजाल आदि करने वाले और गन्धर्व, लेख्य, गणित व अस्त्र जानने वालों की वृद्धि, राजा लोग प्रीति की कामना से अद्भुत दर्शन और तुष्टि कर परस्पर एक दूसरे को द्रव्यदान करने की इच्छा करते हैं। जगत में वार्ता और त्रयी शास्त्र अविकल और सत्य रहता है। दंड नीति भली भांति से विराजमान रहती है। कोई शास्त्र ज्ञान में अपनी बुद्धि को लगाता है। कोई आन्वीक्षिकी शास्त्र से परमपद पाने की चेष्टा करता है। कुछ ग्रह अपने वर्ष या मास में हासज्ञ, दूत, कवि, बालक, नपुंसक, युक्ति जानने वाला, सेतु जल और पर्वत वासियों को इस प्रकार तृप्त करता है और पृथ्वी पर औषधियां बहुतायत से होती हैं।

गुरु—यज्ञ में उच्चारण की हुई वेदध्वनि, यज्ञ विध्वंस करने वालों के मन को विदीर्ण कर श्रेष्ठ ब्राह्मणों और यज्ञांश भागियों के हृदय को आनन्द देती है। उत्तम सत्यव्रती, अनेक हस्ती, घोड़ा चतुरंग सेना, महाधन, गोकुल और धनयुक्त पृथ्वी राजाओं से पाली जाकर और वर्धित होकर आनन्द देती है। आसमानी पानी से तृप्ति-कारक विविध रंग के बादल पृथ्वी को ढक लेते हैं। इस प्रकार से पृथ्वी बहुत से धान्य वाली और वृद्धि युक्त होती है।

शुक्र—पर्वताकार बादलों से छोड़े हुए जल से परिपूर्ण हुई पृथ्वी सुन्दर कमलों से जिसका जल ढका हुआ है, ऐसे तड़ागों से आकीर्ण होकर नये-नये गहनों से सजी हुई उज्वल अंग वाली नारी के समान शोभा पाता है और साठी व ईख पैदा करती है। शत्रुओं को क्षय करने वाले राजा लोग शिष्ट जनों को संतोष और दुष्ट का नाश करके नगर व खानि सहित पृथ्वी का पालन करते हैं। वसंत ऋतु में मनुष्यगण कामिनियों के साथ मधुपान करके वेणु वीणा के साथ बारम्बार श्रवण सुख का याद किया करते हैं और अतिथि सुहृद भाई बन्धुओं के साथ अन्न भोजन किया करते हैं। इस प्रकार कामदेव की जय हुआ करती है।

शनि—खोटे वृत्त वाले चोर और बहुत से संग्रामों के होने से समस्त राज्य आकुल होते हैं। बहुतों का पशुधन जाता रहता है। बन्धुओं का वियोग होने से मनुष्य गण बहुत ही रोते हैं। क्षुधा की पीड़ा और रोगों के मारे बहुत व्याकुल होते हैं। आकाश में बादल आते ही पवन उनको उड़ा देती है। और स्वतः नहीं रहती। सूर्य चन्द्र की किरणें धूरि से ढक जाती हैं। जलाशय या नदियां जल से हीन हो जाती हैं। कहीं अनाज जल के अभाव में नष्ट हो जाता है कहीं जलभरी भूमि में फल जाता है। धान्य का देने वाला मन्द-मन्द जल वर्षाता है।

फल—जो ग्रह अपटुकिरण नीचगामी या किसी से विजित हो जाता है। वह फल का दाता नहीं हो सकता जो अशुभ ग्रह वर्ष या मास स्थायी होता है उसके उत्पन्न हुए फल की प्राप्ति होती है अन्यथा होवे तो शुभ फल को प्राप्ति होती है।

### ग्रहों के भेद

ग्रहों के सम्वर्त, संमोहन, समाज, कोश, सन्निपात समागम और रोग ये भेद हुआ करते हैं।

सम्वर्त—एक नक्षत्र में पौर ग्रहों के साथ ४ या ५ यायी ग्रहों के मिलने से सम्वर्त कहा जाता है।

संमोहन—राहु केतु का संमोहन कहलाता है।

समाज—पौर के साथ पौर का या यायी गणों के साथ यायी का संयोग होने पर समाज नाम होता है।

कोश—शनि और गुरु के संग में यदि और कोई ग्रह आ जाय तो कोश कहा जायगा।

सन्निपात—यदि पश्चिम में एक ओर पूर्व में दूसरा उदय हो तो सन्निपात कहते हैं।

समागम—समागम अर्थात् चंद्र के मिलन में ग्रह गण विकार रहित स्निग्ध विपुल और धन्य होते हैं।

फल—सम्वर्त और समागम का फल समता है सम्मोह और कोश में प्रजा को भय होता है समाज संज्ञा में उत्तम समता और सन्निपात में बैर और कोप होता है।

### अयन विकार

इस समय सूर्य का कर्क आदि और मकर आदि से अयन आरंभ होता है। इस विषय में अभाव को विकृति कहते हैं।

अयन परीक्षा—सूर्य के उदय या अस्तकाल में महामंडल के दूरी के चिह्नों के वेध से अथवा महामंडल में छाया के प्रवेश और छाया के निकलने के चिन्हों से अयन की परीक्षा होती है।

विकार—सूर्य बिना मकर राशि में गये यदि लौट आवे तो दक्षिण दिशा का नाश करते हैं और बिना कर्क राशि में गये लौट आवे तो उत्तर दिशा को नष्ट करते हैं।

प्रकृतिस्थ सूर्य—यदि उत्तरायण को लांघकर लौट आवे तो मंगल होता है। धान्य की वृद्धि होती है इसी को प्रकृतिस्थ सूर्य कहते हैं।

भय—सूर्य की गति विकृति होने से भय होता है।

# अध्याय ३०

## सूर्य विचार

महा उत्पात—सूर्य मंडल में दंडाकार केतु दिखाई देने से=राजा का मरण होता है। कबंध दिखे=व्याधि का भय। ध्वांक्षाकार दिखाई दे=चोर भय। स्तंभ

का आकार दिखाई दे=अकाल। छत्र ध्वज चामर आदि राजा के उपकरण यदि सूर्य मंडल में विधे हुए दिखें=राजा की बदली होती है। चिनगारी धूप आदि से सूर्य मंडल ढक जाने पर=सब मनुष्यों की मृत्यु होती है।

पूर्वोक्त छत्रादि के एक चिह्न से सूर्य विद्ध हो तो=दुर्भिक्ष। दो चिह्न से=राजा का नाश।

सफेद लाल पीला काला इन वर्णवाले पूर्वोक्त चिह्न से विद्ध होने से=क्रम से ब्राह्मण, क्षत्रिय, वैश्य और शूद्र का नाश होता है।

उत्पन्न हुए ये महा उत्पात सूर्य बिम्ब में जहाँ कहीं दिखाई देंगे उस देश के रहनेवाले सब लोगों को भय होगा।

सूर्य किरण का रंग फल

सूर्य के ऊपर भाग की किरण ताम्र वर्ण=सेनापति का नाश। पीला रंग=राजपुत्र का नाश। श्वेत=राज पुरोहित का नाश। सूर्य का किरण मंडल यदि अनेक रंगों से रंगा दिखे या धूम्र वर्ण हो यदि शीघ्र वर्षा न हो तो चोरों से या शस्त्र निपात आदि से समस्त पृथ्वी व्याकुल होती है।

ऋतु अनुसार रंग—सूर्य मंडल शिशिर में ताम्र वर्ण या कपिल वर्ण। वसंत में हरित कुमकुम के समान। हेमंत रक्त वर्ण होने से शुभदायक है। परन्तु वर्षा काल में स्निग्ध होने से अशुभ। रूखा या श्वेत वर्ण होने से ब्राह्मणों का नाश। रक्त की आभायुक्त होने से क्षत्रिय नाश, पीत वर्ण से वैश्य और काला वर्ण से शूद्र नाश। सूर्य के इन रंगों में चमक हो तो शुभ।

ग्रीष्म काल में सूर्य का मंडल लाल हो=प्राणियों को भय। वर्षा काल में कृष्ण वर्ण हो=अनावृष्टि, हेमंत में पीत वर्ण=शीघ्र ही रोग भय।

सूर्य बिम्ब रंग—सूर्य बिम्ब श्याम वर्ण=देश में कीट भय; राख के समान वर्ण=परराष्ट्र को भय। जिस राजा के जन्म नक्षत्र में सूर्य में छिद्र आदि दिखाई दे=उस राजा का नाश। सूर्य का रंग खरहे के रंग के समान शोणित हो=युद्ध हो। चक्र के समान रंग लाल दिखे=शीघ्र ही उस देश के राजा का नाश होकर दूसरा राजा हो जाता है। सूर्य मंडल घड़े के आकार का दिखे तो प्राणी गण क्षुधा की ज्वाला से प्राण छोड़े। खण्डाकार होने से=पर राजा का नाश होता है। किरणहीन हो=भय। तोरण ( फाटक ) रूप होने से नगर का नाश। छत्राकार होने से=देश का विनाश होता है। सूर्य का बिम्ब कम्पायमान सूखा या धनुष या ध्वजा के समान दिखे=संग्राम होता है। यदि सूर्य मंडल में काली रेखा दिखाई दे तो मंत्रों से राज का नाश होता है।

सूर्य का कालादि रंग—यदि आकाश के ऊपर भाग में सूर्य का काला रंग दिखाई दे या भयंकर धूरि की राशि से लाल वर्ण का दिखे तो शीघ्र ही राजा की

मृत्यु होती है। सूर्य का बिम्ब कृष्ण वर्ण विचित्र या नीला वर्ण होकर भयंकर आकार धारण करे और संध्या में पक्षी या मृगों का शब्द गधे के समान भयंकर हो तो सब लोगों का विनाश हो।

सूर्य निर्मल—जो सूर्य निर्मल देहवाला गोल मंडल काला साफ-साफ अत्यन्त निर्मल दीर्घ किरण वाला और उसकी देह विकाररहित हो और सूर्य मंडल में किसी प्रकार का चिह्न न हो तो सूर्य जगत का मंगल करते हैं।

सूर्य मंडल में चिह्न—सूर्य मंडल में छिद्र दिखे=राजा प्रजा का नाश। घड़े के समान चिह्न दिखे=अन्य नाश का भय। दरवाजा के समान चिह्न=नगर का नाश।

इन्द्रचाप सूर्य मंडल सन्मुख—वर्षा के समय इन्द्रचाप सूर्य मंडल के सन्मुख आ पड़ने से खण्डित देह दिखाई दे तो राजाओं में विरोध हो। यदि निर्मल किरण वाला दिखाई दे तो शीघ्र वर्षा होती है। यदि वर्षा काल में सूर्य बिम्ब शिरिस के फूल समान आभावाली ज्ञात हो तो शीघ्र वर्षा होती है। मोर के पुच्छ समान आभा दिखे तो १२ वर्ष तक अनावृष्टि हो।

सूर्य से वज्र आदि टकराना—उलका, वज्र या बिजली जो उदयकाल में सूर्य से टक्कर दे तो वर्तमान राजा का नाश होकर दूसरा प्रतिष्ठित होता है।

सूर्य परिधि—जिस देश में सूर्य प्रतिदिन प्रातःकाल में और संध्याकाल में परिधि वाले ( पोषयुक्त ) होते हैं या लाल रंग को धारण कर उदय होते और छिपते हैं उस देश में निश्चय ही दूसरा राजा हो जाता है। यदि प्रातःकाल और संध्याकाल में सूर्य बिम्ब शस्त्र समान आकार वाले बादलों से घिर जाय तो युद्ध होगा और मृग महिष पक्षी गधा और हाथी के समान मेघों से ढँक जाय तो अत्यन्त भय होता है। जैसे अग्नि के ताप से सुवर्ण अत्यन्त पीड़ा को प्राप्त होकर पीछे शुद्ध हो जाता है वैसे ही समस्त नक्षत्र सूर्य की किरणों के संताप से कष्ट पाकर शुद्ध हो जाते हैं।

# अध्याय ३१

## चंद्र विचार

नक्षत्र के दाहिने चंद्र—ज्ये. मूल. पूषा. उषा. नक्षत्र के दाहिने भाग में चंद्र जब जाता है तब बीज, जल, वन की हानि होती है। अग्निभय होता है।

जब विशा. अनु नक्षत्र के दाहिने चंद्र जाता है उसको पाप चंद्र कहते हैं। परन्तु विशा. अनु. और मघा के मध्य भाग में चंद्र रहने से शुभ फल होता है।

चंद्र से मिलनेवाले नक्षत्र---रेवती से लेकर मृग तक ६ नक्षत्र अनागत होकर चंद्र के साथ मिलते हैं। आर्द्रा से अनुराधा तक १२ नक्षत्र मध्य भाग में चन्द्र के साथ मिलते हैं।

चंद्र शृंग फल

=यदि चन्द्र का शृङ्ग कुछेक ऊँचा होकर नाव के समान विशालता को प्राप्त हो तो नाविक लोगों को पीड़ा हो और सब लोगों को शुभ है।

=आधे उठे हुए चंद्र शृंग को लांगल कहते हैं उससे हलजीवी मनुष्यों को पीड़ा होती है। राजा लोग बिना कारण ही हर्षित होते हैं और सुभिक्ष होता है।

=चंद्र का दाहिना शृंग आधा उठा हुआ हो तो दुपट लांगल शृंग कहते हैं। पांड्य देश के राजा की सेना अपने राजा को मारने का यत्न करती है।

=जो समान भाव से चंद्र उदय हो तो पहिले दिन की नाईं सुभिक्ष मंगल और वर्षा होती है।

=दंड के समान चंद्र उदय होने पर गाय बैलों को पीड़ा होती है और राजा लोग उग्र दंडधारी होते हैं।

=जब धनुष के आकार का चंद्र उदय हो तो युद्ध होता है परन्तु जिस देश में इस धनुष की मौर्वी रहती है उस देश की जय होती है।

=जो शृंग दक्षिण और उत्तर को फैला हुआ हो उसको स्थान का युग कहते हैं। इससे भूचाल होता है।

=वही युग नामक शृङ्ग जो दक्षिण दिशा को कुछेक ऊँचा हो तो उसको पार्श्वगामी शृङ्ग कहते हैं। उससे वणिक ( व्यापार करनेवाले ) का नाश होता है और वर्षा नहीं होती।

=जो चंद्र का बायाँ शृङ्ग नीचे मुखवाला हो उसे आवर्जिजन शृङ्ग कहते हैं। इससे गाय बैलों को दुर्भिक्ष अर्थात् घास आदि नहीं होता।

चंद्र के चारों ओर अखण्डित गोलाकार लकीर दिखाई दे तो कुण्ड नाप शृंग होता है उससे द्वादश मंडल के राजाओं का स्थान छूट जाता है।

=पहले कहे हुए स्थानों के न होने से जो चंद्र का शृङ्ग उत्तर दिशा को कुछेक ऊँचा हो तो धान्य की वृद्धि और वर्षा अच्छी होती है। दक्षिण की ओर कुछेक ऊँचा हो तो दुर्भिक्ष हो।

=एक शृङ्ग वाला, नीचे को मुखवाला, शृङ्गहीन अथवा सम्पूर्ण नये प्रकार का चंद्र दिखने से देखनेवालों में से एक की मृत्यु होती है।

=चंद्र को देह का संस्थान कहा गया है इससे ही चंद्र के अनेक प्रकार के रूप होते हैं। छोटा चंद्र हो=दुर्भिक्ष। बड़ा हो तो=सुभिक्ष। मध्यम अर्थात् न

बहुत बड़ा और न बहुत छोटा चंद्र के उदित होने से उसको वज्र कहा है। इससे प्राणियों को क्षुधा बहुत लगे और राजा लोगों में खलबली मचे।

=मृदंग रूप चन्द्र के उदय होने से मंगल और सुभिक्ष होता है।

=जो चन्द्र की मूर्ति अत्यन्त विशाल हो तो राजा लोगों की लक्ष्मी बढ़ती है। स्थूल हो तो सुभिक्ष। रमणीय हो तो उत्तम धान होती है।

### चंद्र श्रृङ्ग को ग्रह ताड़न

=चंद्र के शृंग को मंगलग्रह ताड़न करता हो तो म्लेच्छ देश के कुत्सित राजाओं का नाश होता है।

=शनि द्वारा आहत हो तो शस्त्र भय और क्षुधा का भय होता है।

=बुध द्वारा भिन्न होता हो तो अनावृष्टि और दुर्भिक्ष।

=गुरु से=श्रेष्ठ राजाओं का नाश।

=शुक्र से=साधारण राजाओं का नाश।

परन्तु शुक्ल पक्ष में चंद्र का श्रृङ्ग भिन्न होता हो तो भी थोड़ा सा वही फल होता है।

### कृष्ण पक्ष में ग्रह ताड़न

=कृष्ण पक्ष में चंद्र का शृंग शुक्र से पीड़ित हो तो मगध, यवन, पुलिन्द, नेपाल, भृंगि, मरु, कच्छ, सूरत, मद्रास, पंजाब, काश्मीर, कुलूत, पुरुषाद और उशीनर देश में ७ महीने तक मरी पड़ती है।

### ग्रह से शृंग भेदन

=गुरु से चंद्र का शृंग भिन्न होता हो तो गांधार, कन्धार, सौवीरक, सिंध, कीर, द्राविड़, पहाड़ी देश के ब्राह्मणगण और उन देश के समस्त धान्य १० मास तक संतापित होते हैं।

=मंगल से भिदती हो तो वाहनों सहित, उद्योगी, त्रिगर्त, मालव, कालिन्द, गणपति, शिवि और अयोध्या देश के श्रेष्ठ राजाओं को और कुरु, मत्स्य व मुक्ति देश के क्षत्रियों को ६ मास तक पीड़ित कर नाश करता है।

=शनि से चंद्र का मंडल भिदता हो तो पूर्व देश के रहनेवाले अर्जुन वंशीय और कुरु वंशीय राजाओं व उनके मंत्रियों को योधाओं के साथ १० मास तक पीड़ित कर नाश करते हैं।

=यदि बुध ग्रह चन्द्र को भेद कर निकलता हो तो मगध, मथुरा और वेणा नदी के किनारे बसे हुए देशों को पीड़ित करता है और पश्चिम देश में सतयुग की उत्पत्ति होती है।

=केतु से चन्द्र पीड़ित हो तो अमंगल, व्याधि, दुर्भिक्ष व वस्त्र से जीविका करनेवालों का नाश होता है और तस्कर लोगों को अत्यंत पीड़ा होती है।

=राहु या केतु से ग्रस्त चन्द्र के ऊपर उल्का गिरे तो जिस राजा के जन्म नक्षत्र में चन्द्र हो उसकी मृत्यु होती है।

### चन्द्र का वर्ण आदि फल

=चन्द्र का देह भस्म तुल्य रूखा अरुण वर्ण किरण हीन, श्याम वर्ण, फूटा हुआ व कम्पायमान दिखाई दे तो क्षुधा, संग्राम, रोग व चोरों का भय होता है।

=१-२ राशि का=लाल। १०-११ का=काला। ४, ७, ८=सफेद। शेष राशि का=पीला रंग चन्द्र का रहता है। लाल=रस हानि और उग्र युद्ध में मरण। पीला=रोग फैले कर्क आदि का भय करता है।

### तिथि घट बढ़ फल

शुक्ल पक्ष में किसी तिथि के बढ़ जाने से पक्ष बढ़ जाय और चन्द्र अतिशय वृद्धि को प्राप्त हो तो ब्राह्मण, क्षत्रिय और प्रजागण अत्यन्त बढ़ते हैं। जो चन्द्र ऐसे हो हीन हो तो सबकी क्षय होती है क्षय हो तो समता प्राप्त होती है। परन्तु कृष्ण पक्ष में इसका फल विपरीत होता है।

चंद्र शृंग—शुक्ल पक्ष की द्वितीया से चन्द्र का प्रकाश आरम्भ होने से उसके गोले का बहुत ही कम अंश दिखने में आता है उसे चन्द्र शृङ्ग कहते हैं। द्वितीया को उदय होने के दिन ८-९ राशि का चन्द्र हो=टेढ़ा। ३-६ राशि का=शूल के समान। १, २, १२ राशि का=दक्षिण ओर से ऊँचा। ४, ५, ७, १०-११ का हो तो दोनों शृंग बराबर होते हैं। समान (बराबर) चन्द्र=विग्रह। दक्षिण को उन्नति=तेजी। शूल समान=चोर भय, व्याधि। उत्तर शृंग ऊँचा=धान्य आदि सस्ते।

### ग्रह के दायें बायें चन्द्र

सूर्य, बुध, मंगल, शनि और शुक्र चन्द्र के दाहिने=सुभिक्ष हो, धनवृष्टि उत्तम। यदि ये बायें चलें तो=धन धान्य का क्षय हो।

रोहिणी युक्त चन्द्र—आकाश में बादलों से ढके रोहिणी युक्त चन्द्र न दिखे=बड़ा भय हो तथा पृथ्वी जल से पूर्ण होती है।

गोवर्द्धन क्रीड़ा—जिस दिन गोवर्द्धन लीला हो उसी दिन चन्द्र दर्शन हो तो प्रजा, गौ और महीपति तीनों का नाश।

ज्येष्ठ की द्वितीया—ज्येष्ठ सुदी प्रतिपदा को संध्या के समय द्वितीया आ गई हो चन्द्र दीखे उसके उत्तर दिशा का विचार करे। यदि उत्तर शृंग उन्नत हो=

सुभिक्ष। दक्षिण का उन्नत हो=दुर्भिक्ष। समान हो=मध्यम। यदि उत्तर में उदय हो=उस वर्ष में सुभिक्ष क्षेम आरोग्य हो।

चन्द्र के बाजू ग्रह—चन्द्र के दाहिने मंगल जाने से=राजमारी। शुक्र=जन मारी। बुध=रस क्षय। गुरु=जल वृष्टि। शनि=वर्षा का क्षय। प्रत्येक महीना का चन्द्र देखना चाहिये।

नक्षत्र में चन्द्र=चित्रा अनु. ज्ये. कृति. रोहि. मघा, मृग, मूल, पूषा, विशा. इनके उत्तर में यदि चन्द्र चले=सुभिक्ष क्षेम, वृद्धि और वर्षा हो। इनके दक्षिण में चले=राजाओं का क्षय, दुर्भिक्ष, मार्ग भय।

राशि में चंद्र उदय फल

मेष का चन्द्र उदय=जो गेहूँ मंहगा। वृष=उड़द तेल और तुष धान्य तेज। मिथुन=कपास, सन, धान्य आदि मंहगे। कर्क=अनावृष्टि। सिंह=धान्य मंहगा। कन्या=चौपायों का नाश, राजाओं में विग्रह, ब्राह्मणों को पीड़ा। तुला=व्यापारी समान प्यारा हो। वृश्चिक=धान्य की पैदावारी हो। धन, मकर=शुभ। कुंभ=चना, उड़द, तिलनाश। मीन=सुभिक्ष आरोग्य। यह १२ राशि का फल प्रत्येक मास की द्वितोया को नियम से देखना।

अस्त फल

चन्द्र अस्त अमावस्या को मेष राशि=सब धान्य मंहगे। वृष=क्षणिक पीड़ा, मृत्यु और रोग भय। मिथुन=अति वर्षा से बोया बीज पुष्ट नहीं हो। कर्क=अति वर्षा। सिंह=मंहगा। कन्या=खंड वृष्टि, सब धान्य मंहगे। तुला=अल्प वर्षा, उपद्रव से ग्राम नाश। धनु=धान्य से सुभिक्ष। मकर=धान्य पीड़ा। कुम्भ=अल्प वर्षा, धान्य मंहगे, प्रजा को भय। मीन राशि में चन्द्र अस्त हो=सुख सम्पति हो। ऊपर जो शृंगोन्नति तथा उदय अस्त फल कहा है। केवल उसी मास भर होता है।

चन्द्र शृङ्ग—चन्द्र की मोर्वी जिस ओर होती है, वहाँ पर सेना का उद्योग और जय की सूचना होती है। चंद्र का शृंग नीचा हो=धान्य और गायों का नाश।

# अध्याय ३२

## मंगल विचार

उष्ण वक्र—जिस नक्षत्र में मंगल ग्रह का उदय होता है उस नक्षत्र से सप्तम, अष्टम या नवम नक्षत्र में यदि मंगल वक्री हो उस वक्र को उष्ण कहते हैं। उस वक्र में उदय काल में अग्नि से आजीविका करनेवालों को पीड़ा होती है।

अश्वमुख वक्री—उदय नक्षत्र से १०, ११ या १२वां नक्षत्र से यदि मंगल

वक्री हो उसे अश्वमुखो वक्री कहते हैं इसके उदय होने से समस्त रस दूषित हो जाते हैं रोग व अनावृष्टि होती है।

व्याल वक्री—जिस नक्षत्र में मंगल अस्त हो उससे १३ या १४वें नक्षत्र में मंगल वक्री हो जाय उसे व्याल वक्री कहते हैं। इसमें दंष्ट्री, व्याल और मृग से पीड़ा होती है और सुभिक्ष होता है।

रुधिरानन वक्री—जिस नक्षत्र में मंगल अस्त हो उससे १५-१६वें नक्षत्र में वक्री हो उसे रुधिरानन वक्र कहते हैं। इसमें लोगों को मुखरोग और भय होता है और सुभिक्ष होता है।

असि मुसल वक्र—अस्त नक्षत्र से १७-१८ वें नक्षत्र में अनु वक्र हो वह असि मुसल वक्र है इससे घोर भय, शस्त्र भय और अनावृष्टि होती है।

रोहणी में अस्त—यदि पूफा या उफा में उदित होकर उष्ण में निवृत्त अर्थात् वक्री होकर रोहणी में अस्त हो तो तीनों लोकों को पीड़ा हो।

वक्री—श्रवण में उदय होकर यदि पुष्य में वक्री हो तो क्षत्रिय जाति को पीड़ा हो। और नक्षत्र में उदय हो और वह नक्षत्र जिस दिशा में हो उस दिशा के रहनेवालों का नाश।

मघा में मंगल—मघा नक्षत्र में भी मंगल का आवागमन हो तो पांड्य राजा का विनाश, शस्त्र भय और अनावृष्टि होती है।

मघा विशाखा भेदन—मंगल मघा का भेद कर यदि विशाखा को भेद करे तो दुर्भिक्ष।

रोहिणी भेद—मंगल रोहिणी को भेद कर गमन करे तो अत्यन्त मरी पड़ती है।

=रोहिणी नक्षत्र के पार्श्व से विचरण करे तो मंहगी होती है और वृष्टि का नाश हो।

यदि धूप से ढके हुए समान शिखायुक्त मालूम पड़े तो पारियात्र पूर्व के बासियों का नाश हो।

मेघ नाश—रोहि. श्रव. मूल. उफा. उषा. उभा या ज्ये. में मंगल विचरण करे तो मेघों का नाश हो।

शुभ—श्रव. मघा. पुन. मूल. हस्त. पूभा. अश्व. विशा और रोहिणी में मंगल का विचरण या उदय हो तो अच्छा है।

=बड़ा और निर्मल कांतिवाला टेसू या अशोक के फूल समान रंगवाला, स्वच्छ, मनोहर किरणवाला, तपाये हुए तांबा के समान कांतिवाला मंगल जो उत्तर पद ( उत्तर कांति ) में विचरे तो राजा और प्रजा को शुभ होता है।

**मंगल का नक्षत्र फल**

अश्विनी पर मंगल—तुष धान्य मंहगे।

भरणी पर मंगल—ब्राह्मणों को पीड़ा और नाश।

कृत्तिका—सब देशों में तथा गांव में पीड़ा, धान्य मंहगे, देश भंग तपस्वियों के आश्रम में पीड़ा।

रोहिणी—वृक्षों में रोग, चौपायों में पीड़ा, कपास, वस्त्र और सूत मंहगे।

मृग०—पृथ्वी जल से पूरितं, कपास की खेती नष्ट।

आर्द्रा—वृष्टि हो। पुनर०—तिलों का नाश, भैंसों का विनाश।

पुष्य—चोर भय, विरोध से अशुभ, राजा निर्मल हो।

श्ले.—बहुत वर्षा से धान्य नाश, दुर्भिक्ष, सर्प भय अधिक।

मघा—वर्षा न होने से उड़द, मूंग, तिल नाश अन्य धान्य दुर्लभ हो।

पूफा.—अल्प वर्षा प्रजा में पीड़ा, तेल का मूल्य बढ़ जाय।

उफा—वर्षा के अवरोध से चौपायों में पीड़ा, घोड़ों का मूल्य बढ़े।

हस्त—जल कम हो, तुच्छ धान्य हो, घी, गुड़, नमक मंहगे।

चित्रा—तीव्र रोग पीड़ा, चावल गेहूं मंहगे।

स्वा.—अनावृष्टि।

विशा.—कपास गेहूं का भाव मंहगा।

अनु.—सुभिक्ष हो, पशु पक्षियों को पीड़ा।

ज्ये.— जल कम वर्षे। मूल.—क्षत्रियों को पीड़ा, धान्य मंहगे।

पूषा.—जल बहुत हो, गाय दूध कम दें, पृथ्वी अन्न से पूरित हो, शालि तिल, घी, उड़द मंहगे।

उषा. में भी उपरोक्त फल।

श्रवण—रोग हो, धान्य का योग न हो, पीछे वर्षा हो।

धनि.—इंद्र की भांति समृद्धि हो, धान्य, गुड़, शक्कर सस्ते।

शत.—कीड़े और मूसे अधिक हों तो भी खेती अधिक हो।

पूषा.—तिल, वस्त्र, कपास, सुपारी आदि मंहगी।

उभा.—दुर्भिक्ष हो, वर्षा तथा अन्न नहीं हो।

रेवती—दुर्भिक्ष हो मनुष्यों में रोग हो अन्न लक्ष्मी बहुत हो।

**राशि अनुसार मंगल उदय फल**

मेष—तिल, उड़द, मंहगे। वृष—चौपायों का नाश। मिथुन—दुष्प्रासता हो। कर्क—वैश्यों के बहुत पीड़ा, धान्द का उदय हो। सिंह—चावल मंहगे। कन्या—ब्राह्मण तथा राजाओं में रोग। अन्य मत—कन्या मिथुन में सुभिक्ष हो।

तुला—धान्य बहुत । वृश्चिक—चोर अग्नि भय राजाओं की नीति खोटी, अन्न की उत्पत्ति हो । धनु—पाताल वृष्टि हो । मकर—चावल, गुड़ आदि मंहगे, पश्चिम धान्य ( तिल, मूंग, बाजरा आदि ) का नाश हो, वर्षा अधिक हो । कुम्भ—टिड्डी आदि से पीड़ा, मूषक वृद्धि । मीन—दुर्भिक्ष हो, वर्षा नहीं हो ।

### राशि अनुसार मंगल का अस्त फल

मेष राशि में अस्त, पत्थर मंहगे । वृष—घास, चारा सस्ता । मिथुन—अति वर्षा । कर्क—अन्न की शून्यता रहे । सिंह—घोड़े, गधों को पीड़ा, चोपाये मंहगे । कन्या, तुला—गेहूँ, चना मंहगे । वृश्चिक—राजभय, सुभिक्ष । धनु—चावल, मंहगे । मकर—तुष धान्य तथा अगर मंहगे । कुम्भ—चोरी, पीड़ा, भय राजाओं में विग्रह । मीन—अन्न की तेजी, सर्पों से व्याकुलता, बालकों का जन्म अधिक हो, सुभिक्ष, उत्सव और शुभ लक्षण हों ।

# अध्याय ३३

## बुध विचार

### नक्षत्र अनुसार बुध फल

अश्वि. में बुध—जौ, गेहूँ में रोग, ईख, दूध, रस, घी आदि सस्ते ।

भरणी—हाथियों की पीड़ा, चंडालों का नाश, तीव्र रोग, धान्य मंहगे, बैर बढ़े ।

कृतिका—ब्राह्मणों को पीड़ा, मेघ कम हो, अन्न अल्प, ज्वर, पीड़ा, कहीं कुछ बखेड़ा खड़ा हो ।

रोहिणी—कपास, तिल, सूत मंहगे ।

मृग.—सुभिक्ष, वायु से पीड़ा हो ।

आर्द्रा—वर्षा अधिक, गेहूँ, तिल, उड़द सस्ते, मनुष्य सुखी, पवन प्रवाह हो ।

पुनर.—बालकों को पीड़ा, कपास, सूत मंदा ।

पुष्य—सब लोगों का संयोग हो, राजाओं में भय और जय हो ।

श्ले.—महावृष्टि, तुष, धान्य उत्पन्न ।

मघा—वर्षा कम, धान्य नाश, प्रजा में भय ।

पूफा.—राजाओं में युद्ध क्षेत्र बाधा हो, अन्न मंदा हो ।

उफा.—मूंग, उड़द कम ।

हस्त—सुभिक्ष हो, धान्य निरोग रहे ।

चित्रा—वर्षा कम, वेश्या तथा शिल्पी लोग और ब्राह्मणों में पीड़ा ।

स्वा.—मंद वर्षा ।

विशा.—कहीं व्याधि, भय और दुर्भिक्ष भी।

अनु.—सुभिक्ष, पशुओं मे पीड़ा, मनुष्यों को सुख।

ज्ये.—ईख, शालि और घी मंहगे, घोड़ों में रोग हो।

मूल.—पशु, पक्षी और बालकों में पीड़ा।

पूषा.—धान्य मंदा, ग्रीष्म में व्याधि तथा वर्षा हो।

उषा.—अन्न की उत्पत्ति हो ८ वर्ष के बालकों का नाश।

श्रवण—गुड़, अलसी और चने आदि धान्य में बर्फ ओले गिरने का भय हो।

धनि.—गायों को पीड़ा।

शत.—शूद्रों में रोग।

पूभा—दुर्भिक्ष, क्षेम तथा आरोग्यता हो।

उभा.—राजाओं में क्लेश, पक्षियों में आरोग्यता।

रेवती.—कुंकुम आदि मंहगे।

## राशि अनुसार बुध का अस्त फल

मेष—सुभिक्ष। वृष—चौपायों का नाश। मिथुन—राजाओं में पीड़ा। कर्क—अनावृष्टि, मृत्यु भय, चोर भय। सिंह—वर्षा कम। कन्या—चोर भय, अति वृष्टि। तुला—व्यापारी वस्तु मंहगी। वृश्चिक—धातु मंहगे। धन—राजाओं को भय, रोग का प्रचार। मकर—व्यापारियों को कम लाभ। कुम्भ—हवा बहुत चले, ठंड से वृक्ष जल जाय। मीन—राज्य वर्गों को पीड़ा।

## राशि अनुसार बुध का उदय फल

मेष—गाय, बैल और चौपायों को बड़ो पीड़ा, टिड्डी आदि से धान्य मंहगा। वृष—वर्षा अधिक। मिथुन—वर्षा नहीं हो। कर्क—सुख हो। सिंह—चौपायों की मृत्यु। कन्या—बहुत धान्य, सुख हो। तुला—भूकम्प तथा युद्ध आदि हों। वृश्चिक—राज भय, सुभिक्ष। धन—सुख का उदय। मकर—पृथ्वी, धान्य और रस से पूर्ण। कुम्भ—मार्ग में हवा बहुत चले। मीन—अति वृष्टि से दुर्भिक्ष।

## मास फल बुध के उदय अस्त का

पौष अषाढ़ श्रावण वैशाख व माघ मास में बुध दिखाई दे तो संसार को भय हो और इस समय अस्त हो तो शुभ है।

=बुध, कार्तिक या आश्विन मास में दिखाई दे तो शस्त्र, चोर, अग्नि, जल और क्षुधा का भय हो।

=कहा जाता है बुध उत्पात रहित होकर उदित नहीं होता।

=बुध के उदय होने के समय धान्यादि का मोल, कमती या बढ़ती करने के लिये ही बहुधा जल, अग्नि या आंधी आती है।

### बुध की गति

पराशर मुनि ने उदय व अस्त, दिवस के द्वारा बुध की गति व लक्षणों को निरूपित किया है।

प्राकृतिक गति ४० दिन, मिश्रा ३० दिन, संक्षिप्ता २२ दिन, तीक्ष्णा २८ दिन, योगान्ता ९ दिन, घोरा १५ दिन और माया गति ११ दिन रहती है।

बुध की प्राकृतिक गति से आरोग्य, वृष्टि धान्य की वृद्धि और मंगल होता है। संक्षिप्ता और मिश्रा में मिश्र फल अर्थात् न बहुत अच्छा और न बहुत बुरा फल होता है और दूसरी गतियों मे बुरा फल होता है।

अन्य मत से ४ प्रकार की गति कही है—

| | ऋज्वी | अतिवक्रा | वक्रा | विकला |
|---|---|---|---|---|
| दिन | ३० | २४ | १२ | ६ |

ऋज्वी गति प्रजा को हितकारी है। अति वक्रा=धन नाशक। वक्र गति= शस्त्र भय। विकला=भय व रोग होता है।

### नक्षत्रों के अनुसार बुध का और भी विचार

=श्रवण. धनि. रोह. मृग. या उषा नक्षत्रों की पीड़ित कर बुध के विचरने से रोग, भय और अनावृष्टि होती है।

=आर्द्रा से लेकर मघा तक किसी नक्षत्र में बुध हो तो शस्त्र घात, भूख, भय, रोग, अनावृष्टि और संताप से मनुष्यों को पीड़ा होती है।

=हस्त से लेकर ज्येष्ठा तक ६ नक्षत्रो पर बुध विचरण करे तो छोटों को पीड़ा, तोल आदिकों का मूल्य बढ़ता है और अनेक प्रकार के द्रव्यों से पृथ्वी पूर्ण होती है।

=उफा. कृति. उभा और भरणी बुध द्वारा निहित हो तो प्राणियों को धातु का क्षय होता है।

=अश्व. शत. मूल और रेवती को भेदे तो बजारू पदार्थ वैद्य, नौका जीवी, जलज पदार्थ और घोड़ों के लिये उपद्रव होता है।

=पूफा. पूषा. पूभा. इनमें से किसी नक्षत्र का भेद कर बुध विचरण करे तो क्षुधा, शस्त्र, तस्कर, रोग और भय होता है।

# अध्याय ३४

## बृहस्पति विचार

### मास अनुसार गुरु का फल

मेष, चैत्र—मेष में गुरु हो उसे चैत्र सम्वत्सर जानना उसमें प्रवृद्ध भय, मेघ चारों ओर जल बर्षाता है। सुभिक्ष, राजाओ में विग्रह, वस्त्र, कपड़े, सोना, चाँदी,

तांबा, कपास, मूंग सस्ते, घोड़ों का महारोग, पीड़ा, ब्राह्मणों को कष्ट। यह फल ३ महीने रहता है।

भादों—चावल, घी, उड़द सस्ता, दक्षिण उत्तर में खंड वृष्टि दक्षिण उत्तर देश में कहीं-कहीं छत्र भंग भी हो सकता है।

आश्विन से फाल्गुन तक—६ मास का दुर्भिक्ष हो पीछे सुभिक्ष हो २ माह वर्षा हो।

कार्तिक मार्ग शीर्ष में—कपास तथा अन्न मंहगा। पाठ भेद से राज्य पीड़ा तथा देश भंग।

पौष—रस मंहगे, लोग रोगी हों।

वैशाख—व्यापार लाभ में संशय, गुर्जर देश में रण, छत्र भंग।

श्रावण—मार्ग भय।

=वर्ष के बीच में यदि गुरु ३ राशियों को स्पर्श करे तो योद्धाओं की कोटि का नाश हो, पृथ्वी प्रेतों से पूर्ण हो।

वृष—वृष के गुरु हों तो वैशाख सम्वत्सर जानना इसमें नंदशाल नामक मेघ वर्षा करता है। सब रस सस्ते होते हैं।

वैशाख और आश्विन में—स्त्री और हाथियों को पीड़ा, परस्पर विरोध हो।

श्रावण ज्येष्ठ—गेहूँ, चावल, चना, मूंग, उड़द, तिल मंहगे, वर्षा कम हो। शृगाल, मालवा, इनमें उत्पात हो। राजाओं में विग्रह हो, देश भंग हो। घी धान्य और घोड़े कम बिकें ( महर्घता )।

आषाढ़ श्रावण—वर्षा हो, भादों में वर्षा की खींच हो, चौपाये मरें।

मिथुन—मिथुन के गुरु आवे तो ज्येष्ठ वर्ष होता है। इसमें बालकों तथा घोड़ों को पीड़ा होती है। खंड वृष्टि हो। उस समय कर्कट नामक मेघ वर्षा करता है। चोरों से लोग पीड़ित हों। पश्चिम में सिन्धु देश में वायव्य में, उत्तर में चित्र विचित्र वर्षा हो, रोग पीड़ा हो, सफेद वस्त्र, कांसी, कपूर, चंदन, मजीठ, नारियल, सुपारी, सोना, चांदी यह चैत्र मास तक ५ महीने सस्ते होकर फिर मंहगे होंगे।

श्रावण—श्रावण में भैंस और हाथियों को बड़ा कष्ट हो, पूर्व आग्नेय दक्षिण ईशान इन दिशाओं के देशों में सुभिक्ष हो। राजा लोग स्वस्थ रहें। प्रजा में वृद्धि हो। सुभिक्ष हो। पृथ्वी पर मंगल हो, तेल, खांड़, शक्कर और धातु सस्ते हों।

फाल्गुन में—धान्य संग्रह लाभदायक हो।

कर्क गुरु—कर्क राशि का गुरु हो उसे अषाढ़ वर्ष कहते हैं। उसमें केवल मेघ दक्षिण और पूर्व में वर्षा करते हैं।

कार्तिक और फाल्गुन में—सब धान्य तेज हो। पश्चिम सिंधुदेश वायव्य उत्तर दिशा में चौपायों का नाश, हरिणों को दुःख, दुर्भिक्ष हों। सोना, चाँदी, ताँबा, रेशम, मूँगा, मोती, द्रव्य और अन्न बड़े सस्ते, बड़े अच्छे इत्यादि बातें बनाने से मिलें और मजीठ तथा सफेद वस्त्र सस्ते हों, गेहूँ, चावल, तेल, घी, नमक, शक्कर, उड़द मंहगे हों। मनुष्य पाप करेंगे। रेशमी वस्त्र, जायफल, लौंग और मिर्च ये जाड़े में व्यापारी को संग्रह करना चाहिये। जेठ वैशाख—इनको वैशाख जेठ में बेचने से दूना लाभ हो। वर्षा ऋतु में बहुत वर्षा होने से खेती बहुत हो।

सिंह गुरु—सिंह राशि पर गुरु आवे उसे श्रावणी वर्ष कहते हैं उसमें वासुकी मेघ वर्षा करता है। घी, दूध बहुत हो, पृथ्वी जल से पूर्ण हो। उस समय देव ब्राह्मणों की पूजा से सत पुरुषों का मान हो, रोग विकार हो, चौपाये मंहगे हों। गेहूँ, तिल, उड़द, घी, चावल, सोना, चाँदी, ताँबा और मूँगा मंहगे हों।

आषाढ़ भादों में—सुभिक्ष हो। कहीं सर्प बाधा हो, अच्छी वर्षा हो। श्रावण में—वर्षा कम हो। कार्तिक में—सुकाल हो।

कन्या के गुरु—कन्या राशि पर गुरु हों उसे भाद्रपद वर्ष कहते हैं। उसमें तम नामक मेघ जल वर्षाता है ७ महीना दुःख रहता है इसके बाद कार्तिक से वैशाख तक सुभिक्ष रहता है। इस अवसर पर धान्य संग्रह से भादों में दूना लाभ हो उस वर्ष में चौपायों की पीड़ा हो। गेहूँ, धान्य, शक्कर, तेल, उड़द, ईख, गुड़ मंहगे। शूद्र और अन्त्यजों को कष्ट, सौराष्ट्र देश में कष्ट, दक्षिण में खंड वृष्टि, म्लेच्छ देश ( काबुल ) में उत्पात, मेदपाट और भृगाल देश में शस्त्र से भय और युद्ध हो। सर्प के काटने का या अग्नि की शिकायत हो। मेघ और रस कम हो।

चैत्र या वैशाख में—मरु देश में छत्र भंग। गुड़, घी, तेल मंहगे, वस्त्र, कम्बल धातु सस्ते।

आषाढ़ में—धान्य संग्रह से भादों में चौगुना लाभ।

तुला गुरु—तुला पर गुरु से आश्विन नाम का वर्ष होता है। इसमें तक्षक मेघ वर्षा करता है। मजीठ और नारियल मंहगे। राजाओं में अन्योन्य युद्ध हो। घी, तेल सस्ते हों।

मार्गशीर्ष और पौष मास में—धान्य संग्रह करे तो ५ महीने में चैत्र या वैशाख में लाभ। कहीं छत्र भंग तथा राजाओं में विग्रह। मारवाड़ में उत्पात हो। मार्गशीर्ष में चोर भय हो जैसलमेर आदि में परचक्र हो। रस आदि के संग्रह से चौथे मास में लाभ हो। धातु सस्ते हों।

वृश्चिक के गुरु—वृश्चिक का गुरु कार्तिक वर्ष कहलाता है। इसमें सोम मेघ जल वर्षाता है। खंड वृष्टि हो। खेती कम पैदा हो। जल अधिक हो। लोगों के घरों में एक मास तक परस्पर बैर भाव रहता है।

भाद्रपद, आश्विन, कार्तिक—इन तीनों महीनों में मंहगाई रहे, सोना, चांदी, कांसा, तांबा, तिल, घी, श्रीफल, गुड़, कपास, लवण और सफेद वस्त्र मंहगे। भैंस, गाय, घोड़ा मध्यप्रदेश में सस्ते। म्लेच्छ लोगों में पीड़ा तथा बड़े उत्पात। देश भंग अल्प वृष्टि, स्त्रियों को दुःख, मरु देश तथा नागपुर की प्रजा क्लेश में आकुल।

धन के गुरु—यह मार्गशीर्ष सम्वत्सर है। हेमपाली मेघ जल वर्षाता है घर-घर में स्त्रियों को पीड़ा। पूर्वकाल में धान्य, गेहूँ, चावल, शक्कर अधिक, कपास, प्रवाल, कांसा, लोहा, घी, सीसा, सोना, चांदी मंहगे। तिल तेल, गुड़, सुपारी, श्वेत वस्त्र कुछ सस्ते।

मार्गशीर्ष से लेकर ज्येष्ठ तक—घी मंहगा, भैंस, घोड़े, गौ, मजीठ मंहगे।

मार्गशीर्ष और पौष में—मजीठ, हींग, मोती, जायफल, सुपारी और प्रवाल मंहगे। चौपाये आदि तथा कपास संग्रह से ७ मास बाद चौगुना लाभ।

मकर के गुरु—यह पौष वर्ष है जलेन्द्र मेघ वर्षा करता है। चौपाये का नाश, दुर्भिक्ष, मनुष्यों को निर्जल कर देता हे। उत्तर तथा पश्चिम देशों में खंड वृष्टि, पूर्व दक्षिण में राज विग्रह और दुर्भिक्ष। लोग पाप बुद्धि हो जाते हैं। पृथ्वी पर हाहाकार मच जाता है। जल, तेल, घी, दूध, और लाल वस्त्र मंहगे। उत्तम मध्यम सब ही सर्वभक्षी हो जाते हैं, क्षत्रियों का छत्र भंग म्लेच्छ का क्षय।

चैत्र, आषाढ़ और आश्विन—इन तीनों महीनों में अन्न तेज रहे, बाद में सस्ता हो, प्रजा पीड़ा, चोर भय, सोना, चांदी, तांबा, लोहा, कपूर, चंदन आदि नर्मदा किनारे मंहगे हों अन्यत्र शुभ हो। मालव देश में छत्र भंग हो, बहुत वर्षा नहीं हो, व्याधियां बहुत हों, चांदी मंहगी। भेदपाट और कटक में मार्गशीर्ष पौष में बड़े लोगों को पीड़ा हो, छत्र भंग हो। चावल, जौ, गेहूँ मंहगे।

कुम्भ का गुरु—यह माघ वर्ष है। वज्रदेश मेघ। सुभिक्ष हो, ऋषि, देव, ब्राह्मणों की पूजा। कांसा, पीतल, लोहा, मजीठ, सीसा, सोना ये ३ मास तक सस्ते।

माघ, फाल्गुन, चैत्र में—रोग हो, नमक मंहगा। मरुदेश में धान्य मंहगा।

पौष में—क्लेश उत्पन्न हो।

फाल्गुन और चैत्र में—मरु देश में महा पीड़ा, दुर्भिक्ष।

वैशाख ज्येष्ठ में—चौपायों का मरण।

आषाढ़ श्रावण में—धान्य, घी, तेल मंहगे।

श्रावण शुक्ल में—महावर्षा हो।

भादों में—घी सस्ता।

आश्विन कार्तिक शुभ हो, तिल कपास सस्ते हों। आबू में छत्र भग हो।

मार्गशीर्ष पौष में—मारवाड़ में उत्पात हो।

### अन्य मत से गुरु वर्ष विचार

गुरु वर्ष—जिस राशि में जिस नक्षत्र में गुरु उदय हो उस नक्षत्र के अनुसार ही महीनों के नाम के सदृश वह गुरु वर्ष कहलाता है। १२ महीने होने से कुल १२ वर्ष होंगे उनमें कृतिका से आरंभ करके २-२ नक्षत्रों में कार्तिक आदि वर्ष होंगे। परन्तु इन १२ महीनों के मध्य में पंचम, एकादश और द्वादश वर्ष ३-३ नक्षत्रों का होगा। जैसे कृतिका या रोहिणी नक्षत्र में गुरु उदय होने पर कार्तिक नाम वर्ष होगा।

( १ ) कार्तिक वर्ष हो तो—शकट द्वारा आजीविका करनेवाले बनजारे इत्यादि, अग्नि से आजीविका करनेवाले लोगों को व गाय, ढोरों को पीड़ा होती है। लोगों पर व्याधि और शस्त्र का कोप होता है। लाल और पीले रंग के फूल बढ़ते हैं।

( २ ) सौम्य नामक वर्ष हो तो अनावृष्टि होती है। चूहे, टिड्डी, पक्षी आदि जंतुओं से राज की हानि होती है। मनुष्यों को व्याधि भय होता है और मित्रों के संग भी राजाओं की शत्रुता हो जाती है।

( ३ ) पौष्य वर्ष—जगत का शुभ होता है। राजा लोग आपस में बैर भाव छोड़ देते हैं, धान्य का मूल्य दुगना तिगुना हो जाता है पौष्टिक पदार्थ की वृद्धि होती है।

( ४ ) माघ वर्ष—पितृ लोगों की पूजा बढ़ती है। सब प्राणियों का मंगल होता है। आरोग्य, सुवृष्टि, धान्य का मूल्य अच्छा, श्रेष्ठ सम्पत्ति और मित्र लाभ होता है।

( ५ ) फाल्गुन वर्ष—किसी स्थान के बीच मंगल होता है। अनाज बढ़ता है, स्त्रियों का कुभाग्य, चोरों की प्रबलता और राजाओं में उग्रता बढ़ती है।

( ६ ) चैत्र वर्ष—साधारण वृष्टि होती है। प्रिय अन्न का शुभ होता है, राजाओं में मीठापन, कोष और धान्य की वृद्धि, रूपवान आदमियों को पीड़ा होती है।

( ७ ) वैशाख वर्ष—राजा प्रजा दोनों धर्म में तत्पर, भय शून्य और हर्षित रहते हैं। यज्ञ होता है। समस्त धान्य भली भाँति से होती है।

( ८ ) ज्येष्ठ वर्ष—राजा लोग धर्मज्ञ पुरुषों के साथ जाति, कुल, धन और श्रेणी में श्रेष्ठ मानकर गिने जाते हैं। और कंगनी व सभा के सिवाय सब अन्न पीड़ित होते हैं।

( ९ ) आषाढ़ वर्ष—समस्त धान होते हैं परन्तु किसी स्थान में अनावृष्टि होती है योग क्षेम। ( उपलब्ध वस्तु का लाभ और लब्ध की रक्षा ) मध्यम और राजा लोग अत्यंत व्यग्र होते हैं।

( १० ) श्रावण वर्ष—धान्य आनन्द से पक जाती है परन्तु साधारण पाखंडी आदमी और उसके भक्त मनुष्य अत्यन्त पीड़ित होते हैं।

( ११ ) भाद्रपद वर्ष—लता जातीय समस्त पूर्व धान्य भली भाँति पक जाती है और धान्य नहीं होती और कहीं सुभिक्ष होता है कहीं भय होता है।

( १२ ) आश्वय ( आश्विन ) वर्ष—अत्यन्त जल गिरता है प्रजा हर्षित होती है। प्राणियों के प्राण सुख में रहते हैं सबके पास बहुत सा अन्न रहता है।

## राशि अनुसार गुरु वक्री फल

मेष का गुरु वक्री होकर मीन पर आ जाय तो आषाढ़ श्रावण में गाय, भैंस, गधे, ऊँट २ महीने निःसन्देह मंहगे। बाद में भादों कुआर में सस्ते हों चंदन, पुष्प सुगंध वाली वस्तुएँ तेल सब २ माह मंहगे।

वृष गुरु वक्री—५ महीने बैल आदि चौपाये तथा तौलकर बिकनेवाले पदार्थ और बर्तन मंहगे। धान्य संग्रह से लाभ क्योंकि ८ महीना मंहगाई रहे। श्रावण, भादों, कुआर, कार्तिक के बाद सब धान्य बेचने से दुगुना लाभ चौपायों के बेचने से तिगुना लाभ।

मिथुन—८ महीना चौपाये मंहगे। मार्गशीर्ष आदि महीनों में वस्त्रादि सस्ते हों सबका स्वास्थ्य अच्छा रहे तथा कुछ दुर्भिक्ष हो।

कर्क—घोर दुर्भिक्ष, राजाओं में युद्ध, बैर के बढ़ने से राष्ट्र भंग हो। रस आदि सब वस्तु घी, तेल, खांड़, कपास आदि में निःसन्देह लाभ हो। मार्गशीर्ष आदि ७ महीनों में सब धान्य तेज रहे।

सिंह—सुभिक्ष, क्षेम आरोग्य हो सब प्रसन्न रहें। सब धान्यों का संग्रह करे इन को ९ महीने रखकर बेचने से लाभ।

कन्या—पुष्प के प्रभाव से लाभ।

तुला—बहुत बर्तन, सुगंध, कपास, नमक सस्ते मार्गशीर्ष के बाद १० महीना बाद दुगना लाभ।

वृश्चिक—अन्न का तथा धान्य का संग्रह करना, संग्रह से कपास तथा घी आदि मार्गशीर्ष में बेचने से दुगुना लाभ।

धन—जल्दी सब धान्य मंहगे हो जाते हैं। गेहूँ, चना आदि बेचने से लाभ, धान्य गुड़ नमक आदि सस्ते हों इनका चैत्र आदि में संग्रह कर मार्गशीर्ष आदि में बेचने से लाभ ?

मकर—आरोग्यता हो धान्य सस्ते हों।

कुम्भ—आरोग्य हो और सब स्वस्थ रहें। राजाओं को विजय श्री मिले। सब धान्य की उत्पत्ति हो। सब धान्यों की बिक्री से लाभ। घी, तेल, तुला और बर्तन

इनका ८ माह संग्रह कर बाद बेचने से लाभ। सुभिक्ष हो लोग निर्भय हों। गौ, ब्राह्मण, देवताओं का पूजन हो।

मीन—चोर तथा राजाओं के द्वारा धन नाश, निराधार प्रजा को ग्रह भूतादि दोषों से पीड़ा हो। तुला—बर्तन, गुड़, खांड़ इनका इच्छित लाभ हो। नमक, घी, तेल आदि और सब धान्य मंहगे हों कपास मंहगा। इन सबमें चौगुना लाभ।

चैत्र वैशाख में सिंधु देश में कटक तथा बाल्क प्रदेश में वस्त्र, कम्बल, हींग मंहगे।

कार्तिक आश्विन में—रोग हो, छत्र भंग तथा महा भय, रस, कपास, वस्त्र सर्वत्र मंहगे।

श्रावण भादों में—धान्य संग्रह करे तो पौष में दुगना लाभ, गुगंधरी के विक्रय से भी लाभ हो।

मीन का गुरु—फाल्गुन सम्वत्सर। संभव मेघ। खंड वृष्टि हो। सब धान्य मंहगे। कई प्रकार के रोग पीड़ा से लोग देशान्तर चले जायें। राजविरोध से ५ महीना भय, सुभिक्ष, शाली, गेहूँ, शक्कर, तिल, गुड़, मंहगे, मजीठ, नारियल, श्वेत वस्त्र, हाथी दांत, कपूर, नमक मंहगे।

## नक्षत्र अनुसार गुरु फल

कृतिका रोहणी पर गुरु—वर्षा तथा खेती मध्यम।

मृग, आर्द्रा—सुभिक्ष लोगों को सुख हो वर्षा हो।

पुनर. पुष्य श्लेषा—अनावृष्टि से सर्वत्र दुर्भिक्ष।

मघा पूफा.—सुभिक्ष, क्षेम, आरोग्य और बहुत जल।

उफा हस्त—वर्षा हो, लोग सुखी।

चित्रा स्वा.—धान्य सम्पत्ति विचित्र हो।

विशा. अनु.—अन्न मध्यम, वर्षा मध्यम, वर्ष भी मध्यम।

ज्ये. मूल.—२ मास वर्षा नहीं हो बाद खंड वृष्टि हो, राजाओं में रण।

पूषा. उषा.—लोग सुखी, ३ महीना जल वर्षे, १ माह नहीं वर्षे।

श्रव. धनि. शत.—सुभिक्ष क्षेम, आरोग्य हो, खेती बहुत हो।

पूषा. उषा.—अनावृष्टि आदि का भय हो।

रेवती अश्व. भर.—सुभिक्ष, धान्य सम्पदा अच्छी हो।

## गुरु का विशेष नक्षत्र फल

=मृग. आर्द्रा पुन. पुष्य. श्ले. चित्रा स्वा. विशा.=इनका गुरु शुभ।

स्वा. आदि लेकर ८ नक्षत्र तक वा अश्व. आदि ३ पर शनि, राहु, मंगल सहित गुरु=सुभिक्ष।

=मृग आदि ५ में तथा धनि. आदि ५ में भौमादि सहित गुरु=दुर्भिक्ष।

=एक राशि पर ग्रह एक ही नक्षत्र पर रहे तो महाभय।

—गुरु अतिचारी ( शीघ्र चलनेवाला ) हो और शनि, वक्री हो तो इस समय जगत में हाहाकार मचे और पृथ्वी पर रुण्ड मालाएँ हों।

## गुरु उदय का राशि फल

मेष में उदय—अति वृष्टि के कारण दुर्भिक्ष से मरण।

वृष—सुभिक्ष, पाषाण, शालि, रत्न आदि मंहगे।

मिथुन—अपनी अवस्था में वेश्याओं को पीड़ा।

कर्क—मनुष्यों में मृत्यु, जल वृष्टि, अल्प।

सिंह—बहुत धान्य लाभ।

कन्या—बालकों को पीड़ा, वृद्धों और वेश्याओं को पीड़ा।

तुला—काश्मीरी, चन्दन, फल आदि मंहगे, व्यापार में लाभ।

वृश्चिक—दुर्भिक्ष।

धन—अल्प वर्षा।

मकर—रोग बहुत, धान्य और वर्षा हो।

कुम्भ—सब देशों में बहुत वर्षा, बहुत मंहगाई।

मीन—राजाओं में युद्ध का योग, रोग से मरण समान पीड़ा।

## गुरु उदय का मास फल

कार्तिक में गुरु उदय—अग्नि पीड़ा, अनावृष्टि रोग, पीड़ा।

मार्गशीर्ष—धान्य बहुत, बाहर जाय।

पौष्य—सुख हो, आरोग्यता हो, सब धान्य बहुत बढ़े।

माघ फाल्गुन—खंड वृष्टि।

चैत्र—विचित्र वर्षा।

वैशाख—सर्व सुख।

ज्येष्ठ—जल की रुकावट।

आषाढ़—राजाओं में रण तथा अन्न मंहगे।

श्रावण—आरोग्यता, बहुत वर्षा, लोग सुखी।

भाद्रपद—धान्य नाश।

आश्विन—सुख हो।

## गुरु अस्त का राशिफल

मेष में गुरु अस्त—अल्प वर्षा।

वृष—दुर्भिक्ष।

मिथुन—तेल, घी, नमक मंहगे, मनुष्यों की मृत्यु, वर्षा कम।

कर्क—राजाओं में भय हो, कुशलता और सुभिक्ष हो।

सिंह—लोक धनादि नाश।

कन्या—सब धान्य, सस्ते क्षेम, सुभिक्ष ।

तुला—मनुष्यों का नाश, ब्राह्मणों को पीड़ा, धान्य बहुत, समर्घता ।

वृश्चिक—आँख दुखने का रोग फैले ।

धन—राजाओं को भय, चोर से लूट खसोट हो ।

मकर—उड़द, तिल अधिक ।

कुम्भ—प्रजा और गर्भवती स्त्री को पीड़ा ।

मीन—सुभिक्ष हो, कुशल हो, धान्य की समर्घता हो ।

गुरु भ्रमण—गुरु सब नक्षत्रों के उत्तर में घूमता है तब सबके लिये आरोग्य, सुवृष्टि और मंगल होता है । दक्षिण दिशा में हो तो उपरोक्त फल का विपरीत फल होता है । मध्य में विचरण करता है तो मध्यम फल होता है ।

नक्षत्र में गुरु—गुरु एक वर्ष में दो नक्षत्रों के मध्य विचरण करे तो शुभदायक है । २॥ नक्षत्र में विचरण करे तो मध्यम फल होता है । सम्वत्सर में इससे अधिक नक्षत्र में विचरण करे तो धान्य का नाश होता है ।

गुरु अंग—कृतिका और रोहणी नक्षत्र वर्ष कीं=देह । उषा.=नाभि । श्लें.=हृदय । मघा=वर्ष का कुसुम है यह शुद्ध होने से शुभ फल देता है ।

फल—गुरु के अवस्था काल में सम्वत्सर का देह यदि पाप ग्रह से पीड़ित हो=अग्नि और पवन से भय । नाभि पीड़ित=क्षुधा का भय । पुष्य नक्षत्र में मूल ( मूली आदि ) और फलों का नाश हो । हृदय नक्षत्र पीड़ित हो तो निश्चय धान्य का नाश हो ।

गुरु रंग—अग्नि समान गुरु का रंग=भय । पीत वर्ण=व्याधि । श्याम वर्ण=युद्ध । हरा=चोरों द्वारा पीड़ा । लाल=शस्त्र भय । धूप रंग=अनावृष्टि ।

गुरु दृश्य—गुरु दिन में दिखे तो मनुष्यों का नाश । सुन्दर बड़ा और निर्मल रात्रि में दिखाई दे तो प्रजा को सुख ।

# अध्याय ३५

## शुक्र विचार

शुक्र उदय राशि फल

मेष में शुक्र उदय—धान्य मँहगे रोग उत्पन्न ।

वृष—धान्य सस्ता, राजा लोग प्रसन्न प्रजा सुखी ।

मिथुन—लोक मरण हो गेँहूँ अधिक उपज ।

कर्क—अति वृष्टि, धान्य नाश चोरों का भय ।

सिंह—कर्क तुल्य फल ।

कन्या—राज पीड़ा, अल्प वर्षा।

तुला—धान्य अधिक समर्घता।

वृश्चिक—बहुत वर्षा धान्य कम हो दुर्भिक्ष।

धन और मकर—अवर्षण, धान्य मंहगा हो।

कुम्भ—मेघ कहीं कुछ वर्षे, चौपायों का नाश हो।

मीन में शुक्रोदय—संसार में सुख तथा सुभिक्ष हो।

### मास अनुसार शुक्र उदय फल

फाल्गुन में शुक्र उदय—अर्थ वृद्धि धान्य आदि में भिक्षमंगापन।

चैत्र वैशाख—युद्ध अधिक।

ज्येष्ठ—वर्षा अधिक।

आषाढ़—जल दुर्लभ।

श्रावण—चौपायों को दुःख।

भाद्रपद—अन्न की समृद्धि।

आश्विन—सब सम्पत्ति हो।

कार्तिक मार्गशीर्ष—शुभ हो।

पौष—छत्र भंग।

माघ—तो भी सब फल ऐसा ही हो अगले वर्ष में जल नहीं वर्षे।

### शुक्र उदय नक्षत्रों के गण अनुसार

देवगण—शुक्र देव गण नक्षत्रों में उदय हो—सिंध; गुर्जर और कर्वट देशों में शस्य नाश तथा महारोग हो।

मनुष्य गण—जलंधर में दुर्भिक्ष विग्रह, रण सम्भव सोराष्ट्र में विग्रह। कलिंग में स्त्री राज्य। भूपाल आदि में मध्यम वर्षा। मारवाड़ में दुर्भिक्ष हो घी और अन्न मंहगे, सोना चांदी मंहगे।

राक्षस गण—गुजरात और पुंगल में दुर्भिक्ष तथा द्रव्य हानि। पंचरंगी पट (रेशमी वस्त्र) और सूती वस्त्र मूल्य पर भी नहीं मिलें। नारियल भी मिलना मुश्किल हो। किसी श्रेष्ठ पुरुष की मृत्यु देश में उत्पात हो। सिंधु देश में अति विग्रह हो मालवे में ३ दिन हड़ताल रहे।

### शुक्र उदय नक्षत्र फल

अश्विनी—ब्राह्मण जाति में विरोध जौ तिल उड़द कम।

भरणी—तुष धान्य मंहगे तिलों का नाश।

कृत्तिका—सरसों गुड़ कम और सब धान्य उत्पन्न हो।

रोह.—आरोग्यता।

मृग—धान्य की महर्घता।

आर्द्रा—अल्प वृष्टि ।

पुनर.—अन्न सुख का नाश ।

पुष्य—दुर्भिक्ष भय, चोर भय ।

श्ले.—वर्षा नहीं हो ।

मघा पूफा. उफा—कष्ट ।

हस्त—मेघ का अधिक उदय ।

चित्रा—रोग वृद्धि ।

स्वा.—क्षेम सुभिक्ष ।

विशा.—तुष धान्य मंहगे ।

अनु.—अल्प वृष्टि चौपायों को पीड़ा ।

शेष नक्षत्रों का फल उन के द्वारों के अनुसार जानना'।

द्वार विचार

मेघ द्वार—भरणी से आदि लेकर ८ नक्षत्रों में शुक्र का मेघ द्वार होता है । इसमें मेघ की वृष्टि, प्रजा में आनंद धान्य की सस्ती ।

धूलि द्वार—मघा आदि ५ नक्षत्रों में धूलि द्वार—प्रजा को दुःख अन्न का नाश और उपद्रव ।

राज द्वार—स्वाती से लेकर ७ नक्षत्रों में राजद्वार=लोक भय क्षेत्र पति का नाश ।

स्वर्ण द्वार—श्रवण आदि ७ नक्षत्रों में स्वर्ण द्वार=लोगों को बहुत सुख निरुपद्रव सुभिक्ष ।

शुक्र उदय तिथि फल

प्रतिपदा आदि ४ तिथियों में=पृथ्वी सुखी । पंचमी आदि ४ में=चोर भय हो । नौमी आदि ४ में=भूचाल भय । द्वादशी आदि शेष में=दुर्भिक्ष तथा वात आदि का असुख हो ।

शुक्र अस्त राशि फल

मेष—सब धान्य मंहगे । वृष=चौपायों को पीड़ा धान्य उत्पत्ति कम । मिथुन= वैश्यों को पीड़ा अल्प वर्षा प्रजा भय । कर्क=निःसंदेह बहुत वर्षा हो । सिंह=भूप वर्ग में पीड़ा अनावृष्टि का भय । कन्या=वैद्य लोगों को तथा सूत्रधार नट आदिकों पीड़ा । तुला=सिंह के तुल्य फल । वृश्चिक=दुर्भिक्ष । धनु=स्त्री तथा धान्य नाश । मकर=धान्य की सम्पत्ति हो । कुम्भ=द्विजातियों को पीड़ा । मीन=मेघ अच्छा वर्षे, रोग नाश प्रजा सुखी बहुत मंगल हो ।

शुक्र अस्त मास फल

ज्येष्ठ=महावृष्टि से प्रजा क्षय । आषाढ़=जल शेष । श्रावण=महा नरक तुल्य बर्ताव हो । भाद्रपद=धान्य आदि सम्पत्ति अपने आप हो । आश्विन=सुभिक्ष,

कार्तिक=वृष्टि हो। मार्गशीर्ष=भूप में युद्ध प्रजा में सुख। पौष माघ=छत्र भंग। फाल्गुन=महा अग्नि भय ६ महीने दुर्भिक्ष। चैत्र=वन विनाश। वैशाख=अकाल तथा चौपायों में पीड़ा। यदि शुक्ल पक्ष में उदय होकर शुक्ल में अस्त हो तो राजपूतों में युद्ध।

नक्षत्रों के गण अनुसार शुक्र अस्त फल

देवगण—दिन में शुक्र अस्त हो तो गुजरात तथा मालवा में देश भय, नृप विग्रह हो और पहिले धान्य मंहगा होकर बाद में एक महीने तक कुछ सस्ता हो। खुरासान में बड़ा उत्पात हो अति दंड से द्रव्य नाश हो। इसके बाद ६ महीने बाद प्रबल जल वर्षा हो। सोना चांदी मंहगे। सब लोग निद्रालु हों। मरुस्थल में दुर्भिक्ष हो। दिल्ली में राज परिवर्तन हो। गोपाल गिरि देशों में मरी पड़े, रोग बाहुल्य हो अथवा परचक्र में पराभव हो व्यापार में बहुत धन और उत्तर में सुभिक्ष हो।

मनुष्य गण—रोम पत्तन में अग्नि भय। कोंकण में देव त्रास हो, लाट और सिंधु देश सूने हों। उत्तर में दुर्भिक्ष, द्राविड़ में विग्रह। गुजरात में सुभिक्ष। वनस्पति में फल लगें। एक महीने तक धान्य मंहगे हों। घी तेल पट्ट सूत्र और अन्न की उत्पत्ति हो। राजा लोग सुखी रहें सब प्रजा रोग रहित रहें। देश तथा किलों में रहने वाले आनन्दित रहें।

राक्षस गण—हिन्दू लोगों में विग्रह। खर्प्प राज्य में युद्ध। मिश्र देश में अन्न विग्रह। मरुस्थल में सिंधु में मध्यम दुर्भिक्ष हो। समुद्र में जहाजों तथा विमानों का नाश फिरंगियों में विग्रह हो। वैराट ढुड़ाड़ पंचाल सौराष्ट्र देशों में कपट राज परिवर्तन हो। मालवे में मनुष्यों का क्षय हो पुराने किले के टूट पड़ने का भय हो दुर्भिक्ष हो। नया रुपया चले। दक्षिण में सुख संपदा हो।

शुक्र उदय या अस्त तिथि

कृष्ण पक्ष की १,४,५ या ८ तिथि में शुक्र उदय या अस्त हो तो पृथ्वी पर बहुत जल वर्षाता है।

शुक्र नक्षत्र फल

मृग. में शुक्र—जल और धान्य का नाश।

आर्द्रा—कोशल और कलिंग देश का नाश, परन्तु वृष्टि बहुत होती है।

पुनर०-अश्मक और विदर्भ देशों में अत्यन्त अनीत होती है।

पुष्य—अनेक वृष्टि होती है परन्तु विद्याधरों में विमर्द हुआ करता है।

श्ले०—सर्प भय और अत्यन्त पीड़ा होती है।

मघा शुक्र से भेद हो—हस्तिपक लोगों को दुष्ट करता है अत्यन्त वृष्टि हो।

पूफा.—शबर पुलिंदगण नाश हो वृष्टि बहुत हो।

उफा.—वर्षा हो, कुरु जांगल व पंचाल देश का नाश।

हस्त—कौरव और चित्रकारों को पीड़ा, जल नहीं वर्षता।

चित्रा—कूप कारक और अंडजों को पीड़ा वृष्टि क्षोमनी होती है।

स्वाती—सुवृष्टि और बनियों को भय।

अनु.—अत्री वध। अनु. ज्ये. मूल में शुक्र रहे तब तक अनावृष्टि होती है।

ज्येष्ठा—प्रधान क्षत्रियों को संताप।

मूल—प्रधान वैद्यों को पीड़ा।

पूषा—जल से उत्पन्न हुए जीवों को पीड़ा।

उषा—व्याधि।

श्रवण—कर्ण पीड़ा।

धनि—पाखंडियों को भय।

शत.—कलवार लोगों को पीड़ा।

पूभा.—जुवाड़ियों को पीड़ा कुरु पंचालों को पीड़ा, वृष्टि होती है।

उभा—फल और मूल हो।

रेवती—पदातिक को पीड़ा।

अश्वि—अश्व पालक को पीड़ा।

भरणी—किरात यवन लोगों को ताप।

कृतिका—कृतिका नक्षत्र भेद कर शुक्र गमन करे तो अत्यन्त मरी पड़े।

### सूर्य अस्त के पहिले शुक्र दिखे

सूर्य अस्त के पहिले शुक्र दिखे तो भय होता है। सारे दिन दिखाई देने से क्षुधा और रोग हो। आधे दिन दिखाई देने से व चंद्र के साथ दिखाई देने से राजा लोगों की सेना का नागर का भेद होता है।

### शुक्र बीथी

आश्विन आदि ३-३ नक्षत्रों की एक बीथी होती है इस प्रकार ९ बीथी होती हैं।

१ नाग, २ गज, ३ ऐरावत, ४ वृषभ, ५ गो, ६ जरद्गव, ७ मृग, ८ अज, ९ दहन।

अन्य मत—स्वा. भर. कृति.=नाग बीथी है। गज ऐरावत, वृषभ ३ बीथियां हैं। ये रोह. से उफा. तक ३-३ नक्षत्र में होती हैं। अश्व., रेवती, पूभा, उभा ये गौ बीथी। श्रवण, धनि. शत.=जारद्गवी बीथी। अनु. ज्ये. मूल=मृग। हस्त शिशा. चित्रा=अज। पूषा. उषा=दहना बीथी हैं। इस प्रकार २७ नक्षत्रों में ९ बीथियां होने पर प्रत्येक बीथी तीन बार होती है।

इस प्रकार इन सब बीथियों में ३-३ बीथी सूर्य मार्ग के उत्तर, मध्य, दक्षिण पथ में हैं। जैसे नागबीथी=उत्तर। दूसरी=मध्य। तीसरी=दक्षिण मार्ग में स्थित हैं।

कोई कहते हैं सब नक्षत्रों के नक्षत्र मार्ग बनी योग तारागण उत्तर मध्य और दक्षिण मार्ग से भरणी से उत्तर मार्ग, पूफा. से मध्य मार्ग और पूषा से दक्षिण मार्ग

का आरंभ होता है। इसमें ऋषि लोगों ने किसी के मत को दोष देकर बहुमत से आगे दिया है।

जिस समय शुक्र उत्तर वीथी में होकर उदय या अस्त होते हैं तब सुभिक्ष या मंगल होता है। मध्य वीथी में मध्यम फल और दक्षिण वीथी में कष्टकारी फल होता है।

आर्द्रा नक्षत्र से आरंभ कर मृग तक ९ वीथियाँ है। दिन में शुक्र का उदय या अस्त होने से क्रम से अत्युत्तम, उत्तम, ऊन, सम, मध्य, न्यून, अधम, कष्ट और कष्टतम फल होता है।

भरणी से लेकर ४ नक्षत्रों में जो वीथी हो उस प्रथम वीथी में शुक्र का उदय या अस्त होने से सुभिक्ष हो और अंग बंग महिष, वाल्हीक और कलिंग में भय होता है।

प्रथम—मंडल ( वीथी ) में उदित शुक्र के ऊपर कोई ग्रह हो=तो भद्राश्व, शूरसेनक, योधद्रक और कोटि वर्ष देश के राजा का नाश होता है।

दूसरा—आर्द्रा से लेकर जो ४ नक्षत्र हैं उनको दूसरा मंडल कहते हैं। इसमें शुक्र उदय या अस्त होने से बहुत जल वर्षता है। धान्य बढ़ती है परन्तु ब्राह्मणों को अशुभ होता है। विशेषकर क्रूर चेष्टा करनेवालों की विशेष हानि होती है।

दूसरे मंडल वाले शुक्र को यदि कोई आक्रमण करे तो म्लेच्छ अश्वजीवी अर्थात् बंजारे आदि, गोमन्त ( कुत्तों से जीविका करनेवाले ), बहुत गाय रखनेवाले नीच, शूद्र और विदेह देश के रहनेवालों को अनीति स्पर्श करती है।

तीसरा—मघा से लेकर चित्रा तक ५ नक्षत्रों में घूमते हुए यदि शुक्र उदय हो तो समस्त धान का नाश होता है। क्षुधा भय और चोर भय होता है। नीचों को उन्नति और वर्णसंकर जाति की उत्पत्ति होती है। इस मंडल में शुक्र यदि और किसी ग्रह से रुक जाय तो भेड़ों के समूह, शबर, शूद्र मुण्ड, पश्चिम सीमा का अन्न, शूलिक, बनवासी, द्रविड़, समुद्र के पुरुषों का नाश हो जाता है।

चौथा—चौथा मण्डल स्वाती विशाखा और अनुराधा नक्षत्र से होता है। इसमें शुक्र जाने से अभय होता है। ब्राह्मण और क्षत्रिय के लिये सुभिक्ष होता है परन्तु मित्रों में परस्पर भेद हो जाता है। यह मंडल आक्रांत हो तो किरात राजा की मृत्यु होती है इक्ष्वाकु वंश वाले और प्रत्यान्त या अवन्ति देश, पुलिंद, तंगण, सूरसेन वासी पोषित होते हैं।

पाँचवाँ—ज्येष्ठा से श्रवण तक ५ नक्षत्र हैं इनका पाँचवाँ मंडल है। इसमें क्षुधा, चोर और रोग की बाधा होती है। इन-इन में आरोहण करे तो काश्मीर, अश्मक, मत्स्य, चारु देवी और अवन्ती देश के लोग, आभीर जाति, द्राविड़, अम्बष्ठ, त्रिगर्त, सौराष्ट्र, सिन्धु और सौवीर देश के लोग और काश्मीर के राजा का विनाश होता है।

छठा—धनिष्ठा से लेकर अश्विनी तक ६ नक्षत्र का छठा मंडल है जो शुभकारक है। इसमें समस्त लोग बहुत से धन धान्य और गाय ढोरों से युक्त अत्यन्त सुखी होते हैं। परन्तु कोई स्थान समय होता है इसमें शुक्र आरोहण होने पर शूलिक, गान्धार और अवन्तिवासी पीड़ित होते हैं, विदेह, नरपति का नाश होता है और प्रत्यंत देश के यवन, शक और दास लोगों की वृद्धि होती है।

जिन ६ मंडल का वर्णन किया है उनमें स्वाती नक्षत्र आये और ज्येष्ठा नक्षत्र आदि जो ३ मंडल हैं यह दोनों मंडल पश्चिम दिशा में होने से शुभकारक हैं। और मघा आदि एक मंडल है वह पूर्व दिशा में होने पर शुभदाई है शेष मंडल यथोक्त फल के देनेवाले हैं।

### गुरु शुक्र परस्पर सप्तम

यदि गुरु और शुक्र पूर्व पश्चिम में परस्पर सातवीं राशि में हों तो रोग और भय से प्रजा अत्यन्त पीड़ित होती है। वृष्टि नहीं होती।

### शुक्र के आगे इतर ग्रह

गुरु बुध मङ्गल और शनि ये सब ग्रह, यदि शुक्र के आगे के मार्ग में चलें तो मनुष्य नाथ और विद्याधरों में युद्ध होता है और वायु से विनाश होता है। बंधु लोग परस्पर मित्र भाव नहीं रखते, द्विजाति लोग अपनी क्रिया को छोड़ देते हैं। साधारण जल भी नहीं बरसता वज्र गिरकर पर्वतों के मस्तक फूट जाते हैं।

### शनि शुक्र के आगे

जब शनि शुक्र के आगे चले तो म्लेच्छ जाति, बिलाव जाति, हाथी, गधा, भैंस, काले धान, शूकर, पुलिंद जाति, शूद्र गण और दक्षिण देश, नेत्र और वायु से उत्पन्न हुए रोगों से नाश होते हैं।

### मंगल शुक्र के आगे

यदि शुक्र के आगे मङ्गल गमन करे तो अग्नि, शस्त्र, क्षुधा, अवृष्टि और तस्करों से समस्त प्रजा को पीड़ा होती है उत्तर दिशा नाश हो, अग्नि, बिजली और धूरि से सब दिशाएँ पीड़ित होती हैं।

### गुरु शुक्र के आगे

शुक्र के आगे गुरु जाय तो समस्त मधुर पदार्थ, ब्राह्मण, ढोर, देवताओं के स्थान और पूर्व दिशा नाश होती है, ओले बरसते हैं। सब लोगों के गले में पीड़ा होती है। शारदीय समस्त धान उत्पन्न होते हैं।

### बुध शुक्र के आगे

शुक्र के उदय या अस्त काल में शुक्र के आगे जब बुध रहता है तब वर्षा और रोग होते हैं। परन्तु उससे पित्त से उत्पन्न हुए रोग तथा कामला रोग अधिक होते हैं। ग्रीष्म ऋतु के उत्पन्न सब द्रव्य अधिकाई से होते हैं। संन्यासी, अग्निहोत्री, वैद्य नृत्य से जीविका करनेवाले, अश्व, वैश्य, गो, वाहनों के राजा, पीले वर्ण के पदार्थ धा और पश्चिम दिशा का नाश होता है।

### शुक्र का वर्ण

जिस समय शुक्र का वर्ण अग्नि समान हो तो अग्नि भय। रक्त वर्ण= शस्त्र कोप। कसौटी पर घिसे हुए सुवर्ण की रेखा समान गौर वर्ण=व्याधि हो। हरित और कपिल वर्ण=दमा और खाँसी का रोग। भस्म के समान रूखा या काला रंग=वर्षा नहीं होती। दही, कुमुद या चन्द्र के समान कांतिवाला और कांति स्वच्छ रूप से झलकती हो किरणें फैली हुई हों, उत्तम गतिवाला, विकाररहित और जय युक्त हो तो सब प्राणियों के लिये सतयुग समान हो।

# अध्याय ३६

## शनि विचार

### शनि का राशि फल

मेष में शनि—धान्य का नाश, तैलंग देश में विग्रह, पाताल तथा नाग लोक एवं विदिशाओं में राजा लोग भयभीत होकर भागते फिरें तथा अच्छे फल की हानि होकर मनुष्य याचना करते फिरें।

अन्य—चाँदी, तिल तेल, कथीर, ज्वार, श्वेत वस्तु, कपास, रूई, तेल इनका नाश हो, मारवाड़, मेवाड़, मालव इन देशों में छत्र भङ्ग हो प्रजा सुखी रहे, गंगा पर सुख, चोरी न हो।

वृष—मनुष्यों में वैर भाव बढ़े। धन सुख का नाश, अन्न सर्वत्र तेज, दुःख, वैराग्य और संताप हो। पशुओं का नाश, खेती नाश, रस मंहगे और शून्यता अनेक देशों में व्याकुलता।

अन्य—विरोध हो, सब देश सुखी, चौपायों में पीड़ा, रोग बढ़े, धान्य व चौपाये मंहगे।

मिथुन—पहले कपास, लोहा, नमक, तेल, गुड़ सर्वत्र मंहगे हों। मजीठ, सोना, घोड़ा, बैल, हाथी सब धान्य सस्ते हों। सात द्वीपों में समुद्र तक निवासियों को सुख मिले, राजाओं को भी सुख प्राप्त हो सर्वत्र अच्छी वर्षा हो।

अन्य मत—भूकम्प हो, तिल तेल, लोहा, नमक, गुड़, मजीठ सस्ते हों, हाथी, घोड़ा, चौपाये सस्ते, अजमेर, मारवाड़, चित्रकूट, जैसलमेर, बूँदी, ग्वालियर आदि देश सुखी, राजा लोग सुखपूर्वक राज्य करें।

कर्क—रोग लगा रहे, धन का नाश, कार्य की हानि, सब लोग विरुद्ध रहें, देश में चिंता विषाद फैले। शब्दयुक्त जल वर्षे, भूकम्प अधिक हो।

अन्य मत—प्रजा में रोग हो, चोर और म्लेच्छों की वृद्धि, मध्य देश में धान्य सस्ता रहे, गुजरात, सौराष्ट्र, काठियावाड़, द्वारका, वल्लभी, जूनागढ़, भावनगर,

गिरनार पर्वत के समीपवर्ती स्थानों में और समुद्र किनारे महर्घता हो, गुड़, घृत, शक्कर सस्ता। विवाह बहुत हों, मेवाड़, मारवाड़ में राज-विग्रह हो।

सिंह—हाथी, घोड़ा, बैलों का नाश, युद्ध, दुर्भिक्ष, रोगों से लोग पीड़ित रहें, समुद्र के मार्ग के देशों में भंग हो, म्लेच्छों से लोगों को दुःख हो। धान्य भाव अच्छा हो, राजाओं को धन सुख मिले उनका प्रताप फैले, बाद सब दुःखी होकर भ्रमण करें।

अन्यमत—चौपाये मंहगे, गुड़, तेल मंहगे, छत्र भङ्ग हो, सर्वदेश भयभीत रहें, घृत, गुड़, रसकस, हींग, लवण, रक्त, वस्त्र मंहगे।

कन्या—काश्मीर का नाश हो, घोड़ों का शब्द पूरित विग्रह हो, रत्न, धातु, चाँदी, हाथी, घोड़े, बैल, बकरे, भैंस, मजीठ और केशर सब रस कस सहित सब सस्ते हों, सब मनुष्यों को सुख हो, धान्य संग्रह लाभदायक है।

अन्य—मेघ अल्प हो, काश्मीर, मध्यदेश में हानि हो, विग्रह से रस कस मंहगे हों, सुभिक्ष हो।

तुला—धान्य मंहगे, शहरों और ग्रामों में मनुष्य क्लेश युक्त हों, भूकम्प हो, सब मुनि श्रेष्ठों में भी देहपीड़ा हो, जल बहुत कम बर्षे, मनुष्य सुख और धन से हीन रहें।

अन्य—मेघ अल्प हो, प्रजा निरोग रहे। धान्य संग्रह करने से लाभ हो, मुल्तान देश में सुख रहे।

वृश्चिक—राजा लोग क्रोधित रहें; सर्पों में हर्ष बढ़े, पक्षियों में युद्ध मचे, द्वीपों में भूकम्प आदि हो, राजाओं का मरण, वर्षा नाश, मनुष्यों में कलह से शत्रुता फैले, कार्यों का नाश, गुणवानों का नाश।

अन्य—प्रजा भयभीत रहे, भूकम्प हो, गुजरात का क्षय हो, मध्यदेश में उत्पात, अग्नि भय, राजविग्रह, मारवाड़ में विपत्ति हो।

धन—समुद्र के द्वीप और सम्पूर्ण वन, वायु से पूर्ण हों, ब्राह्मण लोग वेदांग में लीन रहें। जगत में मनुष्य सर्वत्र सुखी रहे, खेती अच्छी हो, अन्न भी अच्छे हों, धान्य फले, सब मनुष्य प्रसन्न हों।

अन्य मत—सम्पूर्ण चराचर में, दुर्भिक्ष फैले, पति स्त्री को बेचे, २ मास बाद अन्न की उपज में कमी आवे, विग्रह हो, चौपाये मंहगे हों।

मकर—चाँदी, सोना, ताँबा, हाथी, घोड़ा, बैल, सूत, कपास सबका मूल्य तेज हो अन्न का नाश हो राजा क्रोधित रहें, मार्गों में भय रहे सब रोगों से नाश हो, बली राजाओं को भी चिंता लगी रहे।

अन्य—मेघ अत्यन्त हो, धान्य बहुत उपजे, सम्पूर्ण धान्य सस्ते हों, धातु, सोना, चाँदी, सब रस कस, घृत, तेल, सस्ते हों, कोंकण ( बम्बई प्रांत ), दक्षिण गोड़, ( उत्तरीय बंगाल ), चन्देरी, मालवा और समुद्र किनारा इनमें सुख हो, मेहनत, मजदूरी बहुत मंहगी मिलें।

कुम्भ—लक्ष्मी की प्राप्ति सौख्य धन तथा अन्न हो, देश में सुख राजा लोग धर्म अधर्म का विधान करते रहें सब रोगों का नाश हो, वर्षा अच्छी सर्वत्र मंगल खेत बहुत हो विवाह आदि मंगल कार्य में लोग सुखी हों।

अन्य—मेघ अत्यन्त हों। सर्व धान्य उत्पन्न हो। राजा प्रजा सुख। रस कस सब सस्ते, चौपायों में पड़ा, मजठ मोत ऊन वस्त्र, लाल वस्त्र तथा गेहूँ चना ये मंहगे दक्षिण दिशा में म्लेच्छों का युद्ध हो।

मीन—भूकम्प हो पवन चले सिंधु तथा पर्वतों में उत्पात हो सब वृक्षों की हानि हो राजाओं का नाश हो मनुष्य का विनाश हो मेघों का अभाव हो प्रचंड पवन से सारा जगत त्रस्त रहे।

शनि नक्षत्र फल—

अश्विनी—घोड़ा, घोड़े का उपचारक, कवि, वैद्य व सचिवों का विनाश।

भरणी—नाचने, बजाने, गाने वाले, अन्याय के मार्ग पर चलने वाले तथा निषादों का क्षति।

कृत्तिका—अग्नि से जीविका चलाने वालों का व सेनापति का विनाश।

रोहिणी—कोशल, मद्र, काशी तथा पाञ्चाल देश में रहने वाले मनुष्यों और गाड़ी से जीवन यापन करने वालों का नाश।

मृगशिरा—वत्स देश में रहने वाले मनुष्य, याजक, यजमान, प्रधान मनुष्य और मध्य देश पीड़ित।

आर्द्रा—पारतर देश में रहने वाले, मद्र देश में रहने वाले, तेली, धोबी, रंगरेज और चोर पीडित।

पुनर्वसु—पंजाब, गुहा, सौराष्ट्र, सिन्धु के समीप तथा सौवीर देश में रहने वाले पीड़ित।

पुष्य—घण्टा बजाने वाले, ढिंढोरा पीटने वाले अथवा घोष-गुहा में निवास करने वाले, यवन, वणिक, किरात, धूर्त और पुष्प पीड़ित।

आश्लेषा—जल में उत्पन्न प्राणी और सर्प पीड़ित।

मघा—बाह्लीक, चीन, गान्धार, शूलिक व पारत देश में रहने वाले मनुष्य, वैश्य, कोष्ठागार, वणिक् ( व्यवसायी ) व किरात पोड़ित।

पू० फा०—मधुर, अम्ल, लवण, तिक्त, कटु, कषाय बेचने वाले, वेश्या, कुमारी, महाराष्ट्र देश में निवास करने वाले मनुष्य पीड़ित।

उ० फा०—राजा, गुड़, नमक, भिक्षुक, जल व तक्षशिला पीड़ित।

हस्त—हजाम, कुम्हार, तेली, चोर, वैद्य, शिल्पी, हाथी पकड़ने वाले, वैश्य, कोशल देश में रहने वाले व माली पीड़ित।

चित्रा—स्वजन, लेखक, चित्रकार, अनेक प्रकार के बर्तन बनाने वाले पीड़ित हों।

स्वाती—मगध वासी, गुप्तचर दूत, सूत ( रथ हाँकने वाले ) कथावाचक जहाज पर जानेवाले और नट आदि पीड़ित।

विशाखा—त्रिगर्त, चन, कुलूत देश वासी, केशर लाल खेत मजीठ और कुसुम रंग के वस्त्र नाश।

अनु०—कुलूत, तेगण, खस, काश्मीर वासी, राजा के मंत्री तेल कुम्हार आदि घण्टा बजाने वाले पीड़ित हों मित्रों का परस्पर विरोध हो।

ज्येष्ठा—राजा, राजपुरोहित, शूरगण ( समूह ), कुल और श्रेणी अर्थात् समान जाति पुरुषों के समुदाय पीड़ित हों।

मूल०—काशी, कोशल, पञ्चाल देश वासी, फल, औषधि और युद्ध कुशल पुरुष पीड़ित हों।

पूषा०—अंग वंग, कौशल, गिरि व्रज, मगध पुण्ड्र और मिथिला देश वासी ताम्रलिपि वासी सब पीड़ित हों।

उषा०—दशार्ण वासी यवन, उज्जरन वासी शवर, पारियात्र पर्वत और कुंभोज वासी नाश को प्राप्त हों।

श्रवण—राजा के अधिकार, उत्तम ब्राह्मण, वैद्य, पुरोहित और कलिंग देश वासी पीड़ित।

धनिष्ठा—मगध देश के राजा की जय, धन के अधिकारियों को वृद्धि।

शत० और पूभा०—वैद्य कवि, पद्य बनाने वाले, खरीद बेचकर जीविका चलाने वाले, नीति शास्त्र ज्ञाता पीड़ित।

उभा०—नदी तट वासी, रथ गाड़ी बनाने वाले वस्त्र और सुवर्ण का क्षय।

रेवती—राजा के आश्रित पुरुष, क्रौंच द्वीप वासी, शरद ऋतु की खेत, शवर और यवन पीड़ित।

कृत्तिका में शनि, विशाखा में गुरु—प्रजाओं में अनेक अनीति। दोनों एक नक्षत्र में—सब नगरों का भेद होता है।

**शनि का संक्षिप्त नक्षत्र फल—**

शनि यदि श्रव० स्वा० हस्त, आर्द्रा, भर० और पूफा में हो तो सम्पूर्ण भूमि को जल से व्याप्त कर देता है। परन्तु शनि का रंग चिकना हो और आकाश में वह सूखा नहीं दिखे तब सम्पूर्ण फल होता है।

श्ले० शत, ज्ये० में शनि प्रजा का कल्याण करे परन्तु वर्षा बहुत नहीं हो।

मूल में शनि हो तो दुर्भिक्ष हो युद्ध और अनावृष्टि हो।

**शनि उदय राशि फल—**

मेष—जब मेष राशि में शनि का उदय होता है तो जल की वर्षा व मनुष्य सुखी होते हैं।

वृष—तृण व काठ का कष्ट, अश्वों में रोग, ईश्वर से उत्पन्न हुए पदार्थों का अकर हो।

मिथुन—उदय होने पर सुभिक्ष।

कर्क—वर्षा का अभाव, रसों में शुष्कता, सर्वत्र मरी का भय और जन समुदाय पीड़ित।

सिंह—बालकों को पीड़ा, राजा का अधर्म शासन होता है।

कन्या—में शनि का उदय हो तो धान्यों का विनाश।

तुला—भूमि में सन्धि, अधिक वर्षा, गेहूँ का अभाव।

वृश्चिक—तुला से समान फल।

धनु—मनुष्यों में अस्वस्थता, जन समुदाय रोगी, स्त्री व बालकों में विपत्ति और धान्य का विनाश।

मकर—राजाओं में युद्ध, बुद्धि का नाश, चौपायों में कष्ट।

कुम्भ व मीन—मनुष्यों में दीनता, अल्प धान्य की उपज।

## शनि अस्त राशि फल—

मेष—में शनि के अस्त होने पर धान्य के भाव में तेजी।

वष—गो आदि में सर्वत्र पीड़ा और वेश्या समुदाय पीड़ित।

मिथुन—दुःख होता है।

कर्क—शत्रु का भय, कपास व धान्यादि दुर्लभ और बादलों से जल का अभाव।

सिंह—अधिक व्यथा।

कन्या—धातुओं (पीतल-तांबा आदि) में व अन्नों में तेजी।

तुला—जन समुदाय में आनन्द व स्वल्प धान्योत्पत्ति।

वृश्चिक—प्राणियों में भय, राजा द्वारा पीड़ा, टीड़ी शलभादि पीड़ा।

धनु—लोकों में सुख।

मकर—प्रचण्ड वायु, वर्षा का अभाव व स्त्रियों की अधिक मृत्यु।

कुम्भ—शीत का भय, चौपायों में ग्लानि, गौओं की हानि।

मीन—कहीं-कहीं अल्प वर्षा, जल की प्राप्ति, राजा अपने धर्म से विमुख व दुःख देने वाला, पापियों को अल्प पीड़ा, राजाओं में युद्ध होता है।

## शनि वर्ण फल—

यदि शनैश्चर का वर्ण अनेक वर्णों का हो तो पक्षियों का नाश, पीला हो तो दुर्भिक्ष, रक्तवर्ण हो तो युद्ध और भस्म के समान वर्ण हो तो प्रजाओं में द्वेष होता है।

यदि वैदूर्य मणि के समान निर्मल हो तो प्रजाओं में शुभ।

वाण या अतसी पुष्प के समान काला हो तो भी शुभ।

शनि के वर्ण समान मनुष्यों का विनाश।

यदि श्वेत वर्ण हो तो ब्राह्मणों का, रक्त वर्ण हो तो क्षत्रियों का, पीत वर्ण हो तो वैश्यों का और काले रङ्ग का शनि हो तो शूद्रों का विनाश होता है।

## राहु विचार—

किसी का मत है कि राहु नामक राक्षस ने मस्तक कट जाने पर भी अमृत पी चुकने के कारण प्राण नाश नहीं अपितु ग्रहत्व प्राप्त किया।

किसी का मत है कि मुख पुच्छ से विभाजित है अङ्ग जिसका ऐसा जो सर्प का आकार है वही राहु है।

किसी का मत है कि राहु का आकार कोई भी नहीं है, केवल अन्धकारमय है।

यदि राहु ग्रह है तो आकाश में सदा ग्रहों की तरह क्यों नहीं दिखाई देता।

उत्तर—काला होने के कारण ब्रह्मा जी के वरदान से पर्वकाल से भिन्न समय में राहु आकाश में चन्द्र व रविमण्डल के समान नहीं दिखाई देता।

राहु राशि फल—

मीन—जिस मास में राहु मीन का हो तो उस मास में बिजली का भय, दुःख, कष्ट समागम हो ऐसा विचार करके अन्न का संग्रह करने से दूना तिगुना लाभ होता है।

एक वर्ष तक महादुर्भिक्ष पड़े, दुःख हो, तेरहवें मास में सुभिक्ष हो।

कुम्भ—इसमें भौम के साथ राहु आये तो सन, सूत्र का संग्रह अवश्य करना चाहिये समस्त कांसे के पात्र ६ मास तक संग्रह करके सातवें मास में बेचना चाहिये। इस राहु-भौम की स्थिति में चौगुना लाभ होता है; इसमें सन्देह नहीं है।

मकर—में रेशमी वस्त्र व सूत का संग्रह करना चाहिये। तीन मास वस्त्रादिकों को रखकर चौथे मास में बेचने पर तिगुना, पाँच गुना लाभ होता है।

धनु—में महिषी, घोड़े, हाथी, गदहों का संग्रह करने से दूसरे पाँचवें मास में पचगुना लाभ होता है।

वृश्चिक—में भौम के साथ हो तो वस्त्र का संग्रह कर पांच मास रखने के बाद, छठे मास में बेचने से दूना लाभ।

तुला—में संक्रान्ति के दिन राहु आये तो महा दुर्भिक्ष पड़े, पिता पुत्र को बेच देता है। इस समय जौ यव का संग्रह करना उचित होता है। ज्योतिषियों को लाभ हो, ऊनी वस्त्रों में लाभ हो।

कन्या—में पाँच मास तक धवई, दोनों पीपल का संग्रह कर एक मास तक रखकर, धाय के पुष्प व पीपल दो मास के बाद बेचने से मनवाञ्छित लाभ होता है।

सिंह - में राहु हो तो चोष्य वस्तुओं का संग्रह उचित है। धनिया, सोंठ, पीपल, जीरा, नमक, काला नमक, सेंधा, खदिर इसको पूर्व में ग्रहण करके ६ मास में बेचना चाहिये। यदि चन्द्र से वेध हो तो चौगुना लाभ।

कर्क —में तस्कर प्रजा हो, महापीड़ा हो, यव जो अल्प हों, सोना, चाँदी, काँसा, ताँबा यह सस्ता हो, ६ मास में लाभ।

मिथुन—धान्य, मोती, माणिक, मूँगा सस्ते हों।

वृष—में भौम से दृष्ट हो तो धान्य का संग्रह करना, विशेषकर घी, तेल, कुंकुम, गन्ध द्रव्य, कपास, गुड़ का संग्रह ६ मास तक करके सातवें मास में बेचने से चौगुना लाभ होता है। कांसा, लाख, मजीठ, सोंठ, मिर्च, हींग इनका ६ मास तक संग्रह करना उचित है।

मेष—में चन्द्र से दृष्ट हो तो दुर्भिक्ष होता है।

—०—

# अध्याय ३७

## सर्वतोभद्र चक्र

ईशान — पूर्व — आग्नेय

उत्तर (बायीं ओर) — दक्षिण (दायीं ओर)

| | | | | | | | | |
|---|---|---|---|---|---|---|---|---|
| अ | कृत | रोह | मृग | आर्द्रा | पुनर | पुष्य | श्ले | आ |
| भर | उ | अ | ब | क | ह | ड | ऊ | मघा |
| अश्व | ल | लृ | वृष | मिथुन | कर्क | लॄ | म | पूफा |
| रेव | च | मेष | ओ | नंदा सू चं | औ | सिंह | ट | उफा |
| उभा | द | मीन | रिक्ता शु | पूर्णा श | भद्रा नु चं | कन्या | प | हस्त |
| पूभा | स | कुंभ | अः | जया मु | अं | तुला | र | चित्रा |
| शत | म | ऐ | मकर | धन | वृश्चिक | ए | त | स्वा. |
| धनि | ऋ | ख | ज | भ | य | न | ॠ | विशा. |
| ई | श्रव | अभि | उषा | पूषा | मूल | ज्ये | अनु | इ |

वायव्य — पश्चिम — नैऋत्य

इसमें गहरी लकीर के चौखटे के अंदर, तिथि और ग्रह हैं इसके ऊपर दुहरी लकीर के चौखटे के भीतर राशियां हैं इसके ऊपर अक्षर हैं और सबके ऊपर नक्षत्र दिये हैं।

सर्वतो भद्र चक्र ज्योतिष शिक्षा फलित खंड के २४ अध्याय में दिया जा चुका है परन्तु यहाँ संहिता के विचार से और भी वर्णन दिया जाता है।

वेध गति—जिस नक्षत्र पर ग्रह हो, वहाँ से उस ग्रह की दृष्टिवश से वाम, दक्षिण और सन्मुख दृष्टि होती है। शीघ्र गति ग्रह में वाम, मध्य गति में सन्मुख और बक्र में दक्षिण दृष्टि होती है।

दृष्टि—मंगल आदि क्रूर ग्रह में, सूर्य, चन्द्र, राहु और केतु इनकी तीनों दृष्टियां होती हैं। राहु, केतु सदा वक्री और सूर्य, चन्द्र शीघ्रो रहते हैं।

गति—सूर्य से युक्त=शीघ्र ग्रह। दूसरे में=उदय। तीसरे में=सम गति। चौथे में=मन्द गति। पाँचवें में=वक्री। ७–८ में=अति वक्री। ९–१० में=मार्गी। ११–१२वें में शीघ्री हो जाते हैं।

वक्री—शुभ ग्रह वक्र हो = अति सौम्य। पाप ग्रह वक्री = अति पाप और शीघ्री ग्रह स्वभाव के तुल्य होते हैं।

दृष्टि—सूर्य मङ्गल ऊर्ध्व दृष्टि वाले। बुध शुक्र = काने। गुरु चन्द्र = सम दृष्टि। शनि राहु = अधोदृष्टि।

वेध—घ ङ छ आर्द्रा के। ष ण ठ हस्त के। ध फ ढ पूषा के। भ झ ञ उभा, के वेध लिखना।

अक्षर बराबर—शुभ या अशुभ ग्रह का वेध होने पर ब व, श स, ष ख, ज य, ङ ञ इन दोनों वर्णों में से किसी एक का वेध होने पर दूसरे का वेध हो जाता है। अ वर्ण आदि द्वन्द्व स्वर—अ आ, इ ई, उ ऊ, ऋ ॠ, लृ ॡ इनमें से भी एक का वेध होने पर दोनों का वेध समझना चाहिये।

युक्त स्वर ए ऐ, ओ औ, इनके वेध में अनुस्वार अं और विसर्ग अः का भी वेध हो जाता है।

नक्षत्र के चरण भेद—नक्षत्र के प्रथम चरण आदि के विद्ध होने से क्रम से ३–३ वर्ण भी विद्ध हो जाते हैं। जैसे आर्द्रा नक्षत्र का प्रथम चरण विद्ध होने से घ ङ छ। हस्त का विद्ध हो तो ष ण ठ। पूषा का विद्ध हो तो ध फ ढ। उभा का प्रथम चरण विद्ध हो तो भ झ ञ ये भी विद्ध हो जाते हैं।

यदि भरणी के अन्त और कृत्तिका के आदि चरण को वेधता है तो अ उ ऊ और पूर्णा तिथि को भी वेधित करता है।

इसी प्रकार दोनों कोण से दो नक्षत्रों के अन्त्य आदि चरण पर स्थित ग्रह उन दोनों नक्षत्रों के मध्यस्थ अकारादि सम्बन्ध और पूर्णा तिथि को वेधित करता है।

वेध फल—नक्षत्र के प्रथम बार ४ चरणों के विद्ध होने से क्रम से भय, हानि रोग और मृत्यु होती है। नक्षत्र वेध विभ्रम। वर्ण में हानि। स्वर = व्याधि तिथि = भय। राशि = अति विघ्न। पांचों वेध हो तो मृत्यु।

पाप ग्रह वेध फल—१ पाप ग्रह वेध = भय। दो से = युद्ध में घाव। ३ से = भंग। ४ = मृत्यु। सूर्य वेध = व्याधि। मंगल = द्रव्य हानि। शनि = रोग। राहु केतु = महा विघ्न।

शुभ वेधी = पूर्ण चन्द्र = शुभ फल। क्षीण चन्द्र = अशुभ फल। बुध = बुद्धि वृद्धि। गुरु = मनोरथ सिद्ध। शुक्र = रति वृद्धि।

प्राप्त फल—उच्च या त्रिकोण का ग्रह = पूर्ण फल। ७–८ भाव = भले प्रकार आधा फल। ६ घर = आधा फल पाप ग्रह का।

वक्र आदि फल—वक्र = दुगुना। उच्च = तिगुना। शीघ्री = पहिले कहे तुल्य नीच का = आधा। शुभ कार्य में वेध निन्दित है।

रोग काल में वक्री और पाप ग्रह का वेध = मृत्यु। शीघ्री का पाप ग्रह वेध = थोथा रोगी। और यदि थोथा वैद्य के स्थान में हो = क्षय हो।

शुभ पाप वेध--शुभ ग्रह का पाप ग्रह से वेध=युद्ध में प्रवेश। यदि शुभ ग्रह का, पाप ग्रह से वाम वेध=युद्ध भंग। दक्षिण वेध=गढ़ में खण्ड। सामने वेध=दुर्ग हानि।

राशि वेध व अस्त---वृषादि ३-३ राशियों पर सूर्य भोग होने से क्रम से पूर्वादि चारों दिशाएँ अस्त को प्राप्त होती हैं अर्थात् २-३-४ राशि में=पूर्व, ५, ६, ७= दक्षिण। ८-९-१०=पश्चिम। ११-१२-१=में उत्तर दिशा अस्त हो जाती है।

पूर्व दिशा जब अस्त हो तो=ईशान। दक्षिण=आग्नेय। पश्चिम=नैऋत्य। उत्तर में=वायव्य दिशा भी अस्त हो जाती है।

अस्त काल---नक्षत्र अस्त=रोग। अक्षर=हानि। स्वर=शोक। राशि=बहुत विघ्न। तिथि=भय। पांचों अस्त=मृत्यु।

विचार---यात्रा विवाह युद्ध, ग्रह का द्वार और सब शुभ कर्म अस्त में नहीं करना।

नाम अक्षर अस्त---जिसके नाम का आदि अक्षर अस्त हो वह सदा ही देव से निहित रहता है।

उदय---नक्षत्र उदय=पुष्टि। वर्ण=लाभ। स्वर=सुख। राशि=जय, बल। पांचों उदय=जय।

प्रश्न में ग्रह विद्ध---प्रश्न में जो अंग सुखदायक भी हो यदि वह पाप ग्रह से विद्ध= शुभ नहीं। शुभ ग्रह से विद्ध=शुभ। सम ग्रह से विद्ध---मध्यम फल।

चन्द्र वेध---बहुत काल के वेध में चन्द्र जब कभी १२ वें घर में होगा तभी वेध का शुभाशुभ फल निःसंदेह जानना।

नक्षत्र वेध---दोनों तर्फ क्रूर ग्रहों से जिस नक्षत्र का वेध हो उसका देशपति, देश गढ़ स्थान पुर और वस्तु नष्ट हो जाते हैं।

कृतिका से आदि लेकर तीन नक्षत्र मध्य में। तथा आर्द्रा से लेकर ३-३ नक्षत्र पूर्व आदि दिशाओं में लिखें। जहाँ वेध हो वहां क्षय जाने।

कृतिका आदि ३ नक्षत्र विद्ध हो तो अयोध्या, चम्पा, कौशाम्बी, कौशिका, अहिच्छत्र, गया विन्ध्याचल, अन्तर्वेद, मेखला कान्यकुब्ज, प्रयाग, मध्यदेश नाश हों। जहाँ वेध हो वहाँ भी क्षय हो।

कृति, पुष्य, रेवती, पुनर ये विद्ध हों तो यथा क्रम से ब्राह्मण आदि वर्णों में दुःख आदि उत्पन्न हों।

पाप वेध में मंहगाई---जब पाप ग्रह से वेध रहता है तब तेल वर्तन रस, काली वस्तु धान्य घोड़ा हाथी आदि चौपाये सब मंहगे होते हैं।

उप ग्रह दोष---क्रूर ग्रह के वेध में रोगी व निर्बल पुरुष के जन्म नक्षत्र पर उपग्रह योग की उत्पत्ति हो तो उसकी निःसन्देह मृत्यु होती है।

उप ग्रह---सूर्य नक्षत्र से पाँचवां आठवां नक्षत्र अशुभ है तथा २१ के आगे ४ नक्षत्र २२, २३, २४, २५ वाँ यदि ये नक्षत्र हों तो उपग्रह दोष होता है।

जन्म नक्षत्र वेध—जन्म का नक्षत्र पाप ग्रहों से विद्ध हो। अनिष्ट १० वां हो तो=कर्मनाश। ८ वां=प्रभेद। १८ वां=द्रव्य नाश। २३ वां=रोग। २५ वां विद्ध हो तो=दुःख।

राजा आदि का—राहु के नक्षत्र से राजा का ५ वां नक्षत्र हो तो=राजा युद्ध में भाग जाता है। मंत्री मारा जाता है। योधा के नक्षत्र से १० वें नक्षत्र पर मंगल हो=राजा अपने पक्ष वालों में मृत्यु को प्राप्त हो।

यदि राजा के जीत के नक्षत्र पर मंगल हो तो—जाति का नाश। और जो राजा के नक्षत्र पर हो=राजा का बंधन। देश के नक्षत्र पर=देश त्याग। १९ वें नक्षत्र पर हो तो यह उपग्रह भी मृत्यु कारक है।

वेध—सौम्य ग्रह से क्रूर ग्रह का सन्मुख वेध हो और क्रूर ग्रह का शुभ ग्रह से वेध हो तो निश्चय दुर्भिक्ष हो।

सौम्य ग्रह के वेध से=समघंता। क्रूर ग्रहों के वेध से महघंता होती है। इसमें देश काल और वस्तु तीनों में ग्रह वेध का विचार करना।

क्रूर ग्रह का नक्षत्र वेध होने का फल

कृत्तिका का क्रूर ग्रह से वेध=चावल जौ चने तिल हीरा सर्वधातु मँहगे। दक्षिण में असुख।

रोहिणी—सब धान्य, सब रस, सब धातु पुराने केवल मँहगे पूर्व में ७ दिन केवल असुख।

मृग.—भैंस गाय लाख कोदों, कई प्रकार के जल के अन्न वस्तु आदि मँहगे। ६० दिन पीड़ा बढ़े।

आर्द्रा—तेल नमक सब खारी वस्तु तथा रस आदि और मलयागिरि चंदन आदि सुगन्धित वस्तुएँ महीना भर मँहगी रहें। पश्चिम में असुख।

पुनर्वसु—सोना, सूत, कपास, तिल, कुसुम और श्यामा तथा गेरुवा रंग २ मास मँहगे। उत्तर में असुख।

पुष्य—सोना चांदी घी चावल सोंचर नमक सरसों ताजी तेल और हींग मँहगे। दक्षिण में ८ महीना पीड़ा।

आश्लेषा—मजीठ, गुड़, खांड़, गेहूँ, सुंठी, मिर्च, कोदों, धान्य व चांवल महँगे। पश्चिम में एक महीना असुख।

मघा—तिल, तेल, घृत, प्रवाल, चना, अलसी, गुड़ और कांगुनी महँगे। दक्षिण में आठ महीना असुख।

पू० फा०—ऊन आदि कम्बल, युगन्धरी, तिल, रूपे की वस्तु व कल्याण महँगे। दक्षिण में आठ महीना पीड़ा।

० फा०—उड़द, मूंग आदि, चावल, कोदों, सैन्धव, लहसन और सज्जी महँगे। उत्तरमें दो मास असुख।

हस्त—चंदन, कपूर, देवदारु, अगर, लाल चन्दन और कंद महँगे। उत्तर में दो मास पीड़ा।

चित्रा—सोना, रत्न, मूँग, उड़द, प्रवाल और घोड़ा आदि वाहन महँगे। उत्तर में दो मास असुख।

स्वाती—सुपारी, मिर्च, सरसों, तेल आदि, राई, हींग, खजूर आदि महँगे। उत्तर में सात दिन पीड़ा।

विशाखा - जव, चावल, गेहूँ, मूँग, राई, मसूर, धान्य और मजीठ महँगे। दक्षिण में आठ महीने असुख।

अनुराधा—तुवर, बिना दल के सब अन्न, चावल, मोंठ, चना महँगे। पूर्व में सात दिन पीड़ा।

ज्येष्ठा गुग्गुल, गुड़, लाख, कपूर, पारा, हींग, हिंगुलू, कांसी महँगे। पूर्व में सात दिन असुख।

मूल—सब श्वेत वस्तु, रस, धान्य, सेंधा लोन, कपास, लवण आदि महँगे। पश्चिम में एक मास पीड़ा।

पू० षा०—सुरमा, तुषधान्य, घी, कंद, मूल, तृण और चावल महँगे। पश्चिम में एक मास असुख।

उ० षा०—घोड़ा, बैल, हाथी, लोह आदि धातु, सब सार वस्तु व घी महँगे। पूर्व में सात दिन पीड़ा।

अभिजित्—दाख, खर्जूर, सुपारी, इलायची, मूँग, जायफल व घोड़ा महँगे। पूर्व में ७ दिन असुख।

श्रवण—अखरोट, चिरौंजी, पिप्पली, सुपारी का बगीचा व तुष धान्य महँगे। पूर्व में ७ दिन पीड़ा।

धनिष्ठा—सोना, रूपा, धातु, रुपये पैसे आदि मणि, मोती व रत्न महँगे। पूर्व में ७ दिन असुख।

शतभिषा—तेल, कोदों, मद्य आदि अर्क, आंवला, पत्र, मूल व छाल महँगे। पूर्व में एक मास पीड़ा।

पू० भा०—प्रियंगु, मूल, जावित्री आदि, सब धान्य, सब धातु, सब औषधि व देवदारु महँगे। दक्षिण में आठ मास असुख।

उ० भा०—गुड़, खाँड, शक्कर, खली, चावल,, घी मणि व मोती महँगे। पश्चिम में १ मास पीड़ा।

रेवती—नारियल, सुपारी आदि, मोती, मणि, छेड़ा व किराना महँगे। पश्चिम में १ मास असुख।

अश्विनी—चावल, तृण, खच्चर, ऊँट, घी आदि, सब धान्य, सब वस्त्र महँगे। उत्तर में दो मास पीड़ा।

भरणी—तुष, धान्य, युगन्धरी, मिर्च, सब औषधि महँगे। दक्षिण में ८ मास असुख।

—०—

# अध्याय ३८

## सूर्यादि संक्रान्ति से स्थान की कुण्डली बनाना

संहिता में सूर्यादि संक्रान्ति की कुण्डलियाँ बनाने के लिए आजकल पाश्चात्य रीति से नक्षत्र काल निकाल कर टेबल आफ हाउसेस (भाव चक्र) और ऐफेमरी (जिसमें ग्रहों के सम्बन्ध की अनेक सूचनाएँ रहती हैं) के सहारे कुण्डली बना लेते हैं। इसमें अधिक गणित नहीं करना पड़ता और सरलता से कुण्डली बन जाती है।

इस रीति से नक्षत्र काल निकालकर कुण्डली बना लेने की रीति पहिले दे चुके हैं। परन्तु इस रीति के कुण्डली बनाने का उदाहरण भी देना उचित समझता हूँ।

मान लो उज्जैन की १० सितम्बर १९४४ के समय १०–३० बजे दिन की कुण्डली बनाना है। नक्षत्र काल निकालने को नक्षत्र काल की राशि पर विचार करना पड़ता है।

यहाँ गति बहुधा स्थूल गति ग्रहण करते हैं परन्तु सूक्ष्म गति से कई गणित करते हैं। इसलिए दोनों गतियों का विचार यहीं दे देते हैं।

| सूक्ष्म गति | स्थूल गति से |
|---|---|
| १ दिन में = ३·५६ मिनट | = ४ मिनट |
| १ घंटा में = ९·८६ सेकण्ड | = १० सेकण्ड |
| १ मिनट में = ·१६ सेकण्ड | = $\frac{१}{६}$ सेकण्ड |
| १ सेकण्ड में = [illegible] सेकण्ड | |

नक्षत्र काल मध्याह्न का दिया रहता है। साधारण प्रकार से मध्याह्न का समय १२ बजे दिन का लिया जाता है। परन्तु सूक्ष्म मध्याह्न के समय में कुछ मिनट का अन्तर पड़ जाता है। कई ऐफेमरी में वहाँ के मध्याह्न का ठीक समय दिया रहता है। जैसे उज्जैन का मध्याह्न का समय १२ घण्टा २६ मि० ४० से० है।

मध्याह्न का नक्षत्र काल दिया रहता है। इस कारण यदि मध्याह्न से पहिले का इष्ट है तो मध्याह्न के समय से इष्ट घटाना पड़ता है और मध्याह्न से इष्ट अधिक है तो अन्तर जोड़ना पड़ता है और जो अन्तर प्राप्त हो उस अन्तर के समय की गति को भी जोड़ना या घटाना पड़ता है इष्ट अधिक है तो अन्तर में गति जोड़नी पड़ेगी यदि इष्ट मध्याह्न से कम है तो अन्तर की गति घटानी पड़ेगी।

| | घ० मि० से० |
|---|---|
| उज्जैन का मध्याह्न = | १२–३६–५० |
| प्रश्न समय (इष्ट) = | १०–३०–० |
| शेष अन्तर = | १ –५६–४० |
| अंतर की गति घटायी | १८–९२ |
| शेष = | १ –३७–४८ |

| गति | सेकण्ड |
|---|---|
| १ घण्टा = ९·८६ | = ९·८६ |
| ५६ मि० = ५६ × १६ | = ८·९६ |
| | = ८·९६ |
| ४० से० = $\frac{२}{३}$ × ·१६ | = ०·१०$\frac{२}{३}$ |
| | = १८·९२$\frac{२}{३}$ |

यह १–३७–४८ नक्षत्र काल प्राप्त हुआ इस पर से भाव चक्र के सहारे १० सितम्बर १९४४ का भाव स्पष्ट करेंगे।

प्रत्येक अक्षांश के भाव चक्र की पुस्तक मिलती है। इष्ट स्थान के समीप का अक्षांश का भाव चक्र लेकर उसके द्वारा लग्न भाव आदि निकाल लेना।

यहाँ २१° अक्षांश के भाव चक्र लेकर उससे भाव स्पष्ट करते हैं।

| नक्षत्र काल | भाव | | | | | |
|---|---|---|---|---|---|---|
| ११–३० का = | १० का | ११ | १२ | लग्न | २ | ३ |
| | २१–५० | २३ | १९ | ११–१५ | १३ | १७ |
| | कन्या | तुला | वृश्चिक | धनु | मकर | कुंभ |
| ११–३५ का | २३–११ | २४ | २० | १२–१७ | १४ | १८ |
| ११–४० का | २४–३३ | २५ | २१ | १३–२२ | १५ | १९ |

यहाँ ३ नक्षत्र काल का भाव चक्र इसलिए दिया है कि देखना है अपना नक्षत्र काल किसके समीप का है।

| | घं० मि० से० | गति—से० |
|---|---|---|
| प्राप्त समीपी नाम का० = | ११–४०–० | १–१ की गति के हिसाब से अन्तर की गति घटा कर भाव लेना पड़ेगा। |
| अपना ना० का० = | ११–३८–५९ | |
| अन्तर कम = | ० –१ –१ | |

| | |
|---|---|
| गति मिनट = १ अंश | इस हिसाब से अन्तर मिनट सेकण्ड का जो प्राप्त हो उसके अंश कला आदि निकाल कर प्राप्त भाव से घटा देना। |
| १ मिनट = १५′ कला | |
| ४ सेकण्ड = १ कला | |
| १ सेकण्ड = १५″ विकला | |

यहाँ १ मिनट = १५′ और १ सेकण्ड अन्तर का १५″ प्राप्त हुआ इस प्राप्त भाव से घटा कर लेना पड़ेगा।

| ११–४० ना० का० भाव | | | | | | इनमें ६ |
|---|---|---|---|---|---|---|
| १० | ११ | १२ | लग्न | २ | ३ | राशि जोड़ |
| कन्या | तुला | वृ० | धन | मकर | कुम्भ | देने से शेष |
| २४–३३ | २५° | २१° | १३°-२२′ | १५° | १९° | भाव प्राप्त |
| = २४–२७ | २४–४५ | २०–४५ | १३–६ | १४–४३ | १८–४५ | होंगे। |

बहुधा इष्ट ना० का० के समीप का ही ना० का० द्वारा भाव स्पष्ट कर लेते हैं।

अब ऐफेमरी के अनुसार १० सितम्बर १९४४ की ग्रह कुण्डली में स्थापित करने से इष्ट काल की कुण्डली बन जायेगी।

यहाँ यह बात ध्यान में रहे कि ऐफेमरी के ग्रह सायन हैं। इनमें से अयनांश घटा देने से निरयण प्राप्त होंगे।

—०—

# अध्याय ३९

## हर्षल—नेपच्यून विचार

अभी तक फलित खंड में हर्षल और नेपच्यून ग्रहों का वर्णन नहीं किया है। संहिता खंड में फल के लिये इन दोनों ग्रहों का भी उपयोग हुआ है। इस कारण इन दोनों ग्रहों के विषय में जानकारी देना आवश्यक है।

### हर्षल (यूरेनश)=प्रजापति

हर्षल का स्वक्षेत्र—कुंभ!

उच्च—तुला में किन्तु कई कन्या का उच्च मानते हैं।

विशेष बलवान राशि—मिथुन, तुला, कुंभ (वायु राशि)। भाव–१, ३, ५, ७, ९, १० भाव में हर्षल विशेष अनुभव में आता है।

अनिष्ट १, ७, १० भाव—एक की अपेक्षा दूसरे में अधिक खराब है जैसे लग्न की अपेक्षा सप्तम में अधिक खराब है।

वायु राशि—परन्तु इन स्थानों में (३, ७, ११) वायु राशि हों और शुभ ग्रहों से शुभ दृष्टि का सम्बन्ध हो तो अनिष्ट फल अल्प होता है।

अग्नि राशि—(१, ५, ९) अग्नि राशि में हो–मनुष्य हठी, कुशाग्र बुद्धि और अति महत्वाकांक्षी हो। कोई प्रकार की संकट की परवाह न कर एकदम साहस का काम आरम्भ करने वाला हो। उसे अपघात आदि आकस्मिक संकट का भय रहेगा।

शास्त्रीय राशि (३ ७, ११)।

शास्त्रीय राशि यदि हो – अनेक शास्त्रों पर विशेष दृष्टि रखने वाला होता है।

जल राशि – (४, ८, १२)।

यदि जल राशि हो – कामी दुराग्रही और दुष्ट स्वभाव का होता है।

स्थान फल—इस ग्रह का समान फल राशि फल की अपेक्षा अधिक अनुभव में आता है।

पीड़ित हो तो वाचाल, अभिमानी, कुशाग्र बुद्धि वाला हो।

प्रधान धर्म—इसका आकस्मिक सम्बन्धी वार्ता उत्पन्न करना है इससे इसके फल का विचार पूर्वक कहना।

प्रभाव—इसका प्रभाव आश्चर्यकारक स्थान अद्भुत मनुष्यों से उनको जगह मेस्मेरीजम के समान चमत्कारी तथा गुप्त विद्या जानने वाले मनुष्य आदि विशेष हैं।

दृष्टि—सब ग्रहों की दृष्टि योगों में प्रतियोग १८०° की दृष्टिफल अधिक बलिष्ठ है। इसकी अपेक्षा नीचे बताई हुई दृष्टिकोण एक की अपेक्षा दूसरी क्रम से उत्तरोत्तर बलहीन

समझना। १२०° त्रिकोण, ९०° केन्द्र, ६०° द्विराशि अन्तर, १३५° समक्रांति, ४५°, ७२°, १५०° दृष्टि पश्चात् पद्धति से यहाँ दृष्टि का विचार हुआ है।

३०° (एक राशि अन्तर)—शुभ। ६०° (२ राशि अन्तर)–अति शुभ। ४५° (१½ राशि अन्तर)–बिलकुल अशुभ। ७२°–थोड़ा शुभ। ९०° (३ राशि) अशुभ। १२०° नवम पञ्चम–बिलकुल शुभ। १३५° बिलकुल शुभ। १४४° थोड़ा शुभ। १५०° बिलकुल अशुभ। अशुभ ग्रह का प्रतियोग बिलकुल अशुभ।

क्रमानुसार बलहीन—१२०°, १३५°, ७२°, १५०°।

**इस पद्धति से दृष्टियोग कैसे देखना :**

शनि कन्या के ८° पर है और मंगल मेष के २९° पर है तो गिनने में मंगल शनि के अन्तर पर है। कुछ समय में मंगल शनि से युति करेगा।

युति हो जाने पर परिणाम अधिक होता है।

हर्शल आनन्दित ७, ८ राशि में।

हर्शल के भ्रमण का १ फेरा ८३ वर्ष ११ मास ४ दिन में लगभग ८४ वर्ष में पूरा होता है।

१ राशि में ७ वर्ष रहता है। इसके ४ चाँद हैं यह सूर्य से १७७ कोटि दूर है।

स्वभाव—यह भाग जाने की प्रेरणा देता है। जान करके स्वतन्त्रता में उसकी स्थिति में परिवर्तन, चलना, आस-पास धूप का बदलना, स्थान परिवर्तन, हटना, यात्रा, बड़ी यात्रा व उड़ने की ओर झुकाव होता है। वाहन मशीन के काम की ओर झुकाव देता है।

यदि यह जातक के अग्रिम हो तो जातक का सदा चलते रहने का मन होगा सदा घूमता रहेगा। यदि हर्शल पीछे में हो तो स्वाभाविक ९ वां घर विचाराधीन या निर्णय करेगा। यात्रा आनन्ददायक होगी और सुभीते की रहेगी।

यदि हर्शल शुभ-ग्रह का योग करता हो तेज रफ्तार और कार्य के जो हर्शल से जन्म समय योग करते हों तेजी से बात करते हैं और बहुधा भविष्य विचार करते हैं।

अनुभव में आया गुण फल—यह पाप ग्रह है शनि प्रमाण इसका फल है तदापि अति चञ्चल अनिश्चितपना, विक्षिप्तता, अकस्मातपना व लोक विलक्षणता ये इसका प्रधान गुण है। जिस ठिकाने कोई गुण कल्पना के बाहर दिख पड़ता है वहाँ हर्शल अपना प्रभाव डाल रहा है समझना। इस गुण को कल्पना शक्ति अपार है। चमत्कार की विद्या उससे प्रकट होती है। लोक व्यौहार विरुद्ध बात घटित होना इसकी प्रवृत्ति है।

अकस्मात मृत्यु होती है। हर्शल का मनुष्य विश्वास करने के पूर्ण लायक नहीं व हर्शल के संयोग से रोग असाध्य होता है। नामी डाक्टर भी उसका निदान नहीं कर सकते। शक, फिट आना, पागलपन आदि रोग हर्शल के हैं।

रोग—कभी अच्छे न होने वाले रोग का अपघात, मज्जा तन्तु सम्बन्धी रोग उत्पन्न करता है।

हर्शल में आकस्मिकपना है। छठे स्थान में पापयुक्त व दृष्ट हर्शल न हो तो कोई बीमारी नहीं करता इस ग्रह का मुख्य अमल मज्जा तन्तु पर है।

बलिष्ठ—६, ३, ११, ७ राशि में हर्शल बलिष्ठ। इन राशियों में हो तो अशुभ करने की शक्ति कम हो जाती है। १, ४, ८ राशि में हर्शल बुरा है दूसरी राशि में साधारण है।

आयुर्दायक ग्रह में अर्थात् पुरुषों की कुंडली में रवि, स्त्री की कुंडली में चन्द्र से हर्शल शनि मंगल का अशुभ योग ये उदित भाग में हो तो अकस्मात अपघात होता है।

यह लग्न में हो या लग्न से अच्छा दृष्टि योग करता हो तो लम्बे अवयव और इकहरा बदन होता है।

यह ३, ५, ११ राशि में बहुत ऊँचा बदन और गहरी जमी आग के और अच्छी दृष्टि होती है।

कुंडली में यह बलवान और अच्छी स्थिति में हो तो रिसर्च करता है। सत्य प्रगट करता है और विचार परिवर्तनवादी होते हैं गुप्त विद्या की ओर झुकाव होता है अग्रिम विचारक तुरत कार्य और तुरत समझ होती है। ऐसे मनुष्य परिवर्तनशील होते हैं।

रोजगार—रिसर्च स्कालर, मब रिसर्च मुहकमे ज्योतिषी, शिल्पकार टेलीग्राफर, मेस्मेरिजम करने वाला, भविष्य दर्शक, बिलजी विज्ञानिक, टेलीफोन, वायरलेस, वसेल, ट्राम के रेलवे, हवाई जहाज का चालक, जाइन्ट स्टाक कम्पनी रेडियो, टेलीविजन आटमिक इनर्जी, धातुओं का मिलाना, हेपनाटिस्ट, टेली पेथी, बिना दवा के जख्म अच्छा करना, रेडियम, भिन्न धातुओं का मिश्रण करना।

इसके अधिकार—बैंक, मैस प्लेंट, सर्व रिसर्च मुहकमा, लेबेटरी स्टीम ऐंजिन कोल वाहन मेसेनरी टूल्स इन्डस्ट्री मछली तालाब।

मोहकमा—ट्रान्सपोर्ट, कम्यूनिकेशन, आटमइनर्जी और रिसर्च डिपार्टमेंट।

हर्शल का राशि फल—

१. मेष—भयंकर मस्तक शूल, पेट में दाह, चेहरे पर पक्षाघात लग्न में यदि मेष में रवि का अमल हो तो नेत्र बिगड़ते हैं और श्रम से ज्ञान तन्तु दुर्बल होते हैं।

२. वृष—गले में मुख्य सिर की बीमारी हो।

३. मिथुन—दमा, हाथ में या कंधे में चर्म रोग। मानसिक परिश्रम व आघात बहुत करेगा, प्रकृति अच्छी नहीं रहती।

४. कर्क—पेट दुःखे, पेट में ग्रन्थी, कैन्सर। पानी से मृत्यु हो।

५. सिंह—हृदय क्रिया बन्द होकर एकदम मृत्यु।

६. कन्या—पेट के रोग व वायु विकार।

७. तुला—अधिक श्रम होने से शरीर खराब होता है। कमर में वात विकार या मूत्र पिंड में विकार।

८. वृश्चिक—जननेन्द्री में ग्रन्थी हो। स्त्री की कुण्डली में गर्भाशय में नैसर्गिक दोष होता है। मल निकलने की क्रिया ठीक नहीं होती बीमारी होती है।

९. धनु—जांघ व कमर में व पेट में दर्द। अपघात हो।

१०. मकर—घुटने में पीड़ा पैर में रोग।

११. कुम्भ—हिस्ट्रिया या घुटने में पीड़ा पंजा तन्तु में क्षोभ होने वाले विकार। अपघात हो।

१२. मीन—पांव में विकार आता है। चाल तिरछी होती है। पानी से भय। अन्न के बराबर बहुत पानी पीने की आदत कम करना।

हर्शल का भाव फल—

लग्न में—शरीर का काठी दुबला, स्वभाव लहरी व चमत्कारिक होता है। पक्षाघात अर्द्धांग वायु आदि चमत्कारिक रोग दर्शाता है। चमत्कारिक रीति से बिजली आदि से अपघात होता है।

प्रथम स्थान में आवे ( यदि वह कुण्डली में निर्बल हो ) तो नाना प्रकार की चमत्कारिक गोष्ठी घटित होती है। मानसिक अस्वस्थता उत्पन्न होती है। जन्म कालिक प्राप्त परिस्थिति के अनुसार आकस्मिक रीति से घटना होती है। शरीर की प्रकृति ठीक नहीं रहती।

यदि जन्म कालिक हर्शल बलवान हो और उसका प्रथम स्थान में भ्रमण चालू हो तो अच्छा फल देखने में आता है। इस समय में अनेक प्रकार का लाभ होता है। मित्र मिलते हैं। स्फूर्ति देने वाले लेख लिखे जाते हैं व ज्योतिष शास्त्र किंवा गूढ़ शास्त्र में रुचि उत्पन्न होती है।

हर्शल का जो गुण आरम्भ में कहा है ये लग्न में हो या चंद्र के साथ हो तो फल स्पष्ट दृष्टि गोचर होता है।

लग्न में स्वतन्त्रता, गुप्त विद्या की ओर झुकाव, खोजी।

विवाह में अभागा, जनता में मिलन सार नहीं, शीघ्र बात पकड़े, खोजी, असली तर्क वादी, परिवर्तन शील।

लग्न में हर्शल का अशुभ दृष्टि योग हो—इस समय इस बात में प्रतिकूल हर्शल के गुण धर्म प्रमाण से विचित्र व आकस्मिक बात घटती है। स्वभाव में अस्थिर पना आता है।

शुभ योग हो तो नवीन लोगों की पहिचान होती है, मित्रता व पहिचान के लोगों से फायदा होता है अनेक आकस्मिक बात घटित होती हैं। रेलवे का प्रवास या रेलवे

पोस्ट तार यंत्र कोई व्यापारी के नीचे नौकरी लगेगी। परीक्षा के प्रसार के लिये यह योग अच्छा है। स्फूर्ति जन्य लेख लिखे जाते हैं।

२. धन में हर्शल—खोज के द्वारा लाभ, कारीगर, बैंक, रेलवे, गाना बजाना और बिजली के द्वारा भाग्य में उतार-चढ़ाव। अचानक लाभ या हानि दर्शाता है। सट्टा का व्यवहार व्याज बाँटने का धन्धा, दूसरे के बदले में जमीन रहन आदि की गोष्ठी घटित होती है। इस भाव में आकस्मिक रीति से लाभ या हानि होती है। कुटुम्ब के मनुष्य आकस्मिक रीति से घटते हैं। इस समय कोई भी हिम्मत का व्यौहार नहीं करना।

३. तीसरे भाव में—बुद्धिमान अचानक जिसकी उम्मेद नहीं ऐसी खबर, यात्रा मीटिंग, दुर्घटना स्नायुक पीड़ा उद्योगी विचित्र गुप्त ज्ञान। भाइयों में त्रास होता है। उसका आकस्मिक रीति से नाश, बहुत प्रवाल घटित हो, आध्यात्मिक किंवा गूढ़ विषय की ओर झुकाव व इनके अध्ययन की रुचि बढ़ती है और विचार की तीव्रता दिखने लगती है।

४. चतुर्थ भाव—विदेश में भाग्यवान, स्त्री और समीप के रिस्तेदारों से असहयोग, चोरी द्वारा हानि, दगा, बिजली से हानि, पूर्वजों की सम्पत्ति प्राप्ति में कठिनाई। नाना प्रकार की आकस्मिक गोष्टी घटित होती हैं। हाथ में लिये काम का अंत विचित्र प्रकार से होता है। कुटुम्ब सुख में विलक्षण घटना होती है।

५. पंचम भाव—गुप्त प्रेम, विवाह के मामले में असफलता, भविष्य का विचारक। इसमें कई प्रकार से बड़ प्रमाण से फल अनुभव में आते हैं। चमत्कार की विद्या शास्त्र का तत्व, भविष्य ज्ञान व अन्तर्कल्पना के गुण दिख पड़ते हैं।

६. षष्ठ भाव—स्नायुक गड़बड़ी, अच्छे न होने वाले रोग, पागलपन। यदि हर्शल नेपच्युन या शनि का षष्ठ में भ्रमण हो तो शरीर की प्रकृति बराबर नहीं रहती, यात्रा पक्ष से त्रास होता है कई बार उनकी मृत्यु भी हो जाती है इस समय हाथ के नीचे नौकर चाकर आप्त स्वकीय वृद्ध मनुष्य इनसे सर्व व्यौहार दक्षता से करना।

७. सप्तम भाव—जल्दबाजी का विचार, अचानक विद्रोह, बुद्धिमान साथी, मुकदमें बाजी से हानि, ठेका। सप्तम में यह अच्छा नहीं होता, विवाह सुख में चमत्कारिक रीति से अचानक गड़बड़ी उत्पन्न करता है। हर्शल नेपच्यून का भ्रमण हो तो व्यापार धंधा व भागीदार का व्यवहार इनमें डूबना या छोटा होना विशेष सम्भव है। स्त्री का सुख नहीं मिलता। इस समय कोर्ट का दावा विषय प्रतिकूल समझना।

इस समय में हर्शल का भ्रमण बहुत ही अनिष्टकारी फल मिलता है, इस समय स्त्रीनाश होता है, स्त्री-पुरुष में असन्तोष बढ़कर झगड़े होते हैं। इस समय कोई प्रकार का नया धन्धा या भागीदार का व्यौहार नहीं करना, सप्तम में लग्न (विवाह) को बरबाद कर देता है। लग्न में हजारों अड़चनें आती हैं। दम्पत्ति प्रेम नष्ट हो जाता है।

८. अष्टम भाव—अचानक और उचित भाव, विवाह या पार्टनर द्वारा विशेष प्रकार का रोग या मृत्यु, पाप ग्रह का भ्रमण हो तो नातेदार या मित्र की मृत्यु होती है। शरीर की प्रकृति ठीक नहीं रहती, मृत्यु अकस्मात होती है वह हार्ट रोग प्रगट करता है।

९. नवम भाव—स्वतन्त्र, खोजी, बुद्धिमान, यात्रा का प्रेमी, गुप्त विद्या में दिलचस्पी, धर्म और फिलासफी।

हर्शल या नेपच्यून यहाँ हो तो प्रवास तीर्थाटन व यात्रा होती है, धर्म के बारे में विशेष ध्यान रहता है, सूचक स्वप्न होते हैं। इस समय आध्यात्मिक उन्नति, मानसिक उन्नति व अभ्यास के लिये उत्तम है। इस समय आप्त स्वकीय, नातेदार व स्त्री इनकी मृत्यु या उनसे नाश होता है।

१०. दशम—व्यापार धन्धे में अपयश होता है। दशम स्थान में नेपच्यून का परिणाम साधारण मनुष्य पर नहीं होता। यह दशम संस्थान में अच्छा होता है दशम में नेपच्यून का अशुभ योग हो तो विश्वासघात से मित्र या पहिचान वाले लोगों से नुकसान होता है यात्रा होती है। मकर का हो तो रक्त अशुद्ध रहे।

११. एकादश—कुंभ में नेपच्यून के योग से विद्वत्ता आती है परन्तु उसके अनिश्चितपना से एकमत न होने से कोई उपयोग होने वाला नहीं हैं।

१२. व्यय—मीन में यदि रवि के पास यह हो तो वहुत ही वुरा है। संगति से अतिशय शराव पीने से शरीर की प्रकृति खराव होतीं हैं।

## नेपच्यून का भ्रमण फल

नेपच्यून का भ्रमण अनेक स्थितियों के अनुसार होता है। व्यापार धन्धे की स्थिति गड़बड़ होती हैं मानसिक चिन्ता, नुकसान, अनेक अड़चनें देता है। जिस अंश पर यह भ्रमण करता हैं उस अंश पर पाप ग्रह की दृष्टि हो या वहाँ पाप ग्रह हो तो विशेष अनिष्ट दिखाई पड़ता है। प्राप्त नौकरी जाती रहती हैं। व्यापार वदलना पड़ता हैं।

(१) सूर्य में नेपच्यून भ्रमण करता हो तो बड़े से त्रास अपकीर्ति हो। स्त्री की कुंडली में ऐसे वक्त वैधव्य आता हैं। यदि पति के हो तो झगड़े टंटे होते हैं इज्जत को धक्का लगता हैं।

यदि रवि वलवान हो तो उपरोक्त फल नहीं होते। केवल प्रकृति अच्छी नहीं रहती।

सूर्य जव भ्रमण में चंद्र के स्थान से नेपच्यून पर प्रभाव करता हो तव जातक को अपना क्रोध काबू में रखना चाहिये और साजिस करने वाले दगावाज, खवर देने वाले व गिरफ्तारी आदि घटना हो यदि उस समय इसी प्रकार पीडित हो।

रवि नेपच्यून का अशुभ योग बहुधा अनिष्टकर है प्रत्येक काम में अपयश उद्योग धन्धे में कल्पना से बाहर झगड़े होते हैं अपयश मिलता है। जन्म कुंडली में नेपच्यून जल राशि में होकर ८–१ या ६ स्थान में हो तो जल से भय हो।

यदि नेपच्यून शुभ योग करता हो तो उद्योग धन्धे में कुछ प्रगति होती है। प्रमोशन मिले या प्राप्ति बढ़े इस समय नवीन समय आकर कल्याण होगा।

(२) चंद्र—नेपच्यून का चंद्र में भ्रमण हो तो समाजिककार्यों में अधिक मन लगता है, मित्रों से लाभ होता है जन्म कुंडली में नेपच्यून वक्री हो और बुरे स्थान में हो तो लोप अपयश होता है निराशा होती है साम्पत्तिक हानि होती है लोग निंदा करते हैं।

चंद्र के हिसाब से नेपच्यून का शनि से योग करता हो तो कई लड़कियों का शील भंग की गई या मार डाली गई होती हैं।

चंद्र नेपच्यून का शुभ योग उद्योग-धंधे में थोड़ा लाभ, प्रवास हो धार्मिक बातों की ओर ध्यान लगे।

चंद्र नेप० का अशुभ योग शीत की बीमारी, व्यापार धन्धा में थोड़ा नास, मानसिक अस्वस्थता विचित्र स्वप्न दिखें।

(१) सूर्य—लग्न में नेपच्यून का अशुभ दृष्टि योग हो तो हिस्ट्रिया, उन्माद चमत्कारिक स्वप्न आते हैं विषैले पदार्थ पेट में जाने से कष्ट धीरे-धीरे शक्ति ह्रास करने वाली बीमारी हो।

(२) मंगल का नेपच्यून के भ्रमण में झगड़े अपघात ज्वर, रोग, खर्च बहुत, कर्ज होने का प्रसंग आता है।

मंगल के भ्रमण में इससे अधिक जोरदार बरवादी नहीं हो सकती, यह अंदरूनी क्रोध और उत्तेजना को उत्पन्न करता है। अधिकतर अपराध करने वाले साधारण प्रकार से फँसाने या गिरफ्तार किये जाते हैं। इसके भ्रमण में कभी-कभी बेत की सजा, पीड़ित होना या फाँसी आदि भी हो सकती है।

मंगल नेपच्यून का अशुभ योग अनिष्टकारक है प्रवास में बहुत करके जल प्रवास में अपघात हो बिजली गिरना या शरीर में घर आदि गिर पड़ना ऐसी अनिष्ट घटना होती है या विषैले जीव से कष्ट होता है।

(३) बुध—बुध में नेपच्यून का भ्रमण हो तो विचार में क्रांति होती है बुध की शास्त्रीय राशि ३, ६, ७, ११ है बुध नेपच्यून का शुभ योग मानसिक उन्नति लाता है। काव्य करने का व्यसन लगना सम्भव है उस समय योगाभ्यास व आध्यात्मिक उन्नति अच्छी होती है। शुभ सूचक स्वप्न होते हैं या साक्षात्कार होता है यात्रा होती है संत समागम होता है।

बुध नेपच्यून का अशुभ योग हो तो उपरोक्त बातों में त्रास होता है अनेक संकट आते हैं।

जातक के नेपच्यून बुध के भ्रमण में (जब खास तोर पर यह संशनो या वक्री हो) पिछले बाबत माफी मांगने या अपने को मूर्ख समझने या बिलकुल हास्यप्रद समझने को लाचार किया जाय।

(५) गुरु—नेपच्यून का योग गुरु भ्रमण में हो तो इसके भ्रमण में बहुधा अपराध की स्वीकारी होती है।

यह भ्रमण उन्नति कारक है बढ़ती होती है दर्जा बढ़ता है धार्मिक कार्य होते हैं। गुरु योग्य ठिकाने हो तो हाथ से दान धर्म मन्दिर धर्मशाला व दूसरे लोक-उपयोगी काम होते हैं।

गुरु का भ्रमण सुख से जाता है गायन नाटक आदि की इच्छा उत्पन्न होती है। परन्तु यह परिणाम सब कुंडली में देखने में नहीं आता।

(६) शुक्र—नेपच्यून की शुभ योग दृष्टि आध्यात्मिक उन्नति दर्शक है मंत्र शास्त्र या दूसरे गूढ़ विषय की रुचि उत्पन्न होती है।

शुक्र नेप० अशुभ योग निंद्य काम करने को प्रवृत्ति होती है। युवा पुरुष को यह समय अनिष्ट कारक है। इस समय गलत कदम पड़ने से बुरा आरोप आना संभव है। सामाजिक सुख में अड़चन लाता है स्त्री या स्त्री के नातेदार के सम्बन्ध से खर्च होता है मानसिक चिंता लगी रहती है।

शुक्र भ्रमण जन्म के नेपच्यून से प्रभाव करता है तब लड़कियाँ फसाई गई, फुसलाई गई या उनके साथ कोई शैतानी की गई होती है।

(७) शनि में भ्रमण बहुत अशुभ है अपकीर्ति, अपमान हानि आदि से दर्जा कम हो जाता है।

शनि जब नेपच्यून पर दृष्टि करता है तो मनमें अन्धकार छा जाता है अपने अच्छे स्वभाव के विरुद्ध जातक लड़ाई में घुस पड़े, स्त्री का तलाक या फांसी देने में मदद आदि के काम में अफसोस कर कई दिन तक जीता रहे। बहुधा इस भ्रमण में जातक कृपापात्र रहित होता है और पूरे योग हों तो गिरफ्तार हो सकता है।

(८) हर्शल स्वतः यूरेनश के भ्रमण में पीड़ित हो तो जातक कई कठिनाईयों में पड़ सकता है। गिरफ्तार हो सकता है।

हर्शल गुरु का शुभ योग हो तो नाना प्रकार का साम्पत्तिक लाभ घटित होता है। साधु समागम होता है, धार्मिक विषय ध्यान में आता है, बातों में प्रगति होती है, महत्वाकांक्षा बढ़ती है। छोटे-मोटे काम हाथ में लिये जाते हैं। तत्त्व ज्ञान की ओर झुकाव होता है।

गुरु हर्शल का अशुभ योग संतति व सम्पत्ति नाश, बड़े अधिकारी से नहीं पटती और इसमें हानि और अपयश होता है।

शुक्र—शुक्र हर्शल का शुभ दृष्टि योग साधारण होता है। इस समय स्त्रीधन की सास से प्राप्त होती है। मनुष्य चैन से व विषयी होता है। सम्पत्ति का लाभ होता है। नाटक, सिनेमा आदि साधन के कार्य में पैसा खर्च होता है। स्वतः का स्वास्थ्य ठीक नहीं रहता।

हर्शल शुक्र का अशुभ योग—साम्पत्तिक अड़चनें दिखाता है, दुर्व्यसन हो जाता है। स्त्री के सहवास में बहुत समय जाता है। नैतिक आचरण विगड़ना सम्भव है। जन्म कुण्डली में उपदंशक विचार हो तो इस दृष्टि योग से वह बीमारी होती है।

शुक्र में हर्शल का भ्रमण प्रेम सम्बन्धी निराशा प्रगट करता है। स्त्री सुख अच्छा नहीं मिलता। मित्रों से नाश होता है। साम्पत्तिक दर्जा कम हो जाता है। खुद के नैतिक आचरण विषय की लोगों में चर्चा होती है।

हर्शल पर शुक्र की दृष्टि से यह यात्रा में रोमान्स बताता है या गैर साधारण स्थिति या अजनवी जगह में यात्रा। यदि शुक्र के साथ यूरेनस जन्म में हो तो अनेक प्रकार की यात्रा या मोटर यात्रा की खोज करते हैं।

(७) शनि से हर्शल का भ्रमण योग हो तो स्टेट घर वगैरह सम्बन्ध के झगड़े होते हैं। वकील से पटती नहीं।

शनि से हर्शल का भ्रमण बहुत बुरा है। जन्म का हर्शल मंगल व सूर्य चंद्र से युक्त हो तो उस समय विश्वास पूर्वक मृत्यु होती है।

स्वगृही—जन्म का हर्शल स्वगृही या शास्त्रीय राशि का हो तो सत्ता बढ़ती है, लोक में कीर्ति होती है समाज में दर्जा बढ़ता है मान मिलता है।

(८) नेपच्यून हर्शल का भ्रमण हो तो धार्मिक विचार में क्रांति लाता है व्यापार धंधा में हानि होती है।

चतुर्थ में जन्म का शनि मंगल हर्शल हो तो भ्रमण अतिशय क्लेश दायक होता है।

दशम स्थानी जन्म का शनि मंगल या हर्शल वक्री हो उस समय शनि का भ्रमण अशुभ है।

मंगल या हर्शल में शनि का भ्रमण हो तो मित्र या पहिचान के लोगों से विश्वासघात से नुकसान होता है। शनि हर्शल का भ्रमण दुर्दैव कारक है।

**नेपच्यून-वरुण**

नेपच्यून का भ्रमण १४ वर्ष में पूरा होता,है। १ वर्ष में १४° चलता है।

यह मीन का विशेप तौर पर शक्तिशाली होता है। यह सबसे बड़ा पाप ग्रह यम के समान है।

एकदम मृत्यु परेशानी, हिस्ट्रिया रोग, आत्मसमर्पण का द्योतक है, आपरेशन टेवल पर या बेंत मारे जाने या फांसी के समय, कम्पनी प्रगट करता है। जिसको यह ग्रह

कुंडली में प्रमुख है सरलता से उत्तेजित होकर अपराधी हो जाते हैं। यदि मंगल प्रमुख हो तो क्रोध की ओर अधिक झुकाव होता है। या अधिकतर रिटायर या आश्रित रहते हैं और स्वतः साहित्य, कला, विज्ञान या आनन्द से वञ्चित रहते हैं। स्वभाव में कुछेक अजीब होते हैं। पोशाक में लापरवाही, बहुत कम ख्वाहिशमंद होते हैं। ये परवा नहीं करते उनके आस पास क्या हो रहा है।

नेपच्यून की दशा में जातक अपने मानसिक या मस्तिष्क में ख्याली बातों की शरण लेते हैं। यह तंग किये जाने या झिड़क देने की परवाह नहीं करता। नेपच्यून की चाल जातक के लग्न पर प्रभाव डालती है तब परेशानी, निकाला जाना, बरखास्तगी या त्यागपत्र देना, समर्पण अपमान पदच्युत रिटायरमेंट या मृत्यु दायक प्रगट करता है, कोई साजिस में पड़ना, अपनी छाया से भी भय, जातक को दब्बू दिमाग का बना देता है।

नेपच्यून अतिशय औषधि सेवन से विकार उत्पन्न करता है।

**नेपच्यून का भाव फल**

(१) लग्न में—नेत्र कुछ हरापन लिये, चेहरे पर एक प्रकार का गूढ़पना की छटा दिखती है। पर मनुष्य आलसी और कुछ गूँगापन लिये दिखता है। यह हिस्ट्रिया, मज्जा तंतु का क्षोभ और सर्व प्रकार की क्षीणता लाने वाला रोग दर्शाता है। यह मनोराज्य कम करता है। मन को ऊँच-नीच पराजयपन होने देना।

(२) धन भाव—दगा देकर कोई फसाने में या अनेक झगड़े द्वारा साम्पत्तिक अड़चनें लाता है। धन स्थान में भ्रमण से व्यापार धन्धा में संकट लाता है साम्पत्तिक मामले में गड़बड़ी या हानि होती हैं।

(३) तीसरे में—भाई पड़ोसी व प्रवास सम्बन्धी त्रास, भय अस्वस्थ रहे। कुंडली में बलवान हो बुध या शुक्र से शुभ सम्बन्ध हो तो हाथ से लेख कविता वगैरह लिखी जाती है। पढ़ने की रुचि बढ़ती है जल का प्रवास होता है। नाना प्रकार के स्वप्न दिखते हैं।

(४) चतुर्थ में—धन्धा रोजगार कुटुम्ब सुख के सम्बन्ध से घटना होती है। इस समय माता पिता के सुख में कमती आती है अनेक संसारी बातां में त्रास होता है।

(५) पंचम में—बच्चे की प्रकृति अच्छी नहीं रहती। उस सम्बन्ध में अनेक झगड़ उत्पन्न होते हैं। इस समय सदा के धन्धा से हानि। कुमार्ग की ओर प्रवृत्ति होती है।

(६) षष्ट—शरीर की प्रकृति बराबर नहीं रहती मातृ पक्ष को कष्ट होता है या कई बार उसकी मृत्यु का मौका आ जाता है। इस समय हाथ के नीचे नौकर चाकर आप्त स्वकीय मनुष्य इनसे व्यौहार दक्षता से करना।

(७) सप्तम—नेपच्यून सप्तम में अच्छा नहीं होता यह चंद्र या लग्न कुंडली में प्रथम स्थान में भ्रमण करता हो तो त्रास चिन्ता मानसिक अस्वच्छता उदासी आदि बातें

घटित होती है। यह जन्म कुंडली में बलवान है और बुध या शुक्र से शुभ दृष्टियोग करता हो तो काम करने की स्फूर्ति, तन्तु वाद्य की मिठास फल प्रवास या जल सम्बन्धी व्योहार से लाभ हो। सप्तम के भ्रमण में व्यापार धन्धा व भागीदार का व्यौहार में योग होना सम्भव है स्त्री सुख नहीं मिलता इस समय कोर्ट के दावे सम्बन्ध से प्रतिकूल समझना। तुला राशि का रवि पास हो तो अति विषय सेवन से प्रकृति खराब हो।

(८) अष्टम में—आयुर्दायक ग्रह हो तो अशुभ करेगा परन्तु स्वतः की गलती से या डाक्टर वैद्य की गल्ती से गलत औषधि देने से मृत्यु होती है। पापग्रह का भ्रमण चालू हो तो नातेदार व मित्र की मृत्यु होती है शरीर की प्रकृति ठीक नहीं रहती। नेपच्यून वृश्चिक में हो तो मुट्ठी मैथुन या दूसरी बुराई सम्बन्ध से शरीर खराब हो।

(९) नवम में—प्रवास तीर्थाटन व यात्रा होती है। धार्मिक बात में विशेष ध्यान लगाता है। सूचक स्वप्न होते हैं इस समय आध्यात्मिक उन्नति या अभ्यास उत्तम होता है। इस समय आप्त स्वकीय नातेदार व स्त्री के भाई बन्धु इनकी मृत्यु या त्रास होता है। धनु में नेपच्यून हो तो शरीर बिलकुल दुबला रहता है।

१०. दशम भाव—स्वतन्त्र, खोजी, बुद्धिमान, सरकार द्वारा कठिनाई, निर्णय और असफलता, खबर देने वाला, उपन्यासकार, इंजानियर, मेकैनिक, हेपनाटिस्ड भेस में म्जिम कर्ता, रिपोर्टर, बिना दवा के जख्म अच्छा करने वाला, ठेले पैथी = मातृ-पितृ को कष्ट होता है हाथ से अविचार के काम घटित होते हैं स्वतः के कृत्य में मान सम्मान और कीर्ति में कमी आती है। वही योग्यता देता है परन्तु आधे भ्रमण में उसकी अधोगति कर देता है।

उत्कर्ष व अपकर्ष इस परम्परा से मनुष्य का दुःख सुख बनता है। हर्शल जब कन्या तुला कुंभ राशि में हो उसपर चंद्र सूर्य की शुभ दृष्टि हो तो शुभ परिणाम होता है दूसरी परिस्थिति में हर्शल अशुभ परिणाम उत्पन्न करता है।

इसमें होने वाले मनुष्य चमत्कारिक स्वभाव वाले कल्पक व प्रचलित परिस्थिति को भेद कर स्वतः ही नवीन मार्ग शोधने के उद्योग में रहता है। इस मनुष्य का धंधा बे सिर पैर का होता है बहुत कर उसमें अपयश होता है लोक में हँसी होती है।

मनुष्य के अनेक महत्व की स्थिति में अन्तर होता है इसमें हर्शल मेष वृश्चिक, कर्क, मीन राशि में हो उस पर चंद्र की अशुभ दृष्टि हो तो मनुष्य दुर्दैवी समझना। कोई भी काम से उसके भाग्य में अपयश होता है।

११. एकादश भाव—बुद्धिमान स्वतंत्र मित्र लेखक, बड़ी कम्पनी के भागवान विचित्र जीवन, अचानक धन और अचानक उन्नति होती है।

१२. व्यय भाव—कुटुम्ब द्वारा अचानक और जिसकी आशा नहीं क्षति होती है, गुप्त शत्रु, विदेश में लाभ।

**हर्शल का गोचर भ्रमण—**

हर्शल का चलित भ्रमण बहुतकर त्रासदायक होता है और अनेक स्थिति में अन्तर करता है। जिस ग्रह से इसका भ्रमण होता है वह ग्रह विशेष बलवान हो तो हर्शल का प्रभाव लाभदायक होता है यह भ्रमण लग्न दशम सूर्य चंद्र इनसे होता है तो ज्यादा अनिष्ट कारक होता है। जब कुण्डली में कोई अनिष्ट ग्रह हो उसमें हर्शल भ्रमण करता हो तो तापदायक होता है।

(१) सूर्य के साथ हर्शल भ्रमण करे तो धंधा में हानि। बड़े और सत्ताधीश मनुष्य को त्रास होता है। बड़ों से त्रास स्त्री की कुण्डली में इस समय पति के द्वारा त्रास होता है कीर्ति को धोखा होता है। आरोग्य बिगड़ना संभव है।

जब सर्व भ्रमण में हर्शल वियोग करता है तो चांद की तारीख को वह महीना असाधारण तौर पर दिलचस्प और अधिकतर मामलों में सफर करना, यात्रा, असाधारण अनुभव वाहन खरीद और इसी प्रकार के काम सम्भव हैं।

सूर्य व हर्शल का अशुभ योग हो तो बहुत घटना होती हैं कोई काम अधूरा रह जाता है। निराशा होती है। स्वतः का आरोग्य ठीक नहीं रहता, गृह का सुख अच्छा मिलने वाला नहीं है। इस समय इसी प्रकार का व्यापार नहीं करना। इस समय पैसा सुरक्षित स्थान में रखना, कोई भी अपना काम होगा ऐसी आशा मत रखना।

रवि हर्शल का शुभ योग हो तो धंधा सम्बन्ध से यात्रा होगी, व्यापार बढ़ेगा, नौकरी में नवीन काम मिले, दर्जा बढ़े। रवि हर्शल का अशुभ दृष्टि योग से असाधार रोग अपघात मज्जा तन्तु को क्षुब्ध करने वाले रोग मेदा का विकार होता है, अग्नि से भय या भयंकर अपघात से मृत्यु होतो है।

(२) चंद्र से हर्शल का भ्रमण प्रवास होता है। घर बदलना पड़ता है। घर का सुख कम मिलता है।

खुद की प्रकृति अच्छी नहीं रहती। तनु या अष्टम में चन्द्र हो तो शरीर की प्रकृति अच्छी नहीं रहती।

जब हर्शल स्वतः ही चंद्र की तारीख में आगे हो तो वह दिलचस्प स्वतन्त्र जिसकी आशा नहीं, प्राप्त करा देता है।

चंद्र हर्शल के शुभ योग में उद्योग धन्धों से आकस्मिक लाभ हो उस समय स्वतः के दूसरे का वजन पड़ने से फायदा होता है। इस समय नवीन उद्योग धन्धे हाथ में लिए जाते हैं। केवल ज्योतिष या दूसरी कोई गुप्त विद्या के काम में अड़चन होगी।

चंद्र हर्शल का अशुभ योग सार्म्पत्तिक आकस्मिक हानि दर्शाता है। अस्वस्थता उत्पन्न होती है घर का सौख्य अच्छा नहीं मिलता। नौकरी में एकदम स्थानान्तर होता है। कुटुम्ब को तबियत ठीक नहीं रहती, स्त्रियों से कष्ट।

किसी वर्ष सप्त ग्रह अशुभ योग हो और चद्र को शुभ दृष्टि हो तो चंद्र शुक्र की दृष्टि का फल बहुत कम हो जाता है। इस दृष्टि योग का फल १-२ वर्ष में

गुरु शनि, गुरु हर्शल शनि व नेपच्यून, गुरु शनि इनका फल २-३ वर्ष में दिखता है। बाकी का दृष्टि फल १ वर्ष में अनुभव में आता है।

(३) मंगल वरुण हर्शल का भ्रमण हो तो पीड़क झगड़े होते हैं। प्रवास में अपघात व हाथ के लिए काम में अपयश। जिस स्थान में यह योग घटित हो उस स्थान सम्बन्धी अशुभ फल उत्पन्न करता है। सरकारी काम में अपयश, फौजदारी मामला होना सम्भव है। भय फूटना, अपघात, अग्नि, जहाज डूबना या इसी प्रकार की घटना होती है। जब मंगल आगे हर्शल के भ्रमण करता हो, यात्रा या मशीन चलाना इन कामों के लिए खतरनाक समय है जातक को अग्नि, बिजली और डूबने से अपनी हिफाजत करना। इसका शुभ योग बहुत उपयोगी नहीं होता, हर्शल के स्वाभाविक धर्म प्रमाण से आकस्मिक थोड़ा फायदा होता है।

हर्शल मंगल का अशुभ योग बहुत बुरा है। इस योग से नौकरी में एकदम संकट आकर वेतन में कमी होने लगती है व्यापार में हानि होती है। हर्शल में चलित मंगल का भ्रमण, एकाएकी कोई संकट उत्पन्न करता है। अपघात होना सम्भव है। हाथ से अविचार के काम होते हैं।

(४) बुध से हर्शल का भ्रमण विद्या की दृष्टि से उत्तम है। शास्त्रीय विद्या आने लगती है। जन्म कुण्डली में बुध की राशि में यदि शनि मंगलयुति हो तो कागज पत्र सम्बन्धी गड़बड़ी आती है। खोटे दस्तावेज वगैरह की गड़बड़ी उत्पन्न होती है यह योग तनु षष्ठ या अष्टम स्थान में हो तो मज्जा सम्बन्धी रोग होता है।

बुध के भ्रमण में हर्शल पर दृष्टि हो आगे हो और पीड़ित न हो तो यात्रा पर बहस या यात्रा होती है, नये व्यक्तियों से परिचय और मशीन आदि खरीदने का काम होता है।

हर्शल बुध का शुभ योग विद्या की ओर रुचि बढ़ाता है, धार्मिक विषय के अध्ययन की रुचि उत्पन्न होती है। इस समय मानसिक उन्नति होती है। जन्म कुण्डली में साहित्य शास्त्र सेवा दर्शाता हो तो इस समय लेख लिखने में स्फूर्ति बढ़ती है।

हर्शल बुध का अशुभ योग हो तो मन अस्वस्थ होगा, नींद अच्छी नहीं आनी मानसिक चिंता लगती है। पत्र व्यौहार भाव कारक नहीं होते, जमा खर्च के काम में गड़बड़ी होती है। इस समय महत्व के कागज पत्रों को सम्हाल कर रखना।

(५) गुरु-हर्शल का भ्रमण गुरु के तरफ हो तो साधु पुरुषों के दर्शन, शुभ उपदेश मिले, धार्मिक सम्बन्धी उन्नति हो जन्म का गुरु अच्छे स्थान में न हो तो केवल साम्पत्तिक हानि हो।

गुरु का भ्रमण हर्शल की तरफ आगे हो तो यात्रा में सफलता, उन्नति, विद्या की खोज जेल से छुटकारा या इसी प्रकार का लाभ होता है।

—०—